속죄

ATONEMENT
by Ian McEwan

세계문학전집
223

Ian McEwan : Atonement

속죄

이언 매큐언 장편소설

한정아 옮김

문학동네

일러두기

1. 번역 대본으로는 *Atonement*(Ian McEwan, Vintage, 2016)를 사용했다.
2. 주석은 모두 옮긴이주다.
3. 본문 중 고딕체는 원서에서 이탤릭체로 강조한 부분이다.

애널레나에게

"몰런드 양, 당신이 품어온 의심이 얼마나 무서운 것인가를 생각해보세요. 도대체 무슨 근거로 그런 판단을 내린 겁니까? 우리가 살고 있는 이 나라와 이 시대를 생각해보세요. 우리는 영국 사람입니다. 게다가 기독교인이지요. 제발 당신 주변에서 일어나는 일을 똑바로 보고 이해하고 판단해주세요. 그런 잔혹행위를 해도 된다고 교육받은 적이 있습니까? 법이 그런 것을 묵인해주고 있나요? 사람들 간에 직접적인 왕래와 서신교환이 잦은 이 나라에서, 남의 눈을 피할 길 없는 이 나라에서, 도로와 신문 덕분에 세상에 비밀이란 남아 있지 않게 된 이 나라에서 그런 잔혹행위가 비밀로 남을 수 있다고 생각했습니까? 몰런드 양, 도대체 무슨 생각을 하셨던 겁니까?"

그들은 어느새 복도 끝에 다다라 있었다. 그녀는 수치심에 눈물을 흘리며 자기 방으로 뛰어들어갔다.

제인 오스틴, 『노생거 수도원』

차례

제1부

하나

그 대본은 브라이어니가 폭풍처럼 몰아치는 창작열에 사로잡혀 있던 이틀 동안 아침과 점심까지 거르면서 신들린 듯 써내려간 것이었다. 이것을 위해서 브라이어니는 포스터와 프로그램, 입장권을 직접 디자인했고, 비록 한쪽이 찌그러지기는 했지만 접을 수 있는 칸막이를 세워 매표소를 마련했으며, 빨간색 주름종이를 안쪽에 덧댄 매표함도 만들었다. 드디어 모든 준비가 끝난 지금, 그녀는 완성된 대본을 곱씹으며 멀리 북쪽 지방에서 올 사촌들을 기다리는 것밖에는 달리 할일이 없었다. 오빠가 돌아오기 전에 예행연습을 끝내야 하는데, 그러려면 하루밖에 시간이 없었다. 때로는 섬뜩함을, 때로는 지극한 슬픔을 불러일으키는 이 연극에서 브라이어니가 전달하고자 하는 메시지는, 운을 맞춘 서막에서 표현했듯이, 이성에 근거하지 않은 눈먼 사랑은 불행하게 끝날 수밖에 없다는 것이었다. 외국에서 온 못된 백작을 향한 무모한 열정에 사로잡힌 주인공 아라벨라는 백작과 약혼을 하고 그와 함께 바닷가 작은 마을로 도망가 사는 동안 콜레라에 걸리는 불행을 겪음으로써 벌을 받는다. 백작에게 버림받고 세상 사람들에게 잊힌 채로 초라한 다락방 침대에 누워서 앓고 있던 아라벨라는 자기 안에 숨어 있던 유머감각을 발견한다. 이제 운명은 그녀에게 가난한 의사를 보내 새로운 인생을 시작할 기회를 준다. 사실 그 의사는 궁핍한 사람들을 위해 봉사하는 삶을 살기로 한 왕자님이었다. 그 덕분에 병이 나은 아라벨라는 이번에는 현명한 선택을 하여 가족과 화해하고, "바람이 많이 불고 햇빛이 비치는 어느 봄날"에 의사 왕자님과 결혼함으로써 이제까지의 불행을 보상받는다.

탤리스 부인은 침실 화장대 앞에 앉아 총 일곱 페이지로 된 「아라벨라의 시련」을 읽었다. 브라이어니는 엄마가 희곡을 읽는 동안 한 팔로 엄마의 어깨를 감싸안고서 그 얼굴에 나타나는 미묘한 감정 변화를 놓치지 않고 있었다. 브라이어니를 의식한 에밀리 탤리스는 놀랍다는 표정을 지어 보이기도 하고, 기쁨에 차 쿡쿡 웃기도 하다가, 다 읽고 나서는 환한 미소를 지으며 잘 썼다고 고개를 끄덕이는 현명함을 보였다. 그러고는 두 팔로 딸을 끌어당겨 무릎에 앉히고—아, 이 따뜻하고 부드러운 작은 몸, 아기 때도 이랬는데, 아직은 엄마 곁에 있네, 아직은—"아찔할 만큼 인상적인" 작품이라고 말하면서, 현관홀 매표소 옆에 붙일 포스터에 자신의 말을 그대로 넣어보면 어떻겠느냐고 딸아이에게 속삭였다.

그때는 잘 몰랐지만, 이 칭찬은 브라이어니의 희곡이 거둬들인 최고의 성과였다. 엄마의 찬사를 빼고는 브라이어니의 마음을 흡족하게 해줄 만한 결과가 하나도 없었던 것이다. 모든 것이 헛된 꿈과 좌절뿐이었다. 땅거미가 진 여름밤이면 브라이어니는 불을 끄고 캐노피 침대에 누워서 달콤한 공상에 빠지곤 했다. 이어지는 공상들은 그 자체가 짧은 연극으로 손색이 없을 만큼 흥미진진했는데, 주인공은 늘 오빠 리언이었다. 어떤 때는 외로움과 절망 속에 앓아누워 있는 아라벨라를 바라보면서 오빠의 크고 선량한 얼굴이 슬픔으로 일그러지기도 했고, 어떤 때는 도시의 화려한 술집에서 칵테일 잔을 손에 든 채 친구들에게 브라이어니를 자랑하기도 했다. 그래, 맞아. 내 동생이야. 브라이어니 탤리스. 유명한 작가지. 자네들도 들어본 적 있지? 또다른 공상 속에서는 연극이 끝나고 커튼이 내려간 뒤 리언이 환희에 차 공중에 주먹을 휘두르고 있었다. 비록 내일 밤 실제로 공연할 때는 커튼이 없고, 커튼이 생길 가능성도 없겠지만 말이다. 브라이어니의 희곡은 사촌들이 아니라 리언을 위해서 쓴 것이었다. 리언의 귀향을 축하하기 위해서, 리언의 감탄을 자아내기 위해서, 그리고 리언이 별 의미 없이 만났다가 헤어지는 여자친구들을 정리하고 정숙한 아내, 고향으로 돌아가자고 그를 설득하고 브라이어니에게 신부 들러리를 서달라고 상냥하게 부탁할 그런 정숙한 아내를 맞도록 이끌기 위해서.

브라이어니는 세상의 질서를 유지하려는 열망을 가진 아이였다. 언니 세실리아의 방은 펼쳐진 채 여기저기 흩어진 책들과 아무렇게나 널린 옷들, 여기저기 나뒹구는 침구, 담배꽁초가 수북이 쌓인 재떨이로 어지럽기 짝이 없었지만 브라이어니의 방은 정돈의 신이 사는 말끔하고 성스러운 신전 같았다. 깊은 창문턱에 놓인 장난감 농장은 평범한 가축들로 구성되어 있었지만 일제히 합창이라도 시작하려는 것처럼 모두 한 방향—자기들의 주인인 브라이어니 쪽—을 향하고 있었고, 농가 마당에 있는 암탉들조차 울타리 안에 얌전히 모여 있었다. 사실, 탤리스가家 저택의 위층에 있는 방들 중에서 깨끗하게 정돈된 방은 브라이어니의 방뿐이었다. 방이 몇 개나 되는 인형의 집에 살고 있는 인형들도 벽에 기대지 말라는 준엄한 명령이라도 받은 듯 등을 꼿꼿하게 편 채로 서 있었다. 화장대 위에 놓인 엄지손가락 크기의 카우보이와 잠수부, 사람처럼 옷을 입은 생쥐 인형 들은 마치 명령을 기다리는 시민군처럼 일정한 간격을 두고 나란히 줄을 서 있었다.

작은 인형을 모으는 취미 외에도 정돈과 질서를 좋아하는 브라이어니의 성격을 잘 보여주는 것이 있었는데, 그것은 비밀에 대한 열정이었다. 브라이어니가 아끼는 반짝반짝 윤이 나는 캐비닛에는 비밀 서랍이 있어서 교묘하게 맞춰진 열장이음의 결과 반대 방향으로 밀어야만 열렸는데, 그녀는 이 서랍에 자물쇠가 달린 일기장과 자신이 고안한 암호로 글을 써놓은 공책을 보관했다. 여섯 자리 비밀번호를 돌려 맞춰야만 열리는 장난감 금고에는 편지와 엽서들을 보관해놓았다. 오래됐지만 자그마하고 예쁜 주석 저금통은 침대 밑 들어낼 수 있는 마루청 아래에 숨겨놓았는데, 이 통에는 변종인 쌍둥이 도토리, 황철석, 유원지에서 산 비를 내리게 하는 마법의 주문이 적힌 종이, 나뭇잎처럼 가벼운 다람쥐 두개골 등 사 년 전 아홉 살 되던 해 생일날부터 모아온 보물들이 담겨 있었다.

그러나 비밀 서랍과 자물쇠가 달린 일기장, 암호 문자도 브라이어니에게는 숨겨야 할 비밀이 하나도 없다는 명백한 사실을 감출 수는 없었다. 조화롭고 정돈된 세계를 원하는 브라이어니의 마음은 잘못을 저지를 일말의 가능성마저 허용하지 않았다. 폭력과 파괴는 너무나 무질서해서 취향에 맞지 않았고, 그렇다고 브라이어니가 잔인한 성격도 아니었다. 브라이어니는 탤리스가에 사는 유일한 어린아이였던데다가 탤리스가 저택은 마을에서 떨어져 있었기 때문에 적어도 긴 여름방학 동안에는 또래 여자애들과 속닥거리면서 어린애다운 음모를 꾸밀 기회가 거의 없었다. 브라이어니의 생활에는 숨겨야 할 만큼 흥미롭거나 수치스러운 일이 아무것도 없었던 것이다. 침대 밑에 있는 다람쥐 두개골에 대해서 아는 사람은 한 명도 없었지만, 딱히 알고 싶어하는 사람도 없었다. 그러나 이런 사실이 브라이어니에게 특별히 고통스럽게 느껴지지는 않았다. 그것은 오히려 상황의 돌파구가 보인 뒤, 나중에 돌이켜보았을 때에야 고통이었음을 알게 되는 것이었다.

브라이어니가 첫 소설을 쓴 것은 열한 살 때였다. 대여섯 가지 옛날 이야기를 모방한 그 작품은 나중에야 깨달은 것이지만 독자의 경외감을 불러일으킬 만한 통찰력이라곤 찾아볼 수 없는 수준이었다. 그러나 이 서투른 첫 작품을 써내려가면서 브라이어니는 상상력이야말로 비밀의 원천임을 알게 되었다. 일단 작품을 쓰기 시작하면 그것에 대해서는 아무에게도 말하지 않아야 했다. 상상에 근거하여 글을 쓰는 일은 너무나도 실험적이고 비난받기 쉬우며 민망한 일이었기 때문에 누구도 알게 할 수 없었다. 그녀가 말했다라거나 그러고 나서 같은 말을 쓸 때조차 브라이어니는 매번 움찔했고, 상상 속의 인물들이 느끼는 감정을 모두 이해하고 있다고 생각하는 자신이 어리석게 느껴졌다. 등장인물의 약점을 묘사할 때는 자신이 노출되는 것을 막을 수 없었다. 독자들은 작가가 그 인물을 통해 자기 자신을 드러내고 있다고 생각할 게 뻔했다. 그런 이야기가 달리 어디에서 나왔겠는가? 그래서 브라이어니는 작품이 마무리되었을 때, 등장인물들의 얽히고설킨 운명의 실타래가 풀리고 모든 사건이 해결되어 적어도 갈등이 전부 해소되었다는 점에서 세상의 다른 완성된 작품들과 비슷해졌다는 판단이 들 때에야 비로소 안전하다는 기분을 느끼며 원고를 모아 가장자리 여백에 구멍을 뚫고 실로 묶은 후 겉표지를 그려넣어 엄마나 아버지—아버지가 집에 돌아와 있을 때면—에게 가져가 보여주곤 했다.

브라이어니의 글쓰기는 가족들의 격려를 받았다. 탤리스가 사람들은 귀여운 막내에게 남다른 생각과 언어적 재능이 있다는 것을 알게 되면서부터 그녀의 글쓰기를 환영했다. 기나긴 오후 동안 브라이어니는 일반 사전과 유의어 사전을 뒤적이며 딱 들어맞진 않지만 인상적인 단어들을 택해 글을 만들어내곤 했다. 악한이 호주머니 속에 감춰둔 동전은 "내밀한" 것이었고, 자동차를 훔치다 붙잡힌 건달은 "후안무치한 자기변명"을 하면서 눈물을 흘렸으며, 순종 종마를 탄 주인공은 밤의 어둠 속으로 "황망한" 여행길에 올랐고, 왕의 이마에 깊게 팬 주름은 불편한 심정을 드러내는 "상형문자"였다. 가족들의 응원을 받아 브라이어니가 서재에 서서 큰 소리로 자작소설을 낭독할 때면, 부모님과 언니는 평소에는 조용하던 꼬마가 눈썹을 치켜올리고 자유로운 한 팔로 큰 몸짓을 하면서 등장인물에 따라 목소리를 바꾸어가며 그럴듯하게 읽어내려가다가, 가끔씩 대본 위로 눈을 들어 모두의 얼굴을 하나하나 살피며 자신의 마법에 온전히 빠져 있는지 확인하는 모습을 보고 놀라움을 감추지 못했다.

가족들의 관심과 칭찬과 즐거워하는 기색이 없었더라도 브라이어니는 글을 쓸 수밖에 없었을 것이다. 그녀는 이전의 많은 작가들이 그랬듯이 타인의 인정이 항상 유익한 것은 아니라는 사실을 서서히 깨달아가고 있었다. 예를 들어 세실리아의 찬사는 동생의 재능에 관심을 보여야 한다는 생색이 고스란히 느껴질 만큼 다소 과장되게 들렸고 때로는 성가시기까지 했다. 그녀는 브라이어니의 작품을 서재 책꽂이에 있는 라빈드라나트 타고르와 쿠인투스 테르툴리아누스의 저서들 사이에 꽂아두어야 한다고 주장하기까지 했다. 브라이어니는 세실리아가 농담하는 거라고 생각하며 무시해버렸다. 자신이 본격적인 작가의 길로 들어섰다고 믿는 브라이어니는 이제 다른 차원에서 만족을 찾게 되었다. 글쓰기는 자기만의 비밀이 생겼다는 짜릿함뿐만 아니라 세상을 축소하여 손안에 넣는 즐거움까지 맛보게 해주었다. 단 다섯 페이지 안에 세상을, 장난감 농장보다 훨씬 더 큰 기쁨을 주는 세상을 그려넣을 수 있었다. 망나니 왕자님의 어린 시절을 묘사하는 데는 반 페이지로도 충분했고, 달빛을 받으며 고요히 잠들어 있는 마을로 걸어들어가는 모습은 리듬을 살려 강조한 문장 하나로 충분했으며, 사랑에 빠지는 순간은 눈길이 마주쳤다라는 한 마디로 충분히 그려낼 수 있었다. 최근에 완성한 소설 속 장면 하나하나가 모든 등장인물들과 함께 그녀의 손안에서 살아 숨쉬는 것처럼 느껴졌다. 통제할 길 없는 혼란한 세상도 소설 속에서는 정돈된 세상으로 바꿀 수 있었기 때문에, 그녀는 정리정돈에 대한 욕구도 만족시킬 수 있었다. 주인공에게 닥친 위기는 우박과 거센 바람, 천둥으로 암시할 수 있었고, 반대로 결혼식은 따사로운 햇빛과 산들바람의 축복을 받는 것으로 묘사했다. 또한 질서에 대한 열정은 정의의 실현이라는 형태로 나타났는데, 주로 소설 속에서 정의를 구현하는 장치인 죽음과 결혼을 통해서였다. 죽음은 오직 도덕적으로 미덥지 못한 사람들을 위해 마련해놓았고, 결혼은 끝까지 보류하다가 마지막에 가서야 선한 주인공들에게 내리는 축복으로 삼았다.

리언의 귀향을 환영하기 위해 쓴 희곡은 소설만 써오던 브라이어니가 처음으로 시도한 외도였지만, 그다지 어렵게 느껴지진 않았다. 우선 그녀가 말했다 같은 말을 자꾸 쓸까봐 걱정하지 않아도 되어 좋았고, 날씨나 봄의 시작, 혹은 여자 주인공의 얼굴을 묘사하는 수고가 필요 없게 된 것도 좋았다. 이미 깨달았던 바지만, 아름다움은 이 우주에서 아주 작은 공간을 차지했다. 반면에 추함은 무한히 다양한 모습을 갖고 있었다. 오직 대사를 통해서만 그 모습이 드러나는 희곡 속의 우주는 거의 그 존재를 느끼기 어려울 만큼 질서정연해서, 이를 보충하기 위해 등장인물들의 대사를 모두 감탄사가 동원된 극단적인 감정 표현으로 처리할 수밖에 없었다. 「아라벨라의 시련」은 멜로드라마일 수도 있겠지만, 브라이어니는 아직 그런 용어를 들어보지 못한 터였다. 이 희곡은 웃음이 아니라 공포와 안도감, 마지막에는 교훈을 줄 목적으로 쓰인데다 포스터와 입장권, 매표소 등 무대 상연을 위한 준비에 심혈을 기울였으므로 만일 연극이 실패로 돌아간다면 큰 타격을 입을 것이 분명했다. 보통 때라면 새로운 소설 하나를 발표하는 비교적 손쉬운 방법으로 리언의 귀향을 환영했겠지만, 먼 북쪽 지방에서 사촌들이 와서 머물 거라는 소식을 듣고 브라이어니는 용기를 내어 새로운 장르를 개척하는 모험을 감행한 것이다.

브라이어니는 열다섯 살의 롤라와 아홉 살 된 쌍둥이 형제인 잭슨과 피에로가 가정에서 일어난 끔찍한 내전의 피해자라는 사실에 좀더 주의를 기울였어야 했다. 언젠가 엄마가 동생인 허마이어니 이모의 충동적인 태도를 비난하고 세 아이가 처한 상황이 안됐다고 안타까워하는 한편, 옥스퍼드의 올 소울스 칼리지로 피신한 제부 세실이 온순하기는 하지만 도대체 그 속을 모르겠다고 흉보는 것을 들은 적이 있었다. 또한 브라이어니는 엄마와 언니가 최근의 사태에 대해서, 그리고 그 부부 사이에 오갔다는 분노에 찬 비난과 맞비난에 대해서 이러쿵저러쿵 의견을 늘어놓는 것도 들은 적이 있어서 사촌들의 방문이 학기중까지 연장될 수 있음을 알고 있었다. 이 집에 아이 세 명쯤 더 들이는 것은 별문제가 안 되며, 그들의 부모가 행여라도 동시에 방문해 큰 싸움을 벌이지만 않는다면 퀸시가家의 아이들은 원하는 만큼 이 집에 머무를 수 있다는 말도 들렸다. 브라이어니의 침실 옆에 있는 방 두 개가 치워졌고, 새 커튼이 걸렸으며, 다른 방에서 가구들이 옮겨졌다. 보통 때 같으면 브라이어니도 손님맞이를 도왔을 테지만, 하필이면 폭풍과도 같은 창작열에 사로잡혀 이틀 동안 희곡을 집필하는 일과 매표소와 포스터를 만드는 등 공연 준비까지 맞물려 아무것도 도울 수 없었다. 브라이어니는 이혼이 큰 고통이자 불행임을 희미하게나마 느끼고 있었지만, 작품의 주제로는 적절치 못하다는 생각이 들어 이혼에 대해 더이상 생각하지 않기로 했다. 이혼은 얽히고설킨 매듭을 풀려는, 되돌릴 수 없는 속세의 일이며 따라서 작가에게는 별로 흥미롭지 못한 주제라는 것이 그녀의 생각이었다. 이혼은 무질서한 현실세계의 영역에 속하는 일일 뿐이었다. 그러나 결혼은 달랐다. 결혼식은 선한 이들에게 주어지는 품격 있는 선물과 같고 성대한 예식과 연회라는 볼거리가 있는 흥미진진한 행사이며, 신랑 신부에게는 평생 동안 함께하겠다는 감동적인 약속의 자리이기도 했다. 바람직한 결혼식이란 아직 그녀가 상상도 할 수 없는 것, 다시 말해 성적 행복을 대놓고 표현하지는 않는 의식이었다. 따라서 브라이어니의 주인공들은 시골의 조그만 교회나 대도시의 웅장한 성당에서 축복을 아끼지 않는 가족과 친구들에게 둘러싸여 새 삶을 시작하며 순결한 절정에 도달했고, 그후에는 더 이상 나아갈 필요가 없었다.

이혼이 브라이어니에게 이 모든 것과 정반대인 악랄한 형태로라도 나타났더라면, 배신과 질병, 도둑질, 폭행, 거짓말과 함께 저울의 반대 접시에 놓여 관심을 끌었을 것이다. 그러나 이혼은 따분하고 복잡한 절차와 끝없는 언쟁이라는 별로 흥미롭지 못한 모습으로 나타났다. 군비 재증강이나 아비시니아 문제 혹은 정원 가꾸기와 마찬가지로 그것은 브라이어니의 관심을 전혀 끌지 못했다. 따라서 브라이어니가 토요일 오전, 오랜 기다림 끝에 자기 방 창문 아래로 바퀴가 자갈을 밟으며 굴러오는 소리를 듣자마자 대본을 움켜쥐고 층계를 뛰어내려가 복도를 내달려 한낮의 눈부신 햇빛 아래로 나가서는, 마차 옆에 짐을 내려놓고 엉거주춤 서 있는 어린 방문객들에게 "우리 연극 할 거다, 대본도 다 써놨어. 내일이 첫 공연이야! 연습은 오 분 후에 시작하자!" 하고 외친 것은 남의 기분을 배려할 줄 모르는 무신경이라기보다는 작품에만 정신이 쏠려 있는 예술가의 열정에서 나온 것으로 보아야 마땅했다.

브라이어니의 말을 듣고 있던 엄마와 언니가 즉시 끼어들어 좀더 여유 있는 일정을 내놓았다. 방문객들은—세 명 모두 밝은 적갈색 머리에 주근깨가 있었다—앞으로 지낼 방으로 안내되었고 하드먼 씨의 아들 대니가 그들의 짐을 방에 올려다놓았다. 이윽고 모두 식당으로 내려와 간단히 음료를 들었고, 집안을 둘러보고 수영장에서 수영을 한 다음에는 정원 남쪽 포도넝쿨 그늘 아래서 점심식사를 했다. 그러는 동안 에밀리 탤리스와 세실리아 탤리스는 손님들을 편안하게 해주기 위해 쉴새없이 이야기를 늘어놓았지만, 그것이 오히려 방문객들을 더 불편하게 만드는 것이 명백했다. 브라이어니는 자기가 사촌들 입장이라도 마찬가지였을 거라고 생각했다. 200마일이나 달려와 낯선 집에 도착한 사람이라면 아무리 유쾌한 질문과 농담을 듣고 이제 맘 편하게 내 집같이 생각하며 지내라는 집주인의 생각을 수많은 방식으로 전달받더라도 부담감을 갖게 될 것이 뻔하지 않은가. 대다수의 어른들은 아이들이 정말로 바라는 것은 간섭받지 않는 자기만의 시간이라는 것을 깨닫지 못했다. 어쨌거나 퀸시가의 아이들은 즐겁고 활기차게 보이려고 노력하는 모습이 역력했고, 이는 〈아라벨라의 시련〉을 위해서는 좋은 징조였다. 이 세 아이는 브라이어니의 상상 속 등장인물들과는 영 딴판이었지만 실제와 다른 모습을 연기하는 데는 소질이 있는 게 분명해 보였기 때문이다. 점심식사 전 브라이어니는 슬그머니 자리를 빠져나와 비어 있는 연습실—원래는 아이들 놀이방으로 쓰는 곳—로 가서, 새로 칠한 마루청 위를 왔다갔다하며 배역에 대해 고민하기 시작했다.

분명한 것은 브라이어니처럼 머리칼이 검은 아라벨라가 주근깨 있는 부모에게서 태어나거나 주근깨 있는 외국 백작과 함께 애정의 도피행각을 벌일 것 같지는 않다는 사실이었다. 그뿐만 아니라 주근깨 있는 여관 주인에게 다락방을 빌릴 것 같지도, 주근깨 있는 왕자님에게 마음을 빼앗길 것 같지도, 주근깨 있는 신자들 앞에서 주근깨 있는 사제의 주례로 결혼식을 올릴 것 같지도 않았다. 그러나 이 모든 것을 어쩔 수 없는 일로 받아들여야 했다. 사촌들의 머리칼은 그 자체로 빛을 발하는 것처럼 너무 색이 강렬해서 어떻게 숨겨볼 수도 없었다. 그나마 다행인 것은 아라벨라의 얼굴에 주근깨가 없다는 것이 그녀를 돋보이게 하는 표지—브라이어니의 표현을 빌리자면, 상형문자—가 될 것이라는 점이었다. 아라벨라가 다소 흠이 있는 세상 사람들 속으로 들어간다고 해서 그녀의 순결한 영혼이 의심받지는 않을 것이었다. 그러나 문제는 또 있었다. 사람들이 쌍둥이들을 보고 누가 누군지 구별해낼 수 있을 것 같지가 않았다. 못된 백작이 잘생긴 왕자님과 똑같이 생겨도 괜찮을까? 그 둘이 아라벨라의 아버지도 모자라 교회 사제와 똑같이 생겨도 괜찮을까? 그렇다면 롤라에게 왕자님 역을 맡기면 어떨까? 잭슨과 피에로는 시키는 대로 순순히 따를 보통 아이들처럼 보였다. 그러나 그애들의 누나는 과연 남자 역할을 하려고 할까? 롤라는 녹색 눈에 광대뼈가 도드라져 보이고 뺨도 홀쭉했으며, 과묵함은 그녀의 고집과 쉽게 발끈하는 예민한 성격을 보여주는 듯했다. 왕자님 역을 그녀에게 맡길 수도 있다는 뜻을 비치기만 해도 위기가 조성될 것 같았다. 그리고 브라이어니 자신은 잭슨이 『성공회 기도서』를 읽는 동안 제단 앞에서 롤라의 손을 잡고 서 있을 수 있을까?

브라이어니는 그날 오후 다섯시가 되어서야 배우들을 놀이방으로 모을 수 있었다. 미리 스툴 세 개를 일렬로 배치해놓은 다음 자신은 오래된 아기용 식탁 의자에 엉덩이를 억지로 끼우고 앉았다. 테니스 심판처럼 의자 높이로 권위를 세워보려는 기지에서 나온 행동이었다. 쌍둥이 형제는 세 시간 동안 쉬지 않고 수영을 하다가 마지못해 끌려들어온 참이었다. 맨발에 면으로 된 민소매 셔츠와 수영복 차림인 그애들은 마룻바닥에 물을 뚝뚝 흘리며 의자로 가 앉았다. 수영복뿐만 아니라 헝클어진 머리카락에서도 물이 떨어져 목덜미를 따라 흘렀고, 둘 다 추운지 덜덜 떨면서 조금이라도 체온을 높이려고 일부러 무릎을 떨어댔다. 오랫동안 물속에 있었던 바람에 피부가 쭈글쭈글해지면서 하얘졌는지 놀이방의 비교적 어두운 불빛 아래에서 주근깨가 더욱 검어 보였다. 왼다리를 오른쪽 무릎 위에 올려 꼰 채 쌍둥이들 사이에 앉아 있는 그들의 누나는 동생들과는 대조적으로 아주 침착했다. 말 그대로 향수를 들이부었는지 몸에서 향수 냄새가 진동을 했으며, 피부 색깔에 어울리는 초록색 체크무늬 원피스로 갈아입은 차림이었다. 샌들을 신고 발목에는 발찌를 했으며, 발톱에는 주홍색 페디큐어가 빛나고 있었다. 롤라의 발톱을 본 브라이어니는 가슴이 옥죄어오는 느낌이 들었고, 그녀에게 왕자 역은 부탁할 수 없음을 본능적으로 깨달았다.

모두 자리에 앉고 난 후 극작가가 나서서 희곡의 줄거리를 설명하며 다음날 저녁 서재에서 어른 관객들을 모아놓고 공연을 하는 이야기로 흥분을 불러일으키려고 하는 찰나였다. 느닷없이 피에로가 먼저 말문을 열었다.

"난 연극이니 뭐니 하는 것들 정말 싫어."

"나도 싫어. 이상한 치장까지 하는 건 또 어떻고." 잭슨이 맞장구를 쳤다.

점심식사 때 들은 바로는 피에로가 세 살 때 개를 괴롭히다가 왼쪽

귓불을 물어뜯겨서 살점이 삼각형 모양으로 떨어져나갔기 때문에 왼쪽 귀를 보면 쌍둥이 중 누가 누구인지를 구별할 수 있다고 했다.

롤라는 고개를 돌려 브라이어니의 시선을 피했다. 브라이어니는 이성적으로 대응하려고 노력하면서 물었다. "어떻게 연극을 싫어할 수가 있어?"

"그냥 다 뽐내자고 하는 일이잖아." 피에로는 당연한 것을 묻는다는 듯이 어깨를 으쓱하면서 대답했다.

브라이어니는 피에로의 말에 일리가 있다고 생각했다. 사실 그녀가 희곡을, 적어도 자기 작품을 사랑하는 것은 바로 그 때문이었다. 모두 그녀를 우러러볼 것이기 때문이었다. 쌍둥이들의 의자 아래로 물이 떨어져 잠시 고였다가 마룻바닥 틈새로 서서히 빠져나가고 있었다. 두 사람을 보면서 브라이어니는 그애들이 자신의 야망을 절대로 이해할 수 없을 거라는 사실을 깨달았다. 용서의 감정이 목소리를 누그러뜨려 주었다.

"그러면 셰익스피어가 단지 뽐내려고 희곡을 썼을까?"

피에로는 누나의 무릎 너머로 잭슨을 흘끗 보았다. 학교와 어른들 세계의 냄새가 나는 이 이름을, 전쟁과 관련된 사람인 듯한 이 이름*을 어디서 들어본 것 같긴 하다는 표정이었다. 쌍둥이들은 서로에게서 용기를 얻은 듯했다.

"그렇다는 걸 모르는 사람도 있어?"

"그러게 말이야."

---

* 셰익스피어(Shakespeare)의 '셰익'은 '흔들다' '휘두르다'라는 뜻의 shake, '스피어'는 '작살' '창'을 뜻하는 spear와 발음이 같다.

쌍둥이에게 말하며 롤라는 피에로를 바라보는 것으로 시작해 서서히 고개를 돌려 잭슨을 향한 채로 문장을 끝냈다. 탤리스 부인은 한 번도 딸들에게 그런 식으로 말한 적이 없었다. 지금 롤라를 보면서 브라이어니는 두 사람에게 동시에 말할 때는 어떻게 하면 좋은지 요령을 알게 되었다.

"연극을 할래, 아니면 나한테 맞을래? 부모님한테도 이를 거야."

"누나가 때리면 우리도 부모님한테 이를 거야."

"연극을 할래, 아니면 부모님한테 고자질당할래?"

위협의 정도가 좀 약해졌다고 해서 그 효력이 줄어든 건 아닌 듯했다. 피에로가 아랫입술을 빨았다.

"왜 해야 되는데?" 이 질문은 모든 것을 체념했다는 뜻이었고, 롤라는 동생의 달라붙은 머리칼을 헝클어뜨리면서 말했다.

"부모님이 뭐라고 하셨는지 기억 안 나? 우리는 이 집에 온 손님이야. 그러니까 어떻게 행동하라고 하셨지? 자, 말해봐. 어떻게 해야 한다고?"

"유……순하게." 쌍둥이들은 시무룩한 표정으로 동시에 어렵사리 낯선 단어를 내뱉었다.

롤라가 브라이어니에게 미소를 지어 보이며 말했다. "네 연극에 대해서 얘기해볼래?"

부모님. 이 복수형의 단어에 깃든 제도적으로 보장된 권위는 이혼으로 이미 무너져내렸거나 서서히 무너져가는 중이었지만 퀸시가의 아이들은 그 순간 그런 사실을 인정하지 못하고 있었으며, 그 권위에 도전하기 위해서는 아무리 어린아이일지라도 대단한 용기가 필요했다.

사촌들이 〈아라벨라의 시련〉에 출연하기 싫을 수도 있다는 예상을 전혀 못했던 브라이어니는 자기만 생각하고 시작한 일이 갑자기 부끄럽게 느껴졌다. 그럼에도 그들은 나름대로 힘겨운 시련을 겪고 있으며 이제 이 집에 손님으로 온 이상 그녀에게 협조해야 할 의무가 있다고 느끼고 있음이 분명했다. 심지어 롤라는 자기도 싫지만 어쩔 수 없이 연극에 참여할 작정임을 분명히 하지 않았나. 이 불쌍한 퀸시가의 아이들은 강요에 의해 마지못해 움직이고 있었다. 그래도 브라이어니는 다른 쪽으로 생각해보려고 애썼다. 롤라가 쌍둥이들을 조종하는 것은 아닐까? 쌍둥이들을 이용해서 자신의 불편한, 혹은 적대적인 감정을 표현하는 것은 아닐까? 브라이어니는 자신이 롤라보다 두 살이나 어리다는 사실, 그래서 세련되게 의사를 표현하는 능력도 꼬박 이 년이나 뒤진다는 사실에 새삼 열등감이 솟았다. 이젠 자기 희곡을 무대에 올리는 일이 비참하고 부끄러운 일로 느껴졌다.

브라이어니는 롤라와 눈을 마주치지 않으려고 애쓰면서 줄거리를 간단하게 설명했다. 그러는 동안에도 이 모든 것이 얼마나 어리석은 일인가 하는 생각에 마음이 무거워졌다. 이제 사촌들에게 공연에 대한 흥분을 불러일으키고 싶은 마음은 사라지고 없었다.

브라이어니가 설명을 끝내자마자 피에로가 말했다. "난 백작 할래. 난 나쁜 사람 하고 싶어."

"난 왕자. 난 항상 왕자야." 잭슨이 잘라 말했다.

브라이어니는 쌍둥이들을 끌어안고 뽀뽀라도 해주고 싶은 심정이었지만, "그래? 그럼 그렇게 해"라고만 말했다.

롤라는 꼬고 있던 다리를 풀고 옷을 매만지더니 방을 나가려는 것처럼 일어섰다. 그러고는 슬픈 듯 혹은 체념한 듯 한숨을 쉬며 말했다. “네가 이걸 썼으니까 아라벨라 역은 당연히 네가 하겠지?”

“아, 아니야.” 브라이어니가 대답했다. “절대 그렇지 않아.”

아니라고 말했지만 사실은 그랬다. 아라벨라 역은 당연히 브라이어니 자신이 맡을 것이었다. 아니라고 한 것은 롤라가 말한 이유 때문이 아니라는 뜻이었다. 그녀가 아라벨라 역을 맡는 것은 자신이 희곡을 썼기 때문이 아니라 다른 어떤 대안도 떠오르지 않았기 때문에, 오빠에게 주인공을 멋지게 연기하는 모습을 보여주고 싶었기 때문에, 그리고 무엇보다 그녀 자신이 아라벨라이기 때문이었다.

그러나 브라이어니는 이미 아니라는 말을 해버렸고, 그러자 롤라는 부드러운 목소리로 물었다. “그렇다면 내가 아라벨라 역을 맡아도 괜찮겠니? 아주 잘해낼 수 있을 것 같은데. 사실, 우리 둘 중에서……”

롤라는 의도적으로 말끝을 흐렸고, 브라이어니는 경악의 표정을 숨기지도, 달리 무슨 말을 하지도 못한 채 그녀를 빤히 바라보았다. 브라이어니는 아라벨라가 자신에게서 떠나가고 있다는 것을 알았지만, 배역을 되찾아올 어떤 말도 떠오르지 않았다. 침묵하는 브라이어니에게 롤라는 자기가 더 잘할 수 있는 이유를 설명했다.

“난 작년에 오랫동안 앓아누운 적이 있거든. 그러니까 아라벨라가 앓아눕는 연기도 잘할 수 있을 거야.”

앓아눕는 연기도? 브라이어니는 나이 많은 이 여자애의 적수가 되지 못했다. 이제 피할 수 없는 운명을 맞았다는 비참한 기분이 이성적인 사고를 막았다.

쌍둥이 중 한 명이 자랑스러운 듯 덧붙였다. “누나는 학교 연극에도 나갔었잖아."

그들에게 아라벨라는 주근깨가 없다고 어떻게 말할 수 있겠는가? 아라벨라의 피부는 창백하고 머리카락은 검은색이며 생각은 브라이어니의 생각과 일치했다. 그러나 파탄을 맞은 가정을 떠나 멀리 이곳까지 온 사촌의 부탁을 어떻게 거절할 수 있겠는가? 도저히 거절할 수 없도록 마지막 결정타를 날리는 것을 보면 롤라는 그런 브라이어니의 마음을 읽은 게 분명했다.

"좋다고 말해줘. 이건 지난 몇 달 동안 내게 일어난 일들 중에 유일하게 기쁜 일이 될 거야."

좋아. 도저히 입이 떨어지지 않아 브라이어니는 고개만 끄덕였다. 그 순간 자기파멸적 동의로 인한 불쾌한 흥분이 온몸으로 퍼지고, 이윽고 몸 바깥으로 빠져나와 풍선처럼 부풀어 고동치며 방안을 어둑하게 만드는 것 같았다. 어서 방을 빠져나가 혼자가 되고 싶었다. 침대에 얼굴을 묻고 그 끔찍했던 순간의 고통을 되씹어보고 싶었고, 이 파국에 이르기까지의 대화를 하나하나 떠올리며 분석해보고도 싶었다. 눈을 감고 자신이 무엇을 잃었는지, 무엇을 포기해버렸는지 충분히 생각하고 앞으로 일이 어떻게 전개될 것인지 예측해볼 시간이 필요했다. 마음에 걸리는 것은 리언만이 아니었다. 엄마가 브라이어니를 위해, 아라벨라의 결혼식을 위해 찾고 있다는 복숭아색과 크림색의 고풍스러운 새틴 드레스는 어쩔 것인가? 이제 그 드레스는 롤라에게 갈 것이다. 어떻게 엄마가 지금까지 자기를 사랑해온 딸을 저버릴 수 있단 말인가? 드레스가 몸에 완벽히 잘 맞는 롤라의 모습을 상상하면서, 그리고 엄마가 무정하게도 그런 롤라를 보며 미소 짓는 광경을 상상하면서 브라이어니는 자신에게 남은 유일한 길은 집을 뛰쳐나가 산울타리 아래에서 나무 열매를 먹고 살면서 아무하고도 말을 하지 않고 지내는 것뿐이라고 생각했다. 그러다 어느 겨울날 새벽 커다란 참나무 둥치 옆에서 맨발로, 아니면 분홍색 리본 끈이 달린 발레화를 신고서 웅크린 채 아름답게 죽어 있는 모습으로 턱수염이 텁수룩하게 난 나무꾼에게 발견되는 것이다.

이런 자기연민에 빠지려면 온전히 정신을 집중해야 했고, 오직 혼자 있을 때만 이 가슴 찢어지는 세부 하나하나에 생기를 불어넣을 수 있을 터였다. 그러나 그녀가 고개를 끄덕이는 순간—도대체 어떻게 단 한 번의 두개골 하강이 인생을 이토록 바꿔놓을 수 있단 말인가!—롤라는 마룻바닥에서 브라이어니의 대본 뭉치를 주워들었고, 쌍둥이 형제는 의자에서 일어나 누나를 따라 브라이어니가 그 전날 깨끗이 치워둔 방 한가운데로 걸어갔다. 이제 용기를 내서 방을 나가야 하지 않을까? 롤라는 한 손을 이마에 얹고 심각한 표정으로 서성이면서 대본의 앞부분을 훑어본 뒤 서막의 대사를 중얼거리고 있었다. 그러다 첫 부분부터 연습을 시작해도 나쁠 것은 없겠다고 공표하듯 말하더니 동생들에게 아라벨라의 부모 역할을 지정해주면서 도입부에 대해 설명했는데, 그 장면에서 필요한 것은 전부 알고 있는 듯 보였다. 롤라의 득세로 인한 갑작스러운 판도 변화는 가혹했고 자기연민이 끼어들 자리는 없었다. 아니면 이 모든 것이 오히려 파괴적인 방식으로 감미로울 수도 있었다. 브라이어니에겐 아라벨라 엄마의 배역조차 주어지지 않았으니까. 지금이야말로 방을 빠져나가 침대에 얼굴을 묻고 어둠 속으로 빠져들 때였다. 그러나 롤라의 활기찬 모습과 자기 일 외에는 아무것도 아랑곳하지 않는 무신경함을 보자, 그리고 롤라에게 죄책감을 느끼게 할 수 없음은 물론이고 자신의 감정 따위는 전혀 문제되지 않고 있다는 확신이 들자 브라이어니는 저항할 힘이 생겼다.

부모의 보호를 받으며 별다른 어려움 없이 살아온 브라이어니는 다른 사람과 심각하게 맞서본 적이 한 번도 없었다. 그러나 이제는 알 수 있었다. 그것은 6월 초에 수영장 물속으로 뛰어드는 일과 같았다. 이것저것 잴 필요 없이 행동으로 옮기면 그만이었다. 그녀가 높은 의자에서 몸을 빼내 사촌이 서 있는 곳으로 향하는 동안 심장은 쿵쿵 소리를 내며 이상하게 뛰었고 숨이 가빠졌다.

브라이어니는 롤라에게서 대본을 빼앗아 들고 애써 침착한 목소리로, 그러나 평소보다 높은 어조로 말했다. "아라벨라를 언니가 맡으면 연출자는 나야. 그러니까 미안하지만 서막의 대사는 내가 읽어야 돼."

롤라는 작은 반점이 얼룩덜룩한 손을 입으로 가져가며 "어머, 미안해애!"라고 호들갑을 떨었다. "난 그냥 빨리 연습을 시작하는 게 좋을 것 같아서……"

적절하게 대꾸할 말이 떠오르지 않아 브라이어니는 대신 피에로를 돌아보았다. "넌 아라벨라의 엄마처럼 보이진 않는다."

롤라의 배역 결정을 물리고 이 때문에 쌍둥이들이 웃음을 터뜨렸다는 사실은 주도권이 브라이어니에게 되돌아왔음을 보여주는 증거였다. 롤라는 앙상한 어깨를 과장된 몸짓으로 으쓱해 보이더니 창가로 다가가 밖을 내다보았다. 어쩌면 방을 박차고 나가고 싶다는 유혹과 싸우고 있는지도 몰랐다.

쌍둥이들이 레슬링을 하기 시작했고 롤라는 머리가 아파오는 것 같다고 중얼거렸지만, 어쨌든 연습이 시작되었다. 브라이어니가 서막의 대사를 읽는 동안 방안은 쥐죽은듯이 고요했고 왠지 모를 긴장감이 감돌았다.

이것은 아라벨라라는 충동적인 아가씨의 이야기입니다.

그녀는 외국에서 온 남자와 사랑에 빠져 애정의 도피행각을 벌였죠.

사랑하는 맏딸이 허락도 받지 않고 집을 나가

이스트본으로 향하는 모습을 지켜보는 부모님은

깊은 슬픔에 빠졌습니다……

아라벨라의 아버지는 저택의 철문 앞에 아내와 나란히 서서 처음에는 다시 한번 생각해보라고 딸을 회유하다가, 결국 말을 듣지 않자 떠나는 것을 허락할 수 없다고 단호한 목소리로 잘라 말한다. 그 앞에는 고집스러운 우리의 주인공이 백작과 나란히 서서 슬픈 표정으로 아버지를 바라보고 있다. 근처 참나무에 아라벨라와 백작이 타고 떠날 말들이 묶인 채 서두르라는 듯이 히히힝 소리를 내며 발굽으로 흙을 긁어대고 있다. 이 대목에서는 아버지의 안타까운 마음이 목소리의 떨림으로 드러나야 했다.

내 귀여운 아가야, 너는 참으로 젊고 사랑스럽구나.

하지만 너는 아직 서투르고 세상을 모른다.

지금은 세상이 네 앞에 무릎을 꿇고 있는 것 같지만

갑자기 일어서서 너를 집어삼킬 수도 있단다.

브라이어니는 배우들의 위치를 지정해주었다. 자신은 잭슨의 팔을 잡고 서 있었고, 몇 피트 떨어진 곳에 롤라와 피에로가 손을 꼭 잡고 섰다. 쌍둥이들은 눈이 마주치자 미친듯이 웃어대기 시작했는데, 브라이어니와 롤라가 손가락을 입에 대며 "쉿!" 하고 주의를 줘도 한번 터진 웃음은 쉽게 잦아들지 않았다. 지금까지도 결코 쉽지 않은 연습이었지만, 이상과 현실 사이에는 너무나 큰 괴리가 있음을 브라이어니가 분명히 깨닫게 된 것은 잭슨이 대본을 보며 떠듬떠듬 자기 대사를 읽기 시작했을 때였다. 잭슨은 마치 사망자 명단을 읽어내려가듯 무미건조하게 단어들을 뱉어냈으며, 그렇게도 여러 번 가르쳐줬건만 "서투르고"를 제대로 발음하지 못했다. 그뿐만 아니라 "갑자기 일어서서 너를 집어삼킬 수도 있단다"라는 마지막 대사는 빼먹고 읽지도 않았다. 롤라에게도 문제가 있었다. 대사를 정확하게 발음하기는 했지만 건성으로 읽으면서 딴생각을 하는지 엉뚱한 대목에서 미소를 보이곤 했던 것이다. 다 큰 자기는 따로 집중할 일이 있다는 걸 보여주기로 작정이라도 한 것 같았다.

이런 식으로 연습이 계속되는 삼십 분 동안, 먼 북쪽 지방에서 온 사촌들은 브라이어니의 작품을 서서히 망쳐가고 있었다. 그래서 언니가 목욕할 시간이라고 쌍둥이들을 데리러 왔을 때 브라이어니는 안도의 한숨을 내쉬었다.

둘

싱그러운 젊음이 넘치는 나이인데다 화창한 날씨가 기분을 들뜨게 하기도 했고, 담배 생각도 간절했기 때문에 세실리아 탤리스는 꽃을 든 채 강 옆으로 난 길을 잰걸음으로 걸어 집으로 향했다. 이끼 낀 벽돌담으로 둘러싸여 있고 다이빙 시설을 갖춘 수영장 옆을 지나자 이윽고 길이 구부러져 참나무 숲으로 이어졌다. 졸업시험을 친 이후로 벌써 몇 주 동안이나 특별히 하는 일 없이 빈둥빈둥 여름을 보냈다는 생각에 마음이 더욱 급해졌다. 집에 온 후로 그녀의 생활은 고여 있는 웅덩이처럼 정체되어 있었던 터라 오늘같이 화창한 날은 초조하다못해 거의 절박한 느낌마저 들었다.

햇빛 아래 드러난 나무들의 짙푸른 그늘은 시원한 안식처로 보였고, 세월 속에 울퉁불퉁해진 나무줄기들은 심오한 조각품처럼 매혹적인 모습으로 세실리아의 눈길을 끌었다. 한 사람이 겨우 다닐 수 있는 좁은 철문을 지나고 땅을 파서 만든 울타리를 따라 줄지어 핀 철쭉들을 지나서 이제 그녀는 탁 트인 너른 목초지를 가로질렀다. 소 먹일 풀을 대려는 이웃 농부에게 팔린 땅이었다. 이윽고 야트막한 담으로 둘러싸인 분수가 나타났다. 분수 한가운데에는 로마 바르베리니광장에 있는 베르니니의 조각상 〈트리톤〉을 절반 크기로 모방한 석상이 있었다.

조개껍질에 편안한 모습으로 앉아 있는 이 근육질의 남자는 손에 든 소라 위로 물을 고작 2인치 정도 뿜어내고 있었다. 수압이 너무 약해서 곧장 그의 머리로 떨어진 물이 머리카락을 타고 등으로 흘러내렸고, 단단한 등뼈 사이사이의 움푹 들어간 부분에는 짙푸른 물이끼가 끼어 있었다. 밝은 아침햇살을 받은 그의 모습은 먼 북쪽의 이국땅에서도 참으로 아름다웠으며, 그가 앉은 조개껍질을 받치고 있는 네 마리의 돌고래도 마찬가지로 아름다웠다. 세실리아는 돌고래와 트리톤의 허벅지에 새겨진 비늘을 물끄러미 바라보다가 집 쪽으로 천천히 고개를 돌렸다. 거실로 가는 가장 빠른 길은 잔디밭과 테라스를 가로질러 유리문으로 들어가는 것이었다. 그러나 저 앞에 어릴 적 친구였고 대학도 같이 다닌 로비 터너가 무릎을 꿇은 채 해당화 울타리에 난 잡초를 뽑고 있었다. 그녀는 그와 이야기를 나누고 싶은 기분이 아니었다. 적어도 지금은 마주치고 싶지 않았다. 졸업 후 고향에 돌아온 이후로 그를 온통 사로잡고 있는 일은 정원 손질인 모양이었다. 그즈음 그가 의대에 진학한다는 소문이 들렸는데, 문학으로 학위를 받고 또 의대를 간다니 어쩐지 허영이 아닌가 하는 생각이 들었다. 게다가 그 학비를 대줘야 할 사람이 세실리아의 아버지라는 사실을 고려한다면 참으로 뻔뻔한 일이기도 했다.

세실리아는 꽃에 생기를 불어넣기 위해 깊고 차가운 분수대 물속에 담갔다가, 로비와 마주치는 것을 피하려고 길을 빙 돌아서—이것이 몇 분 더 바깥에 머물 수 있는 핑계가 된다고 생각하면서—집 정면으로 향했다. 아침햇살도, 사실상 그 어떤 빛도 탤리스가 저택의 추한 모습을 감출 수는 없었다. 지은 지 겨우 사십 년밖에 안 되는, 밝은 오렌지색 벽돌로 지어 납틀 창문을 낸 이 고딕 양식의 저택은 이후 페브스너*인지 그가 속한 학파의 다른 건축가인지로부터 좋은 기회를 망쳐버린 비극적인 건축물이라는 혹평을 받고, 현대 학파에 속하는 젊은 작가로부터는 "지나칠 정도로 매력이 없다"는 소리를 듣게 된다. 이 건물이 들어서기 전에는 애덤 양식의 저택이 있었는데 1880년대 말에 전소되었다. 화재 후에도 그대로 남은 것은 인공호수와 섬, 그 섬과 땅을 연결하는 두 개의 돌다리, 그리고 섬의 둑에 있는 곧 무너져내릴 듯한 작은 예배당뿐이었다. 철물상인 아버지 밑에서 자라며 맹꽁이자물쇠와 걸쇠, 볼트와 문고리에 대한 몇 가지 특허를 따내 부를 축적했다는 세실리아의 할아버지는 새로 짓는 저택에 견고하고 안전하며 실용적인 것을 좋아하는 자신의 취향을 그대로 살렸다. 그러나 저택 정면을 등지고 서서 차도 쪽으로 내려다보면, 드문드문 서 있는 나무 그늘 아래서 풀을 뜯는 홀스타인 젖소들만 제외하면 주변 경관은 충분히 아름다웠다. 세월의 흐름에서 벗어난 변치 않는 고요가 느껴지는 이런 풍경을 바라보면서 그녀는 하루라도 빨리 이곳을 떠나지 않으면 안 된

* 독일 출생의 영국 건축사가.

다는 생각을 굳혔다.

집으로 들어간 세실리아는 걸음을 옮길 때마다 들려오는 익숙한 발소리에 눈살을 찌푸리면서 흰색과 검은색 타일이 깔린 복도를 빠르게 통과했고, 거실 문 앞에 다다라서는 숨을 고르기 위해 걸음을 멈췄다. 샌들을 신은 발 위에 시원한 물을 뚝뚝 떨어뜨리는 협죽도와 아이리스 다발이 기분을 상쾌하게 해주었다. 찾고 있던 꽃병은 조금 열린 테라스 유리문 옆, 미국산 벚나무로 만든 탁자 위에 놓여 있었다. 남동쪽으로 난 창문을 통해 따사로운 아침햇살이 들어와 담청색 카펫 위에 평행사변형을 그려놓았다. 이제 숨도 돌렸고 담배 생각이 더욱 간절했지만, 그녀는 문 옆에 서서 움직이질 못했다. 눈앞의 완벽한 광경에 매료되어서였다. 거의 새것이나 다름없는 고딕 양식의 벽난로와 주위를 둘러싼 색이 바랜 체스터필드 소파 세 개, 벽난로 앞에서 겨울 분위기를 내는 사초 화분들, 누구 하나 연주하지도 조율하지도 않는 하프시코드와 사용하지 않는 자단 악보대, 오렌지색과 파란색 술이 달린 끈으로 느슨하게 묶여 있는 두툼한 벨벳 커튼, 커튼 너머로 보이는 구름 한 점 없는 하늘, 포석 틈새에 점점이 피어난 캐모마일과 피버퓨 꽃 때문에 노란색과 회색으로 얼룩진 테라스. 테라스 앞 층계는 정원 잔디밭으로 이어졌고, 잔디밭 끝 울타리에서는 로비가 여전히 일을 하고 있었다. 울타리 너머로도 잔디밭은 계속 펼쳐졌고 50야드쯤 떨어진 곳에 트리톤 분수가 있었다.

이 모든 것—강을 따라 걷다가 꽃을 꺾어 들고 달리는 것처럼 최근에는 거의 잊고 지낸 일들, 참나무 줄기에 새겨진 매혹적인 세월의 자국들, 천장이 높은 방, 햇빛이 그려내는 기하학적인 무늬, 고요함 속에 맥박조차 서서히 잦아드는 느낌—이, 이 모든 친숙한 것이 새삼 낯설고도 신선하게 느껴져서 세실리아를 기쁘게 했다. 그러나 집안에 틀어박혀 권태로운 생활을 하고 있다는 자책감도 들었다. 그녀가 케임브리지에서 돌아온 것은 너무 오랫동안 집을 떠나 있었으니 적어도 이번 여름은 가족과 함께 보내야 한다는 막연한 의무감 때문이었다. 그러나 아버지는 여전히 시내에 머물고 있었고, 어머니는 편두통을 앓지 않을 때도 그녀에게 냉담했고 심지어 불친절하다고 느껴졌다. 언젠가 한번은 정겨운 대화라도 나눌 요량으로 차 쟁반을 들고 어머니 방—그 방은 세실리아의 방만큼이나 어수선하고 지저분했다—으로 올라간 적이 있었다. 그러나 에밀리 탤리스는 집안의 자질구레한 일에 대해 몇 마디 불평을 한 후, 베개에 기대앉아 무표정한 모습으로 찻잔을 비울 뿐이었다. 브라이어니는 작가가 되겠다는 환상에 사로잡혀 다른 일에는 전혀 신경을 쓰지 않았다. 잠시 그러다가 말겠거니 했는데 꽤 오래 갈 모양이었다. 그날 아침 세실리아는 브라이어니가 전날 도착해 아직 여독도 풀리지 않은 불쌍한 사촌들을 이끌고, 리언과 그의 친구가 도착하는 저녁에 무대에 올릴 연극 연습을 위해 놀이방으로 향하는 것을 보았다. 그러나 시간이 너무 부족했고, 쌍둥이 중 한 명은 벌써 뭘 잘못했는지 베티의 감시를 받으며 부엌방에 붙잡혀 있었다. 그렇다고 도와줘야겠다는 생각은 들지 않았다. 날이 너무 더웠을 뿐 아니라 도움을 주더라도 어차피 그 연극은 대실패로 끝나게 되어 있었다. 브라이어니는 너무 많은 것을 기대하고 있었고, 어떤 배우도, 하물며 이 사촌들은 턱없이 높은 그 기대에 부응할 수 없었다.

세실리아는 난장판으로 어질러진 방에 틀어박혀 허송세월할 수만은 없다는 걸 알고 있었다. 언제까지고 침대에 누워 담배연기에 몽롱해진 정신으로 천장을 쳐다보며, 혹은 한 손에 턱을 괴고 엎드려 팔이 저려올 때까지 리처드슨의 『클래리사』나 읽으면서 시간을 보낼 수는 없었다. 도움이 될 만한 사람이 없을까 싶어 내키지는 않지만 친척들을 떠올려보기도 했다. 그러나 친가 쪽으로는 마땅한 사람이 없었다. 적어도 증조할아버지가 작은 철물점을 열기 전까지 탤리스가의 조상들은 수상쩍은 이유로 혼란스럽게 성姓을 바꾸고 교구 기록부에는 오르지 못하는 사실혼 관계를 통해 자식들을 낳으면서 고된 농장일에 허덕이며 살아간 것이 분명했다. 여기 이대로 머물러 있을 순 없었다. 어떤 계획이든 세워야 했다. 그러나 그녀는 아무것도 하지 않았다. 하나같이 별로 끌리진 않지만 여러 가능성이 있긴 했다. 통장에 돈이 조금 있으니 한 일 년 정도는 그럭저럭 버틸 수 있을 것이다. 리언은 런던으로 와서 자기랑 같이 지내자고 몇 번이나 말했다. 대학 친구들은 일자리를 찾도록 도와주겠다고 했다. 보나마나 지루하기 짝이 없는 일이겠지만 적어도 독립은 할 수 있을 것이다. 외가에도 언제나 그녀를 환영하는 재미있는 삼촌과 이모들이 있었다. 롤라와 쌍둥이의 어머니인 허마이어니 이모도 그중 하나였다. 참, 이모는 라디오 방송국에 근무하는 애인과 함께 아직도 파리에서 지낸다고 했던가?

세실리아를 붙잡고 있는 사람은 없었고, 그녀가 떠난다고 해서 특별히 안타까워할 사람도 없을 것이다. 조금도 가만히 못 있고 뭐든 해야 하는 때가 종종 찾아오는 걸 보면 무력감이 그녀를 지배하고 있는 것도 아니었다. 그녀는 그저 누군가가 자신을 못 떠나게 잡고 있으며, 누군가가 자신을 필요로 한다는 느낌이 좋았다. 때때로 그녀는 브라이어니를 위해서, 혹은 어머니를 돕기 위해서 집에 있는 거라고 자기 자신을 설득했고, 오랫동안 머무는 것은 이번이 마지막일 테니 진득이 참아야 한다고 스스로를 다독이기도 했다. 그러나 사실은, 짐을 꾸려 아침 기차를 타고 떠나자고 생각해도 별로 신이 나지 않았다. 떠나기 위해서 떠나는 것밖에 더 되겠느냐는 회의가 밀려올 뿐이었다. 지루하지만 아늑한 이곳에 머무는 것은 세실리아가 선택한 자기학대이자 형벌이었다. 사실 이런 상황에 즐거움까지 느꼈다. 그뿐만 아니라 자신이 떠나면 뭔가 나쁜 일이 일어날 것만 같은 느낌이 들었다. 놓치기 아까운 좋은 일이 일어난다면 더 나빴다. 로비 문제도 있었다. 로비는 갑자기 그녀와 거리를 둠으로써, 자신의 원대한 계획을 그녀의 아버지하고만 의논하려 함으로써 그녀를 화나게 만들었다. 둘은 일곱 살 때부터 서로 알고 지냈는데 이제 이야기를 나누는 것조차 어색한 사이가 되어버렸다는 사실이 신경쓰였다. 이렇게 된 데에는 로비의 잘못이 크다고 믿었지만—대학을 최우등으로 졸업해서 그렇게 거만해진 걸까?—떠날 궁리를 하기 전에 이것부터 매듭을 지어야 한다는 생각이 들었다.

열린 창문 사이로 소똥냄새가 들어왔다. 심하진 않지만 아주 추운 며칠을 제외하고는 일 년 내내 늘 함께하는 냄새라 멀리 떠나 있다가 돌아온 사람들만 맡을 수 있었다. 로비는 모종삽을 내려놓고 서서 담배를 말고 있었다. 공산당원 시절에 배운 습관이 아직 남아 있는 것이다. 그러나 공산당에 대한 열정은 인류학에 대한 관심이나 칼레에서 이스탄불까지의 도보여행 계획과 마찬가지로 한때 로비의 마음을 사로잡았다가 사라져버린 듯했다. 세실리아의 담배는 3층 자기 방에 올라가서 이 옷 저 옷 주머니를 뒤져봐야 찾을 수 있을 터였다.

세실리아는 거실로 들어가 꽃다발을 꽃병에 꽂았다. 이 꽃병은 원래 클렘 삼촌 것이었다. 그녀는 전쟁이 끝난 후 있었던 삼촌의 장례식 혹은 재매장 의식을 생생히 기억하고 있었다. 교회 마당으로 포차가 들어와 섰고, 곧이어 연대 깃발에 덮인 관이 내려졌다. 양쪽으로 줄지어 선 군인들이 칼을 들어 관이 지나가는 길을 호위해주었고, 무덤 앞에서도 군인들이 고인의 명복을 빌며 엄숙하게 나팔을 불었다. 다섯 살밖에 안 된 그녀에게 무엇보다도 충격적이었던 것은 아버지가 눈물을 흘리는 모습이었다. 클렘 삼촌은 아버지의 유일한 형제였다. 삼촌이 이 꽃병을 어떻게 손에 넣게 되었는지는 죽기 전 집으로 보낸 편지들 중 한 통에 설명되어 있었다. 젊은 육군 중위였던 삼촌은 프랑스군 진영에서 연락장교를 맡았는데 베르됭이 폭격을 받기 직전 그곳 서쪽에 있는 작은 마을의 주민들을 대피시키는 일을 지휘했다고 한다. 덕분에 약 오십 명의 부녀자와 어린이, 노인 들이 목숨을 건질 수 있었다. 나중에 이 마을 시장과 공무원들은 폭격으로 반파된 박물관으로 클렘 삼촌을 데려갔다. 그러고는 산산조각이 난 유리 진열장 안에 온전하게 남아 있는 이 꽃병을 감사의 선물로 주었다. 전쟁중에 마이센 도자기* 를 옆구리에 끼고 돌아다니는 것이 거추장스러웠을 테지만 삼촌은 마을 사람들의 호의를 거절하지 않았다. 한 달 후 탤리스 중위는 이 꽃병을 한 농가에 맡겼고, 그후 큰비로 불어난 강을 건너 농가로 가서 꽃병을 찾은 다음 한밤중에 같은 길을 되짚어 부대로 복귀했다고 한다. 전쟁 말기에 정찰 임무를 맡은 삼촌은 한 친구에게 꽃병을 잘 맡아달라

* 독일 작센주 마이센에서 생산되는 도자기. 흰 바탕에 손으로 섬세하게 그린 그림으로 유명하다.

고 넘겼고, 이후 어떤 경로를 통해서인지는 분명하지 않지만 꽃병은 삼촌이 속한 연대 본부로 돌아왔다. 그리고 클렘 삼촌의 장례식을 치른 몇 달 뒤 꽃병은 탤리스가로 전달되었다.

들꽃을 꽃꽂이하는 것은 사실 별 의미가 없었다. 아무렇게나 꽂혀 나름대로 조화를 이루며 자연미를 드러내는 게 좋지, 아이리스와 협죽도를 반씩 섞어서 정성스레 배치하는 것은 도대체 말이 안 되는 일 같았다. 세실리아는 꽃이 자연스럽게 보이도록 여기저기 매만지며 몇 분을 보냈다. 그러는 동안 밖으로 나가 로비에게 가는 게 어떨지 생각해 보았다. 그러면 굳이 3층으로 뛰어올라가지 않아도 될 것이다. 하지만 어색하고 불편하고 더울 것을 생각하니 망설여졌다. 게다가 밖으로 나가려면 벽난로 위의 금도금 테를 두른 커다란 거울 앞에서 매무새를 살펴야 할 것 같았다. 만일 등을 보이고 서서 담배를 피우던 로비가 집 쪽으로 돌아선다면, 거실에서 거울을 보고 있는 그녀의 모습이 바로 눈에 들어올 것 아닌가. 꽃꽂이 작업이 마침내 끝나자 세실리아는 허리를 펴고 섰다. 이제 오빠의 친구 폴 마셜은 누군가 들판에서 무심하게 꽃을 꺾어다가 마찬가지로 무심하게 이 꽃병에 꽂아놓았다고 믿게 될 것이다. 꽃병에 물을 채우기 전에 꽃부터 꽂는 것은 거꾸로 된 순서라는 걸 그녀도 알고 있었지만, 특별히 큰 문제는 아니었다. 일단 꽃을 옮겨놓고 싶었고, 사람들이 모든 일을 바르고 논리적인 순서대로 하는 것도 아니었다. 특히 혼자 있을 땐. 어머니는 손님방에 꽃이 있었으면 했고, 세실리아는 기꺼이 그 뜻을 따랐다. 꽃병에 물을 받으려면 부엌으로 가야 했다. 하지만 부엌에서는 베티가 잔뜩 골이 나서 저녁식사를 준비하고 있었다. 잭슨인지 피에로인지는 모르겠지만 쌍둥이 중 하나가 무서워 웅크리고 있을 것이고, 일손을 돕기 위해 마을에서 온 여자도 마찬가지로 베티 눈치를 보고 있을 것이다. 애써 낮추긴 했지만 성이 난 목소리와 스튜 냄비를 일부러 쾅 던지듯이 내려놓는 소리가 간간이 이곳 거실까지 들려왔다. 세실리아가 지금 부엌으로 들어가면 어머니의 모호한 주문과 베티의 심술 사이에서 중재를 해야 할 판이었다. 그보다는 차라리 밖으로 나가 분수에서 꽃병에 물을 채우는 편이 훨씬 나았다.

세실리아가 십대였을 때 빅토리아 앨버트 박물관에서 일하는 아버지 친구가 이 꽃병을 보러 온 적이 있었다. 그분은 이 꽃병이 위대한 도예가 회롤트가 1726년에 만든 진품 마이센 도자기라고 확인해주었다. 그뿐만 아니라 한때 아우구스트왕이 소장했던 것이 거의 틀림없다고도 했다. 그렇다면 탤리스가에 있는 다른 소장품들—세실리아의 할아버지가 모아들인 별 볼 일 없는 잡동사니가 대부분이었다—보다 훨씬 더 가치 있는 것으로 판명된 셈이었지만, 아버지 잭 탤리스는 동생을 추억하기 위해서라도 이 꽃병을 실제로 사용하길 바랐다. 전쟁에서 살아남은 꽃병이라면 탤리스가 사람들 손에서도 무사히 살아남을 거라는 논리였다. 에밀리 탤리스도 반대하지 않았다. 사실 그녀는 얼마나 가치 있고 소중한 사연이 있는지와 상관없이 이 꽃병을 별로 좋아하지 않았다. 표면에 그려진 잘 가꿔진 화초와 비현실적으로 생긴 새들, 정원 탁자 주위에 둘러앉은 자그마한 중국인들의 모습이 너무 형식적이고 답답해 보여 통 마음에 들지 않는다고 했다. 그녀는 중국풍의 물건에 대체로 심드렁했다. 세실리아 자신도 소더비 경매에 부치면 얼마에 팔릴지 종종 궁금하기는 했지만, 그 꽃병에 특별한 호오는 없었다. 이 물건을 조심해서 다루어야 하는 건 회롤트의 멋진 오채자기 기술이나 금으로 두른 테두리, 혹은 오묘한 푸른색의 이파리들이 인상적인 그림 때문이 아니라 클렘 삼촌 때문이었다. 삼촌이 구해낸 귀한 생명들과 한밤중에 위험을 무릅쓰고 강을 건넌 수고, 정전협정 일주일 전에 맞이한 안타까운 그의 죽음을 기억하기 위해서였다. 꽃을, 특히 들꽃을 꽂는 것이 이 꽃병의 가치에 어울릴 것 같았다.

세실리아는 이 귀중한 도자기 꽃병을 두 손으로 쥐고 테라스 쪽으로 가서 한 발로 밀어 유리문을 활짝 열었다. 환한 햇살 아래 걸음을 내딛자 햇볕으로 따뜻하게 데워진 돌에서 풍기는 냄새가 부드럽게 그녀를 감쌌다. 제비 두 마리가 분수 위를 날아가고 있었고, 커다란 레바논삼나무의 짙은 그늘 속 어딘가에서는 솔새의 청명한 노랫소리가 들려왔다. 테라스를 가로질러 삐걱거리는 나무계단 세 개를 조심스레 내려가 자갈길로 들어서는 동안 꽃병의 꽃들이 산들바람에 흔들리면서 얼굴을 간질였다. 로비가 그녀의 인기척에 깜짝 놀라 돌아섰다.

"뭐 좀 생각하느라고. 온 줄 몰랐네." 그가 미안하다는 듯이 말했다.

"그 볼셰비키 담배 하나만 말아줄래?"

로비는 피우던 담배를 옆으로 던져버리고, 잔디밭에 놓인 재킷에서 주석 담뱃갑을 집어들고는 세실리아와 나란히 분수로 걸어갔다. 둘은 한동안 말이 없었다.

"날씨가 참 화창하다." 세실리아가 살짝 한숨을 쉬면서 말했다.

로비는 의아하지만 재미있다는 표정으로 그녀를 쳐다보았다. 그동안 어색했던 둘 사이를 생각하면 날씨에 대한 그저 그런 인사말이라도 이상하게 느껴지리라는 걸 세실리아도 인정하지 않을 수 없었다.

"『클래리사』는 어때?" 로비가 담배를 말고 있는 자신의 손가락을 물끄러미 내려다보며 물었다.

"지루해."

"그렇게 말하면 안 되지."

"클래리사가 뭔가 행동을 하면 좋겠어."

"그렇게 돼. 앞으로 점점 나아질 거야."

그들은 발걸음을 늦추다가 멈춰 섰다. 담배 마는 작업을 마무리하기 위해서였다.

"차라리 필딩 책을 읽는 게 낫겠어." 세실리아가 말했다.

또 어리석은 말을 했다는 생각이 들었다. 로비는 고개를 돌려 넓은 초원과 강을 따라 길게 늘어선 참나무 숲을, 그리고 세실리아가 오늘 아침에 달리듯 가로지른 그 참나무 숲을 어슬렁거리며 향하는 젖소들을 바라보았다. 로비는 세실리아가 무언가를 암시하고 있다고, 거칠고 관능적인 것을 좋아하는 취향을 넌지시 내비치는 거라고 생각할지도 몰랐다. 물론 그건 아니었다. 세실리아는 당황했지만, 그런 뜻이 아니었노라고 어떤 식으로 말해야 할지는 알 수가 없었다. 그녀는 그의 눈이 마음에 든다고 생각했다. 오렌지색과 초록색의 아름다운 조화, 햇빛 아래에서 보면 투명한 알갱이들이 점점이 흩어져 있는 듯한 눈동자. 키가 무척 큰 것도 좋았다. 지적인 사람이 체격까지 건장하다니, 참 흥미로운 일이었다. 세실리아가 담배를 받아들자 로비가 불을 붙여주었다.

"무슨 말인지 알아." 분수를 향해 걸어가면서 로비가 말했다. "필딩의 작품이 훨씬 더 생동감 있긴 하지. 하지만 심리학적으로 보면 리처드슨보다 미숙한 것 같아."

세실리아는 분수대로 올라가는 고르지 못한 계단에 꽃병을 놓았다. 18세기 문학에 대해 학부생들처럼 토론을 벌이고 싶지는 않았다. 필딩이 미숙하다거나 리처드슨이 인간의 심리 묘사에 뛰어나다고 생각하진 않았지만, 로비와 논쟁을 벌이며 자기 의견을 방어하고 용어를 정의하며 상대방을 공격하는 일은 하기 싫었다. 그런 일엔 넌더리가 났고, 더군다나 로비는 논쟁을 벌일 때 상당히 집요했다.

그래서 로비의 말에 대답하는 대신 화제를 돌렸다. "오늘 리언이 온대. 들었어?"

"응, 소문은 들었어. 잘됐네."

"친구를 데리고 온대. 이름이 폴 마셜이랬나?"

"아, 그 초콜릿 백만장자. 뭐야! 이 꽃, 그 자식 주려고?"

세실리아는 엷은 미소를 지었다. 진짜 질투를 감추기 위해 질투가 난 척하는 걸까? 예전에는 로비를 잘 안다고 생각했는데 이젠 아니었다. 두 사람은 케임브리지에서 이미 사이가 멀어졌다. 대꾸할 말이 생각나지 않자 세실리아는 다시 화제를 바꿨다.

"아버지가 그러던데, 의사가 될 거라면서?"

"생각중이야."

"학교 다니는 게 좋은가봐?"

로비는 다시 고개를 돌렸지만 이번에는 일 초도 지나지 않아 세실리아를 돌아보았고, 그녀는 그 얼굴에 성난 기색이 보인다고 생각했다. 비웃는 것처럼 들렸나? 그녀는 다시 그의 눈을 바라보았다. 사내애들이 갖고 노는 구슬처럼 초록색과 오렌지색이 밝게 빛나는 아름다운 눈. 입을 열었을 때 그는 평정을 되찾아 유쾌해 보이기까지 했다.

"네가 그런 거 안 좋아한다는 건 나도 알아, 시*. 하지만 의사가 되려면 달리 방법이 없잖아?"

"내 말이 그 말이야, 육 년이나 더 공부해야 된다니. 왜 그런 일을 하려고 해?"

로비는 화가 난 게 아니었다. 상대의 말을 확대해석하고 그가 옆에 있다는 사실에 안절부절못하는 것은 바로 세실리아였고, 그녀는 그런 자신에게 화가 났다.

로비는 세실리아의 질문에 진지하게 대답했다. "누가 나를 정원사로 써주겠어? 그렇다고 교사가 되고 싶지도 않고, 공무원도 싫고. 그래도 의학은 재미있고……" 그러다 불현듯 한 가지 생각이 떠오른 듯 덧붙였다. "참, 네 아버지께 빌린 학비는 나중에 다 갚기로 했다. 그러기로 약속했어."

"그런 뜻으로 한 소리가 아니잖아."

내가 돈 이야기를 한다고 생각하다니. 세실리아는 깜짝 놀랐다. 그가 너무한다는 생각이 들었다. 아버지는 로비가 초등학교에 들어간 이후로 계속 학비를 대주고 있었다. 그 일에 누구라도 반대한 적이 있었던가? 세실리아는 자신이 쓸데없는 오해를 하고 있다고 생각했지만 그게 아니었다. 요즘 들어 로비의 태도가 예전과는 확실히 많이 달라졌다. 그는 기회가 있을 때마다 예상치 못한 행동으로 그녀를 곤란하게

---

* Cee, 세실리아(Cecilia)의 애칭.

만들었다. 이틀 전에는 그가 현관에서 초인종을 눌렀다. 언제고 탤리스가의 집을 자유롭게 드나들 수 있는 로비가 초인종을 누른다는 것은 확실히 이상한 일이었다. 밑에서 부르는 소리를 듣고 세실리아가 내려가자, 그는 밖에 선 채로 책 한 권 빌려가도 되겠느냐고 크고 사무적인 목소리로 물었다. 마침 그때 폴리가 현관홀에 무릎을 꿇고 앉아서 고개를 숙인 채 바닥의 타일을 닦고 있었다. 그 모습을 본 로비는 화들짝 놀라며 더럽지도 않은 신발을 벗었고, 무슨 생각을 했는지 곧 양말까지 벗은 후 과장되고 우스꽝스러운 몸짓을 하면서 발끝으로 걸어 세실리아를 따라왔다. 그가 하는 행동은 모두 그녀와 거리를 두려는 의도에서 나온 것으로 보였다. 주인집에 심부름 온 가정부의 아들을 연기하는 것이었다. 함께 서재로 들어가 로비가 원하는 책을 찾은 뒤 세실리아는 커피라도 한잔하자고 권했다. 그는 우물쭈물 망설이다가 제안을 거절했는데, 꾸며낸 행동이 분명했다. 로비는 그녀가 만나본 사람들 중 가장 자신감이 넘치는 사람이었다. 그녀는 조롱당하고 있었다. 분명히 그랬다. 거절당한 세실리아는 서재를 나와 자기 방으로 올라갔고, 침대에 엎드려 『클래리사』를 펼쳐 읽기 시작했지만 머리에 한 단어도 들어오지 않았다. 마음속에서는 분노와 혼란이 서서히 커져갔다. 그녀는 조롱당하거나 아니면 벌을 받는 중이었다. 어느 쪽이 더 나쁜지는 알 수 없었다. 케임브리지에서 그와 다른 부류의 사람들과 어울려 다니고, 가정부를 어머니로 두지 않은 벌을 지금 받고 있는 거였다. 그게 아니라면 성적이 형편없다고 조롱당하고 있거나. 그러나 어차피 여학생에게는 학위를 주지도 않았다.

담배를 아직 손에 쥐고 있었기 때문에 세실리아는 서투른 손놀림으로 꽃병을 들어 분수대 난간에 올려놓았다. 우선 꽃부터 빼는 것이 나았겠지만 예민해질 대로 예민해진 터라 그런 일에 신경을 쓸 수 없었다. 손이 뜨겁고 말라 있어서 꽃병을 꽉 잡아야 했다. 로비는 침묵을 지키고 있었지만, 입술도 벌리지 않고 억지 미소를 짓고 있는 것을 보면 자신이 한 말을 후회하고 있음이 분명했다. 그런다고 나아질 건 없었다. 요즘 들어 둘이 이야기를 나눌 때면 늘 이런 식이었다. 둘 중 하나가 말실수를 하고, 그 실수를 만회해보려고 애를 쓰곤 했다. 따라서 편안하게 대화가 오갈 수 없었고, 마음은 항상 불편했다. 가시 돋친 말과 함정이 있는 암시, 어색하게 화제를 돌리는 일이 반복되자 세실리아는 그를 싫어하는 만큼이나 자기 자신도 싫어하게 되었다. 물론 그 모든 일의 책임은 주로 로비에게 있다고 믿고 있었지만 말이다. 그녀는 하나도 변한 것이 없었지만, 그가 변했다는 것에는 의문의 여지가 없었다. 로비는 자기를 진심으로 환영하고 지원을 아끼지 않는 세실리아의 가족과 거리를 두려고 애쓰고 있었다. 그 이유만으로도, 그리고 제안해봤자 거절당할 것이 뻔한데다 그 예상만으로도 불쾌해졌기 때문에 그녀는 로비를 그날 밤 저녁식사에 초대하지 않았다. 거리를 두고 싶다면 두게 해줘야 했다.

트리톤이 앉아 있는 조개껍질을 꼬리로 받치는 네 마리 돌고래 중 세실리아와 가장 가까운 돌고래의 크게 벌어진 입에는 이끼와 수초가 무성하게 자라 있었다. 사과만큼 둥글고 큰 석조 눈동자는 물기와 이끼 때문에 영롱한 초록빛을 띠었다. 트리톤의 북쪽 표면은 전체가 청록으로 덮여 있어서 어떤 각도에서는 근육질의 트리톤이 100리그*나 되는 깊은 바닷속에 있는 것같이 보였다. 베르니니의 의도는 오글오글하게 주름이 잡힌 넓은 조개껍질에서 밑에 있는 수조로 물이 똑똑 떨어지며 음악적 효과를 내는 것이었을 터였다. 그러나 여기 있는 트리톤은 수압이 너무 약해 조개껍질을 따라 물이 소리 없이 흘러내렸고, 물방울은 마치 석회암 동굴에 매달린 종유석처럼 조개껍질 밑면에 매달려 있다가 무게를 견딜 수 없을 정도가 되면 한 방울씩 떨어지곤 했다. 트리톤 주위의 수조는 깊이가 3피트가 넘었고 속이 들여다보일 만큼 깨끗했다. 수조 바닥은 엷은 크림색 돌로 되어 있었고 그 위로는 물속으로 굴절되어 들어온 직사각형 모양의 하얀 햇빛이 출렁이는 물결을 따라 이리저리 흔들리고 있었다.

세실리아는 난간 위로 몸을 굽히고 꽃들이 밖으로 빠져나오지 못하도록 붙잡은 채 꽃병을 기울여 물을 담을 생각이었는데, 바로 그 순간 자신의 실수를 만회하려는 듯 로비가 도와주겠다고 나섰다.

"내가 할게." 로비가 한 손을 뻗으며 말했다. "물은 내가 채워줄 테니 너는 꽃만 갖고 있어."

"혼자 할 수 있어. 어쨌든 고마워." 세실리아는 이미 꽃병을 수조 위로 기울이고 있었다.

그러나 그가 말했다. "물은 내가 채운다니까." 그러고는 엄지손가락과 집게손가락에 힘을 주어 꽃병을 잡았다. "담배 다 젖겠다. 꽃이나 들고 있어."

로비는 갑자기 남자의 힘과 권위를 자랑하고 싶어진 듯 사뭇 명령조였다. 그러나 이 말은 세실리아로 하여금 꽃병을 쥔 손에 더 힘을 주게

* 길이의 옛 단위.

만들 뿐이었다. 꽃을 꽂아둔 채로 꽃병에 물을 채우는 편이 자기가 바라는 자연스러운 꽃꽂이에 도움이 될 거라는 사실을 설명할 틈은 없었고, 또 그럴 마음도 없었다. 그녀는 손에 더욱 힘을 주면서 몸을 비틀어 로비에게서 벗어나려고 했다. 그러나 쉽지 않았다. 꽃병 주둥이의 한 부분이 마른 나뭇가지 부러지듯 툭 소리를 내며 그의 손에서 떨어져나가더니 두 개의 삼각형으로 쪼개져 물속으로 떨어졌다. 도자기 조각은 출렁이는 물속으로 천천히 가라앉았고, 서로 몇 인치 떨어진 곳에 내려앉아 조각난 햇빛 속에서 일렁였다.

세실리아와 로비는 실랑이를 벌이던 자세 그대로 얼어붙었다. 이윽고 서로 눈이 마주쳤을 때, 세실리아는 초록색과 오렌지색이 꼴사납게 섞인 그의 눈동자에서 충격이나 죄책감이 아닌 승부욕, 심지어 승리의 기쁨을 읽었다고 생각했다. 사태의 심각성을 마주하기 전에 그녀는 일단 마음을 가다듬고 부서진 꽃병을 계단에 내려놓았다. 아무 일도 없다는 듯 넘어갈 수는 없으며 사태가 심각할수록 로비에게 더욱더 불리할 것이라는 데 생각이 미치자 감미로운 느낌마저 들었다. 죽은 삼촌, 아버지의 사랑하는 동생, 그 소모적인 전쟁, 위험을 무릅쓴 도강渡江, 돈으로는 살 수 없는 가치, 영웅적인 행동과 선의, 위대한 회롤트에게까지 거슬러올라가는 꽃병의 역사, 그보다 앞서 도자기를 재창조한 그 직공들의 장인정신과 예술혼.

"이 멍청이! 네가 무슨 짓을 했는지 똑똑히 봐."

로비는 물속을 들여다보다가 고개를 들어 세실리아를 바라보았다. 그러고는 한 손을 들어 입을 막으면서 고개를 가로저었다. 전적으로 자기 책임이라는 것을 인정하는 행동이었지만, 그 순간 세실리아는 그저 고개를 저을 뿐 별다른 반응을 보이지 않는 그를 증오했다. 그는 수조 쪽을 보면서 한숨을 내쉬었다. 한순간 그는 그녀가 뒷걸음질을 치려 한다고 생각했다. 그러면 꽃병에 부딪힐 거라는 뜻으로 손을 들어 뒤쪽을 가리키면서도 여전히 말이 없었다. 다만 천천히 셔츠 단추를 풀기 시작했다. 순간 그녀는 그가 무슨 일을 하려는지 알아챘다. 도저히 용납할 수 없었다. 전에는 집에 와서 신발과 양말을 벗더니. 흥, 그렇다면 지금이야말로 같은 기분을 느끼게 해줄 때였다. 세실리아는 샌들을 벗어던지고, 단추를 풀어 블라우스를 벗어버리고, 치마도 벗어던진 후 수조 벽 쪽으로 걸어갔다. 로비는 두 손을 엉덩이에 댄 채 서서 그녀가 속옷 바람으로 분수대 난간으로 올라가 물속으로 뛰어드는 모습을 빤히 보고 있었다. 그의 도움을 거절하는 것, 실수를 만회할 어떤 기회도 주지 않는 것, 이것이 그에게 내리는 벌이었다. 예상치 않게 차가운 물에 놀라 숨을 헐떡이는 세실리아의 모습을 지켜보는 것 또한 그에게 내리는 벌이었다. 그녀는 숨을 크게 들이쉰 뒤 고개를 숙이고 물속으로 들어갔다. 그녀의 머리카락이 수면에 둥그렇게 퍼져가고 있었다. 그녀가 이대로 빠져 죽는다면 그것 또한 그에게 내리는 가혹한 벌이 될 터였다.

몇 초 후 세실리아가 도자기 조각을 한 손에 하나씩 들고 모습을 드러냈을 때, 로비는 그녀가 물속에서 나오는 것을 돕겠다고 손을 내밀 만큼 어리석지는 않았다. 이 연약하고 하얀 요정은 물속에서 주워온 조각들을 꽃병 옆에 조심스레 내려놓았다. 물은 건장한 트리톤보다 오히려 이 작은 몸에서 더 시원하게 흘러내리고 있었다. 그녀는 서둘러 옷을 입기 시작했다. 물이 뚝뚝 떨어지는 젖은 팔을 실크 블라우스의 소매로 힘겹게 끼워넣었고, 단추도 잠그지 않은 블라우스 자락을 우선 허리춤에 쑤셔넣고 치마를 여몄다. 그러고는 샌들을 들어 겨드랑이에 끼고, 부서진 조각들은 치마 주머니 속에 넣은 후 꽃병을 집어들었다. 모든 동작은 거침없었고, 로비와 눈을 마주치려고도 하지 않았다. 그는 존재하지 않았다. 이미 추방당했다. 이것 역시 그에게 내리는 벌이었다. 그녀가 돌아서서 맨발로 잔디밭을 걸어 집을 향해 가는 동안 그는 아무 말 없이 그 자리에 서서 그녀의 어깨 위로 젖은 머리카락이 무겁게 흔들리며 블라우스를 적시는 것을 바라보았다. 얼마 후 그는 고개를 돌리고 혹시 그녀가 놓친 조각이라도 남아 있지 않을까 싶어 물속을 들여다보았다. 수면이 여전히 거칠게 흔들려 안이 잘 보이지 않았고, 그녀의 분노가 아직 남아 있는 탓인지 좀체 물살이 잠잠해지지 않았다. 그는 마치 거친 물살을 고요히 잠재우려는 것처럼 한 손을 펴서 가만히 물위에 댔다. 그러는 동안 그녀는 집안으로 사라져버렸다.

셋

현관 복도에 붙은 포스터에 따르면 〈아라벨라의 시련〉 공연은 첫 연습 바로 다음날이었다. 그러나 극작가 겸 연출자는 집중적으로 연습할 시간을 찾기가 쉽지 않았다. 전날 오후에도 그랬듯이 문제는 배우들을 모으는 데 있었다. 브라이어니의 집에 도착한 날 밤, 아라벨라의 결정에 반대하는 아버지 역할을 맡은 잭슨은 집을 멀리 떠나온 상심한 사내아이들이 흔히 그러듯이 침대에 오줌을 쌌다. 그리고 다음날 아침 침대 시트와 파자마를 들고 세탁실로 내려가 그것들을 손으로 빨라는 엄명을 받았다. 그러는 사이 베티는 지시받은 대로 절대 도와주지 말고 아이가 제대로 하는지 감시해야 했다. 그것은 잭슨에게 벌을 내리려는 것이 아니라 앞으로 같은 실수를 또 하면 참으로 불편하고 힘들겠다는 생각을 심어주려는 의도에서 나온 결정이었다. 그러나 자기 가슴 높이의 거대한 석조 세면대에 몸을 대고 빨래를 하는 잭슨에게는 그것이 가혹한 형벌로 느껴졌다. 비누거품이 맨팔 위로 슬금슬금 기어올라와 걷어붙인 셔츠 소매를 적셨고, 물에 젖은 시트는 죽은 개만큼이나 무거웠으며, 마음을 짓누르는 비참함은 소년의 의지를 마비시켰다. 브라이어니는 이따금 빨래의 진척 상황을 보러 내려갔다. 그러나 도와주지 말라는 지시를 받은 터라 물끄러미 바라보는 것 외에는 달리 할일이 없었고, 당연히 잭슨은 이제까지 한 번도 빨래라는 걸 해본 적이 없었다. 시트와 파자마를 빨고, 수도 없이 헹구고, 두 손으로 낑낑거리며 탈수기에 넣었다가 빼서 널고, 그후 십오 분 동안 부엌에 앉아 지쳐서 떨리는 손으로 버터 바른 빵과 물 한 잔을 먹고 나니 연습할 시간 두 시간이 훌쩍 지나 있었다.

하드먼 씨가 아침부터 뜨거운 햇볕 아래에서 일하다가 에일맥주나 마시며 더위를 식히려고 들어오자, 베티는 이렇게 더운 날씨에 그 뜨거운 로스트비프를 꼭 만들어야 하느냐는 둥, 잭슨에 대한 처사가 너무 가혹하다는 둥, 궁둥이나 몇 번 힘껏 때려주고 빨래는 자기가 하는 게 훨씬 더 나았을 거라는 둥 불평을 늘어놓았다. 물론 그랬다면 브라이어니에게도 훨씬 좋았을 것이다. 황금 같은 오전시간이 벌써 서서히 다 지나가고 있었기 때문이다. 엄마가 잭슨의 빨래가 다 끝났는지 보러 내려왔을 때 이들은 안도감을 느꼈고, 탤리스 부인 역시 내색하진 않았지만 자신의 처사가 너무 심했다고 생각했는지 잭슨이 기어들어가는 목소리로 피에로와 수영하러 가도 되느냐고 묻자 흔쾌히 승낙했다. 브라이어니가 즉각 반대했지만 마치 불쌍한 어린 친구에게 이런 힘든 시련을 부과한 것이 브라이어니라도 되는 듯이 무시했다. 쌍둥이

들은 신이 나서 수영장으로 향했다. 수영이 끝나면 점심식사가 기다리고 있을 터였다.

연극 연습은 잭슨 없이도 계속했지만 브라이어니는 아라벨라가 부모를 저버리고 연인과 함께 떠나는 중요한 첫 장면을 제대로 연습하지 못한 것이 마음에 걸렸다. 피에로 역시 세탁실에 갇힌 형제의 운명에 너무 신경을 쓰고 있어서 비열한 외국 백작 역할을 잘해내지 못했다. 잭슨에게 일어난 일이라면 피에로에게도 언제고 일어날 수 있었다. 피에로는 불안 때문인지 복도 끝에 있는 화장실을 뻔질나게 들락거렸다.

브라이어니가 잭슨을 보러 세탁실에 다녀오자 피에로가 물었다.

"매도 맞았대?"

"아니, 아직까지는."

피에로도 잭슨 못지않게 대사에서 감정을 빼버리는 데 일가견이 있었다. 출석을 부르는 교사처럼 단어들을 무감각하게 내뱉었다. "내-손에서-벗어날-수-있다고-생각하나." 빼먹은 말도 없었고 발음도 정확했다.

"그건 의문문이야." 브라이어니가 끼어들었다. "모르겠니? 끝이 올라가야지."

"뭐라고?"

"그래, 바로 그거. 지금 끝이 올라갔잖아. 너는 지금 물어보고 있는 거라고."

피에로는 마른침을 꿀꺽 삼키고 크게 숨을 들이쉰 후 다시 시도했다. 이번에는 차례로 반음계씩 올리며 출석을 불렀다.

"끝만. 끝만 올리란 말이야!"

이번에는 단조로운 출석 체크로 되돌아갔다. 달라진 것이 있다면 마지막 음절만 마치 요들처럼 괴상하게 높였다는 것뿐이었다.

그날 아침 롤라는 어른 같은 모습으로 놀이방에 들어왔다. 속으로는 자신이 이런 연극이나 할 나이는 지났다고 생각하는 것이 분명했다. 그녀는 엉덩이에서 주름을 잡아 풍선처럼 부풀었다가 밑으로 갈수록 좁아지고 발목 부근에서 나팔처럼 활짝 벌어지는 플란넬 바지에 캐시미어 반팔 스웨터를 입고 있었다. 어른스럽게 보이려고 신경쓴 흔적은 그것뿐이 아니었다. 목에는 작은 진주가 알알이 박힌 벨벳 초커를 하고 밝은 적갈색 머리칼은 밝은 녹색 머리집게로 묶었고, 주근깨가 있는 팔목에서는 은팔찌 세 가닥이 느슨하게 흔들리고 있었으며, 움직일 때마다 장미 향수 냄새가 풍겼다. 그러나 겉치장보다 훨씬 더 효과가 있는 것은 아랫사람을 대하는 듯한 절제된 관대함이었다. 롤라는 브라이어니의 지시에 침착하게 반응하면서 감정을 풍부하게 넣어 대사를 읊었고—밤새 연구하며 전부 외운 모양이었다—연출자의 권위에 도전하지 않는 범위 내에서 부드러운 목소리로 남동생을 격려하기도 했다. 세실리아나 엄마가 어린애들과 함께하는 시간을 갖기 위해 연극에 출연하기로 하고서 지루한 기색을 내비치지 않으려고 애를 쓰던 모습과 흡사해 보였다. 롤라에게는 어린애다운 투박한 흥분과 열정이 없었다. 전날 저녁에도 브라이어니가 매표소와 매표함을 보여주었을 때 쌍둥이들은 자기가 표를 팔겠다고 서로 다투었지만, 롤라는 팔짱을 끼고 서서 정확히 비웃는 것이라고 보기도 애매한 미소를 지으면서 어른처럼 예의바른 칭찬의 말을 했다.

“멋있다, 브라이어니. 이런 걸 다 생각해내다니 참 영리하구나. 모두

너 혼자 만들었니?"

브라이어니는 흠잡을 데 없는 사촌언니의 태도 뒤에 혹시 뭔가 망가뜨리려는 의도가 숨어 있는 것은 아닐까 하는 의심이 들었다. 어쩌면 롤라는 쌍둥이가 자기들도 모르게 연극을 망치도록 내버려둔 채 뒷전에 서서 구경만 하고 있을 심산인지도 몰랐다.

롤라에 대한 입증할 길 없는 의혹과 잭슨의 세탁실 억류, 구제불능인 피에로의 대사, 아침나절인데도 숨이 턱턱 막히는 더위가 한데 뭉쳐 브라이어니의 마음을 짓눌렀다. 대니 하드먼이 문간에 서서 훔쳐보는 것도 신경에 거슬렸다. 그렇게 서 있지 말고 가달라는 말을 듣고서야 대니는 자리를 떴다. 브라이어니는 초연한 척하는 롤라의 속내를 꿰뚫어볼 수도 없었고, 피에로에게 일상에서 쓰는 말의 억양을 가르칠 수도 없었다. 상황이 그런 터라 자신이 놀이방에 혼자 남아 있음을 깨달았을 때는 문득 안도감이 밀려왔다. 롤라는 머리를 다시 손질해야겠다 했고, 피에로는 슬그머니 방을 나가 복도 끝으로 향했다. 화장실에 갔거나 아니면 더 멀리 갔을지도 몰랐다.

브라이어니는 마룻바닥에 앉아 키 큰 붙박이 장난감 찬장에 등을 기대고 대본 뭉치로 얼굴에 부채질을 했다. 집안은 쥐죽은듯 고요했다. 아래층에서는 말소리나 발소리, 수도관에서 물 흐르는 소리조차 들리지 않았다. 열어놓은 내리닫이창 사이에 갇힌 파리는 빠져나가려는 마음을 접은 듯했고, 밖에서 들리던 청아한 새의 노랫소리도 더위 속에 증발되어버린 듯했다. 브라이어니는 양 무릎을 쭉 펴고 하얀 모슬린 원피스 자락의 주름과 무릎의 익숙한 주름살을 바라보았다. 아침에 옷을 갈아입었어야 했다. 롤라처럼 외모에 좀더 신경을 써야 한다는 걸 브라이어니도 알고 있었다. 외모에 무심한 것은 어린애 같은 태도였다. 하지만 너무 귀찮았다. 적막함 때문인지 윙 하는 이명이 들렸고, 시야가 흐려지면서 무릎 위에 놓인 손이 이상할 정도로 크게 보이다가 멀리 있는 것처럼 작아지기도 했다. 한 손을 들어 다섯 손가락을 다 굽혀보면서 전에도 몇 번 해본 생각을 떠올렸다. 이것이, 사물을 쥐는 용도로 쓰이는 이 기계가, 팔 끝에 달린 살찐 거미가 어떻게 전적으로 그녀의 명령을 받아 움직이는 그녀만의 소유가 되었을까? 이 손가락에도 나름의 생명이 있는 것일까? 손가락 하나를 굽혔다가 다시 펴보았다. 비밀은 손가락이 움직이기 직전, 움직임이 없다가 그녀의 의도가 효력을 발휘하여 움직임이 나타나는 바로 그 순간에 있었다. 그것은 마치 부서지는 파도와 같았다. 그 파도의 물마루에 설 수 있다면 자신의 비밀을, 자신의 몸을 지휘하는 진짜 지휘관이 어디에 있는지를 알 수 있을 것만 같았다. 그녀는 집게손가락을 얼굴 가까이 대고 노려보면서 움직이라고 명령했다. 그러나 손가락은 가만히 있었다. 그녀가 명령을 내리는 척만 했지 진심이 아니었고, 움직이기를 바라거나 움직이게 하는 것은 실제로 움직이는 것과는 다르기 때문이었다. 마침내 그 손가락을 구부렸을 때, 그 행동은 머릿속 어느 부분이 아니라 손가락 자체에서 비롯된 것처럼 보였다. 손가락은 자신이 움직여야 한다는 사실을 언제 알았을까? 그녀 자신은 손가락을 움직여야 한다는 사실을 언제 알았을까? 자신을 완전히 파악하는 것은 불가능했다. 손가락이 혼자서 움직였거나, 그녀가 손가락을 움직이게 만들었을 것이다. 그녀는 꿰맨 흔적도 솔기 자국도 없이 부드러운 이 천 뒤에, 장난은 그만하고 움직이라는 최종 명령을 내리는 진짜 자신이 있다는 것을 알았다. 그것을 영혼이라고 하는 걸까?

이런 생각들은 무릎의 정확한 형태만큼이나, 서로 조화를 이루는 것 같으면서도 경쟁적이고 대칭적이며 안팎 없이 쭉 이어지는 그 모습만큼이나 그녀에게 익숙했다. 생각은 늘 꼬리에 꼬리를 물었고 호기심은 또다른 호기심을 낳았다. 다른 사람들도 정말 그녀처럼 살아 있는 것일까? 예를 들어 세실리아는 브라이어니가 그렇듯이 자기 자신에게 중요하고 가치 있는 존재일까? 세실리아가 된다는 것은 브라이어니가 되는 것만큼이나 생생한 경험일까? 언니도 부서지는 파도 뒤에 진짜 자기를 숨기고 있을까? 그리고 손가락을 얼굴 가까이 대고 그것에 대해 생각해봤을까? 아버지나 베티, 하드먼 씨를 비롯한 다른 사람들도 모두 마찬가지일까? 만일 그렇다면, 이십억 명의 사람들이 이십억 개의 목소리와 하나같이 중요하다고 아우성치는 이십억 개의 생각을 가지고 자신만은 특별하다고 여기며 살아가는 이 세상은 참을 수 없을 정도로 복잡한 곳이었다. 그런 세상에서는 누구도 특별할 수 없었다. 모두 자신은 특별하다고 생각하지만, 바로 그 때문에 아무도 특별하지 않았다. 누구라도 하찮음의 강물에 빠져 허우적댈 수 있었다. 반대로 만일 그렇지 않다면, 브라이어니는 겉으로는 대단히 지적이고 쾌적하지만 속으로는 그녀처럼 명민하고 은밀한 감정을 느낄 수는 없는 기계들에 둘러싸여 있는 셈이었다. 그것은 불길하고 외로운 일일 뿐 아니라 실제로 가능성도 희박했다. 질서정연함을 좋아하는 그녀의 신경에 거슬리는 일이긴 하지만, 다른 사람들 역시 그녀처럼 생각을 하며 살고 있는 것이 분명했다. 문제는 그녀가 이 사실을 알고는 있지만 피부로 느끼지는 못한다는 점이었다.

연극 연습 또한 질서정연함을 좋아하는 브라이어니의 신경을 건드리고 있었다. 군더더기 하나 없이 깔끔하고 명료한 대사로 그려놓은 완벽한 세계가 다른 사람들의 마음과 욕구에서 비롯된 낙서로 더러워졌다. 종이 위에서는 막과 장으로 간편하게 나누어 통제할 수 있는 시간이 현실세계에서는 어찌해볼 도리 없이 낭비되고 있었다. 점심식사가 끝나기 전에는 잭슨을 데려올 수 없을 것이다. 리언과 그의 친구는 늦어도 초저녁에는 도착하기로 되어 있었고, 공연은 일곱시로 잡혀 있었다. 그런데도 아직 연습 한번 변변히 못했고, 쌍둥이들은 연기는 고사하고 대사조차 제대로 읽지 못했으며, 마땅히 브라이어니의 차지가 되어야 할 역할을 롤라가 훔쳐갔는데도 어느 것 하나 통제할 수가 없었고, 날씨는 말도 안 되게 더웠다. 브라이어니는 무거운 마음으로 비틀거리며 일어섰다. 벽 아랫부분의 먼지 때문에 손과 치마 뒷자락이 더러워져 있었다. 생각에 빠져 창문 쪽으로 걸어가며 그녀는 치마 앞자락에 손바닥을 쓱 문질러 닦았다. 리언에게 감동을 주는 가장 간단한 방법은 소설을 써서 손에 쥐여주고 그가 읽는 모습을 지켜보는 것이었으리라. 멋진 필체의 제목, 삽화를 그려넣은 표지, 깨끗하게 제본된 페이지. 제본이라는 말만으로도 희곡을 쓰기로 결심하면서 포기해버린 그 질서정연하고 통제 가능한 글쓰기 형식이 애틋해졌다. 소설은 직접적이고 단순해서 그 어느 것도 작가와 독자 사이에 개입할 수 없었다. 개인적 욕심이나 무능력 같은 것이 끼어들 자리가 없었고, 시간 압박을 느낄 필요도, 제한된 자원 때문에 애태울 필요도 없었다. 상상하고 바라는 대로 글을 쓰기만 하면 그 자체로 완벽한 세계가 탄생했다. 그러나 희곡에서는 현실에서 구할 수 있는 것들로 만족해야 했다.

말도, 마을의 거리도, 해변도 없었다. 그리고 커튼도. 돌이키기에는 너무 늦어버린 지금에서야 소설이야말로 타인과 교감할 수 있는 최고의 형식이라는 사실을 분명하게 느낄 수 있었다. 종이에 잉크로 기호를 적어내려감으로써 머릿속 생각과 느낌을 독자에게 전달할 수 있었다. 그것은 마법 같은 과정이지만 동시에 너무나 평범해서 아무도 그 사실에 감동하지 않는다. 소설에서는 문장을 읽는 일과 이해하는 일이 동시에 일어난다. 손가락을 굽히는 것과 마찬가지로 문장을 읽는 것과 이해하는 것 사이에는 어느 것도 끼어들지 못했다. 기호가 해석되는 과정에 어떠한 시간적 틈도 없었다. 성城이라는 단어를 보는 순간 눈앞에는 한여름 울창한 숲 뒤 저멀리에 있는 성이 모습을 드러냈고, 대장간에서는 연기가 모락모락 하늘로 올라갔으며, 하늘은 푸르고 바람은 선선하며, 자갈이 깔린 길이 구불구불 이어져 숲의 초록 그늘 속으로 사라졌다.

놀이방의 활짝 열린 창문 앞에 선 브라이어니는 한동안 멍하니 밖을 바라보다가 무언가가 눈에 들어와 퍼뜩 정신이 들었다. 중세의 성에서나, 하다못해 멀리 떨어진 곳에서나 일어날 법한 장면이 펼쳐지고 있었다. 탤리스가의 영지에서 몇 마일 떨어진 곳에는 서리 언덕이 자리하고 있었는데, 그곳에 듬직하게 서 있는 울창한 참나무들의 신록이 한여름 열기가 뿜어내는 젖빛 아지랑이에 한층 은은한 빛을 발하고 있었다. 언덕 앞에서 시작되는 탤리스가 영지의 너른 목초지는 오늘따라 사바나처럼 더위에 이글거리는 황량한 모습이었고, 서 있는 나무들은 짧고 날카로운 그림자를 드리우고 있었으며, 길게 자란 풀들은 황금빛 사자 같은 한여름 햇빛에 잠식되고 있었다. 집 쪽으로 더 가까이 오면 목초지와 저택의 경계로 삼은 울타리 안쪽에 장미 정원이 있고, 더 가까이 오면 트리톤 분수가 있는데 그 분수를 둘러싼 낮은 담 옆에 세실리아가, 그 바로 앞에는 로비 터너가 서 있었다. 다리를 벌리고 고개를 약간 뒤로 젖힌 그의 모습이 무언가 격식을 차린 말을 하고 있는 것 같았다. 어쩌면 청혼을 하고 있는지도 모른다는 생각이 들었지만 브라이어니는 놀라지 않았다. 그녀 자신도 물에 빠진 공주를 구한 가난한 나무꾼이 결국에는 공주와 결혼한다는 이야기를 쓴 적이 있었다. 지금 눈앞에 보이는 광경은 바로 그런 청혼의 순간 같았다. 내세울 것 없는 가정부와 얼굴도 모르는 아버지 사이에서 태어나 브라이어니 아버지의 도움으로 대학까지 나온 로비 터너가, 정원사가 되려고 했다가 마음을 고쳐먹고 의대 진학을 생각중이라는 바로 그 로비 터너가 용감하게도 세실리아에게 구애를 하고 있는 것이다. 완벽하게 설득력 있는 이야기였다. 신분의 경계를 넘어선 이런 도약은 일상에서 흔히 접할 수 있는 낭만적인 연애담이 아닌가.

그런데 이해할 수 없는 것은, 로비가 오만하게 손을 들어 뭐라고 명령을 내리고 세실리아는 그 말에 순종하고 있는 것 같다는 점이었다. 그에게 저항하지 못하다니, 이상한 일이었다. 세실리아는 로비의 명령에 따라 재빠르게 옷을 벗고 있었다. 블라우스를 벗는가 했더니 곧이어 치마도 땅에 떨어졌고, 이어서 속옷만 입고 한 걸음 내디뎠으며 로비는 뒷짐을 진 채 탐욕스러운 눈으로 그 모습을 지켜보고 있었다. 도대체 언니를 마음대로 움직일 수 있는 힘이 그의 어디에 숨어 있었던 것일까? 공갈을 했을까? 아니면 협박? 브라이어니는 두 손을 얼굴로 가져가며 창가에서 조금 물러섰다. 눈을 감아야 한다고, 언니가 모욕

당하는 장면을 보지 말아야 한다고 생각했다. 그러나 놀라운 일이 계속 벌어져서 그럴 수가 없었다. 다행히 속옷은 벗지 않은 세실리아가 분수대로 들어가 허리까지 오는 물속에 서더니 곧 코를 쥐고 물밑으로 사라졌다. 이제 눈에 들어오는 것은 로비와 자갈 위에 벗어놓은 세실리아의 옷, 그 너머의 고요한 정원, 그리고 저멀리 있는 푸른 언덕뿐이었다.

일의 순서가 바뀐 것 같았다. 청혼 전에 공주가 물에 빠지고 나무꾼이 공주를 구해야 하는 것 아닌가. 도무지 이해가 되지 않았고 그냥 지켜볼 수밖에 없다는 생각이 들었다. 강렬한 햇빛 덕분에 브라이어니는 아무도 없는 3층의 방에서 누구의 눈에도 띄지 않고 세월을 뛰어넘어 아직은 미지의 세계인 어른들의 의식과 사회적 관습을 몰래 훔쳐볼 수 있었다. 그녀의 눈앞에서 실제로 그런 상황이 펼쳐지고 있었다. 언니의 머리가 수면 위로 올라왔을 때—아, 다행이다!—브라이어니는 성과 공주가 나오는 동화를 벗어나 바로 지금 이곳에서, 그녀가 아는 평범한 사람들 사이에서 무슨 일이 일어날 수 있는지, 한 인간이 다른 인간에게 어떤 힘을 휘두를 수 있는지, 그리고 모든 것을 오해하기가, 완전히 오해하기가 얼마나 쉬운지를 희미하게나마 깨달았다. 세실리아는 분수대 밖으로 나와 치마를 입은 후 젖은 팔을 블라우스 소매에 억지로 끼워넣으려고 애쓰고 있었다. 이윽고 옷을 다 입은 그녀는 갑자기 휙 돌아서더니 분수대의 담 아래 드리워진 짙은 그림자 속에서 꽃병을—브라이어니는 그때까지 거기 꽃병이 있다는 것도 몰랐다—집어들고 집을 향해 걷기 시작했다. 로비와는 말 한마디 하지 않았고 그가 있는 쪽을 쳐다보지도 않았다. 로비는 물속을 노려보다가 곧 고개를 들더니—회심의 미소를 띠고 있을 것이 분명했다—성큼성큼 자리를 떠 사라져버렸다. 갑자기 분수대 앞이 텅 비었다. 세실리아가 연못에서 나오면서 남긴 자갈길 위의 젖은 자국만이 그곳에서 무슨 일이 있었는지를 보여주는 유일한 증거였다.

브라이어니는 벽에 기대서서 고개를 숙이고 놀이방 바닥을 노려보았지만 아무것도 눈에 들어오지 않았다. 방금 전 목격한 것이 사실은 자신만을 위해 마련된 연극이며, 자신만을 위해 신비의 포장지에 싸인 특별한 교훈이라고 상상력을 발휘하고 싶은 충동을 느꼈다. 그러나 그녀가 그 자리에 없었더라도 그 일은 일어났을 것이다. 그 장면은 그녀를 위해 마련된 것이 아니었다. 그 순간 마침 창가에 있던 그녀가 우연히 목격한 것뿐이었다. 그것은 동화가 아니라 진짜 세상, 개구리는 공주님에게 말을 걸 수 없고 인간만이 인간에게 메시지를 보낼 수 있는 어른들의 세계였다. 언니 방으로 뛰어가 어떻게 된 건지 설명하라고 추궁해야겠다는 충동도 일었다. 그러나 아까 본 일을 혼자 되살려보며 조금 전 느꼈던 일말의 전율을 다시 맛보고 싶어서, 적어도 감정적으로나마 그 일의 성격을 규정하고 흥분을 맛보고 싶어서 참았다. 그 일에 대한 정의는 앞으로 많은 세월을 두고 차츰 다듬어질 것이었다. 그때 가서는 그 일을 필요 이상으로 파고들었던 것은 자신이 열세 살의 어린아이였기 때문이라고 인정할 것이었다. 당시에는 그 일을 표현할 언어가 없었다고, 사실 다시 글을 써야겠다는 조급한 마음뿐이었다고.

브라이어니는 놀이방에 서서 사촌들이 돌아오기를 기다리면서 방금 전 분수대에서 일어난 일을 글로 쓸 수 있으며, 그 글에 그녀 자신과 같은 숨은 관찰자를 등장시킬 수 있겠다고 생각했다. 머릿속으로는 자기 방으로 달려가 깨끗하게 정리되어 있는 줄 쳐진 종이와 대리석 무늬가 있는 베이클라이트 만년필을 꺼내드는 자신의 모습이 상상되었다. 간결한 문장들이 조금씩 축적되어가면서 독자와 교감하는 기호들이 펜촉에서 술술 풀려나가는 것이 보였다. 그 장면은 세 번에 걸쳐, 세 사람의 관점에서 묘사할 수 있을 것이다. 그녀가 이렇게 흥분하는 것은 선과 악, 영웅과 악당이라는 피곤한 투쟁에서 벗어나 자유롭게 글을 쓸 수 있다는 생각 때문이었다. 이들 셋은 특별히 악한 사람도 선한 사람도 아니었다. 그녀는 평가하고 판단할 필요가 없었다. 굳이 교훈이 있어야 할 까닭도 없었다. 단지 그들 역시 그녀 자신과 마찬가지로 살아 있다는 사실을 애써 기억하면서 각자의 마음을 보여주기만 하면 된다. 인간을 불행에 빠뜨리는 것은 사악함과 음모만이 아니었다. 혼동과 오해도 그랬다. 그리고 무엇보다도 타인 역시 우리 자신과 마찬가지로 살아 있는 똑같은 존재라는 단순한 진리에 대한 몰이해가 불행을 불렀다. 그리고 오직 소설에서만 타인의 마음속으로 들어가 모두가 똑같이 가치 있다는 사실을 보여줄 수 있었다. 이것이 소설에 필요한 유일한 교훈이었다.

육십 년이 지난 후 브라이어니는 유럽의 민속설화를 모방한 동화에서 시작해 단순한 도덕적 교훈을 담은 희곡을 거쳐 1935년 찌는 듯이 무더운 어느 여름날 아침에 직접 목격한 일을 소재로 한 편견 없는 심리적 사실주의를 표방한 작품에 이르기까지, 열세 살의 자기가 어떻게 문학사 자체를 통과했는지 묘사하게 될 것이다. 그런 묘사가 자기 자신을 얼마나 신화화하는지 인지하는 자조적인 혹은 냉소적인 투로. 그녀의 소설은 도덕의 굴레를 벗어난 작품으로 명성을 얻을 것이고, 반복되는 한 가지 질문에 계속 시달리는 작가들이 그러하듯 그녀 역시 자기 정체성을 확연히 깨달은 순간을 담은 자전적 내용의 소설을 발표해야 한다고 느끼게 될 것이다. 희곡은 한 편에 그쳤기 때문에 '희곡 작품들'이라고 복수로 지칭하는 것은 옳지 않다고 생각할 것이고, 자신의 냉소적인 태도가 그녀로 하여금 과거의 진지하고 사색하기 좋아하는 어린아이와 거리를 두게 해준다는 것을 잘 알고 있을 것이다. 그날 아침의 일보다는 그 일에 대해 쓴 자신의 글을 훨씬 더 자주 떠올린다는 사실도. 구부린 손가락에 대한 사색이나 다른 사람들에게도 자신과 똑같이 살아 있는 마음이 있는가 하는 생각, 소설이 희곡보다 우월하다는 생각은 그날이 아닌 다른 날 떠올렸던 것일 수도 있다. 또한 실제로 일어난 일은 그녀가 출판한 소설 덕분에 의미를 가지게 되었으며, 소설이 없었다면 그 일은 벌써 기억 저편으로 사라지고 말았을 거라는 사실을 역시 잘 알고 있으리라.

그녀는 자신의 마음을 완벽히 표현할 순 없었지만, 신의 계시와도 같은 일이 일어났다는 것에는 의심의 여지가 없었다. 이 어린 소녀가 창가로 돌아가 바깥을 내다보았을 때, 자갈길에 생겼던 젖은 자국은 증발해버리고 없었다. 이제 기억을 빼고는, 세 명의 마음속에 남은 같은 일에 대한 서로 다른 기억을 빼고는, 분수대 옆에서 일어난 무언극을 증명하는 것은 아무것도 남지 않게 되었다. 진실은 허구만큼이나 붙잡을 수 없는 유령 같은 것이 되어버렸다. 브라이어니는 지금 당장 작업에 착수할 수 있었다. 우선 자신이 본 내용을 글로 옮기는 것, 즉 한낮에 집 바로 근처에서 발가벗다시피 한 언니의 충격적인 행동을 비난하지 않으면서 글로 쓰는 도전부터 시작해볼 수 있을 것이다. 그러고 나서는 세실리아의 눈을 통해, 그다음에는 로비의 눈을 통해 그 장면을 재구성하면 될 것이다. 그러나 지금은 글을 쓰기 시작할 때가 아니었다. 브라이어니는 질서에 대한 본능적인 집착뿐 아니라 책임감도 강했다. 우선은 시작한 일부터 끝마쳐야 했다. 연극 연습이 진행중이었고, 리언이 집으로 오고 있었으며, 가족들은 모두 오늘밤 있을 연극 공연을 기대하고 있었다. 아무래도 다시 한번 세탁실로 내려가 잭슨의 시련이 끝나가는지 점검해야 할 것 같았다. 글을 쓰는 일은 이 모든 것에서 벗어날 때까지 기다릴 수 있었다.

넷

늦은 오후가 되어서야 비로소 세실리아는 꽃병이 완전히 복구되었다고 결론을 내렸다. 오후 내내 서재의 남쪽 창문 옆 탁자에 놓여 말린 꽃병은 이제 유약을 발라 붙여놓은, 지도의 강줄기처럼 한데 모이는 가늘고 구불구불한 선 세 개밖에는 눈에 띄지 않았다. 깨졌다가 다시 붙은 것을 아무도 알아차리지 못할 것이다. 두 손으로 꽃병을 받쳐 들고 서재를 가로질러 문 쪽으로 향하는데, 복도에서 타일 바닥을 맨발로 걷는 듯한 발소리가 들렸다. 로비 터너에 대해 생각하지 않으려고 오랜 시간 애썼던 그녀는 그가 다시 집에 들어와 있다는 사실에, 게다가 역시 양말을 벗은 채라는 사실에 분노했다. 이번에는 그의 무례함이나 조롱에 단호히 맞서리라 결심하고 문을 열고 나갔는데, 뜻밖에도 얼굴에 고민이 가득한 브라이어니와 마주쳤다. 눈시울이 붓고 불그

스름해진 브라이어니는 집게손가락과 엄지손가락으로 아랫입술을 잡아당기고 있었다. 울음을 터뜨리기 전에 보이는 습관이었다.

"브라이어니, 무슨 일 있어?"

사실 눈에 물기는 보이지 않았다. 브라이어니는 눈을 약간 내리깔아 꽃병을 보는가 싶더니, 연극 포스터가 붙어 있는 이젤 앞으로 성큼성큼 걸어갔다. 포스터 한가운데에는 여러 가지 밝은색 물감으로 써넣은 익살스러운 필체의 제목이 있었고, 그 주변에는 샤갈풍의 주요 장면들—부모가 눈물을 흘리면서 손을 흔드는 장면, 남녀 주인공이 달빛 속에 말을 타고 해안가로 가는 장면, 병석에 누운 여자 주인공, 결혼식—이 수채물감으로 그려져 있었다. 브라이어니는 그 앞에서 잠시 머뭇거리더니 갑자기 포스터를 대각선으로 확 뜯어버렸다. 포스터는 반 이상이 찢겨 바닥에 떨어졌다. 세실리아는 꽃병을 내려놓고 달려가 무릎을 꿇고 브라이어니가 짓밟기 전에 찢어진 포스터 조각을 구해냈다. 그녀가 자기파괴적 행위로부터 브라이어니를 구해낸 것은 이번이 처음이 아니었다.

"왜 그래? 사촌들 때문에?"

탤리스가의 귀염둥이 막내를 어르는 것을 늘 좋아했던 세실리아는 이번에도 브라이어니를 달래주고 싶었다. 브라이어니가 더 어렸을 때, 한밤중에 악몽을 꾸다가 비명을 지르면 세실리아는 그 방으로 달려가 동생을 깨우곤 했다. 돌아와. 그녀는 브라이어니의 귀에 대고 부드럽게 속삭였다. 그냥 꿈일 뿐이야, 돌아와. 그러고는 깨어난 브라이어니를 자기 방으로 데리고 와 함께 침대에 누워 잠을 청하곤 했다. 이번에도 브라이어니의 어깨에 팔을 두르고 토닥여주고 싶었지만, 그애는 더이상

입술을 잡아당기지 않았고 현관문으로 곧장 걸어가더니 그날 오후 터너 부인이 윤이 나게 닦아놓은 사자 머리 모양의 거대한 황동 손잡이에 한 손을 올려놓았다.

"걔들은 정말 바보 같아. 그런데 그것만 문제가 아니라……" 브라이어니는 방금 알게 된 사실을 털어놓아야 할지 말아야 할지 망설이면서 말꼬리를 흐렸다.

세실리아는 거칠게 찢어진 삼각형 모양 포스터 조각을 매만져 펴면서 어린 동생이 변해가고 있다고 생각했다. 브라이어니가 눈물을 흘리면서 거실의 긴 소파에 앉아 언니의 위로를 받았다면 세실리아에게도 훨씬 좋았을 것이다. 별로 휘말리고 싶지 않았던 다양한 감정의 격류에서 막 헤어난 그녀 자신도 어린 동생을 부드럽게 토닥여주면서 위안을 받았을 것이다. 친절한 말과 다독임으로 어린 동생의 문제를 해결해줌으로써 잃었던 통제력을 되찾을 수도 있었으리라. 그러나 이 어린 소녀는 뭔가 고민이 있는 게 분명한데도 혼자 해결하겠다는 의지를 보이고 있었다. 등을 보이고 있던 브라이어니는 현관문을 활짝 열었다.

"그럼 뭐가 문젠데?" 세실리아는 스스로의 목소리에서 절박함을 느꼈다.

브라이어니 너머로, 멀리 호수 너머로 공원을 구불구불 가로지르는 차도가 좁아지면서 합쳐지는 오르막 지점에서 열기 때문에 잘 보이지 않는 작은 형체가 커지다가 흔들리는가 싶더니 서서히 사라져버렸다. 자동차 운전을 배우기엔 너무 늙었다며 한사코 마차만 고집하는 하드먼 씨가 이륜마차로 리언과 그 친구를 데려오는 모양이었다.

브라이어니가 마음을 바꾸었는지 언니를 향해 돌아섰다. "모든 게 잘못됐어. 그건 잘못 선택한……" 그녀는 재빨리 숨을 들이마시면서 세실리아를 흘끔 쳐다보고는 다시 눈길을 돌렸다. 사전에서 익힌 어려운 단어가 첫나들이를 한다는 신호였다. "그건 잘못 선택한 장르였어!" 브라이어니는 자신이 생각한 대로 프랑스어식으로 발음했지만 마지막에 혀를 충분히 말지 못했다.

"장?" 세실리아가 되물었다. "무슨 얘길 하는 거야?"

그러나 브라이어니는 벌써 희고 부드러운 맨발로 열기에 뜨거워진 자갈길을 비틀비틀 걸어가고 있었다.

세실리아는 부엌으로 가서 꽃병에 물을 채운 후, 자기 방으로 가지고 올라가 세면대에 담겨 있던 꽃을 꽃병에 옮겨 꽂았다. 꽃들은 그녀가 의도한 대로 예술적으로 무질서하게 흩어지는 게 아니라 입구 가장자리에 긴 줄기들이 가지런히 둘러서면서 고집스럽고도 깔끔하게 물속으로 퍼져나갔다. 그녀는 꽃을 빼서 다시 한번 꽃병 안에 떨어뜨려 보았다. 모양은 조금 다르지만 이번에도 왠지 정돈된 느낌이 나기는 마찬가지였다. 뭐, 그렇게 중요한 문제는 아니니까. 마셜이라는 사람이 자기 침대맡에 놓인 꽃들이 너무 균형잡힌 모습으로 꽂혀 있다고 불평할 것 같지는 않았다. 세실리아는 꽃병을 그대로 들고 삐걱거리는 복도를 지나 '비너스 고모 방'이라고 부르는 손님방으로 들어가서 캐노피 침대 머리맡에 있는 서랍장에 내려놓았다. 그렇게 해서 어머니가 그날 아침, 정확히 말하자면 여덟 시간 전에 그녀에게 내린 작은 임무를 드디어 완수했다.

그러나 세실리아는 즉시 방에서 나가지 못했다. 방이 어질러진 것 하나 없이 깨끗하고 쾌적했기 때문이었다. 사실 브라이어니의 방을 제외하고는 이 방이 유일하게 정돈이 잘된 침실이었다. 게다가 해가 이미 집을 돌아갔기 때문에 선선하기까지 했다. 서랍은 모두 비어 있었고, 가구의 겉표면은 손자국 하나 없이 깨끗했다. 사라사로 된 침대 커버 밑으로 보이는 시트는 빳빳하게 풀을 먹여 깔끔했다. 그녀는 침대 커버 속으로 손을 넣어 시트를 만져보고 싶은 충동을 느꼈지만, 행동으로 옮기지는 않고 대신 방 안쪽으로 더 들어갔다. 침대 발치에 놓인 앤티크 소파는 너무나 말끔하게 정돈되어 있어서 그 위에 앉는 것이 소파를 모독하는 일처럼 느껴질 정도였다. 왁스 냄새가 약간 풍기는 방안 공기는 부드러웠고, 달콤하고 온화한 빛 속에 반짝이는 가구는 마치 살아 숨쉬며 표면이 흔들리는 것처럼 보였다. 움직이는 사이 바라보는 각도가 바뀌자 고풍스러운 혼수함 뚜껑에 그려진 연회 참석자들이 유연한 동작으로 춤을 추고 있는 것처럼 보였다. 아침에 터너 부인이 다녀간 게 틀림없었다. 세실리아는 어깨를 으쓱하며 로비 터너로 이어지는 생각을 애써 털어냈다. 이 방에 머물 사람이 불과 몇백 야드 떨어진 곳에 있는데, 오래 머무는 것은 일종의 무단침입이었다.

창가에 다다른 세실리아는 브라이어니가 어느새 다리를 건너 호수 중간에 있는 섬에 가 있는 것을 보았다. 소녀는 잡초가 무성한 둑을 내려가 예배당을 둘러싼 나무들 사이로 사라지고 있었다. 더 멀리에는 마차가 보였고, 모자를 쓴 두 남자가 하드먼 씨 뒤의 긴 의자에 앉아 있는 것을 겨우 알아볼 수 있었다. 그리고 조금 전까지는 보이지 않던 제3의 인물이 차도를 따라 마차를 향해 성큼성큼 걸어가고 있었다. 집으로 돌아가는 로비 터너가 분명했다. 그가 걸음을 멈추었고, 곧이어 방문객들이 가까워지자 그들의 윤곽이 한데 겹쳐졌다. 그들이 만나는 광경은 안 봐도 뻔했다. 호쾌하게 웃으며 어깨를 툭툭 치고 반갑게 인사말을 주고받고 있을 것이 틀림없었다. 오빠는 로비가 무슨 짓을 저질렀는지 모른다는 것을 생각하니 짜증이 났다. 그녀는 콧방귀를 뀌면서 창가를 떠나 담배를 찾으러 자기 방으로 향했다.

분명히 한 갑이 남아 있었는데, 어디 있는지 보이질 않았다. 어질러진 방안 곳곳을 미친듯이 뒤지고 난 후에야 욕실 바닥에 팽개쳐진 푸른색 실크 가운 주머니 속에서 담배를 발견했다. 세실리아는 계단을 내려오며 담배에 불을 붙이면서 아버지가 집에 있었다면 감히 이렇게 용감무쌍한 행동을 하지는 못했을 거라고 생각했다. 아버지는 여자가 담배를 피워도 되는 때와 장소에 대해 엄격한 기준을 갖고 있었다. 거리를 비롯한 공공장소에서는 절대로 안 되고, 방으로 들어가면서 피워서도 안 되며, 서서 피워서도 안 되고, 상대방이 권할 때만 피워야 하며, 스스로 사서 피워도 안 되었다. 아버지는 이런 기준이 자연의 법칙과 마찬가지로 지당한 것이라고 생각했다. 세실리아는 케임브리지 거턴 칼리지에서 삼 년이나 지적인 친구들과 어울렸어도 아버지에게 맞설 용기는 배우지 못했다. 친구들 사이에서는 유쾌하게 나오던 농담과 빈정거림도 아버지 앞에서는 쑥 들어갔고, 아버지의 말에 약하게나마 반박이라도 할라치면 목소리는 어느새 기어들어갔다. 사실 어떤 문제에 대해서건, 하다못해 사소한 집안일에 대해서도 아버지와 의견이 충돌하면 몹시 불안했고, 그녀의 감수성을 변화시켜놓은 그 어떤 위대한 문학작품이나 실용비평 수업도 그녀를 복종이라는 사슬에서 해방시켜주지는 못했다. 아버지가 정부 일로 집을 비울 때 계단에서 담배를 피우는 정도가 그녀가 받은 교육이 허용하는 최대의 반항이었고, 그나마도 노력이 필요했다.

현관홀의 대부분을 차지하는 층계 앞 넓은 공간으로 세실리아가 내려섰을 때 리언은 폴 마셜을 안내해 활짝 열린 현관문을 통해 집안으로 들어서는 참이었다. 그들 뒤에는 짐을 든 대니 하드먼이 서 있었다. 대니의 아버지 하드먼 씨는 밖에서 5파운드짜리 지폐를 손에 쥐고 신기한 듯이 쳐다보고 있었다. 자갈길에 반사되고 채광창을 통해 들어온 늦은 오후의 햇빛이 현관홀을 오렌지색으로 물들였다. 두 사람은 모자를 벗은 채 미소를 지으며 그녀를 기다리고 있었다. 세실리아는 낯선 남자를 처음 볼 때면 흔히 그랬듯이 이 사람이 자기와 결혼할 남자일까, 그리고 바로 지금 이 순간이 앞으로 평생 동안 감사하는 마음으로, 혹은 지독하게 후회하는 마음으로 기억하게 될 특별한 순간일까 생각했다.

"세실리아!" 리언이 외쳤다. 포옹을 하면서 세실리아는 오빠의 재킷 윗주머니에 꽂힌 굵은 만년필이 자신의 쇄골을 누르는 것을 느끼며 구겨진 옷깃에서 파이프 담배 냄새를 맡았다. 그 순간 남자대학 기숙사를 방문해 남학생들과 함께 차를 마셨던 일들이 떠오르면서 그때가 그리워졌다. 지나치게 정중하고 어색해서 지루할 때가 많았지만 가끔은, 특히 겨울에는 유쾌하기도 했다.

폴 마셜은 세실리아와 악수를 하면서 고개를 약간 숙였다. 왠지 우스꽝스러우면서도 음울한 느낌이 드는 얼굴이었다. 그의 첫마디는 판에 박힌 진부한 말이었다.

"말씀 많이 들었습니다."

"저도요." 몇 달 전 오빠와 통화할 때, 아모 초콜릿바를 먹어본 적이 있는지, 없다면 앞으로 먹을 생각이 있는지 얘기했던 일이 떠올랐다.

"엄만 지금 누워 있어."

할 필요도 없는 말이었다. 리언과 세실리아는 어렸을 때 정원 저 끝에서 엄마 방 창이 어두운지만 보고도 엄마가 편두통을 앓고 있는지를 알아낼 수 있다고 우기곤 했다.

"아버지는 시내에 계시고?"

"늦게 오실지도 몰라."

세실리아는 자기를 유심히 바라보고 있는 폴 마셜의 시선을 느꼈지만, 그와 마주보기 전에 뭔가 할말을 마련해야 할 것 같았다.

"애들이 연극을 하려고 했는데, 계획을 망친 모양이야."

마셜이 말했다. "아까 호숫가에 있던 아이가 동생인가보네요. 쐐기풀을 마구 치고 있던데."

리언은 하드먼 씨의 아들이 가방을 들고 안으로 들어오도록 옆으로 비켜섰다. "그런데 폴이 쓸 방은 어디야?"

"3층." 세실리아는 대니 하드먼을 향해 말했다. 대니는 가죽 여행가방을 한 손에 하나씩 들고 층계 앞에 서서 흰색과 검은색 타일로 장식된 현관홀 중앙에 모여 있는 그들을 바라보고 있었다. 말은 안 해도 잘 이해가 안 가는 표정이었다. 세실리아는 어제부터 대니가 아이들 주위를 맴도는 것을 보았다. 어쩌면 롤라에게 관심이 있는지도 몰랐다. 그도 벌써 열여섯 살이니 어린애는 아니었다. 볼 주위에 통통하게 올라 있던 살이 빠져 얼굴이 갸름해졌고, 어릴 때는 활처럼 휘어 있던 입술이 일자로 길어져서 이따금 잔인해 보일 때도 있었다. 이마에는 여드름이 가득 돋아나 있었는데 오후의 환한 햇빛을 받아서 그런지 지금은 그렇게 심각해 보이지 않았다. 이제야 깨달은 바지만, 하루종일 모든 것이 이상하게 느껴지고 이상하게 보였다. 마치 전부 이미 오래전에 일어난 일이고, 사후死後에 생겨난 이해할 수 없는 아이러니로 인해 다시 생생하게 기억이 나는 것 같았다.

세실리아는 참을성 있게 설명해주었다. "놀이방 지나서 큰 방 말이야."

"비너스 고모 방 말이구나." 리언이 말했다.

비너스 고모는 거의 반세기 동안 캐나다 북부 지역을 돌아다니며 간호사로 일했다. 엄밀히 말하자면 남매의 고모가 아니라 탤리스 씨의 죽은 육촌형제의 고모였지만, 그녀가 퇴직하고 나서 탤리스가 저택의 3층 방으로 들어왔을 때 불평하는 사람은 아무도 없었다. 리언과 세실리아가 어렸을 때 그녀는 침대에서 자리보전을 하는 양순한 환자일 뿐이었고, 점점 더 병세가 악화되더니 세실리아가 열 살 때 앓는 소리 하나 없이 조용히 눈을 감았다. 그리고 일주일 후에 브라이어니가 태어났다.

세실리아는 그들을 거실로 안내했고, 곧이어 세 사람은 테라스 유리문으로 나가 장미 화단을 지나 수영장으로 향했다. 마구간 뒤쪽에 자리잡은 수영장은 사방이 울창한 대나무 숲으로 둘러싸여 있었고, 그 한쪽에 작은 통로가 있었다. 그들은 작은 대나무 아래를 지나갈 때마다 고개를 숙여가면서 통로를 지나 눈부신 흰색 테라스에 다다랐다. 강렬한 햇빛에 그대로 노출되어 있던 테라스 바닥의 돌에서는 참을 수 없을 만큼 뜨거운 열기가 올라왔다. 수영장 옆 대나무 숲 그늘에는 흰색 페인트를 칠한 주석 테이블이 있었고, 정사각형 무명천을 덮어놓은 테이블 위에는 얼음을 띄운 펀치가 유리 물병에 담겨 있었다. 리언이 접의자를 폈고, 세 사람은 손에 펀치 잔을 든 채 수영장 쪽을 바라보며 둘러앉았다. 리언과 세실리아 사이에 앉은 마셜은 십여 분 동안 혼자 떠들다시피 했다. 도시에서 벗어나 이렇게 한적한 곳에 와서 신선한 공기를 마실 수 있어서 정말 좋다고 했다. 그는 지난 구 개월 동안 큰 야망에 사로잡혀 하루도 쉬지 않고 회사 사무실과 회의실, 공장만 오가며 지낸 모양이었다. 클래펌 커먼에 저택을 사놓았지만 집에 들어갈 시간도 거의 없었다. 레인보 아모 초콜릿바가 대박을 터뜨렸고, 출시 초기에는 유통면에서 골칫거리가 한둘이 아니었지만 지금은 거의 해결되었으며, 레인보의 광고가 나이 많은 주교들의 비위를 거슬러 광고를 새로 제작해야 했다. 골치 아픈 일들이 해결되자 이제는 너무 잘나가서 또 문제가 생겼다. 믿어지지 않을 만큼 엄청나게 팔려나가는 물량을 대기 위해 계속 생산량을 늘려야 했고, 잔업수당을 놓고 분쟁이 끊이지 않았으며, 제2공장 부지를 정할 때는 네 개의 노조가 이러쿵저러쿵 말들이 많아 어린애처럼 어르고 달래야 했다. 레인보 아모 프로젝트가 성공을 거두니 더 큰 야망이 생겼다. '이봐, 아모 좀 줘!'라는 슬로건을 내세워 군용 초콜릿바 아미 아모Army Amo를 팔아보자는 것이었다. 이 아미 아모 프로젝트는 히틀러의 기세가 수그러들지 않는 한 영국 정부가 국방비 지출을 계속 늘려갈 수밖에 없을 것이라는 계산에서 나왔다. 어쩌면 아미 아모는 군인들에게 지급되는 기본 휴대식량에 포함될지도 모른다. 그렇게만 되면, 그리고 앞으로 강제징집이 시작되면 공장이 다섯 개는 더 필요할 것이다. 정부가 곧 독일과 모종의 합의를 볼 것이고 또 보아야만 하며 그 경우 아미 아모는 별 볼 일 없어질 거라고 반대하는 회사 간부들도 물론 있었다. 심지어 전쟁광이라고 마셜을 비난하는 간부도 있었다. 그러나 마셜은 아무리 지치고 힘들어도, 아무리 많은 사람들이 욕하고 손가락질해도 자신의 야망을 포기하지 않을 작정이었다. 그 모든 일에서 벗어나 제대로 숨 한번 크게 쉴 수 있는 이곳에 오니 너무 좋다는 말을 다시 하면서 마셜은 말을 마쳤다.

세실리아는 마셜이 일장연설을 시작한 후 몇 분간 그를 유심히 관찰했다. 꽤 준수한 외모에 엄청난 부자이고 상상할 수 없을 정도로 멍청해 보이는 이런 남자와 결혼을 한다면 얼마나 감미로운 자기파괴일지를 생각하며 그녀는 유쾌한 허탈감을 느꼈다. 총과 축구와 비행기를 광적으로 좋아하고, 시끄러우면서 머리가 큰 멍청한 사내아이들이 태어날 것 같았다. 세실리아는 리언을 돌아보는 그의 옆얼굴을 바라보았다. 말을 하자 턱 위로 불거진 긴 힘줄이 실룩거렸다. 눈썹에는 굵고 검은 털 몇 가닥이 삐죽 튀어나와 있었고 귓구멍에도 마찬가지로 검은 털이 자라 있었는데, 그 모양새가 마치 꼬불꼬불한 음모처럼 우스꽝스러웠다. 이발할 때 어떻게 좀 했으면 좋았을 것을.

세실리아가 눈을 돌려 리언을 흘깃 바라보니 그는 점잖은 표정으로 친구만 보고 있었다. 그녀와는 눈을 마주치지 않기로 작정한 모양이었다. 어린 시절 그들은 친척 노인들을 초대한 일요일 점심식사 때면 '표정 싸움'으로 서로를 고문하곤 했다. 그런 오찬은 평소에는 고이 모셔두던 고풍스러운 은식기가 등장하는 엄숙한 행사였다. 친척들은 엄격하고 우울한 표정을 한 빅토리아시대 사람들로 대부분 외가 쪽 어른들이었는데, 마치 지난 이십여 년 동안 낯설고 경박한 세기를 언짢아하며 방황하다가 검은 망토를 펄럭이며 탤리스가에 도착한 길 잃은 종족 같았다. 열 살의 세실리아와 열두 살의 리언은 그들을 무서워하면서도 서로를 쳐다보며 표정 싸움을 벌이다가 발작하듯 웃음을 터뜨리기 일보 직전이 되곤 했다. 상대의 표정을 본 사람은 속수무책으로 킥킥 웃음을 터뜨렸고, 승리한 사람은 천연덕스러운 얼굴로 모른 체했다. 거의 언제나 리언이 압도적으로 우세했다. 그는 짐짓 엄숙한 표정도 잘 지었고, 눈알을 떼굴떼굴 굴리면서 동시에 불만스럽다는 듯 입꼬리를 내려 보이기도 했다. 그런 표정을 한 채 천연덕스러운 목소리로 세실리아에게 소금 좀 달라고 하면 그녀는 여지없이 무너졌다. 소금을 건네며 그의 눈을 피하려고 아무리 애를 써도, 고개를 돌리고 숨을 깊이 들이마셔도 소용없었다. 표정 싸움에 한번 지면 식사가 계속되는 한 시간 반 동안 킥킥 터져나오는 웃음 때문에 어깨를 들썩이며 괴로워해야 했다. 한편 리언은 느긋하게 앉아 있다가 세실리아가 웃음 발작에서 회복되는 것 같으면 다시 한번 일격을 가했다. 그녀가 오만하고 샐쭉한 표정을 지어 오빠를 이기는 경우는 아주 드물었다. 어른들 사이에 섞여 앉아야 할 때가 많아 표정 싸움에는 언제나 위험과 스릴이 따랐다. 식탁에서 하다가 들키면 엄한 꾸지람을 듣고 잠자리에 일찍 드는 벌을 받았다. 승리의 비결은 소금 따위를 건네며 입술을 핥고 활짝 미소를 지으면서 기회를 엿보다가 상대방과 눈이 마주치는 순간 곧바로 우스꽝스러운 표정을 날리는 것이었다. 언젠가 한번은 둘이 동시에 상대방을 공격했는데, 리언이 그만 수프를 콧구멍으로 내뿜는 바람에 이모할머니의 손목에 수프 방울이 떨어지는 사태가 발생했다. 그 일로 둘은 하루종일 자기 방에 갇혀 있어야 했다.

세실리아는 오빠를 따로 불러다가 마셜 씨 귀에 음모가 돋아나 있다고 말해주고 싶었다. 마셜은 자기를 전쟁광이라고 비난한 사람과 회의실에서 벌인 설전에 대해 신나게 떠벌리는 중이었다. 세실리아는 머리를 쓸어넘기려는 듯 팔을 약간 들었다. 그러자 리언이 그녀를 바라보았고, 바로 그 순간 그녀는 십 년 넘게 보여주지 못했던 예의 그 표정을 날렸다. 리언은 입술을 꽉 다물더니 고개를 돌려 새로운 관심 대상이라도 찾은 듯 자기 구두 근처를 뚫어지게 바라보았다. 마셜이 세실리아에게 고개를 돌리자 리언은 한 손을 들어 얼굴을 가렸지만 들썩거리는 어깨만은 어쩔 수 없었다. 다행스럽게도 이제 마셜은 긴 독백을 끝내려는 참이었다.

"……말하자면, 제대로 숨 한번 크게 내쉴 수 있는 이런 곳 말이야."

말이 끝나자 리언이 기다렸다는 듯 일어섰다. 그는 수영장으로 다가가 다이빙대 근처에 떨어져 있는 빨간색 젖은 수건을 물끄러미 바라보았다. 잠시 후 그는 평정을 되찾은 듯 주머니에 손을 찔러넣고 그들에게 돌아왔다.

리언이 세실리아에게 말했다. "오다가 누굴 만났게?"

"로비겠지 뭐."

"오늘밤 저녁식사에 오라고 했다."

"정말? 왜 그랬어!"

리언은 동생을 놀리고 있었다. 어쩌면 복수하는 건지도 몰랐다. 그가 친구에게 설명했다. "아까 본 그 가정부 아들 있지? 장학금 받고 여기 그래머스쿨*에 다녔고, 또 장학금을 받아서 케임브리지에 들어갔거든. 세실리아와 같은 해였지, 아마? 그런데 둘이 삼 년 동안이나 아는 척도 안 하고 지냈대! 세실리아는 그가 로딘 여학교 동창들 근처에도 못 가게 했다더라고."

"초대하기 전에 나한테 먼저 물어봤어야지."

세실리아가 버럭 성을 내자 마셜이 달래는 목소리로 말했다. "나도 옥스퍼드에 있을 때 그런 친구들 많이 봤어요. 그중 몇은 진짜 수재이기도 했고. 그런데 그 친구들 성을 어찌나 잘 내는지, 아주 웃기더라니까요."

"담배 있어요?" 세실리아가 물었다.

마셜은 은제 담뱃갑에서 담배 한 개비를 꺼내 그녀에게 건네고 리언에게도 하나 던져준 후 자신도 한 개비 꺼내들었다. 이제 다들 일어서 있었다. 세실리아가 불을 붙이기 위해 마셜 쪽으로 몸을 숙이고 있을 때 리언이 말했다. "똑똑한 친군데 왜 저러고 있나 모르겠어. 화단 손질이나 하면서 말이야."

세실리아는 수영장 쪽으로 걸어가 다이빙대에 앉았다. 느긋하게 보이려고 애를 썼지만 목소리는 경직되어 있었다. "의대에 간다나봐. 설마 앞으로 뭐할 거냐고 물어보진 않았겠지?"

"아버지는 승낙하셨고?"

세실리아는 어깨를 으쓱했다. "지금 당장 방갈로에 가서 오지 말라고 얘기해."

수심이 낮은 쪽으로 가 있던 리언이 부드럽게 일렁이는 푸른 수영장 물 너머로 세실리아를 바라보았다.

---

* 대학 진학을 목표로 하는 학생들이 다니는 중등학교. 11세부터 18세까지 다닌다.

"어떻게 그래?"

"어떻게 하든 내 알 바 아니지. 핑곗거리를 지어내면 되잖아."

"너희 둘, 무슨 일 있었구나."

"아니. 아무 일도 없었어."

"널 귀찮게 해?"

"제발, 오빠!"

화가 난 세실리아는 벌떡 일어나서 수영장 파빌리온 쪽으로 걸어갔다. 그것은 세로로 홈이 파인 기둥 세 개가 지붕을 받치고 있는 개방형 구조물이었다. 그녀는 가운데 기둥에 기대서서 담배를 피우며 오빠를 바라보았다. 이 분 전에는 동지였던 그가 지금은 적이 되어 있었다. 정말 어린 시절로 돌아간 것 같았다. 폴 마셜은 그들 중간에 서서 마치 테니스경기를 관람하듯 말하는 사람을 향해 이쪽저쪽으로 고개를 돌렸다. 중립적이지만 호기심어린 눈초리였고 남매간의 말다툼에도 전혀 곤란한 기색이 없었다. 세실리아는 적어도 이런 점은 그의 장점이라고 생각했다.

리언이 말했다. "포크와 나이프 잡는 법도 모를 것 같아서 그러는 거야?"

"그만 좀 해, 오빠. 오빠한텐 로비를 초대할 권리 없어."

"웃기시네!"

뒤이어 정적이 찾아왔지만 정수펌프가 돌아가는 단조로운 소리 덕분에 심하게 어색하지는 않았다. 세실리아가 할 수 있는 일은 아무것도 없었고, 리언을 종용해 시킬 수 있는 일도 없었다. 문득 이런 논쟁이 아무 의미도 없다는 생각이 들었다. 세실리아는 햇빛에 달궈진 돌위를 어슬렁거리면서 천천히 담배를 다 피웠고, 눈앞에 펼쳐진 광경을 보며 생각에 잠겼다. 염소 소독된 수영장 물, 접의자에 기대 세워놓은 트랙터 타이어의 검은 튜브, 색조는 약간 달라도 나란히 크림색 리넨 양복을 입은 두 남자, 초록의 대나무 숲을 배경으로 흩어지는 푸른빛이 감도는 회색의 담배연기. 또다시 그 이상한 느낌이 들었다. 이 모든 일이 이미 오래전에 일어났고, 아주 사소한 것에서부터 엄청나게 큰 것에 이르기까지 모든 결과가 이미 정해져 있는 듯한 느낌. 앞으로 아무리 이상하거나 충격적인 일이 일어나더라도 놀랍기는커녕 오히려 어딘가 익숙함을 느끼며 '아 그래, 맞아, 그거였구나, 왜 진작 몰랐지?' 하고 혼잣말을 하게 될 것만 같았다.

세실리아가 쾌활한 목소리로 말문을 열었다. "오빠, 내가 무슨 생각 하는지 알아?"

"무슨 생각 하는데?"

"안으로 들어가서 오빠가 만들어주는 환상적인 칵테일을 마시고 싶다는 생각."

갑자기 폴 마셜이 손뼉을 쳤다. 그 소리가 어찌나 큰지 파빌리온 기둥들 사이에 울려퍼지더니 뒷벽에까지 도달했다. "내가 잘 만들 수 있는 게 있는데." 그가 말했다. "얼음 부순 것하고 럼, 다크초콜릿 녹인 것만 있으면 되고."

마셜의 제안에 세실리아와 리언은 서로를 쳐다보았고 그 순간 남매간의 불화는 끝이 났다. 리언은 벌써 걸음을 옮겨놓기 시작했고 세실리아와 폴 마셜이 그 뒤를 따랐다. 대나무 숲의 통로에 다다라 셋이 만나게 되자 세실리아가 말했다. "난 씁쓸한 것이 좋은데. 아니면 신 것도 좋고."

통로에 먼저 도착해 있던 리언은 미소를 지으며 거실 문 앞에서 하듯 세실리아의 손을 잡아 먼저 지나가게 해주었다. 그의 곁을 지나 통로로 들어서던 그녀는 오빠가 자기 팔을 살짝 건드리는 것을 느꼈다.

어쩌면 나뭇잎이었을지도 몰랐다.

다섯

쌍둥이들도 롤라도 도대체 왜 브라이어니가 연극 연습을 중단했는지 알지 못했다. 처음에는 연습이 중단됐다는 사실조차 몰랐다. 병석에 누운 아라벨라가 착한 의사로 가장한 왕자님을 처음으로 자신의 누추한 다락방에 맞아들이는 장면을 진행하던 중이었고, 연습은 그런대로 잘되어가고 있었다. 적어도 평소보다 나쁘진 않았다. 쌍둥이의 대사 처리는 전과 비교해 더 서투르지 않았고, 롤라는 바닥에 누워 있으면 캐시미어 스웨터가 더러워진다면서 의자에 축 늘어져 앉아 있었지만 연출자는 이에 대해 별다른 말을 하지 않았다. 롤라는 초연한 마음으로 나이 어린 연출자의 지시를 고분고분 따르며 자신이 나무랄 데 없이 완벽한 연기를 하고 있다고 생각했다. 그런데 어느 순간, 잭슨에게 참을성 있게 연기 지시를 하던 브라이어니가 문득 스스로를 꾸짖는 것처럼 얼굴을 찌푸리더니 사라져버렸다. 연기에 대한 의견 차이로 심각한 대립이 있은 것도 아니었다. 브라이어니는 불같이 성을 내지도, 문을 박차고 나가지도 않고 화장실에라도 다녀오려는 것처럼 조용히 걸어나갔을 뿐이었다. 남은 아이들은 연극과 관련된 모든 것이 다 끝났다는 사실을 알지 못한 채 브라이어니를 기다리고 있었다. 쌍둥이들은 정말 열심히 노력하고 있다고 생각했고, 특히 침대에 실례를 한 사건으로 씻을 수 없는 오명을 남긴 잭슨은 브라이어니를 기쁘게 함으로써 명예를 회복하리라 마음먹은 터였다.

브라이어니를 기다리며 쌍둥이 형제는 나무로 만든 장난감 벽돌로 축구를 했고, 롤라는 창가에서 밖을 내려다보며 작고 부드러운 목소리로 콧노래를 불렀다. 시간이 얼마나 흘렀을까, 브라이어니가 여전히 나타나지 않자 롤라는 방을 나가 복도 끝으로 걸어갔다. 거기에는 사용하지 않는 침실이 하나 있었는데, 마침 문이 열려 있었다. 안으로 들어간 롤라는 창가에 서서 밖을 내려다보았다. 차도가 보이고 호수가 보였다. 호수에 떠 있는 작은 섬에서 늦은 오후의 강렬한 햇빛을 받아 형광빛을 발하는 흰색 기둥이 눈에 띄었다. 그 기둥이 있는 예배당 너머 물가에 브라이어니가 서 있었다. 어쩌면 물에 들어가 있는지도 모를 일이었다. 이런 햇빛 속에서는 제대로 알아보기가 어려웠다. 어쨌든 돌아오려는 기색은 없었다. 롤라는 방을 나오다가 침대 옆에서 묵직한 스트랩이 달린 갈색의 남성용 가죽 여행가방을 발견했다. 가방에는 빛바랜 기차 화물표가 달려 있었다. 아버지 생각이 어렴풋이 떠올라 그 옆에 잠시 멈춰 서니 기차에서 맡을 수 있는 그을음냄새가 나는 듯했다. 그녀는 엄지손가락으로 걸쇠 하나를 밀어보았다. 반짝반짝 윤을 낸 금속에서 차가운 감촉이 전해졌고 손가락이 닿은 곳에 생긴 하얀 자국은 서서히 작아지다가 사라졌다. 갑자기 찰칵 소리와 함께 걸쇠가 튀어오르자 깜짝 놀란 그녀는 걸쇠를 다시 누르고 급히 방을 빠져나왔다.

아무 일도 없이 또 얼마간의 시간이 흘렀다. 롤라는 쌍둥이들에게 수영장이 비어 있는지 보고 오라고 했다. 어른들이 있을 때는 수영하기가 불편하기 때문이었다. 그러나 수영장에 세실리아와 다른 어른 두 명이 있다고 보고하러 쌍둥이들이 뛰어들어왔을 때 놀이방은 텅 비어 있었다. 롤라는 조그만 자기 방에서 창틀에 세워놓은 손거울을 보며 머리를 매만지고 있었다. 쌍둥이들은 누나의 작은 침대에 누워 서로를 간질이며 레슬링을 하다가 큰 소리로 웃음을 터뜨렸다. 롤라는 굳이 동생들을 그애들 방으로 내쫓아야겠다는 생각도 들지 않았다. 이제 연극 연습도 없고, 수영장에도 갈 수 없고, 무엇을 할지 망설이며 흘려보내는 시간은 마음을 무겁게 만들기만 했다. 피에로가 배고프다는 말을 꺼내자 갑자기 집에 대한 그리움이 몰아닥쳤다. 저녁식사는 한참 멀었고 밑에 내려가서 먹을 것 좀 달라고 하기도 부끄러웠다. 게다가 쌍둥이들은 좀전에 험악한 얼굴로 빨간 고무 시트를 들고 계단을 올라와 그들 방으로 향하는 베티를 보았기에, 무서워서 부엌에 내려갈 엄두도 내지 못했다.

잠시 후 세 사람은 침실을 빼면 유일하게 들어갈 자격이 있다고 생각되는 놀이방으로 돌아왔다. 발로 차고 놀던 푸른색 장난감 벽돌을 비롯하여 모든 것이 그대로였다.

모두 우두커니 서 있는데 잭슨이 말했다. "난 이곳이 싫어."

단순한 그 말이 피에로의 마음을 흔들어놓은 모양이었다. 소년은 벽으로 걸어가 바닥 가까이에서 뭔가 흥미로운 것이라도 발견한 듯 발끝으로 툭툭 쳤다.

롤라는 피에로에게 다가가 그의 어깨를 감싸안았다. "괜찮아. 금방 집으로 돌아갈 거야." 피에로는 엄마보다 훨씬 가늘고 가벼운 누나의 팔에 안겨 흐느끼기 시작했지만, 남의 집에 와 있으니 예의바르게 행동해야 한다는 생각에 소리도 크게 내지 못했다.

잭슨도 눈에 눈물이 그렁그렁 맺혔지만 아직 말은 할 수 있는 모양이었다. "금방은 아닐 거야. 그냥 말만 그렇게 하는 거잖아. 어쨌든 집에는 못 가." 그러고는 잠시 말을 멈추고 용기를 끌어모으더니 폭탄발언을 했다. "이혼한 거니까!"

피에로와 롤라는 경악했다. 어느 누구도 아이들 앞에서 이 말을 입에 올리지 않았고, 그들 자신도 마찬가지였다. 이혼이라는 단어는 아이들은 생각할 수 없는 외설과 가족의 수치를 담고 있는 말이었다. 입 밖으로 내뱉는 순간 잭슨 자신도 충격을 받은 것 같았지만, 어떻게 해도 이미 뱉은 말을 되돌릴 순 없었다. 어쨌든 잭슨은 이혼이라는 말을 큰 소리로 내뱉는 것이 이혼이라는 행위—그것이 구체적으로 어떤 것인지는 롤라조차 잘 몰랐지만—만큼이나 큰 죄라는 것을 느낄 수 있었다. 롤라는 초록색 눈동자를 고양이처럼 가늘게 뜨고 잭슨에게 다가갔다.

"감히 어떻게 그런 말을."

"사실이잖아." 잭슨은 중얼거리면서 누나의 시선을 피했다. 큰일이 났다는 것과 그것이 순전히 자기 잘못이라는 것을 깨닫고 도망을 가려는 찰나, 누나가 그의 귀를 잡아 얼굴에 자신의 얼굴을 가까이 대고 노려보았다.

"때리기만 해봐." 잭슨이 재빨리 말했다. "부모님한테 이를 거야." 그러나 이 위협을 무력화하고 효과 만점이었던 이 주문을 아무짝에도 쓸모없게 만든 사람이 바로 잭슨 자신이었다.

"앞으로 다시는 그런 말 하지 마. 알았어?"

잭슨이 수치심에 몸을 떨며 고개를 끄덕이자 롤라는 그를 놓아주었다.

쌍둥이들은 충격으로 눈물이 쏙 들어가버렸고, 피에로는 언제나처럼 상황을 호전시키려고 노력하면서 밝은 목소리로 물었다. "이제 뭐 할까?"

"나도 늘 나 자신에게 그렇게 묻곤 하지."

하얀 양복을 입은 키 큰 남자가 문간에 서 있었다. 이미 오래전부터 그렇게 서서 잭슨이 그 단어를 내뱉는 것을 들었는지도 몰랐고, 그의 갑작스러운 출현이 안긴 놀라움보다는 그가 모든 걸 보았을지도 모른다는 생각 때문에 롤라조차 아무런 반응을 보이지 못했다. 비극적인 가족사를 다 알아버렸을까? 퀸시가의 아이들은 물끄러미 그를 바라보며 눈치를 볼 뿐, 다른 도리가 없었다. 그가 다가와 손을 내밀었다.

"난 폴 마셜이야."

가장 가까이 있던 피에로가 먼저 조용히 악수를 했고 잭슨이 그 뒤를 따랐다. 롤라 차례가 되었을 때 그녀가 말했다. "롤라 퀸시예요. 이쪽은 잭슨, 저애는 피에로고요."

"모두 멋진 이름이구나. 그런데 너희 둘은 어떻게 구별하지?"

"좀더 호감이 가는 쪽이 나래요." 피에로가 말했다. 이것은 그들의 아버지가 고안해낸 대답으로, 쌍둥이를 처음 본 사람들이 물어볼 때마다 웃음을 터뜨리게 하는 농담이었다. 그러나 이 남자는 미소조차 짓지 않고 말을 이었다. "북쪽에서 온 사촌들이 바로 너희구나."

그들은 그가 뭘 더 알고 있나 알아내기 위해 긴장한 채 그를 바라보았다. 그는 마루에 아무것도 깔지 않은 놀이방을 걸어다니다가 허리를 굽히고 장난감 벽돌을 주워 공중에 휙 던지더니 다시 날쌔게 받았다.

"난 복도 끝에 있는 방에 머물 거란다."

"알아요. 비너스 고모 방 말이죠?" 롤라가 말했다.

"그래. 옛날에 그분이 쓰셨다더라."

폴 마셜은 몸을 굽혀 아까까지만 해도 병에 걸린 아라벨라가 앉아 있던 안락의자에 앉았다. 그의 얼굴은 눈 코 입이 눈썹 쪽으로 몰려 있고 턱은 데스퍼리트 댄*처럼 커다래 묘한 인상이었다. 얼굴은 잔인해 보이는 반면 행동은 유쾌하고 호감이 가서 롤라는 참으로 매력적인 조화를 이루고 있다고 생각했다. 그는 바지 주름을 펴면서 퀸시가 아이들을 차례로 훑어보았다. 롤라는 검은색과 흰색이 섞인 그의 가죽구두 브로그 장식을 유심히 보았고, 이를 눈치챈 마셜은 머릿속 리듬에 맞춰 한 발을 까닥까닥 움직였다.

"연극을 못하게 됐다니, 안됐다."

연극 연습에 대해 그들보다 더 많이 알고 있다면 다른 중요한 것도 알고 있을 거라는 생각에 쌍둥이들은 그에게 좀더 다가갔다. 이번에도

---

* 스코틀랜드 만화의 주인공으로, 엄청난 식욕을 가진 덩치 큰 카우보이.

잭슨이 문제의 핵심을 찔렀다.

"우리 부모님을 아세요?"

"퀸시 씨와 퀸시 부인?"

"네!"

"신문에서 그분들 이야기를 읽은 적이 있어."

쌍둥이들은 이 말을 듣고 아무 대답도 못한 채 그를 바라만 보았다. 신문에는 중요한 사건들—지진이나 열차 충돌, 정부와 국가가 매일 하는 일, 히틀러가 영국을 침공할 경우를 대비해 총을 사는 데 돈을 더 써야 하는가를 놓고 벌이는 논쟁 등—만 나온다는 사실을 그들도 알고 있었다. 그렇게까지 놀라운 일은 아니지만, 자신들 가정의 비극이 이런 신성한 일들과 동등하게 신문지상에 오를 수 있다는 사실에는 경외감을 느꼈다. 이제 그들의 걱정은 사실로 판명난 셈이었다.

롤라는 침착하려고 애쓰면서 뒷짐을 졌다. 심장이 아플 정도로 심하게 두근거리고 있었고, 뭔가 말을 해야겠는데 말이 나올 것 같지 않았다. 그녀는 자신이 이해하지 못하는 어떤 게임이 시작되었음을, 그리고 거기에 거짓되고 심지어 모욕적인 무언가가 있다는 것을 느꼈다. 목이 막혀 목소리를 한참 가다듬고 나서야 그녀는 겨우 말을 꺼낼 수 있었다.

"우리 부모님에 대해서 어떤 기사가 났는데요?"

마셜이 눈살을 찌푸리자 숱이 많은 눈썹이 하나로 이어진 듯 보였다. 그가 퉁명스럽게 말을 내뱉었다. "아, 글쎄, 기억이 잘 안 나네. 별것 아니었던 것 같은데."

"그러면 아이들 앞에서는 우리 부모님 얘기 삼가주시면 감사하겠습니다."

언젠가 어른들이 이런 식으로 말하는 걸 들은 것이 분명했다. 그 말을 하는 롤라는 마치 맹목적인 믿음을 가지고 스승의 주문을 따라 외우는 마법사의 제자 같았다.

그 말이 효과가 있었다. 마셜은 실수했다는 것을 깨달은 듯 주춤하더니 쌍둥이들을 향해 말했다. "얘들아, 잘 들어봐. 너희 부모님은 아주 훌륭한 분들이고, 너희를 아주 많이 사랑하셔서 항상 너희 생각을 하신단다. 다들 아는 사실이야."

잭슨과 피에로는 엄숙한 표정으로 고개를 끄덕였다. 이제 됐다는 생각이 들자 마셜은 롤라에게 관심을 돌렸다. 그는 리언과 그의 동생과 함께 거실에서 독한 진칵테일을 두 잔 마신 후, 짐을 풀고 만찬을 위해 옷을 갈아입으려고 3층으로 올라왔었다. 그랬다가 신발도 벗지 않은 채 커다란 캐노피 침대에 몸을 쭉 뻗고 누워 시골의 고요함과 칵테일, 그리고 초저녁의 온기에 마음이 느긋해져 옅은 잠에 빠져들었던 것이다. 그러다 꿈을 꾸었는데, 꿈속에서 그의 여동생 네 명이 침대를 둘러싸고 서서 재잘거리며 그의 옷을 만지거나 잡아당기고 있었다. 잠에서 깨어나자 가슴과 목이 뜨겁고 불쾌한 기분이 들면서 여기가 어딘지 순간 혼란스러웠다. 침대에 걸터앉아 물 한 잔을 마시고 있는데 어디선가 이야기를 나누는 소리가 들렸다. 그 소리 때문에 그런 꿈을 꾸게 된 모양이었다. 삐걱거리는 복도를 지나 놀이방 앞에 가보니 아이들 셋이 있었다. 그는 벌써 숙녀티가 나는 롤라를 찬찬히 뜯어보았다. 숱 많은 머리카락을 치렁치렁 늘어뜨리고, 손톱에는 매니큐어를 칠했으며, 팔찌와 벨벳 초커를 한데다 침착하면서 약간은 거만해 보이기도 한 모습이 마치 라파엘전파의 화가들이 그릴 법한 어린 공주 같았다.

마셜이 롤라에게 말을 걸었다. "넌 패션감각이 뛰어나구나. 그 바지 정말 잘 어울린다."

이 말에 당황하기보다는 오히려 기분이 좋아진 롤라는 작은 엉덩이를 감싸며 풍성하게 부푼 바지를 가볍게 쓸어내렸다. "엄마랑 런던에 연극 보러 갔을 때 리버티백화점에서 산 거예요."

"무슨 연극?"

"〈햄릿〉이요." 실은 런던 팰러디엄에서 무언극 낮 공연을 보다가 롤라가 원피스에 딸기 음료를 쏟는 바람에 바로 길 건너에 있는 리버티백화점에서 산 옷이었다.

"나도 그 연극 좋아하는데." 폴 마셜이 말했다. 그가 그 희곡을 읽지 않았고 연극도 보지 않았으며 전공도 화학이라는 사실은 롤라에게 다행이었다. 그러나 그도 심각한 어조로 "사느냐, 죽느냐"라고 읊조릴 정도는 되었다.

"그것이 문제로다." 롤라가 뒤를 이었다. "아저씨 구두도 멋있네요."

마셜은 한 발을 약간 들어올려 수공 솜씨를 확인했다. "그래. 털 스트리트에 있는 더커 제품이야. 거기선 신발을 산 고객들의 발 모양 나무본을 영구 보존하지. 지하실에 수천 개가 있는데, 그 주인들은 대부분 오래전에 죽었다더라."

"아우, 끔찍해라."

"나 배고파." 피에로가 다시 입을 열었다.

"아, 그래? 내가 뭐하는 사람인지 알아맞히면 상을 줄게." 폴 마셜이 재킷 주머니를 톡톡 치면서 말했다.

"가수죠? 목소리가 굉장히 좋은데요." 롤라가 말했다.

"고맙지만 틀렸다. 너를 보니 내가 특히 귀여워하는 여동생이 생각나는데……"

잭슨이 끼어들었다. "아저씨, 공장에서 초콜릿 만드는 사람이죠?"

모든 영광이 잭슨에게 돌아가기 전에 피에로가 잽싸게 덧붙였다. "수영장에서 다 들었어요."

"그렇다면 알아맞힌 게 아니잖아."

마셜은 납지에 싸여 있고 가로 1인치 세로 4인치 정도 되는 직사각형 모양의 초콜릿바를 호주머니에서 꺼내 무릎에 올려놓고 조심스럽게 포장을 벗긴 다음 잘 보이도록 들었다. 아이들은 예의바르게 앞으로 조금 다가갔다. 그는 초콜릿바의 충충한 녹갈색 표면을 손톱으로 톡톡 두드렸다.

"이게 당의라는 거야. 안에는 밀크 초콜릿이 있지. 어떤 상태에서도 먹기 좋아. 심지어 좀 녹았을 때도."

그가 초콜릿바를 좀더 높이 들고 손에 힘을 주자 손가락이 떨리는 것이 초콜릿바 때문에 더 분명하게 보였다.

"이 나라 모든 군인의 배낭에 이 초콜릿바가 들어갈 거야. 기본 휴대식량이 되는 거지."

쌍둥이들은 의아한 듯이 서로를 바라보았다. 어른들은 단것을 좋아하지 않는데. 피에로가 말했다. "군인 아저씨들은 초콜릿 안 먹잖아요."

잭슨이 덧붙였다. "담배를 좋아하잖아요."

"그리고 왜 군인 아저씨들한테만 공짜로 주고 어린이들한테는 안 주는 거죠?"

"왜냐하면 군인들은 나라를 위해 싸우기 때문이지."

"전쟁 같은 건 안 날 거라고 아빠가 그랬는데."

"음, 그건 아버지 말씀이 틀렸다."

마셜의 목소리가 좀 퉁명스럽게 들리자, 롤라가 달래듯 말했다. "어쩌면 전쟁이 날 수도 있어."

마셜은 롤라를 향해 미소를 지었다. "이 초콜릿바 이름은 아미 아모야."

"아모 아마스 아마트."* 롤라가 말했다.

"그렇지."

잭슨이 말했다. "도대체 왜 모든 상표 이름이 '오'로 끝나는 거야?"

"맞아. 정말 재미없어. 폴로, 에어로." 피에로가 맞장구쳤다.

"옥소, 브릴로……"

"그러니까, 네 동생들은 이거 안 먹고 싶다는 말인 것 같다." 폴 마셜이 초콜릿바를 롤라에게 건네주며 말했다.

공손하게 초콜릿바를 받아든 롤라는 쌍둥이들에게 쌤통이라는 표정을 지어 보였다. 그들은 차마 달라는 말도 못하고 초콜릿바를 조심스레 핥는 누나의 혓바닥이 초록색으로 물들어가는 것을 부러운 듯 지켜볼 뿐이었다. 폴 마셜은 다시 안락의자에 깊숙이 앉아 두 손을 들어 삼각형 모양으로 입가에 마주세운 채 롤라를 자세히 뜯어보았다.

마셜은 다리를 꼬았다 풀고는 숨을 깊이 들이쉬었다. "깨물어봐." 그가 부드러운 목소리로 속삭였다. "그건 깨물어 먹는 거야."

---

* amo amas amat, '사랑하다'라는 뜻의 라틴어 동사 amar의 인칭별 변화형.

초콜릿이 롤라의 새하얀 앞니에 부러지면서 딱 소리가 났고, 당의 속에 숨어 있던 짙은 색깔의 초콜릿이 드러났다. 그때 2층 계단에서 쌍둥이 형제를 부르는 여자의 목소리가 들렸고, 곧이어 좀더 엄한 목소리가 복도에 울려퍼졌다. 그제야 목소리의 주인공이 누군지 알아차린 쌍둥이들이 겁먹은 표정을 지었다.

롤라는 아모를 한가득 입에 넣은 채 웃음을 터뜨리며 말했다. "베티 아줌마가 부르네. 목욕시간이야. 빨리 가, 지금 당장. 뛰어!"

여섯

에밀리 탤리스는 점심식사 후 여동생의 아이들과 브라이어니가 제대로 식사를 했고 앞으로 적어도 두 시간은 수영장에 가지 않으리라는 것을 확인하자, 오후의 강렬한 햇빛을 피해 서늘하고 어둠침침한 침실로 올라왔다. 아직 아프진 않았지만 위협이 시작되기 전에 미리 도망친 것이다. 마치 시계視界를 가렸던 낡은 천이 훨씬 더 밝은 빛 앞에서 들어올려진 것처럼 눈을 감아도 선명한 밝은 점들이 보였고, 약간 따끔거리는 아픔도 느껴졌다. 머리 오른쪽 구석으로는 웅크리고 잠든 동물이라도 있는 듯 육중한 무게가 느껴졌다. 그러나 손으로 그 부분을 꾹꾹 누르자, 그 육중한 동물은 실제 공간의 좌표에서 사라졌다. 대신 마음 오른쪽 구석에 모습을 드러냈다. 그녀는 상상 속에서 발끝으로 살금살금 다가가 오른손을 뻗어 그놈을 만져보았다. 깨워서는 안 된다. 잠에서 깨어 일어나면 놈은 한가운데로 움직여올 것이고, 그러면 칼로 찌르는 듯한 아픔에 아무런 생각도 할 수 없게 될 거다. 그렇게 되면 저녁에 리언을 비롯하여 식구들과 함께 식사를 할 수도 없을 것이다. 이 짐승은 그녀에게 원한이 있는 것이 아니라, 그저 그녀의 고통에 무관심할 뿐이었다. 한번 잠에서 깨어나면 녀석은 마치 우리에 갇힌 표범처럼 움직여댈 것이다. 아무 목적도 의식도 없이 그저 지루함을 못 이겨 우리 안을 어슬렁거리는 표범처럼. 그녀는 베개를 베지 않고 침대에 반듯이 누워 있었다. 손이 닿는 곳에 물 한 잔이 놓여 있었고 바로 옆에는 지금은 읽을 수 없는 책도 한 권 있었다. 커튼을 뚫고 들어온 햇빛이 천장에 희미한 띠를 만들며 방안의 어둠을 방해하고 있었다. 칼날로 위협을 받는 것처럼 경직된 그녀는 두려움 때문에 차마 잠을 청할 수는 없으니 그냥 이대로 있을 수만 있으면 좋겠다고 생각했다.

그녀는 저택과 정원에서 피어올라 홈 카운티스 전역에 연기처럼 퍼져 농장과 마을을 질식시키고 있는 이 엄청난 열기에 대해, 리언과 그의 친구를 데려올 기차 밑에서 직사광선을 받아 아지랑이가 피어오를 선로에 대해, 그 아이들이 창문을 연 채 앉아 있을 검은 지붕의 찜통 같은 마차에 대해 생각했다. 저녁식사로 로스트비프를 만들라고 해놓았는데 이런 날씨에 먹다가는 숨이 막힐 것 같았다. 집이 팽창해 삐걱대는 소리가 들렸다. 아니면 석조 건물을 받치고 있는 나무 서까래와 문기둥이 열기로 인해 완전히 말라비틀어지면서 나는 소리였을까? 줄어들고 있었다. 모든 것이 줄어들고 있었다. 리언만 해도 그랬다. 아버지가 번듯한 공무원 자리 하나 마련해주겠다는데도 거절하고 은행의 말단직원이 되더니 주말과 조정경기만 기다리면서 한 해 한 해 뒷걸음질을 치고 있었다. 리언이 그렇게 다정다감하지 않았다면, 성공한 친구들에게 둘러싸여 만족하며 살지 않았다면 더 화가 났을 것이다. 그 애는 지나치게 잘생기고 지나치게 인기가 많았으며, 불행이나 야망으로 고통받는 일도 전혀 없었다. 언젠가는 리언이 세실리아의 신랑감을 데리고 올지도 모를 일이다. 거턴에서 삼 년을 보내면서 배운 것들—고독해 보이려는 과장된 표정, 침실에서 담배를 피우는 버릇, 이미 지나버린 시절이나 뚱뚱하고 안경을 낀 뉴질랜드 룸메이트들에 대한 그리움—때문에 매력 없어 보이지만 않는다면 언젠가는 세실리아를 리언이 소개하는 전도유망한 청년과 결혼시킬 수 있으리라. 그런데 세실리아의 그런 태도는 모두 남에게 보이기 위한 가식이 아닐까? 그애가 들려주는 학교 이야기—기숙사라든가 여학생 댄스파티, 예비시험, 자아도취적인 빈민가 방문, 전기난로에 속옷 바지 말리기, 빗 하나를 두 명이 함께 쓰기 같은 일들—에 에밀리 탤리스는 좀 언짢기는 했지만, 질투는 조금도 나지 않았다. 에밀리는 열여섯 살이 될 때까지 가정에서 교육을 받은 후 이 년 예정으로 스위스에 있는 학교로 보내졌지만 집안의 경제 사정 때문에 일 년 만에 돌아와야 했다. 그러나 대학에서 여자들에게 주어지는 역할이 기껏해야 여자 조정경기에 참가하거나 출세를 보장받은 남자 동급생들이 말쑥하게 차려입고 엄숙한 표정으로 서 있을 때 그 옆을 인형처럼 지키는 일처럼 유치하고 순진한 것뿐임은 그녀도 잘 알고 있었다. 더군다나 여학생들에게는 학위조차 주지 않는 것이 현실이었다. 지난달 최종 성적표를 가지고 집으로 돌아왔을 때—그렇게 실망하는 모습이라니, 주제를 몰라도 한참 몰랐다—

세실리아는 일자리는 고사하고 기술 하나 제대로 배운 것이 없었으며, 남편감을 찾아 결혼을 하고 아이를 낳는 일만이 그애를 기다리고 있었다. 이런 미래에 대해 그 잘난 체하는 여선생들—우스꽝스러운 별명이 따라다니고 "끔찍하다"고 악명만 높은—이 무슨 얘기를 해주었겠는가? 스스로 중요한 인물이라고 착각하는 그 여자들은 개목걸이에 고양이를 묶어 산보 시키거나 남자용 자전거를 타고 다니거나 샌드위치를 들고 거리를 활보하는 것처럼 기괴하지만 사회에 별다른 해악은 끼치지 않는 행동으로 명성을 얻으면서 도마 위에 올랐다. 한 세대가 지나 이 어리석고 무식한 여성들이 모두 저세상 사람이 된 후에도 그녀들의 이야기는 교수식당에 둘러앉은 남자 교수들 사이에서 심심풀이 땅콩이 될 것이다.

시커먼 짐승이 잠에서 깨어나 서서히 움직이는 기미가 느껴지자, 에밀리는 큰딸에 대한 생각을 밀쳐내고 걱정의 덩굴손을 막내딸에게로 뻗쳤다. 불쌍한 브라이어니. 이 작고 여린 막내딸은 온 힘을 다해 쓴 희곡을 가지고 그 다루기 어려운 사촌들을 달래느라 애쓰고 있었다. 브라이어니를 생각하면 마음의 위로를 받았다. 그러나 어떻게 연극의 실패로부터, 그리고 막냇동생 허마이어니를 쏙 빼닮은 롤라로부터 그애를 지켜줄 수 있을까? 롤라의 엄마 허마이어니는 롤라만한 나이에 지금의 롤라만큼 조숙하고 교활했으며, 결국 얼마 전에는 가정을 팽개치고 딴 남자와 눈이 맞아 도망을 가버렸다. 그런 짓을 하면서도 다른 사람들이 자신의 행동을 신경쇠약 탓이라고 이해해주기를 바랐다. 허마이어니 생각은 더이상 하고 싶지 않았다. 에밀리는 어둠 속에서 조용히 숨을 내쉬며 집안에서 나는 소리에 귀를 기울여 그 상황을 짐작해보기 시작했다. 이것이 탤리스가의 여주인으로서 지금 그녀가 할 수 있는 최선의 행동이었다. 그녀는 손바닥을 이마에 얹고 누워서 건물이 오그라들며 내는 툭 소리를 다시 한번 들었다. 저 아래 어딘가에서 쨍그랑하는 금속성이 들렸는데, 아마 스튜 냄비 뚜껑이 바닥에 떨어진 모양이었다. 지금 부엌에서는 잘못 선택된 로스트비프와 감자구이를 만들기 시작했을 것이다. 위층에서는 마룻바닥을 걷는 발소리와 아이들의 음성—적어도 두셋은 되는 것 같았다—이 들렸는데, 목소리가 오르락내리락하는 것이 다투고 있거나 아니면 서로 신나게 맞장구를 치고 있는 것이 틀림없었다. 3층에 있는 놀이방은 그녀의 침실 옆방 바로 위였다. 〈아라벨라의 시련〉. 이렇게 아프지만 않다면 위로 올라가 연습을 봐주거나 뭔가 도움을 줄 수 있을 텐데. 연극을 올리는 것이 어린애들에게 버거우리란 건 알고 있었지만 편두통 때문에 엄마로서 아무것도 해주지 못하는 것도 사실이었다. 그래서인지 아이들도 그녀를 친근하게 대하지 않았다. 세실리아라도 도움을 주어야 할 텐데, 그애는 지나치게 자기 자신에 몰입해 있는데다가 아이들 일을 같이 하기에는 너무 지적인 티를 냈다. 생각이 다시 세실리아에게 미치자 에밀리는 애써 생각을 접고 멍한 상태에 빠져들었다. 그런다고 잠이 오지도 않았다. 몇 분이나 지났을까, 계단을 내려오는 발소리가 들렸다. 들릴 듯 말 듯 부드러운 걸로 봐서 맨발임이 틀림없었고, 그렇다면 브라이어니일 것이다. 그애는 더운 날씨에는 신발을 신지 않으려 하니까. 또 다시 몇 분이 흐르자, 이번에는 다시 놀이방에서 격하게 몸싸움을 벌이는 듯한 소리와 마룻바닥에 무언가 단단한 것이 떨어지는 소리가 들렸다. 연극 연습이 무산된 모양이다. 브라이어니가 뾰로통해서 방을 나간 다음 쌍둥이들이 자기네끼리 장난을 치기 시작했을 것이고, 롤라는—에밀리의 생각대로 그애가 자기 엄마를 똑 빼닮았다면—지금쯤 차분한 표정으로 승리를 만끽하고 있을 것이다.

자식들과 남편, 동생에 대한 습관적인 걱정과 그들에게 도움을 주어야 한다는 강박이 에밀리 탤리스의 신경을 갈수록 예민하게 만들었다. 또한 편두통과 모성애 덕분에, 그리고 여러 해 동안 침대에 죽은 듯이 누워서 대부분의 시간을 보내야 했던 탓에 날카로운 육감이, 지금 누워 있는 어둠침침한 방에서 빠져나가 집안 곳곳을 돌아다니는 투명한 촉수처럼 모든 것을 느낄 수 있는 감각이 생겨났다. 이 육감 덕분에 그녀는 집안에서 일어나는 일을 모두 알 수 있었다. 카펫이 깔린 바닥을 통해 들려오는 불분명한 소리가 타자로 친 대본보다 더 명료하게 이해되었고, 한두 개의 벽을 지나 들려오는 말소리에서는 무슨 이야기가 오가는지 정확히는 알 수 없지만 대화를 나누는 사람들의 감정과 미묘한 뉘앙스를 파악할 수 있었다. 남들에게는 소음기를 달았다고 느껴질 만큼 작은 소리도 낡은 라디오의 주파수처럼 미세한 자극에도 반응하는 그녀의 예민한 감각에는 확성기를 통해 들려오는 견딜 수 없이 커다란 외침으로 느껴졌다. 그녀는 어둠 속에 누워서도 모든 것을 알았다. 할 수 있는 일이 줄어들수록 알게 되는 것은 더 많아졌다. 벌떡 일어나 간섭을 하고 싶을 때—특히 브라이어니가 엄마의 도움을 필요로 하고 있다고 느낄 때—도 물론 있었지만, 금방이라도 찾아올 편두통이 두려워 꼼짝할 수 없었다. 시퍼렇게 날이 선 부엌칼 두 개가 양쪽 눈의 시신경을 찌르는 것 같은 최악의 상황이 닥쳐오면 그녀는 꼼짝없이 침대에 누워 그 고통을 감내해야 했다. 심지어 신음소리를 내는 것만으로도 고통은 커졌다.

그래서 에밀리는 늦은 오후, 한풀 기세가 꺾인 햇빛이 천천히 스러져가는 동안 계속 침대에 누워 있었다. 현관문이 열렸다가 다시 닫혔다. 풀이 죽은 브라이어니는 밖으로 나가 아마도 물가로, 혹은 수영장이나 호숫가로, 어쩌면 더 멀리 강가로 갔을 것이다. 곧이어 층계에서 조심스러운 발소리가 났다. 세실리아가 꽃병을 가지고 손님방으로 올라가는 거겠지. 아침부터 몇 번이나 얘기한 간단한 심부름을 이제야 하는 모양이다. 그리고 얼마간 시간이 흐르자 베티가 대니를 부르는 소리가 들렸고, 자갈길에 마차가 멈춰 서는 소리에 이어 세실리아가 리언과 손님을 맞이하기 위해 층계를 내려오는 소리가 들렸다. 그리고 곧 어둠침침한 에밀리의 방으로 희미한 담배 냄새가 스며들었다. 계단에서 담배를 피우지 말라고 천 번도 넘게 얘기한 것 같은데, 아마도 리언의 친구에게 강렬한 인상을 주고 싶은가보다. 뭐 그런 마음이 나쁜 건 아니니까. 현관홀에서 두런두런 이야기하는 소리가 울렸고, 곧이어 대니가 짐을 들고 낑낑거리며 3층으로 올라갔다가 다시 내려오는 소리도 들렸다. 그러고는 조용해졌다. 세실리아가 리언과 마셜 씨를 이끌고 에밀리가 그날 아침 만들어둔 펀치를 마시러 수영장으로 간 모양이었다. 곧이어 네 발 달린 동물이 계단을 달려내려가는 듯한 소리가 났다. 쌍둥이 형제일 것이다. 수영을 하러 가는 길이겠지만, 이미 다른 사람들이 수영장을 차지해버린 걸 알면 실망할 텐데.

옅은 잠에 빠져들었던 에밀리 탤리스는 놀이방에서 들려오는 단조로운 남자 목소리와 아이들의 대답 소리에 잠이 깼다. 일단 만났다 하면 절대로 동생과 떨어지지 않는 리언은 아닐 테고, 그렇다면 놀이방이 있는 3층 복도 끝 손님방에 묵을 마셜 씨일 것이다. 그의 대화 상대는 롤라가 아니라 쌍둥이 형제인 것 같았다. 에밀리는 쌍둥이라는 이유로 사회적 의무가 남들의 절반밖에 되지 않는 것처럼 행동하는 그애들이 마셜 씨에게 버릇없게 굴고 있는 건 아닌지 걱정스러웠다. 베티가 계단을 오르면서 쌍둥이들을 부르기 시작했다. 아침에 잭슨이 겪은 시련을 생각하면 목소리가 너무 엄한 것 아닌가 하는 생각이 들었다. 목욕할 시간, 차 마시는 시간, 잠자리에 들 시간…… 하루의 중요한 일과. 어린애가 있는 집 특유의 이 물과 음식, 잠을 둘러싼 성사聖事는 이 집에서 사라진 지 오래였다. 그런데 예기치 않게 브라이어니가 늦둥이로 태어나면서 되살아나 에밀리가 사십대에 들어설 때까지 계속되었다. 얼마나 위안이 되고 집안에 활기를 북돋워주었던지…… 비누거품과 두꺼운 목욕수건. 김이 서린 욕실 안에서 울리는 어린아이의 재잘거림. 타월에 꼭 감싸안아 무릎에 앉히면, 브라이어니는 온전히 엄마에게 의존하는 그 순간을 매우 좋아했다. 불과 얼마 전까지만 해도 그랬다. 그러나 이제 아이와 목욕물은 잠긴 문 뒤로 사라졌다. 물론 그러는 것도 굉장히 드문 일이었다. 그 아이는 항상 좀 씻고 옷을 갈아입을 필요가 있어 보였으니까. 브라이어니는 온전한 자기만의 세계로 사라져버렸는데, 그 세계는 사랑하는 엄마조차 뚫을 수 없는 글쓰기라는 보호막으로 둘러싸여 있었다. 말은 안 하지만 항상 무언가에 골몰해 자기 스스로 만들어낸 문제를 해결하려고 고군분투하는 것처럼 보였고, 따분하고 뻔한 이 세상을 어린 자신이 재창조할 수 있다고 생각하는 것 같기도 했다. 그런 브라이어니에게 무슨 생각을 하느냐고 물어본들 무슨 소용이 있을까. 그애에게 질문을 던지면 재치 있으면서도 난해하고 복잡한 대답과 함께 황당하고 답하기 애매한 질문들이 쏟아지던 때가 있었다. 그럴 때면 에밀리는 아는 대로 성심껏 대답을 해주었다. 모녀 사이에 오갔던 두서없는 문답들이 정확히 어떤 내용이었는지는 기억나지 않지만, 에밀리는 자기가 다른 어느 누구의 이야기도 그 열한 살짜리 막내딸의 이야기만큼 잘 받아줄 수 없으리란 걸 알고 있었다. 저녁식사 자리에서도, 테니스코트 옆 그늘진 관람석에서도 브라이어니가 아닌 다른 사람과는 열띤 대화를 나눌 수 없었다. 그녀는 자의식과 재능이라는 악마가 브라이어니를 과묵한 아이로 변모시켜서, 그애가 여전히 엄마에게 사랑을 표현하고는 있지만—아침식사 때면 에밀리에게 살며시 다가와 가만히 손에 깍지를 끼곤 한다—이제는 더이상 활기차게 대화를 나눌 수 없어서 슬펐다. 이제 누구와도 그렇게 대화를 나눌 수 없을 테고, 다시 한번 그런 경험을 하고 싶다면 아이를 하나 더 낳아야 할 것이다. 이제 곧 마흔일곱이 되는데.

멀리서 들려오던 수도관에서 물 흐르는 소리가—시작될 땐 느끼지 못했지만—공기를 뒤흔드는 갑작스러운 진동과 함께 멈췄다. 허마이어니의 아들들이 목욕을 하고 있는 모양이다. 욕조의 양끝에 야윈 작은 몸들이 앉아 있을 것이다. 빛바랜 푸른색 버드나무 의자 위에는 잘 개켜진 하얀 수건 두 개가 놓여 있을 것이고, 바닥에는 오래전에 죽은 개가 물어뜯어 한구석이 찢겨나간 코르크 재질의 커다란 욕실 매트가 깔려 있을 것이다. 그러나 재잘거리는 소리 대신 겁에 질린 침묵만이 느껴졌다. 엄마가 아니라 무섭게만 보이는 베티가 옆에 있기 때문이리라. 허마이어니는 어떻게 신경쇠약에 걸릴 수 있었을까? 그녀는 라디오 방송국에서 일한다는 애인과 눈이 맞아 도망친 걸 사람들이 신경쇠약 때문이라고 여겨주길 바랐다. 도대체 어떻게 자기 아이들에게 침묵과 두려움과 슬픔을 안기는 선택을 할 수 있었을까? 아무래도 욕실로 가서 아이들이 목욕하는 것을 봐줘야 할 것 같았다. 그러나 편두통이라는 칼날이 시신경을 겨누고 있지 않는 경우라 해도 그것은 순전히 의무감 때문일 터였다. 그애들은 그녀가 낳은 아이들이 아니었다. 어쩔 수 없는 사실이었다. 게다가 아직 어린 사내애들이라 근본적으로 대화가 되지 않았고 붙임성도 없었으며, 누가 누군지도 헷갈리는 판이었다. 한 아이의 귀에 삼각형 모양으로 살점이 떨어져나간 자국이 있다던데 에밀리는 도저히 찾을 수가 없었다. 누구라도 그애들을 개별적인 존재가 아니라 그저 쌍둥이 형제로만 볼 것이었다.

에밀리는 천천히 팔꿈치에 무게를 실어 몸을 약간 일으키고는 물컵을 들어 입으로 가져갔다. 머릿속에 있는 포악한 짐승이 서서히 퇴각하고 있어서 이제 일어나 앉기 위해 침대 머리판에 베개 두 개를 기대 놓을 수 있었다. 갑자기 움직이기가 부담스러워 아주 천천히 움직였더니 침대 스프링이 계속 삐걱거렸고, 그 덕분에 남자의 목소리가 절반은 묻혀버렸다. 옆구리를 베개에 기대고 앉은 다음에는 한 손으로 베개의 가장자리를 꽉 움켜쥔 채 집안 구석구석을 향해 예민한 육감을 쏘기 시작했다. 처음에는 아무것도 들리지 않더니, 얼마 지나지 않아 칠흑 같은 어둠 속에서 램프가 켜졌다 꺼지듯이 날카로운 웃음소리가 들렸다가 금세 사라졌다. 마셜과 함께 놀이방에 있는 롤라일 것이다. 몸을 가만가만 움직여 마침내 베개에 등을 기대고 편안히 앉은 에밀리는 미지근해진 물을 한 모금 마셨다. 기꺼이 시간을 내 아이들을 즐겁게 해주는 걸 보면 이 부유한 청년 실업가는 나쁜 사람은 아닌 모양이다. 그녀는 이제 곧 침대 옆에 놓인 램프를 켤 수 있을 것이고, 이십 분 정도만 지나면 가족에게로 돌아가 이런저런 문제를 처리할 수 있을 것이다. 가장 급한 일은 부엌으로 가서 로스트비프와 감자구이를 콜드컷*과 샐러드로 바꾸기에 너무 늦지는 않았는지 알아보는 것이었다. 그러고 나선 아들을 반갑게 맞이하고 아들 친구와 인사를 나누며 평가한 후 접대를 해야 한다. 이 일이 끝나면 쌍둥이 형제가 제대로 보살핌을 받고 있는지 확인한 뒤 그애들에게 오전의 시련을 보상할 간식이라도 주어야 할 것 같다. 그런 다음, 오늘은 집에 못 들어간다고 알리는 것을 깜박 잊은 게 분명한 잭에게 전화를 걸어야 할 것이다. 무뚝뚝한 교환원 여자와 비서실의 건방진 청년을 거쳐 남편과 통화가 되면 집에 못 온다고 죄책감을 느낄 필요는 전혀 없다고 안심시켜주어야 한다. 그러고 나선 세실리아를 찾아내서 지시한 대로 꽃을 꺾아 손님방에 가져다놓았는지 확인하고, 저녁식사 땐 엄마를 도와 안주인으로서 의무를 잘해내도록 노력하겠다는 다짐을 받아둔 다음 괜찮은 옷을 입었는지, 방방마다 돌아다니며 담배를 피워댄 것은 아닌지 검사해야 한다. 마지막으로 브라이어니를 찾으러 나가는 무엇보다도 중요한 임무가 남아 있다. 연극이 무산되어 엄청난 타격을 입었을 테고 엄마의 위로가 필요할 것이다. 그애를 찾으려면 쨍쨍한 햇빛 속으로 나가야 하는데, 저녁 무렵이라 햇빛이 많이 약해지긴 했겠지만 편두통을 자극할 가능성은 충분히 있었다. 그렇다면 부엌에 가기 전에 선글라스부터 찾

* 얇게 저민 냉육과 치즈로 만든 요리.

아야 한다. 서랍 안이나 책 사이, 주머니 속, 아무튼 이 방 어딘가에 분명히 있을 텐데 그냥 내려갔다가 다시 올라오는 건 너무 성가신 일이었다. 그리고 브라이어니가 저멀리 강가까지 갔을 경우에 대비해서 굽이 낮은 신발도 찾아 신어야 한다.

에밀리는 몇 분 더 베개에 기대앉아 머릿속 짐승이 사라지기를 기다리면서 인내심 있게 계획을 세우고 수정하며 할일의 순서를 정했다. 가족들에게 안정과 위안을 주어야 한다. 어둠침침한 침실에서 보면 그녀의 집은 사람이 거의 살지 않는 황량한 대륙처럼 보였고, 그 광활한 대지 여기저기에 가족들이 숨어서 자기에게 관심을 보여달라고 보채는 것만 같았다. 그녀에겐 어떠한 환상도 없었다. 예전에 자신이 세운 계획들은—그걸 기억하는 사람이 있기나 할는지 모르겠지만—세월이 흘러 실행하지 못하기도 했고, 지나치게 열성적이고 모든 사건을 다 통제하려는 과도한 낙천주의 경향도 있었다. 그녀가 육감의 덩굴손을 집안 곳곳에 뻗칠 수는 있어도 그것을 미래에까지 보낼 수는 없을 것이다. 또한 그녀는 자신이 궁극적으로 바라는 것이 마음의 평화라는 사실을 알고 있었다. 자신의 이익과 남에 대한 친절이 별개의 것이 아닐 때가 제일 좋은 법이었다. 이제 그녀는 천천히 몸을 일으켜 마룻바닥으로 발을 내리고 슬리퍼를 신었다. 무리하게 커튼을 젖히는 대신 독서등을 켜고 선글라스를 찾기 시작했다. 어디를 먼저 확인해야 할지 생각해둔 데가 있었다.

일곱

1780년대 말에 니컬러스 레벳* 양식으로 지어진 섬의 예배당은 원래 목가적인 정취로 눈길을 끌기 위한 것일 뿐 종교적인 목적은 전혀 없었다. 호수로 툭 튀어나온 둑에 물가 가까이 지어진 이 건물은 수면에 일그러진 모습으로 일렁이고 있었고, 일렬로 늘어선 기둥과 그 위의 페디먼트**는 주변에서 울창하게 자란 느릅나무와 참나무에 반쯤 가려져 매혹적으로 보였다. 그러나 가까이에서 보면 건물은 좀더 안쓰러운 모습이었다. 손상된 방습재를 타고 올라온 습기 때문에 벽에서 흙이 군데군데 떨어져나간 것을 19세기 말에 엉성하게 수리하면서 시멘트를 발라 메운 탓에, 그 부분이 갈색으로 변해 건물 곳곳에 흉한 얼

* 18세기 영국의 건축가. 그리스 양식의 부활에 힘썼다.

** 건물의 입구 위쪽과 지붕 사이에 위치한 삼각형의 마감장식.

룩을 남겨놓았다. 흙을 바른 벽의 골조도 굶주린 짐승의 갈빗대처럼 겉으로 드러난 채 썩고 있었다. 천장이 돔형인 둥근 방으로 통하는 이중 여닫이문은 오래전에 떨어져나갔고, 돌바닥은 나뭇잎과 부식토, 건물 안을 자유롭게 드나들 수 있는 새와 짐승들의 똥이 두껍게 덮여 있었다. 조지 왕조 양식의 아름다운 창문에 달려 있던 유리는 1920년대 말 리언과 친구들이 깨버려 없어졌다. 한때 조각상이 놓여 있던 벽감은 텅 빈 채 거미줄만 흉하게 엉켜 있었다. 유일하게 남아 있는 가구라고는 마을의 크리켓 경기장에서 가져온 긴 나무의자뿐이었는데, 그나마도 다리는 어린 리언과 악동 친구들이 유리창을 깨는 데 사용하고 내던져버려 이제는 밖에서 쐐기풀과 썩지 않는 유릿조각들 사이에 처박혀 천천히 썩어가고 있었다.

마구간 뒤편 수영장에 있는 파빌리온이 이 예배당의 특징을 모방했듯이 예배당은 탤리스가의 이전 저택, 불타 없어진 애덤 양식의 저택을 모방한 것으로 알려져 있지만 정확하게 어떤 부분이 그렇다는 것인지 아는 사람은 아무도 없었다. 아마도 기둥이나 박공의 모양, 혹은 창문 크기를 두고 하는 말일 것이다. 때때로, 특히 마음이 한껏 여유로워지고 즐거워지는 크리스마스 시즌이면 가족들은 함께 다리 위를 산책하다가 그것에 대해 알아보겠다고 다짐했지만, 새해가 시작되고 바빠지면 다들 까맣게 잊어버리곤 했다. 점점 황폐해져가는 외관뿐 아니라 예전 저택과 연관성이 있다는 사실도 이 쓸모없는 작은 건물을 더욱 초라해 보이게 했다. 이 예배당은 한때 화려한 사교생활을 즐기던 어머니를 잃은 고아처럼 아무도 돌보거나 존중해주지 않는 가운데 저 혼자 조숙해졌다가 이젠 늙어가고 있었다. 건물 외벽에는 점점 희미해져가고는 있지만 성인 남자의 키 높이까지 숯검정 얼룩이 있었는데, 언젠가 부랑자 두 명이 괘씸하게도 모닥불을 피워 훔친 잉어를 구워먹었을 때 생긴 거라고 했다. 그때부터인지는 몰라도 오랫동안 토끼들이 뜯어먹어 자연스레 손질이 되어 있는 잔디 위에는 구겨진 장화 한 짝이 나뒹굴고 있었다. 그런데 오늘 브라이어니가 와보니 장화는 사라지고 없었다. 결국에는 모든 것이 그렇게 되는 법이다. 숯검정 얼룩이라는 상장喪章을 두른 이 예배당이 불에 타 없어진 옛 저택의 운명을 슬퍼하고 있고 눈에 보이지는 않아도 기억 속에 남은 웅장했던 그 저택을 그리워하고 있다고 생각하니 희미하게나마 종교적인 분위기가 감도는 것 같기도 했다. 저택의 비극이 예배당을 엉성한 모조품 신세로 전락하고 말 운명에서 구해낸 것이다.

·

쐐기풀에 결부시켜 뭔가 이야기를 만들어내지 않고는 그렇게 오랫동안 쐐기풀을 후려치기가 쉽지 않았을 것이다. 세상 사람들 눈에는 화가 머리끝까지 난 여자애의 분풀이로밖에 보이지 않겠지만, 브라이어니는 비장한 만족감 속에서 이야기를 만들어내며 쐐기풀을 후려치는 데 몰두했다. 호리호리한 개암나무 가지가 눈에 띄어 껍질을 깨끗이 벗겨냈다. 무엇을 해야 할지 잘 알고 있는 그녀는 곧 그 일에 착수했다. 짐짓 부끄러운 듯 고개를 살짝 숙이고서 마치 결백을 주장하는 손처럼 이파리들을 밖으로 뻗은 채 잔뜩 모양을 낸 듯한 키 큰 쐐기풀이 보였다. 이건 롤라였다. 롤라는 선처를 호소하듯 울먹이다 부채꼴을 그리며 내리치는 가차없는 손길에 무릎을 꿇었고, 쓸모없는 그녀의 몸통은 공중으로 날아갔다. 이쯤에서 그만두기에는 만족감이 너무 컸다. 다음 쐐기풀 몇 포기도 롤라가 되어야 했다. 몸을 옆으로 기울이고 이웃의 귀에 뭔가를 속삭이던 쐐기풀은 괘씸하게도 거짓말을 했다는 죄목으로 베어졌다. 무리로부터 떨어진 곳에서 고개를 빳빳이 들고 악독한 음모를 꾸미는 롤라도 있었다. 거기서 그녀는 어린 추종자들 위에 군림하며 브라이어니에 대한 헛소문을 퍼뜨리고 있었다. 안됐지만 추종자들도 롤라와 함께 죽어줘야 했다. 이번에는 오만과 탐식, 탐욕, 비협조적인 태도라는 죄악을 범한 롤라를 단죄할 차례였다. 각각의 죄목에 대해 그녀는 목숨을 내놓는 것으로 대가를 치렀고, 브라이어니의 발 위로 쓰러지면서 발가락을 찌르는 최후의 발악을 했다. 롤라가 충분히 벌을 받자 이번에는 세 쌍의 어린 쐐기풀이 바보 같은 쌍둥이 형제를 대신해서 희생되었다. 처벌은 어린아이들이라고 봐주는 것 없이 공정하게 집행되었다. 그다음은 희곡 쓰기가 여러 포기의 쐐기풀이 되어 처형되었다. 그 얄팍함, 시간 낭비, 다루기 어려운 남들의 마음, 가식적인 허세. 문학이라는 정원에서 희곡은 잡초였고 따라서 죽어줘야 했다.

자신이 이제 더이상 극작가가 아니라는 사실에 마음이 한결 가뿐해진 브라이어니는 깨진 유릿조각을 밟지 않도록 조심하면서, 토끼들이 갉아먹어 삐죽삐죽해진 잔디가 나무들 사이에 불쑥불쑥 솟아나온 잡초들과 만나는 경계 부분을 따라 예배당 주위를 걷기 시작했다. 쐐기풀 쳐내기를 통해 자신이 정화되어가고 있음을 깨달은 그녀는 이제 더이상 쓸모없는 유년기 쳐내기에 착수했다. 이제까지는 껑충한 쐐기풀이 그녀가 망쳐놓은 일들이나 그녀를 방해한 사람들을 대신해 희생되었다. 그러나 그것만으로는 충분치 않았다. 이번에는 잔디 위에 딱 버티고 서서 쐐기풀 하나를 자기 자신으로 여기고 벌을 주기 시작했다. 열세 번을 때려 쓰러뜨리면서 자신이 살아온 한 해 한 해를 응징했다. 젖먹이 때와 유아기의 병적인 의존성도, 칭찬받기를 바라며 자기를 과시했던 초등학생의 유치함도, 열한 살 때 첫 소설을 쓰고 느꼈던 어리석은 자부심과 엄마의 평가에 좌우되는 마음도 모두 잘라버렸다. 잘려나간 풀은 왼쪽 어깨 너머로 날아가 그녀의 발치에 무릎을 꿇었다. 팔이 공기를 가르며 쐐기풀을 쳐내는 순간 휘익 하는 2음조의 소리가 났다. 그만! 쐐기풀이 그렇게 말하는 것 같았다. 됐어! 아야!

한참 몰두해 팔을 휘두르던 브라이어니는 얼마 지나지 않아 쐐기풀 쳐내기 종목의 최우수 선수인 자신이 나오는 신문 특집기사를 만들어내고 있었다. 이 세상 어느 누구도 내년 베를린 올림픽에 영국 국가대표로 출전하여 금메달을 딸 것이 확실시되는 브라이어니 탤리스를 능가할 수 없을 것이다. 면밀히 관찰한 사람들은 하나같이 경탄을 금치 못한다. 그녀는 어디에 내놓아도 손색이 없는 기술을 갖추었고 특히 맨발을 선호한다. 이 까다로운 스포츠에서는 발가락 하나하나가 나름의 역할을 해야 하는데다, 균형을 잡는 것이 대단히 중요하기 때문이다. 스트로크 막바지에만 획 꺾는 날쌘 손목 놀림, 무게중심을 잘 유지하다가 엉덩이를 서서히 돌려 힘을 싣는 기지, 사용하지 않는 손의 손가락들을 쫙 펴는 그녀만의 독특한 습관. 놀라지 않을 수 없는 실력이다. 어느 누구도 그녀를 따라잡을 수 없다. 고위 공무원의 막내딸로 태어난 브라이어니 탤리스는 독학으로 이 스포츠를 익혔다. 경기에 집중하는 그녀의 표정을 보라. 각도를 정하고 한 치의 망설임도 없이 정확하게 쐐기풀을 쳐내는 단호한 손놀림을 보라. 이런 경지에 도달하기 위해서 그녀는 평생 이 일에만 몰두해야 했다. 그런데 한때는 극작가로 인생을 낭비할 뻔한 아찔했던 순간도 있었다고 한다!

브라이어니는 마차 소리에 정신이 퍼뜩 들었다. 마차가 덜컹거리며 첫번째 다리를 건너고 있었다. 드디어 리언이 온 것이다. 그녀는 자신을 향하는 오빠의 눈길을 느낄 수 있었다. 이 여자애가 삼 개월 전 워털루역에서 마지막으로 본 그 꼬마 동생이 맞나? 벌써 세계적으로 유명한 선수가 되어버렸단 말인가? 브라이어니는 고집스럽게도 고개를 돌린 채 오빠에게 먼저 인사하기를 거부했다. 이제는 그녀가 다른 사람들 의견에—심지어 오빠의 의견이라 할지라도—개의치 않는 독립적인 인간이 되었다는 사실을 오빠도 알아야 한다. 그녀는 복잡하고 힘든 스포츠에 열중하는 대선수이니까. 게다가 오빠는 마차를 멈추고 그녀를 만나러 둑을 달려내려오게 되어 있다. 그렇다면 흔쾌히 그의 방해를 감내해야겠지.

마차 소리가 두번째 다리 위로 점점 멀어져가는 걸 보니 동생이 독립적인 인간이 되었고 스포츠에 열중하는 프로 선수를 방해하면 안 된다는 사실을 오빠가 깨달은 모양이었다. 그렇지만 계속 쐐기풀을 치면서 길에서 자신의 모습이 보이지 않도록 예배당 뒤로 돌아가는 브라이어니의 마음에는 조금씩 슬픔이 자리하기 시작했다. 잔디 위에 쓰러져 있는 쐐기풀과 발과 발목에 하얗게 부어올라 따끔거리는 자국들을 보니 꽤 오랫동안 그러고 있었음을 알 수 있었다. 개암나무 가지가 휘익 소리를 내며 원을 그렸고 이파리와 가지가 날아가 떨어졌지만 관중의 갈채 소리는 점점 줄어들었다. 환상의 색이 바래고 있었다. 움직임과 균형이 주는 자기만족과 기쁨 역시 서서히 사라지고 팔이 아파왔다.

이제 그녀는 나뭇가지를 들고 쐐기풀에 화풀이를 하는 외로운 소녀가 되어가고 있었다. 이런 생각이 들자 마침내 그녀는 쥐고 있던 가지를 나무들 사이로 던져버리고 주변을 둘러보았다.

감미로운 공상 뒤에는 현실 복귀라는 쓰라린 대가가 기다리고 있다. 공상을 통해 피해왔던 현실을, 더 나빠진 것만 같은 현실을 다시 받아들이는 그 순간. 세부 하나하나까지 그럴듯하게 보이던 공상의 순간들은 구체적인 현실 앞에서는 찰나의 어리석음에 지나지 않았고, 그래서 현실로 돌아오는 것은 언제나 힘들었다. 돌아와. 악몽에 시달리다 깨보면 언니가 그렇게 속삭이고 있었다. 하느님과 같은 창조주로서의 힘은 이미 잃은 뒤였지만, 그 상실이 가장 분명해지는 것은 되돌아오는 바로 그 순간이었다. 공상을 더욱 매력적으로 만드는 것은 누구나 공상의 논리를 이길 수 없다는 환상이었다. 공상 속에서는 어쩔 수 없이 각국의 내로라하는 선수들이 모인 시합에 나가 쐐기풀 치기의 대가답게 도전자들을 상대해야 했고, 무슨 수를 써서라도 최고임을, 그 누구보다 독보적인 존재임을 환호하는 관중들에게 확인시켜야 했다. 그 공상 속 주인공은 분명 브라이어니 자신이었지만, 이제 세상 속으로, 그녀가 만드는 세상이 아니라 그녀를 만들어낸 세상 속으로 되돌아온 그녀는 초저녁 어스름한 하늘 아래 서 있는 자신이 점점 더 작아지는 것처럼 느껴졌다. 밖에 나와 있는 것이 피곤했지만 아직은 안으로 들어갈 준비가 되지 않았다. 인생에는 실내 아니면 실외밖에 갈 데가 없는 것일까? 어디 또다른 데가 있지 않을까? 예배당을 뒤로하고 다리를 향해 돌아선 그녀는 토끼들이 손질해놓은 잔디밭 위를 천천히 걸어가기 시작했다. 날벌레 무리가 노을빛에 반짝이고 있었다. 보이지 않는 고

무줄에 묶이기라도 한 것처럼 둥그렇게 모여 몸을 가볍게 움직이는 모습이 구애를 위한 신비의 춤을 추는 것 같았다. 어쩌면 아무도 의미를 모르는, 곤충들만의 비밀스러운 의식일지도 모른다. 다리 근처에 다다른 그녀는 갑자기 반항심에 사로잡혀 풀로 뒤덮인 가파른 경사면을 기어올랐다. 마침내 차도에 도착해서는 뭔가 중요한 일이 벌어질 때까지 거기 그대로 서서 기다리기로 결심했다. 자신에게 부과하는 새로운 도전이었다. 식사시간이 되어도, 엄마가 데리러 와도 꿈쩍 않고 서 있을 작정이었다. 다리 위에 조용히 서서 머릿속 공상이 아니라 정말로 어떤 사건이 일어나 자기 존재의 하찮음을 털어내줄 때까지 끈질기게 기다릴 작정이었다.

여덟

날이 저물자, 서쪽 하늘 높이 걸려 있던 구름들이 연한 노란색 층을 만들더니 한 시간 사이에 점점 더 진해지고 두꺼워져 정원 나무들 위로 짙은 오렌지색 저녁놀을 드리웠다. 검게 번들거리는 무성한 나뭇잎 사이로 가지들이 언뜻언뜻 보였으며, 말라서 시들시들한 풀은 하늘빛 그대로 물들고 있었다. 마치 비현실적인 색 찾기에 골몰한 야수파 화가가 그려놓은 풍경화 같았다. 하늘과 땅이 홍조를 띠고, 굵어질 대로 굵어진 오래된 참나무 줄기가 너무나 검은 나머지 푸른색으로 보일 때면 더욱 그랬다. 날이 저물면서 햇빛은 많이 약해졌지만, 그나마 하루 종일 숨통을 틔워주던 산들바람이 멎은데다 공기는 정체되고 묵직하게 느껴져서 오히려 기온은 더 올라간 것 같았다.

욕조에서 일어나 무릎을 굽히고 고개를 돌리면 로비 터너 역시 닫힌 채광창을 통해 그 풍경의 일부를 볼 수 있었다. 작은 침실과 욕실, 그리고 그 사이에 칸막이를 쳐서 만든, 그가 서재라고 부르는 작은 공간은 방갈로 지붕의 남쪽 경사면 아래에서 하루종일 햇빛을 받아 지글지글 끓을 정도였다. 밖에서 돌아온 후 그는 한 시간이 넘도록 욕조에 앉아 끓는 피와 생각으로 미지근한 물을 데우고 있었다. 천장의 채광창을 통해 보이는 네모난 하늘이 노란색에서 오렌지색으로 바뀌어 가는 동안 그는 익숙지 않은 느낌들을 헤집어 검토하며 어떤 기억으로 자꾸 돌아가고 있었다. 지겹거나 싫증나는 것은 하나도 없었다. 오히려 어쩌다 사소한 무언가가 하나 더 떠오를 때면 물속에 잠긴 복부 근육이 느닷없이 경직되곤 했다. 팔 위쪽에 맺힌 물방울. 브래지어에 수놓인 소박한 데이지꽃. 그녀의 가슴은 소담했고 그 사이는 넓었다. 브래지어 끈에 가려 반만 보이던 등에 난 작은 점. 그녀가 분수대에서 올라올 때 속바지가 가려주어야 했던 삼각형의 어둠을 보았다. 젖어 있었다. 그는 보고 또 보았다. 골반뼈 때문에 삼각형으로 도드라져 보이던 그 검은 곳. 잘록한 허리. 놀라울 정도로 하얀 살결. 치마를 집으려고 허리를 굽혔을 때 무심코 들어올린 발에는, 엄지부터 시작해 점점 작아지는 사랑스러운 발가락에는 흙이 묻어 있었다. 허벅지에 난 작은 동전만한 또다른 점과 종아리의 연보랏빛 점. 그것은 딸기 모양의 혈관종이었다. 흠이 아니었다. 아름다운 장신구 같았다.

어릴 때부터 세실리아를 알고 지냈지만, 유심히 살펴본 적은 한 번도 없었다. 케임브리지에 있을 때 한번은 그녀가 뉴질랜드에서 왔다는 안경 쓴 여학생과 다른 여학생 한 명을 데리고 그의 기숙사에 놀러 온 적이 있었다. 그때 마침 그는 다우닝 칼리지에 다니는 친구와 함께 있었다. 그들은 어색함을 감추며 한 시간 정도 농담을 주고받고 담배를 나눠 피우다 헤어졌다. 때때로 길에서 마주칠 때면 어색한 미소를 짓고 스쳐갔다. 그때마다 그녀는 불편한 기색이었다. 우리 가정부 아들이야. 어쩌면 걸어가면서 친구들에게 그렇게 속삭였을지도 모른다. 그는 자신이 전혀 개의치 않는다는 것을 사람들이 알아주길 바랐다. 저기 저 여학생, 우리 어머니가 일하는 주인집 딸이야, 언젠가 친구에게 이렇게 말한 적도 있었다. 그는 자신의 정치관과 과학적 근거가 있는 계급이론, 스스로에게 강요하는 자기확신을 방패삼아 자신을 보호하려고 했다. 나는 나다. 그녀는 친누이나 마찬가지로 거의 보이지 않는 존재였다. 그 길고 갸름한 얼굴, 작은 입. 그녀에 대해서 한 번이라도 생각해본 적이 있었다면, 약간 말상이라고 했을지도 모른다. 그런데 오늘 보니 고혹적인 아름다움이 느껴지는 얼굴이었다. 얼굴 전체, 특히 광대뼈 주위가 조각상처럼 단아하고 매끈했으며, 숨을 몰아쉬느라 콧구멍이 약간 벌렁이는 코는 길고 오뚝했고, 입술은 반짝이는 장미 봉오리 같았다. 눈은 검고 사색에 잠긴 듯했다. 외모는 조각상같이 단아한 반면 동작은 재빠르고 성급했다. 꽃병을 그렇게 갑자기 잡아채지만 않았어도 부서지지는 않았을 텐데. 그녀는 불안하고 지루한 듯했고, 가족들 때문에 억지로 집에 머물고 있는 것이 분명했다. 그렇다면 곧 떠날 테지.

빨리 세실리아와 이야기를 해야 한다. 마침내 로비는 욕조에서 일어서서 몸을 떨면서 자신에게 커다란 변화가 닥쳐오고 있음을 느꼈다. 그는 벌거벗은 채로 서재를 지나 침실로 갔다. 어질러진 침대, 아무렇게나 나뒹구는 옷들, 바닥에 던져진 수건, 적도처럼 뜨거운 열기가 참을 수 없이 관능적인 분위기를 연출하고 있었다. 그는 침대 위에 길게 엎드려 베개에 얼굴을 묻고 신음했다. 사랑스럽고 섬세한 그녀, 어릴 적 친구. 이제 그녀는 그의 손이 닿을 수 없는 곳으로 가려 하고 있었다. 그렇게 옷을 벗다니. 그랬다. 괴상하게 보이려는 그녀의 사랑스러운 시도와 과감한 행동에는 과장되고 서투른 구석이 있었다. 지금쯤 후회로 몸부림치고 있겠지. 자신이 그에게 무슨 짓을 저질렀는지 알지도 못한 채 말이다. 만일 그의 손에서 떨어져 깨져버린 꽃병 때문에 엄청나게 화가 난 것만 아니라면 일이 잘 풀릴 수도 있다. 어떻게든 되돌릴 가능성은 있다. 어쨌든 그는 그녀의 분노까지도 사랑했다. 그는 몸을 옆으로 돌려 한곳을 응시했지만 아무것도 눈에 들어오지 않았다. 눈앞에 영화 같은 장면이 펼쳐졌다. 그녀는 그 작은 주먹으로 그의 가슴을 때리더니 작게 흐느끼며 굳건한 그의 팔에 안겨 얌전히 키스를 받았다. 그를 용서한 것이 아니라 다 포기해버린 것이다. 이 장면을 몇 번이고 떠올리며 탐닉하던 그는 마침내 현실로 돌아왔다. 그에게 화가 난 그녀는 그가 저녁식사에 초대받은 걸 알면 더더욱 화를 낼 것이다. 난폭한 햇빛 아래에서는 제대로 생각을 할 수가 없어 리언의 초대를 거절하지 못했다. 얼떨결에 가겠다고 말해버렸으니, 이제 화난 그녀를 대면해야 하는 운명이었다. 그의 눈앞에서 마치 그를 어린아이 취급하듯 스스럼없이 옷을 벗던 그녀의 모습을 떠올리며 그는 다시 한번 신음소리를 냈다. 아래층에 들리든 말든 상관없었다. 지금은 그녀가 왜 그랬는지 훤히 알 것 같았다. 그에게 굴욕감을 주려 한 것이다. 분명하다. 그가 굴욕감을 느끼길 바란 것이다. 그녀는 더이상 사랑스럽고 상냥하기만 한 존재가 아니었다. 그는 이제 그녀에게 짐짓 어른인 체, 아무렇지도 않다는 듯 행동할 수 없었다. 그녀는 그를 깊은 곳에서 끌어올려 아무렇게나 내동댕이칠 수 있는 강력한 힘을 가졌기 때문이다.

그러나 어쩌면—그는 몸을 뒤척여 바로 누웠다—그녀의 분노를 곧이곧대로 믿어서는 안 될지도 모른다. 뭔가 과장되어 있었다. 분명히 그녀는 심지어 화가 난 상태에서도 무언가 더 좋은 것을 보여주려고 했을 것이다. 화가 난 상태에서도 자신이 얼마나 아름다운지를 보여주고 그를 붙잡아놓고 싶었던 것이 분명하다. 희망과 욕망에서 비롯된 이런 이기적인 생각을 믿을 수 있을까? 믿어야만 했다. 그는 다리를 꼬고 양손을 머리 뒤로 돌려 깍지를 낀 채로 누워 몸의 물기가 마르면서 시원해지는 느낌을 즐기고 있었다. 프로이트라면 뭐라고 했을까? 아마도 화가 난 겉모습 뒤에 자신을 노출하고 싶은 무의식적 욕망을 숨기고 있다고 했겠지. 아니, 그건 애처로운 희망일 뿐이다. 그녀의 행동은 거세행위였고 가혹한 판결이었다. 지금 그가 느끼는 이 고통은 그깟 꽃병 하나 깬 것 때문에 내려진 벌이었다. 이제 다시는 그녀를 보지 못할지도 모른다. 그러므로 오늘밤 꼭 만나야 했다. 초대를 받은 이상 가지 않을 수도 없고 달리 피할 도리도 없었다. 그녀는 뻔뻔하게도 자기 앞에 다시 나타난 그를 경멸할 것이다. 역시 리언의 초대를 거절했어야 했다. 그러나 초대를 받는 순간 심장이 두근거리기 시작하면서 얼떨결에 그러겠다는 말이 나와버렸다. 오늘밤 그는 그녀와 한방에 있을 것이고, 그가 보았던 그녀의 몸, 점들과 하얀 살결, 딸기 모양의 혈관종은 옷 속에 고이 숨어 있을 것이다. 오직 그만이 그녀의 몸을 알 것이다. 물론 에밀리도 알고는 있겠지만, 그녀의 몸에 대해 생각하고 있는 건 그뿐일 것이다. 세실리아는 그와 말을 나누려고도 않을 테고 그에게는 시선도 주지 않겠지만, 그렇더라도 이렇게 침대에 누워 신음하고 있는 것보다는 나을 것이다. 아니다, 그렇지 않을 것이다. 오히려 더 고통스러울 것이다. 하지만 그는 그 고통을 원했다. 그것을 가져야 했다. 더 고통스러워지길 원했다.

마침내 로비는 자리에서 일어나 대강 옷을 걸치고, 서재 타자기 앞에 앉아 세실리아에게 어떤 편지를 써야 할지 궁리하기 시작했다. 서재는 침실이나 욕실과 마찬가지로 방갈로 지붕 아래 삼각형 모양의 공간에 무리해 만든 곳인데, 실상 침실과 욕실 사이의 복도라 대략 길이 6피트에 너비 5피트 정도밖에 되지 않았다. 다른 두 곳과 마찬가지로 서재에도 거친 소나무로 틀을 짠 채광창이 있었다. 서재의 한구석에는 등산화와 등산용 지팡이, 가죽배낭 등 하이킹 장비가 있었고, 나이프 자국이 군데군데 난 책상 대용 식탁이 공간을 거의 다 차지하고 있었다. 그는 의자에 등을 기대고 앉아 마치 인생을 관조하는 사람처럼 책상 위를 살펴보았다. 천장으로 이어지는 한쪽 끝 경사면 아래에는 지난 몇 개월간 졸업시험을 준비하며 썼던 공책과 인쇄물이 높이 쌓여 있었다. 이제 아무 쓸모도 없는 것들이지만, 너무나 많은 노력과 너무나 큰 성과가 담겨 있어 아직은 갖다 버릴 엄두를 내지 못했다. 그 위에는 노스 웨일스, 햄프셔, 서리 지방의 하이킹 지도가 가로놓여 있었다. 가려다 무산된 이스탄불의 지도도 보였다. 그 옆에는 세로로 조준용 슬릿이 들어간 거울 달린 나침반도 있었다. 언젠가 지도 없이 룰워스 코브로 하이킹을 갈 때 사용했던 것이었다.

나침반 너머에는 오든의 『시집』과 하우스먼의 『슈롭셔의 젊은이』가 놓여 있었다. 책상의 다른 쪽 끝에는 다양한 역사서와 학술논문, 조경에 관한 책이 있었다. 시 열 편을 타자로 쳐놓은 종이 위에는 엘리엇 씨가 직접 서명한 〈크라이티어리언〉*의 거절 편지가 있었다. 로비가 앉은 의자와 제일 가까운 곳에는 최근 그의 관심을 끄는 분야의 책들이 쌓여 있었다. 펼쳐진 『그레이 해부학』에는 그가 그림을 그린 2절지 패드가 꽂혀 있었다. 그는 손뼈의 구조도를 직접 그려가면서 하나하나 외웠다. 이제 그는 구조도를 훑어보며 뼈의 이름들을 중얼거림으로써 주의를 분산시키려고 노력했다. 유두골, 유구골, 삼각골, 월상골…… 이제까지 그린 것 중 제일 나은 것은 잉크와 색연필로 식도와 기도의 횡단면을 그린 것인데, 그것은 책상 위 서까래에 압정으로 꽂아두었다. 손잡이가 떨어진 백랍 맥주잔에는 그가 가진 연필과 펜이 모두 꽂혀 있었다. 타자기는 올림피아의 꽤 최신 모델이었는데, 잭 탤리스가 저택 서재에서 스물한번째 생일파티를 열어주면서 선물로 준 것이었다. 잭 탤리스뿐만 아니라 그의 아들 리언도 짧은 축하 연설을 했고, 세실리아도 분명히 그 자리에 있었다. 그러나 그때 그녀와 나눴을 대화는 하나도 기억나지 않았다. 그래서 그녀가 지금 화를 내는 것일까? 오랫동안 자신을 무시했기 때문에? 또다른 애처로운 희망.

책상 가에는 여러 개의 사진 액자가 세워져 있었다. 케임브리지 잔디밭에서 〈십이야〉 출연 배우들이 함께 모여 찍은 사진 속에서 말볼리오로 분한 그는 다리에 가터벨트를 십자로 맨 모습이었다. 참으로 적절한 선택이었다.** 다른 단체사진은 프랑스 릴 근처의 한 기숙학교에

---

* T. S. 엘리엇이 1922년에 창간한 문예지.

** 극중에서 하인인 말볼리오가 주인 아가씨가 자신을 좋아한다는 착각에 빠져 그녀에게 잘 보이기 위해 다리에 십자로 가터벨트를 맨다.

서 그가 가르치던 서른 명의 프랑스 어린이들과 찍은 거였다. 벨에포크* 시절의 청록색 금속 액자에는 그의 부모 그레이스와 어니스트가 결혼식 사흘 후에 찍었다는 사진이 들어 있었다. 그들 뒤로는 프레임 안으로 삐죽이 들어온 자동차 앞부분이 보였고—분명 그들의 차는 아니었다—더 멀리로는 벽돌담 위로 솟은 홉 건조소의 지붕이 보였다. 시댁 식구들과 함께 홉을 따고 밤에는 농가 마당에 세워둔 집시 마차에서 자면서 보낸 그 이 주가 정말 멋진 신혼여행이었다고 그레이스는 늘 말하곤 했다. 그의 아버지는 칼라 없는 셔츠 차림이었으며, 스카프와 플란넬 바지에 두른 밧줄 허리띠가 자유분방한 집시 취향을 잘 보여주고 있었다. 얼굴은 둥글둥글해도 그다지 쾌활한 인상은 아니었는데, 카메라를 향해 미소를 지어 보이기는 했지만 입을 벌려 웃지 않아서 그런 것 같았다. 그는 어린 신부의 손을 잡는 대신 가슴 앞에서 팔짱을 끼고 있었다. 반면에 신부는 그에게 몸을 살짝 기대고 어깨에 머리를 올려놓은 채 양손으로 그의 셔츠 팔꿈치 부분을 어색하게 붙잡고 있었다. 언제나 명랑하고 양순한 그레이스는 남편 몫까지 웃으려는 듯 활짝 미소 짓는 모습이었다. 그러나 남편은 그녀의 손길과 친절한 영혼만으로는 만족할 수 없었나보다. 사진 속 어니스트의 마음은 이미 다른 곳으로, 일곱 번의 여름을 지낸 후 탤리스가의 정원사 일을 집어치우고 짐도 하나 없이, 식탁에 쪽지 하나 남겨놓지 않은 채 방갈로를 나간 후 다시는 돌아오지 않아 아내와 여섯 살 난 아들이 평생 애를 태우게 만든 그날 밤으로 가 있는 것 같았다.

* '좋은 시대'라는 뜻의 프랑스어. 19세기 말에서 1차세계대전이 발발하기 전까지 풍요를 누린 시기를 일컫는다.

또다른 곳, 공책과 조경 및 해부학 책들 사이사이에는 각종 편지와 카드가 아무렇게나 끼어 있었다. 미납된 기숙사비 청구서, 최우등 졸업을 축하하는 지도교수와 친구들의 편지. 이 편지들은 지금도 다시 읽으면 즐거워졌다. 앞으로의 진로를 은근히 묻는 편지도 있었다. 가장 최근에 받은 것은 관청 로고가 찍힌 편지지에 갈색 잉크로 휘갈겨 쓴 편지였는데, 잭 탤리스가 그의 의대 진학 비용을 지원하는 데 동의한다는 내용이었다. 에든버러대학교와 런던대학교에서 받은 스무 페이지에 달하는 지원서류와 빽빽한 글씨가 가득한 두꺼운 입학안내서도 있었는데, 거기에 쓰인 형식적이고 엄격한 문체의 글을 보면 앞으로 힘겨운 학사일정이 기다리고 있음을 여실히 느낄 수 있었다. 이전에는 의대에 진학하는 일이 신나는 모험이나 새로운 출발로 여겨져 마음이 부풀어오르곤 했는데, 오늘은 그저 도피하려는 치졸한 계획으로만 느껴졌다. 앞으로 그가 있을 그곳의 풍경이 눈앞에 펼쳐졌다. 여기서 아주 먼 곳, 테라스 딸린 건물들이 늘어선 어둡고 침울한 거리, 초라한 옷 몇 벌을 넣어둔 꽃무늬 상자, 캔들위크 면으로 만든 침대 커버, 대부분 그보다 나이가 어린 진지한 동기들, 포름알데히드 용기, 소리가 울리는 대형 강의실…… 어디에도 그녀는 없었다.

조경 관련 서적들 사이에서 그는 베르사유에 관한 책을 꺼내들었다. 탤리스가의 서재에서 빌려온 것이다. 그날 그는 세실리아가 옆에 있으면 어색하다는 것을 처음으로 깨달았다. 현관문 앞에서 무릎을 굽히고 작업화를 벗다가 문득 양말 상태에 생각이 미쳐 충동적으로 양말도 벗었다. 발가락과 뒤꿈치 부분에 구멍이 난데다 냄새도 심할 것이 분명했다. 그러고는 맨발로 그녀를 따라 현관홀을 지나고 서재로 들어가면서 자신이 참으로 한심하다고 생각했다. 그땐 어서 그곳을 벗어나야 한다는 생각뿐이었다. 책을 빌리자마자 부엌 뒷문으로 도망치듯 나간 그는 대니 하드먼에게 집 앞쪽으로 돌아가서 현관에 있는 자신의 신발과 양말을 가져다달라고 부탁했다.

세실리아는 아마도 베르사유궁전의 수리학水理學을 다룬 이 논문을 읽어보지 않았을 것이다. 18세기에 어느 덴마크 사람이 라틴어로 쓴 것으로, 천재 건축가 르노트르의 업적을 찬양하는 책이었다. 로비도 사전을 찾아가며 처음 다섯 페이지쯤 읽다가 포기하고 대신 그림만 훑어보고 말았다. 이 책은 그녀의 취향은, 아니 그 누구의 취향도 아닐 테지만 그녀가 서고 사다리에서 그에게 건네주었으니 가죽표지 어딘가에 그녀의 지문이 남아 있을 것이다. 그러지 말아야지 하면서도 그는 자신도 모르게 책을 코로 가져가 냄새를 맡아보았다. 먼지와 오래된 종이에서 나는 냄새, 그의 손에서 나는 비누 냄새. 그러나 그녀의 냄새는 없었다. 어쩌다가 심각한 페티시즘에 빠지게 되었을까? 이에 대해서는 프로이트가 『성욕에 관한 세 편의 에세이』에서 언급했다. 게다가 키츠와 셰익스피어, 페트라르카의 책뿐 아니라 『장미 이야기』*에도 나와 있었다. 지난 삼 년간 이런 증상들에 대해 학문적으로 접했지만 그때는 그저 문학적 관습으로밖에 보이지 않았다. 그런데 이렇게 혼자 있는 지금 그는 주름과 깃털 장식이 달린 옷을 입고 숲속에 숨어 마음속 연인이 버린 물건을 흠모의 눈길로 살펴보는 남자처럼 상대의 경멸에 괴로워하면서 그녀의 흔적을—손수건도 아닌 지문을!—갈망

* 13세기 프랑스의 운문소설.

하고 있는 것이다.

마침내 로비는 자세를 바로 하고 종이 한 장을 타자기에 끼워넣었다. 뒤에 묵지를 넣는 것도 잊지 않았다. 날짜와 인사말을 쓰고 나서 곧바로 자신의 "서투르고 경솔한 행동"에 대해 의례적인 사과의 말을 치다가 문득 손을 멈추었다. 감정 표현을 해야 하나? 한다면 어느 정도까지?

"변명을 하자면, 최근 들어 네가 있는 자리에서 다소 경솔한 행동을 하게 되는 것 같아. 내 말은, 이전에는 다른 사람 집에 맨발로 들어간 적이 한 번도 없었다는 거야. 아마 너무 더워서 그랬나봐!"

이 얼마나 경박하고 얄팍한 자기변명인가. 그는 자신이 감기에 걸린 척하는 중증 결핵 환자처럼 느껴졌다. 그는 리턴 레버를 두 번 민 후 다시 쓰기 시작했다. "변명처럼 들리겠지만, 최근 들어 네가 있는 자리에서는 굉장히 경솔한 행동을 하게 되는 것 같아. 맨발로 너희 집에 들어가다니, 내가 제정신이었을까? 게다가 그 골동품 꽃병을 깨뜨리기까지 하고." 그녀의 이름을 다시 한번 치고 싶다는 욕망이 끓어오르자 그는 잠시 타이핑을 멈추고 자판 위에 손을 올려놓았다. "시, 더위 탓으로 돌릴 수 없다는 건 나도 알아!" 먼젓번이 농담조였다면 이제는 신파조로 변해가고 있었다. 수사적인 의문문에서는 끈적함이 느껴졌다. 게다가 느낌표는 자기 말을 잘 들어달라고 소리치는 사람들이 제일 먼저 의존하는 수단이 아니던가. 이 문장부호를 보고도 눈감아줄 수 있는 것은 엄마의 편지뿐이었다. 엄마는 느낌표를 연달아 다섯 번 찍는 것으로 농담임을 암시하곤 했다. 그는 타자기 드럼을 돌리고 "x"를 쳤다. "세실리아, 더위 탓으로 돌릴 수 없다는 건 나도 알아." 농담조는 완전히 사라지고 이제 자조적인 어조가 고개를 들었다. 아무래도 느낌표를 살려야 할 것 같다. 느낌표의 역할은 목소리를 키우는 것만이 아니니까.

그는 십오 분 넘게 초안을 수정하여 새 종이로 갈아끼우고 완성본을 쳤다. 본론은 이런 내용이었다. "맨발로 너희 집을 활보하고 다니고, 골동품 꽃병까지 깨뜨렸으니 네가 날 미쳤다고 해도 할말이 없어. 사실 난 요즘 네가 있는 자리에서 자꾸 경솔한 행동을 하게 되고 나 자신이 바보처럼 느껴져. 시, 더위 탓으로 돌릴 수 없다는 건 나도 알아! 용서해주겠니? 로비." 그러고는 의자에 등을 기대고 앉아 공상에 빠졌다. 무슨 일인지 요즘 해부학 책에서 자주 펼쳐지는 페이지를 생각하다가 갑자기 격한 충동에 사로잡혀 타이핑을 시작했다. "꿈속에서 난 너의 보지에, 너의 그 부드럽고 축축한 보지에 키스를 해. 상상 속에서 난 하루종일 너와 사랑을 나눠."

망했다. 완성본에 이런 글을 치다니. 그는 망쳐버린 종이를 타자기에서 꺼내 옆에 내려놓고, 정리된 내용을 새 종이에 손으로 써내려갔다. 이런 편지는 아무래도 자필로 쓰는 게 낫겠지. 편지를 다 쓰고 시계를 보던 중 집을 나서기 전에 구두를 닦아야 한다는 것이 떠올랐다. 그는 서까래에 머리를 부딪히지 않도록 조심하면서 의자에서 일어섰다.

그는 남들을 대하는 데 어려움이 없었다. 사람들이 신기하게 여길 정도였다. 언젠가 케임브리지에서 여러 사람과 함께 저녁식사를 하던 중 대화가 중단돼 갑자기 정적이 찾아든 적이 있었다. 그때 로비를 싫어하던 누군가가 네 부모님은 어떤 분들이냐고 큰 소리로 물었다. 로비는 그를 똑바로 쳐다보면서 쾌활한 목소리로, 아버지는 오래전에 집을 나갔고 어머니는 어떤 부잣집의 가정부인데 가끔은 점을 쳐서 부수입을 올린다고 말해주었다. 질문한 사람의 무시하는 태도를 너그럽게 넘어가주는 말투였다. 로비는 자신의 상황에 대해 자세히 설명하고 나서 상대방의 부모님은 어떤 사람인지 정중하게 물어보는 것으로 말을 맺었다. 누군가는 로비가 상처받지 않고 이 세상에서 살 수 있는 것은 순진하거나 세상에 대해 무지하기 때문이라고, 그는 뜨거운 석탄처럼 달궈진 방에서도 어디 한군데 상하지 않고 걸어나올 수 있는 일종의 성스러운 바보라고 말했다. 세실리아도 알고 있듯, 진실은 그보다 더 단순했다. 그는 방갈로와 탤리스가 저택을 자유롭게 오가며 어린 시절을 보냈다. 잭 탤리스가 그의 후견인이었고, 리언과 세실리아는 단짝 친구였다. 적어도 그래머스쿨 때까지는. 대학에 들어간 후, 자신이 만나는 사람들 대다수보다 자신이 더 영리하다는 사실을 알게 됐을 때 그는 마음을 옭아매던 열등감에서 완전히 벗어날 수 있었다. 일부러 오만한 태도를 보일 필요도 없었다.

그레이스 터너는 아들의 빨래를 해주면서 행복을 느꼈지만—스물세 살짜리 외동아들에게 따끈한 식사를 차려주는 것과 옷을 빨아주는 것 말고 어머니의 사랑을 보여줄 수 있는 방법이 달리 무엇이겠는가?—로비는 구두만은 자신이 직접 닦으려고 했다. 그는 흰 러닝셔츠에 양복바지 차림으로 양말을 신은 채 검은 구두 한 켤레를 들고 층계참 없이 짧게 뻗은 계단을 내려왔다. 거실 문 옆 좁은 공간 한쪽에는 우윳빛 유리를 끼운 현관문이 있었고, 그 유리문으로 들어온 짙은 오렌지색 빛이 넓게 퍼져 베이지와 올리브색 벽지 위에 밝은 벌집무늬를 새겨놓았다. 평소와는 다른 듯한 그 모습에 매료되어 그는 문고리에 손을 얹고 서서 물끄러미 무늬를 바라보다 문을 열고 거실로 들어갔다. 방안 공기는 축축하고 따뜻했으며 희미하게 소금기가 느껴졌다. 점을 보러 온 손님이 한차례 눈물바람을 하고 간 모양이었다. 엄마는 소파 위에 발을 올리고 비스듬히 기대앉아 있었는데, 발가락 끝에는 거실용 슬리퍼가 대롱대롱 매달려 있었다.

"몰리가 왔다 갔다." 그레이스는 아들을 맞이하기 위해 몸을 추스르고 앉았다. "곧 괜찮아질 것 같으니 다행이다만."

부엌에서 구두닦이 상자를 가져온 로비는 엄마와 가장 가까운 안락의자에 앉아 카펫 위에 사흘 지난 〈데일리 스케치〉를 펼쳤다.

"잘됐네요." 그가 말했다. "손님과 이야기하는 소리가 나길래 목욕하러 위로 올라갔었어요."

곧 탤리스가 저택으로 출발해야 하니 지금 구두를 닦아야 했지만, 그는 의자에 등을 기대고 기지개를 켜면서 하품을 했다.

"내가 지금 뭐하면서 사는 거죠, 엄마? 한가하게 잡초나 뽑고 앉아 있으니……"

고민스럽다기보다는 농담으로 하는 투였다. 그는 팔짱을 끼고 천장을 노려보면서 한쪽 발 엄지로 다른 쪽 발등을 마사지했다.

엄마는 그의 머리 위 어딘가를 쳐다보며 말했다. "너, 왜 그러니? 무슨 일 있구나. 그렇지? 아무 일도 없다고 할 생각은 마라."

그레이스 터너는 남편 어니스트가 집을 나가고 일주일 후 탤리스가의 가정부가 되었다. 잭 탤리스는 어린 아들이 딸린 젊은 여자를 내칠 만큼 야박한 사람이 못 되었다. 어니스트를 대신할 정원사 겸 잡역부는 거처를 마련해주지 않아도 되는 마을 사람들 중에서 따로 구했다. 그 당시 사람들은 그레이스가 일이 년 정도 방갈로에 머물다가 다른 곳으로 이사를 가거나, 그러지 않으면 재가를 할 거라고 수군거렸다. 그녀는 양순한 성격과 기가 막힌 윤내기 솜씨—그녀가 윤내기에 쏟는 정성은 탤리스가 사람들의 농담거리가 될 정도였다—때문에 모두의 칭찬을 받았지만, 아들 로비와 함께 생계를 꾸려가고 아들을 무사히 대학까지 졸업시킬 수 있었던 것은 여섯 살 난 세실리아와 여덟 살 난 리언이 그녀를 매우 좋아하고 따랐기 때문이었다. 그레이스는 학교가 쉬는 날이면 여섯 살 난 아들을 저택에 데리고 와도 된다는 허락을 받았다. 로비는 정원뿐 아니라 저택 안 놀이방을 비롯해 아이들의 출입이 허용된 모든 곳에서 리언 남매와 함께 뛰어다니고 놀면서 성장했다. 나무 오르기 동무는 리언이었고 세실리아는 스스럼없이 로비의 손을 잡는, 그리고 그로 하여금 자신이 굉장히 현명하다고 느끼게 해주는 어린 동생 같았다. 몇 년 후 로비가 지역 내 그래머스쿨에 장학생으로 입학하게 되었을 때 잭 탤리스는 교복과 책 값을 대신 내주면서 그 후로 줄곧 지속될 로비 후원의 첫걸음을 내디뎠다. 그리고 바로 그해에 브라이어니가 태어났다. 난산을 한 후 에밀리는 오래도록 몸져누웠다. 그때 그레이스의 도움이 큰 힘이 되었고, 그 덕분에 그레이스는 탤리스가에서 입지를 더욱 굳힐 수 있었다. 그해, 정확히 말하자면 1922년 크리스마스 날, 리언이 승마용 바지를 입고 실크해트를 쓴 차림으로 눈밭을 지나 방갈로로 걸어와 아버지에게 받은 녹색 봉투를 전했다. 법무사가 서명한 그 편지에는 그레이스가 탤리스가에서 일을 하느냐 아니냐에 상관없이 방갈로의 소유주가 되었다고 적혀 있었다. 그러나 그녀는 아이들이 자라는 동안 특별 윤내기를 한다는 명목으로 계속해서 탤리스가의 일을 도왔다.

어니스트의 행방에 대해 그레이스는 그가 가명으로 군에 입대해 전방에 배치되었다가 다시는 돌아오지 못한 거라고 믿었다. 그런 게 아닌데도 이토록 자기 아들에게 무심하다면 너무나 비인간적이니까. 방갈로를 나와 홀로 저택으로 걸어가는 그 몇 분 동안 그녀는 자기 인생에서 좋았던 일, 다행스러웠던 일을 떠올려보곤 했다. 그녀에게 어니스트는 항상 조금은 두려운 존재였다. 그와 계속해서 같이 살았다면 자기 소유의 조그만 집에서 사랑스러운 천재 아들과 단둘이 살아온 것만큼 행복하지는 못했을 것 같았다. 탤리스 씨가 이렇게 친절한 사람이 아니었다면…… 몇 푼 안 되는 돈을 들고 조금이라도 미래를 알고 싶어 그녀에게 점을 보러 오는 여자들 중에는 남편에게 버림받은 이들이 적지 않았고, 남편이 전사해 생계가 막막한 이들도 많았다. 그 여자들은 하루하루 힘겹게 삶을 이어갔다. 그녀 역시 그렇게 될 수도 있었다.

"아무 일도 없어요." 로비는 엄마의 질문에 대답했다. "정말 아무 일도 없어요." 그는 구두솔과 검은색 구두약을 집어들었다. "그러면 몰리는 앞으로 형편이 좀 나아지겠네요."

"앞으로 오 년 안에 틀림없이 재혼할 거다. 북쪽에서 조건 좋은 남자가 나타날 거야. 그리고 아주 행복하게 잘살 거다."

"그래야죠. 잘됐네요."

편안한 침묵 속에서 그레이스는 아들이 노란색 구두솔로 구두의 먼지를 떨어내는 것을 지켜보았다. 그의 잘생긴 광대뼈 옆으로 근육이 손의 움직임에 따라 씰룩씰룩 움직였고, 팔뚝 피부 밑에서는 근육이 복잡한 과정을 거쳐 자리를 재정비하기라도 하듯 부채꼴로 펴지기도 하고 씰룩이기도 했다. 이런 아들을 낳게 해준 걸 보니 어니스트에게도 좋은 점이 있었던 게 틀림없다.

"어디 나가는구나."

"집으로 돌아오다 리언을 만났어요. 친구를 데리고 왔더라고요. 왜 그 초콜릿 재벌 있잖아요. 저녁식사에 초대를 받았어요."

"그래. 나도 오후 내내 거기 있었다. 은식기를 꺼내 닦느라고 말야. 그 사람이 묵을 방도 청소하고."

로비가 구두를 집어들고 일어섰다. "은수저에 제 얼굴을 비춰보려고 해도 엄마 얼굴만 보이겠네요."

"어서 가라. 셔츠는 부엌에 걸려 있다."

로비는 구두닦이 상자를 정리해 들고 부엌으로 들어가 빨래 건조대에 널려 있는 세 벌의 셔츠 중 크림색 리넨 셔츠를 골랐다. 다시 돌아와 거실을 나가려는데, 입으로는 어서 가라고 해도 사실은 그가 좀더 머물길 바랐는지 그레이스가 다시 말을 걸었다.

"그리고 그 퀸시가 아이들 말이다. 쌍둥이 중 한 놈이 자다가 침대에 오줌을 쌌다더라. 어린것들이 불쌍도 하지."

로비는 문간에 주춤하고 서서 어깨를 으쓱해 보였다. 오전 늦게 잠깐 들여다봤을 때 그애들은 수영장 근처에서 더운 줄도 모르고 뛰어다니며 소리를 지르고 까르르 웃어대고 있었다. 그가 꾸물거렸다면 그애들이 외발 손수레를 물속에 빠뜨렸을 것이다. 일하고 있어야 할 대니 하드먼도 쌍둥이 형제의 누나를 흘끔흘끔 훔쳐보고 있었다.

"그래도 다 견뎌낼 거예요." 그가 말했다.

마음이 급해진 그는 한 번에 세 단씩 층계를 뛰어올라갔다. 방으로 들어가 서둘러 옷을 갖춰 입은 다음 곡조도 맞지 않는 노래를 흥얼거리며 옷장 문 안쪽에 걸린 거울 앞에 구부정하게 서서 머리에 기름을 바르고 빗질을 했다. 음악에 소질이 없었기에 자기가 노래를 제대로 부르는지 알지 못했고 신경도 쓰지 않았다. 저녁식사에 온 마음이 가 있는 지금, 흥분이 되는 한편 왠지 홀가분한 느낌도 들었다. 지금보다 더 나빠질 수는 없으니까. 그는 체계적이며 효율적인 움직임에 스스로 만족하면서 마치 탐험을 하거나 무공을 세우러 나가는 사람처럼 외출 준비를 해나갔다. 열쇠를 찾고, 지갑을 열어 10실링짜리 지폐 한 장이 들어 있음을 확인하고, 양치질을 하고, 손을 모아 숨을 불어 입냄새가 나는지 점검하고, 책상에서 편지를 집어 봉투에 넣고, 담뱃갑에 담배를 채우고, 라이터를 챙겼다. 그러고는 거울 앞에 서서 매무새를 다시 한번 점검했다. 잇몸을 드러내며 웃어보고, 살짝 돌아서서 어깨 너머로 옆모습을 확인했다. 마지막으로 주머니를 툭툭 치고는 올라올 때처럼 한 번에 세 단씩 층계를 뛰어내려가 엄마에게 다녀오겠다고 인사를 남긴 후, 현관문을 열고 화단 사이에 난 좁은 벽돌길로 내려서서 울타리에 난 대문을 향해 걸었다.

앞으로 그는 벽돌길을 걸었던 그 순간을 자주 떠올리게 될 것이다. 그러나 지금은 그런 것은 알지 못한 채 참나무 숲을 통과하는 지름길로 들어섰다. 숲을 빠져나가면 호수와 저택을 향해 꺾어지는 차도가 나올 것이다. 늦지 않았는데도 발걸음이 점점 빨라지고 있었다. 밤의 시간 속으로 점점 더 기울어가는 붉은 저녁노을, 마른풀과 태양열에 달구어진 흙 냄새가 가득한 따뜻하고 움직임 없는 공기, 낮에 정원 일을 하면서 유연해진 듯한 팔다리, 목욕을 해서 매끈해진 피부, 셔츠와 한 벌뿐인 양복의 촉감. 이렇게 즐거운 느낌들이 지금 이 순간을 더 풍요롭게 만들어주는 것 같았다. 세실리아를 본다는 기대감과 두려움 역시 일종의 관능적인 기쁨으로 다가왔고, 지금 그녀를 꼬옥 안고 있기라도 하듯 가슴이 두근거렸다. 어쩌면 상처를 받을지도 모른다. 엄청나게 불편할 수도 있다. 좋은 게 하나도 없을지도 모른다. 그러나 그는 이제 막 사랑에 빠진 사람이 흔히 그렇듯 흥분과 설렘에 가득차 있을 뿐이었다. 행복을 만끽해도 좋을 이유는 또 있었다. 최우등으로 졸업했다는 사실에 아직도 흥분이 가라앉지 않았다. 게다가 잭 탤리스는 학비 지원을 계속하겠다고 약속해주었다. 불현듯 그의 앞길에 새로운 모험이 기다리고 있고 자신이 현실을 도피하려는 것이 아니라는 확신이 들었다. 의학을 공부하는 것은 옳고 좋은 일이다. 어떻게 이렇게 갑자기 모든 것이 낙관적으로 보이는지 설명할 수는 없었지만 이것만은 확실했다. 그는 지금 행복하고, 그러므로 성공할 수밖에 없었다.

지금 그가 느끼는 모든 감정을 함축한 단어, 나중에 이 순간을 자꾸만 떠올리게 만든 이유를 설명해주는 단어가 있다. 자유. 육신뿐 아니라 정신과 인생의 자유. 오래전, 그래머스쿨이 뭔지도 모르던 그는 선생님의 권유로 시험을 보고 장학생으로 선발되었다. 물론 후회 없이 즐겁게 생활하긴 했지만, 케임브리지 진학도 그래머스쿨의 욕심 많은 교장의 선택이었다. 심지어 전공도 사실상 카리스마가 넘치던 어느 선생이 선택해준 것이었다. 이제, 드디어 자신의 의지로 완전한 독립을 성취하게 되었고, 성인으로서 새로운 삶이 시작된 것이다. 그는 자신이 주인공인 삶의 각본을 짜고 있었는데, 친구들은 첫 부분만 듣고도 놀라움을 감추지 못했다. 정원사가 되겠다는 꿈은 그의 자유분방한 기질에서 나온 일시적 환상일 뿐 아니라, 프로이트의 도움을 받아 스스로 분석해본 바에 의하면, 집을 나가버린 아버지를 대신하거나 그보다 나은 사람이 되려는 잠재의식에서 나온 구차한 야망이었다. 십오 년 후 케임브리지 석사 출신 영어과 주임 로비 터너 선생이나 대학교수가 되는 것도 그의 각본에는 없었다. 최우등으로 졸업하긴 했어도 문학 공부는 지금 와서 생각해보면 대단히 흥미로운 실내 소일거리에 지나지 않았고, 책을 읽고 견해를 피력하는 것은 교양인이 되기 위해 바람직하지만 부차적인 덕목 중 하나일 뿐이었다. 리비스 박사*가 강의에서 무슨 말을 하든 그것이 핵심은 아니었다. 문학은 소명을 받은 성직자나 탐구하는 학자의 자세로 매달릴 일이 아니었고, 야만적인 무리와 자신을 차별화할 수 있는 궁극적인 대책이 되지도 못했다. 그림이나 음악, 역사, 과학이라고 해서 다를 것은 없었다. 대학 졸업반 때 로비는 정신분석가와 공산당원 노조 간부, 물리학자의 이야기를 들을 기회가 있었는데, 그들 모두 리비스 박사가 그랬듯이 확신에 가득차 열정적으로 자기 분야를 옹호했다. 그렇다면 의학에 대해서도 같은 주장이 가능할 것이다. 그러나 로비가 의학을 선택한 것은 좀더 단순하고 개인적인 이유에서였다. 실용적인 것을 좋아하는 성격과 그동안 좌절되었던 과학에 대한 꿈이 마침내 출구를 찾은 것이다. 의학에서는 실용비평을 공부하면서 얻은 것보다 훨씬 더 섬세한 기술을 얻게 될 것이다. 그리고 무엇보다도 자기 스스로 진로를 결정했다는 데 의미가 있었다. 그는 곧 낯선 곳에 거처를 정하고 새로운 삶을 시작할 것이다.

이윽고 로비는 숲에서 빠져나와 차도가 시작되는 곳에 다다랐다. 스

* 영국의 문예평론가 프랭크 레이먼드 리비스.

러져가는 햇빛이 안 그래도 넓은 정원을 더욱 넓어 보이게 했고, 호수 저쪽 끝 탤리스가 저택의 창문에서 흘러나오는 부드러운 노란 불빛은 저택을 웅장하고 아름다워 보이게까지 했다. 세실리아가 거기 있다. 아마도 자기 방에서 저녁식사를 위해 몸단장을 하고 있을 것이다. 3층에 있는 그녀의 방은 저택 뒤편이기 때문에 그가 선 곳에서는 보이지 않았다. 그녀의 방 창가에서는 분수대가 내려다보일 것이다. 그는 그녀에 대한 너무나도 선명하고 강렬한 생각을 털어버리려 애썼다. 산란한 기분으로 탤리스가 현관에 도착하고 싶지는 않았다. 걸음을 내디딜 때마다 구두의 단단한 밑창이 길에 깔아놓은 자갈에 닿아 커다란 시계처럼 따각따각 소리를 냈고, 그러자 그는 시간에 대해서, 아직 쓰지 않은 미래의 그 풍요롭고 영광스러운 시간에 대해서 생각하게 되었다. 예전에는 스스로 젊다고도 생각하지 않았고 삶의 이야기가 빨리 시작되기를 이토록 애타게 원하지도 않았다. 로비보다 이십 년은 더 산 케임브리지의 교수 중에는 날카로운 지성을 과시하는 동시에 테니스도 곧잘 치고 조정경기에 출전하기도 하는 이들이 몇 명 있었다. 그 정도가 되려면 로비에게도 이십 년의 세월이, 이제까지 살아온 것과 맞먹는 세월이 필요할 것이다. 이십 년 후면 그는 1955년이라는 미래의 어느 날을 살고 있을 것이다. 그때가 되면 지금은 알지 못하는 어떤 중요한 것을 알게 될까? 그다음에는 좀더 신중한 속도로 살아갈 삼십 년의 세월이 그를 기다리고 있을까?

그는 1962년 오십 세가 된 자신을 상상해보았다. 나이야 들었지만 아무 쓸모 없는 퇴물로 전락할 정도는 아닐 것이고, 그때쯤이면 지나온 세월의 비밀과 비극, 그리고 성공의 이야기가 차곡차곡 쌓여 있는 의사가, 경험과 학식이 풍부한 의사가 되어 있을 것이다. 그뿐만 아니라 커다란 서재에는 수천 권의 책이 희미한 조명을 받으며 쌓여 있고, 열대우림에서 채취한 희귀 약초, 독이 묻은 화살, 실패한 전기 발명품, 동석凍石으로 만든 조각상, 해골, 원주민의 토속 공예품 등 평생 동안의 여행과 사색의 전리품들이 진열장을 빼곡히 장식하고 있을 것이다. 책꽂이에는 의학서적과 명상록은 물론이고 지금 방갈로 다락의 좁은 공간을 가득 차지하고 있는 책들도 꽂혀 있을 것이다. 정원사가 되겠다는 생각을 품게 만든 18세기 시선집, 3판으로 갖고 있는 제인 오스틴의 작품, 엘리엇과 로런스 그리고 윌프레드 오언의 작품들, 콘래드 전집, 값으로는 따질 수 없는 크래브의 1783년판 『마을』, 하우스먼의 작품, 오든의 『죽음의 춤』 친필 사인본 등이 쉰 살의 성공한 의사의 서가에 당당히 자리를 차지하고 있을 것이다. 그는 문학작품을 많이 읽었으므로 더 나은 의사가 될 수 있으리라. 방대하고 폭넓은 독서를 한 그는 인간이 겪어야 하는 고통, 병을 부르는 자기파괴적인 어리석음이나 불운을 머리로 알고 가슴으로 느끼는 그런 의사가 될 것이다. 탄생과 죽음, 그리고 그 사이에 겪게 되는 질병과 노화, 번영과 퇴락. 이것은 의학의 관심사인 동시에 문학—예를 들어 19세기 소설—의 관심사이기도 했다. 넓은 아량과 앞을 바라보는 혜안, 따뜻한 마음과 냉철한 판단력을 지닌 의사 로비 터너는 운명의 기구한 장난을, 피할 수 없는 것을 피해보려는 인간의 헛되고 우스꽝스러운 발버둥을 잘 알고 있을 것이다. 그는 희미해진 맥박을 짚고 꺼져가는 숨소리를 들으며, 따뜻하던 손이 천천히 식어가는 것을 느끼며 문학과 종교만이 가르쳐줄 수 있는 인간의 하찮음과 숭고함에 대해 생각할 것이다.

그의 발걸음은 고요한 여름 저녁, 가슴을 설레게 하는 생각의 리듬에 맞춰 점점 더 빨라졌다. 100야드쯤 떨어진 곳의 다리 위 어둠 속에서 하얀 형체가 보였다. 처음에는 다리 난간을 이루는 흰색 돌의 일부인 줄 알았는데, 몇 걸음 더 걸어가니 희미하게나마 사람의 형상임을 알 수 있었다. 거리가 멀어 그를 바라보고 있는지 등을 돌리고 있는지는 분간이 되지 않았다. 아무런 움직임이 없는 걸로 봐서는 그를 지켜보고 있는 것 같았다. 한순간 귀신이 아닐까 생각했지만, 그는 초자연적 존재를 믿지 않았다. 심지어 마을의 노르만양식 교회를 관할하는, 인간사에 별 관심이 없어 보이는 하느님조차 믿지 않았다. 이제 보니 그것은 어린아이였다. 그렇다면 낮에 보았을 때 흰옷을 입고 있었던 브라이어니가 틀림없었다. 브라이어니의 모습이 분명하게 눈에 들어오자 그는 손을 들어 아이를 부르고 외쳤다. "나야, 로비!" 그러나 그 애는 여전히 움직이지 않았다.

브라이어니에게 걸어가는 동안, 문득 편지가 자기보다 먼저 도착하는 게 나을지도 모른다는 생각이 들었다. 세실리아가 사람들과 함께 있을 때 전해준다면 그가 케임브리지에서 돌아온 후 줄곧 그에게 냉담했던 그녀의 어머니에게 들킬지도 모른다. 세실리아가 의도적으로 그를 피한다면 아예 편지를 전하지 못할 수도 있었다. 하지만 브라이어니가 편지를 전해준다면, 그것을 읽고 혼자 생각해볼 시간이 있을 것이다. 그 몇 분간의 생각이 그녀의 마음을 누그러뜨려줄 수도 있었다.

"부탁 하나만 들어줄래?" 로비가 브라이어니에게 다가서면서 물었다.

브라이어니는 고개를 끄덕이고는 다음 말을 기다렸다.

"뛰어가서 이 편지를 언니에게 전해줄 수 있겠어?"

브라이어니는 손에 쥐여주는 봉투를 아무 대답도 없이 받아들었다.

"나도 곧 따라갈게." 로비가 그렇게 덧붙이는데 아이는 벌써 돌아서서 뛰어가고 있었다. 그는 난간에 기대서서 담배를 하나 꺼내들고 브라이어니가 점점 짙어지는 어둠 속으로 사라지는 모습을 지켜보았다. 이제 느긋해진 마음으로 브라이어니 또래의 여자애들 속은 정말 알다가도 모르겠다고 생각했다. 열두 살? 아니, 열세 살이던가? 잠시 아이의 모습을 놓쳤던 그는 다시 섬을 건너가는 그애를 보았다. 어두운 그림자가 드리워진 나무들 사이에서 흰옷이 두드러져 보였다. 브라이어니의 모습이 다시 사라졌다가 두번째 다리 끝에서 나타나 차도를 지나 잔디밭을 가로지르고 있을 때였다. 순간 너무나도 분명한 사실에 갑자기 그의 몸이 굳었다. 충격 때문에 외마디 비명이 저절로 터져나왔다. 그는 차도를 따라 서둘러 몇 걸음을 내디뎠지만 곧 몸을 비틀거리며 멈춰 섰다. 그러다 다시 달리기 시작했지만 곧 그만두었다. 이제와서 브라이어니를 따라가봤자 헛수고라는 생각이 들었다. 브라이어니의 모습이 보이지 않아 그는 두 손을 입가에 동그랗게 모아서 그애의 이름을 외쳤다. 역시 소용없는 짓이었다. 그는 그 자리에 서서 아이의 모습을 찾으려고 눈에 힘을 주었고—마치 그러면 찾을 수 있을 것처럼—한편으로는 자신이 착각했다는 것을 확인하고 싶어서 필사적으로 기억을 더듬었다. 그러나 착각이 아니었다. 손으로 쓴 편지는 『그레이 해부학』이 펼쳐진 부분, 내장학 파트 1546페이지의 질 그림 위에 놓여 있었다. 그가 집어들어 봉투에 넣은 것은 타자기 옆에 놓아두었던, 타자로 친 편지였다. 프로이트를 들먹여가며 설명할 필요도 없는 아주 간단명료한 사실이었다. 세실리아에게 주려던 진짜 편지는 대담하게 쫙 벌어져 어떻게 봐도 음란한, 음모로 덮인 왕관 모양의 질을 그린 〈그림 1236〉 위에 놓았고, 외설스러운 내용이 적힌 편지는 책상 위 손이 닿는 곳에 놓아두었었다. 그는 다시 한번 목청껏 브라이어니를 불렀지만, 지금쯤이면 그애는 이미 현관 앞에 다다랐을 것이었다. 과연 얼마 지나지 않아 마름모 모양의 희미한 황토색 빛이 조금 커지는가 싶더니 그애의 실루엣을 담은 채 잠시 그대로 머물다 사라져버렸다. 브라이어니가 집으로 들어가고 문이 닫힌 것이다.

아홉

세실리아는 삼십 분 동안 두 번이나 침실을 나와 층계 옆에 걸린 금도금 테를 두른 거울로 자신의 모습을 비춰보고는 마음에 들지 않아 다시 옷장으로 뛰어갔다. 처음에 고른 옷은 검은색의 얇은 크레프드신 드레스였는데, 화장대 거울에 비춰보니 약간 보수적으로 재단됐기 때문인지 엄격한 분위기가 풍겼다. 그녀의 검은 눈이 드레스의 엄격함과 단아함을 한층 돋보이게 했다. 진주 목걸이를 하면 그 효과가 반감될 것 같아 급히 흑옥 목걸이를 찾았다. 립스틱은 실수 없이 한 번에 완벽하게 칠해졌다. 삼면거울 앞에서 고개를 요리조리 기울여보니 자신의 얼굴이 그렇게 긴 편은 아니라는 생각이 들었다. 적어도 오늘밤엔 아니었다. 부엌 사람들은 어머니가 아닌 세실리아를 기다리고 있었고, 거실에서도 리언이 그녀를 기다리고 있을 터였다. 그래도 그녀는 방을 나가다가 다시 돌아와 양 팔꿈치에 기분에 맞는 향수를 약간 뿌리고 나서야 방을 나섰다.

그러나 층계 쪽으로 서둘러 걸어가면서 본 거울 속에는 장례식에 가는 듯 엄격하고 쓸쓸한 모습의 여자가 있었다. 그녀의 검은 옷은 마치 성냥갑 속에서 사는 곤충 같아 보였다. 사슴벌레! 그것은 그녀의 미래 모습이었다. 상복을 입은 여든다섯 살의 여자. 그녀는 머뭇거리지 않고 바로 발길을 돌려—하이힐조차도 검은색이었다—방으로 향했다.

세실리아는 마음이 장난을 칠 수 있다는 걸 알고 있었기 때문에 오늘은 무엇을 입어도 성에 차지 않으리라 생각했다. 그러나 그녀의 마음은 이미 저녁시간을 보낼 그곳에 가 있었고, 우선 편안하게 느낄 수 있는 옷을 골라야 했다. 검은 크레프드신 드레스가 흘러내려 마룻바닥에 떨어지자 그녀는 그 위로 사뿐히 빠져나와서는 구두에 속옷만 입은 채 시간이 가는 걸 의식하며 옷걸이에 걸린 옷들을 훑어보았다. 엄격하게 보이는 건 싫었다. 편안하면서도 독립적인 여성으로 보이고 싶었다. 무엇보다 옷차림 따위엔 전혀 신경쓰지 않은 것처럼 보이고 싶었는데, 그러기 위해서는 대단히 세심한 주의를 기울여야 했다. 지금 아래층 부엌에 있는 사람들은 그녀를 기다리다 지쳐 인내심이 바닥을 보이고 있을 것이고, 리언과 단둘이서 보내려던 몇 분간의 시간 또한 사라져가고 있었다. 곧 어머니가 나타나 식탁의 자리 배치 문제를 의논하자고 할 테고, 폴 마셜이 내려오면 옆에 있어줘야 할 것이며, 게다가 로비도 도착할 것이다. 이런 상황에서 그녀가 어떻게 제대로 생각을 할 수 있겠는가?

세실리아는 취향의 변천사를 담고 있는 옷들을 하나하나 만져가며 살펴보기 시작했다. 십대 때 입었던 일자형 플래퍼 드레스들이 먼저 눈에 띄었다. 지금 보니 흐느적거리고 여성미라고는 전혀 풍기지 않는 우스꽝스러운 옷이었다. 그중 하나에는 와인 얼룩이 묻어 있었고, 다른 드레스에는 처음 담배를 피울 때 태워먹어 구멍이 나 있었지만 미련이 남아 차마 내다버리지 못했다. 옷장 속을 더 뒤적여보니, 어깨에 패드가 약간 들어간 옷이며 말괄량이 소녀티를 막 벗은 후에 입었던 허리선과 곡선이 드러난 것, 남자들의 시선을 무시하려는 듯 치맛단이 길게 내려온 원피스 같은 것이 걸려 있었다. 그녀가 가진 옷 중에서 가장 좋은 것은 졸업시험이 끝난 것을 기념하여 그 처참한 결과를 알기 전에 산 가장 최근의 것으로, 등이 넓게 파이고 끈을 목에 묶어 고정하도록 되어 있으며 딱 달라붙어 몸매가 그대로 드러나는 짙은 녹색의 이브닝드레스였다. 집에서 첫선을 보이기에는 너무 화려했다. 옷걸이를 더 뒤져보니 허리 위로는 가느다란 주름이 잡혀 있고 부채꼴 연속무늬가 치맛단을 장식한 물결무늬의 실크 드레스가 나왔다. 눈에 거슬리지 않는 얌전한 분홍색이니 저녁식사 때 입기에 무난할 것 같았다. 화장대의 삼면거울도 같은 생각이었다. 그녀는 구두를 바꿔 신고 흑옥 목걸이를 진주 목걸이로 바꾼 후 화장을 고치고 머리 모양도 다시 한번 매만지고 나서 목 아래 쇄골 부분에—이 옷을 입으면 가슴 윗부분이 상당히 드러났다—향수를 약간 뿌리고 방을 나섰다. 다시 들어온 지 십오 분이 채 지나지 않아서였다.

낮에 하드먼 씨가 가는 버들가지로 엮은 바구니를 들고 집안을 돌아다니며 전구를 갈아끼우는 것을 보았는데, 층계 위의 전등은 좀더 가차없는 불빛의 전구로 바꿔놓은 모양이었다. 이 거울 앞을 통과하기가 이렇게 어려웠던 적은 한 번도 없었다. 40피트 떨어진 곳에서 거울 앞으로 다가가는 세실리아는 이번에도 거울이 곱게 통과시켜주지 않으리라는 걸 알고 있었다. 사실 분홍색이 지나치게 열었고, 허리선은 너무 높이 올라와 있으며, 치마는 여덟 살짜리 소녀의 파티복처럼 나풀거렸다. 토끼 모양 단추만 있으면 딱이었다. 가까이 다가가자 오래된 거울의 그 울퉁불퉁한 표면이 그녀를 일그러지고 축소된 모습으로 비추었고, 그 속에는 십오 년 전의 어린 그녀가 서 있었다. 그녀는 걸음을 멈추고 두 손을 들어 머리를 양 갈래로 나눠 쥐어보았다. 그 옛날 이 거울은 친구의 생일파티에 가는 바로 이런 모습의 그녀를 수십 번은 지켜보았을 것이다. 아역배우 셜리 템플 같은 꼴을 한 채, 혹은 적어도 그렇게 보인다고 생각하면서 아래층으로 내려가는 것은 마음의 평화에 아무런 도움도 되지 않을 것이 분명했다.

방으로 돌아가는 세실리아의 마음속에는 짜증이나 당혹감보다는 체념이 더 컸다. 새삼스러울 것도 없었다. 지나치게 생생해 믿기 어려운 인상들, 자기의심, 신경에 거슬릴 정도로 선명한 시각적 이미지들, 익숙한 것을 낯설어 보이게 하는 섬뜩한 차이들. 이 모든 것은 사실 그녀가 하루종일 보고 느낀 것들의 연장이거나 변주에 지나지 않았다. 이런 느낌에 대해선 깊이 생각하지 않는 게 좋았다. 게다가 무엇을 해야 하는지 내내 알았고 지금도 알고 있으니까. 정말로 그녀의 마음에 드는 옷은 딱 한 벌뿐이었고, 이제 그것을 입을 작정이었다. 분홍색 드레스를 벗어 검은색 드레스 위에 던져놓은 그녀는 오만한 걸음으로 옷더미 옆을 지나 옷장 문을 열고 등이 파인 짙은 녹색 이브닝드레스를 꺼냈다. 다리부터 넣어 드레스를 올려 입는 동안 실크 속치마가 몸매를 잡아주는 느낌이 좋았고, 저항할 수 없을 만큼 매력적이면서도 범접할 수 없이 기품 있는 여성이 된 것 같았다. 전신거울에 비친 모습은 아름다운 인어였다. 그녀는 진주 목걸이는 그대로 두고 검은색 하이힐로 갈아 신은 다음 다시 한번 머리를 매만지고 화장을 고친 후 향수는 건너뛰고 문을 열었다가 외마디 비명을 질렀다. 문 바로 앞에 누군가의 얼굴과 꽉 쥔 채 들어올린 손이 있었다. 퉁퉁 부어오른 눈에 아직도 맺혀 있는 눈물, 젖은 입술. 콧물이 가득찬 듯하고 울어서 빨개진 코, 원근법을 무시한 피카소풍 그림을 보는 것 같았다. 놀란 마음을 가라앉힌 그녀는 가냘픈 양어깨에 두 손을 얹고 부드러운 손길로 옆으로 돌려세워 아이의 왼쪽 귀를 살펴보았다. 그녀의 방 문을 노크하려 했던 이 아이는 잭슨이었다. 그애의 다른 한 손에는 회색 양말 한 짝이 들려 있었다. 한 걸음 뒤로 물러서서 보니 다림질이 된 회색 반바지에 흰 셔츠를 입고 있었고, 발은 맨발이었다.

"꼬마 친구! 왜 그러니?"

그러나 그애는 말을 할 수 없는지 그저 양말을 들어올려 그것으로 복도 쪽을 가리켰다. 세실리아가 몸을 기울여 내다보니, 좀 떨어진 곳에 역시 맨발인 피에로가 양말 한 짝을 똑같이 들고 이쪽을 쳐다보고 있었다.

"양말이 한 짝씩뿐이네."

아이는 고개를 끄덕이고 코를 훌쩍 들이마시고 나서야 말을 할 수 있었다. "베티 아줌마가 그러는데, 지금 당장 차 마시러 내려오지 않으면 때려줄 거래요. 그런데 양말이 한 켤레밖에 없어요."

"그래서 양말 가지고 싸웠구나."

잭슨은 단호하게 고개를 가로저었다.

사내애들과 함께 복도를 지나 아이들 방으로 가는 동안 처음에는 한 아이가 세실리아의 손을 잡더니 다른 한 명도 곧 그녀의 손을 잡았다. 그녀는 자신이 이런 상황에 대단히 흡족해하는 것을 깨닫고 깜짝 놀랐다. 그래도 자꾸만 옷이 신경쓰이는 건 어쩔 수 없었다.

"누나한테 도와달라고 해보지 그랬어."

"우리랑 얘기도 안 하려고 해요."

"왜?"

"우리를 미워하니까."

쌍둥이 형제의 방은 말 그대로 난장판이었다. 옷가지, 젖은 수건, 오렌지 껍질이 여기저기 널려 있었고 발기발기 찢긴 만화책 조각들이 종이 주위에 널려 있었다. 거꾸로 뒤집혀 나뒹구는 의자들은 담요에 반쯤 가려졌고, 매트리스는 제자리에서 삐죽이 비어져나와 있었다. 두 침대 사이의 카펫에는 축축하게 젖은 자국이 넓게 퍼져 있었는데, 그 중앙에 비누와 젖은 두루마리 화장지가 보였다. 커튼은 한쪽이 떨어져 비스듬히 걸려 있었고, 창문이 열려 있는데도 방안 공기는 여러 번 내쉰 숨결로 가득찬 것처럼 축축했다. 옷장 서랍은 모두 열린 채 텅 비어 있었다. 방안에 갇혀 지루해하다 시합을 하거나 놀이를 계획해본 모양이었다. 침대 사이를 뛰어다니다 캠프를 만들어보고 보드게임도 했던 것 같았다. 집안 식구들 중 그 어느 누구도 이들 쌍둥이 형제를 보살피지 않았던 것이다. 세실리아는 미안한 마음을 감추기 위해 짐짓 밝은 목소리로 말했다. "이런 상태에선 아무것도 찾을 수 없겠다, 그치?"

방안의 질서를 복구하기로 결심한 세실리아는 침구를 정리한 뒤 하이힐을 벗고 의자에 올라가 커튼을 고쳐 달았다. 쌍둥이 형제에게도 할 수 있는 자잘한 일을 맡겼다. 아이들은 그녀 말을 따르긴 했지만, 잠자코 어깨를 축 늘어뜨린 채 시키는 일만 겨우 했다. 세실리아가 친절한 마음에서 즐겁게 해주려고 시킨 일들을 꾸지람과 별로 받아들인 모양이었다. 쌍둥이들은 방을 그렇게 어지럽힌 것을 부끄러워하고 있었다. 몸에 착 달라붙는 진초록 드레스 차림으로 의자 위에 선 채 밝은 적갈색 머리들이 맡겨진 일을 하느라 부산스럽게 움직이는 모습을 보면서, 세실리아는 부모의 사랑이 없는 낯선 집에서 새로운 삶을 시작한다는 것이 이 어린애들에게 얼마나 슬프고 무서운 일일까 하는 안쓰러운 마음이 들었다.

무릎을 제대로 굽힐 수 없어 어렵사리 의자에서 내려와 침대에 앉은 세실리아는 쌍둥이 형제를 바라보며 앉으라는 뜻으로 양옆의 시트를 톡톡 쳤다. 그러나 소년들은 그대로 선 채 그녀가 이제 무슨 말을 할지 기다리며 그녀를 보고 있었다. 그녀는 한때 동경했던 유치원 선생님처럼 노래하는 듯한 말투로 말문을 열었다.

"잃어버린 양말 때문에 슬퍼서 울 필요는 없을 거야, 그렇지 않니?"

피에로가 말했다. "사실은요, 우리, 집에 가고 싶어요."

세실리아는 방금 전의 말투를 후회하며 다시 어른스러운 목소리로 돌아갔다. "그건 지금으로서는 불가능해. 너희 엄마는 지금 파리에서…… 휴가를 보내고 계시고 아빠는 학교 일로 바쁘시거든. 그래서 너희는 여기 좀더 있어야 할 것 같아. 많이 신경써주지 못해 미안해. 그래도 수영장에서는 재밌게 노는 것 같던데?"

잭슨이 말했다. "우린 연극 하고 싶었는데 브라이어니 누나가 나가더니 아직까지 안 돌아와요."

"정말?" 걱정할 사람이 하나 더 생겼다. 브라이어니는 진작 돌아와 있어야 했다. 브라이어니 생각을 하니 아래층에서 기다리고 있을 사람들도 하나둘 떠올랐다. 어머니, 베티, 리언, 폴 마셜, 로비…… 심지어 열린 창문으로 들어와 방을 가득 채우고 등에 따뜻하게 와닿는 밤공기마저도 그녀에게 짐을 지우는 듯했다. 일 년 내내 고대했던 환상적인 여름밤이 드디어 아찔한 향기와 함께 찾아와 즐기라고 유혹하는데, 책임감과 사소한 걱정거리로 마음이 산란해져 그 부름에 응답하지 못하다니. 응답해야 한다. 안 하면 안 된다. 테라스에서 리언과 진토닉을 마시면 환상일 거다. 허마이어니 이모가 라디오방송에서 시시껄렁한 설교나 해대는 얼간이와 함께 달아난 게 세실리아의 잘못은 아니었다. 슬픈 일은 이제 그만. 그녀는 침대에서 일어나 가볍게 손뼉을 쳤다.

"그래, 연극이 그렇게 됐다니 참 안됐지만 우리가 어떻게 해볼 수 있는 일은 아니잖아, 그치? 양말이나 찾아서 신자."

알고 보니 쌍둥이들이 탤리스가에 도착할 때 신고 있던 양말은 빨아서 말리는 중이었고, 눈먼 열정에 사로잡힌 허마이어니 이모는 아이들의 짐 속에 여분의 양말을 한 켤레밖에 넣지 않았다. 세실리아는 브라이어니의 방에서 여자아이티가 가장 덜 나는 양말을 찾으려고 서랍을 뒤지다가 발목에 빨강과 초록의 딸기 그림이 있는 흰 양말을 찾아냈다. 쌍둥이들이 자기들의 회색 양말을 서로 신겠다고 싸울 줄 알았는데 실은 정반대였다. 세실리아는 아이들이 더이상 실망하지 않도록 양말 한 켤레를 더 가지러 브라이어니의 방으로 되돌아가야 했다. 이번에는 잠시 걸음을 멈추고 어둑어둑해지는 창밖을 내다보며 브라이어니가 어디로 갔을지 생각해보았다. 혹시 호수에라도 빠졌나? 아니면 집시에게 납치라도 당한 걸까? 그것도 아니라면 지나가던 자동차에 치였나? 그녀는 언제나처럼 이런 생각들을 먼저 했다. 그것은 상상이 현실이 되는 일은 거의 없다는 건전한 원칙에 근거한 것이었고, 최악의 상황을 배제할 수 있는 효과적인 방법이기도 했다.

쌍둥이들에게 돌아온 세실리아는 꽃병에 담가 적신 빗으로 잭슨의 머리를 빗긴 다음 엄지와 검지로 아이의 턱을 단단히 잡고 예쁘게 가르마를 타주었다. 피에로는 옆에서 참을성 있게 차례를 기다리고 있었다. 드디어 머리 손질이 다 끝나자 형제는 고맙다는 말 한마디 없이 층계를 뛰어내려가 베티에게 갔다.

세실리아는 느린 걸음으로 아이들의 뒤를 따라가면서 비평가 같은 거울을 흘끗 쳐다보고 그 안에 비친 모습에 만족했다. 아니, 그보다는 자신의 모습에 신경을 덜 쓰게 되었다는 편이 맞을 것이다. 쌍둥이 형제를 챙기면서 기분이 전환되었고, 아직 구체적인 내용이나 계획은 정해지지 않았지만 떠나야겠다는 결심을 막연히라도 할 만큼 생각이 진척되었기 때문이다. 그 생각은 마음을 차분히 가라앉히면서도 기쁨을 주었다. 절망적인 느낌은 전혀 들지 않았다. 2층에 다다른 그녀는 걸음을 멈추었다. 아래층에서는 가족들을 제대로 돌보지 못했다는 죄책감에 사로잡힌 어머니가 세실리아는 왜 안 보이느냐고 걱정과 불평을 늘어놓고 있을 것이다. 더군다나 쌍둥이들이 내려갔으니 브라이어니가 사라졌다는 소식까지 더해져 점점 더 신경이 날카로워질 테고, 그애를 찾을 때까지 계속 안절부절못할 것이다. 아버지의 사무실에서는 탤리스 씨께서 늦게까지 할 일이 있어 오늘 집에 못 가신다는 전화가 걸려올 것이다. 그렇다고 책임을 피하는 데 천부적인 재능을 가진 리언이 아버지 역할을 대신하지는 않을 테고. 그러면 명목상으로 그 역할은 탤리스 부인에게 돌아가겠지만, 결국 저녁식사의 분위기는 세실리아에게 달려 있을 것이다. 모든 것이 너무나 자명했기에 피하려고 애써봤자 아무 소용도 없었다. 매혹적인 여름밤을 즐기기 위해 혼자 자리를 뜨지도 못할 것이고, 리언과 단둘이 긴 얘기를 나눌 시간도 없을 것이며, 한밤의 별빛을 받으며 맨발로 잔디밭을 거닐 수도 없을 것이다. 그녀는 검은색 페인트와 니스를 칠한 단단한 소나무 난간을 잡았다. 네오고딕 양식이라고는 하지만 어쩐지 싸구려 모조품 같았다. 머리 위에는 커다란 주철 샹들리에가 세 개의 쇠사슬에 매달려 있었는데, 불이 켜진 건 한 번도 본 적이 없었다. 다들 샹들리에 대신 원뿔 모양의 모조 양피지 갓 끝에 술이 달린 한 쌍의 벽등을 사용했다. 그녀는 뿌연 노란색 불빛을 받으며 조용히 층계 앞을 벗어나 복도로 가 어머니의 방 쪽을 보았다. 문이 반쯤 열려 있고 복도 카펫 위로 옅은 빛기둥이 드리워진 걸 보니 일어나신 모양이었다. 다시 층계 앞으로 돌아온 세실리아는 밑으로 내려갈 마음이 들지 않아 망설이며 한참을 그대로 서 있었다. 그러나 선택의 여지가 없었다.

손님을 초대한 저녁식사라고 해서 새로울 것도 없었고 걱정할 것도 없었다. 세실리아의 아버지는 이 년 전 내무성의 비밀스러운 회담 자료 작성이라는 업무 속으로 사라져버렸다. 어머니는 언제나 시름시름 앓으며 그림자 나라에 살고 있었고, 브라이어니는 늘 언니의 보살핌을 필요로 했으며, 리언은 항상 자유롭게 떠돌아다녔고, 세실리아가 리언을 사랑하는 것도 바로 그 때문이었다. 물론 세실리아는 자기가 예전의 역할로 돌아가는 것이 그렇게 쉬울 거라고는 생각하지 않았었다. 케임브리지가 그녀를 근본적으로 바꾸어놓았고, 그녀는 이 모든 일에 면역이 생겼다고 생각했다. 그러나 가족들 중 어느 누구도 이러한 변화를 알아차리지 못했고 그녀 자신도 가족들의 습관적인 기대가 주는 압력에 저항할 수 없었다. 그 누구도 비난할 수는 없었다. 여름 내내 집 안에서 무료한 나날을 보내면서도 그녀는 가족들과의 소중한 고리를 다시 연결하고 있는 중이라고 애써 자위하곤 했다. 그러나 지금 와서 생각해보니 고리가 끊어진 적도 없었고, 부모님은 각자 다른 방식으로 부재중이며, 브라이어니는 공상의 세계에 빠져 있고, 리언은 독립해서 시내에서 살고 있었다. 이제 떠나야 할 때가 되었다. 그녀에겐 모험이 필요했다. 친척 아저씨 부부가 함께 뉴욕에 가자고 권유했었다. 파리에는 허마이어니 이모가 있었다. 런던으로 가서 일자리를 구할 수도 있었고, 그건 아버지의 바람이기도 했다. 그녀는 불안이 아닌 흥분을 느꼈고, 오늘밤 행사로 이런 기분을 망치고 싶지 않았다. 앞으로도 이런 밤이 많겠지만, 한껏 즐기려면 집이 아닌 다른 곳이어야 했다.

새로운 확신에 기운이 난 세실리아는—딱 어울리는 옷을 고른 것도 분명히 영향을 주었다—현관홀을 가로질러 베이즈*를 댄 문을 밀고 흰색과 검은색 타일이 체스판 모양으로 깔린 복도를 걸어 부엌으로 향했다. 문을 열고 들어가보니 안에는 연기가 자욱해서 화가의 스케치북에 있을 법한 그림처럼 사람들의 몸통은 보이지 않고 얼굴만 서로 다른 높이에 둥둥 떠 있었다. 다들 식탁 위에 놓인 무언가를 내려다

* 올이 거칠고 두꺼운 모직물의 일종. 방음효과가 뛰어나 대저택에서는 이 천을 댄 문으로 고용인의 공간을 구분했다.

보고 있었지만, 베티의 커다란 등에 가려 세실리아에게는 보이지 않았다. 화덕에서 이글거리는 붉은빛도 연기에 가려 흐릿해 보였다. 마침 그때 누군가가 화덕 문을 발로 차 닫았는지 쾅하는 큰 소리가 났고 그와 동시에 성난 외침도 들렸다. 아무도 지켜보지 않는 큰 가마솥에서는 물이 끓으면서 김이 무럭무럭 올라오고 있었다. 깡마른 체구에 머리를 꽉 잡아당겨 동그랗게 말아 묶은 돌Doll이라는 여자애가 베티를 도우러 와 있었는데, 뭔가 신경질이 나는지 싱크대 앞에 서서 냄비 뚜껑들을 일부러 쾅쾅 부딪쳐가며 닦으면서 베티가 차려놓은 식탁에 곁눈질을 하고 있었다. 둥둥 떠 있는 얼굴들 중 하나는 어머니였고, 다른 하나는 대니 하드먼, 또하나는 그의 아버지 하드먼 씨였다. 잭슨과 피에로의 머리가 이들보다 높은 곳에 떠 있는 걸 보니 아마도 스툴 위에 올라서 있는 모양이었다. 둘 다 엄숙한 표정이었다. 세실리아는 대니 하드먼의 시선이 자기에게 꽂히는 것을 느꼈다. 그녀는 날카로운 눈초리로 그를 쏘아보았고, 그가 고개를 돌리자 만족했다. 부엌 곳곳에 하루종일 열기 속에서 힘겹게 진행된 작업의 증거들이 있었다. 판석으로 된 바닥은 구운 고기에서 떨어진 기름과 으깬 야채와 과즙으로 미끌거렸고, 너무 바빠 짜는 걸 잊었는지 푹 젖은 행주들이 마치 교회에 오랫동안 걸려 있어 점점 해져가는 깃발처럼 화덕 위에 쭉 널려 있었다. 야채 껍질이 가득 담긴 양동이가 세실리아의 정강이에 자꾸 부딪쳤다. 집에 가져가 크리스마스를 위해 살찌우고 있는 글로스터셔올드스팟 돼지에게 먹이려고 베티가 모아둔 모양이었다. 베티는 누가 왔나 보려고 어깨 너머로 고개를 돌렸다. 그 순간 세실리아는 그녀의 눈이 분노로 이글거리고 통통한 뺨이 씰룩거리는 것을 보고 말았다.

"그거 빼!" 베티가 소리를 질렀다. 그녀의 분노는 의심할 바 없이 탤리스 부인을 향한 것이었다. 베티의 외침에 놀란 돌은 싱크대에서 급히 화덕 쪽으로 가다가 미끄러져 기우뚱하더니 겨우 중심을 잡고는 헝겊 두 장으로 가마솥 손잡이를 잡아 불 위에서 끌어내렸다. 시야가 깨끗해지자 가정부 폴리의 모습도 눈에 들어왔다. 순박한 여자라고 평판이 난 폴리는 일이 있을 때마다 늦게까지 남아 도와주곤 했다. 그녀의 크고 선량한 눈 역시 식탁에 고정되어 있었다. 세실리아는 베티 뒤로 걸어가 다들 무엇을 그렇게 보고 있는지 살펴보았다. 그것은 오븐에서 금방 꺼낸 듯 검게 그을린 커다란 철 쟁반이었다. 그 위에서는 엄청나게 많은 양의 구운 감자가 아직도 지글지글 소리를 내고 있었다. 삐뚤삐뚤 줄지어 서 있는 감자는 백 개쯤 되는 것 같았고 모두 연한 금색이었다. 베티가 쇠주걱으로 아랫부분을 긁어 뒤집고 있었는데, 뒤집혀 드러난 부분에는 더 끈적끈적한 짙은 노란색의 액체가 묻어 있었고 군데군데 갈색으로 변하거나 껍질이 터져 속이 비어져나온 것도 있었다. 완벽하게 잘 구워진 감자였다.

마지막 줄을 다 뒤집고 나서 베티가 물었다. "이걸로 감자 샐러드를 만들라고요, 마님?"

"그래, 베티. 탄 부분은 잘라내버리고, 너무 큰 건 잘게 썰어. 그런 다음 커다란 토스카나 사발에 담아서 올리브 오일을 충분히 끼얹고. 그리고……" 에밀리는 식료품 창고 문 옆에 있는 과일 자루 쪽을 가리켰다. 거기에 레몬이 있을지 없을지는 아무도 모르는 일이었다.

베티가 천장을 올려다보면서 말했다. "이러다가 또 방울양배추 샐러드로 바꾸는 건 아니지요?"

"도대체 왜 그래, 베티?"

"콜리플라워 그라탱 샐러드는 어떠세요? 호스래디시 소스 샐러드는요?"

"왜 별것도 아닌 것 가지고 야단이야?"

"브레드앤드버터 푸딩 샐러드는 어떠세요?"

쌍둥이들 중 한 명이 코웃음을 쳤다.

세실리아가 이제 무슨 상황이 펼쳐질지 상상하는 찰나, 일은 벌써 벌어지기 시작했다. 베티가 홱 돌아서더니 그녀의 팔을 붙잡고 하소연을 했다. "아가씨, 마님께서 처음에 말씀하신 것은 로스트비프하고 감자구이였어요. 그래서 피가 끓고도 남을 이 뜨거운 날에 종일 여기서 그걸 만들었다고요."

이런 상황은 처음이었고 지켜보는 사람들이 있다는 것도 보통 때와 달랐지만, 이런 딜레마는 너무나 익숙했다. 평화를 유지하면서도 어머니의 체면을 구기지 않는 것, 그것이 문제였다. 오빠와 테라스에서 시간을 보내야겠다고 새롭게 결심했으니 아무래도 이길 가능성이 높은 편에 서서 빨리 해결을 보는 것이 유리했다. 그녀는 어머니의 손을 이끌고 한쪽으로 갔고, 무슨 일이 일어날지 잘 아는 베티는 나머지 사람들에게 모두 제자리로 돌아가라고 명령했다. 에밀리와 세실리아는 부엌 뒤편, 밭으로 통하는 열린 문 옆에 섰다.

"얘야, 날씨가 이렇게 더운데, 네가 뭐라고 해도 난 샐러드를 포기하지 않을 거다."

"엄마, 날씨가 너무 덥다는 거 잘 알아요. 그런데 오빠는 베티가 만든 로스트비프에 감자구이가 먹고 싶어 죽겠대요. 언제나 그걸 좋아했잖아요. 마셜 씨한테 자랑까지 하던걸요."

"이런, 세상에." 에밀리가 신음하듯 내뱉었다.

"저도 엄마랑 같은 생각이에요. 이런 날씨에 그렇게 더운 요리라니…… 하지만 모두에게 선택권을 주는 게 좋지 않겠어요? 폴리에게 양상추 좀 솎아오라고 하세요. 식료품 창고에 비트가 있으니까…… 베티가 알감자하고 그것들로 시원한 것도 좀 만들 수 있을 거예요."

"네 말이 맞다, 얘야. 리언을 실망시킬 수는 없지."

이렇게 해서 로스트비프와 감자구이가 살아남았고 문제도 해결되었다. 재빠른 베티는 흔쾌히 돌에게 알감자를 씻게 했고, 폴리는 칼을 가지고 밖으로 나갔다.

부엌에서 나오자마자 선글라스를 쓰면서 에밀리가 말했다. "메뉴가 해결되어서 다행이야. 제일 걱정되는 건 브라이어니거든. 화가 났나 봐. 지금 밖에서 우울해하며 돌아다니고 있는 모양인데, 내가 가서 데려와야겠다."

"잘 생각하셨어요. 저도 브라이어니 걱정을 했어요." 세실리아는 어머니가 브라이어니를 찾기 위해 테라스에서 멀리 떨어지는 것을 막을 생각이 없었다.

아침나절에 평행사변형의 빛으로 세실리아를 매료했던 거실은 이제 어둡침침해져 벽난로 근처에 있는 램프 불빛만이 주변을 희미하게 밝히고 있었다. 열려 있는 테라스 유리문 너머로 초록빛을 띤 하늘이 눈에 들어왔고, 그 하늘을 배경으로 낯익은 오빠의 머리와 어깨 실루엣이 보였다. 방을 가로질러 창가로 걸어가는데 오빠가 들고 있는 유리잔 속 얼음 조각들이 부딪치는 소리가 들렸다. 테라스로 나가니 박하 꽃과 캐모마일, 피버퓨 꽃이 발밑에 짓이겨져 아침보다 훨씬 더 진한 향기를 풍겼다. 몇 년 전 포석들 사이에 이 화초들을 심은 정원사의 이름이나 모습을 기억하는 사람은 아무도 없었다. 그가 무슨 생각으로 꽃들을 심었는지 이해하는 사람 역시 없었다. 어쩌면 그래서 해고당한 건지도 모르겠다.

"어이, 동생! 사십 분 전부터 여기 있었더니 몸이 반은 익어버린 것 같아."

"미안해, 오빠. 내가 마실 건 어딨어?"

벽에 기대놓은 나지막한 나무탁자 위에 둥근 파라핀유 램프가 놓여 있고 그 둘레에 작은 바가 차려져 있었다. 마침내 진토닉 잔이 세실리아의 손에 들어왔다. 그녀는 담배 하나를 집어 오빠가 피우고 있던 담배로 불을 붙였고 둘은 술잔을 부딪쳤다.

"드레스 예쁜데."

"그렇지?"

"돌아봐. 멋지다. 아, 너 등에 점 있었지, 참."

"은행 일은 어때?"

"지루하지만 견딜 만해. 퇴근과 주말을 기다리며 살지. 넌 언제 올 거니?"

그들은 천천히 테라스를 지나 장미 화단 사이에 난 자갈길로 내려섰다. 조금 더 걸어가니 트리톤 분수가 나타났다. 해가 지면서 점점 더 초록빛을 띠어가는 하늘을 배경으로 서 있으니 짙은 검은색 조각상의 윤곽이 더욱더 섬세하게 보였다. 물 떨어지는 소리가 들렸고, 그 물의 냄새까지도 맡아지는 것 같았다. 맑고 강렬한 냄새. 어쩌면 세실리아가 손에 들고 있는 진토닉에서 나는 냄새인지도 모르지만.

한동안의 침묵을 깨고 세실리아가 말문을 열었다. "난 여기서 조금씩 미쳐가는 것 같아."

"모든 사람의 엄마 노릇을 하려니까 그렇지. 너도 알다시피 요즘엔 여자들도 직업을 갖잖아. 못하는 일이 없지. 심지어 공무원 시험도 보는데. 그 시험이나 볼래? 아버지가 좋아할 텐데."

"성적이 형편없는 나를 뽑아주기나 하겠어?"

"살다보면 그런 건 전혀 문제가 안 된다는 걸 너도 알게 될 거야."

분수 옆에 다다른 두 사람은 세실리아가 치욕스러운 일을 겪었던 바로 그 분수대 난간에 기대어 서서 한동안 아무 말 없이 집 쪽을 바라보았다. 무모하고, 어리석고, 무엇보다도 수치스러운 일이었다. 정숙한 여인의 베일 같은 시간차 덕분에 오빠는 그녀가 그런 행동을 하는 현장을 목격하지 않을 수 있었다. 그러나 로비에게서 그녀를 지켜줄 그런 보호막은 없었다. 그는 바로 그 수치의 현장에서 그녀를 목격했고, 그 기억은 앞으로도 계속 남을 것이다. 비록 시간이 흘러 어느 정도 희미해지고 충격도 가라앉아 고작 술집에서 나누는 잡담거리로 변하더라도 사라지지는 않을 것이다. 세실리아는 오빠가 로비를 초대한 것에 대해 아직도 화가 풀리지 않았지만, 그래도 오빠와 함께 있고 싶었다. 그의 자유를 조금이라도 나누어 맛보고 싶었다. 그래서 그녀는 오빠에게 어떻게 사는지 이야기 좀 해달라고 졸랐다.

리언의 인생에는, 아니 자신의 인생에 대한 그의 이야기 속에는 비열한 사람이 없었고 음모를 꾸미거나 거짓말을 하거나 배신을 하는 사람도 없었다. 모두가 어느 정도는 좋은 면이 있다는 리언의 말을 듣고 있으면 마치 그것이 모든 인간의 경이로운 존재 이유라도 되는 것 같았다. 그는 친구들이 했던 멋진 말을 모두 기억하고 있었다. 리언이 하는 이야기를 들으면 언제나 인간에 대해서, 그리고 인간의 나약함에 대해서 너그러워지곤 했다. 리언에게는 모든 사람이 적어도 "좋은 사람"이거나 "괜찮은 친구"였고, 겉과 속이 다르다고 비판받는 사람은 하나도 없었다. 어느 한 친구가 속을 알 수 없는 행동을 하거나 말과 행동이 다르다고 느껴지면 리언은 시간을 두고 그를 지켜보며 오래 생각한 끝에 친구가 그렇게 할 수밖에 없었던 마땅한 이유를 찾아내곤 했다. 문학과 정치, 과학과 종교는 그를 지루하게 하지 않았다. 애초에 그의 세계에는 이런 것들이 차지할 자리가 없었다. 모든 사람이 심각하게 논쟁을 벌이는 주제라 해도 그의 세계에는 발을 붙이지 못했다. 그는 법학을 전공했지만 그 학문을 완전히 잊어버릴 수 있는 것을 다행으로 생각했다. 외롭거나 지루해하거나 풀이 죽어 있는 그의 모습은 상상조차 할 수 없었다. 그의 침착함은 욕심 없는 마음과 더불어 끝을 헤아리기 어려울 정도였고, 그는 다른 사람들도 다 자기와 같을 것이라고 생각했다. 이런 사실에도 불구하고 물에 물 탄 듯 술에 술 탄 듯한 그의 태도는 기꺼이 용인할 수 있을 뿐만 아니라 상대방의 마음을 위로해주기까지 했다.

리언은 조정 클럽 이야기부터 시작했다. 얼마 전 세컨드 에이트 경기에 정조수로 참가했는데,* 모두 친절하고 좋았지만 자신은 다른 사람

---

* 에이트는 8인승 보트로 하는 조정경기의 종목이며 세컨드 에이트는 최고 실력을 갖춘 선수들 바로 아래 단계의 선수들이 겨루는 에이트경기를 가리킨다. 정조수는 조타수에게 보트의 속도와 방향을 조절하게 하는 사람이다.

에게 보조를 맞추는 상황이 더 좋다고 했다. 비슷하게 은행에서는 그를 승진시켜주겠다고 했다가 흐지부지되었는데 그것이 오히려 안심이 된다고도 했다. 그러고 나선 여자들 얘기도 꺼냈다. 〈사생활〉이란 연극에서 멋진 연기를 보여주었던 메리라는 배우가 아무런 설명도 없이 갑자기 글래스고로 떠나버렸는데 아무도 그 이유를 알지 못했다. 리언은 그녀가 병들어 죽어가는 친척을 돌보기 위해 떠난 거라고 생각했다. 아름다운 프랑스어를 구사하고 언젠가는 외알 안경을 쓰고 나타나 사람들을 격분시켰던 프랜신과는 지난주에 길버트-설리번 오페라를 보러 갔는데, 막간 휴게시간에 국왕을 보았고 국왕도 자기들 쪽을 바라본 것 같았다. 잭과 에밀리가 리언의 결혼 상대로 점찍어둔, 그 상냥하고 신뢰할 만하며 가문도 좋은 바버라는 스코틀랜드에 있는 부모님 성에 가서 한 주를 보내자고 그를 초대했는데 그것을 거절하면 예의가 아닐 것 같았다.

리언의 이야기가 끝나간다 싶을 때마다 세실리아는 자꾸 질문을 해서 이야기를 이어가도록 유도했다. 놀랍게도 그가 세들어 사는 올버니의 집세가 내렸으며, 오랜 친구 중 하나는 혀짜래기소리를 내는 여자를 임신시켜 결혼까지 했는데 어쨌든 행복하게 잘살고 있다고 했다. 곧 오토바이를 사려는 친구도 있었다. 또다른 단짝 친구의 아버지는 진공청소기 공장을 인수했는데, 그 공장은 돈을 찍어내는 기계나 마찬가지로 수익성이 엄청나다고도 했다. 부러진 다리로 반 마일이나 걸어간 대단한 할머니 얘기도 들었다. 밤공기처럼 달콤하고 유쾌한 이런 이야기들이 세실리아의 마음을 훈훈하게 만들어 선의와 좋은 일로 가득한 세상을 그려보게 했다. 남매는 어깨를 나란히 하고 난간에 기댄 채 어린 시절의 추억이 깃든 집을 바라보았다. 어쭙잖게 중세의 건축 양식을 모방하여 기괴하게 보이던 저택이 웬일인지 지금은 산뜻하고 밝게 보였고, 어머니의 편두통은 코믹오페라 사이의 우스운 막간극처럼 느껴졌으며, 쌍둥이 형제의 슬픔은 감정적 과잉으로, 조금 전 부엌에서의 사건은 활기찬 사람들이 벌이는 유쾌한 실랑이로 생각되었다.

이제 세실리아가 지난 몇 달 동안의 이야기를 들려줄 차례가 되었을 때 그녀는 리언의 말투에 영향을 받지 않을 수 없었지만 리언처럼 농담조가 아니라 조롱하는 투로 말이 나왔다. 그녀는 가계도를 그려보려 했던 일을 익살스럽게 이야기했다. 탤리스가의 가계도는 뿌리가 약했고 겨울나무처럼 황량하고 부실했다. 그들의 할아버지인 해리 탤리스의 아버지는 농장 일꾼이었는데 어떤 이유에선지 성을 카트라이트에서 탤리스로 바꾸었고, 그래서 그의 출생과 결혼 기록은 남아 있지 않았다. 무료한 낮시간 동안 침대에 엎드려 팔에 쥐가 나는 것을 느껴가며 읽었던 『클래리사』는 『실낙원』을 거꾸로 뒤집어놓은 듯한 내용으로, 여자 주인공은 죽음에 집착하는 성격이 조금씩 드러나면서 더 혐오스러운 모습으로 변해갔다. 리언은 입을 다문 채 고개만 끄덕였다. 그는 세실리아가 말하는 내용에 대해서 아는 체하지 않았고 중간에 끼어들지도 않았다. 그녀는 익살스러운 말투로 지난 몇 주간의 지루함과 고독에 대해서, 가족들에게 돌아와 그동안의 부재를 만회하려고 했던 것에 대해서, 그렇지만 각자 다른 방식으로 부재중이었던 부모님과 브라이어니에 대해서 이야기했다. 간간이 소리내어 웃어주는 오빠의 관대한 반응에 힘을 얻은 세실리아는 날이 갈수록 커져가는 담배에 대한 욕구와 브라이어니가 포스터를 찢어버린 일, 쌍둥이 형제가 양말 한 짝씩을 들고 방문 앞에 서 있던 일, 저녁 식탁에 오를 감자구이를 감자 샐러드로 바꾸는 기적을 바랐던 어머니에 대한 이야기까지 모두 할 수 있었다. 어머니 이야기를 하면서 성서의 일화에 빗대는 것을 리언은 알아차리지 못했다. 그러나 그녀의 말에서 절박함을 느꼈다. 중심에는 허무가 자리했고, 말이 빨라지고 확신도 없이 과장이 심한 걸 보면 의도적으로 무언가를 빠뜨리고 숨기려는 것 같았다. 적어도 리언에게는 그렇게 느껴졌다. 그가 아무 욕심 없이 그저 무사태평하게 사는 것처럼 보이는 것은 눈에 보이지 않는 노력과 천성의 합작품이었다. 세실리아는 결코 상상할 수도, 따라 할 수도 없는 일이었다. 그녀는 오빠에게 팔짱을 꼈다. 바로 거기에 리언의 또다른 면이 있었다. 부드럽고 매력적이어서 함께 있으면 즐거운 사람인 동시에 재킷 속에 숨겨진 팔은 열대지방에서 자라는 나무처럼 단단했다. 하지만 그녀에게 오빠는 언제나 부드럽고 솔직하며 착한 사람이었다. 리언이 다정한 눈으로 세실리아를 바라보았다.

"무슨 일이야, 시?"

"일은 무슨 일. 아무 일도 없어."

"나 있는 데로 와서 같이 지내면서 좀 돌아다녀보는 건 어떠니?"

테라스에 사람 모습이 나타났고 거실에 불이 켜지고 있었다. 브라이어니가 오빠와 언니를 소리쳐 불렀다.

리언이 큰 소리로 대답했다. "우리 여기 있어!"

"들어가봐야겠다." 세실리아가 말했다. 남매는 팔짱을 낀 채로 집을 향해 걸어가기 시작했다. 장미 화단을 지나면서 세실리아는 오빠에게 정말로 하고 싶었던 이야기가 있었던 건 아닌지 생각해보았다. 그러나 오늘 오전 자신의 행동에 대해서 고백할 수 있을 것 같지는 않았다.

"그래. 오빠 있는 데로 갈게." 말은 이렇게 하면서도 세실리아는 짐을 꾸리지도 못하고 꾸리더라도 기차시간에 맞추지 못하는 자신을, 발목이 잡힌 듯 망설이고만 있는 자신의 모습을 상상할 수 있었다. 어쩌면 떠나고 싶지 않은 건지도 몰랐다. 그러나 그녀는 좀더 단호한 어조로 같은 말을 반복했다.

"오빠 있는 데로 갈게."

브라이어니는 테라스에서 조바심을 내며 오빠를 기다리고 있었다. 거실 안에서 누군가가 그애에게 뭐라고 하는데도 고개를 돌려 대답만 했다. 세실리아와 리언이 브라이어니에게 다가서는데 다시 거실에서 목소리가 들렸다. 엄격해 보이려고 애쓰는 어머니의 목소리였다.

"한 번만 더 말한다. 지금 당장 올라가서 씻고 옷 갈아입어."

브라이어니는 망설이는 표정으로 그들 쪽을 바라보더니 테라스 유리문을 향해 걸어갔다. 손에 무언가가 들려 있었다.

리언이 세실리아에게 말했다. "금방 자리잡게 내가 도와줄 수 있어."

리언과 세실리아가 여러 개의 램프가 켜져 있는 거실 안으로 들어섰을 때도 브라이어니는 맨발에 더러워진 흰 원피스 차림으로 여전히 그곳에 있었고, 어머니는 저멀리 거실 문 옆에 서서 관대한 미소를 짓고 있었다. 리언은 두 팔을 활짝 벌리고 브라이어니를 위해 아껴두었던 우스꽝스러운 코크니* 말투로 말했다.

"우와, 예쁜 막냇동생 아냐!"

---

* 런던 토박이, 특히 서민층이 주로 사용하는 억양.

브라이어니는 잰걸음으로 세실리아를 지나가며 그녀의 손에 두 번 접은 종이를 쥐여주고는 오빠의 이름을 부르며 폴짝 뛰어 그의 품에 안겼다.

어머니의 시선을 의식한 세실리아는 종이를 펼치면서 짐짓 재미있고 궁금하다는 표정을 지어 보였다. 그녀가 조그만 활자체의 글을 읽으면서, 한번 훑어봄으로써 내용을 단번에 흡수하면서 내내 그 표정을 유지할 수 있었던 것은 실로 놀라운 일이었다. 반복되는 한 단어가 뿜어내는 힘과 색채가 너무도 강렬했다. 브라이어니는 그녀 곁에서 오빠를 위해 쓴 희곡에 대해 이야기하며 그걸 무대에 올리지 못한 것을 슬퍼하고 있었다. 〈아라벨라의 시련〉이야, 브라이어니는 거듭 말했다. 〈아라벨라의 시련〉. 그애가 이렇게 활기에 차 있고 수상할 정도로 흥분한 모습은 처음 보았다. 브라이어니는 아직도 오빠의 목을 감싸안고 발끝으로 서서 자신의 뺨을 오빠의 뺨에 바짝 갖다대고 있었다.

처음에는 단순한 한마디가 세실리아의 머릿속을 계속 맴돌았다. 그랬구나, 그랬구나. 어떻게 그것을 눈치채지 못했을까? 모든 것이 다 설명되었다. 오늘 하루, 지난 몇 주, 어린 시절, 그리고 평생의 시간이. 이제 모든 것이 분명했다. 그 이유가 아니라면 옷 하나 고르는 데 왜 그토록 오랜 시간이 걸렸으며, 꽃병을 두고 왜 다투었으며, 왜 모든 것이 달라 보였겠는가? 그리고 왜 떠날 수 없을 것 같은 기분이 들었겠는가? 무엇이 그렇게 그녀의 눈을 가리고 둔하게 만들었을까? 몇 초가 흘렀고, 편지를 계속 노려보고 있으면 안 될 것 같은 생각이 들었다. 그래서 다시 접는데 문득 떠오르는 생각이 있었다. 이런 편지가 봉인도 안 된 채 전해졌을 리가 없었다. 그녀는 동생을 돌아보았다.

리언이 그애를 달래주고 있었다. “이러면 어떻겠니? 내가 여러 가지 목소리를 잘 내고, 넌 나보다 훨씬 더 잘 내잖아. 우리 둘이 그 희곡을 크게 읽으면서 목소리 연기를 해보는 거야.”

세실리아는 리언의 옆으로 돌아가 브라이어니의 얼굴을 마주하고 섰다.

“브라이어니? 브라이어니, 너 이거 읽었어?”

그러나 브라이어니는 오빠의 제안에 새된 목소리로 반응하며 그의 품 안에서 몸을 배배 꼬더니 언니에게서 얼굴을 돌려 오빠의 재킷 속에 얼굴을 반쯤 묻어버렸다.

문가에서는 에밀리가 달래는 듯한 말투로 말했다. “어서 조용히 와라, 아가.”

세실리아는 오빠의 다른 쪽 어깨 옆으로 가서 섰다. “편지봉투는 어딨어?”

브라이어니는 다시 얼굴을 돌리면서 리언이 뭐라고 한 말에 크게 웃음을 터뜨렸다.

그 순간 세실리아는 방에 누군가가 한 명 더 있다는 것을 알아차렸다. 다가오는 기척이 느껴져 뒤를 돌아본 그녀는 폴 마셜과 마주쳤다. 그는 한 손에 은쟁반을 들고 있었고 그 위에는 끈적끈적한 갈색 술이 반쯤 찬 칵테일 잔 다섯 개가 놓여 있었다. 그가 하나를 들어 그녀에게 건넸다.

“한번 드셔보세요.”

열

브라이어니는 자기 안에 여러 감정이 복잡하게 얽혀 있음을 느끼며 자신이 어른의 감정세계로 들어가고 있고 그 감정을 숨기는 방법을 배울 수 있게 될 거라고 확신했다. 이런 것들은 앞으로 계속할 글쓰기에 큰 도움이 될 것이 분명했다. 모순어법을 쓴다 해도 그 어떤 동화가 그렇게 많은 것을 담을 수 있겠는가? 브라이어니는 강렬한 호기심에 사로잡혀 앞뒤 재지도 않고 편지봉투를 뜯었고, 폴리가 문을 열어주자 현관홀에 들어와 편지를 읽어내려갔다. 충격적인 내용 덕분에 그녀의 행동이 정당화되기는 했지만, 그렇다고 죄책감을 느끼지 않은 것은 아니었다. 남의 편지를 뜯어보는 건 잘못된 일이었다. 하지만 그녀는 모든 일을 다 알 필요가 있었고 알아야 마땅했다. 오빠를 다시 만난 것도 물론 기뻤지만, 사실 언니의 힐난조의 질문을 피하기 위해 감정 표현을 과하게 한 것이었다. 그러고는 곧장 자기 방으로 뛰어올라가 엄마의 명령에 착하게 순종하는 척했다. 사실은 언니를 피하고 싶었을 뿐 아니라, 빨리 혼자가 되어 로비에 대해 다시 생각해보고 현실의 삶이 가득한 소설의 첫 문단을 구상하고 싶었던 거였다. 더이상 공주는 없다! 분수 근처에서 일어난 광경, 그 추한 위협의 분위기, 그리고 그 둘이 각자의 길로 떠난 후 젖은 자갈 위에 희미하게 반짝이던 부재의 빛, 이 모든 것에 대해서 다시 생각해볼 필요가 있었다. 편지에는 절대적이고도 잔혹하며 심지어 범죄의 느낌을 주는 어떤 것이, 어떤 어둠의 원칙이 표현되어 있었다. 그녀는 그것이 무엇일까 하는 생각에 흥분하면서도 언니가 어떤 식으로든 위협을 받고 있으며 자신의 도움이 필요할 것이라는 사실을 추호도 의심하지 않았다.

브라이어니는 그 단어가 머릿속에서 발음되지 않도록 애를 썼지만 헛수고였다. 그것은 브라이어니의 머릿속을 맴돌면서 음란하게 춤추고 있었다. 활자화된 악마가 모호하고 암시적인 철자 순서 바꾸기 놀이를 하며 머릿속을 떠나지 않았다. 삼촌uncle, 견과nut, '다음'을 뜻하는 라틴어 퉁크tunc, 파도의 흐름을 바꾸려 했다는 옛 영국의 왕 크누트Cnut. 동화책에서 읽은 압운이 맞는 단어들이 떠오르기도 했다. 가장 작은 돼지 런트runt, 사냥개가 여우를 쫓는 것hunt, 그랜트체스터 목초지 옆 캠강에 떠 있는 바닥이 편평한 배 펀트punt.* 당연한 일이지만 브라이어니는 한 번도 그 단어를 듣거나 본 적이 없었고, 일부 철자를

* 브라이어니는 '보지'라는 뜻의 단어 cunt를 본 후 자꾸만 머릿속을 맴도는 이 단어와 관련하여 철자 순서 바꾸기를 한 단어(uncle, nut, tunc, Cnut)와 압운이 맞는 단어(runt, hunt, punt)를 떠올리고 있다.

별표로 처리한 것조차 본 적이 없었다. 그녀 앞에서는 어느 누구도 그런 단어가 있다는 언급조차 하지 않았고, 그 단어가 의미하는 신체 부위에 대해서 말하는 사람은 더더욱 없었다. 엄마도 마찬가지였다. 그러나 브라이어니는 그 단어가 그 부분을 의미한다고 확신했다. 문맥이 도움이 된 것도 사실이지만, 무엇보다도 그 단어의 발음과 글자의 모양이 의미와 한몸을 이룬 것 같았고, 거의 의성어로 느껴지기까지 했다. 처음 세 철자의 부드럽게 파인 구멍 같은 모습은 마치 해부도를 보는 듯 선명한 그림을 떠올리게 했다. 십자가 발치에 모인 세 사람.* 그 단어가 자기 마음속의 이미지와 혼자만의 환상을 고백하는 한 남자에 의해 쓰였다는 사실이 너무나 역겹게 느껴졌다.

브라이어니는 현관홀 중앙에 서서 부끄러운 짓이라는 사실도 잊은 채 남의 편지를 읽어내려가면서 그 거친 문체의 글 속에 담긴 위험을 즉각적으로 감지했다. 더이상 단순화할 수 없을 정도로 인간적인 혹은 남성적인 무언가가 가족의 질서와 평화를 위협하고 있었다. 브라이어니는 자신이 언니를 도와주지 않으면 모두 고통을 받을 것이라고 생각했다. 그러나 겉으로 드러나지 않게 조심스럽게 도와주어야 했다. 그러지 않으면 과거의 경험을 통해서도 알 수 있듯 세실리아 언니가 그녀를 공격할 것이 분명했다.

세수하고 깨끗한 옷으로 갈아입는 동안에도 브라이어니는 이 생각에서 벗어날 수 없었다. 신고 싶었던 양말이 보이지 않았지만 서랍을

---

* 브라이어니는 c, u, n 세 철자가 모두 부드럽게 파인 모양이라 cunt라는 단어만 봐도 그것이 여성의 어떤 신체 부위를 가리키는지 알 수 있다고 생각하고 있다. 또한 그 세 철자가 십자가 모양을 닮은 t의 발치에 모여 있다고 상상하기도 한다.

뒤지느라 시간을 허비할 수는 없었다. 그래서 보이는 대로 아무 양말이나 신고 구두끈을 맨 다음 책상 앞에 앉았다. 아래층에서는 다들 칵테일을 마시고 있을 테니 적어도 이십 분 정도는 혼자 있을 수 있었다. 머리는 식당으로 내려가면서 빗어도 되니까. 열어둔 창문 밖에서는 귀뚜라미 한 마리가 노래를 불렀다. 그녀의 앞에는 아버지 사무실에서 가져온 대형 인쇄용지 한 묶음이 놓여 있었고, 책상에 놓인 램프에서는 부드러운 노란 불빛이 작은 동그라미를 그렸으며, 손에는 만년필이 들려 있었다. 창문턱에 질서정연하게 늘어선 장난감 농장의 가축들도, 문을 열어놓은 장난감 저택 안의 여러 방에 꼿꼿한 자세로 서거나 앉아 있는 인형들도 한결같이 브라이어니의 주옥같은 첫 문장을 고대하고 있었다. 이 순간 브라이어니의 마음속에는 쓸 내용보다는 쓰고자 하는 욕구가 더 컸다. 저항할 수 없는 영감에 사로잡힌 그녀는 쓸 때마다 찍찍 긁히는 소리가 나는 만년필의 은 펜촉에서 검은 실이 술술 풀려나와 단어와 문장을 이루어나가기를 바랐다. 하지만 마침내 그녀를 진정한 작가로 만든 변화와 혼란스럽기 짝이 없는 여러 인상, 그리고 그녀가 느꼈던 혐오와 매혹을 어떻게 해야 제대로 표현할 수 있을까? 순서를 정하는 일이 우선이었다. 먼저 아까 생각해놓은 대로 그녀가 목격한 분수대 장면을 담담하게 그려내는 일부터 시작해야 했다. 그러나 밝은 대낮에 일어났던 그 사건은 황혼녘에 일어난 일, 다시 말해 그녀가 몽상에 잠겨 다리 위에 우두커니 서 있던 일과 어둠이 짙게 깔리기 시작할 무렵 로비가 나타나 그녀를 부르고 그 단어가 쓰여 있는 편지가 담긴 작은 하얀 봉투를 건네준 일만큼 흥미롭지는 못했다. 그 단어는 도대체 무엇을 내포하고 있었던 것일까?

브라이어니는 이렇게 첫 문장을 시작했다. "파리를 집어삼킨 할머니가 있었습니다."

줄거리가 있다고 해서 그렇게 유치하진 않을 것이다. 더군다나 이것은 모든 사람이 좋아하는 한 남자와 그에게 의혹을 품고 결국 그가 악의 화신임을 밝혀내는 여자 주인공에 관한 이야기였다. 그러나 이제 권선징악을 주제로 하는 동화에서 벗어난 만큼 그 주인공—작가인 브라이어니 자신—역시 세속적인 면모를 띠어야 하지 않을까? 모든 사람이 똑같이 대접받을 곳, 평생 하키 시합을 벌이듯이 서로 치고받고 경쟁하는 것이 아니라 불완전한 모습을 인정하고 부대끼며 살 수 있는 숭고하고 성스러운 곳이 어딘가에 분명히 있을 것이다. 그러나 그런 곳이 정말 존재한다면 그녀는 그곳에 맞지 않을 것이다. 로비의 혐오스러운 영혼을 절대로 용서할 수 없을 테니까.

하루 동안 겪었던 일을 일기 형식으로 담담하게 써내려가야 한다는 생각과 좀더 세련되고 모호하면서도 모든 것이 담긴 더 멋진 작품을 쓰고 싶다는 야망 사이에서 갈등하며 브라이어니는 동화 같은 첫 문장이 쓰여 있는 종이를 오랫동안 노려볼 뿐 더이상 아무것도 쓰지 못했다. 행동과 대화는 잘 쓸 자신이 있었다. 겨울철의 황량한 숲과 음울한 기운이 감도는 성벽도 멋지게 묘사할 수 있었다. 그러나 느낌은 어떻게 표현해야 하나? 그녀는 슬픔을 느꼈다라고 쓰는 것은 식은 죽 먹기였고 슬픔에 젖은 사람이 할 법한 행동도 잘 묘사할 수 있었다. 하지만 슬픔 그 자체는 어떻게 표현할 것인가? 어떻게 해야 그 문장을 읽는 즉시 슬픔이 와닿게 할 수 있을까? 더 어려운 문제는 모순되는 감정이 주는 위협과 혼란스러움을 묘사하는 일이었다. 만년필을 손에 쥔 채 방안을 천천히 둘러보던 브라이어니의 눈길이 굳은 표정을 짓고 있는 인형들에게서 멈췄다. 지나간 유년기를 함께했지만 이제는 소원해져버린 친구들. 성장한다는 것은 참으로 쓸쓸한 일이었다. 이제 다시는 엄마나 언니의 무릎에 앉는 일 따위는 하지 않을 것이다. 어쩌다 장난으로 앉을 수는 있겠지만. 이 년 전 여름 브라이어니의 열한번째 생일날, 부모님과 언니 오빠, 그리고 기억나지 않는 누군가까지 모두 다섯 사람이 브라이어니를 잔디밭으로 데리고 나가 담요에 누이고 생일을 기념하여 열한 번, 그리고 행운을 비는 뜻에서 또 한번 헹가래를 쳐주었다. 그 다섯번째 사람은 로비였을 가능성이 크다. 어른들의 손힘을 굳게 믿으며 날아오르는 그 자유와 기쁨을 지금도 만끽할 수 있을까?

부드럽게 헛기침을 하는 여자의 목소리가 들려 브라이어니는 깜짝 놀라 고개를 들고 뒤를 돌아보았다. 롤라였다. 그녀는 미안하다는 듯 조금 열린 문을 통해 안을 들여다보다가 브라이어니와 눈이 마주치자 그때야 조용히 노크를 했다.

"들어가도 돼?"

대답을 듣기도 전에 롤라는 이미 들어오고 있었는데, 입고 있는 푸른색 새틴 드레스 때문에 움직임이 다소 부자연스러워 보였다. 머리는 풀어서 늘어뜨렸고 발에는 아무것도 신지 않았다. 롤라가 다가오자 브라이어니는 펜을 옆으로 치우고 조금 전 써놓았던 첫 문장을 책의 한 귀퉁이로 가렸다. 롤라는 침대에 걸터앉더니 들으라는 듯 한숨을 푹 쉬었다. 마치 밤마다 수다를 떠는 자매 같은 행동이었다.

"내 평생 이렇게 끔찍한 저녁은 처음이야."

브라이어니가 의무감에서 눈썹을 치켜올리며 관심을 드러내자 롤라가 말을 이었다. “쌍둥이들이 날 얼마나 고문하는지 넌 모를 거야.”

롤라가 어깨를 돌려 팔에 길게 난 할퀸 자국을 보여주기 전까지 브라이어니는 그 말이 비유적인 표현이라고 생각했다.

“세상에!”

롤라가 양쪽 손목을 내밀었다. 손목마다 살갗이 쓸린 자국이 있었다.

“다 벗겨졌잖아!”

“그러니까.”

“소독약 갖고 올게.”

“괜찮아. 내가 다 소독했어.”

사실이었다. 여성스러운 향취를 강하게 내뿜는 롤라의 향수도 소독약의 유아적인 냄새를 완전히 감출 수는 없었다. 브라이어니가 할 수 있는 일이라곤 책상에서 일어나 사촌 옆에 가 앉는 것뿐이었다.

“가엾기도 해라!”

동정이 담긴 이 말에 롤라의 눈에는 금세 눈물이 맺혔고, 입에서는 목멘 소리가 나왔다.

“똑같이 생겼으니까 다들 천사 같다고 생각하는데, 사실은 작은 짐승들이야.”

롤라는 울음을 참으려고 입술을 깨물며 필사적으로 노력했지만 턱이 떨리는 것은 어쩌지 못했고, 코를 벌렁거리면서 몇 번이나 숨을 들이마시며 진정하려고 했다. 브라이어니는 그런 사촌의 손을 잡고 사람들이 어떻게 롤라를 사랑하게 되는지 이해할 수도 있겠다고 생각했다. 그녀는 서랍장으로 가서 손수건 한 장을 꺼내와 펼쳐서 롤라에게 건네주었다. 그것을 받아들고 코를 풀려던 롤라는 손수건에 그려진 소녀 목동과 밧줄을 보자 흐흥 하는 콧소리를 내더니 점점 소리를 높였다. 어린아이들이 유령 흉내를 낼 때 곧잘 내는 소리였다. 이때 아래층에서 초인종이 울렸고, 조금 있으니 타일 깔린 복도를 급히 걸어가는 하이힐의 또각또각 소리가 작게 들려왔다. 초인종을 울린 사람은 로비일 것이고, 세실리아가 직접 문을 열어주러 가는 모양이었다. 롤라의 울음소리가 아래층에 들릴까봐 걱정이 된 브라이어니는 일어나서 방문을 닫았다. 브라이어니는 고통받고 있는 사촌의 모습을 보면서 마음이 들떴고 기쁨에 가까운 흥분마저 느꼈다. 자리에 돌아와서 한 팔로 어깨를 감싸안자 롤라는 기다렸다는 듯이 두 손을 들어 얼굴을 감싸고 울음을 터뜨렸다. 그렇게도 뻣뻣하고 오만하던 여자애가 아홉 살짜리 남동생들 때문에 이렇게까지 무너질 수 있다는 게 브라이어니는 신기했고, 더불어 자신의 강인함에 우쭐해지기도 했다. 기쁨에 가까운 느낌이 든 건 내면의 힘 덕분이었다. 브라이어니는 자신이 생각했던 것만큼 나약하지 않았다. 결국 사람은 남들과 비교해 자기 자신을 판단하는 것이다. 그 밖에 다른 방법은 없었다. 때때로 남들이 무심코 하는 말과 행동이 우리 자신에 대해 무언가를 가르쳐주기도 한다. 위로할 말을 찾지 못한 브라이어니는 사촌의 어깨를 부드럽게 어루만지면서 롤라가 이런 비통함에 잠긴 것은 잭슨과 피에로 때문만은 아닐 거라고 생각했다. 그녀의 슬픔에는 다른 이유도 있을 것이다. 북쪽 지방에 있는 롤라의 집. 브라이어니는 검게 그을린 공장들이 늘어선 거리와 샌드위치가 담긴 양철 도시락을 들고 터벅터벅 일터로 향하는 음울한 얼굴의 남자들을 상상했다. 퀸시가의 대문은 닫혀 있을 테고, 어쩌면 영영 열리지 않을지도 몰랐다.

롤라가 서서히 진정하는 기색을 보이자 브라이어니는 부드러운 목소리로 물었다. "어떻게 된 거야?"

롤라는 코를 풀고 나서 한동안 뭔가 생각하는 듯하더니 마침내 말문을 열었다. "목욕 준비를 하고 있는데, 애들이 갑자기 방으로 뛰어들어오더니 나한테 달려들었어. 그러곤 마룻바닥에 쓰러뜨렸어……" 그 기억이 떠오르자 울음이 북받치는 듯 그녀는 말을 잇지 못했다.

"걔들이 왜 그런 건데?"

롤라는 숨을 깊이 들이마시면서 진정하려고 애쓰더니 멍한 눈으로 방안을 둘러보면서 말했다. "집에 가고 싶다길래 못 간다고 얘기해줬거든. 그랬더니 자기들을 여기 붙잡아놓고 있는 사람이 나라고 생각했나봐."

쌍둥이들은 부당하게도 누나한테 울분을 풀어버린 것이다. 충분히 이해할 수 있는 일이었다. 그러나 곧 아래층에서 부르면 식사를 하러 내려가야 하는데 그전에 사촌이 완전히 평정을 되찾을 수 있을까 하는 문제가 질서가 중요한 브라이어니의 마음을 괴롭혔다.

"쌍둥이들은 지금 이 상황을 이해하지 못하는 것뿐이야." 브라이어니는 세면대로 가 뜨거운 물을 채우면서 어른스럽게 말했다. "어린애들이 힘든 일을 겪어서 그래."

롤라가 슬픔이 가득한 표정으로 고개를 숙이고 힘없이 끄덕이자 브라이어니의 마음속에서 갑자기 동정심이 샘솟았다. 브라이어니는 롤라를 부축해 세면대 앞으로 데리고 간 다음 손에 수건을 쥐여주었다. 그러고 나서 화제를 돌려야 하는 실질적인 필요와 자기가 어른들 세상의 비밀을 조금 맛보았다는 사실을 알려주고 싶은 마음에, 그리고 무엇보다도 롤라에게 너그러워진 마음과 비밀을 공유함으로써 좀더 친해지고 싶다는 바람에 이끌려 다리에서 로비를 만나 편지 심부름을 하게 된 일, 그 편지를 몰래 뜯어본 일, 그리고 거기 적혀 있던 내용을 얘기해주었다. 그 단어를 소리내어 말하는 것은 생각조차 할 수 없는 일이었기 때문에 브라이어니는 그 단어의 철자를 뒤에서부터 거꾸로 하나하나 불러주었다. 롤라의 반응은 브라이어니를 만족시키기에 충분했다. 그녀는 물이 뚝뚝 떨어지는 얼굴을 든 채 벌어진 입을 다물지 못하고 있었다. 롤라가 할말을 찾는 척하는 동안 몇 초가 흘렀다. 그녀의 다소 과장된 표정이나 쉰 목소리도 그렇게 기분 나쁘진 않았다.

"하루종일 그 생각을 한다고?"

브라이어니는 비극적인 운명에 맞서 싸우는 사람처럼 고개를 끄덕인 후 옆으로 돌려 다른 곳을 보았다. 이제는 롤라가 브라이어니를 위로할 차례였고, 어깨에 손을 얹어주는 사촌으로부터 브라이어니는 감정을 효과적으로 표현하는 방법을 배울 수 있었다.

"얼마나 놀랐니? 그 사람은 정신병자야."

정신병자. 의학적인 진단의 무게가 느껴지는 세련된 단어였다. 태어나면서부터 알고 지냈던 로비가 알고 보니 정신병자였다니. 브라이어니가 어렸을 때 그는 그녀를 등에 태우고 짐승처럼 어슬렁어슬렁 기어다니며 놀아주었다. 그와 단둘이서 있은 적도 많았다. 어느 여름날엔가는 강에서 선헤엄과 평영을 가르쳐주기도 했다. 이제 그의 병이 명명되고 나니 분명히 안심은 되었지만, 그래도 분수대 사건의 미스터리는 더 깊어졌다. 하지만 어쩌면 굉장히 단순한 일일지도 모르기 때문에 자신의 무지가 들통나지 않도록 그 이야기는 하지 않기로 결심했다.

"세실리아 언니는 어떻게 할까?"

"모르겠어." 브라이어니는 자신이 언니와 마주치는 일을 두려워하고 있다는 사실도 말하지 않았다.

"우리가 도착한 어제 오후에 말이야, 그 사람이 수영장 옆에서 쌍둥이들한테 막 소리를 지르는데 꼭 괴물 같더라."

브라이어니도 자신이 목격한 것 중 정신병의 증상일지 모르는 것들을 기억해내려고 애를 썼다. 그녀가 말했다. "항상 친절하고 좋은 사람인 척했어. 그동안 우리를 속인 거야."

화제를 돌린 효과가 있었다. 울어서 빨갛던 롤라의 눈 주위 피부는 주근깨가 보일 만큼 원래의 창백한 피부색을 되찾았고, 마음도 진정이 되어 거의 평소의 모습으로 돌아와 있었다. 롤라가 브라이어니의 손을 잡으며 말했다. "내 생각에는 경찰에도 알려야 할 것 같아."

마을의 경관은 기름을 바른 콧수염이 번질거리는 친절한 사람이었고, 그의 부인은 암탉을 기르면서 자전거로 신선한 계란을 배달해주곤 했다. 그런 그에게 편지와 거기 쓰인 그 단어에 대해 말해야 한다니, 상상조차 할 수 없는 일이었다. 그 단어의 철자를 거꾸로 불러주는 것조차 도저히 할 수 없을 것 같았다. 브라이어니는 사촌에게서 손을 빼내려 했지만 롤라는 잡은 손에 더욱 힘을 주었다. 마치 브라이어니의 마음을 읽고 있는 것 같았다.

"경찰한테 편지를 보여줄 필요가 있어."

"언니가 동의 안 할지도 몰라."

"동의할 거야. 정신병자는 누구라도 공격할 수 있으니까."

롤라는 갑자기 생각에 잠긴 듯한 표정을 짓더니 브라이어니에게 뭔가 새로운 이야기를 하려고 했다. 그러다 말은 하지 않고 몸을 획 돌리더니 거울 앞으로 가 브라이어니의 빗을 집어들고 열심히 머리를 빗기 시작했다. 그때 탤리스 부인이 식사하러 내려오라고 부르는 소리가 들렸다. 롤라는 즉시 안달난 표정을 지었다. 브라이어니는 사촌의 그런 급격한 기분 변화가 최근에 입은 정신적 충격 때문일 거라고 생각했다.

"어떡해. 난 아직 준비가 하나도 안 됐는데." 롤라가 말했다. 눈에는 다시 눈물이 고이기 시작했다. "아직 얼굴은 시작도 안 했어."

"내가 먼저 내려갈게." 브라이어니는 롤라를 안심시켰다. "가서 언니는 조금 있다가 내려올 거라고 얘기할게." 그러나 롤라는 벌써 방을 나가고 있었고, 브라이어니의 말은 듣지도 못한 것 같았다.

브라이어니는 머리를 매만지고 나서도 거울 앞을 떠나지 않고 그 자리에 선 채로 자기 모습을 뜯어보면서 자기가 얼굴을 '시작'한다면 뭘 해야 할까 생각해보았다. 자신도 조만간 그런 걸 해야 한다는 건 알고 있었다. 시간을 할애할 일이 또하나 생기는 것이다. 감추거나 엷게 만들어야 할 주근깨 같은 건 없으니 신경쓸 일 하나는 덜었다. 오래전, 그러니까 열 살 때 브라이어니는 립스틱을 바르면 광대처럼 우스꽝스럽게 보인다고 결론을 내렸다. 그것에 대해서도 다시 생각해보아야 했다. 그러나 지금은 생각할 일이 너무 많았다. 그녀는 책상 옆에 서서 멍한 표정으로 만년필 뚜껑을 닫았다. 충격적이고 혼란스러운 일이 연속해서 일어나 앞서 일어난 일을 흡수하거나 변형시켜버리는 지금 같은 상황에서 소설을 쓴다는 것은 너무나 무력하고 하찮것없는 일로 여겨졌다. '파리를 집어삼킨 할머니가 있었습니다'라니! 브라이어니는 사촌에게 오늘 일을 이야기해준 것이 엄청난 실수일지 모른다고 생각했다. 흥분을 잘하는 롤라가 로비의 편지에 대해 떠들어대기라도 한다면 세실리아가 그다지 유쾌해하지 않을 것이다. 게다가 지금 내려가서 정신병자와 한 식탁에 앉아 식사를 할 수 있을까? 경찰이 그를 체포하면 브라이어니가 증인으로 법정에 출두하여 그 단어를 큰 소리로 말해야 할 텐데……

마지못해 방을 나온 브라이어니는 어두운색의 마룻널이 깔린 복도를 지나 층계에 다다라서는 걸음을 멈추고 아래층에서 들려오는 목소리에 귀를 기울였다. 목소리가 들려오는 곳은 아직도 거실이었다. 엄마와 마셜 씨의 목소리가 들렸고, 다른 곳에서 서로 이야기를 주고받는 쌍둥이 형제의 목소리도 들렸다. 세실리아와 정신병자의 목소리는 들리지 않았다. 망설이다가 층계를 내려가기 시작한 브라이어니는 심장박동이 빨라지는 것을 느꼈다. 이제 그녀의 삶은 단조로움에서 벗어났다. 불과 사흘 전만 해도 브라이어니는 「아라벨라의 시련」을 완성하고 사촌들을 기다리고 있었다. 그때 그녀는 모든 것이 달라지기를 바랐고 이제 뜻대로 되었다. 그러나 좋지 않은 방향으로 달라졌을 뿐 아니라 더욱더 악화되고 있었다. 그녀는 층계 앞에서 다시 걸음을 멈추고 계획을 세웠다. 우선 예측이 어려운 사촌 롤라 가까이는 가지 말고 눈도 마주치지 말아야 한다. 지금은 음모에 말려들 때가 아니었고 롤라의 감정을 폭발시켜 재난을 불러와서도 안 된다. 그리고 그녀가 보호해주어야 하는 세실리아. 감히 곁에 가지 못할 것 같았다. 그리고 로비. 안전을 위해서라도 그와 맞닥뜨리는 일은 피해야 한다. 호들갑을 떨어서 정신없게 만들지 모르는 엄마 옆에 있어서도 안 될 것이다. 엄마 옆에서는 무엇 하나 제대로 생각할 수 없을 테니까. 그렇다면 쌍둥이 형제 옆에 있는 것이 제일 좋다. 그들은 브라이어니의 피난처가 되어줄 것이다. 쌍둥이 형제 곁에 머물면서 그애들을 보살펴주어야 한다. 여름밤의 저녁식사는 항상 늦게—벌써 밤 열시가 지나 있었다—시작되곤 했다. 그러므로 쌍둥이들은 금방 피곤해할 것이다. 그애들이 먼저 자리를 뜬다면 마셜 씨 곁에 있는 게 좋겠다. 사탕과 초콜릿을 제일 먼저 생각해낸 사람은 누구인지, 어떻게 만드는지 물어보면서 친한 척하는 게 좋을 것이다. 소심한 겁쟁이의 계획이긴 했지만 대안이 없었다. 이제 곧 저녁식사가 시작될 텐데, 마을에서 보킨스 경관을 부르기에는 때가 좋지 않았다.

브라이어니는 다시 계단을 내려갔다. 롤라에게 팔의 할퀸 자국을 감출 수 있도록 옷을 바꿔입으라고 충고할 걸 그랬다는 생각이 들었다. 누가 상처에 대해 묻기라도 하면 다시 울음을 터뜨릴지도 모르는 일이었다. 그러나 다시 생각해보니 브라이어니가 충고한다고 롤라가 그 불편한 옷을 벗고 다른 옷으로 갈아입을 것 같지는 않았다. 어른이 된다는 것은 그런 불편을 기꺼이 받아들이는 것을 의미했다. 브라이어니 자신도 그런 불편을 기꺼이 받아들이고 있었다. 자기 팔에 난 상처가 아닌데도 책임감을 느꼈고, 앞으로 일어날 모든 일에 대해서도 막중한 책임감을 느꼈다. 아버지가 집에 있을 때는 아버지를 구심점으로 집안이 안정되어 있었다. 아버지는 어떤 일에도 간섭하지 않았고 다른 사람들을 걱정하며 집안을 돌아다니지도 않았으며, 누구에게 이래라저래라 명령하지도 않았다. 그저 대부분의 시간을 서재에서 보냈다. 그러나 아버지가 있다는 사실이 집안에 질서를 부여했고 자유를 허락했다. 아버지가 집에 있으면 브라이어니가 지금처럼 책임감을 느낄 필요도 없었고, 엄마가 아프다고 침실로 들어가 누워도 별문제가 되지 않았다. 아버지가 아래층 서재에서 책을 읽고 있다는 사실만으로도 집안 전체가 안정을 유지했다. 아버지가 없을 때라면 마음을 졸이게 하는 드라마가 될 갈등이나 위기도 아버지가 침착하고 친절하며 확신에 찬 태도로 식당에 자리를 잡고 앉으면 우스운 에피소드에 지나지 않았다. 아버지는 알아야 하는 것이라면 거의 다 알고 있었다. 혹시 모르는 것이 있다 해도 무슨 책을 찾아보면 좋을지 알았고, 브라이어니를 데리고 서재로 가 그 책을 찾는 걸 도와달라고 부탁하곤 했다. 본인의 말처럼 아버지가 내무성과 전쟁 대책 마련 작업의 노예가 아니었다면, 집에 머물면서 하드먼을 지하창고로 보내 와인을 가져오게 하고, 대화를 주도하고, 언제가 "정면돌파"해야 할 때인지를 넌지시 결정해줄 수만 있다면 복도를 지나 식당으로 향하는 브라이어니의 발걸음이 이렇게까지 무겁지는 않았을 것이다.

이렇게 아버지 생각을 하고 있으니 서재를 지나가는 브라이어니의 발걸음이 느려졌다. 그런데 보통 때와는 달리 문이 닫혀 있었다. 브라이어니는 걸음을 멈추고 귀를 기울였다. 부엌에서는 금속이 도자기에 부딪히는 소리가, 거실에서는 엄마의 부드러운 목소리가 들렸고, 더 가까운 곳에서는 쌍둥이 중 한 명이 그보다 더 높고 또렷한 소리로 말하는 소리가 들렸다. "'감'이 아니고 '갑'이야, 알아?" 그러자 다른 한 명이 대답했다. "무슨 상관이야. 빨리 편지봉투에 집어넣기나 해." 그리고 서재 안에서 무언가 긁히는 소리와 함께 쿵 소리가 났고, 곧이어 남자인지 여자인지 분간이 잘 안 되는 누군가의 중얼거리는 소리가 들려왔다. 나중에 돌이켜본 바로는 이때—그녀는 앞으로 자주 이 순간을 떠올리게 될 것이다—놋쇠 손잡이에 손을 얹고 손잡이를 돌리며 무언가를 특별히 예상하거나 기대하지는 않았다. 그러나 그녀는 이미 로비의 편지를 읽은 후였고, 언니를 보호하겠다고 결심했으며, 사촌으로부터 로비의 상태에 대해 설명을 들은 다음이었다. 그래서 그녀가 본 것은 분명 그녀가 이미 알고 있는 것 혹은 알고 있다고 스스로 믿는 바에 의해 그 형태가 일부 만들어진 것이었다.

브라이어니가 문을 열고 안으로 한 걸음 들어섰을 때, 처음에는 아무것도 보이지 않았다. 서재를 비추는 빛이라고는 책상 위에 놓인 초록색 유리갓이 달린 램프에서 나오는 빛뿐이었는데, 그것도 램프 아래 가죽받침만을 동그랗게 비추고 있을 뿐이었다. 몇 걸음 더 들어가자 먼 구석에 있는 두 사람의 어두운 형체가 보였다. 그들은 꿈쩍도 않고 있었지만 브라이어니는 자신이 공격의 와중에, 엎치락뒤치락하는 주먹싸움의 와중에 방에 들어왔다는 사실을 직감했다. 목격한 광경이 이제껏 예상하며 두려워했던 최악의 상황과 너무나 정확하게 맞아떨어진 나머지, 자신이 지나치게 걱정을 해서 환영이 보인 것은 아닐까 하는 생각이 들 정도였다. 그러나 눈이 어둠에 적응하기 시작하자 그렇지 않다는 것이 드러났다. 누구도 움직이지 않았다. 브라이어니는 로비의 어깨 너머로 언니의 공포에 찬 눈을 응시했다. 로비는 고개를 돌려 침입자 브라이어니를 바라보았지만 세실리아를 놓아주지는 않았다. 그는 자신의 몸을 세실리아의 몸에 밀착시키고 그녀의 치마를 무릎 위까지 걷어올린 채 서재의 책꽂이가 직각을 이루는 구석으로 그녀를 밀어붙이고 있었던 게 분명했다. 그의 왼손은 그녀의 목 뒤에서 머리칼을 움켜쥐고 있었고, 오른손으로는 저항하거나 자기방어를 위해 들어올린 그녀의 팔뚝을 꽉 붙잡고 있었다.

로비가 거대하고 난폭해 보이는 반면, 어깨가 훤히 드러나고 팔도 가는 세실리아는 너무나 연약해 보여서 브라이어니는 그들에게 다가가면서도 어떻게 해야 할지 몰라 갈팡질팡했다. 소리를 지르고 싶었지만 숨도 제대로 쉴 수 없었고 혀는 느리고 너무 무겁게 느껴졌다. 로비가 몸을 움직이자 세실리아의 모습이 완전히 가려졌다. 그때 세실리아가 로비에게서 놓여나려고 발버둥을 치자, 그는 그녀를 잡고 있던 손을 풀었다. 브라이어니는 발걸음을 멈추고 언니의 이름을 불렀다. 그러나 브라이어니 곁을 그냥 지나쳐 밖으로 나가는 세실리아의 얼굴에는 감사나 안도의 기색이 전혀 보이지 않았다. 무표정하고 거의 침착해 보이기까지 하는 얼굴로 서재 문을 향하고 있을 뿐이었다. 그녀가 사라지자 이제 브라이어니는 로비와 단둘이 남게 되었다. 로비도 브라이어니와 눈을 마주치려고 하지 않았다. 그는 구석으로 돌아서서 황급히 재킷과 넥타이를 매만졌다. 브라이어니는 경계심을 늦추지 않고 로비를 노려보며 뒷걸음질을 쳤는데, 그는 공격할 기색을 보이기는커녕 고개를 들어 그녀를 돌아보지도 않았다. 그래서 브라이어니는 몸을 돌리고 방에서 뛰어나갔다. 언니를 찾아보려 했지만 현관홀은 비어 있었고 어느 쪽으로 갔는지도 알 수 없었다.

열하나

녹인 초콜릿과 계란 노른자, 코코넛 밀크, 럼과 진, 으깬 바나나와 슈거파우더를 섞은 것에 신선한 민트를 넣었는데도 칵테일은 그다지 상쾌한 맛이 나지 않았다. 한여름 밤 더위에 지친 사람들의 식욕은 이미 떨어질 대로 떨어져 있었다. 환기가 되지 않는 식당으로 들어오는 어른들은 로스트비프에 감자구이—감자구이 대신 샐러드를 선택한다고 해도 달라질 건 없었다—를 먹게 될 거라는 생각만으로도 속이 메슥거려 차가운 물 생각이 간절했다. 그러나 물은 아이들에게만 제공되었고 어른들은 실온의 달콤한 와인을 마시며 식욕을 돋워야 할 판이었다. 마개를 딴 와인 세 병이 식탁 위에 준비되어 있었다. 잭 탤리스가 없을 때는 베티가 자기 마음대로 와인을 고르곤 했다. 세 개의 기다란 창문은 오래전에 창틀이 비틀려 어느 것도 열리지 않았으므로 식당으로 들어오는 사람들을 맞이한 것은 페르시아 카펫에서 풀풀 날아오르는 미지근한 먼지 냄새였다. 그나마 다행인 것은 게를 싣고 오던 생선 장수의 마차가 고장나는 바람에 원래 첫번째로 나올 예정이었던 드레싱을 곁들인 게 요리가 나오지 않게 되었다는 사실이었다.

이런 질식할 듯한 분위기는 바닥에서 천장으로 이어지는 어두운 색깔의 나무판과 식당에 하나밖에 없는 거대한 그림 탓에 한층 심해졌다. 그림 아래 있는 벽난로는 설계도면에 착오가 있었는지 연기 배출구나 굴뚝이 없어서 한 번도 불을 피워보지 못했다. 그림은 게인즈버러풍의 거대한 초상화로 부모와 두 십대 소녀 그리고 어린 아기로 구성된 어느 귀족 가족의 모습을 담고 있었는데, 모두 입술이 얇고 유령처럼 창백한 모습으로 토스카나인 듯한 풍경 앞에서 포즈를 취하고 있었다. 이들이 누구인지 아는 사람은 아무도 없었지만, 아마도 해리 탤리스는 이 그림이 가족의 결속을 굳건하게 해줄 수 있다고 믿었던 모양이다.

에밀리는 식탁 머리에 서서 사람들이 들어오는 대로 자리를 배치해주고 있었다. 그녀는 자기 오른편에는 리언을, 왼편에는 폴 마셜을 앉게 했다. 리언의 오른편으로는 브라이어니와 쌍둥이 형제가, 마셜의 왼편으로는 세실리아와 로비, 그리고 롤라가 앉게 되었다. 로비는 의자에 몸을 의지하고 서서 심장이 아직도 이렇게 쿵쾅거리는데 다른 사람들은 듣지 못하는 게 놀랍다는 생각을 하고 있었다. 그는 칵테일을 사양했지만, 다른 사람들과 마찬가지로 식욕이 없었다. 그는 세실리아에게서 약간 몸을 돌려 그녀를 피한 채 다른 사람들이 자리에 앉는 것을 보면서, 오른편에 있는 세실리아만 빼고는 아이들에 둘러싸여 앉게 되었다는 사실에 안도감을 느꼈다.

어머니가 가볍게 고개를 끄덕여 신호를 보내자 리언이 "오늘 이렇게 맛있는 음식을 먹게 해주셔서 감사합니다"라는 짧은 기도를 했고, 기도가 끝나자 다들 의자를 삐걱거리며 식탁에 다가앉으면서 아멘을 대신했다. 사람들이 자리를 잡고 냅킨을 펼치는 동안 침묵이 흘렀다. 잭 탤리스가 있었다면 베티가 로스트비프를 나눠주는 동안 가벼운 화젯거리로 어색한 침묵을 없앴을 것이다. 오늘은 다들 식탁에 앉아 베티가 커다란 은쟁반을 들고 몸을 굽혀 각자의 접시에 음식을 올려놓으며 뭐라고 중얼거리는 모습을 지켜보면서 그녀의 말에 귀를 기울였다. 이 어색한 침묵 속에서 달리 무엇을 할 수 있겠는가? 에밀리 탤리스는 말재주가 없는데다가 분위기를 띄우기 위해 뭔가 말하려고 애쓰지도 않았다. 리언은 언제나처럼 의자에 편안히 기대앉아 와인 병을 들고 거기 붙은 상표를 읽고 있었다. 십 분 전에 일어난 사건에 온통 마음을 빼앗긴 세실리아는 단 한 마디도 제대로 할 수 있을 것 같지 않았다. 탤리스가 사람들을 잘 알고 있어 평소 같으면 먼저 무슨 말이라도 시작했을 로비도 지금은 넋이 나가 있었다. 옆에 앉은 세실리아의 하얗게 드러난 팔과 그 팔에서 느껴지는 열기를, 그리고 맞은편 대각선에 앉아 있는 브라이어니의 적대적인 시선을 모르는 척하는 것만으로도 힘에 부쳤다. 아이들이 이야기를 시작하는 것이 예의에 어긋나지 않는다 해도 지금은 누구 하나 먼저 말을 꺼낼 수 없었다. 브라이어니는 자신이 목격한 장면에서 벗어나지 못했고, 롤라는 쌍둥이 동생들로부터 받은 신체적 공격의 충격과 오만 가지 상반되는 감정의 소용돌이에 사로잡혀 있었으며, 쌍둥이 형제는 자신들이 세운 계획에 몰두해 있었다.

삼 분 넘게 흐르던 숨막히게 어색한 침묵을 깬 사람은 폴 마셜이었다. 그는 의자 등받이에 등을 기대고 세실리아의 머리 뒤로 로비를 바라보며 말했다.

"내일 테니스경기 한 판 하기로 했던 것, 아직도 유효한 거죠?"

로비는 마셜의 얼굴에 왼쪽 눈가에서 시작해 코와 평행이 되게 2인치 정도 긁힌 상처가 있는 것을 보았다. 그 상처는 눈 코 입이 몰려 있는 얼굴의 특징을 더욱 도드라져 보이게 했다. 잘생겼다고 할 수도 있을 얼굴이지만 뭔가 조금 부족해 보였다. 사실, 턱 쪽은 넓게 비어 있으면서 눈 코 입이 이마 쪽으로 몰려 있는 모습이 우스꽝스럽기도 했다. 예의는 지켜야겠기에 로비도 의자에 등을 기대고 마셜을 바라보며 이야기를 듣긴 했지만, 경황이 없는 와중에도 눈살이 찌푸려졌다. 식사가 이제 막 시작되려는데 안주인에게서 고개를 돌려 다른 사람과 사적인 대화를 나누는 것은 적절치 못한 행동이었다.

로비는 간결하게 대답했다. "아마 그럴걸요." 그러고는 마셜의 무례를 대신 만회라도 하려는 듯 모든 사람을 향하여 덧붙였다. "영국이 이보다 더 더운 적이 있었던가요?"

세실리아의 몸에서 느껴지는 열기와 브라이어니의 시선을 피하려다 보니 그는 대각선으로 그의 왼쪽에 앉아 있는 피에로를 바라보며 질문을 하는 모양새가 되었다. 피에로는 놀란 표정으로 입을 떡 벌리고 마치 학교에서 역사 시험이라도 보고 있는 것처럼 어쩔 줄 몰라했다. 아니, 지리 시험인가? 아니면 과학?

브라이어니는 잭슨의 어깨 위로 몸을 기울여 피에로의 어깨를 어루만졌고, 그러는 와중에도 로비에게서 눈을 떼지 않고 말했다. "피에로 괴롭히지 마." 나직하지만 명령하는 듯한 어조였다. 그런 뒤 피에로를 바라보며 부드럽게 말했다. "대답할 필요 없어."

에밀리가 목소리를 높여 브라이어니를 꾸짖었다. "브라이어니, 건방지구나. 그냥 날씨 얘기 한 것뿐이잖니. 로비한테 사과를 하든가 아니면 지금 네 방으로 가거라."

남편이 없는 동안 탤리스 부인이 권위를 세우려 할 때면 자녀들은 어머니가 무능해 보이지 않도록 그 말에 따라야 한다는 의무감을 가지고 있었다. 더군다나 어떤 경우라도 세실리아를 무방비 상태로 내버려두지는 않겠다고 결심한 터라 브라이어니는 고개를 숙이고 식탁보를 바라보며 말했다. "정말 미안해. 그런 말 한 것 후회하고 있어."

뚜껑이 덮인 서빙 접시와 색이 바랜 스포드* 쟁반에 여러 야채가 담겨 사람들 사이로 전달되었는데, 딱히 별생각이 없어서인지 아니면 식욕이 없음을 숨기려는 집단적인 의도나 예의바른 태도에서 나온 행동인지 모두 감자구이와 감자 샐러드, 방울양배추와 비트, 그레이비소스를 뿌린 양상추를 조금씩이나마 덜어내 자기 접시에 담았다.

"아버지가 알면 화내겠는데." 리언이 일어서면서 말했다. "1921년산 바르삭을 지금 뜯었으니 말이야." 그는 어머니의 잔에 먼저 와인을 따르고 세실리아와 마셜의 잔에 따라준 다음, 로비의 옆에 서서 그의 잔도 채워주면서 말했다. "의사 선생도 한잔 받아야지. 새로운 계획에 대해 듣고 싶은데, 친구."

---

* 영국의 고급 도자기 브랜드.

그러나 그는 로비의 대답을 기다리지 않고 자리로 돌아오면서 말을 이었다. "난 이렇게 무더위가 계속될 때의 영국이 좋아. 완전히 다른 나라가 되잖아. 규칙도 모두 바뀌고."

에밀리가 포크와 나이프를 들자 모두 따라서 식사를 시작했다.

폴 마셜이 말했다. "말도 안 돼. 바뀌는 규칙 있으면 하나라도 대봐."

"그럴까? 클럽에서 재킷을 벗어도 되는 곳은 당구장밖에 없잖아. 하지만 오후 세시 이전에 기온이 90도* 이상 올라가면 그다음날은 위층에 있는 바에서 재킷을 벗어도 된다고."

"그다음날이라고! 퍽도 다른 나라가 되는군."

"진짜라니까 그러네. 날이 더우면 사람들은 더 느긋해져. 며칠만 햇빛이 쨍쨍하고 무더위가 계속되면 모두 이탈리아 사람들이 된다고. 지난주에 샬럿 스트리트를 지나면서 보니까 사람들이 밖에 내놓은 테이블에서 저녁식사를 하고 있더라니까."

"너희 외조부모님은 날씨가 더우면 젊은 사람들이 도덕적으로 해이해진다고 걱정하셨다." 에밀리가 말했다. "옷이 얇아지는 것도 모자라 거의 벗고 다니고, 남녀가 만날 장소는 수천 군데가 더 생기고. 집밖에 있으면 통제할 방법도 없고…… 너희 외할머니는 특히 여름철이면 굉장히 불안해하셨어. 그래서 네 이모들이랑 나를 집안에 잡아둘 수천 가지 구실을 생각해내곤 하셨지."

"어떻게 생각해, 시?" 리언이 세실리아를 바라보며 물었다. "오늘 평소하고 다르게 뭐 못된 행동이라도 했어?"

* 섭씨 32도.

사람들의 시선이 세실리아에게 집중되었고 오빠의 놀림은 여기서 그치지 않았다.

"이런, 얼굴을 붉히는 걸 보니 정말 그런가보네."

세실리아를 위해 끼어들어야겠다고 생각한 로비가 말문을 열었다. "사실은……"

그때 세실리아가 나섰다. "너무 더워. 그뿐이야. 그리고 대답은 그렇다야. 아주 못된 행동을 했어. 이렇게 더운 날씨에 엄마가 바라지 않는데도 오빠를 위해서 로스트비프를 식탁에 올려야 한다고 우겼어. 그래서 지금 다들 오빠 때문에 괴로워하면서 먹고 있는데 오빠는 샐러드만 고집하고 있네. 브라이어니, 오빠한테 야채 좀 더 줘라, 입 좀 다물게."

로비는 세실리아의 목소리가 떨리고 있다고 생각했다.

"우와, 세실리아. 무서운데." 리언이 말했다.

"동생한테 한 방 먹었네." 마셜이 말했다.

"좀더 어린 애를 괴롭히는 게 낫겠는걸." 리언은 옆에 앉아 있는 브라이어니를 보며 웃었다. "브라이어니, 오늘 이 찜통더위 때문에 나쁜 짓 한 것 있니? 규칙을 어긴 적 있어? 제발 그렇다고 말해줘." 그가 간청한다는 듯 두 손으로 브라이어니의 손을 꼭 잡았지만, 브라이어니는 금방 손을 빼버렸다.

로비가 보기에는 아직 어린 브라이어니가 그의 편지를 읽은 사실을 고백하거나 엉겁결에 불쑥 내뱉을 수도 있고, 그러면 뒤이어 자기가 목격한 장면을 설명하게 될 수도 있었다. 그는 브라이어니가 냅킨을 들어 입술을 닦으며 시간을 버는 모습을 주시하고 있었지만, 그렇다고 특별히 두려움을 느끼지는 않았다. 어차피 일어나야 할 일이라면 일어나라지. 아무리 끔찍하더라도 저녁식사가 영원히 계속되지는 않을 테고, 오늘밤 그는 다시 한번 세실리아와 단둘이 있을 기회를 찾아내 자신들에게 찾아온 엄청난 변화를 받아들이고 함께 새로운 삶을 시작할 작정이었다. 생각이 여기에 미치자 가슴이 덜컥 내려앉았다. 그때까지는 모든 것이 뿌옇고 그와는 상관없는 일이었으며 아무것도 두렵지 않았다. 그는 미지근하고 들척지근한 와인을 크게 한 모금 마시면서 브라이어니의 대답을 기다렸다.

브라이어니가 말했다. "나도 참 지루한 사람이지만, 어쨌든 나는 오늘 잘못한 게 하나도 없어."

로비가 브라이어니를 얕잡아본 게 틀림없었다. 자기를 강조한 것은 그와 세실리아가 들으라고 한 말이 분명했다.

브라이어니 곁에 있던 잭슨이 불쑥 말했다. "아니야. 잘못한 거 있어. 연극을 맘대로 그만뒀잖아. 우린 하고 싶었는데." 식탁에 앉은 사람들을 둘러보는 소년의 초록색 눈에는 불만이 가득차 있었다. "처음에 우리보고 같이 하자고 한 게 누군데."

그의 쌍둥이 형제도 고개를 끄덕이며 말했다. "맞아. 우리보고 같이 하자고 한 게 누군데." 쌍둥이 형제의 실망감이 얼마나 큰지 이해하는 사람은 아무도 없었다.

"그것 봐." 리언이 말했다. "브라이어니가 더위 때문에 성급한 결정을 내린 거네. 날씨가 좀더 선선했다면 지금쯤 우린 서재에 앉아서 연극을 보고 있을 텐데 말이야."

별 악의가 없고 침묵보다는 훨씬 나은 이런 대화 덕분에 로비는 즐겁게 경청하고 있다는 표정을 지어 보이며 마음속으로는 느긋하게 딴 생각에 빠질 수 있었다. 세실리아는 왼손을 동그랗게 구부려 뺨에 대고 있었는데, 아마 로비를 시야에서 차단하기 위해서인 듯했다. 리언이 웨스트엔드의 극장에서 국왕을 가까이서 본 이야기를 하는 동안 로비는 열심히 듣는 척하면서 세실리아의 하얗게 드러난 팔과 어깨를 감상할 수 있었고, 그녀 역시 피부에 와닿는 그의 숨결을 느낄 수 있으리라 생각했다. 이러한 생각이 그를 서서히 흥분시키고 있었다. 그녀의 어깨 위에는 조개 모양으로 얕게 팬 곳이 있었는데 어찌 보면 뼈와 뼈 사이의 빈 공간 같기도 했다. 그 둘레에는 가느다란 솜털이 나 있었다. 이제 곧 그의 혀가 그 타원형의 부드러운 둘레와 얕게 팬 공간을 핥게 될 것이다. 그가 느끼는 흥분은 거의 고통에 가까웠고, 상반되는 현실이 주는 무게로 흥분은 더욱 강렬해졌다. 그녀는 친누이처럼 익숙한 동시에 연인처럼 낯설었다. 어렸을 때부터 줄곧 그녀를 알아왔지만, 그녀에 대해서 아무것도 아는 게 없었다. 그녀의 얼굴은 평범하면서도 아름다웠다. 오빠의 놀림에 능숙하게 대처하면서도 이십 분 전에는 그의 앞에서 눈물을 흘렸다. 그의 어리석은 편지는 그녀에게 혐오감을 불러일으킨 동시에 마음의 빗장을 풀게 했다. 그는 자신이 저지른 실수를 후회하는 동시에 한편으로는 기뻐했다. 그들은 이제 곧 즐거움과 관능, 열망과 무모함에 대한 두려움, 주저함과 조급함이 빚어내는 갈등을 겪으며 단둘이 있게 될 것이다. 3층 어딘가에 있는 아무도 쓰지 않는 방에서, 아니면 집에서 멀리 떨어진 강가 숲속에서. 어디가 좋을까? 탤리스 부인의 어머니는 똑똑한 분이셨다. 집밖. 그들은 새틴 같은 어둠에 몸을 맡기고 모든 것을 다시 시작할 것이다. 그것은 공상이 아니라 실제였고 그의 가까운 미래였으며, 너무나도 원하는 동시에 피할 수 없는 것이었다. 그리고 그것은 대학 교정에서 공연한 〈십이야〉에서 그가 맡았던 가엾은 말볼리오가 원하던 것이기도 했다. "이제 내 희망찬 앞길에 거치적거리는 건 아무것도 없어."

삼십 분 전만 해도 아무런 희망이 없었다. 브라이어니가 편지를 가지고 집으로 사라진 후, 로비는 탤리스가를 향해 걸어오면서도 다시 집으로 돌아갈까 망설이고 또 망설였다. 저택 현관 앞에 도착하고 나서도 마음을 정하지 못하고 나방 한 마리가 끈덕지게 달려드는 현관등 아래에 서서 몇 분 동안이나 두 가지 중 그래도 나은 방안을 선택하려고 고심했다. 첫번째 방안은 안으로 들어가 세실리아의 분노와 혐오를 감수하면서 변명을 해보는 것이었다. 받아들여지지 않고 무시당할 것이 분명했으니, 참을 수 없는 수치심을 가져다줄 방안이었다. 두번째는 아무런 말 없이 방갈로로 돌아가 편지에 그의 진심이 담겨 있다고 믿게 하고, 자신은 밤새도록 그리고 앞으로도 며칠 동안이나 오늘 일을 곱씹으며 세실리아의 반응을 알 길 없어 애를 태우는 것이었다. 이것은 더 참기 어려웠다. 또한 비겁한 행동이기도 했다. 다시 한번 곰곰이 생각해봤지만 결과는 같았다. 그녀와 직접 부딪쳐 이야기를 나누는 것밖에 다른 방도가 없었다. 그는 초인종에 손을 얹었다. 그냥 돌아가 버리고 싶은 유혹이 아직도 그를 뒤로 잡아당기고 있었다. 안전한 자신의 서재에서 그녀에게 사과의 편지를 쓸 수도 있다는 생각이 들었다. 비겁한 놈! 지금 그의 집게손가락 밑에는 도자기로 만든 차가운 감촉의 초인종이 있었다. 마음속에서 갈등이 다시 시작되기 전에 그는 벨을 눌러버렸다. 그러고는 문에서 한 걸음 물러섰다. 마치 자살하기 위해 방금 약을 삼킨 사람 같은 느낌이었다. 기다리는 것 외에는 할일이 없었다. 얼마 후 안에서 발소리가 들렸다. 홀을 걸어오는 스타카토의 여자 구두 소리.

세실리아가 문을 열었을 때 로비는 그녀의 손에 들려 있는 자신의 편지를 보았다. 몇 초 동안 그들은 서로를 응시하면서 아무 말도 하지 않았다. 이럴까 저럴까 궁리를 했지만 정작 그녀에게 할 말은 아무것도 준비하지 못한 것이다. 그의 머릿속을 떠도는 유일한 생각은 그녀가 자신의 환상 속에서보다 훨씬 더 아름답다는 것이었다. 실크 드레스는 나긋나긋한 몸의 곡선을 아름답게 드러내고 있었다. 그러나 그 작고 관능적인 입술은 불만으로, 혹은 혐오일지도 모르는 감정으로 꽉 다물어져 있었다. 그녀 뒤에서 비치는 집안의 불빛이 너무 강해서 표정을 읽을 수는 없었다.

마침내 로비가 말문을 열었다. "시, 그건 실수였어."

"실수?"

열린 거실 문을 통해 흘러나오는 목소리들이 홀을 건너와 그의 귀에까지 들어왔다. 리언과 마셜의 목소리였다. 세실리아가 뒤로 물러나면서 로비가 들어올 수 있도록 문을 더 열어준 것은 거실에 있는 사람들로부터 방해를 받을지도 모른다는 두려움 때문이었을 것이다. 그는 그녀를 따라 현관홀을 지나 어둠에 잠긴 서재로 들어갔고, 그녀가 책상 위 램프에 불을 켜는 동안 문가에 서서 기다렸다. 불이 들어오자 그는 문을 닫았다. 몇 분 후면 정원을 터벅터벅 걸어 방갈로로 향하고 있을 자신의 모습이 그려졌다.

"내가 보내려던 편지는 그게 아니었어."

"그래?"

"실수로 다른 걸 봉투에 넣은 거야."

"그래?"

이렇게 짧은 대답으로는 그녀가 무슨 생각을 하는지 알 수가 없었고, 이렇게 희미한 불빛 아래에서는 그녀의 표정을 살필 수도 없었다. 그녀는 램프 옆을 떠나 서재의 책꽂이들을 따라 걷기 시작했다. 그도 안으로 더 들어갔다. 그녀를 따라가는 것은 아니었지만, 그녀가 자신에게서 멀어지는 것은 내키지가 않았다. 현관에서 그를 내쫓을 수도 있었는데 그녀는 그렇게 하지 않았다. 그렇다면 이 집을 나서기 전에 해명할 기회가 있다는 뜻이었다.

세실리아가 말했다. "브라이어니가 편지를 읽었어."

"이런 세상에, 미안해."

그는 혈기 넘치는 은밀한 순간이 있었다고, 잠시지만 사회적 인습이 참을 수 없이 싫어졌다고, 소호의 암시장에서 산 오리올리 판 『채털리 부인의 사랑』을 읽은 기억이 나기도 해서 그런 편지를 쓴 거라고 그녀에게 설명하려 했었다. 그러나 아무것도 모르는 순진한 어린애가 자신의 편지를 읽었다는 새로운 사실 때문에 실수를 만회할 길이 없어졌다. 무슨 말을 더 해볼 엄두가 나지 않았다. 단지 했던 말을 이제는 기어들어가는 목소리로 중얼거리는 게 전부였다.

"미안해……"

세실리아는 책꽂이와 책꽂이가 직각으로 만나는 깊은 그림자 속으로 걸어들어가고 있었다. 그녀가 자기에게서 도망가려 한다는 생각이 들었지만, 그는 그녀를 향해 몇 걸음 더 내디뎠다.

"바보 같은 실수를 했어. 네가 읽게 하려던 게 아니야. 사실은 누구에게도 보여주지 않으려고 했었어."

세실리아는 여전히 그에게서 도망가고 있었다. 한쪽 팔을 책꽂이에 얹고서, 마치 책 사이로 사라지기라도 하려는 것처럼 미끄러지듯 걸음을 옮겼다. 그녀가 말을 하려는 것처럼 혀가 입천장에서 떨어지면서 나는 부드럽고 젖은 소리가 났다. 그러나 그녀는 아무 말도 하지 않았다. 그제야 그녀가 도망가려는 것이 아니라 그를 더 깊은 어둠 속으로 끌어들이려는 것인지도 모른다는 생각이 들었다. 초인종을 누르는 순간부터 그에게는 더이상 잃을 것이 없었다. 그는 미끄러지듯 걷는 그녀를 뒤쫓았다. 구석에 다다른 그녀는 걸음을 멈추고 뒤돌아서서 그가 다가오는 모습을 지켜보았다. 그는 그녀와 겨우 4피트 떨어진 곳에서 걸음을 멈추었다. 이제 그는 그녀와 충분히 가까웠으며 희미하게나마 불빛도 비치고 있어서 그녀가 눈물이 그렁그렁한 눈으로 그를 바라보며 뭔가 말하려는 모습을 볼 수 있었다. 그러나 지금 당장은 말할 수 없는지 고개를 흔들면서 그에게 기다리라는 몸짓을 했다. 옆으로 돌아선 그녀는 두 손의 손끝을 맞대어 코와 입을 감싸더니 손가락으로 눈 주위를 꾹꾹 눌렀다.

마음을 진정시킨 세실리아가 드디어 입을 열었다. "몇 주 동안 그랬어……" 그리고 목이 메는지 잠시 말을 멈췄다. 순간 로비는 그녀가 무슨 말을 하려는지 알 수 있었지만 아무 말도 하지 않았다. 그녀는 심호흡을 하더니, 이번에는 좀더 생각에 잠긴 어조로 말을 이었다. "어쩌면 몇 달이었는지도 몰라. 모르겠어. 그런데 오늘…… 하루종일 모든 게 이상했어. 모든 것이 처음 보는 것처럼 낯설었어. 모든 게 달라 보이는 거야. 오늘은 모든 게 너무 강렬하고 현실적으로 보였어. 심지어 내 손조차 달라 보였지. 한편으로는 아주 오래전에 일어난 일들을 다시 보고 있는 것 같기도 했어. 그리고 하루종일 너한테, 그리고 나 자신한테 화가 났어. 널 다시는 안 보는 게, 보더라도 다시는 말을 섞지 않는 게 차라리 좋을 거라고 생각했어. 네가 의대로 떠나버리는 게 나한텐 잘된 일이라고도 생각했어. 그 정도로 화가 났던 거야. 그걸 생각하지 않으려다보니 그렇게 되었나봐. 참 편리하기도 하지……"

세실리아는 날카로운 소리로 짧게 웃었다.

로비가 물었다. "그거?"

그때까지는 아래를 보고 있던 그녀가 그를 똑바로 보며 말을 이었다. 그는 그녀의 눈 흰자위가 희미하게 빛나는 것을 보았다.

"네가 나보다 먼저 알고 있었잖아. 무슨 일인가 일어났어, 그렇지 않아? 나보다 먼저 알았잖아. 바로 코앞에 뭔지 모를 무언가가 있는데 너무 거대해서 존재조차 알 수 없는 느낌. 그게 뭔지는 지금도 잘 모르겠어. 하지만 그게 내 앞에 있다는 건 분명히 알 수 있어."

그녀는 다시 아래를 보았고 그는 그녀의 다음 말을 기다렸다.

"이젠 그게 내 앞에 있다는 것을 분명히 알겠어. 그것 때문에 내가 말도 안 되는 행동을 한 거야. 그리고 물론 너도…… 평소 같으면 오늘 아침 같은 그런 행동은 절대로 하지 않았을 거야. 그 일이 일어난 후에 얼마나 화가 났는지 몰라. 아니, 일어나고 있는 바로 그 순간에도 화가 났어. 나에게 휘두를 무기를 내 손으로 너에게 쥐여준 거라는 생각이 들었거든. 그런데 저녁이 되니까 조금씩 이해가 되기 시작하는 거야. 어쩌면 그렇게 나 자신에 대해 몰랐을까? 어쩌면 그렇게 어리석었을까?" 그녀는 유쾌하지 못한 생각에 사로잡혀 몸을 움찔했다. "넌 내가 무슨 얘기를 하고 있는지 알 거야. 그렇다고 말해줘." 그녀는 그가 자신과 생각이 다를까봐, 자신의 추측이 모두 틀렸고 이런 말을 해서 오히려 그와 더 멀어질까봐, 그리고 그가 자기를 바보 같다고 생각할까봐 두려워하고 있었다.

로비가 그녀 쪽으로 다가섰다. "그래. 난 분명히 알고 있어. 그런데 왜 울어? 다른 뭐라도 있는 거야?"

로비는 그녀가 둘 사이를 가로막고 있는 난공불락의 장애물에 대해 이야기할 거라 생각했고, 다른 뭔가가 있느냐고 물었지만 사실 다른 사람이 있느냐는 의미였다. 그러나 그의 마음을 알 길이 없는 세실리아는 어떻게 대답해야 할지 몰라 당혹스러운 표정으로 그를 바라보기만 했다. 그녀가 왜 울고 있겠는가? 수많은 감정이 소용돌이치는 마음을 어떻게 표현할 수 있겠는가? 곧 그는 자신의 질문이 부당하고 부적절했던 것 같아 제대로 표현할 방법을 찾아내려 애썼다. 그들은 당혹스러운 얼굴로 아무 말도 못한 채 서로를 바라보고 있었다. 그러면서 둘 사이에 정교하게 자리잡았던 무언가가 사라지려 한다는 것을 느꼈다. 그들이 어린 시절을 함께한 오랜 친구 사이라는 사실이 이제는 장벽이 되어 있었다. 그들은 예전의 자기들 모습 앞에서 당혹감을 느꼈다. 최근 몇 년 동안 둘 사이가 어색해지고 심지어 불편해지기까지 했지만, 어린 시절 친구라는 사실은 오랜 습관처럼 늘 따라다녔기에, 그 장벽을 부수고 낯선 존재가 되어 관계를 쌓아가기 위해서는 뚜렷한 목표의식이 필요했다. 그러나 지금 이 순간엔 무슨 말을 해야 할지 알 수가 없었다.

로비는 세실리아의 양어깨에 두 손을 얹었다. 훤히 드러난 그녀의 맨살에서 서늘함이 느껴졌다. 그녀의 얼굴에 자신의 얼굴을 가져가면서도 그는 자신이 없었다. 그녀가 자기를 밀치고 뛰쳐나가거나, 영화에서처럼 그의 뺨을 세게 후려갈길지도 모른다는 생각이 들었다. 그녀의 입술에서는 립스틱맛과 짠맛이 났다. 그들은 일 초쯤 서로 떨어졌다. 이윽고 그가 그녀를 끌어안으면서 좀더 자신감을 가지고 다시 키스를 하기 시작했다. 그들은 대담하게도 혀끝을 맞댔고, 바로 그 순간 그녀가 한숨 같은 소리를 내뱉었다. 그가 나중에야 깨달은 바지만 바로 그때가 두 사람의 관계가 크게 전환되는 순간이었다. 그전까지는 너무나 친숙한 얼굴끼리 서로 맞댄다는 게 좀 우스꽝스럽게 느껴지기도 했다. 어린 시절의 자신들이 놀란 표정으로 지켜보고 있을 것 같은 느낌도 들었다. 그러나 살아 있는 매끄러운 근육과 촉촉이 젖은 살로 이루어진 혀와 혀가 만나면서, 그리고 그녀가 낯선 한숨소리를 내뱉으면서 그런 느낌은 완전히 사라졌다. 그 소리는 그의 귀로 들어와 온몸을 관통하며 모든 근육과 세포를 열어놓았고, 마침내 그는 자유롭게 키스할 수 있었다. 자의식에 사로잡혀 했던 생각들이 이제는 너무나 낯설게, 거의 난해하게까지 느껴졌다. 그녀의 한숨소리에는 욕망이 담겨 있었고, 그 소리는 그에게도 욕망을 불러일으켰다. 그는 그녀를 책꽂이 사이의 구석으로 거칠게 밀어붙였다. 그녀는 키스를 하면서 그의 셔츠를 잡아당기고 허리띠를 풀려고 했지만 생각대로 되지 않았다. 얼굴이 이리저리 움직이면서 두 사람의 키스는 이제 물어뜯기에 가까워졌다. 그녀가 그의 뺨을 깨물었는데, 장난 같지 않고 아플 정도였다. 그는 잠시 고개를 돌렸다가 다시 그녀를 바라보았고, 그러자 그녀는 그의 아랫입술을 깨물었다. 그는 그녀의 머리를 뒤로 젖혀 목에 입을 맞추었고, 그녀는 머리카락을 잡아당겨 그의 머리를 자신의 가슴으로 내렸다. 그는 서투르게 더듬거리며 그녀의 작고 단단한 젖꼭지를 찾아내 입에 물었다. 그녀의 등뼈가 굳어지는가 싶더니 몸을 심하게 떨었다. 한순간 기절한 건 아닐까 하는 생각도 들었다. 그의 머리를 힘없이 감싸고 있던 그녀의 두 팔에 힘이 들어가는 순간 그는 절박하게 숨을 몰아쉬며 그녀의 팔 사이로 다시 몸을 세워 일어섰고 그녀의 머리를 안아 자신의 가슴 위에 거칠게 가져다놓았다. 그녀는 다시 그를 깨물며 셔츠를 잡아당겼다. 셔츠 단추 하나가 톡 소리를 내며 마룻바닥에 떨어지자, 그들은 웃음을 참으면서 고개를 돌렸다. 웃으면 분위기를 망친다는 걸 알고 있었다. 그녀가 그의 젖꼭지를 찾아 물었을 때, 그는 참을 수 없는 흥분과 자극을 느꼈다. 그는 그녀를 꼭 안은 채 그녀의 얼굴을 들어 눈에 키스했고, 혀로 그녀의 입술을 벌려 그 안으로 밀고 들어갔다. 저항할 수 없게 된 그녀에게서 실망의 한숨과도 같은 신음소리가 다시 한번 새어나왔다.

마침내 그들은 낯선 존재가 되었고, 과거는 모두 잊혔다. 또한 그들은 스스로에게조차 낯선 존재가 되어 자신이 누구인지, 지금 어디에 있는지 까맣게 잊어버렸다. 서재 문은 육중해서 현실을 일깨우거나 그들을 자제시킬 그 어떤 일상의 소리도 새어들어오지 않았다. 그들은 아무런 기억도 미래도 없이 현재를 벗어나 시간 밖에 존재하고 있었다. 정신을 아찔하게 하는 흥분과 자극, 팽창, 서로의 몸이 뒤엉키고 옷과 옷, 피부와 옷이 스치면서 나는 소리만이 그들 곁에 있었다. 이런 경험이 별로 없는 로비는 반드시 누울 필요가 없다는 정도만 들어서 알고 있었다. 세실리아는 지금까지 본 영화와 소설, 시에서 얻은 지식을 제외하고는 경험이 전혀 없었다. 이런 제약에도 그들 자신이 무엇을 원하는지 너무나 잘 알고 있다는 사실은 그다지 놀라운 게 아니었다. 그들은 다시 키스를 했고, 그녀는 그의 머리를 꽉 움켜쥐었다. 그녀는 그의 귀를 핥다가 귓불을 살짝 깨물었다. 계속해서 깨물 때마다 그가 받는 자극과 흥분은 더욱 커졌다. 그는 손을 아래로 가져가 드레스에 덮여 있는 그녀의 엉덩이를 더듬다가 꽉 움켜쥐었다. 그러고는 그녀의 행동을 되갚아주기 위해 그녀를 옆으로 약간 돌려세웠지만 때릴 곳도 깨물어줄 곳도 찾을 수 없었다. 그녀는 그를 바라보며 구두를 벗으려고 몸을 굽혔다. 그녀의 손은 아까보다 더 허둥거렸고 팔과 다리의 움직임도 어설펐다. 그녀는 전혀 경험이 없었다. 그는 아무 말 없이 그녀의 발을 책꽂이 맨 아래칸에 올려놓았다. 둘 다 서투르고 어색했지만, 이미 자의식이 사라져버린 상태라 당혹스럽거나 민망하지는 않았다. 착 달라붙은 그녀의 실크 드레스 자락을 다시 걷어올리기 시작했을 때, 그는 불안하게 흔들리는 그녀의 눈 속에서 똑같이 불안하게 흔들리는 자신의 눈을 보았다. 그러나 돌이킬 수 없는 일이었다. 이제 정해진 목적지를 향해 가는 것밖에는 다른 도리가 없었다.

그의 몸에 밀려 구석에 기대선 그녀는 다시 한번 그의 머리를 감싸안고 두 팔꿈치를 그의 어깨 위에 올려놓은 채 계속해서 그의 얼굴에 입을 맞추었다. 이렇게 그의 얼굴에 키스하는 건 어렵지 않았다. 내내 숨을 참고 있다 마침내 두 사람의 얼굴이 떨어졌을 때 그녀는 고개를 재빨리 옆으로 돌리며 아무런 소리도 내지 않았다. 자존심 때문인 것 같았다. 그들은 서로에게 더 가까이, 더 깊이 다가갔고, 마치 모든 것이 정지된 듯한 순간이 찾아왔다. 격정과 황홀이 아니라 고요가 찾아든 것이다. 열망하던 순간에 도달했기 때문이 아니라, 원래 자리로 되돌아왔기 때문이었다. 그들은 어둠 속에 마주보고 선 채 서로의 눈을 바라보았고, 정신을 아찔하게 하던 무아지경의 순간이 사라지자 서서히 자신들의 모습을 인식하게 되었다. 물론 그들의 얼굴에는 전혀 낯선 구석이 없었다. 그레이스 터너와 어니스트 터너의 아들, 그리고 에밀리 탤리스와 잭 탤리스의 딸이, 어린 시절의 단짝 친구가, 대학도 같이 나온 두 사람이 충만하고 고요한 기쁨 속에서 함께 이루어낸 이 엄청난 변화를 마주하고 있었다. 낯익은 얼굴이 이렇게 가까이 있어도 우스꽝스럽지 않았다. 오히려 경이로울 뿐이었다. 로비는 이 여인, 자신이 오래전부터 알아온 이 소녀를 뚫어지게 바라보면서 이 변화가 완전히 자신을 압도했고, 그것은 근원적인 변화, 탄생만큼이나 완전히 생물학적인 변화라고 생각했다. 태어나서 지금까지 살아오는 동안 일어난 그 어떤 일도 이만큼 특별하고 중요하지 않았다. 그의 눈길을 마주보고 서 있는 세실리아 역시 자기 안에서 일어난 변화에 놀라고, 평생의 습관으로 인해 인지하지 못했던 그 얼굴이 이렇게도 아름답다는 사실에 압도되어 있었다. 그녀는 나지막한 소리로 어린아이가 발음 연습을 하듯 또박또박 그의 이름을 불렀다. 뒤이어 그가 그녀의 이름을 속삭였을 때, 그 이름은 완전히 새롭게 느껴졌다. 철자는 달라진 게 없었지만 그 의미가 완전히 새롭게 변했다. 마침내 그는 어떤 저속한 예술작품이나 인간의 위선으로도 가치가 깎이지 않는 세 단어*를 그녀에

* I love you.

게 속삭였다. 그녀는 자신이 먼저 이 말을 하는 듯 그가 했던 것처럼 두번째 단어에 강세를 넣어 같은 말을 그에게 속삭였다. 그는 종교가 없었지만 보이지 않는 어떤 존재가 증인으로 그들과 함께하고 있다는 생각을 하지 않을 수 없었다. 두 사람이 서로에게 해준 그 말은 보이지 않는 계약서에 남긴 서명과도 같았다.

그들은 거의 삼십 초 동안이나 그렇게 서로 바라보기만 하며 꼼짝 않고 서 있었다. 계속 그렇게 있으려면 엄청난 정신수양과 자제력이 필요할 터였다. 그들은 곧 서재 책꽂이에 몸을 기대어 사랑을 나누기 시작했고, 그들의 움직임에 따라 책꽂이에서 삐걱거리는 소리가 났다. 이런 경우 사람들은 보통 저멀리 어딘가 높은 곳에 도달하는 상상을 하곤 한다. 로비는 자신이 두 개의 높은 봉우리 사이에 있는 평평하고 완만한 지대를 거닐고 있다는 상상을 했다. 그는 서두르지 않고 천천히 돌아다니며 이곳저곳을 살폈고, 바위가 울퉁불퉁한 가장자리로 다가가 곧 자신이 몸을 내던질 산 아래 가파른 비탈을 내려다보았다. 지금 당장 그곳으로 몸을 날리고 싶다는 생각이 간절했지만, 그녀를 배려하는 마음에서 뒤로 물러나 기다릴 수 있었다. 그러나 아래에서 유혹의 소리가 들려와 그를 자꾸만 끌어당겨서 저항하기가 쉽지는 않았다. 저 아래 산비탈에 대한 생각이 머리에서 사라진다면 그 근처에도 가지 않을 것이고, 그러면 유혹도 느끼지 않겠지. 그는 자신이 아는 가장 따분한 것들을 떠올리려고 애썼다. 구두닦이 상자, 입학 지원서, 그의 침실 마룻바닥에 뒹굴고 있는 젖은 수건. 뒤집혀서 빗물이 1인치쯤 고여 있는 쓰레기통 뚜껑, 하우스먼의 시집 겉표지에 생긴 차 얼룩. 이어지던 상상 속의 장면들이 그녀 때문에 끊어져버렸다. 그녀가 귀에 대고 그의 이름을 부르면서 초대의 말을 속삭이고 있었다. 그랬다. 그들은 함께 뛰어내릴 것이다. 지금 그는 그녀와 함께 구름에 가려진 저 아래의 산비탈을 내려다보고 있었다. 두 사람은 이제 곧 손을 꼭 잡고 뛰어내릴 것이다. 그녀가 방금 했던 말을 다시 한번 귓전에 속삭이자 이번에는 뭐라고 하는지 명확히 알아들을 수 있었다.

"누가 들어왔어."

로비는 감았던 눈을 떴다. 그곳은 완벽한 정적에 싸여 있는 탤리스가의 서재 안이었다. 그는 자기가 가진 가장 좋은 양복을 입고 있었다. 그랬다. 모든 것이 비교적 쉽게 되돌아왔다. 그는 긴장한 채 어깨 너머로 고개를 돌려 방안을 둘러보았다. 이전처럼, 상상 속에서 보았던 것처럼 침침한 불빛 아래 놓인 책상이 눈에 들어왔다. 그들이 서 있는 구석에서는 문이 보이지 않았다. 그러나 아무 소리도 들리지 않았고, 별다른 것도 보이지 않았다. 세실리아가 착각한 거야. 그는 그녀의 착각이기를 간절히 바랐고, 실제로 착각인 것 같았다. 그가 그녀에게 고개를 돌리고 착각한 거라고 말하려는 순간, 그녀가 그의 팔을 잡은 손에 힘을 주었고 그는 다시 한번 고개를 돌려 방안을 둘러보았다. 안쪽으로 천천히 들어오고 있는 브라이어니의 모습이 눈에 들어왔다. 브라이어니는 책상 옆에서 걸음을 멈추고 그들을 쳐다보았다. 서부영화에 나오는 총잡이처럼 다리를 벌리고 팔을 양옆에 늘어뜨린 채로. 온몸이 움츠러들 것 같은 그 순간, 그는 지금까지 누군가를 진심으로 증오해본 적이 없다는 사실을 깨달았다. 증오는 사랑과 마찬가지로 순수한 감정이었지만, 사랑과는 달리 얼음처럼 냉정하고 이성적인 감정이기도 했다. 브라이어니에게 개인적인 원한 같은 것이 있을 리 없었다. 그 순간 서재에 들어온 사람이면 누구라도 증오했을 것이다. 지금 다른 사람들은 거실이나 테라스에서 칵테일이나 주스를 마시고 있을 것이고 브라이어니도 거기에, 엄마와 그렇게도 따르는 오빠와 어린 사촌들과 함께 있어야 했다. 그를 찾아내 그의 마땅한 몫을 빼앗으려는 것이 아니라면 브라이어니가 서재에 있을 이유는 전혀 없었다. 이제 어떻게 된 일인지 알 것 같았다. 봉인된 봉투를 뜯어 편지를 읽은 브라이어니는 혐오감과 함께 왠지 모를 배신감을 느낀 것이다. 그래서 언니를 보호하거나 언니에게 경고를 해줘야 한다는 의무감에 불타 언니를 찾아 나섰고, 닫힌 서재 문 너머에서 나는 소리를 듣게 된다. 그리고 어린애의 무지와 어리석은 상상과 소녀다운 정의감에 사로잡혀 로비에게 그만하라고 요구하기 위해 안으로 들어온 것이다. 그러나 그애가 뭐라고 말할 필요도 없었다. 그들은 자발적으로 서로에게서 떨어져 조용히 옷매무새를 가다듬었다. 그것으로 끝이었다.

주요리를 담았던 접시들은 진작 치워졌고 이제 베티가 브레드앤드버터 푸딩을 가지고 나왔다. 어른들 몫이 아이들 것보다 두 배는 더 커 보여 로비는 그것이 자신의 착각인지 아니면 심술궂은 베티의 장난인지 궁금했다. 리언은 세 병째 바르삭을 어른들 잔에 따라주고 있었다. 그가 재킷을 벗은 터라 다른 두 남자도 따라 벗을 수 있었다. 창밖에서는 밤의 날벌레들이 창문 유리에 부딪혀 소리를 내고 있었다. 탤리스 부인은 냅킨으로 입가를 닦으면서 웃는 얼굴로 쌍둥이 형제를 바라보았다. 피에로가 잭슨에게 귓속말을 하던 참이었다.

"식탁에서는 비밀 얘기를 나눠선 안 된단다, 얘들아. 괜찮다면 무슨 일인지 우리 모두에게 얘기해주겠니?"

잭슨이 대표로 말하겠다는 듯 침을 꿀꺽 삼켰고, 피에로는 고개를 숙인 채 자기 무릎만 뚫어지게 바라보고 있었다.

"먼저 일어나고 싶어요, 이모. 우리, 화장실에 갈 수 있어요?"

"그러렴, 얘들아. 그런데 '갈 수 있어요'가 아니라 '가도 될까요'라고 물어야지. 그리고 어딜 가는지 그렇게 구체적으로 말할 필요는 없어요."

쌍둥이들이 미끄러지듯 의자에서 일어나 문 앞에 다다랐을 때, 브라이어니가 그들의 발을 가리키며 소리쳤다.

"내 양말! 쟤들이 내 딸기 양말을 신고 있어요!"

쌍둥이 형제는 걸음을 멈추고 돌아서서 당혹스러운 표정으로 자기들의 발목을 내려다보았다가 고개를 들어 이모를 쳐다보았다. 브라이어니가 엉거주춤 일어서고 있었다. 로비는 이 어린 소녀의 마음속에 있던 격한 감정들이 출구를 찾고 있다고 생각했다.

"너희들 내 방에 들어가서 서랍 뒤졌지?"

그러자 식사가 시작된 후 처음으로 세실리아가 말문을 열었다. 그녀도 마음속 깊은 곳의 감정들을 표출하기 시작했다.

"제발 입 좀 닥치고 가만히 있어. 진짜 피곤한 애다, 너. 네가 공주님이니? 쌍둥이들한테 깨끗한 양말이 없길래 내가 네 양말을 찾아다 줬어."

브라이어니는 놀라서 휘둥그레진 눈으로 언니를 바라보았다. 그렇게 보호하려고 애를 썼던 바로 그 사람에게서 공격을 받고 배신을 당하다니. 탤리스 부인은 아직도 자기를 쳐다보고 있는 쌍둥이들을 향해 나가도 된다는 뜻으로 고개를 약간 끄덕였다. 그들은 지나치리만큼 조심스럽게, 심지어 빈정대는 느낌까지 들 정도로 살살 문을 닫았다. 문손잡이를 놓는 소리가 나자 에밀리는 숟가락을 들었고, 다른 사람들도 그녀를 따라 했다.

에밀리가 부드러운 목소리로 세실리아에게 말했다. "동생한테 그렇게까지 얘기해서야 되겠니?"

세실리아가 어머니 쪽으로 몸을 돌릴 때 그녀의 겨드랑이에서 희미한 땀냄새가 풍겼고, 로비는 그 냄새를 맡으며 갓 손질한 정원의 풀밭을 떠올렸다. 곧 밖으로 나갈 수 있겠지. 그는 잠시 눈을 감았다. 그의 앞에는 커스터드 소스가 든 2파인트짜리 물병이 놓여 있었는데 그걸 들 힘이 있을지도 의문이었다.

"죄송해요. 얘가 오늘 하루종일 지나치게 행동하잖아요."

브라이어니가 어른처럼 침착하게 말했다. "언니가 나한테 그렇게 심한 말 할 자격이 있어?"

"무슨 뜻이야?"

로비 생각에 그건 해서는 안 되는 질문이었다. 브라이어니는 지금 놀이방과 어른들의 세계를 오가며 갈팡질팡하는 과도기적 시기에 있었다. 무슨 말과 행동을 할지 예측하기 어려운 나이였다. 지금으로서는 그나마 화난 어린애의 상태를 유지하도록 하는 것이 덜 위험했다.

사실 브라이어니도 자기가 무슨 뜻으로 한 말인지 잘 몰랐지만, 이런 사실을 알 리 없는 로비는 재빨리 끼어들어 화제를 바꾸었다. 그는 자기 왼쪽에 앉은 롤라에게 고개를 돌리고는 식탁에 앉은 모두가 들을 수 있도록 큰 목소리로 말했다. "네 동생들, 참 착한 애들이야, 그렇지 않니?"

"흥! 모르면 가만히 있어." 화가 난 브라이어니는 사촌이 대답할 기회를 주지 않고 말했다.

에밀리가 숟가락을 내려놓았다. "브라이어니, 계속 그러면 네 방으로 가라고 할 수밖에 없어."

"개들이 롤라한테 무슨 짓을 했는지 보세요. 얼굴을 할퀴고 손목이 까지게 했다고요."

사람들의 눈이 롤라를 향했다. 롤라는 갑자기 모든 이목이 자신에게 쏠리자 당황해서 얼굴을 붉혔고, 그 때문에 할퀸 자국이 아까보다는 덜 선명해 보였다.

로비가 말했다. "그렇게 심한 것 같지는 않은데."

브라이어니가 그를 노려보았다. 에밀리가 말했다. "동생들이 손톱으로 할퀴었구나. 연고를 발라줘야겠다."

롤라는 용감해 보였다. "실은 벌써 발랐어요. 많이 좋아졌고요."

폴 마셜이 헛기침을 했다. "제가 그 상황을 봤는데요. 애들을 떼어놓기가 쉽지 않더군요. 솔직히 말하자면 좀 놀랐어요. 어린 꼬마들이 누나한테 어찌나 무섭게 달려드는지……"

에밀리가 자리에서 일어나 롤라에게 가더니 롤라의 팔을 들어 살펴보았다. "세상에, 이 팔 좀 봐! 조금 긁힌 정도가 아닌데. 팔꿈치까지 다 멍이 들었네. 도대체 개들이 어떻게 한 거니?"

"저도 모르겠어요, 이모."

마셜이 다시 한번 의자 등받이 쪽으로 몸을 젖히더니, 눈물이 그렁해진 눈으로 자기를 보고 있는 롤라를 향해 세실리아와 로비의 머리 뒤에서 말했다. "엄살 좀 부려도 돼. 그렇게 맞고도 참 용감하구나."

롤라는 울지 않으려고 애쓰고 있었다. 에밀리는 조카딸을 끌어안고 머리를 부드럽게 어루만져주었다.

마셜이 로비를 바라보며 말했다. "당신 말이 맞아요. 착한 애들이죠. 최근 들어 힘든 일을 많이 겪어서 그런가봐요."

로비는 롤라가 그렇게 심한 상처를 입었다면 마셜이 왜 진작에 말하지 않았는지 의문이었지만 식탁에서는 다들 정신이 없었다. 리언이 식탁 너머로 어머니에게 물었다. "의사를 부를까요?" 세실리아는 자리에서 일어나고 있었다. 로비가 팔을 가볍게 건드리자 그녀가 로비를 바라보았고, 식당에 들어온 후 처음으로 두 사람의 눈이 마주쳤다. 그러나 그 이상의 무언가를 나눌 시간은 없었고, 그녀는 서둘러 식탁을 돌아가 롤라에게 냉찜질 방법을 일러주고 있는 어머니 곁에 섰다. 에밀리는 조카딸의 정수리에 대고 위로의 말을 속삭였다. 마셜은 자리에 그대로 앉아 자기 잔에 바르삭을 따랐다. 브라이어니가 일어서더니 갑자기 날카로운 소리를 질렀다. 그러고는 잭슨의 자리에서 편지봉투를 집어들고 높이 들어 모두에게 보여주었다.

"편지예요!"

브라이어니가 봉투를 열려고 했을 때 로비가 참지 못하고 물었다. "누구 앞으로 보내는 거야?"

"'모두에게'라고 쓰여 있어."

롤라는 이모의 품에서 벗어나서 냅킨으로 얼굴을 닦았다. 에밀리가 갑자기 권위적인 목소리로 말했다. "뜯지 마라. 어떻게 할지 어른에게 여쭤봐야지. 이리 갖고 오너라."

그 목소리에서 심상치 않은 분위기를 느낀 브라이어니는 봉투를 쥐고 얌전히 식탁을 돌아 엄마에게로 갔다. 에밀리는 롤라에게서 한 걸음 떨어져 서서 줄이 쳐진 편지지를 꺼내들었다. 그녀가 편지를 읽는 동안 옆에 서 있던 로비와 세실리아도 그 내용을 읽을 수 있었다.

> 우리는 롤라 누나랑 베티 아줌마가 너무 무서워서 그리고 집에 가고 시퍼서 도망감니다. 가일 쪼끔 가져가서 제송합니다. 그리고 연극 못하게 되서 슬퍼요.

마지막에는 각자의 이름을 나름대로 멋을 부려 써놓았다.

에밀리가 큰 소리로 편지를 읽었고 다른 사람들은 조용히 듣고 있었다. 롤라가 벌떡 일어나 창문 쪽으로 몇 걸음 가더니 마음을 바꿨는지 다시 식탁으로 돌아왔다. 그러고는 넋이 나간 듯 좌우로 사람들을 둘러보면서 계속 같은 말을 중얼거렸다. "어떡해, 어떡해……"

마셜이 롤라에게 다가가 팔을 잡았다. "괜찮아. 걱정하지 마. 몇 명씩 나눠서 돌아다니면 찾을 수 있을 거야."

"그럼, 그렇고말고." 리언이 맞장구를 쳤다. "식당에서 나간 지 몇 분도 안 지났는데, 뭘."

그러나 롤라의 귀에는 아무 말도 들리지 않는 듯했고, 뭔가 결심한 기색으로 문을 향해 성큼성큼 걸어가면서 말했다. "엄마가 날 죽일 거예요."

리언이 어깨를 잡아 세우려 했지만 롤라는 그의 손을 뿌리치더니 문을 열고 나가버렸다. 곧 현관홀을 가로질러 달려가는 소리가 들렸다.

리언이 세실리아에게 말했다. "시, 나랑 같이 가자."

마셜이 말했다. "달도 안 떴어. 밖이 너무 어두워."

사람들이 문을 향해 걸어가자 에밀리가 말했다. "누군가는 여기서 기다려야 할 텐데, 내가 있는 게 좋겠구나."

"지하실 문 뒤에 손전등이 몇 개 있어." 세실리아가 말했다.

"경찰에 신고하셔야 할 것 같아요." 리언이 어머니에게 말했다.

로비는 마지막으로 식당을 나가면서 자신이 이 새로운 상황에 제일 적응하지 못하는 사람일 거라고 생각했다. 쌍둥이 형제의 편지를 읽은 첫 느낌은 비교적 서늘한 복도로 나선 뒤에도 전혀 약해지지 않았다. 왠지 속은 것 같았다. 그는 쌍둥이가 위험에 처해 있다고는 생각할 수 없었다. 어둠 속에서 젖소만 봐도 겁을 먹고 집으로 돌아올 아이들이었다. 집밖에 펼쳐진 어둠과 나무들, 손짓하는 듯한 그림자, 아침에 새로 손질한 서늘한 잔디는 모두 그가 자신과 세실리아만을 위해 맡아둔 것들이었다. 그 모든 것이 그들을 기다리고 있었고, 그것들은 오로지 그들만을 위한 것이었다. 내일, 혹은 지금이 아닌 다른 시간은 안 된다. 그런데 갑자기 우스꽝스러운 소동이 일어나 집안에 있던 사람들이 모두 밤의 어둠 속으로 쏟아져나간 것이다. 이제 모두 바깥에 나가 몇 시간이고 쌍둥이의 이름을 소리쳐 부르고 손전등을 이리저리 비추며 돌아다닐 것이고, 결국 쌍둥이는 지치고 더러워진 모습으로 발견될 것이다. 그런 다음 롤라를 진정시키고 간단하게 한잔하면서 위기를 무사히 넘긴 것을 자축하고 나면 밤은 끝나버릴 것이다. 며칠 후면, 아니 몇 시간만 지나면 쌍둥이가 사라진 오늘밤 사건은 가족들이 모인 자리에서 나누는 유쾌한 이야깃거리가 될 것이다.

로비가 현관문 밖으로 나왔을 때 사람들은 뿔뿔이 흩어지고 있었다. 오빠와 팔짱을 끼고 있던 세실리아는 출발하면서 현관 등 아래 서 있는 로비를 돌아보았다. 그녀가 어깨를 으쓱해 보였는데, 지금은 둘이 함께할 시간이 없다고 말하는 것 같았다. 그가 알고 있다는, 그리고 사랑한다는 몸짓을 보여주기도 전에 그녀는 고개를 돌리고 리언과 함께 어둠 속으로 나서며 쌍둥이들의 이름을 소리쳐 불렀다. 마셜이 손에 쥔 손전등 덕분에 저 앞에서 차도를 따라 성큼성큼 걸어가고 있는 그의 모습이 희미하게 보였다. 롤라는 보이지 않았다. 브라이어니는 혼자서 집 주변을 돌아다니고 있었다. 물론 그애는 로비와 함께 있기를 원하지 않을 것이고, 이는 그에게 다행한 일이었다. 세실리아와 함께할 수 없다면, 세실리아를 독차지할 수 없다면 그도 브라이어니처럼 혼자서 쌍둥이들을 찾아보겠다고 마음을 먹었기 때문이었다. 이 결정은, 앞으로 수없이 인정하게 될 일이지만, 그의 인생을 완전히 바꿔놓았다.

열둘

예전에 있었다는 애덤 양식의 저택이 얼마나 우아했는지, 정원과 어울려 얼마나 아름다운 모습을 연출했는지는 모르겠지만 그 벽은 지금보다 견고하지 못했을 것이고 방들 역시 탤리스가의 방들처럼 숨막히게 고요하지는 않았을 것이다. 사람들이 쌍둥이 형제를 찾으러 나간 후 현관문을 닫고 홀을 걸어가는 에밀리에게는 집안을 감싸고 있는 이 절대 고요가 새삼스럽게 다가왔다. 부엌에서 디저트를 먹고 있을 베티와 일손을 돕는 여자들은 식당이 벌써 비었다는 사실을 알지 못할 것이다. 사방이 너무나 고요했다. 벽과 마룻바닥, 새것이나 마찬가지인 육중한 가구, 거대한 벽난로 장작 받침쇠, 사람 한 명 정도는 쉽게 드나들 정도로 큰 밝은색 석조 벽난로는 몇 세기를 거슬러올라가 고요한 숲에 둘러싸인 외로운 성에나 어울릴 것 같았다. 시아버지는 견고한 인상과 가문의 전통이 잘 드러나는 분위기를 내고 싶었던 모양이다. 평생 쇠 볼트와 자물쇠를 만든 분답게 프라이버시가 얼마나 중요한지를 이해한 것이다. 건물 밖 소음이 완벽하게 차단되는 것은 물론이고, 집 안에서 나는 소리도 옆방에서는 거의 들리지 않거나 아예 차단되었다.

한숨을 쉰 에밀리는 그 소리가 자신에게도 제대로 들리지 않자 다시 한번 크게 한숨을 내쉬었다. 그녀는 서재 문 옆에 있는 단철로 된 반원형 탁자 옆에 서서 수화기에 손을 올려놓았다. 보킨스 경관과 통화하려면 먼저 그의 아내를 거쳐야 했다. 경관의 아내는 달걀과 그에 관련된 문제들, 예를 들어 닭 사룟값이라든가 여우, 새로 나온 종이 달걀봉투의 단점에 관해 떠들어대기 좋아하는 수다스러운 여자였다. 그녀의 남편 보킨스 경관에게서도 시민을 존중하는 태도를 비롯해 경찰로서 갖추어야 할 여러 자질을 찾아볼 수 없었다. 그는 설상가상이라느니, 목마른 놈이 우물을 판다느니, 미꾸라지 한 마리가 개울물을 흐린다느니 하는 진부하기 짝이 없는 말들을, 마치 단추를 빈틈없이 채운 가슴속에 가득한 오랜 경륜에서 얻은 지혜라도 되는 양 떠벌리는 데만 특별한 재주가 있었다. 마을에는 그가 경찰이 되고 콧수염을 기르기 전에는 노조원이었다는 소문이 돌았다. 총파업* 시절에 기차에서 전단지를 들고 있는 그를 봤다는 사람도 있었다.

게다가 마을 경관에게 무엇을 도와달라고 할 것인가? 경관이 사내애들이니 너무 걱정 말라고 에밀리를 안심시킨 후 자고 있던 마을 남자들 대여섯을 깨워 이리로 보낼 때쯤이면 족히 한 시간은 지나 있을

---

* 1926년 5월 탄광노조를 중심으로 시작된 영국 역사상 최대 규모의 총파업.

것이고, 쌍둥이들은 이미 어둠에 덮인 광활한 세상에 겁을 집어먹고 제 발로 집에 돌아와 있을 것이다. 사실 지금 마음에 걸리는 것은 쌍둥이들이 아니라 아이들의 엄마이자 자신의 동생인 허마이어니, 더 정확하게 말하자면 강단 있는 롤라의 모습에 비친 허마이어니였다. 롤라를 달래주려고 일어섰을 때 에밀리는 자신이 그 아이에게 적의를 느끼고 있음을 깨닫고 깜짝 놀랐다. 적의가 강해질수록 그 감정을 숨기기 위해 더 호들갑을 떨어야 했다. 롤라의 얼굴에 난 할퀸 자국은 무시할 수 없는 것이었고, 팔에 든 멍도 어린 사내애들이 그랬다고는 믿어지지 않을 정도였다. 그러나 오랜 원한과 적의가 에밀리를 괴롭혔다. 지금 그녀가 달래주고 있는 사람은 동생 허마이어니였다. 모든 관심을 독차지하는 데 유능한 연기자인 허마이어니를 가슴에 안고 위로하고 있는 셈이었다. 언제나 그랬던 것처럼 마음속에서 분노가 끓어오를수록 에밀리는 더욱 상냥해졌다. 브라이어니가 쌍둥이들의 편지를 발견했을 때 평소 같지 않은 날카로운 목소리로 가엾은 그애를 책망한 것도 바로 그 분노 때문이었다. 얼마나 부당한 일인가! 그러나 자기 딸이—아니, 누구든 에밀리 자신보다 어린 여자가—아주 천천히 봉투를 열어 긴장감을 고조시키고 큰 소리로 편지를 읽으면서 스포트라이트를 한몸에 받을 것을 생각하자 오래전 기억이 되살아나면서 분노가 끓어올랐다.

어린 시절 허마이어니는 혀짜래기소리로 어리광을 부리고 여기저기 뛰어다니다 발레를 하듯 발끝으로 빙그르르 돌면서 틈만 나면 자신의 존재를 과시했다. 찌푸린 얼굴로 조용히 지켜보는 언니 에밀리의 눈에는 그런 허마이어니의 모습이 사랑을 구걸하는 것 같아 우스꽝스럽고 불쌍해 보이기까지 했지만, 허마이어니는 전혀 그렇게 생각하지 않는 듯했다. 그애 곁에는 항상 어리광을 받아주고 부추기는 어른들이 있었다. 이런 유명한 일화가 있다. 에밀리가 열한 살 때 창문이 닫혀 있는 줄도 모르고 테라스로 나가려고 무심코 달려가다가 창문에 부딪히는 바람에 유리가 깨지면서 손이 심하게 찢어졌다. 그러면서 피가 쏟아져나와 옆에 있던 아이의 하얀 모슬린 원피스를 선홍색으로 물들였다. 마침 방안 가득 모여 있던 손님들은 경악했는데, 그때 자지러지는 비명과 함께 쓰러져서 스포트라이트를 받은 것은 다름아닌 아홉 살의 허마이어니였다. 거실 마룻바닥 소파 뒤에 정신이 혼미한 상태로 누워 있는 에밀리에게 의사인 친척 아저씨가 지혈대를 만들어주는 동안, 방안에 있던 십여 명의 친척들은 허마이어니를 달래느라 정신이 없었다. 그리고 지금, 그 허마이어니가 라디오 방송국에서 일하는 남자와 파리에서 놀아나고 있는 동안 에밀리는 그녀의 자식들을 돌보고 있는 것이다. "플뤼 사 샹주."* 보킨스 경관이라면 이렇게 말했을지도 모른다.

롤라의 엄마가 그랬듯 롤라 역시 누가 말린다고 들을 아이가 아니었다. 그애는 에밀리가 편지를 읽자마자 극적으로 식당을 나가버림으로써 도망간 동생들에게서 주인공 자리를 빼앗았다. "엄마가 날 죽일 거예요"라니. 지금 롤라를 생기 넘치게 해주는 것은 바로 그 엄마의 정신이었다. 쌍둥이 형제가 집으로 돌아온 후에는 분명 롤라를 찾는 일이 남아 있을 것이다. 자기애와 자기연민이 강한 그 아이는 쌍둥이들이 돌아온 후에도 어둠 속에 남아 세상의 불행을 혼자 다 겪고 있다는 듯

* Plus ça change, 부차적인 것이 아무리 변해도 본질은 그대로라는 뜻의 프랑스어.

비통해할 것이다. 마침내 롤라가 현관 앞에 모습을 드러내면 사람들의 안도감은 극에 달할 것이고, 모든 관심은 그애에게 쏠릴 것이다. 에밀리는 오늘 오후 침대에 꼼짝 않고 누워서 롤라가 브라이어니의 연극을 망쳐버릴 거라고 걱정했었다. 이젤에 붙어 있던 포스터가 대각선으로 찢겨나간 것은 그것이 기우가 아니었음을 확인시켜주었다. 그리고 역시 그녀가 예측했듯 브라이어니는 화가 난 채 어디론가 사라져버려 찾을 수가 없었다. 다른 사람들이 자기 때문에 힘들어하고 괴로워하는데도 전혀 죄책감이 없는 걸 보면 롤라는 허마이어니를 쏙 빼닮았다.

에밀리는 홀에 선 채 망설였다. 어느 방에도 들어가고 싶지 않았다. 밖에서 사람들의 소리가 들리나 신경을 곤두세우고 있었지만, 솔직히 말하면 아무 소리도 들리지 않아 오히려 다행이었다. 실종된 쌍둥이들이라…… 아무것도 아닌 일 가지고 법석을 떨고 있었다. 그것보다 더 심각한 일은 허마이어니의 삶이 에밀리를 괴롭히고 있다는 사실이었다. 쌍둥이 형제에 대해서는 걱정할 이유가 없었다. 강 근처까지 갔을 리는 없었다. 조금 있으면 지쳐서 집으로 돌아올 게 분명했다. 입을 굳게 다물고 있던 두꺼운 벽이 갑자기 그녀의 귀에 대고 위잉 소리를 냈다. 소리는 나름대로 규칙적으로 커졌다가 작아지기를 반복하고 있었다. 그녀는 전화기 위에 올려두었던 손을 들어 이마를 어루만지면서 거실로 향했다. 다행히 아직 편두통이라는 짐승이 활동을 시작한 것 같지는 않았다. 보킨스 경관에게 전화를 걸지 말아야 할 이유가 또 있었다. 곧 잭이 미안하다는 전화를 걸어올 것이다. 먼저 내무성 교환원의 목소리가 들릴 것이고, 말처럼 히힝거리는 비음을 내는 젊은 비서를 거친 다음 책상 앞에 앉아 있는 남편의 목소리를, 격자천장의 널찍한 사무실에 있어서 약간 울리는 목소리를 듣게 될 것이다. 그가 늦게까지 일한다는 것에 대해서는 의심하지 않았다. 하지만 잠은? 직장이나 술집에서 자는 건 아닐 테고. 그도 에밀리가 이런 의문을 품고 있다는 걸 알고 있었다. 그렇지만 딱히 이야기할 것은 아무것도 없었다. 아니, 너무 많은지도 모른다. 그들은 갈등을 두려워한다는 점에서 서로 닮았고, 그래서 그가 저녁마다 잊지 않고 걸어주는 전화는 믿기 어려운 내용이 많을지언정 서로에게 위안이 되었다. 그것이 습관화된 위선이라 해도 나름대로 쓸모가 있다는 사실은 인정하지 않을 수 없었다. 에밀리에게는 삶에 만족을 주는 것들—저택이라든가, 정원, 그리고 무엇보다도 아이들—이 있었고, 잭에게 도전을 하지 않음으로써 이런 것들을 지키고 싶었다. 게다가 전화로 목소리를 듣는 것으로 족할 뿐 특별히 그가 집에 있어주기를 바라는 것도 아니었다. 심지어 계속해서 거짓말을 한다면 그것이 사랑은 아닐지라도 지속적인 관심의 표현이 아닐까 하는 생각마저 들었다. 그렇게 오랜 기간 치밀하게 거짓말을 했다면, 그는 그녀에게 상당히 마음을 쓰고 관심을 갖고 있는 것이 분명했다. 그의 거짓말은 그들의 결혼생활이 중요하다는 것을 인정하는 증거였다.

푸대접받던 아이가 커서 푸대접받는 아내가 되었다. 그러나 에밀리는 그렇게 불행하다고 생각하지 않았다. 어린 시절의 경험을 통해 내성이 생긴 덕분이다. 거실로 들어서니 테이블 위에는 초콜릿이 묻은 칵테일 잔이 아직 치워지지 않은 채 남아 있고, 정원으로 통하는 유리문은 활짝 열려 있는 것이 보였다. 산들바람이 불어와 벽난로 앞에 놓인 화분의 사초 이파리들을 살랑살랑 흔들어대고 있었다. 하프시코드

위에 놓인 램프 주위엔 통통하게 살이 오른 나방 두세 마리가 맴돌고 있었다. 누군가 하프시코드를 다시 연주할 날이 올까? 날벌레들이 다른 벌레에게 잡아먹힐 위험에도 불구하고 무작정 빛 속으로 뛰어드는 모습은 그녀가 흥미롭게 생각하는 불가사의 중 하나였다. 그녀는 이런 불가사의는 설명하려 들지 않는 편이 낫다고 생각했다. 언젠가 손님들을 초대한 저녁식사 자리에서 무슨 분야인진 몰라도 과학을 가르친다는 어느 교수가 분위기를 바꿔볼 요량으로 큰 장식촛대 위를 날아다니는 곤충 몇 마리를 가리키며 해준 이야기가 떠올랐다. 그는 이 곤충들을 빛 속으로 유혹하는 것은 빛 너머에 있는 더 깊은 어둠이라고 했다. 곤충들은 잡아먹히는 한이 있더라도 빛 끝에 있는 가장 어두운 곳을 찾아가려는 본능에 충실해야 한다고. 그리고 곤충들 눈에 보이는 빛 속의 어둠은 착시에 불과하다고도 했다. 그의 이런 설명은 궤변처럼, 단지 설명을 위한 설명처럼 들렸다. 어느 누가 곤충의 눈으로 세상을 바라볼 수 있단 말인가? 세상 모든 것에 다 그럴듯한 이유가 있는 것은 아닌데도 그것을 알아내려고 노력하는 것은 세상사를 그르치는 일이며 쓸데없는 짓일 뿐 아니라 화를 부를 수도 있었다. 이유를 따지지 말고 그냥 내버려둬야 하는 일들도 있었다.

에밀리는 잭이 집에 잘 들어오지 않고 줄곧 런던에서 지내는 이유를 알고 싶지 않았다. 더 정확히 말하자면 듣고 싶지 않았다. 그뿐만 아니라 매일 밤 그렇게 늦도록 그를 내무성에 붙잡아두는 업무에 대해서도 더 자세히 알고 싶지 않았다. 몇 달 전, 크리스마스 며칠 후의 일이었다. 낮잠을 자고 있는 남편을 깨우러 서재로 들어갔다가 책상 위에 펼쳐진 서류철을 보게 되었다. 그녀는 국가 행정업무에는 거의 관심이 없었으므로 대다수의 아내들처럼 단순한 호기심에서 서류를 살펴보았다. 펼쳐놓은 서류철에는 환관리, 식량 배급, 대도시의 대규모 피난 작전, 노동력 징발 등의 제목들이 나열된 문건이 들어 있었다. 손으로 직접 쓴 내용도 눈에 띄었다. 본문 중간중간에는 계산 과정과 그 결과인 듯한 숫자들이 적혀 있었다. 갈색 잉크로 써놓은 잭의 곧고 바른 글자들은 50을 곱하라고 지시했다. 폭탄 1톤이 투하될 때마다 50명의 사망자가 생긴다고 가정하라. 이 주 동안 10만 톤의 폭탄이 투하된다고 가정하면 총 사망자 수는? 10만에 50을 곱하면, 500만 명의 사망자가 생긴다. 그녀는 아직 잭을 깨우지 않았고, 곤히 잠든 그가 부드럽게 코고는 소리가 정원 어딘가에서 들려오는 겨울새의 노랫소리와 듣기 좋은 화음을 이루고 있었다. 창을 통해 들어오는 햇빛은 책꽂이에 꽂힌 책들 위에서 물결을 이루며 일렁였고, 따뜻한 먼지 냄새가 사방에서 피어올랐다. 그녀는 창가로 가서 회색 구름이 군데군데 떠 있는 연푸른색 하늘 아래 검게 펼쳐진 황량한 참나무 숲 어딘가에 앉아 있을 겨울새를 찾아보았다. 이런 추산을 해보는 것이 정부 관리들로서는 당연한 일이라는 것을 그녀도 잘 알고 있었다. 일어날 수 있는 모든 가능성에 대비해 국민과 재산을 보호하기 위한 대책을 마련하는 것이 당연하다는 사실도 알고 있었다. 그러나 이 엄청난 숫자들은 자기 존재를 공고히 하려는 시도처럼 보일 뿐이었고, 무책임할 정도로 난폭하다는 생각마저 들었다. 탤리스가의 보호자이자 평화의 수호자인 잭이 국가의 보호자이자 평화의 수호자로서 이런 일을 하게 된 것이라 생각할 수도 있었다. 그러나 역시 어리석고 무모해 보였다. 그녀가 깨우자 그는 뭔가 중얼거리며 눈을 뜨다가 황급히 몸을 앞으로 기울여 서류철을 덮었다. 그러고는 자리에 그대로 앉아 그녀의 손을 끌어다 입을 맞추었다. 무미건조한 입맞춤이었다.

에밀리는 테라스 유리문을 열어놓고 소파로 가 앉았다. 누굴 기다리는 건 아니었다. 그녀처럼 무릎에 책 한 권도 펼쳐놓지 않은 채, 마치 낯선 정원을 둘러보듯이 여유롭게 생각만 하면서 꼼짝 않고 있을 수 있는 사람은 거의 없었다. 그녀는 편두통을 피해 다녀야 했던 지난 몇 년간 인내심을 배웠다. 조바심을 내서도, 생각을 한곳에 집중해서도, 책을 읽어서도, 어떤 것을 유심히 봐서도, 무언가를 바라서도 안 되었다. 하늘에서 펄펄 내리는 눈이 소리 없이 쌓이듯 시간이 쌓여가고 주위가 점점 고요해지는 동안 연상작용에 의해 생각이 자유롭게 흐를 수 있도록 내버려두어야 했다. 그녀는 소파에 앉아 산들바람이 드레스 자락을 흔들며 정강이를 간질이는 것을 느꼈다. 그녀 자신의 어린 시절은 각도에 따라 다른 빛깔로 보이는 이 실크 드레스만큼이나 생생했다. 그 맛과 소리와 냄새가 한데 어우러져 단순한 분위기 이상의 실체를 만들어내고 있었다. 지금 이 방안에는 부모의 관심 밖으로 밀려나 상처받은 열 살의 에밀리가, 브라이어니보다도 더 과묵한 소녀가, 19세기가 이제 막 끝나려 한다는 사실에 시간의 광대함과 공허함을 깨닫고 놀라며 경이로워하던 그 소녀가 앉아 있었다. 이렇게 방안에 혼자 앉아 있는 것, "사람들과 어울리려 하지 않는 것"은 참으로 그녀다운 모습이었다. 이 소녀는 허마이어니를 연상시키는 롤라나 어둠 속으로 사라져버린, 도무지 그 속내를 종잡을 수 없는 쌍둥이 형제가 불러낸 것이 아니었다. 어린 에밀리를 불러낸 것은 브라이어니의 어린 시절이 끝나가고 있으며 곧 그 아이가 엄마의 도움을 거부하고 독립을 선언할 날이 오리라는 생각, 바로 그것이었다. 이 생각이 다시 한번 에밀리를 붙잡고 놓아주지 않으려 했다. 막내딸 브라이어니가 다 큰 이상, 어린아이를 돌보는 것처럼 중요하고 즐거운 일은 이제 무덤에 들어갈 때까지 일어나지 않을 것이다. 에밀리는 바보가 아니었다. 자신이 지금 자기연민에 빠져 있다는 것을 잘 알고 있었다. 그러나 이 감미로운 영락의 감각 덕분에 그녀는 브라이어니와 자신의 미래를 그려보게 되었다. 브라이어니는 언니가 다녔던 거턴 칼리지에 진학하여 집을 떠날 테고, 에밀리는 날이 갈수록 팔다리가 뻣뻣해지고 사람들이 거들떠보지 않는 뒷방 늙은이 신세가 될 것이다. 더 늙고 병이 들면 잭은 그녀에게 돌아올 것이다. 아무 설명도 하지 않을 것이고 또 설명이 필요하지도 않을 것이다. 지금 여기에 앉아 있는 에밀리의 어린 자아는 그녀 자신이 얼마나 미약한 존재인지 다시 한번 깨닫게 하고 있었다. 인생이라는 이야기는 얼마나 빨리 끝나버리는가. 압도되지도 않았고 허무하지도 않았다. 다만 너무 빨리 끝나는 것이 잔인하다는 생각이 들었다.

이런 진부한 생각이 든다고 해서 딱히 풀이 죽거나 하지는 않았다. 에밀리는 이런 생각들을 무심한 눈으로 내려다보며 다른 생각이 떠오르면 떠오르는 대로 그저 내버려두었다. 그녀는 수영장 진입로를 따라 털갈매나무를 심을 계획을 세웠다. 로비는 아치형 구조물을 세우고, 천천히 자라지만 자기가 좋아하는 꽃과 향기를 가진 등나무를 심어 덩굴을 만들라고 조언했다. 하지만 멋진 등나무 덩굴을 볼 수 있을 때면 에밀리와 잭은 이미 이 세상 사람이 아닐 것이다. 그걸로 이야기는 끝이 나는 것이다. 이제 그녀는 식당에서 본 로비의 모습을 떠올렸다. 어딘가 들떠 보였고 무엇에 취한 듯한 모습이었다. 어쩌면 언젠가 잡지에서 읽은, 보헤미안 기질이 있는 젊은이들을 미치게 만든다는 마리화나를 피우고 있는지도 모른다. 그녀는 로비를 많이 아꼈고, 그가 똑똑한 젊은이인 것이 그레이스 터너를 위해서 너무나 다행한 일이라고 생각했다. 그러나 사실 로비는 잭의 취미 대상이었고, 잭이 그동안 추구해온 계급타파 정책의 효과를 보여주는 살아 있는 증거였다. 자주 있는 일은 아니지만 잭이 로비에 대해 이야기할 때면 독선적인 주장을 펴고 있다는 느낌이 들었다. 뭔가 아내를 비난하는 듯한 느낌도 들었다. 잭이 로비의 학자금을 대주자고 했을 때 그녀는 반대했다. 남의 일에 지나치게 간섭하는 것 같았고, 리언과 세실리아, 브라이어니에게 부당한 처사로 느껴졌기 때문이다. 로비가 최우등으로 케임브리지를 졸업하는 것을 보고도 자신이 틀렸다고는 생각하지 않았다. 사실, 로비가 최우등 졸업을 한 것이 형편없는 성적을 받아온 세실리아—자기 성적에 짐짓 실망한 척하는 모습은 황당하다는 생각이 들었지만—에게는 그렇게 기분좋은 일이 아니었을 것이다. 로비의 비상飛上. "무슨 덕을 보겠다고 그렇게까지." 에밀리는 로비를 돕는 문제를 두고 자주 이렇게 말했지만, 잭은 이미 충분히 덕을 보았다고 점잖게 대답하곤 했다.

브라이어니가 식사중에 로비에게 그런 식으로 말한 것은 아주 버릇없는 행동이었다. 그애가 화가 났다는 것은 이해하고 안쓰럽게 여기고 있었다. 그러나 자신의 울분을 겉으로 표현하는 것은 적절치 못한 행동이었다. 다시 그때를 떠올리자, 마셜 씨가 없었으면 어떡할 뻔했나 하는 생각이 들었다. 그는 사람들을 편안하게 해주는 재주가 있었다.

원래 그렇게 다른 사람의 기분을 잘 맞춰주나? 그의 얼굴은 아쉬운 점이 없지 않았다. 얼굴의 반 정도는 마치 가구가 지나치게 많은 침실처럼 보였다. 세월이 흐르면 턱이 치즈 조각의 가장자리처럼 굳어져 전체적으로 엄한 인상이 될 것 같았다. 정말로 전 영국군에 아모 초콜릿 바를 조달한다면 그는 엄청난 부자가 될 것이다. 그러나 케임브리지에서 콧대 세우는 법만 배워온 세실리아는 화학을 전공한 그 남자를 뭔가 모자란 사람으로 취급했다. 실제로 그렇게 말하기도 했다. 정작 자기는 집에서도 충분히 읽을 수 있는 책들이나 읽으며 케임브리지에서 삼 년을 허송세월하고 돌아왔으면서. 오스틴이나 디킨스, 콘래드 같은 작가들의 작품은 모두 서재에, 그것도 전집으로 있는데 말이다. 다른 사람들이 심심풀이로 읽는 책들을 전공으로 읽어놓고도 어떻게 자신이 남보다 우월하다고 생각할 수 있을까? 화학 전공자도 나름대로 쓸모가 있다. 게다가 이 사람은 설탕과 화학물질, 갈색 식용색소와 식물성 기름만 가지고 초콜릿 만드는 법을 개발했다. 카카오버터조차 넣지 않고 말이다. 직접 만든 놀라운 칵테일을 마시면서 그는 초콜릿 1톤을 만드는 데 드는 비용이 정말 얼마 안 된다고 설명했다. 또한 자신이 초콜릿 가격을 아주 낮게 책정했기 때문에 경쟁자들을 모두 물리치고 이윤의 폭을 늘릴 수 있었다고도 했다. 그의 말대로라면, 속된 표현이긴 하지만, 그 값싼 초콜릿 원료통에서 얼마나 큰 부귀영화와 아무 걱정 없는 여생이 흘러나올 수 있다는 말인가.

기억과 판단, 모호한 결심과 의문의 단편들이 조용히 에밀리의 머릿속에서 풀려나오는 동안 어느새 삼십여 분이 흘렀다. 그동안 그녀는 자세도 바꾸지 않았고, 십오 분마다 울리는 괘종시계 소리도 듣지 못했다. 산들바람이 점점 강해지더니 테라스 유리문 하나를 닫아버리고는 다시 잠잠해졌다. 이번에는 베티와 조수들이 식당을 치우는 소리가 상념을 방해했지만 그나마도 곧 조용해졌다. 에밀리는 여러 갈래로 나뉜 상념의 길로 다시 나서서 발길이 닿는 대로 돌아다니기 시작했다. 족히 천 번은 될 듯한 편두통 발작으로 단련된 그녀는 갑작스럽거나 심각한 일에 대한 생각은 용의주도하게 피해갔다. 마침내 전화벨이 울리자, 그녀는 놀라지 않고 바로 자리에서 일어나 복도로 나갔다. 그러고는 수화기를 들고 질문을 할 때처럼 말끝을 올리며 전화를 받았다.

"탤리스가입니다?"

교환원과 목소리에 비음이 섞인 비서를 거쳐 장거리전화 특유의 찍찍거리는 소리가 들리더니, 이윽고 잭의 무뚝뚝한 목소리가 흘러나왔다.

"여보, 평소보다 좀 늦었지. 정말 미안해."

열한시 삼십분이었다. 그러나 에밀리는 개의치 않았다. 잭은 주말이면 집으로 돌아올 것이고 언젠가는 영원히 집으로 돌아올 텐데 퉁명스럽게 전화를 받을 이유가 없었다.

에밀리가 말했다. "괜찮아요, 정말."

"국방 관련 보고서를 다시 손보느라고 바빠. 개정하고 나선 다시 인쇄해야 하고. 이런저런 일이 끊임없이 생기네."

"군비증강 문제 때문이군요." 그녀가 달래는 듯한 목소리로 말했다.

"응."

"여보, 당신도 알겠지만, 다들 그 일에 반대하고 있어요."

잭이 껄껄 웃었다. "여기에는 반대하는 사람이 하나도 없는데."

"나도 반대해요."

"언젠가 당신한테 왜 군비를 증강할 수밖에 없는지 설명해줘야겠군."

"난 왜 하면 안 되는지를 설명해줘야겠군요."

오가는 말 속에서 희미하게나마 애정이 느껴졌고, 그 허물없음이 에밀리의 마음을 편안하게 해주었다. 언제나처럼 잭은 하루를 어떻게 보냈는지 물었다. 그녀는 찜통더위와 브라이어니의 연극이 무산된 일, 그리고 리언이 친구와 함께 집에 온 일을 이야기했다. "그 사람은 당신 편이에요. 그가 군병력을 늘리기를 바라는 건 자기가 만드는 초콜릿바를 더 많이 팔고 싶어서겠지만요."

"흠, 보습으로 겨우 은박지나 만들겠다?"*

에밀리는 저녁식사 때 일어난 일을 설명하면서 로비의 흥분한 표정에 대해서도 이야기했다. "정말로 로비를 의대까지 보내줄 필요가 있는 거예요?"

"그럼, 있고말고. 의대에 가겠다는 건 아주 대담한 결정이야. 아주 그애다워. 거기 가서도 잘해낼 거야."

에밀리는 쌍둥이들이 남긴 쪽지 때문에 저녁식사가 얼마나 어수선하게 끝났는지 말했고, 아이들을 찾으러 다들 밖으로 나갔다는 이야기도 했다.

"개구쟁이 녀석들. 어디로 간 거야?"

"몰라요. 아직 아무 소식이 없어서 기다리고 있어요."

전화선 너머로 똑딱거리는 시계 소리만 희미하게 들려올 뿐, 잭은 한동안 말이 없었다. 마침내 입을 열었을 때 그는 이미 어떤 결정을 내

---

* 구약성경 요엘 3장 10절의 "너희는 보습을 쳐서 칼을 만들지어다"를 빗댄 것.

린 모양이었다. 평소와 달리 그녀의 이름을 부른 것은 진지하다는 뜻이었다.

"에밀리, 전화 끊어야겠어. 내가 경찰에 신고할게."

"그럴 필요가 있겠어요? 경찰이 여기 도착할 때쯤이면……"

"무슨 소식이라도 듣거든 즉시 나한테 알려줘."

"잠깐만요……"

인기척에 에밀리가 고개를 돌렸다. 리언이 현관문으로 들어오고 있었다. 리언 바로 뒤에는 세실리아가 따라오고 있었는데 무언가에 몹시 놀라 말을 잃은 표정이었다. 그 뒤에는 브라이어니가 한 팔로 사촌의 어깨를 감싸안고 부축하며 들어왔다. 롤라의 얼굴은 하얗게 질려 마치 석고상 같았다. 에밀리는 그애의 표정을 읽을 수는 없어도 최악의 상황이 발생했음을 직감할 수 있었다. 쌍둥이들은 어디 있는 것일까?

리언은 복도를 성큼성큼 걸어 에밀리에게 다가오면서 수화기를 달라고 손을 뻗었다. 바짓단부터 무릎까지 흙이 잔뜩 묻어 있었다. 이렇게 건조한 날씨에 진흙이라니. 힘들게 돌아다녔는지 가쁜 숨을 몰아쉬고 있었고, 수화기를 잡아채 등을 보이고 돌아설 때 기름을 바른 머리카락이 흐트러져 이마를 덮었다.

"아버지세요? 네, 아버지, 아무래도 집에 오시는 게 좋을 것 같아요. 아뇨, 못 찾았어요. 그런데 더 심각한 일이 생겼어요. 아뇨, 아뇨, 지금은 말씀드릴 수가 없어요. 가능하시다면 오늘밤 안으로요. 어차피 경찰에 신고해야 되는데…… 네, 아버지가 하시는 게 낫겠네요."

에밀리는 한 손을 가슴에 얹고 세실리아와 소녀들이 서 있는 곳으로 몇 걸음 다가갔다. 리언은 목소리를 낮추고 수화기를 두 손으로 감싸더니 무언가 빠르게 중얼거렸다. 에밀리는 한마디도 알아들을 수 없었고 듣고 싶지도 않았다. 그냥 침실로 올라갈까 망설이고 있는데, 리언이 통화를 끝내고 수화기를 내려놓더니 그녀를 향해 돌아섰다. 그의 눈은 심각해 보였고 표정이 굳어 있어서 화가 난 게 아닌가 하는 생각마저 들었다. 그가 깊이 심호흡을 하더니 입술을 앙다물고 얼굴을 찌푸렸다.

리언이 말했다. "우리, 거실로 가서 앉아서 얘기해요."

에밀리는 그제야 상황을 알아차렸다. 리언은 지금 여기에서는 아무 설명도 해주지 않을 터였다. 그녀가 실신하여 타일 바닥에 쓰러져 머리가 깨지는 상황을 막으려는 것이다. 그녀는 그를 물끄러미 바라볼 뿐 꼼짝도 못하고 서 있었다.

"어서요, 어머니." 리언이 말했다.

에밀리의 어깨를 묵직하게 잡은 아들의 손은 뜨겁고 땀으로 축축했다. 어쩔 수 없이 그녀는 리언의 부축을 받아 거실로 향했지만, 그가 소식을 들려주기 전에 우선 그녀를 앉히고 싶어한다는 사실 때문에 두려움은 점점 커지고 있었다.

열셋

앞으로 삼십 분 안에 브라이어니는 평생 잊지 못할 범죄를 저지르게 될 것이다. 광대한 어둠 속 어딘가에 정신병자가 있을 거라는 생각에 그녀는 집을 둘러싼 벽 그림자 안으로만 걷다가 불빛이 새어나오는 창문 앞을 지날 때면 창턱 아래로 몸을 숙이곤 했다. 로비는 세실리아와 리언이 먼저 간 차도를 따라 내려갈 게 틀림없었다. 로비와 안전거리를 유지하게 되었다는 생각이 들자 브라이어니는 대담하게도 집에서 멀리 돌아 마구간을 거쳐 수영장을 향해 걸어갔다. 쌍둥이들이 거기서 호스를 가지고 장난을 치고 있는지, 아니면 이미 죽어서 얼굴을 물속으로 향한 채 둥둥 떠 있어 누가 누군지 구분할 수 없는 상태가 된 건지 알아봐야겠다는 생각이 들었다. 브라이어니는 잔잔하게 빛나는 물결을 따라 흔들리는 그애들의 모습과 머리카락이 넝쿨손처럼 수면 위로 퍼져나간 모습, 옷을 입은 시체들이 물결이 일렁일 때마다 서로 부딪쳤다 멀어졌다 하는 모습을 어떻게 묘사하면 좋을지 생각해보았다. 옷과 피부 사이로 미끄러져 들어오는 건조한 밤공기는 상쾌했고, 몸이 유연하고 민첩해지는 것 같아 기분이 좋았다. 자신이 묘사하지 못할 것은 아무것도 없을 것 같았다. 세실리아와 리언이 눈치채지 못하도록 발소리도 내지 않고 꾸불꾸불한 도로변을 걸어가는 정신병자 로비의 모습도 잘 묘사할 수 있을 것 같았다. 다행히 세실리아 곁에는 오빠가 있어서 언니를 보호해야 한다는 부담을 덜 수 있었다. 브라이어니는 이 달콤한 밤공기와 희미하게 소똥냄새를 풍기는 풀밭, 낮 동안의 열기가 아직 완전히 식지 않아 흙냄새를 뿜고 있는 뜨거운 대지, 호수에서 풀과 물 냄새를 실어나르는 산들바람에 대해서도 잘 묘사할 수 있을 것 같았다.

브라이어니는 부드러운 밤공기를 가르며 잔디밭을 달리면서 이렇게 밤새도록 달릴 수 있을 것 같다는 생각을 했다. 발밑에서는 단단한 대지가 둥글게 똬리를 튼 강철 스프링처럼 그녀를 앞으로 던져주는 듯했을 뿐 아니라, 어둠 속이라 그 속도가 두 배는 빠르게 느껴졌다. 몇 번인가 꿈속에서도 이렇게 달린 적이 있었다. 힘차게 달려나가다가 몸을 앞으로 약간 숙이고 팔을 쫙 벌린 채로 날 수 있다는 믿음에 몸을 내맡기면—제일 어려운 부분이겠지만 꿈속이라 딱히 그렇지도 않았다—그녀는 어느새 땅에서 발을 떼고 서서히 떠올라 울타리와 문과 지붕과 들판 위를 낮게 날아다니고 있었고, 이윽고 위로 솟구쳐올라 구름 밑을 떠다니며 드넓게 펼쳐진 들판을 돌아본 다음 다시 서서히 땅으로 내려오곤 했다. 지금은 열망 하나만으로 그렇게 할 수 있을 것만 같았다. 지금까지 달려온 세상은 그녀를 사랑하고 있었으므로 그녀가 원하는 것을 줄 것이며, 원하는 일이 일어나게 해줄 것이다. 그런 일이 일어난 후에, 그녀는 세상이 자신에게 준 것을 글로 묘사할 것이다. 글쓰기는 일종의 비상 아닐까? 활공과 욕망과 상상의 현실화 작업이 아닐까?

그러나 지금 이 어둠 속에는 채워지지 않은 욕망으로 화가 난 정신병자 하나가 돌아다니고 있었다. 이미 한 번 그를 좌절시킨 브라이어니는 그의 모습을 묘사하기 위해서 날아오르기보다는 계속 땅에 발붙이고 있을 필요가 있었다. 우선 언니를 보호해주어야 하고, 그다음에는 종이에 그의 모습을 담아낼 방법을 모색해야 했다. 브라이어니는 이제 속도를 늦추어 걸으면서 서재에서 방해를 받은 그가 얼마나 그녀를 증오할지 생각해보았다. 그의 증오가 두렵기는 했지만, 어른에게 증오를 받는다는 것은 자신이 어른으로 자리매김했다는 증거이기도 했다. 아이들도 남을 증오할 수는 있지만 변덕이 너무 심하다. 그래서 그다지 중요한 문제가 아니다. 그러나 어른의 증오의 대상이 되는 것은 새로운 세계로 들어서는 엄숙한 의식과도 같았다. 어린이에서 어른으로 올라섰다는 의미였다. 어쩌면 로비는 가던 길을 되돌아와 브라이어니를 해칠 요량으로 마구간 뒤에 숨어 기다리고 있을지도 몰랐다. 그러나 그녀는 두려워하지 않으려고 노력했다. 서재에서 언니가 구해줘서 고맙다는 말 한 마디, 눈짓 한 번 없이 곁을 지나쳐가는 동안에도 그녀는 로비의 눈길을 피하지 않고 노려보았다. 물론 감사나 보답을 바라고 한 일은 아니었다. 이타적인 사랑에는 어떤 말도 필요 없었고, 심지어 세실리아가 자신이 진 빚을 인정하지 않는다 해도 그녀는 언니를 보호해줄 것이다. 그리고 지금 브라이어니는 로비를 두려워할 아무런 이유가 없었다. 오히려 그는 증오와 혐오의 대상이었다. 탤리스가는 그에게 모든 편의와 혜택을 베풀어주었다. 그가 자라난 집, 몇 번인지 셀 수 없을 정도로 자주 다녔던 프랑스 여행 경비, 그래머스쿨 교복과 책값, 그리고 케임브리지 학비에 이르기까지 탤리스가는 그를 전폭적으로 지원했다. 이 모든 것을 그는 끔찍한 단어를 적은 편지를 언니에게 주는 것으로, 더러운 상상으로 탤리스가의 호의를 무시하는 것으로, 언니에게 실제로 폭력을 가하는 것으로, 그리고 아무것도 달라진 게 없다는 듯이 뻔뻔스럽게 식탁에 앉아 있는 것으로 되갚았다. 그 가증스러운 뻔뻔함이라니! 브라이어니는 그것을 만천하에 폭로하고 싶어 안달이 날 지경이었다. 현실의 삶, 이제 막 시작된 브라이어니의 삶은 오래전부터 탤리스가와 깊은 인연을 맺은 사람, 강한 몸과 친근한 얼굴을 가진 사람, 그녀를 목말 태우고 강가로 데려가 함께 수영하고 강한 물살에 떠내려가지 않도록 잡아주었던 바로 그 사람을 악당의 역할로 그녀에게 보내주었다. 이상할 것은 없었다. 원래 진리란 이렇게 낯설고 사람을 미혹에 빠뜨리곤 하며, 일상의 흐름을 거슬러 애써 찾아야 하는 것이니까. 하지만 이것은 아무도 예상하지 못했던 일이다. 물론 악당이라고 해서 이상한 소리를 내거나 스스로의 정체를 밝히지는 않을 것이다. 검은 망토와 기괴한 표정으로 본모습을 드러내는 악당도 없을 것이다. 지금 브라이어니가 서 있는 이곳의 반대편 저멀리 어딘가에는 리언과 세실리아가 있다. 지금쯤 세실리아는 로비가 자신을 공격한 일을 털어놓고 있을지도 모른다. 오빠는 동생의 어깨를 자상하게 감싸안아주겠지. 리언과 세실리아, 그리고 브라이어니, 탤리스가의 자녀들이 모두 힘을 합쳐 이 악당이 다시는 가족의 안전을 위협할 수 없도록 쫓아낼 것이다. 그러고 난 후에는 차마 믿지 못할 아버지를 설득하고, 분노와 실망에 어쩔 줄 몰라하는 그를 위로해야 할 것이다. 그렇게 믿었던 전도유망한 청년이 정신병자라니! 롤라에게 들은 그 말은 브라이어니의 머릿속을 맴돌면서 연상작용을 일으켜 다른 단어들—미치다, 미치광이, 도끼, 공격—을 떠올리게 했고, 그런 단어들은 롤라의 진단이 정확하다는 확신을 갖게 했다.

브라이어니는 마구간을 돌아 시계탑 아래 아치형 입구에서 걸음을 멈췄다. 쌍둥이 형제의 이름을 소리쳐 불렀지만 돌아오는 것은 말발굽 소리와 거대한 말 몸뚱이가 마구간 칸막이에 부딪히는 둔탁한 소리뿐이었다. 브라이어니는 말이나 조랑말을 좋아하지 않는 것을 다행으로 여겼다. 좋아했다면 삶의 이 단계에서는 이제 관심 밖으로 애써 밀어내야 했을 테니까. 더 가까이 다가가지 않아도 말들은 그녀가 거기 있다는 것을 느끼고 있을 것이다. 말들의 입장에서는 천재가, 아니 신이 자기네 세상 주변을 돌아다니는 것으로 느껴질 것이다. 그래서 그 신의 주목을 받으려고 애쓰고 있는 것이다. 그러나 그녀는 몸을 돌려 수영장을 향해 걸음을 내디뎠다. 누군가에게, 아니 말이나 개 같은 동물에게 전적인 책임감을 갖는 것이 글쓰기라는 거칠고 힘든 정신적 여정과 근본적으로 양립할 수 있는지 궁금해졌다. 그 누군가를 보호하고 걱정하는 것, 서로의 마음을 나누는 것, 그리고 한 사람의 운명에 영향을 미치는 주도적인 역할을 하는 것은 정신적인 자유와는 거리가 먼 일임이 분명해 보였다. 어쩌면 그녀는 아이를 낳지 않는 쪽을 선택해 주변의 동정 혹은 부러움을 사는 부류의 여자가 될지도 모른다. 그녀는 마구간 옆으로 둥글게 난 벽돌길을 따라 걸었다. 낮 동안 달구어진 벽돌은 흙과 마찬가지로 열을 내뿜고 있었다. 걸어가는 그녀의 뺨과 종아리에 그 열기가 느껴졌다. 대나무가 양쪽으로 줄지어 늘어선 컴컴한 통로를 지나면서 비틀거렸던 그녀는 이윽고 발밑에 포석이 닿는 것을 느끼고 안도했다.

그해 봄에 달아놓은 수중전등은 아직도 신기하게 느껴졌다. 물밑에서 위를 향해 비치는 푸른빛 때문에 수영장 주변은 은은한 달빛을 받은 듯 흑백사진 같은 풍취를 자아냈다. 낡은 주석 탁자 위에는 유리 물병과 손잡이 없는 유리잔 두 개, 그리고 천조각이 하나 놓여 있었다. 다이빙대 끝에는 말랑말랑한 과일 조각 몇 개가 남아 있는 또다른 유리잔이 놓여 있었다. 수영장 물에 떠 있는 시체는 없었고, 파빌리온의 어둠 속에서 킥킥거리는 소리가 들리지도 않았으며, 대나무 숲 그늘 속에서 "쉿" 하는 소리가 들리지도 않았다. 쌍둥이 형제를 찾으려는 마음은 이미 사라졌다. 은은하게 반짝이는 불빛과 잔잔하게 일렁이는 물결에 매료된 브라이어니는 수영장 주위를 천천히 거닐었다. 정신병자가 언니를 위협하고 있다는 것이 마음에 걸렸지만 이렇게 허락을 받고 밤늦게 밖에 나와 있는 것은 좋았다. 쌍둥이들이 위험에 빠졌을 거라고는 생각하지 않았다. 그애들이 똑똑하게도 서재에 걸려 있는 이 지역 지도를 제대로 읽어냈고 그래서 밤새 북쪽을 향해 걸어가려고 집을 나섰다 해도, 차도를 걸어내려가 선로를 따라 서 있는 숲을 통과해야 한다. 이맘때면 나뭇잎이 울창해서 숲길은 완전한 어둠에 덮여 있을 것이다. 또다른 길은 한 사람만 겨우 지나갈 수 있는 문을 통과해 강가로 이어진다. 그러나 그곳도 어둠에 잠겨 있을 것이므로 길에서 벗어나지 않고 계속 걸어가기는 쉽지 않을 것이고, 길 위로 낮게 드리워진 나뭇가지에 긁히거나 주변에 무성하게 자란 쐐기풀에 찔릴 위험이 컸다. 이런 위험을 무릅쓸 만한 용기가 그애들에겐 없을 것이다.

쌍둥이들은 안전했고, 세실리아는 리언과 함께 있으며, 브라이어니 자신은 홀가분한 마음으로 어둠 속을 산책하면서 파란만장했던 하루를 돌아보고 있었다. 수영장을 벗어나며 그녀는 연극 포스터를 찢으면서 자신의 유년기는 끝났다고 생각했다. 포스터를 찢는 순간 비현실적인 공상과 동화의 시대가 막을 내렸고, 단 몇 시간 만에 그녀는 현실세계의 불가사의한 일들을 목격했다. 말로 표현할 수 없는 끔찍한 단어를 두 눈으로 보았고, 난폭한 공격을 막았으며, 모든 사람들로부터 신뢰받는 한 어른의 증오를 자초함으로써 놀이방을 벗어나 어른의 세계의 당당한 일원이 된 것이다. 이제 그녀가 해야 할 일은 주제뿐 아니라 그 주제를 풀어낼 서술방식을 고민하여 결정짓고 소설을 쓰기 시작함으로써 새로 얻은 지식을 정당하게 평가하는 일이었다. 아니, 새로 지식을 얻었다기보다는 자신의 무지를 더 잘 이해하게 되었다고 할까?

몇 분이나 지났을까, 계속 수영장 물을 바라보고 있자니 갑자기 호수가 떠올랐다. 어쩌면 쌍둥이들은 호수의 작은 섬 안에 있는 예배당에 숨어 있을지도 몰랐다. 그곳은 어둡기는 하지만 저택에서 완전히 떨어져 있지는 않았고, 그늘진 곳도 그렇게 많지 않은데다 강물이 안정감을 주었다. 다른 사람들은 그곳을 내려다보지도 않고 바로 다리를 건너버렸을 것 같았다. 그녀는 저택 뒤쪽으로 돌아 호수에 가봐야겠다고 결심했다.

이 분 후 브라이어니는 장미 화단을 지나 트리톤 분수 앞 자갈길을, 나중에 일어날 잔혹행위를 예언한 불가사의한 현장을 걷고 있었다. 그곳을 지나던 그녀는 멀리서 나는 희미한 비명소리를 들었고, 한쪽 눈가로 손전등 불빛이 깜박이는 것을 얼핏 보았다고 생각했다. 걸음을 멈추고 분수에서 물이 똑똑 떨어지는 소리 말고 다른 소리가 들리는지 귀를 기울였다. 비명소리와 불빛은 몇백 야드 떨어진 강가의 숲에서 나왔다. 브라이어니는 그 방향으로 삼십 초쯤 걸어가다가 다시 걸음을 멈추고 귀를 기울였다. 그러나 어스름한 회색과 푸른빛을 띤 서쪽 하늘에 대비되어 더 검게 보이는 울창한 숲이 바람에 넘실대는 소리 외에는 아무것도 들리지 않았다. 한동안 그대로 서 있던 브라이어니는 집으로 돌아가기로 결심했다. 속도를 내기 위해 얼음 그릇과 유리잔, 와인 병들이 등유램프 불빛 아래 희미하게 보이는 테라스를 향해 곧장 걸어가기 시작했다. 거실로 통하는 유리문이 활짝 열린 채 밤공기를 맞아들이고 있었다. 이제 집안이 들여다보였다. 램프 하나가 희미하게 비추고 있는 거실 안은 길게 드리운 벨벳 커튼에 가려져 소파 한쪽 끝만 조금 보였는데, 거기에 원통형 물체가 기묘한 각도로 공중에 떠 있었다. 50야드를 더 가고 나서야 그것이 사람의 다리임을 알 수 있었다. 테라스를 향해 걸어가는 동안 거실 안의 상황이 서서히 이해되기 시작했다. 물론 그것은 엄마의 다리였다. 엄마가 그곳에 앉아서 쌍둥이 형제의 소식을 기다리고 있는 모양이었다. 커튼 때문에 몸이 가려져 보이지 않는데다 엄마가 스타킹 신은 한쪽 다리를 꼬고 앉아 있어서, 마치 비스듬히 기울어진 원통이 공중에 떠 있는 듯한 착각을 불러일으킨 것이다.

저택 앞에 다다른 브라이어니는 엄마의 시야에 들어가지 않으려고 왼쪽에 있는 창문가로 다가갔다. 엄마의 뒤쪽 아주 멀리 있었으므로 눈을 볼 수는 없었다. 움푹 들어간 눈과 그로 인해 더 도드라지는 광대뼈 주변 그림자만 보일 뿐이었다. 엄마는 눈을 감고 있는 게 분명했다. 머리는 뒤로 젖혀 소파 등받이에 기댄 채였고 두 손은 가볍게 깍지 낀 채 무릎 위에 얌전히 놓여 있었다. 숨을 들이쉬고 내쉴 때마다 오른쪽 어깨가 약간씩 오르내리고 있었다. 입이 보이지는 않았지만 아마도 입꼬리가 아래로 내려가 있을 것이다. 그런 입 모양은 비난의 상징—브라이어니가 좋아하는 표현으로 하자면 상형문자—으로 자주 오해받곤 했다. 그러나 사실은 그렇지 않았다. 엄마는 한없이 친절하고 상냥하고 따뜻했다. 이렇게 늦은 밤 홀로 앉아 있는 엄마의 모습을 보니 슬퍼졌지만, 그러나 그것은 감미로운 슬픔이었다. 브라이어니는 마치 작별이라도 하는 듯한 기분에 젖어 창 너머에 있는 엄마를 바라보았다. 엄마는 벌써 마흔여섯, 슬프게도 나이가 들었다. 언젠가는 돌아가시겠지. 마을에서 장례식을 할 것이고, 아무 말 없이 처연한 표정을 짓고 있는 브라이어니를 보면서 사람들은 그녀의 슬픔이 얼마나 큰지 짐작할 수 있을 것이다. 위로의 말을 건네러 다가온 친구들은 그녀의 비애가 얼마나 깊은지를 깨닫고 감동할 것이다. 그녀는 거대한 원형경기장 한가운데에 홀로 서 있는 자신의 모습을, 지금 알고 있는 사람들뿐 아니라 장차 알게 될 사람들까지 모두 관중석에 앉아 사랑하는 엄마를 잃고 슬픔에 잠긴 자신을 위로하며 지켜보고 있는 모습을 상상했다. 그리고 자신이 리언, 세실리아와 함께 교회 묘지 한쪽의 일명 '조부모 구역'에 새로 세워진 비석 옆에 서서 서로 부둥켜안고 있는 모습을, 그리고 그런 그들을 지켜보고 있는 사람들을 상상했다. 이런 일에는 지켜보는 사람들이 필요했다. 조문객들의 연민과 위로가 그녀의 눈물샘을 자극해야 했다.

브라이어니는 거실로 들어가 엄마 곁에 찰싹 붙어앉아 팔짱을 끼고 오늘 일어난 일을 종알종알 얘기할 수도 있었다. 그랬다면 끔찍한 죄를 저지르지 않았을 것이다. 그렇게 많은 일들이 일어나지 않았을 것이고, 아무 문제도 없었을 것이며, 세월의 부드러운 손길은 쌍둥이들이 가출한 그날 밤을 기억의 저편으로 사라지게 만들었을 것이다. 그 해가 1934년이었나? 아니면 35년? 36년? 그렇게 희미해진 기억을 되살리려고 애쓰게 되었을 것이다. 그러나 브라이어니는 쌍둥이들을 찾아야 한다는 막연한 의무감과 늦은 밤 집밖에 있으면서 느끼는 상쾌함을 제외하고는 별다른 이유도 없이 집으로 들어가지 않기로 결정했고, 몸을 돌리다가 열린 테라스 유리문 가장자리에 어깨를 부딪혔다. 문은 큰 소리를 내며 닫혔다. 바싹 마른 소나무 문틀에서 나는 쾅 소리가 마치 그녀를 질책하듯 울려퍼졌다. 그대로 있으면 자초지종을 설명해야 할 테니 그녀는 발끝으로 포석과 군데군데 자라난 향기로운 허브들을 밟으면서 조용히, 그러나 재빠르게 어둠 속으로 사라졌다. 곧 장미 화단 사이에 난 잔디밭에 다다랐고, 여기부터는 소리를 내지 않고 달려갈 수 있었다. 그녀는 집 옆을 돌아 앞쪽으로, 그날 오후 골이 나서 맨발로 휘적휘적 걸어내려갔던 그 자갈길로 나섰다.

다리로 이어지는 차도로 들어선 다음에는 걸음을 늦추었다. 시작 지점으로 되돌아온 그녀는 여기서 누구를 만나거나 적어도 누군가의 고함소리를 듣게 되리라 생각했다. 그러나 아무도 없었다. 공원 여기저기 널찍하게 자리잡고 서 있는 나무들이 어둠에 묻혀 있는 모습을 보니 망설여졌다. 그녀를 증오하는 사람이 있다는 사실도 잊지 말아야 했다. 어떤 행동을 할지 예측할 수 없는 로비가 폭력을 행사할지 모른다는 사실을 잊으면 안 되었다. 리언과 세실리아, 그리고 마셜 씨는 지금 여기서 멀리 떨어진 곳에 있을 것이다. 가까이 서 있는 나무들, 혹은 적어도 그 나무들의 줄기가 마치 사람의 몸처럼 보였다. 어쩌면 그 뒤에 사람을 숨기고 있을지도 모를 일이다. 나무 앞에 누가 서 있다 해도 알아볼 수 없을 것 같았다. 그제야 그녀는 나무 꼭대기에서부터 쏟아져 내려오는 듯한 바람소리를 인식하게 되었고, 그 익숙한 소리 때문에 불안해졌다. 수백만 가지의 걱정거리가 갑자기 그녀의 감각에 폭격을 퍼붓기 시작했다. 바람이 거세졌다가 잦아드는 소리는 마치 한 생명체가 그녀 곁을 떠나 어둠에 싸인 공원을 천천히 훑고 지나가는 것처럼 들렸다. 브라이어니는 자신이 다리를 향해 계속 걸어갈 용기가 있는지, 다리를 건너고 가파른 둑을 걸어내려가 섬에 있는 예배당으로 가볼 용기가 있는지 생각하며 주춤거렸다. 쌍둥이들이 거기 있을지도 모른다는 예감 말고는 아무것도 없는 상태에서 과연 그런 모험을 감행할 수 있을지 망설여졌다. 자신은 어른들과 달리 손전등도 갖고 있지 않았다. 그녀에게 기대를 거는 사람은 아무도 없었다. 어쨌든 어른들의 눈에는 어린애일 뿐이니까. 그리고 쌍둥이들이 위험에 빠진 것도 아니었다.

브라이어니는 일이 분 정도 망설이며 자갈길 위에 서 있었다. 집으로 돌아갈 만큼 겁이 나는 것도 아니었고, 그렇다고 계획한 대로 계속 갈 만큼 자신이 생긴 것도 아니었다. 집으로 돌아가서 엄마와 함께 거실에 앉아 소식을 기다릴 수도 있었다. 아니면 비교적 안전한 길을 택해 차도를 따라 숲이 시작되는 데까지 내려갔다가 돌아와서는 쌍둥이들을 찾으려고 나름대로 열심히 노력했다는 인상을 줄 수도 있었다. 그러나 그녀는 다리를 건너 섬으로 가는 편을 택했다. 오늘 하루 동안 일어난 일을 통해 자신이 어린애가 아니라는 것이 입증되었고, 따라서 좀더 현실적이고 풍부한 이야기의 주인공으로서 그만한 용기를 내야 한다는 생각이 들었기 때문이다. 발밑에서는 산들바람이 사초에 부딪히며 내는 소리가 아치형 돌다리에 증폭되어 놀랄 만큼 크게 들려왔고, 새의 날개가 수면에 부딪히면서 파드닥하는 소리가 나더니 금세 잦아들었다. 일상적으로 들을 수 있는 소리가 밤의 어둠 때문에 더 크게 느껴질 뿐이었다. 어둠은 아무것도 아니었다. 실체가 없었고 존재하지도 않았다. 빛이 없는 상태가 어둠일 뿐이었다. 이 다리 끝에 있는 것은 인공호수 위에 떠 있는 인공섬일 뿐이었다. 섬은 이백여 년 전부터 그곳에 있었고, 물위에 떠 있어서 육지와 다르게 보일 뿐 특이한 것은 아무것도 없었다. 그 섬은 다른 누구보다도 브라이어니에게 속해 있었다. 실제로 섬에 자주 발을 들여놓는 사람은 그녀뿐이었다. 다른 사람들에게 섬이란 저택으로 오가는 통로, 큰 다리 사이를 연결하는 작은 다리, 너무나 익숙해서 눈에 들어오지도 않는 장식에 불과했다. 하드먼 씨는 일 년에 두 번 아들과 함께 섬으로 가서 예배당 주위에 길게 자란 잡초들을 베어내곤 했다. 어쩌다 부랑자들이 다녀가는 경우도 있었다. 때로는 길 잃은 철새들이 풀이 자란 호숫가에 와서 잠시 머물다 가기도 했다. 그런 드문 경우를 제외하고 섬은 토끼와 물새와 물쥐의 외로운 왕국으로 남아 있었다.

그러므로 브라이어니는 아무 거리낌 없이 둑을 내려가 예배당을 향해 풀밭을 가로질러갈 수 있었어야 했다. 그러나 그녀는 다시 한번 주저하면서, 쌍둥이들의 이름을 소리쳐 부르지도 않고 그저 예배당 쪽을 바라보고만 있었다. 예배당은 어둠 속에서 희미하게 윤곽을 드러내고 있었다. 그녀가 한참을 주시하자 그 어슴푸레하기만 하던 윤곽도 완전히 지워졌다. 100피트쯤 떨어진 곳에 예배당이 서 있고, 그보다 가까운 풀밭 한복판에는 본 적이 없는 관목이 자라 있었다. 아니면 그녀가 기억했던 것보다 더 안쪽으로 들어가 있는 것처럼 느껴졌다. 다른 나무들도 평소와는 많이 달라 보였다. 참나무는 너무 뚱뚱했고, 느릅나무는 가지가 너무 산만하게 뻗어 있었는데, 이 두 나무가 결탁해서 무슨 음모라도 꾸미고 있는 것처럼 보였다. 손을 뻗어 다리 난간을 잡으려는 순간 어디선가 높고 새된 오리 울음소리가 들려와 그녀를 소스라치게 만들었다. 끝이 내려가는 그 음조는 마치 사람 목소리처럼 느껴졌다. 둑이 너무 가파르고, 힘들게 내려가서 예배당으로 가봐야 별 소득도 없을 거라는 생각에 그녀는 끝까지 망설였다. 그러나 이미 결정한 일이었다. 그녀는 뒤돌아서 풀을 짚으며 천천히 둑을 내려가, 평평한 바닥에 다다르자 몸을 일으켜세우고 두 손을 치마에 쓱쓱 문질러 닦았다.

곧장 예배당을 향하던 브라이어니가 일고여덟 걸음쯤 걸어가 쌍둥이들의 이름을 소리쳐 부르려는 찰나였다. 가는 길 도중에 있던—조금 전 물가에 더 가까이 있어야 할 텐데 이상하다고 생각했던—관목이 그녀의 눈앞에서 서서히 갈라지더니, 아니 두 배로 몸을 늘리더니 흔들리면서 이윽고 완전히 갈라졌다. 놀랍게도 그 나무는 복잡한 방식으로 변신을 하는 중이었다. 뿌리 바로 위 줄기 부분은 점점 더 얇아지더니 수직으로 길어져 족히 5, 6피트는 되게 자라났다. 이것이 정말 나무이며 자신이 어둠과 원근법이 빚어낸 일종의 요술을 보고 있는 거라고 굳게 믿지 않았더라면 그녀는 즉시 걸음을 멈추었을 것이다. 그러나 두세 발짝 더 내딛고 나서야 그렇지 않다는 것을 알아차리고 걸음을 멈추었다. 세로로 길어진 나무줄기는 실은 사람이었다. 그 사람은 그녀로부터 뒷걸음질을 치다가 돌아서더니 더 짙은 나무 그림자 속으로 사라져갔다. 땅 위에 넓게 퍼져 있는 어두운 자국도 사람이었다. 그 사람이 몸을 일으켜세우더니 그녀의 이름을 불렀다.

"브라이어니?"

힘이라고는 하나도 없는 그 목소리는 롤라의 것이었다. 아까 오리가 내는 소리라 생각했던 바로 그 목소리. 브라이어니는 단박에 모든 것을 알아차렸다. 혐오와 두려움으로 토할 것 같은 기분이 들었다. 이제 그 커다란 사람의 형체가 다시 나타나, 손질이 잘 된 풀밭을 빙 둘러가더니 조금 전 브라이어니가 내려왔던 둑을 향해 서둘러 걸어가고 있었다. 즉시 롤라를 보살펴야 한다는 사실을 알고 있었지만, 브라이어니는 그가 둑의 가파른 경사면을 힘들이지 않고 순식간에 기어올라가 차도로 사라지는 모습에서 눈을 떼지 못했다. 저택을 향해 걸어가는 그의 발소리가 들렸다. 모든 것이 분명했다. 그녀는 그를 묘사할 수 있었다. 묘사하지 못할 것은 아무것도 없었다. 그녀는 사촌 옆에 무릎을 꿇고 앉았다.

"언니, 괜찮아?"

브라이어니는 롤라의 어깨를 어루만지면서 그녀의 손을 찾으려 했지만 실패했다. 롤라는 일어나 앉더니 두 팔로 가슴을 감싸안고는 약하게 몸을 흔들었다. 목소리는 알아듣기 힘들 정도로 가냘팠고, 목에 가래가 낀 것처럼 소리가 제대로 나오지 않았다. 우선 헛기침을 해서 목을 가다듬어야 했다. 롤라가 가냘픈 목소리로 말했다. "미안해, 내가 그런 거 아냐, 미안해……"

"누구였어?" 브라이어니는 속삭여 물었고 롤라가 대답하기도 전에 가능한 한 침착하게 덧붙였다. "그 사람 봤어. 내가 봤어."

롤라가 온순하게 말했다. "그래."

브라이어니는 그날 저녁에만 두번째로 사촌에 대한 연민과 애정이 샘솟는 것을 느꼈다. 둘이 함께 진짜 공포를 맞닥뜨린 것이다. 그녀와 사촌은 이제 더할 나위 없이 가까워졌다. 브라이어니는 무릎을 꿇고 몸을 기울여 롤라를 두 팔로 안으려 했지만, 마르고 뻣뻣한 롤라의 몸은 브라이어니의 손길을 거부하는 것처럼 느껴졌다. 마치 조개처럼 껍질에 싸여 있는 것 같았다. 경단고둥. 롤라는 두 팔로 가슴을 감싸안은 채 몸을 흔들었다.

브라이어니가 물었다. "그 사람이었어. 그렇지?"

브라이어니는 롤라가 생각에 잠긴 채 천천히 고개를 끄덕이는 것을 보았다기보다 가슴으로 느꼈다. 롤라는 너무 놀라고 지쳐서 말도 나오지 않는 모양이었다.

얼마간 시간이 흐른 후 롤라가 예의 가냘프고 순종적인 목소리로 말했다. "그래. 그 사람이었어."

브라이어니는 갑자기 롤라가 그의 이름을 말해주면 좋겠다는 생각이 들었다. 범죄를 확인하고, 피해자의 저주로 범죄자를 지목하고, 그의 운명을 결정짓기 위해서는 이름을 부르는 마법이 필요했다.

"언니." 롤라에게 속삭이며 브라이어니는 이상하게 마음이 흥분되는 것을 부인할 수 없었다. "언니, 정확히 누구였어?"

흔들림이 멈췄다. 섬은 쥐죽은듯 조용해졌다. 롤라는 자세를 바꾸지는 않았지만 이윽고 반은 어깨를 으쓱하고 반은 몸을 흔들어 브라이어니의 동정어린 손길에서 벗어나려고 했다. 그러고는 고개를 돌려 어둠에 잠긴 호수 쪽을 바라보았다. 그녀는 이미 말을 시작하려 하고 있는지도 몰랐다. 자신의 감정을 깨닫고, 마비된 상태에서 깨어나 공포와 기쁨을 닮은 무엇인가를 향해 가기 위해 긴 고백을 시작하려 하고 있는지도 몰랐다. 고개를 돌린 것은 거리를 두려는 게 아니라 친근감의 표현이었을 것이다. 멀리 집을 떠나와서 만난, 믿고 이야기를 나눌 수 있는 유일한 상대에게 모든 걸 털어놓기 전에 용기를 내기 위한 방법이었을 것이다. 어쩌면 롤라는 벌써 숨을 들이마신 후 입을 뗐는지도 몰랐다. 그러나 그런 것은 중요하지 않았다. 어차피 브라이어니는 롤라의 말을 자르고 그녀가 고백할 기회를 주지 않을 것이기 때문이었다. 다시 몇 초가 흘렀다. 삼십 초? 아니 사십오 초쯤 지났을까? 브라이어니는 더이상 참고 있을 수 없었다. 모든 것이 연결되어 있었다. 그리고 그것은 브라이어니 자신이 발견한 것이었다. 그녀의 이야기, 그녀 주변에서 저절로 만들어지고 있는 이야기였다.

"로비였어. 그렇지?"

정신병자. 브라이어니는 그 단어를 말하고 싶었다.

롤라는 아무런 대답이 없었고 움직이지도 않았다.

"로비였어." 브라이어니가 다시 말했을 땐 질문이 아니라 사실을 단정짓는 어조였다.

롤라는 고개를 돌리지도 몸을 움직이지도 않았지만, 마음속에서 무언가 변화가 일어나고 있는 것이 분명했다. 피부에서 느껴지는 열기와 마른침을 삼키는 소리, 목 근육이 당겨지면서 나는 딱딱 소리가 그것을 말해주고 있었다.

브라이어니는 다시 한번 같은 말을 짧게 반복했다. "로비."

호수 한가운데서 물고기가 뛰어올라 다시 물속으로 풍덩 뛰어드는 차지고 둥근 소리가 났다. 산들바람도 이미 완전히 멎은 터라 그 소리는 고요한 밤공기를 가르며 또렷하게 울려퍼졌다. 나무 꼭대기나 사초들 사이에서 나던 무서운 소리도 사라졌다. 마침내 롤라가 천천히 고개를 돌려 브라이어니를 바라보았다.

롤라가 말했다. "네가 봤다며."

"이럴 수가." 브라이어니가 신음했다. "그가 어떻게 감히……"

롤라는 한 손으로 다른 팔뚝을 꽉 잡았다. 그러고는 힘없는 작은 소리로 단어 하나하나를 끊어서 말했다. "네가 그를 봤다면서."

브라이어니는 롤라에게 몸을 기울여 그녀의 손을 잡았다. "아까 저녁식사 전에, 우리가 얘기를 나눈 다음에 서재에서 무슨 일이 있었는지 알아? 로비가 세실리아를 폭행하고 있었어. 내가 들어가지 않았다면 어떻게 됐을지……"

둘은 가까이 있었지만 서로의 표정은 읽을 수 없었다. 검은 원으로만 보이는 롤라의 얼굴에서는 아무것도 읽을 수 없었지만, 브라이어니는 그녀가 건성으로 듣고 있다는 것을 느꼈다. 브라이어니의 말을 끊고 했던 말을 다시 하는 것만 봐도 알 수 있었다. "네가 봤다며. 실제로 네가 본 거잖아."

"물론, 내가 봤어. 확실해. 그 사람이었어."

밤공기가 아직 후텁지근한데도 롤라는 몸을 떨기 시작했고, 브라이어니는 벗어서 롤라의 어깨에 걸쳐줄 옷이라도 있었으면 좋겠다고 생각했다.

롤라가 말했다. "그가 내 뒤에서 불쑥 나타났어. 나를 땅바닥에 쓰러뜨려서…… 그러고는…… 내 머리를 뒤로 젖히더니 손으로 내 눈을 가려버렸어. 그래서 나는 제대로, 도저히……"

"언니……" 브라이어니가 손을 뻗어 사촌의 뺨을 어루만졌다. 아직은 말라 있었지만, 곧 눈물로 얼룩질 터였다. "내 말 들어봐. 내가 잘못 봤을 리가 없어. 태어나면서부터 줄곧 그를 알고 지냈는걸. 내가 그를 봤어."

"난 확실히 말할 수 없어. 그런데 목소리를 듣고 그 사람일지도 모른다는 생각은 했어."

"뭐라고 했는데?"

"아무 말도 안 했어. 숨쉬는 거랑 신음소리만 들었어. 보지는 못했고. 그래서 확실히 말할 수가 없는 거야."

"괜찮아. 내가 할 수 있어. 내가 할 거야."

이렇게 해서 각자의 입장이, 앞으로 몇 주, 몇 달 동안 많은 사람들 앞에서 드러나고 개인적으로는 그후 오랜 세월을 악몽처럼 쫓아다니며 그들을 괴롭힐 각자의 입장이 호숫가에서 대화를 나누는 바로 이 순간에 정해졌다. 성폭행범이 누구인지 롤라가 자신 없어할 때마다 브라이어니의 확신은 더 굳어져갔다. 이 순간 이후로 롤라가 할 일은 별로 없었다. 상처받고 혼란스러워하는 모습으로 한 발 물러나 자상한 보살핌을 받는 환자로서, 신체적 정신적 충격에서 회복되고 있는 피해

자로서, 그리고 길 잃은 아이로서 어른들의 관심을 받기만 하면 되었다. 불쌍한 피해자 역할을 하며 어른들로 하여금 '어린아이에게 어떻게 이런 일이 생기게 했을까?'라는 죄책감을 갖게만 하면 되었다. 롤라는 어른들을 도울 힘이 없을뿐더러 도울 필요도 없었다. 브라이어니가 기회를 주자 롤라는 본능적으로 재빨리 그 기회를 부여잡았다. 아니, 그럴 것까지도 없었다. 그녀는 그저 가만히 있기만 하면 되었다. 흥분하는 사촌 뒤에서 침묵을 지키는 것 외에는 별로 할일이 없었다. 거짓말할 필요도 없었고, 성폭행 용의자를 직접 볼 필요도, 그에게 불리한 진술을 하기 위해 용기를 짜낼 필요도 없었다. 그런 모든 일은 굳이 얕은수를 쓰지 않아도 순진한 사촌동생 브라이어니가 대신 해줄 것이었다. 롤라는 그저 진실에 대해서는 입을 다문 채 진실을 빨리, 그리고 완전히 잊어버리고 자신이 브라이어니와는 다른 진실을 알고 있는 것이 아니라 그저 확신이 없는 거라고만 믿으면 되었다. 그의 손이 눈을 가리고 있어서 그를 보지 못했고, 공포에 떨고 있는 상태였기 때문에 아무것도 확신할 수 없었다고 자신을 설득하기만 하면 되었다.

브라이어니가 모든 단계마다 곁에서 롤라를 도와줄 터였다. 브라이어니는 일어난 일들이 모두 퍼즐조각처럼 잘 맞아들어간다고 생각했다. 끔찍한 현재는 바로 얼마 전의 과거를 완성시켰다. 브라이어니가 목격한 사건들이 이미 사촌의 재앙을 예고해주었던 것이다. 브라이어니가 조금만 덜 순진했더라면, 덜 어리석었더라면 어땠을까? 롤라에게 일어난 일은 브라이어니가 이전에 목격한 일과 너무나 잘 맞아떨어졌으므로 자신의 판단이 진실이 아닐지도 모른다는 생각은 아예 들지도 않았다. 브라이어니는 로비가 세실리아만 주목할 것이라고 짐작한 자신의 어리석음을 탓했다. 도대체 무슨 생각을 하고 있었던 것인가? 그는 정신병자가 아닌가? 누구라도 그의 먹이가 될 수 있었다. 그리고 그는 당연히 가장 약해 보이는 대상을 고른 것이다. 동생들을 찾아 어둠에 잠긴 낯선 곳을 비틀거리며 돌아다니다가 용감하게도 섬에 있는 예배당까지 찾아간 깡마른 어린 소녀. 브라이어니 자신도 그의 희생양이 될 수 있었다는 생각이 들자 분노가 더욱 커지면서 결심이 확고해졌다. 불쌍한 사촌이 진실을 밝힐 수 없다면, 그녀가 할 것이다. 내가 할 수 있어. 내가 할 거야.

그러나 그다음 한 주가 채 지나가기도 전에 그렇게도 굳건했던 확신에 미세한 금이 가기 시작했다. 자주는 아니었지만 브라이어니는 자신이 알고 있는 것이 문자 그대로 자기가 본 것에만 근거한 것이 아니라는 사실을 깨닫게 될 때마다 가슴이 철렁 내려앉았다. 그녀에게 진실을 알려준 것은 눈이 아니었다. 눈으로 확인하기에는 너무 어두웠다. 바로 곁에 있었던 롤라의 얼굴조차 둥그런 윤곽만 희미하게 보였는데, 하물며 몇 피트 떨어진 곳에 있다가 브라이어니가 다가가자 등을 돌려 달아난 그 사람의 얼굴을 제대로 볼 수 있었겠는가. 그렇다고 아무것도 보지 못한 것은 아니었다. 그의 체격과 움직임이 눈에 익었다. 그녀의 눈은 그녀가 알고 있고 경험한 모든 것이 사실임을 확정해주었다. 말하자면 진실은 조화를 이루었고, 상식에 바탕을 두고 있었다. 진실이 그녀의 눈을 이끌었다. 따라서 그녀가 몇 번이고 반복했던 "내가 그 사람을 봤어요"라는 말은 그녀의 진심이 담긴 열의에 찬 발언이었을 뿐 아니라 완벽히 정직한 말이기도 했다. 그러나 그녀가 의도한 바는 사람들이 열심히 귀기울여 듣고 이해한 것보다 더 복잡한 것이어서,

자신이 이런 뉘앙스를 제대로 전달하지 못하고 있다는 생각이 들 때마다 마음이 불안해지곤 했다. 그렇다고 진지하게 노력을 해본 것은 아니었다. 그럴 기회나 시간이 없었고, 주변에서 이를 허락하지도 않았다. 그 일이 있고 이삼일 동안, 아니 단 몇 시간 만에 상황은 너무나 빠르게 전개되었고 이미 그녀의 통제권을 벗어났다. 브라이어니의 증언은 아름답고 평온하던 마을에 엄청난 파장을 불러일으켰다. 마치 관계 당국과 제복을 입은 무서운 경찰관들이 이런 재난이 일어날 것을 미리 알고 마을의 아름다운 건물들 뒤에 숨어서 기다리고 있었던 것만 같았다. 그들은 뚜렷한 견해가 있었고 자신들이 무엇을 원하는지, 그리고 이런 상황에 어떻게 대처해야 하는지를 잘 알고 있었다. 브라이어니는 그날 밤의 정황에 대해 진술해달라는 요구를 수도 없이 받았고, 설명을 반복할 때마다 일관된 내용을 말해야 한다는 부담이 점점 더 무겁게 그녀를 짓눌렀다. 이전에 했던 말과 똑같은 말을 몇 번이고 반복해야 했다. 아무리 사소한 것이라도 이전의 진술과 달라지면 경찰은 이마를 찌푸리거나 금세 태도가 냉랭해졌으며, 그녀에 대한 동정심도 거둬버렸다. 브라이어니는 그들을 기쁘게 해주어야 한다는 생각에 초조해졌고, 아무리 사소한 것이라도 다르게 표현하거나 덧붙인다면 그녀가 초래한 절차가 방해를 받으리라는 사실을 금방 알아차렸다.

브라이어니는 결혼식 날이 다가옴에 따라 불안해하면서도 이미 자신을 위해 너무나 많은 것이 준비된 터라 속내를 감히 털어놓지 못하는 예비 신부 같았다. 속마음을 털어놓으면 너무나 많은 사람들이 불행하고 불편해질 것이므로. 하지만 이런 불안감은 일시적인 것이니, 다른 사람들의 기쁨과 행복을 위해 자신을 희생하면 금세 사라질 것이었다. 이렇게 많은 사람들이 모두 잘못 생각할 리가 없었다. 그뿐만 아니라 사람들은 브라이어니에게 스스로 본 것에 대해 의구심을 갖는 것은 자연스러운 일이라고도 했다. 브라이어니는 진행중인 일들이 자기 때문에 무산되는 것을 바라지 않았다. 처음에 가졌던 확신과 이삼일 동안 참을성을 갖고 친절하게 진술한 증언 내용을 모두 부인하면서 뒤로 물러설 용기도 없었다. 그렇지만 '보았다'라는 말의 의미에 대해 부연 설명을 하고 싶기는 했다. 자신의 그 말이 실제로 무엇을 본 것이라기보다는 '알았다'는 쪽에 가깝다는 사실을 설명하고 싶었다. 설명을 들은 후에 수사관들이 일을 그대로 진행할 것인지는 그들이 알아서 할 일이었다. 브라이어니가 흔들리는 모습을 보일 때마다 수사관들은 태도를 싹 바꾸어 냉정한 말투로 그녀가 한 최초의 진술을 상기시키곤 했다. 그런 태도는 이 바보 같은 아이가 모두의 시간을 낭비하는 건 아닐까 하는 그들의 의구심을 암시하고 있었다. 그리고 그들은 '보았다'는 말에 대단히 엄격한 기준을 적용했다. 그들은 사건 당시 별이 총총했고 인근 마을의 가로등 불빛이 구름에 반사되고 있었기 때문에 빛이 충분했다고 단정지었다. 그러므로 그녀가 보았거나 아니면 보지 못했거나 둘 중 하나이지 중간일 수는 없었다. 수사관들이 이런 말을 직접 하진 않았지만, 무뚝뚝하고 냉정한 태도가 그렇게 생각하고 있음을 보여주었다. 그것을 감지할 때마다 그녀는 처음의 열정으로 되돌아가 최초의 증언을 반복하곤 했다. 내가 그를 봤어요. 그 사람이었다는 걸 알아요. 그리고 수사관들이 이미 알고 있는 내용을 자신이 확인해주고 있다는 것을 느끼며 안도하곤 했다.

브라이어니는 압력이나 위협을 받았다고 자신을 위로할 수는 없었다. 사실 압력이나 위협은 전혀 없었다. 그녀는 자기가 만든 미로 속에 자신을 가두고 맹목적으로 걸어들어갔으며, 너무나 어렸고, 두려움을 느끼고 있었을 뿐 아니라 다른 사람들을 기쁘게 해주고자 하는 마음이 너무 컸기 때문에 갔던 길을 되돌아나올 엄두를 내지 못했다. 그녀는 천성적으로 독립심이 없었거나 독립심을 가지기엔 너무 어린 나이였다. 위압적인 하객들이 최초의 확신 주위에 모여서 브라이어니를 지켜보고 있는데 제단 앞에서 이들을 실망시킬 수는 없었다. 최초의 확신에 더 깊이 몸을 내던져야만 마음속의 의구심을 희석할 수 있었다. 자신이 알고 있다고 믿는 것을 꽉 부여잡고 생각을 다른 데로 돌리지 않은 채 최초의 증언을 반복하면서 그녀는 자신이 누군가에게 피해를 주고 있다는 어렴풋한 느낌을 피할 수 있었다. 그리고 수사가 종결되고 재판과 선고가 있고 나서 사람들이 흩어진 다음에는, 그 일을 깨끗이 잊으려는 의도적인 노력과 어린 시절 특유의 무자비한 망각 덕분에 무사히 청소년기로 진입할 수 있었다.

"내가 할 수 있어. 내가 할 거야."

그들은 한동안 침묵을 지키며 앉아 있었고, 이제 롤라의 떨림도 서서히 가라앉기 시작했다. 브라이어니는 지금 당장 사촌을 집으로 데려가야 한다고 생각하면서도 서로 마음이 가까워진 이 분위기를 깨고 싶지 않았다. 브라이어니는 롤라의 어깨를 두 팔로 감싸안았고, 롤라도 아까와는 달리 브라이어니의 손길을 거절하지 않고 얌전히 몸을 맡긴 채 앉아 있었다. 저멀리 호수 너머에서 불빛이 움직이는 것이 보였다. 누군가가 차도를 따라 손전등을 들고 걸어가고 있었다. 그러나 그들은 그것을 보고도 아무 말도 하지 않았다. 마침내 롤라가 생각에 잠긴 말투로 입을 열었다. 마음속에 어렴풋이 떠오른 반대 주장을 곱씹고 있었던 모양이다.

"그런데 말이 안 돼. 그 사람은 너희 가족과 친하잖아. 어쩌면 그가 아니었을지도 몰라."

브라이어니가 중얼거렸다. "서재에서 일어난 일을 봤으면 그런 말 못할 거야."

롤라는 받아들일 수 없는 진실을 어쩔 수 없이 감내한다는 듯 한숨을 쉬며 천천히 고개를 저었다.

그들은 다시 침묵 속으로 빠져들었다. 구름이 걷히고 기온이 내려가면서 잔디가 축축해지지 않았더라면—아직 이슬이 맺힐 정도는 아니었지만—좀더 앉아 있었을지도 모른다.

"걸을 수 있겠어?" 브라이어니가 그렇게 속삭이자 롤라는 용감하게 고개를 끄덕였다. 브라이어니는 롤라를 부축해서 일으켜세운 다음, 자신의 어깨에 완전히 기대게 하고 풀밭을 걸어 다리 쪽으로 향했다. 경사면에 도달했을 때 마침내 롤라가 울음을 터뜨렸다.

"못 올라가겠어." 롤라가 울먹이며 말했다. "힘이 없어." 브라이어니는 집으로 달려가 도와줄 사람을 데려오는 게 낫겠다고 롤라에게 말하고 풀밭에 그녀를 앉히려고 했다. 그런데 바로 그 순간 차도 쪽에서 사람들 목소리가 들렸고 곧이어 손전등 불빛이 눈에 들어왔다. 오빠의 목소리를 들었을 때, 브라이어니는 기적이 일어났다고 생각했다. 진짜 영웅이 그러듯이 리언은 성큼성큼 걸어서 둑 아래로 내려와, 무슨 일이냐고 묻지도 않은 채 롤라를 어린아이 안듯 가볍게 안아올렸다. 세실리아는 위에서 쉰 목소리로 걱정스럽게 뭐라고 묻고 있었다. 그러나 누구도 대답하지 않았다. 리언은 벌써 경사면을 올라가고 있었고 따라가는 브라이어니가 힘이 부칠 정도로 재빨랐다. 브라이어니는 리언을 허겁지겁 따라가면서 차도에 도착하기도 전에, 리언이 롤라를 내려놓기도 전에 조금 전 일어난 일을 정확히 자기가 본 대로 설명하기 시작했다.

열넷

심문과 서명한 진술서, 증언, 그리고 나이가 어려 출석이 허용되지 않아 법정 밖을 서성이며 느꼈던 두려움에 대한 기억도 그 여름날 밤과 새벽에 대한 기억의 단상들만큼 앞으로 살아갈 세월 동안 브라이어니를 괴롭히지는 않을 것이다. 죄책감은 자학의 도구를 끊임없이 정련했고, 시간이 가면서 떠오르는 세밀한 기억의 구슬들을 하나하나 실에 꿰어 평생 동안 돌리면서 기도해야 할 묵주를 만들어놓았다.

집으로 돌아온 다음부터 시간이 꿈같이 흘러가기 시작했다. 침통한 도착과 눈물, 낮은 속삭임, 복도를 오가는 다급한 발걸음. 브라이어니는 극도로 흥분한 상태여서 잠도 오지 않았다. 물론 이 순간에는 전적으로 롤라가 주인공이라는 것을 브라이어니도 잘 알고 있었다. 그러나 롤라는 곧 걱정스러운 표정의 여자 어른들 손에 이끌려 침실로 올라가 의사의 검진을 기다리게 되었다. 브라이어니는 층계 아래에 서서 롤라가 큰 소리로 흐느끼며 엄마와 베티의 부축을 받아 층계를 올라가는 것과 폴리가 세숫대야와 수건을 들고 그 뒤를 따르는 것을 지켜보았다. 사촌이 사라지고 아직 로비가 등장하지 않은 지금, 무대 중앙에 서게 된 것은 브라이어니였다. 사람들이 그녀의 말을 경청하고 존중하며 부드러운 목소리로 질문하는 것을 보면 이제 그녀를 어른으로 대우하고 있음을 알 수 있었다.

험버* 한 대가 저택 앞에 멈춰 서고 경감 두 명과 경관 둘이 안내를 받아 집안으로 들어선 것이 바로 이때쯤이었다. 그들의 유일한 정보원인 브라이어니는 침착하게 증언을 했다. 자신의 역할이 중요하다는 깨달음이 그녀가 가진 확신을 더 굳건하게 해주었다. 아직은 공식적인 심문이 아니라 그녀로부터 설명을 듣는 정도였다. 브라이어니는 복도에서 경찰관들을 마주보고 서 있었고, 브라이어니의 양옆으로는 리언과 엄마가 있었다. 롤라의 침실에 있던 엄마는 어쩌면 이렇게 빨리 나타났을까? 나이든 경감의 엄숙한 얼굴에는 화강암의 단층면에 새겨진 수많은 결처럼 주름이 많았다. 브라이어니는 눈초리가 매섭고 표정 변화가 전혀 없는 경감과 이야기하면서 그가 무섭다고 생각했지만, 진술을 하는 동안 자신을 무겁게 짓누르던 바위가 치워지는 것 같은 느낌이 들었고 따뜻한 순종의 감각이 가슴에서 팔다리로 퍼져나가는 듯했다. 그것은 사랑의 느낌과도 같았다. 아무것도 묻지 않고 듣고만 있는 눈초리가 매서운 남자, 정의를 위하여 언제라도 달려오는 남자, 인간

* 사륜구동의 지붕이 높은 자동차.

의 모든 힘과 지혜를 갖춘 이 남자를 향한 갑작스러운 사랑에 빠진 듯한 느낌이 들었다. 무표정한 경감의 눈길을 받으면서 브라이어니는 목구멍이 오그라들고 목소리가 떨리기 시작했다. 물론 그녀에게는 아무런 잘못이 없었지만 경감이 자신을 안아주고 위로해주며 용서해주기를 바랐다. 그러나 그는 브라이어니를 응시하며 그녀의 말을 조용히 듣고 있을 뿐이었다. 그 사람이었어요. 내가 그 사람을 봤어요. 브라이어니의 눈물은 그녀의 말이 진실임을 입증하는 또하나의 증거였다. 엄마의 손이 목덜미를 부드럽게 어루만지자, 그녀는 완전히 무너져내려 울음을 터뜨렸고 곧 거실로 인도되었다.

브라이어니가 거실 소파에 앉아 엄마의 위로를 받고 있었다면, 깃을 높이 세운 구식 셔츠에 검은 조끼를 입은 매클래런 박사가 탤리스가 세 아이들의 탄생과 어린 시절의 병치레를 목격해온 그 낡은 왕진가방을 들고 집안에 들어선 것은 어떻게 기억하게 되었을까? 리언은 의사 쪽으로 몸을 숙이고 일어난 일을 간결하게 설명해주고 나서 뭔가 의논을 하는 것 같았다. 그 무사태평하고 쾌활하던 리언의 모습은 어디로 갔을까? 이렇게 조용히 의논하는 그의 모습은 앞으로 몇 시간 동안 계속 보게 될 터였다. 누군가가 새로 도착할 때마다 그는 이런 식으로 상황을 짧게 전해주고 뭔가 이야기를 나누곤 했다. 사람들—경찰, 의사, 가족, 하인—은 방 한구석, 복도, 테라스에 삼삼오오 모여 있다가 흩어지고 새로운 조합으로 다시 모이곤 했다. 모두 들을 수 있도록 큰 소리로 이야기가 오가는 경우는 없었다. 사람들은 사건의 끔찍한 전말에 대해서 모두 알고 있었지만 마치 자기만 아는 비밀인 듯 겉으로는 모른 척했고, 옆 사람하고만 낮은 목소리로 그 비밀을 나누다가 곧 다른 중요한 일이라도 있는 것처럼 다른 자리로 옮겨가 새로운 무리를 구성하곤 했다. 사실 더 심각한 문제는 쌍둥이들의 행방이 아직까지 묘연하다는 것이었다. 그러나 사람들은 마치 주술에라도 걸린 듯 한결같이 그 애들은 공원 어딘가에서 안전하게 잠들어 있을 것이라고 했다. 이렇게 해서 위층에 있는 어린 소녀가 겪은 재앙에 모든 관심이 집중되었다.

쌍둥이를 찾으러 나섰다가 허탕만 치고 돌아온 폴 마셜은 경감들로부터 소식을 전해들었다. 그는 양옆에 경감들을 데리고 테라스를 왔다 갔다하며 이야기를 듣다가 돌아서서 금도금을 한 담뱃갑에서 담배를 꺼내 그들에게 권했다. 대화가 끝나자 그는 고참 경감의 어깨를 툭툭 치고는 거실로 들어가 에밀리 탤리스와 뭔가 이야기를 했다. 리언은 의사를 데리고 위층으로 올라가고 없었다. 리언이 먼저 내려오고 얼마 후 의사가 내려왔는데, 모두 걱정하고 있는 문제의 핵심을 살펴보았기 때문인지 중요한 사람이라도 된 양 으쓱해하고 있는 것 같았다. 그도 사복을 입은 두 경감과 오랫동안 대화를 나누더니 곧이어 리언과 단둘이서, 그다음에는 탤리스 부인까지 셋이서 대화를 나누었다. 의사는 돌아가기 직전에 브라이어니에게 다가와 그 낯익은 작고 건조한 손으로 그녀의 이마를 만져보고 맥박을 짚어보더니 안심하는 것 같았다. 왕진가방을 집어들고 현관을 나서던 의사는 현관문 옆에서 마지막으로 경찰의 질문에 낮은 목소리로 대답하고는 곧 탤리스가를 떠났다.

그동안 세실리아는 어디 있었을까? 그녀는 사람들 주변을 맴돌면서도 아무와도 말하지 않고 줄곧 담배만 피우고 있었다. 초조한 듯 서둘러 담배를 물었다가 곧 혐오스럽다는 표정으로 입에서 담배를 떼어내며 연기를 내뿜었다. 그러지 않으면 복도를 서성거리면서 손에 쥔 손수건을 쥐어짜기도 했다. 평소의 세실리아라면 이런 위급 상황을 맞았을 때 자기가 먼저 나서서 롤라를 돌보고, 엄마를 안심시켜주고, 의사의 충고를 귀기울여 듣고, 리언과 대책을 의논했을 것이다. 리언이 세실리아에게 다가가 뭔가 이야기를 할 때 브라이어니는 세실리아가 고개를 돌려버리는 것을 보았다. 아무 도움도 줄 수 없고 아무 말도 할 수 없는 듯했다. 평소답지 않은 것은 엄마도 마찬가지였다. 평소 같으면 편두통 때문에 방에 들어가 쉬어야겠다고 했을 텐데 지금은 위기에 맞서 분연히 일어나 있었다. 큰딸이 개인적인 불행 속으로 침잠해 들어가자 대신 나선 것 같았다. 몇 번씩이나 상황을 다시 설명해달라고 요구받을 때나 세부사항에 대한 질문에 진술을 할 때 브라이어니는 언니가 말이 들리는 곳까지 다가와 엿들으며 분노가 이글거리는 눈으로 자신을 노려보고 있다는 걸 알아차렸다. 그런 언니가 무서워서 브라이어니는 줄곧 엄마 곁을 떠나지 않았다. 세실리아의 눈에는 핏발이 서 있었다. 사람들이 삼삼오오 모여서 낮은 목소리로 무언가 이야기를 주고받는 동안에도 세실리아는 초조한 표정으로 방안을 왔다갔다하거나 이 방 저 방을 옮겨다녔으며, 적어도 두어 번은 현관문 밖에 서 있기도 했다. 신경질적인 얼굴로 손수건을 양손에 번갈아 쥐기도 하고, 그것을 둥글게 말았다가 다시 풀었다가 또다시 공처럼 말아 다른 손으로 바꿔 쥐고는 다시 담배에 불을 붙여 물곤 했다. 베티와 폴리가 차를 가져와 돌릴 때에도 찻잔에는 손도 대지 않았다.

의사에게 진정제를 맞은 롤라가 마침내 잠이 들었다는 소식이 전해졌고, 이 소식에 다들 일시적으로나마 안도감을 느꼈다. 이례적으로 사람들은 모두 거실에 모여 있었고, 지쳐서 침묵하고 있는 이들에게 차가 대접되었다. 아무도 말로 표현하지는 않았지만 모두 로비를 기다리고 있었다. 탤리스 씨도 곧 런던에서 도착할 예정이었다. 리언과 마셜은 경감에게 탤리스가 저택 주변 약도를 그려주었다. 경감은 지도를 받아들고 면밀히 살피더니 부하에게 건네주었다. 경관 둘은 피에로와 잭슨을 찾는 사람들 무리에 합류하라는 지시를 받고 나갔고, 로비가 방갈로 집으로 돌아갔을 경우를 대비해서 추가로 경관들이 호출되어 그쪽으로 향하고 있다고 했다. 마셜과 마찬가지로 세실리아는 사람들로부터 떨어져 하프시코드 의자에 앉아 있었다. 그러다 어느 순간 오빠에게 담뱃불을 빌리기 위해 일어섰는데, 라이터를 빌려준 것은 고참 경감이었다. 브라이어니는 엄마와 함께 소파에 앉아 있었고 베티와 폴리는 쟁반을 들고 돌아다니며 차를 나눠주었다. 바로 그때, 브라이어니는 나중에 돌이켜봐도 무슨 생각으로 그랬는지 도무지 이해할 수 없는 행동을 했다. 너무나 명확하고 설득력 있는 생각이 불현듯 떠올라 자신의 의도를 사람들에게 밝히거나 언니의 허락을 받을 필요도 느끼지 못했다. 그녀 자신의 설명과는 무관한 결정적인 증거, 자신의 증언이 사실임을 확인시켜주는 증거였다. 아니 또다른 범죄라고 해야 할까. 브라이어니는 갑자기 거칠게 숨을 몰아쉬어 방안 사람들을 놀라게 했고, 벌떡 일어나면서 엄마의 무릎에 놓여 있던 찻잔을 엎을 뻔했다.

브라이어니가 급히 방을 나가는 걸 모두 보고 있었지만 아무도 어디 가느냐고 묻지 않았다. 다들 그만큼 지쳐 있었다. 한편 브라이어니는 좋은 일을 하여 칭찬받을 수 있다는 생각에 신이 나서 층계를 한 번에 두 단씩 뛰어올라갔다. 그 기분은 마치 크리스마스 날 아침 모두를 기쁘게 할 선물을 내놓으려는 찰나에 느끼는 흥분과 비슷했고, 떳떳한 자기애에서 나온 기쁨의 감정이기도 했다.

브라이어니는 3층 복도를 달려가 세실리아의 방으로 들어갔다. 언니의 방은 완전히 난장판이었다. 옷장 문은 양쪽 다 활짝 열려 있었고, 걸려 있는 옷 중 몇 벌은 끝자락이 삐죽이 튀어나와 있었으며, 다른 몇 벌은 옷걸이에서 반쯤 떨어져 위태롭게 걸려 있었다. 마룻바닥에는 검은색과 분홍색의 값비싸 보이는 실크 드레스 두 벌이 널브러져 있었고, 그 옆에는 옷에 맞춰 신으려다가 벗어던진 듯한 구두 두 켤레가 옆으로 쓰러져 있었다. 브라이어니는 옷과 구두를 밟지 않도록 빙 돌아서 화장대로 갔다. 도대체 왜 언니는 화장품과 향수 뚜껑도 제대로 닫지 못할까? 왜 저 냄새나는 재떨이 하나 비우지 못할까? 왜 침대 정리도 하지 않고, 창문을 열어 환기시키는 것도 안 하고 살까? 브라이어니는 먼저 서랍의 첫번째 칸부터 열려고 했지만, 몇 인치 열리다 말았다. 안에는 병과 두꺼운 종이 포장지가 가득 들어 있었다. 세실리아는 나이가 열 살이나 어린 브라이어니가 보기에도 구제불능인 면이 있었다. 브라이어니는 아래층에 있는 언니의 사나운 표정이 떠올라 겁이 났지만, 자신이 언니를 대신해서 이성적으로 생각하고 언니를 돕는 것은 지극히 옳은 일이라고 다시 한번 마음을 다잡으며 두번째 칸을 열었다.

오 분 후 브라이어니가 의기양양하게 거실로 돌아왔을 때, 그녀에게 주의를 기울이는 사람은 아무도 없었고 모든 것이 조금 전 그대로였다. 심각한 표정에 지친 기색이 역력한 어른들이 차를 홀짝이며 침묵 속에 담배를 피우고 있을 뿐이었다. 브라이어니는 너무나 흥분해 편지를 누구에게 주어야 할지 미처 생각하지 못했다. 그저 모두 함께 편지를 읽는 모습만을 상상했었다. 그녀는 먼저 리언에게 편지를 주기로 결정했다. 그러나 방을 가로질러 오빠에게 다가가던 중 세 남자 앞에 다다랐을 때 갑자기 마음을 바꾸어 접힌 종이쪽지를 화강암 같은 얼굴의 고참 경감의 손에 쥐여주었다. 그에게 표정이라는 것이 있다면 말이지만, 편지를 받아들고 한순간에 읽어내려가면서도 그의 표정은 전혀 바뀌지 않았다. 편지를 다 읽은 그는 고개를 들어 브라이어니를 바라보았고, 이윽고 고개를 돌려 다른 쪽을 보고 있는 세실리아를 바라보았다. 그는 팔목을 약간 까딱여 다른 경감에게 편지를 읽어보라는 신호를 보냈다. 그 경감이 다 읽자 편지는 리언에게 전해졌고, 리언은 편지를 읽고 나서 다시 접더니 가장 먼저 읽은 화강암 얼굴의 경감에게 돌려주었다. 브라이어니는 세 남자가 보여주는 침묵의 반응에, 그 현명한 대처에 감동받았다. 편지가 다시 고참 경감에게 돌아오고 나서야 에밀리 탤리스는 그들이 관심을 기울이고 있는 것에 대해 궁금해진 모양이었다. 그녀가 담담한 어조로 그것이 무엇이냐고 묻자 리언은 "그냥 편지예요"라고 대답했다.

"이리 다오, 내가 읽게."

그날 저녁 에밀리가 가족들 사이에 오가는 글에 대해 자신의 권리를 주장한 것은 이번이 두번째였다. 더이상 자신이 할 일은 없다고 판단한 브라이어니는 소파로 가서 엄마 곁에 앉아 리언과 경찰들이 여성을 배려하는 기사도적인 마음에 불안이 담긴 눈길을 주고받는 것을 지켜보았다.

"이리 다오, 내가 읽게."

에밀리가 어조를 바꾸지 않고 같은 말을 반복하는 것은 불길한 징조였다. 리언이 어깨를 으쓱하며 죄송하다는 듯한 미소를 애써 지어 보이자—어머니의 명령에 반대할 어떤 이유를 댈 수 있었겠는가?—에밀리의 부드러운 눈길이 두 경감에게 향했다. 그녀는 경찰을 서열에 관계없이 하인으로 생각하는 세대에 속한 사람이었다. 고참 경감이 허락한다는 뜻으로 고개를 끄덕여 보이자 젊은 경감은 방을 가로질러 그녀에게 편지를 전해주었다. 그동안 딴생각을 하고 있던 세실리아가 마침내 정신이 든 모양이었다. 그러나 편지는 이미 에밀리의 무릎에 놓여 있었다. 세실리아는 하프시코드 의자에서 벌떡 일어나 어머니와 브라이어니가 앉아 있는 소파를 향해 걸어왔다.

"어떻게 감히! 다들 어떻게 감히!"

리언도 자리에서 일어나 양 손바닥으로 진정하라는 제스처를 취했다. "시……"

세실리아가 어머니에게서 편지를 빼앗으려고 다가가자 리언뿐 아니라 경감들도 일어서서 그녀 앞을 가로막았다. 마셜도 일어서긴 했지만 끼어들지는 않았다.

"그 편지는 내 거야." 세실리아가 외쳤다. "아무도 읽을 권리 없어!"

에밀리는 이 소란에도 고개를 들지 않고 편지를 읽고 또 읽었다. 그러고 나서는 고개를 들어 딸의 분노에 찬 부르짖음에 차갑게 대꾸했다.

"네가 올바르게 행동했다면, 교육도 많이 받은 네가 이 편지를 내게 가지고 와서 상의했다면 이런 일이 일어나기 전에 미리 막을 수 있었을 테고, 그러면 네 사촌도 그런 끔찍한 일을 당하지 않았을 거다."

세실리아는 한참 동안 방 한가운데 서서 오른손을 쥐었다 폈다 하며 자신이 이런 사람들과 인연을 맺고 산다는 것이 믿어지지 않는다는 눈으로 방안에 있는 이들을 한 명씩 노려보았다. 자신이 알고 있는 것을 그들에게 말하고 싶지만 차마 말이 나오지 않는 것 같았다. 브라이어니는 어른들의 반응으로 보아 자신의 행동이 정당했다고 확신하며 마음속으로 달콤한 환희를 만끽하는 한편, 엄마와 함께 소파에 앉아 있고 남자들이 그 앞을 막아선 덕분에 언니의 핏발 서린 눈에서 나오는 경멸의 빛이 반쯤이나마 가려져서 다행이라고 생각했다. 엄마와 브라이어니, 그리고 그 앞에 선 남자들을 한참이나 노려보던 세실리아는 몸을 돌려 거실을 나가버렸다. 복도를 걸어가면서 지르는 분노의 외침이 타일 바닥에 울려 엄청나게 크게 들려왔다. 세실리아가 위층으로 올라가는 소리가 들리자 거실에는 안도감이 감돌았고, 긴장이 풀어져 다들 편안해 보이기까지 했다. 브라이어니가 고개를 들어보니 편지는 마셜의 손에 있었고, 그가 다 읽은 편지를 다시 고참 경감에게 전해주자 경감은 젊은 경감이 펴들고 있는 서류철에 편지를 펼친 채로 올려놓았다.

밤이 깊어 새벽으로 향하고 있었지만 브라이어니는 아직도 지치지 않았다. 브라이어니를 재워야 한다는 생각은 아무도 하지 못하고 있었다. 세실리아가 자기 방으로 돌아간 후 얼마나 시간이 지났을까, 브라이어니는 경찰로부터 첫 공식 조사를 받기 위해 엄마와 함께 서재로 갔다. 탤리스 부인은 서 있었고 브라이어니는 책상 한편에, 경감들은 맞은편에 앉았다. 화강암 얼굴을 한 경감이 질문했는데, 알고 보니 그는 대단히 친절한 사람이었다. 서두르지 않고 하나하나 신중하게 질문을 하는 그의 무뚝뚝한 목소리는 점잖으면서도 슬픔이 느껴졌다. 로비가 세실리아를 폭행한 정확한 자세를 보여주겠다는 브라이어니의 말에 그들은 모두 책꽂이가 직각으로 만나는 모퉁이로 갔다. 언니가 서 있던 위치를 직접 보여주기 위해 책을 등뒤로 하고 모서리로 들어가서며 브라이어니는 높이 난 창문 너머로 푸르스름하게 밝아오는 새벽하늘을 보았다. 그녀는 다시 걸어나와 돌아서서 폭행범의 자세와 자신이 서 있었던 위치를 알려주었다.

에밀리가 물었다. "그런데 왜 나한테 말하지 않았니?"

경찰들은 브라이어니를 바라보며 대답을 기다리고 있었다. 좋은 질문이었지만, 사실 브라이어니는 엄마에게 알려야 한다는 생각을 한 번도 한 적이 없었다. 알려봤자 편두통을 일으켜서 엄마를 괴롭힐 게 뻔했기 때문이었다.

"저녁을 먹으러 가야 했고, 그다음에는 쌍둥이들이 도망쳐버려서 말할 기회가 없었어요."

브라이어니는 해질녘 다리 위에서 편지를 건네받은 경위를 설명했다. 그러자 이번에는 왜 남의 편지를 뜯어보았느냐는 질문이 이어졌다. 결과는 생각하지 않고 행동에 먼저 나서는 일은 그전까지 엄두도 못 냈던 자신이, 그날에야 진정한 작가가 된 자신이 주변에서 어떤 일이 일어나는지 전부 알고 이해해야 한다는 충동에 사로잡힌 그 순간을 설명하기란 쉽지 않았다.

브라이어니가 말했다. "모르겠어요. 그때는 남의 일에 굉장히 관심이 생겼어요. 편지를 뜯어보면서도 나 자신을 얼마나 혐오했는지 몰라요."

바로 그때 밖에 있던 경관 한 명이 서재 안으로 고개를 들이밀고 또 다른 안타까운 소식을 전했다. 탤리스 씨의 운전사가 크로이던공항 근처의 공중전화 부스에서 전화를 걸어왔는데, 내무장관의 배려로 급하게 구한 공무 집행용 자동차가 시외로 나오다 그만 고장이 났다는 것이었다. 탤리스 씨는 뒷좌석에서 담요를 덮고 잠이 들었고, 아마도 아침 첫 기차로 오게 될 것 같다고 했다. 경감들과 탤리스 부인은 한동안 이 소식에 대해 안타깝다는 요지의 대화를 나누고 다시 부드러운 목소리로 브라이어니에게 문제의 현장, 다시 말해 호수 안에 있는 섬에서 일어난 일에 대해 이야기해달라고 했다. 경감은 심문의 초반기인 이때까지는 날카로운 질문으로 어린 소녀를 위축시키지 않으려 조심했고, 이 세심한 배려 덕분에 브라이어니는 자신이 본 바를 자신의 말로 그려내면서 사건의 근간이 되는 중요한 사실들을 전달할 수 있었다. 즉 그때 거기에는 그가 낯익은 얼굴임을 알아볼 만큼 충분한 빛이 있었고, 그가 풀밭을 빙 둘러서 도망가는 동안 그녀는 그 움직임과 키가 낯익은 사람의 것임을 알아차릴 수 있었다는 내용이었다.

"그러면 네가 그를 본 거구나."

"그 사람이었다는 걸 알아요."

"네가 알고 있는 것에 대해서는 잠시 접어두자. 지금 네 말은 그를 보았다는 거지?"

"네, 내가 그를 봤어요."

"지금 네가 나를 보고 있는 것처럼 말이니?"

"네."

"네가 네 눈으로 직접 그를 보았다는 거지?"

"네, 내가 그를 봤어요. 내가 그를 봤어요."

이렇게 해서 1차 참고인 조사가 끝이 났다. 거실로 돌아간 브라이어니는 그제야 피곤함을 느꼈지만 그래도 잠자리에 들기는 싫어서 소파에 앉아 있었다. 다음으로 에밀리가 조사를 받았고, 그다음은 리언과 폴 마셜의 차례였다. 하드먼 씨와 그의 아들 대니도 조사를 받으러 왔다. 베티는 대니가 저녁 내내 자기 아버지와 함께 집에 있었고, 그것은 그 아버지가 보증해줄 수 있다고 했다. 쌍둥이들을 찾아나섰던 경관들도 하나둘 현관문 앞에 나타났고 안내를 받아 식당으로 들어갔다. 어수선하지만 별다른 일 없이 지나간 그 새벽 내내 세실리아는 방에서 나오기를 거부하고 조사에 응하지 않겠다며 버티고 있다고 했다. 그러나 며칠 지나지 않아 세실리아도 조사에 응할 수밖에 없었고, 드디어 그녀가 모든 것을 체념하고 서재에서 있었던 일을 진술했을 때, 그것은—아무리 두 사람의 합의하에 일어난 일이었다고 해도 브라이어니의 진술보다 훨씬 더 충격적인 내용이었다—로비 터너는 위험한 사람이라는 일반적인 견해를 확인시켜줄 뿐이었다. 세실리아는 대니 하드먼을 조사해보라고 거듭 제안했지만 경찰은 대답도 하지 않았다. 이 젊은 아가씨가 무고한 소년에게 의혹의 눈길을 돌리게 함으로써 자기 남자친구를 덮어주려는 것은 괘씸하긴 하지만 이해할 만한 일이라고 생각하는 눈치였다.

다섯시가 넘고, 배고프다는 사람은 없었지만 적어도 경찰관들이라도 먹을 수 있게 아침식사를 준비하고 있다는 말이 들릴 때쯤, 로비로 보이는 인물이 공원을 가로질러 탤리스가 저택을 향해 오고 있다는 소식이 급히 전해졌다. 누군가가 위층 창문에서 밖을 지켜보고 있었던 모양이다. 브라이어니는 모두 밖으로 나가 그를 기다려야 한다는 결정이 어떻게 내려졌는지 알지 못했다. 어느새 모두 밖에 나가 있었다. 가족들, 폴 마셜, 베티와 그녀의 조수들, 경찰관들 모두가 긴장된 표정으로 현관 앞에 빙 둘러서서 로비를 맞을 준비를 하고 있었다. 진정제를 맞고 잠든 롤라와 자기 방에서 분노를 삭이고 있을 세실리아만이 위층에 남아 있었다. 불결한 사람을 집안에 들이고 싶지 않다는 탤리스 부인의 결정인지도 몰랐다. 어쩌면 폭력 사태를 우려한 경감이 체포할 공간이 더 넓은 실외에서 일을 끝내는 게 더 수월할 거라 생각해서 내린 결정인지도 몰랐다. 이제 주위를 감싸던 어둠은 완전히 물러갔고, 곧 사라져버릴 여름의 새벽안개 속에 회색빛 하늘이 희미하게 밝아오고 있었다.

처음에는 아무것도 보이지 않았지만, 브라이어니는 차도를 따라 걸어오는 발소리가 들린다고 생각했다. 곧 모두가 그 소리를 들을 수 있었고, 100야드 가까이 떨어져 있어서 하얀 안개 속의 회색 얼룩으로밖에 보이지 않았지만 그 움직임이 눈에 들어오자 여기저기서 낮게 웅성거리는 소리가 들리기 시작하며 긴장된 분위기가 감돌았다. 그러다 그 윤곽이 점차 뚜렷해지자 사람들은 입을 다물었다. 무엇이 나타날지 다들 긴장하는 분위기였다. 그것은 분명 안개와 빛이 함께 빚어낸 장난이었다. 전화와 자동차를 사용하는 요즘 세상에, 사람들이 북적거리며 사는 이곳 서리 지방에 키가 7, 8피트가 넘는 거인이 산다고 믿는 사람은 아무도 없었다. 그러나 지금, 인간으로는 보이지 않는 거대한 유령이 이곳을 향해 다가오고 있었다. 있을 수 없는 일이지만 그렇게 보였다. 가톨릭 신자라는 베티는 성호를 그었고 다른 사람들은 현관문 쪽으로 뒷걸음질쳤다. 고참 경감만이 한두 걸음 앞으로 나섰는데, 그러는 동안 모든 것이 분명해졌다. 그 거인 옆에서 종종걸음으로 따라오는 키 작은 인물이 단서가 되어주었다. 거인이라고 생각했던 것은 사내아이 하나를 목말 태우고 걸어오는 로비였고, 그 옆에는 또다른 아이가 로비의 손을 잡고 조금 뒤에서 따라오고 있었다. 현관에서 30피트도 채 떨어지지 않은 곳에 이르러 로비가 걸음을 멈추었고, 경감과 다른 경찰관들이 다가오자 무언가 하려던 말을 멈추고 가만히 기다렸다. 그의 어깨에 올라탄 아이는 잠이 든 것 같았다. 다른 아이는 머리를 로비의 허리에 기댄 채 보호해달라는 뜻인지, 추워서 몸을 따뜻하게 하려고 그랬는지 로비의 손을 자기 가슴에 갖다대고 꼭 부여잡고 있었다.

브라이어니는 쌍둥이들이 무사한 것을 보자 안도감이 먼저 들었다. 그러나 로비가 침착하게 기다리고 있는 모습에는 불같은 분노가 일었다. 친절하고 착한 목동인 체하면 자신이 저지른 범죄를 숨길 수 있다고 생각한 것일까? 절대로 용서받을 수 없는 짓을 저질러놓고도 용서를 구하려는 가소로운 모습이었다. 브라이어니는 로비를 보면서 악은 결코 단순하지 않으며 사람들을 현혹하는 특성이 있음을 다시 한번 확인했다. 갑자기 엄마의 손이 브라이어니의 어깨를 꽉 잡더니 집 쪽으로 그녀를 돌려세워 베티에게 맡겼다. 브라이어니가 로비 터너로부터 안전한 곳에 있기를 바랐던 것이다. 드디어 잠자리에 들 시간이었다. 베티가 브라이어니의 손을 꼭 잡고 집안으로 들어가는 동안 엄마와 리언은 쌍둥이들을 데려오기 위해 앞으로 나서고 있었다. 베티의 손에 이끌려 들어가면서 브라이어니가 고개를 돌려 마지막으로 본 모습은 로비가 항복하듯이 두 손을 들어올리는 모습이었다. 그는 어깨 위에 앉아 있던 아이를 들어올려 땅에 조심스럽게 내려놓았다.

한 시간 후 브라이어니는 베티가 찾아준 깨끗한 하얀 잠옷을 입고 캐노피 침대에 누워 있었다. 커튼을 모두 쳐놓았지만 그 틈으로 들어오는 아침 햇빛은 벌써부터 강렬했고, 지독하게 피곤해서 머리가 핑 핑 도는데도 잠을 이룰 수가 없었다. 여러 목소리와 장면이 침대 주위를 돌면서 부딪치고 합쳐지면서 브라이어니를 끈질기게 괴롭히고 있었다. 이 모든 것이 정말 단 하루 동안에 일어난 일인가? 연극 연습부터 안개 속 거인의 출현까지 모든 일이 정말 깨어 있는 단 하루 동안에 일어난 일이란 말인가? 너무나 갑작스럽고 혼란스러운 일투성이여서 머릿속이 뒤죽박죽이었지만 그래도 자신이 성공했고 심지어 승리했다는 생각마저 들었다. 브라이어니는 시트를 걷어차버렸고 뺨이 좀더 시원한 곳에 닿을 수 있도록 베개를 돌려 벴다. 잠을 자지 못해 정신이 혼미해서 그런지 자신이 거둔 성공이 정확히 무엇인지 설명하기는 어려웠다. 성숙해진 것이 성공이라고 한다면, 잠이 모자란 탓이긴 하지만 어쨌든 금방이라도 울음이 터질 것같이 피곤하고 나약해져 있는 지금은 해당되지 않았다. 용감하게 악마의 정체를 밝혀낸 것을 성공이라고 한다면, 그 악마가 쌍둥이들을 데리고 그런 식으로 모습을 나타낸 것은 뭔가 앞뒤가 맞지 않았다. 브라이어니는 어쩐지 속았다는 느낌이 들었다. 로비가 없어졌던 쌍둥이 형제의 구원자로 모습을 드러낸 지금, 누가 그녀의 말을 믿어주겠는가? 그녀의 모든 노력과 용기, 빠른 판단력과 롤라를 집으로 데려오기 위해 한 그 모든 수고가 이젠 물거품이 되어버렸다. 엄마와 경찰, 리언, 그 밖의 모든 사람들이 그녀에게서 등을 돌릴 것이고, 이제 로비 터너와 힘을 합쳐 그녀에게 복수를 하기 위해 머리를 맞댈 것이다. 브라이어니는 엄마가 곁에 있었으면 좋겠다고 생각했다. 엄마의 목을 감싸안고 그 얼굴에 얼굴을 비벼대며 어리광을 부리고 싶었다. 그러나 엄마는 오지 않을 것이다. 아무도 오지 않을 것이고 아무도 그녀와 이야기하려 하지 않을 것이다. 브라이어니는 옆으로 돌아누워 눈물로 베개를 적셨다. 그녀의 슬픔을 지켜봐주는 사람이 없는 지금, 상실감은 더 컸다.

브라이어니가 삼십 분쯤 침대에 누워 달콤한 슬픔을 만끽하고 있는데 침실 창문 아래 세워져 있던 경찰차에 시동을 거는 소리가 들려왔다. 차는 자갈길을 굴러가다가 곧 멈춰 섰다. 사람들의 말소리와 자갈길을 걸어가는 발소리가 들렸다. 브라이어니는 재빨리 침대에서 일어나 창가로 가서 커튼을 걷었다. 아직도 안개가 자욱했지만 그 속에서 빛이 나오는 듯 날은 더 밝아져 있었고, 그녀는 빛에 적응할 때까지 실눈을 뜨고 있었다. 험버의 차 문 네 개가 모두 활짝 열려 있었고 그 옆에는 경관 세 명이 서서 기다리고 있었다. 목소리는 그녀 방 창문 아래, 보이지는 않지만 현관 앞에서 들려오고 있었다. 다시 발소리가 나더니 곧 경감들에게 양팔을 붙잡힌 로비가 나타났다. 수갑이 채워져 있었다! 그의 팔은 억지로 앞으로 모아져 있었고, 셔츠 소매 아래에서 은빛으로 번쩍거리는 금속이 그녀에게도 잘 보였다. 그 치욕스러운 물건은 브라이어니에게 충격을 주었다. 그것은 그가 범죄자라는 사실을 다시 한번 확인시켜주었고, 그에 대한 처벌이 이미 시작되었다는 것을 보여주고 있었다. 그것은 영원한 천벌을 상징하는 듯했다.

그들은 차 앞에 다다르자 걸음을 멈췄다. 로비가 집 쪽을 향해 비스듬히 돌아섰지만, 브라이어니는 그 표정을 읽을 수 없었다. 고참 경감보다 족히 2, 3인치는 더 큰 로비가 똑바로 서서 고개를 빳빳이 들고 있었다. 꼭 자신이 저지른 일에 자부심을 느끼는 것처럼 보였다. 경관 한 명이 운전석에 올라탔다. 젊은 경감은 차를 빙 돌아가 뒷문 앞에 가서 섰고, 고참 경감이 로비를 뒷좌석에 태우려는 찰나였다. 브라이어니의 방 창문 아래에서 소란이 일더니, 에밀리 탤리스의 날카로운 목소리와 함께 몸에 딱 맞는 드레스를 입은 세실리아가 튀어나와 차 쪽으로 달려갔다. 로비에게 가까워지자 세실리아는 속도를 줄였다. 로비가 몸을 돌려 반걸음 정도 앞으로 나섰고, 놀랍게도 경감은 뒤로 물러섰다. 수갑이 완전히 드러난 상태였지만, 세실리아를 바라보며 심각한 표정으로 그녀의 말을 듣고 있는 로비는 자신의 그런 모습이 부끄럽지 않은 것 같았고, 심지어 수갑을 차고 있다는 사실조차 인식하지 못하고 있는 것 같았다. 경찰들은 무표정한 얼굴로 그들을 보고만 있었다. 로비는 마땅히 들어야 할 비난의 말을 듣고 있는 것이겠지만, 그의 표정을 보면 그렇지만도 않은 것 같았다. 세실리아의 얼굴이 보이지는 않았지만, 브라이어니는 그녀가 힘없이 속삭이고 있음을 알 수 있었다. 그렇게 속삭임으로써 그 비난의 말은 로비에게 더 큰 위력을 발휘할 수도 있을 것이다. 둘은 서로에게 더 다가섰고, 로비는 짧게 무슨 말을 하면서 수갑 찬 양손을 조금 들어올렸다가 내렸다. 세실리아는 로비의 손을 어루만지더니 이윽고 그의 옷깃을 만지작거리다가 꽉 쥐고 부드럽게 흔들었다. 친절에서 나온 것으로 보이는 세실리아의 그런 행동을 보며 브라이어니는 언니에게 용서의 능력이 있다는 사실에 감동받았다. 저 모습은 분명히 용서였다. 용서. 학교와 교회에서 수천 번은 더 들었지만 이제까지 브라이어니에게는 큰 의미가 없었던 말이었다. 그런데 그동안 세실리아는 그것을 이해하고 있었던 것이다. 언니에 대해서 알지 못하는 부분이 너무 많았다. 그러나 이 비극으로 인해 언니와 더욱 가까워질 테니 서로를 알아나갈 시간은 충분할 것이다.

화강암 얼굴의 친절한 경감은 이만하면 친절을 베풀 만큼 베풀었다고 생각했는지 그들 앞으로 걸어와 로비를 잡고 있던 세실리아의 손을 떼어놓았다. 로비는 경감의 어깨 너머로 세실리아에게 급히 무슨 말인가 하고 차를 향해 돌아섰다. 경감은 사려 깊게도 손을 들어 로비의 머리를 꽉 눌러서, 그가 뒷좌석으로 들어가려고 몸을 구부릴 때 머리가 차에 부딪히지 않도록 배려해주었다. 곧이어 두 경감이 뒷좌석으로 들어가 용의자 양옆에 앉았다. 문이 닫히고 차가 움직이기 시작하자 남아 있던 경관 한 명은 헬멧에 손을 대고 경례를 했다. 세실리아는 그 자리에 서서 차가 서서히 멀어져가는 것을 조용히 바라보고 있었다. 어깨가 들썩거리는 것을 보니 울고 있는 게 분명했다. 그 모습을 보며 브라이어니는 지금보다 언니를 더 사랑한 적이 없었다고 생각했다.

한여름 밤 동안 펼쳐진 이 끝없는 하루도 이제 여기서 끝나야 했다. 험버가 서서히 사라지면서 결말을 맞이해야 했다. 그러나 마지막 파국이 아직 남아 있었다. 차는 20야드도 채 못 가서 속도를 줄이기 시작했다. 브라이어니가 알아차리지 못한 한 인물이 차도 중앙으로 걸어오고 있었는데, 옆으로 비켜줄 기색은 전혀 보이지 않았다. 약간 땅딸막한 여자였다. 그녀는 꽃무늬가 그려진 드레스를 입고 막대기 같은 것을 쥔 채 구르듯이 걸어오고 있었다. 다시 보니 그것은 막대기가 아니라 거위 머리 모양의 손잡이가 달린 남자용 우산이었다. 그녀가 앞으로 다가오자 차가 경적을 울리며 멈춰 섰다. 이제 그녀는 자동차 라디에이터 그릴 앞에 떡 버티고 섰다. 로비의 어머니 그레이스 터너였다. 그녀는 우산을 치켜들고 소리쳤다. 앞의 조수석에 타고 있던 경찰관이 내리더니 무슨 말을 하면서 그녀의 팔꿈치를 잡아끌었다. 경례를 했던 경관은 급히 그들에게 달려가고 있었다. 터너 부인은 경관의 손을 뿌리치고 이번에는 두 손으로 우산을 치켜드는가 싶더니 번쩍거리는 자동차 보닛을 세게 내려쳤다. 총소리처럼 쾅하는 소리가 크게 울려퍼졌다. 경관 두 명의 손에 이끌려 차도 옆으로 끌려가면서 그녀는 온 동네에 울리는 쩌렁쩌렁한 목소리로 한 단어를 계속 외쳐댔다. 브라이어니는 침실에서도 그녀의 말을 알아들을 수 있었다.

"거짓말쟁이들! 거짓말쟁이들! 거짓말쟁이들!" 터너 부인이 울부짖었다.

경찰차는 앞문을 활짝 연 채 그녀 옆을 지나 천천히 움직이다가 경관이 다시 탈 수 있도록 잠시 멈춰 섰다. 뒤에 남은 경관은 혼자서 터너 부인을 말리느라 애를 먹었다. 그녀가 다시 한번 우산을 휘둘렀지만 이번에는 자동차 지붕을 스쳤을 뿐이었다. 경관이 가까스로 우산을 빼앗아 잔디밭으로 던졌다.

"거짓말쟁이들! 거짓말쟁이들!" 터너 부인은 또다시 절규하며 멀어져가는 자동차를 따라 몇 걸음 뛰어가다가, 소용없다는 걸 깨달았는지 걸음을 멈췄다. 그리고 그 자리에 멍하니 서서 자동차가 첫번째 다리를 건너고 섬을 지나고 두번째 다리를 건너 마침내 안개 속으로 사라지는 모습을 지켜보았다.

제2부

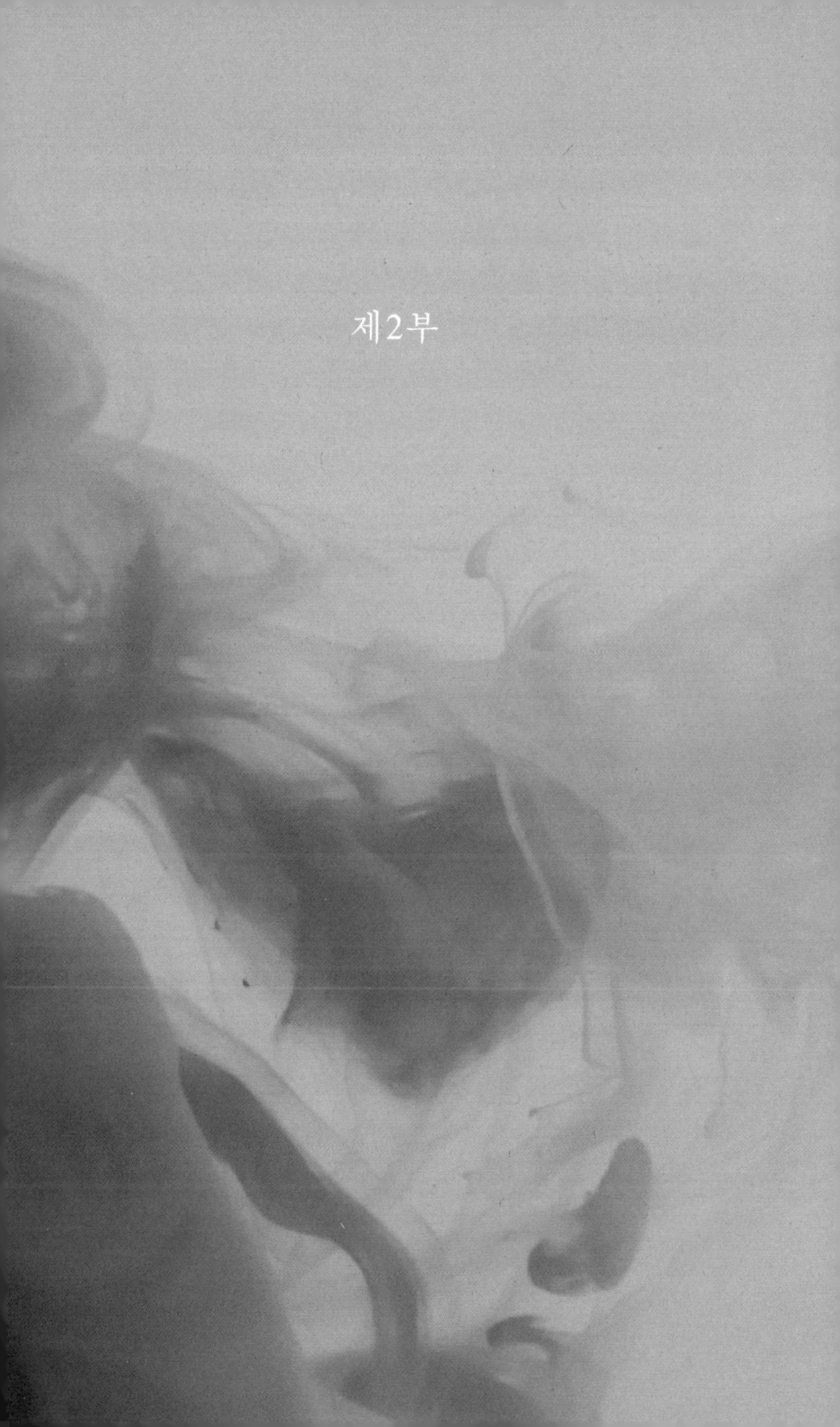

공포에 떨 일은 사방에 널려 있었지만, 갑작스레 밀려와 쉽사리 떨쳐지지 않는 공포는 예상치도 못했던 발견에서 비롯되었다. 좁은 길을 따라 3마일가량을 걷고 나서 길이 갈라지는 곳에 다다랐을 때, 그는 자신이 찾고 있던 길이 오른쪽으로 구부러져 아래로 내려갔다가 북서쪽 저멀리 관목숲 앞에서 다시 올라와 야트막한 언덕으로 이어지는 것을 보았다. 그들은 그가 지도를 찾아볼 수 있도록 걸음을 멈추었다. 그런데 있어야 할 자리에 지도가 없었다. 주머니 속에도 없었고 허리띠에 끼워둔 것도 아니었다. 걷다가 떨어뜨린 것일까, 아니면 마지막으로 쉴 때 그곳에 그냥 두고 온 것일까. 그는 두꺼운 방한외투가 바닥에 떨어지는 것도 개의치 않고 군복 상의 안주머니를 뒤지기 시작했다. 그러다가 불현듯 깨달았다. 지도는 그의 왼손에 있었고, 적어도 한 시간 전부터 그렇게 들려 있었던 것이 틀림없었다. 일행 두 명을 흘끗 쳐다보니 그들은 그에게서 떨어져 서서 다른 곳을 바라보며 조용히 담배를 피우고 있었다. 지도는 여전히 그의 손안에 있었다. 어느 지역이었는지 도랑에 처박혀 있던 한 웨스트 켄트 연대 소속 대위의 손에서 발견한 것이었다. 이런 후방 지도는 구하기 어려웠다. 그는 죽은 대위의 권총도 가져왔다. 장교 흉내를 내려고 그런 것이 아니었다. 소총을 잃어버린 터라 생존을 위해서는 어쩔 수 없었다.

그가 가고자 했던 길은 폭격당한 집 옆에서 시작되고 있었는데, 비교적 새 건물인 걸 보면 지난번 폭격 후 개축한 철도원의 오두막인지도 몰랐다. 진흙길에는 타이어 자국과 동물 발자국이 어지럽게 나 있었다. 아마도 염소 발자국 같았다. 집 주변에는 커튼이나 옷의 잔해인 듯싶은, 끝이 검게 타들어간 줄무늬 천조각들이 여기저기 흩어져 있었고 박살난 창문틀 조각은 작은 나뭇가지 위에 걸려 있었으며 사방에서 매캐하게 타는 냄새가 났다. 이 길이 그들이 가야 할 길, 바로 지름길이었다. 그는 지도를 다시 접어넣고 방한외투를 집어들어 어깨에 걸치다가 그것을 보았다. 그의 움직임이 느껴졌는지 일행도 그가 바라보는 쪽으로 고개를 돌렸다. 사람의 다리가 나무에, 아주 커다랗고 잎이 무성한 플라타너스에 걸려 있었다. 20피트쯤의 높이에, 줄기에서 처음으로 갈라져나간 가지에 걸려 있었는데 맨발에 무릎 위가 깨끗하게 잘려나간 상태였다. 피가 묻어 있는지, 살점이 찢겨나갔는지 그들이 서 있는 곳에서는 보이지 않았다. 그것은 하얗고 매끄러운, 완벽한 모양의 다리였고 크기가 자그마한 것이 어린애의 다리인 듯했다. 나뭇가지 사이에 걸린 모습이 마치 그들에게 '이것이 바로 사람의 다리랍니다'라는 깨우침을 주기 위해 일부러 전시한 것처럼 보이기도 했다.

두 상병은 역겨운 듯 신음소리를 내며 배낭을 들었다. 또다시 이런 일에 감정적으로 휘말리고 싶지 않은 것이었다. 지난 며칠 동안 본 것만으로도 충분하니까.

트럭 운전병인 네틀이 다시 담배 한 개비를 꺼내들면서 물었다. "그래서 어느 길로 가자는 거야, 대장?"

그들은 미묘한 계급 문제를 해결하기 위해 그를 그렇게 불렀다. 그는 다시 길을 재촉해 거의 뛰다시피 걸었다. 그들이 볼 수 없는 곳까지 앞질러가서 토를 하든 똥이라도 누든 하고 싶었다. 어느 쪽인지는 아직 알 수 없었다. 헛간 뒤 부서진 슬레이트 더미 옆에서 그의 몸은 전자를 선택했다. 너무 목이 말라 토해낼 체액도 없었다. 그는 수통의 물을 들이켜면서 헛간 앞으로 돌아나왔다. 혼자가 된 이 순간을 이용해서 그는 상처를 살펴보았다. 상처는 오른쪽 옆구리, 흉곽 바로 아래에 작은 동전 크기로 나 있었다. 어제 말라붙은 피를 씻어내서 그런지 그렇게 심각해 보이진 않았다. 주변은 벌겋게 변해 있었지만 많이 붓진 않았다. 그러나 그 안에 무언가 있었다. 걸을 때마다 그것이 움직이는 게 느껴졌다. 아마도 파편일 것이었다.

상병들이 그를 따라잡았을 때 그는 이미 셔츠를 추스르고 지도를 살펴보는 척하고 있었다. 그들은 그가 지도를 볼 때만은 건드리지 않고 가만 내버려두었다.

"왜 그렇게 서둘러?"

"죽이는 여자라도 봤나보지 뭐."

"아냐, 지도야. 빌어먹을, 또 헷갈리기 시작했나보네."

"헷갈리는 건 없습니다, 여러분. 이 길이야."

그가 담배를 꺼내들자 메이스 상병이 불을 붙여주었다. 로비 터너는 손이 떨리는 것을 숨기기 위해 걸음을 옮겼고 상병들도 지난 이틀—아니, 사흘이었던가?—동안 그래왔듯이 그를 따라 걸었다. 계급은 그가 낮았지만 그들은 그를 따랐고, 그가 하자는 대로 하면서도 체면을 유지하기 위해 그를 놀려대곤 했다. 길을 걷거나 들판을 가로지르는 동안 그가 너무 오래 말이 없다 싶으면 메이스는 "대장, 또 여자 생각하는 거야?" 하고 묻곤 했다. 그러면 네틀은 "당연하지, 좆나 당연하지"라는 말로 받아치곤 했다. 시골을 혐오하던 이 도시 출신들은 시골에서 길을 잃고 말았다. 나침반이 있어봤자 아무 소용이 없었다. 기본훈련도 그들에게는 헛것이었던 모양이다. 그들은 해안가에 다다르기 위해서 그가 필요하다고 판단했다. 그들에게는 너무나 어려운 일이었기 때문이다. 그는 장교처럼 행동했지만 계급장에 작대기 하나 없었다. 전소된 학교의 자전거 보관대 옆에서 야영을 하던 첫날밤, 네틀 상병이 물었다. "말하는 걸 보면 영락없는 장교인데 사병이라니, 어떻게 된 거야?"

굳이 그들에게 설명해줄 의무는 없었다. 그는 어떻게든 살아남을 작정이었고, 살아남아야 하는 충분한 이유가 있었다. 그들이 따라오든 말든 상관할 바 아니었다. 그들은 각자의 소총만 붙잡고 있었다. 적어도 의지가 되는 모양이었다. 덩치가 엄청나게 크고 어깨는 넓고 건장하며 손이 큼지막한 메이스는 술집에서 피아노 연주를 했다는데, 한 손만으로도 한 옥타브 반은 너끈히 넘나들 것 같았다. 로비는 그들이 놀려대는 것도 신경쓰지 않았다. 그가 지금 차도를 벗어난 길을 걸으며 바라는 것은 아까 본 어린아이의 다리를 기억에서 지워버리는 것뿐이었다. 길은 돌벽 사이로 난 좁은 오솔길로 이어졌는데, 그 오솔길은 얼마 가지 않아 차도에서는 보이지 않았던 골짜기로 이어졌다. 골짜기 아래로는 흙탕물이 흘렀고, 그들은 카펫처럼 깔린 작은 미나리 위에 박혀 있는 징검다리를 건넜다.

골짜기에서 올라오자 길은 서쪽으로 뻗어나갔고 오래된 돌벽이 여전히 양쪽에 호위하듯 서 있었다. 그들 앞에 펼쳐진 하늘은 서서히 개어가고 있었으며 희망찬 약속처럼 밝은 햇빛을 비추고 있었다. 그러나 하늘을 제외하곤 온통 회색이었다. 밤나무 숲을 통과하여 언덕 위로 올라가자 구름 사이로 지는 해가 세 명의 군인을 눈부시게 했다. 해질녘 프랑스의 한적한 시골에서 한가로이 산책을 하며 하루를 마감한다면 얼마나 멋질까. 언제나 꿈꾸어볼 만한 일이다.

숲을 나서려는데 폭격기 소리가 들려와 그들은 다시 숲으로 돌아가서는 나무 밑에 숨어 담배를 피우며 폭격기가 지나가기를 기다렸다. 그렇게 숨은 곳에서는 폭격기가 보이지 않았고, 눈앞에 펼쳐진 풍경은 아름다웠다. 그들 앞에 그토록 광활하게 펼쳐진 그것을 그냥 언덕이라고 할 수는 없을 것 같았다. 차라리 어딘가에서 시작된 지질학적 융기의 여파로 생긴 굴곡이라고 하는 게 나을 터였다. 부드럽게 이어지는 능선은 뒤로 갈수록 색이 점점 더 엷어졌다. 그는 옅은 안개 속에서 회색과 푸른빛의 하늘이 지는 해 쪽으로 물러가며 그 색이 엷어지는 것을 보면서 도자기 접시에 그려진 동양화를 떠올렸다.

삼십 분 후 그들은 좀더 가파른 비탈을 넘고 있었는데, 그 길은 북쪽으로 이어져서 마침내 또다른 골짜기와 작은 시냇가로 그들을 데려다주었다. 시냇물은 제법 물살이 셌다. 그들은 소똥이 사방에 깔려 있는 돌다리를 건넜다. 로비보다는 덜 피곤한 상병들은 똥을 보고 구역질하는 시늉을 하며 장난을 쳤다. 그중 하나가 로비의 등에 마른 소똥 덩어리를 던졌지만 그는 돌아보지 않았다. 그는 아까 오두막에서 보았던 천조각들이 어린아이의 파자마였을지도 모른다는 생각을 하고 있었다. 사내아이의 파자마. 급강하폭격기는 가끔 새벽에 나타나기도 했다. 그는 그런 생각을 떨쳐내려고 했지만 쉽지 않았다. 침대에 잠들어 있는 프랑스 사내아이. 로비는 폭격당한 그 오두막으로부터 더 멀어지고 싶었다. 지금 그를 쫓아오며 괴롭히고 있는 것은 독일 육군과 공군만이 아니었다. 달이라도 뜬다면 기꺼이 밤새도록 걸어서 달아날 것이다. 물론 상병들은 좋아하지 않겠지만. 어쩌면 지금이야말로 저들을 떨쳐내버릴 때인지도 몰랐다.

시내 아래쪽으로 줄지어 서 있는 포플러나무의 어린 이파리들이 석양 속에서 밝게 빛나며 팔랑였다. 반대 방향으로 꺾자 곧 제법 큰 길이 나왔고 시냇가가 보이지 않을 때쯤 또다른 숲이 나타났다. 그들은 잎이 울창한 나무들 사이를 헤치고 나아갔다. 조금 지나자 참나무들이 나왔는데, 이파리는 거의 없었다. 발아래 밟히는 풀에서는 달콤하고 축축한 냄새가 올라왔다. 그는 그곳에 뭔가 문제가 있는 게 틀림없다고 생각했다. 그렇지 않으면 지금까지 봐온 광경들과 이렇게 다를 리가 없었다.

앞쪽에서 윙윙거리는 기계 소리가 들렸다. 마치 플라이휠이나 전기 터빈이 굉장히 빠른 속도로 돌아가는 것처럼 소리는 점점 더 커지고 극성스러워졌다. 그들은 엄청난 소음과 힘의 세계로 들어서고 있었다.

"벌이다!" 그가 외쳤다. 다른 두 사람이 들을 수 있도록 몸을 돌려 다시 한번 소리쳤다. 하늘은 이미 벌떼로 가득했다. 그는 벌에 관해 잘 알고 있었다. 한 마리가 사람의 머리에 붙어 침을 쏘고 죽어가면서 화학적인 메시지를 보내면, 그 메시지를 받은 벌들이 모두 그 사람에게 달려들어 침을 쏘고 죽는다. 일종의 총동원령이었다! 위험한 건 둘째 치고, 수치스러운 일이었다. 그들은 방한외투를 머리끝까지 뒤집어쓴 다음 벌떼를 뚫고 달리기 시작했다. 냄새가 고약한 구정물이 흐르는 도랑에 다다라 흔들거리는 널빤지 위를 건너갈 때까지도 벌들이 따라왔다. 이윽고 어느 헛간 뒤로 몸을 피하고 보니 갑자기 사방이 평화로워졌다. 헛간 건너로 농가 마당이 보였다. 마당으로 들어서자 개들이 사납게 짖어대기 시작했고, 한 노파가 손을 내저으며 달려왔다. 그들을 훠이, 훠이 하고 쫓아낼 수 있는 암탉처럼 생각하는 모양이었다. 상병들은 프랑스어를 할 줄 아는 로비만 믿고 있었다. 로비는 앞으로 나서며 노파가 다가오기를 기다렸다. 물 한 병을 10프랑씩이나 받고 팔아먹는 민간인들이 있다지만 아직 한 번도 그런 사람들을 만나보지는 못했다. 그가 만난 프랑스인들은 관대하거나 아니면 자신의 비극에 정신이 팔려 있거나 둘 중 하나였다. 노파는 약해 보였지만 실은 팔팔하게 기운이 넘치는 모양이었다. 달 표면처럼 울퉁불퉁한 얼굴에 사나운 표정을 짓고 있었고, 목소리는 날카로웠다.

"세 템포시블, 므슈. 부 느 푸베 파 레스테 이시(안 돼요, 여러분. 당신들은 여기 머물 수가 없다우)."

"헛간에서 좀 쉬다 갈게요. 물과 와인, 빵, 치즈, 남는 음식 있으면 아무거나 좀 줘요."

"안 된다니까!"

그가 부드럽게 말했다. "우린 프랑스를 위해 싸우고 있어요."

"여기 있으면 안 돼요, 당신들."

"새벽에 떠날게요. 독일군이 아직……"

"독일군이 문제가 아니라니까, 군인 양반. 내 아들들이 문제지. 짐승들 같거든. 곧 돌아올 거요."

로비는 노파를 밀치고 마당 한구석 부엌 옆에 있는 펌프 쪽으로 걸어갔다. 네틀과 메이스도 뒤를 따랐다. 그가 물을 마시는 동안, 열 살쯤 되어 보이는 여자아이가 이제 막 걸음을 뗐음직한 남동생의 손을 잡고 문간에 서서 그를 지켜보았다. 물을 다 마신 후 수통에도 물을 채우고 나서 그애들을 향해 웃어 보이자 아이들은 재빨리 도망쳐버렸다. 상병들은 함께 펌프 아래로 몸을 굽히더니 동시에 물을 마셨다. 노파가 갑자기 로비의 등뒤에서 그의 팔꿈치를 잡았다. 그녀가 뭐라고 하기도 전에 그가 먼저 말했다. "아까 말했던 것들을 갖다줘요. 그러지 않으면 우리가 들어가서 찾을 테니까."

"내 아들들은 짐승이라우. 날 죽이려 들 거야."

그는 '그러라고 해요'라고 대꾸하고 싶었지만 대신 어깨 너머로 이렇게 말했다. "아들들한텐 내가 말할게요."

"그러면, 군인 양반, 당신을 죽일 텐데. 당신을 발기발기 찢어놓고 말 거라니까."

메이스 상병은 네틀 상병과 같은 영국군 병참단 소속으로 취사병이었다. 입대하기 전에는 토트넘 코트 로드에 있는 힐스*의 창고 직원이었다고 했다. 그는 자신이 안락함에 대해선 좀 안다면서 헛간에 들어서자마자 막사 꾸미는 일에 착수했다. 로비 같으면 그냥 지푸라기 위에 쓰러져 자고 말았을 것이다. 마대 더미를 발견한 메이스는 네틀과 함께 그 속에 짚을 넣어 매트리스 세 개를 만들어냈다. 한 손으로 건초 더미를 끌어내리더니 침대 머리판도 만들었다. 또 벽돌을 가지런히 쌓아놓고 그 위에 문짝을 올려 탁자도 만들었다. 그러고는 주머니에서 토막난 양초를 꺼냈다.

"이왕이면 편안한 게 낫지." 메이스는 막사를 만들면서 숨을 헐떡이며 이 말을 반복했다. 그들이 성적인 암시가 담기지 않은 말을 하는 것은 이번이 처음인 것 같았다. 세 사람은 매트리스에 누워 담배를 피우며 기다렸다. 갈증이 사라진 지금은 곧 먹게 될 음식 생각뿐이었다. 어둠 속에 누워 있는데 뱃속에서 꾸르륵 소리가 들리자 모두 킬킬대며 웃었다. 로비는 노파와 나눈 대화와 그녀의 아들들에 대한 이야기를 해주었다.

"제5열분자들**인가보군." 네틀이 말했다. 그는 메이스 상병에 비해 상대적으로 작아 보였는데, 작은 사람들이 흔히 그렇듯 뾰족하고 날카로운 모습이었다. 특히 도드라져 보이는 윗니가 아랫입술을 누른 모습이 쥐를 연상시켰다.

"아니면 프랑스 나치당원이든가. 독일 지지자 말이야. 모즐리***처럼." 메이스가 말했다.

한동안 아무도 말이 없자 메이스가 덧붙였다. "아니면 시골 사람들

---

* 가구, 주방 기구, 침구 등을 제작 판매하는 회사.

** 적과 내통하여 배신행위를 하는 사람들.

*** 영국의 파시즘 정당을 이끈 정치인 오즈월드 모즐리.

이니까 친척끼리 결혼해서 괴물이 태어났는지도 모르지."

"어쨌든 총을 점검하고 가까이 두는 게 좋겠어." 로비가 말했다.

그들은 그가 말한 대로 했다. 메이스가 촛불을 켜자, 그들은 늘 하던 대로 총기 점검을 시작했다. 로비는 권총을 점검한 후 손이 닿는 곳에 두었다. 점검이 끝나자 상병들도 리엔필드 소총을 나무궤짝에 기대어 세워놓고 다시 침상에 누웠다. 곧 아까 본 소녀가 바구니를 들고 나타나 헛간 문 옆에 놓고는 달아났다. 네틀이 그 바구니를 가져와 안에 든 것을 탁자 위에 펼쳐놓았다. 검은 빵 한 덩어리, 부드러운 치즈 조금, 양파 한 개, 와인 한 병. 빵은 자르지도 못할 만큼 딱딱했고 곰팡이맛이 났다. 치즈는 먹을 만했지만 순식간에 없어졌다. 와인을 병째로 돌려 마셨으나 그나마도 금방 동이 났다. 그래서 그들은 곰팡이맛이 나는 빵을 씹어삼킨 후 양파를 먹었다.

네틀이 투덜거렸다. "이런 건 우리집 개한테도 안 주겠다."

"내가 나가서 뭐 좀 괜찮은 걸 얻어올게." 로비가 말했다.

"우리도 같이 가."

그러나 한동안 그들은 아무 말 없이 누워 있었다. 아직은 노파와 부딪치고 싶은 생각이 없었다.

그때, 발소리가 들려서 고개를 돌려보니 문 앞에 남자 두 명이 서 있었다. 그들은 각자 손에 뭔가를 들고 있었는데, 곤봉 아니면 산탄총 같았다. 날이 어두워져 무엇인지 잘 분간이 되지 않았다. 그 프랑스인 형제의 얼굴도 잘 보이지 않았다.

목소리는 부드러웠다. "봉수아르, 메슈(안녕하십니까, 신사분들)."

"봉수아르."

로비는 짚으로 만든 매트리스에서 일어나면서 권총을 찾아 들었다. 상병들도 소총을 세워둔 곳으로 손을 뻗었다. "침착해." 로비가 속삭였다.

"앙글레? 벨주?(영국인이오? 아니면 벨기에인?)"

"앙글레(영국인이오)."

"줄 게 있어요."

"뭐죠?"

"뭐라는 거야?" 상병 하나가 물었다.

"우리한테 줄 게 있다는데."

"빌어먹을."

남자들이 두세 걸음 다가오면서 손에 든 것을 들어 보였다. 산탄총이 분명했다. 로비는 권총의 안전장치를 풀었다. 메이스와 네틀이 안전장치를 푸는 소리도 들렸다. "침착해." 로비가 중얼거렸다.

"총을 내려놓으세요, 여러분."

"당신들부터 내려놓으시지."

"잠깐만요."

그렇게 말한 남자가 호주머니에 손을 넣었다. 그러더니 손전등을 꺼내 군인들이 아니라 자기 옆에 서 있는 남자가 손에 든 것을 비추었다. 바게트 한 덩어리였다. 다른 손에는 마대가 들려 있었다. 이제 그는 자기가 들고 있는 바게트 두 개를 비춰 보여주었다.

"올리브, 치즈, 파테*, 토마토, 햄도 가져왔어요. 참, 당연히 와인도

---

* 고기나 생선 다진 것을 파이껍질로 싸서 구운 것.

있고. 비브 랑글르테르(영국 만세)."

"에, 비브 라 프랑스(프랑스도 만세)."

모두 메이스가 만든 탁자 주위에 모여 앉았고, 프랑스인 앙리와 장마리 보네 형제는 메이스가 만든 탁자와 매트리스를 점잖게 칭찬했다. 오십대라는 그들은 키가 작고 땅딸막했다. 앙리를 보며 네틀은 농부가 안경을 쓰다니 어울리지 않는다고 말했다. 로비는 이 말은 통역하지 않고 넘어갔다. 그들은 와인과 함께 유리잔도 가져왔다. 다섯 남자는 와인을 가득 채운 잔을 들고 프랑스군과 영국군을 위해, 그리고 독일의 패망을 위해 건배했다. 프랑스인 형제는 군인들이 먹는 모습을 지켜보았다. 메이스는 로비를 통해 자기는 거위간 파테를 한 번도 먹어본 적이 없고 심지어 그런 게 있다는 얘기를 들어본 적도 없었지만 이제부턴 파테만 먹고 살겠다고 말했다. 프랑스인들은 그 말을 듣고 미소를 지었지만 여전히 긴장을 풀지 않았고 취할 정도로 술을 마실 생각도 없는 것 같았다. 그들은 농장에서 쓰는 트럭을 타고 젊은 사촌과 그녀의 아이들을 데리러 아라스 근처의 작은 마을에 갔다 오는 길이라고 했다. 그 마을을 두고 격렬한 전투가 벌어졌는데, 누가 점령했는지, 누가 방어하고 있는지, 혹은 누가 우위를 점하고 있는지는 알지 못했다. 그들은 피난 행렬의 대혼란을 피하기 위해 시골의 비포장도로를 달려가면서 농가들이 불타는 것을 보았고, 길에 나뒹구는 영국 군인 시체 십여 구와 마주치기도 했다. 그 위를 밟고 지나가지 않기 위해 트럭에서 내려 시체들을 길가로 끌어내야 했다. 하지만 두세 구의 시체는 이미 거의 동강이 나 있는 상태였다. 대규모 기관포 공격이 있었던 게 틀림없었다. 공중에서 혹은 매복한 곳에서 적군이 기관포를 쏘아댔을 것이다. 트럭으로 돌아간 앙리는 하얗게 질린 채 속이 메스꺼워 운전을 못하겠다고 했고, 대신 운전석에 앉은 장마리도 공포에 떨면서 운전하다가 그만 트럭을 도랑에 처박고 말았다. 결국 마을까지 걸어가 말 두 마리를 빌려 트럭을 끌어내야 했다. 그러는 동안 두 시간이 흘렀다. 다시 도로를 달리다보니 불에 탄 탱크와 장갑차가 곳곳에 보였다. 영국군과 프랑스군뿐만 아니라 독일군의 것도 있었다. 그러나 군인들은 보이지 않았다. 전투가 이미 다른 지역으로 옮겨간 것이다.

그들이 사촌이 사는 마을에 도착했을 때는 이미 해가 지고 있었다. 마을은 완전히 파괴되었고 인기척 하나 없었다. 사촌의 집도 곳곳이 부서지고 사방 벽에는 총탄 자국이 숭숭 뚫려 있었지만 지붕은 날아가지 않은 채였다. 방마다 돌아다녀보니 다행히 아무도 없었다. 사촌은 틀림없이 애들을 데리고 수천 명의 피난민 대열에 합류했을 것이다. 밤에 트럭을 몰고 돌아가는 건 위험하다고 생각한 그들은 숲에 트럭을 세워두고 그 안에서 잠을 청했다. 밤새도록 아라스에서 맹렬한 포성이 들렸다. 저 정도라면 아무도, 아무것도 살아남을 수 없겠다는 생각이 들었다. 새벽에 다시 길을 나선 그들은 전날 본 군인들의 시체를 피하기 위해 훨씬 더 돌아가는 먼길을 택했다. 앙리는 그래서 지금 자기들이 무척 피곤하다고 말했다. 눈을 감으면 팔다리가 떨어져나간 군인들의 시체가 보인다고도 했다.

장마리가 다시 와인을 잔에 채웠다. 그들의 이야기는 로비의 통역과 함께 거의 한 시간이나 이어졌다. 그동안 음식은 바닥이 났다. 로비는 뇌리를 떠나지 않는 아이의 잘린 다리에 대해서도 이야기할까 망설였다. 그러나 공포를 보태고 싶지 않았고, 와인과 곁에 있는 사람들 덕분에 저멀리에 희미하게 머물러 있는 이미지를 일부러 불러내 생생하게 떠올리고 싶지도 않았다. 대신 슈투카*의 폭격을 받으면서 퇴각하던 초기에 자신이 부대에서 낙오하게 된 경위를 들려주었다. 부상당한 이야기는 하지 않았다. 상병들에게 자신이 부상을 입었다는 것을 알리고 싶지 않았기 때문이다. 그는 자기들이 주요 도로를 따라 이어지는 공습을 피하기 위해 들판을 가로질러 걸어서 됭케르크를 향하고 있다고 설명했다.

장마리가 말했다. "그럼 영국군이 철수한다는 소문이 사실이군요."

"다시 돌아올 겁니다." 로비는 이렇게 말했지만 스스로도 그 말을 믿지 못했다.

네틀 상병은 취기가 돌기 시작한 모양이었다. 그는 소위 '프랑스 이쁜이들'에 대해 떠들며 그들이 사방에 얼마나 널렸는지, 얼마나 유혹하기 쉬운지, 그리고 얼마나 맛있는지 장황하게 늘어놓기 시작했다. 순전히 공상이었다. 프랑스인 형제는 무슨 말이냐는 듯 로비를 쳐다보았다.

"프랑스 여자들이 세상에서 가장 아름답다고 하네요."

그들은 진지한 표정으로 고개를 끄덕이더니 잔을 들었다.

한동안 모두 말이 없었다. 벌써 어둠이 짙게 깔려 있었다. 그들은 이미 익숙해진 밤의 소리에 귀를 기울였다. 귀가 터질 듯한 포성, 멀리서 들리는 빗나간 총성과 쾅 하는 폭발음. 영국군 공병대가 퇴각하면서 다리를 폭파한 모양이었다.

"저 사람들 엄마에 대해서 물어봐. 뭔가 이상하잖아. 그건 짚고 넘어

---

* 2차세계대전 당시 독일군의 급강하폭격기.

가야지." 메이스 상병이 말했다.

"우린 원래 삼형제였어요." 앙리가 설명했다. "만형 폴이 있었는데 1915년에 베르됭 근처에서 죽었어요. 직격탄을 맞았지요. 몸이 산산조각나 흩어져버려 철모 말고는 묻어줄 게 없더라고요. 우리 둘은 운이 좋았어요. 어디 한 군데 긁힌 자국도 없이 살아남았으니까. 그때부터 어머니는 군인들을 증오하게 되었어요. 지금은 여든셋이고 치매까지 걸린 상태라 그런 증오가 강박처럼 따라다니고 있지요. 프랑스군, 영국군, 벨기에군, 독일군. 어머니는 그런 거 구분 못해요. 어머니한테 군인들은 모두 똑같거든요. 독일군이 왔을 때 갈퀴 들고 덤벼들다가 총에 맞아 돌아가시지나 않을지 걱정이 이만저만이 아니에요."

프랑스인 형제가 힘없이 일어서자 군인들도 따라 일어섰다.

장마리가 말했다. "사실은 우리집 부엌 식탁에서 음식을 대접하고 싶었는데, 그러려면 어머니부터 방에 가둬야 해서요."

"아니, 이것만으로 충분해요. 정말 잘 먹었습니다." 로비가 말했다.

네틀이 메이스의 귀에 무언가 속삭이자 메이스가 고개를 끄덕였다. 네틀은 배낭에서 담배 두 보루를 꺼냈다. 마땅히 그래야 했다. 프랑스인들이 점잖게 물리치는 시늉을 해 보였지만 네틀은 탁자를 돌아 그들에게 가서는 담배를 옆구리에 찔러주었다. 그러고는 로비에게 통역을 해달라고 했다.

"당신들도 그 광경을 봤어야 하는데. 독일군이 이용하지 못하도록 상점들을 파괴하라는 명령이 내려졌거든. 이만 상자가 넘는 담배가 쏟아진 거야. 원하는 만큼 가져왔어."

모든 군인들이 배고픔을 쫓기 위해 담배로 무장한 채 해안가로 퇴각하고 있었다.

프랑스인들은 정중한 감사인사를 하고 로비의 프랑스어 실력에 대해 칭찬한 후, 탁자 위로 몸을 굽혀 빈병과 컵을 마대에 담았다. 다시 만날 수 있을 거라는 빈말은 누구도 하지 않았다.

"동이 트면 떠나고 없을 겁니다." 로비가 말했다. "그러니 지금 작별인사를 해야겠군요."

그들은 악수를 했다.

앙리 보네가 말했다. "이십오 년 전, 우리도 전쟁터에서 목숨을 걸고 싸웠어요. 죽은 사람들도 부지기수였지요. 그런데도 프랑스가 다시 독일인들에게 짓밟히고 있다니, 참. 이틀 후면 그들이 여기 와서 우리가 가진 것을 다 빼어가겠지요. 누가 생각이나 해보았겠습니까?"

로비는 퇴각이 얼마나 치욕스러운 일인가를 처음으로 깨달았다. 부끄러웠다. 그래서 아까보다 더 확신이 없는 목소리로 이렇게 말했다. "다시 돌아와서 독일군을 쫓아낼 겁니다. 약속드리죠."

프랑스인 형제는 고개를 끄덕이고 마지막 작별의 미소를 짓더니 희미한 촛불이 그려내는 원에서 벗어나 열린 헛간 문 쪽으로, 어둠 속으로 걸어갔다. 그들이 움직일 때마다 마대에서는 유리잔이 와인 병에 부딪혀 짤그랑짤그랑 소리를 내고 있었다.

*

그는 매트리스에 등을 대고 누운 채 동굴 같은 천장의 어둠을 응시하고 있었다. 옆에서는 상병들의 코고는 소리가 엇갈려 커졌다 작아졌다 했다. 지칠 대로 지쳤는데도 잠이 오지 않았다. 상처 부위에서 느껴지는 불안한 맥박이 규칙적으로 상처를 옥죄는 것 같았다. 그 안에 무언가 날카로운 것이, 그것도 피부 가까운 곳에 있는 것 같아 손끝으로 만져보고 싶었다. 피곤해지니 결코 생각하고 싶지 않았던 것들이 먼저 떠올랐다. 그는 침대에 잠들어 있는 프랑스 소년과, 평화로운 농촌에 폭탄을 투하한 인간들의 무정함에 대해서 생각했다. 어쩌면 폭탄 투하실을 비우려다 선로 옆 오두막을 폭격한 것인지도 모른다. 그 안에 누가 잠들어 있는지 알지 못한 채, 아니, 신경조차 쓰지 않은 채 말이다. 그것은 마치 산업공정과 같은 과정이었다. 그는 전에 영국군 포병부대가 작업하는 것을 본 적이 있었다. 그들은 몇 명씩 조를 짜서 아주 오랜 시간 작업을 했고, 전열을 갖추는 신속함과 군기, 훈련, 협동심에 대단한 자부심이 있었다. 자신들의 작업이 낳은 결과, 즉 그 사라진 소년에 대해서는 알 필요도 없었다. 사라진. 이 단어를 생각하며 설핏 잠이 들었지만, 단 몇 초 동안이었다. 그는 금방 눈을 떴다. 침대에 등을 대고 누워 독방의 어둠을 응시하고 있었다. 다시 그곳으로 돌아왔음을 느낄 수 있었다. 콘크리트 바닥과 양동이에 모아둔 오줌, 그리고 벽에 칠한 싸구려 페인트에서 나는 악취가 물씬 풍겼고 옆방 죄수들의 코고는 소리도 들렸다. 삼 년 육 개월 동안 이런 밤을 견뎌냈다. 잠들지 못하고 뒤척이며, 사라진 자신의 청년기와 한때는 자신의 것이었던 사라진 삶을 생각하며, 새벽과 쓰레기 같은 음식, 헛되이 보낼 또 하루를 기다리며 삼 년 육 개월의 밤을 지새웠다. 그 비참한 하루하루를 어떻게 견뎌냈는지 지금 생각해봐도 놀라웠다. 비참함과 폐소공포증. 그의 목을 조이는 손. 희미한 전등불 아래 좁은 침상에 누워 아무런 희망도 없이 하루를 지탱하는 그곳보다는 이곳이, 아이의 다리가 나뭇가지에 걸려 있다 해도 이젠 보통 사람들도 놀라지 않는 이곳, 한 나라와 문명이 몰락의 위기를 맞고 있는 이곳, 다른 패잔병들과 함께 헛간에 숨어들어 새우잠을 자는 지금 이곳에 있는 것이 나았다. 여기에는 숲이 울창한 골짜기와 시냇물, 포플러나무 위에서 반짝이는 햇살이 있었다. 그를 죽이지 않는 한 이것을 빼앗아갈 수는 없었다. 그리고 여기에는 희망이 있었다. 기다릴게. 돌아와. 아무리 희박하다 해도 돌아갈 수 있는 가능성이 있었다. 그녀의 마지막 편지와 새 주소가 주머니 속에 들어 있었다. 이것이 바로 그가 생존해야 할 이유였고, 급강하폭격기가 독수리처럼 맴돌며 먹이를 기다리는 주요 도로에서 무슨 수를 써서라도 벗어나야 하는 이유이기도 했다.

얼마 후, 그는 덮고 있던 외투를 젖히고 일어나 군화를 신고 더듬거리며 헛간을 나왔다. 피곤해서 현기증이 날 지경이었지만 잠이 오지 않아 바람이라도 쐬고 싶었다. 그는 으르렁거리는 농장의 개들을 무시하고 풀이 무성한 언덕으로 이어지는 오솔길을 올라가 남쪽 하늘을 밝히고 있는 섬광을 바라보았다. 독일군 기갑부대의 공격이 가까워졌다는 뜻이었다. 그는 그녀가 편지와 함께 보내준 시가 들어 있는 윗주머니를 만져보았다. 어둠의 악몽 속에서, 유럽의 모든 개들이 짖어댄다.* 그녀가 보낸 편지들은 모두 외투 안주머니에 고이 모셔놓고 단추를 채워두었다. 버려진 트레일러 바퀴에 올라서자 더 넓은 하늘을 볼 수 있었다. 북쪽을 제외하고는 어디에서나 총에서 내뿜는 섬광이 번쩍거렸

* W.H. 오든의 시 「W.B. 예이츠를 추모하며」의 한 구절.

다. 패배한 영국군은 회랑 같은 대열을 이루어 퇴각하고 있었는데, 갈수록 그 대열도 점점 좁아져 끊어져버릴 것이 분명했다. 그렇게 되면 낙오자들은 도망갈 구멍이 없어질 것이다. 잘해봐야 다시 감옥이겠지. 아니면 포로수용소거나. 이번에는 그도 오래 버티지 못할 것이다. 프랑스가 무너지더라도 전쟁이 쉽사리 끝나지는 않을 것이다. 그녀에게서 편지도 받지 못할 테고 돌아갈 방법도 없을 것이다. 보병 입대를 조건으로 조기 석방을 협상하는 일은 다시 없을 것이다. 그 손이 다시 그의 목을 죄기 시작할 것이다. 유폐된 곳에서 수천 밤을 잠을 이루지 못해 뒤척이고, 과거를 들춰보고 삶이 다시 시작되기를 기다리며, 과연 그런 날이 올까 하는 생각에 가슴 졸이게 될 것이다. 어쩌면 너무 늦기 전에 지금 길을 나서서 도버해협에 도달할 때까지 밤이고 낮이고 걷고 또 걷는 것이 나을지도 모른다. 살그머니 혼자 떠나자. 두 상병은 자기들의 운명에 맡겨두고. 그는 몸을 돌려 언덕을 내려오다 생각을 고쳐먹었다. 바로 앞에 있는 땅도 잘 보이지 않았다. 이런 어둠 속에 길을 나서봤자 얼마 가지도 못할 뿐만 아니라 다리가 부러질 수도 있다. 그리고 상병들은 생각했던 것만큼 그렇게 멍청하지 않을지도 모른다. 짚으로 매트리스를 만든 메이스가 아닌가. 그리고 프랑스인 형제에게 고맙다는 사례를 할 줄 아는 네틀이 아닌가.

코고는 소리를 길잡이삼아 그는 침상으로 돌아왔다. 그러나 여전히 잠은 오지 않았다. 아니, 살짝 잠에 빠지려 하다가도 선택할 수도, 통제할 수도 없는 생각의 공격을 받고 깜짝 놀라 다시 정신이 말짱해지곤 했다. 언제 어디에서도 지난 일들이 그를 사로잡고 놓아주지 않았다. 이번에는 그녀와의 유일한 만남의 기억이 그를 사로잡았다. 1939년, 감옥에서 나온 지 육 일째 되던 날이자 올더숏 근처의 부대로 입대하기 하루 전날이었다. 스트랜드호텔에 있는 조 라이언스 찻집에서 만나기로 한 그날, 그들은 삼 년 육 개월 만에 서로 얼굴을 보게 되었다. 일찍 도착한 그는 출입문이 보이는 구석 테이블에 자리를 잡았다. 아직도 자유가 낯설게 느껴졌다. 거침없는 걸음걸이와 웃음소리, 외투와 재킷, 스커트의 색깔, 웨스트엔드 쇼핑객들의 밝고 거리낌없는 대화, 서빙하는 아가씨의 친절함, 위협이라곤 전혀 느껴지지 않는 분위기. 그는 의자에 등을 기대고 앉아 일상과의 재회를 즐겼다. 일상 속에는 그만이 감상할 수 있는 아름다움이 있었다.

감옥에 있는 동안 그에게 허락된 유일한 여성 면회자는 그의 어머니였다. 그의 흥분이 폭발할 것을 우려해 취해진 조치라고 했다. 세실리아는 매주 편지를 보냈다. 그녀를 사랑하고, 그녀를 위해서라도 미치지 않으려고 애쓰고 있던 그는 당연히 그녀가 쓴 글과도 사랑에 빠졌다. 답장을 쓸 때는 예전 모습 그대로인 것처럼, 거짓말을 해서라도 몸과 마음이 아주 건강한 것처럼 보이려고 애썼다. 그들은 편지 검열관이기도 했던 담당 정신과의사가 두려워서 관능적이거나 감정을 드러내는 말은 피했다. 그가 있던 감옥은 빅토리아시대의 냉기가 느껴짐에도 불구하고 현대적이고 개선된 곳이라고들 했다. 그는 성욕 과다증으로 교정뿐만 아니라 도움이 필요하다는 진단을 받았다. 자극을 받아서는 안 되었으므로 편지 중 미약하게라도 애정 표현이 있는 것은 압수당했다. 그래서 그들은 주로 문학에 대해 이야기하면서 등장인물을 암호로 이용했다. 케임브리지에 있을 때 그들은 거리에서 만나도 그냥 스쳐지나갔었다. 그 모든 문학작품과 행복한, 혹은 비극적인 연인들에 대해 단 한 번도 이야기를 나눠본 적이 없었다! 트리스탄과 이졸데, 오시노 공작과 올리비아(물론 말볼리오도), 트로일러스와 크리세이드, 나이틀리 씨와 에마, 아프로디테와 아도니스. 그리고 터너와 탤리스. 언젠가는 절망에 빠진 그가 사슬로 바위에 묶인 채 매일 독수리에게 간을 파먹히는 프로메테우스 얘기를 한 적도 있었다. 때때로 그녀는 인내심이 강한 그리셀다*였다. "서재의 조용한 구석"이란 말은 성적 황홀경을 의미하는 암호였다. 그들은 또한 매일의 일과를 지루하지만 애정이 깃든 문체로 상세하게 알려주었다. 그는 감옥의 일상을 모든 면에서 자세히 묘사했지만 그 비참함에 대해서는 결코 쓰지 않았다. 글로 쓰지 않아도 충분히 알 수 있을 터였다. 자신이 지쳐 쓰러질까봐 두렵다는 이야기도 쓰지 않았다. 그것도 너무나 분명한 일이었다. 그녀 또한 그를 사랑한다는 말을 쓴 적이 없었다. 그 말을 써도 압수당하지 않고 무사히 그의 손에 닿을 수 있다면 썼을 테지만. 그러나 말하지 않아도 그는 알고 있었다.

그녀는 가족과 의절했다고 했다. 부모님과 오빠, 동생과는 다시는 말도 섞지 않을 거라고도 했다. 그는 그녀가 간호사 자격증을 따기 위해 거친 단계도 모두 알고 있었다. 그녀가 "오늘은 전에 얘기했던 해부학 책을 보러 도서관에 갔었어. 조용한 구석을 찾아서 책을 읽는 척하고 있었어"라고 썼을 때, 그는 그녀 역시 매일 밤 감옥에서 얇은 담요를 덮고 누운 자신을 달뜨게 만드는 그 추억의 힘으로 살고 있음을 알 수 있었다.

---

* 유럽의 설화에 나오는 인물로, 인내하고 순종하는 여성이다.

간호사 망토를 입은 그녀가 눈부시게 아름다운 모습으로 찻집에 들어섰을 때 당황한 그는 급하게 일어서다 찻잔을 쳐버렸다. 어머니가 절약하여 모은 돈으로 사준 지나치게 큰 양복이 자꾸 신경쓰였다. 재킷은 하도 커서 어깨 어디에도 닿지 않는 것 같았다. 그들은 자리에 앉아 서로를 바라보며 미소 짓고는 곧 눈길을 다른 곳으로 돌렸다. 로비와 세실리아는 지난 수년 동안 편지로 사랑을 나눴다. 암호를 교환하며 서로 더욱더 친밀해졌는데, 이제 실제로 만나 일상의 예의바른 질문과 대답을 나누다보니 그 친밀함이 얼마나 부자연스러운 것이었는지 깨닫게 되었다. 두 사람 사이의 거리가 벌어지기 시작하자, 그들은 편지에서 너무 앞서갔다는 사실을 깨달았다. 이 순간을 너무나 오랫동안 열망하고 상상해온 게 문제였다. 현실이 상상과 희망을 따라잡을 수 없었다. 그동안 세상과 단절된 삶을 살아온 그에게는 한 걸음 물러나서 전체를 볼 수 있는 자신감이 사라지고 없었다. 사랑해. 너로 인해 살았어. 수도 없이 되뇌었던 그 말이 지금은 입 밖으로 나오지 않았다. 대신 그는 그녀가 사는 셋집에 대해 물었다.

"집주인 여자와는 잘 지내?"

다른 좋은 화제가 생각나지 않았고, 침묵과 어색함이 끼어들까봐, 그래서 다시 만나서 반가웠다는 말과 함께 그녀가 일어서버리기라도 할까봐 두려웠다. 이제 곧 그녀는 병원으로 돌아가야 했다. 그들이 나눈 모든 것은 수년 전 서재에서의 그 몇 분에 바탕을 둔 것이었다. 그것이 너무 약했을까? 그들은 쉽게 남매 같은 사이로 바뀌어버릴 수도 있을 것 같았다. 그녀가 실망했을까? 그는 살이 빠졌다. 모든 면에서 왜소해졌다. 감옥은 그가 자신을 경멸하게 만들었지만, 그녀는 그가 기억하는 예전 모습 그대로 여전히 사랑스러웠다. 간호사복을 입으니 특히 더 그랬다. 그러나 그녀도 마찬가지로 엄청나게 긴장한 상태였으므로 헛된 이야기를 피해갈 수 있는 상황이 아니었다. 그래서 그녀는 집주인 여자의 괄괄한 성격에 대해 가볍게 얘기하려고 했다. 이런 식의 대화가 몇 번 더 오간 후, 그녀는 결국 가슴에 매달려 있는 작은 목걸이 시계를 보았고 점심시간이 거의 끝나간다고 말했다. 만난 지 이제 겨우 삼십 분이었다.

그는 화이트홀 버스 정류장을 향해 그녀와 함께 걸었다. 이 소중한 마지막 몇 분 동안 그는 딱딱한 약자와 숫자가 나열된 새 주소를 그녀에게 써주었다. 그리고 기본훈련이 끝날 때까지는 휴가가 없지만, 그 후에는 이 주간의 휴가를 받게 될 것이라고 말했다. 그녀는 그를 바라보면서 화가 난다는 듯 고개를 세차게 흔들었고, 그제야 그는 그녀의 손을 꼭 쥐었다. 말로 하지 못한 모든 것을 담은 행동이었다. 그녀도 손에 힘을 줌으로써 그의 마음에 화답했다. 버스가 왔지만 그녀는 손을 놓으려 하지 않았다. 그들은 서로 얼굴을 마주보며 서 있었다. 그가 그녀에게 키스를 했다. 처음에는 가볍게 시작했지만 점차 서로 몸을 끌어당기면서 열정적인 키스로 변해갔다. 혀가 맞닿았을 때 그의 영혼은 절망적일 정도로 감사를 느끼고 있었다. 이 순간의 기억을 고이 간직하여 앞으로 몇 달간을 의존해 살게 되리란 걸 알고 있었다. 깊은 밤 프랑스의 한 농가 헛간에 누워 그는 바로 그때의 기억을 끌어내 힘을 얻었다. 그들이 꽉 부둥켜안은 채 키스를 계속했으므로 사람들은 옆으로 비켜서서 한 줄로 그들 곁을 지나가야 했다. 어떤 남자는 그의 귀에 대고 큰 소리로 불평을 하고 갔다. 그녀는 그의 뺨에 눈물을 흘렸고, 그런 슬픔 때문에 그녀의 입술은 그의 입술을 더욱 강하게 끌어당겼다. 버스가 다시 도착했다. 그녀는 그에게서 떨어져 그의 손목을 꼭 쥐더니 한 마디 말도 없이 버스에 올라탔다. 뒤도 돌아보지 않았다. 그는 그녀가 자리에 앉는 것을 지켜보았다. 버스가 움직이기 시작했을 때에야 그는 자신도 버스에 올라 병원까지 그녀와 함께 갔어야 했다는 것을 깨달았다. 그녀와 함께 있을 수 있는 소중한 시간을 그만 놓쳐버린 것이다. 스스로 생각하고 행동하는 법을 다시 익혀야 했다. 그는 다음 정류장에서 버스를 따라잡을 수 있기를 간절히 바라며 차도를 따라 뛰기 시작했다. 그러나 그녀가 탄 버스는 저멀리 달려가고 있었고 곧 의사당 앞 광장으로 사라져버렸다.

훈련기간에도 그들은 계속 편지를 주고받았다. 이젠 검열관도 없었고, 암호를 만들어내고 또 그걸 이해하기 위해 머리를 짜낼 필요도 없었지만, 그들은 조심스럽게 한 발 한 발 내디뎠다. 남의 눈을 의식하며 쓴 편지에 매달려 삶을 이어나가는 일에 지쳐 있었으면서도 그들은 손을 잡은 것과 버스 정류장에서 나눴던 단 한 번의 키스 이상으로 마음이 앞서가는 것은 경계했다. 사랑한다고 말하고, 서로를 "자기"라든가 "내 사랑"이라고 불렀으며, 그들 앞에 함께하는 미래가 기다린다는 것도 알고 있었지만, 더이상의 애정 표현이나 성적 흥분을 일으키는 표현은 자제했다. 지금 그들이 원하는 것은 이 주간의 휴가 때까지 소식이 끊어지지 않도록 하는 것뿐이었다. 그녀가 거턴 동창생을 통해 윌트셔에 있는 별장을 빌릴 수 있게 준비해놓았으므로 그들은 잠시라도 짬이 날 때면 함께 보낼 휴가 생각에 마음이 부풀어 상상의 나래를 펴곤 했지만, 편지에는 그것도 표현하지 않으려고 노력했다. 대신 서로의 일상에 대해 이야기했다. 그녀는 분만실에서 근무하면서 극적인 환희의 순간과 함께 평범한 기적을 매일 목격한다고 했다. 물론 유산된 아기나 분만중에 사망한 산모, 복도에서 흐느끼는 젊은 아빠, 가족으로부터 버림받고 멍한 얼굴로 출산을 기다리는 십대의 어린 엄마, 수치심과 사랑을 동시에 일으키는 기형아를 목격하는 비극의 순간도 있었다. 그리고 그런 비극에 비하면 그들의 고난은 아무것도 아닌 것으로 느껴졌다. 행복한 결말, 즉 격전이 끝난 뒤 지친 산모가 처음으로 아기를 받아 안고 황홀한 얼굴로 바라보는 모습을 지켜볼 때면, 세실리아는 편지에 쓰진 않았지만 자기 앞에도 그와 함께할 이런 미래가 기다리고 있을 거라는 생각에 가슴이 뭉클해지곤 했다. 그런 행복한 순간을 묘사한 편지를 받아 읽는 그도 똑같은 감동을 느낄 수 있었다. 사실 그의 관심은 출산보다는 수태 쪽에 더 있었지만.

그는 연병장과 소총 사격장, 훈련, 교관, 병영 등에 대해 이야기했다. 그는 장교훈련을 받을 자격이 없었다. 만일 받았다 해도 조만간 장교식당에서 그의 과거를 알고 있는 누군가와 마주쳤을 것이다. 사병들 사이에서 그는 익명의 존재로 지냈으며, 나중에야 안 일이지만 감옥에 있었던 경험이 그에게 특별한 지위를 부여해주었다. 그는 자신이 군대생활에 잘 적응하고 있음을 알게 되었다. 공포 분위기 속의 군장 검사와 담요를 각이 잡히고 라벨이 위로 오도록 개는 것 따위는 일도 아니었다. 동료들과는 달리 그는 음식도 그다지 나쁘지 않다고 생각했다. 피곤하기는 해도 다양한 일과로 짜인 하루하루의 생활도 만족스러웠다. 감히 다른 신병들에게는 표현하지 못했지만 행군 또한 그에게는 즐거움이었다. 몸무게가 늘고 체력도 좋아지고 있었다. 학력과 나이가 장애가 되긴 했지만, 과거 전과 덕분인지 아무도 그를 괴롭히지 않았다. 오히려 그는 '윗대가리들'의 방식을 잘 알고 서류 작성을 할 때 편리하게 이용할 수 있는 현명한 형쯤으로 여겨졌다. 그는 군화 한 짝을 잃어버려 한 짝만 신고 행군을 한 사병 이야기나, 양 한 마리가 병영으로 들어와 미친듯이 날뛰고 돌아다녀 쫓아내는 데 애를 먹은 이야기, 사격장에서 오발탄에 맞을 뻔한 병장 교관 이야기처럼 재미있고 놀라운 일화를 써보내면서 그녀와 마찬가지로 편지 내용을 일상적인 것에 국한시켰다.

그러나 외부에서는 심상찮은 일이 벌어지고 있었고, 그도 이 문제만은 편지에 쓰지 않을 수 없었다. 작년에 있었던 뮌헨회담 이후로, 모든 영국 사람들이 그러듯이 그도 곧 전쟁이 일어날 거라 믿고 있었다. 훈련은 더 힘들어지고 가속화되었으며, 신병을 더 받기 위해 막사 확장공사가 진행중이었다. 그가 걱정하는 것은 전쟁터에 나가는 것이 아니라, 이런 상황이 그들의 월트셔 휴가를 방해할지도 모른다는 사실이었다. 그녀도 똑같은 두려움을 전해왔다. 침상을 더 들여오고 특별교육과 응급처치 훈련을 실시하는 등 병원도 긴급대책 마련으로 부산했다. 그들은 전쟁이 일어날 가능성이 있기는 해도 희박하다고 생각하며 서로를 위로했다. "설마 전쟁이 또 일어나겠어?" 많은 사람이 그렇게 말하고 있었다. 그래서 그들도 희망을 버리지 않았다.

그를 괴롭히는 더 직접적인 문제가 있었다. 세실리아는 그가 형을 선고받았던 1935년 11월 이후로 부모님과 오빠, 동생과 인연을 끊었다. 그들에게 편지를 쓰지 않는 것은 물론이고 주소마저 알려주려 하지 않았다. 집에서 오는 편지들은 방갈로를 팔고 다른 마을로 이사간 로비의 어머니 그레이스를 통해 그녀에게 전해졌다. 그녀 역시 그레이스를 통해 자신이 잘 지내고 있으며, 연락하지 않기를 바란다는 사실을 가족에게 알렸다. 언젠가 리언이 병원으로 찾아왔을 때도 그녀는 오빠와 한마디도 나누지 않았다. 리언은 오후 내내 병원 문밖에서 기다렸다. 그녀는 그런 그를 보고는 다시 병원 안으로 들어가 그가 갈 때까지 나오지 않았다. 다음날 아침에 리언은 간호사 기숙사 앞에서 그녀를 기다렸다. 그녀는 오빠를 밀치고 지나갔으며 얼굴도 보려고 하지 않았다. 그가 팔꿈치를 붙잡았지만 그녀는 거칠게 뿌리치고 걸음을 재촉했다. 그의 간청에도 전혀 흔들리지 않았다.

그녀가 오빠를 얼마나 사랑했는지, 가족들과 얼마나 친밀한 관계였는지, 그리고 그 저택과 정원이 그녀에게 얼마나 소중했는지 로비는 어느 누구보다 잘 알고 있었다. 그 자신이야 절대로 옛날로 돌아갈 수 없겠지만, 그녀가 오직 그를 위해 자기 삶의 일부를 파괴하고 있다는 생각이 들어 마음이 편치 않았다. 훈련이 시작된 지 한 달쯤 되었을 때 그는 이런 속마음을 그녀에게 털어놓았다. 그들이 이 일에 대해 이야기한 것은 처음이 아니었지만, 이번에는 문제가 좀더 분명해져 있었다.

그녀는 이렇게 답장했다. "그들은 네게서 등을 돌렸어. 그들 모두, 심지어 아버지마저도. 그들이 너의 인생을 망쳐놓을 때 내 인생도 함께 망쳐놓은 거야. 그들은 어리석고 병적으로 흥분해 있던 어린 여자애의 증언을 믿기로 결정했어. 그 증언을 번복할 여지를 주지 않았으니까 그애를 부추긴 거나 마찬가지고. 그애가 겨우 열세 살 어린애였다는 건 나도 알아. 하지만 다시는 말을 섞고 싶지 않아. 다른 식구들이 한 짓도 절대로 용서할 수 없어. 인연을 끊고 나니까 그들의 어리석음 뒤에 숨어 있는 속물근성이 보이기 시작해. 엄마는 네가 최우등으로 졸업했다는 사실을 절대로 용서하지 못했어. 아버지는 일에만 빠져 있었고. 리언은 싱글벙글 웃으면서 아무하고나 어울리는 줏대 없는 바보였지. 하드먼 씨가 대니를 덮어주려고 하는데도 내 가족들 중 누구 하나 경찰한테 대니를 심문해보라고 말하지 않았어. 이미 너를 범인으로 단정지었던 경찰 역시 일이 꼬이는 걸 원치 않았고. 내 말이 냉정하다는 거 알고, 나도 이러고 싶진 않아. 솔직히 난 새로운 생활과 새 친구들에 아주 만족해. 이제야 제대로 숨쉬고 사는 것 같아. 무엇보다도 난 살아갈 이유가 있잖아. 너 말이야. 현실적으로 난 너와 가족 중 한쪽을 선택해야 했어. 양쪽을 다 가질 순 없잖아? 난 너를 선택했고 단 한 순간도 내 선택에 대해 후회해본 적이 없어. 사랑해. 난 자기를 완전히 믿고 있어. 자기는 내게 가장 소중한 사람이고 내 삶의 이유야. 시."

로비는 어둠 속에서 그 마지막 두 문장을 소리 없이 되뇌어보았다. 내 삶의 이유. 생활의 이유가 아니라 삶의 이유. 바로 그거였다. 그녀는 그의 삶의 이유였고, 그가 살아남아야 하는 이유였다. 그는 옆으로 돌아누워 헛간 입구라고 생각되는 쪽을 바라보면서 동이 트기를 기다렸다. 너무 예민해져서 잠을 이룰 수가 없었다. 차라리 지금 해협을 향해 걷고 있는 중이라면 나을 것 같았다.

그들에게 월트셔 휴가는 없었다. 훈련이 끝나기 삼 주 전에 전쟁이 선포되었다. 군의 반응은 대합조개의 반사작용처럼 자동적이었다. 휴가는 모두 취소되었다. 얼마 지나자 연기되었다고 했다. 휴가 날짜가 정해졌다가 바뀌었다가 다시 취소되었다. 그런 다음 이십사 시간 전에야 휴가 통지가 나왔고 철도 승차권이 발급되었다. 새로운 연대로 합류하기 전에 나흘간의 휴가가 주어졌다. 그들 부대는 다른 곳으로 이동할 거라는 소문이 돌았다. 세실리아도 처음에는 매번은 아니라도 휴가 날짜를 바꿀 수 있었다. 그러나 다시 조정하려 했을 때는 뜻대로 되지 않았다. 그의 도착을 알리는 엽서가 도착했을 때 그녀는 중증외상 환자 간호를 위한 교육을 받으러 리버풀의 올더 헤이 병원으로 가는 중이었다. 런던에 도착한 바로 다음날 그는 그녀를 쫓아 북쪽으로 출발했지만, 기차는 믿을 수 없을 정도로 느렸다. 남쪽으로 향하는 군용 열차에 우선권이 주어진 모양이었다. 버밍엄 뉴 스트리트 역에서 그는 연결편을 놓쳤고, 다음 기차는 취소되었다. 다음날 아침까지 기다려야 했다. 그는 망설이며 삼십 분 동안 플랫폼을 서성였다. 그러다가 결국 돌아가기로 마음먹었다. 귀대시간을 어기는 것은 위험한 일이었다.

그녀가 리버풀에서 돌아왔을 때쯤 그는 셰르부르에 상륙하고 있었고, 인생에서 가장 음울하고 지루한 겨울이 그를 기다리고 있었다. 만나지 못해 슬픈 것은 둘 다 마찬가지였지만 그녀는 긍정적으로 생각하면서 그를 달랠 의무가 있다고 생각한 모양이었다. "난 어디 가지 않아." 리버풀에서 돌아온 후에 처음으로 보낸 편지에서 그녀가 말했다. "기다릴게. 돌아와." 그녀는 전에 자신이 했던 말을 인용했다. 그가 이 말을 기억하고 있을 거라고 믿었기 때문이었다. 그때부터 그녀는 프랑스에 있는 로비에게 보내는 모든 편지의 끝을 그렇게 맺었다. 됭케르크로 퇴각하라는 명령이 떨어지기 직전에 도착한 마지막 편지에서도 마찬가지였다.

프랑스 북부에 주둔한 영국 파견군에게는 정말 지루하고 긴 겨울이었다. 아무 일도 일어나지 않았다. 참호를 파고, 병참선을 확보하고, 야간훈련을 나갔다. 보병대원들은 무기도 부족한 마당에 목적도 설명해주지 않고 야간훈련을 하다니 참 웃기는 일이라고 투덜거렸다. 비번일 땐 모두가 장군이었다. 말단 병사조차도 다시 참호 속에 들어가서 전투를 하는 일은 일어나지 않을 거라고 떠들어댔다. 그러나 곧 도착한다던 대전차용 무기는 감감무소식이었다. 사실 그들에게 중무기라고 할 만한 것은 거의 없었다. 그 겨울은 지루함과 다른 부대원들과의 축구시합, 그리고 완전군장을 한 채 시골길을 따라 하루종일 걷는 행군의 시간이었다. 행군할 때는 발을 맞춰 걸으면서 아스팔트에 울리는 군화 장단에 맞춰 공상에 빠지는 것 외에는 달리 할일이 없었다. 그럴 때면 그는 그녀 생각에 빠져들었고, 다음번 편지엔 무슨 이야기를 쓸까 고민하고 문구를 다듬으며 이 지루한 생활 속에서 그녀에게 들려줄 재미난 이야기를 찾아내려고 애썼다.

그가 화해와 새로운 시작의 필요성을 느끼게 된 것은 프랑스의 시골길을 따라 돋아난 파릇파릇한 풀과 숲속에서 살그머니 모습을 드러낸 초롱꽃을 보았기 때문인지도 모른다. 그는 부모님과 연락하며 지내라고 다시 한번 그녀를 설득해보아야겠다고 생각했다. 그들을 용서하거나 예전 일에 대해 다시 따지고 들라는 게 아니었다. 그저 짧은 편지라도 띄워서 자신이 어디에서 어떻게 지내고 있는지만이라도 알리라는 것이었다. 앞으로 무슨 일이 생길지, 어떤 변화가 생길지 누가 알겠는가? 부모님 중 어느 한 분이라도 돌아가시기 전에 화해하지 못한다면 그녀는 평생 회한에 젖어 살 게 분명했다. 그는 부모님과 화해하도록 그녀를 설득하지 않은 자신을 절대로 용서하지 못할 것이다.

그래서 그는 4월에 그렇게 편지를 썼고, 그녀의 답장은 부대가 퇴각을 시작한 5월 중순에야 도착했다. 도버해협으로 전면 철수하라는 명령이 떨어지기 얼마 전이었다. 적과의 교전 한 번 일어나지 않았다. 그녀의 편지는 지금 그의 외투 안주머니에 있었다. 우편 시스템이 무너지기 전 그에게 배달된 그녀의 마지막 편지였다.

……지금은 너한테 이 얘기를 하지 않으려고 했어. 여전히 갈피를 잡을 수가 없어서 우리가 만날 때까지 기다리고 싶었어. 하지만 네 편지를 받고 나니 얘기를 하는 게 도리인 것 같아. 첫번째 놀라운 소식은 브라이어니가 케임브리지로 가지 않았다는 거야. 지난 8월에 올라가지 않고 입학을 포기했대. 일전에 홀 박사님한테서 브라이어니의 합격 소식을 들은 터라 이 얘기를 듣고 많이 놀랐어. 또다른 놀라운 소식은 그애가 예전에 내가 있던 병원에서 간호사 교육을 받고 있다는 거야. 환자용 변기를 들고 있는 그애 모습이 상상이 돼? 물론 나를 두고도 다들 같은 말을 했겠지. 하지만 우리가 쓰라린 경험으로 알게 된 것처럼 그애는 정말 대단한 몽상가였잖아. 그애한테 주사를 맞을 환자들이 불쌍해. 그애가 보내온 편지는 무슨 말인지 온통 혼란스럽기만 했고, 그애 자신도 그렇게 혼란스러운 상태에 있는 것 같았어. 날 만나고 싶대. 이제야 자기가 무슨 짓을 했는지, 그것이 얼마나 무서운 일이었는지 제대로 이해하기 시작한 모양이야. 케임브리지로 가지 않은 것도 분명 그것과 관련이 있을 거야. 그애 말로는 현실적이고 쓸모 있는 일을 하고 싶어서라지만, 일종의 속죄랍시고 간호사가 되기로 한 것 같다는 인상을 받았어. 날 만나서

얘기를 나누고 싶대. 내가 잘못 이해했을 수도 있고, 그래서 널 다시 만나 의논할 수 있을 때까지 기다리려고 했던 건데, 어쨌든 증언을 철회하고 싶은 모양이야. 공식적으로 혹은 합법적으로 바꾸고 싶은 것 같아. 네가 냈던 항소가 기각된 걸 보면 불가능한 일일지도 모르지만. 법을 좀더 알아볼 필요가 있겠어. 변호사를 찾아가보면 어떨까 해. 괜히 불가능한 일에 헛된 희망을 품고 싶지는 않아. 어쩌면 그애의 말을 내가 오해했는지도 모르지. 내가 생각하는 것처럼 행동할 생각은 없는 건지도 모르고, 아니면 아직 실행에 옮길 준비가 안 됐는지도 몰라. 그애가 몽상가란 걸 기억해야 해.

너의 답장을 받기 전에는 아무것도 하지 않을게. 네가 그런 편지를 보내지 않았다면 지금 이 얘기도 안 했을 거야. 하지만 부모님과 연락하고 지내야 한다는 말을 다시 하니까(너의 그 관대함이 존경스러워) 너에게도 알려야 한다는 생각이 들었어. 상황이 바뀔 수도 있을 것 같아서 말이야. 브라이어니가 판사 앞에서 증언을 번복하는 게 법적으로는 불가능하다면 적어도 부모님한테만은 진실을 밝힐 수 있지 않을까? 그러면 부모님도 어떻게 해야 할지 결정하시겠지. 그래서 너에게 진심어린 사과의 편지를 보낸다면, 그러면 다시 시작해볼 수도 있을 것 같아.

자꾸 그애 생각을 하게 돼. 자기가 자라온 곳을 떠나서 홀로 선다는 건, 그리고 간호사가 된다는 건 나보다 그애에게 훨씬 더 어려운 일이거든. 난 적어도 케임브리지에서 지낸 삼 년 동안 부모님과 떨어져 살아본 경험이라도 있잖아. 그리고 가족들과 인연을 끊을 분명한 이유도 있었고. 물론 그애한테도 나름의 이유가 있겠지. 그게 무엇인지 궁금하다는 건 부인 못하겠어. 그러나 사랑하는 자기야, 난 자기 생각을 확인할 때까지 기다릴 거야. 참, 그애 말로는 자기가 쓴 글을 〈호라이즌〉에 보냈는데 시릴 코널리에게 퇴짜를 맞았대. 그러니까 그애의 그 한심한 공상을 간파할 수 있는 사람이 우리 말고 적어도 한 명은 더 있다는 얘기야.

전에 얘기했던 쌍둥이 조산아 기억나? 몸집이 작은 애가 죽었어. 내가 근무하던 밤에 그렇게 됐어. 아기 엄마가 정말 미친듯이 울부짖었어. 애아빠가 벽돌공 조수라길래 우린 싸구려 담배를 꼬나물고 있는 건방진 젊은 놈을 상상했어. 군대의 하청을 받은 해안 방어시설 공사 때문에 이스트앵글리아에 있다가 소식을 듣고 헐레벌떡 달려왔는데, 직접 보니 키가 6피트가 넘고 금발을 찰랑이는 아주 잘생긴 청년인 거 있지? 아직 열아홉 살밖에 안 된. 바이런처럼 다리를 절어서 군대에는 안 갔대. 제니는 그리스 신처럼 생겼다고 하더라니까. 게다가 어린 아내를 달래고 위로하는데, 얼마나 상냥하고 부드럽고 인내심이 있는지 간호사들이 모두 감동받을 정도였어. 제일 슬펐던 건 아내를 어느 정도 진정시킨 다음엔 바로 병원에서 나가야 했다는 거야. 면회시간도 이미 끝난데다 수간호사가 돌아다니면서 면회객들을 모두 내보냈거든. 결국 우리가 뒷수습을 다 해야 했어. 불쌍한 아기 엄마. 하지만 네시가 됐으니 어떡해. 규칙은 규칙인걸.

이 편지가 주말이 되기 전에 해협을 건널 수 있으려면 지금 밸럼 우체국으로 뛰어가야 해. 하지만 슬픈 이야기로 편지를 끝맺고 싶지는 않네. 사실 난 브라이어니의 이야기와 그애의 행동으로 우리에게 어떤 변화가 생길지 굉장히 흥분돼. 네가 해준 병장들의 변소 이야기 진짜 재밌었어. 동료들한테도 읽어줬는데 다들 배를 잡고 웃어댔다니까. 그리고 연락장교가 너의 프랑스어 실력을 알아보고 그걸 써먹을 수 있는 일을 줬다니 정말 기뻐. 너를 알아보기까지 왜 그렇게 오래 걸렸을까? 어디 숨어 있었던 거야? 프랑스빵에 대한 건 네 말이 맞아. 먹은 지 십 분도 안 돼서 다시 배가 고파진다는 거. 공기만 많고 든 게 없어. 밸럼은 전에 얘기했던 것보다는 상황이 좋아졌지만, 그 얘기는 다음에 쓸게. 예이츠의 죽음에 대해서 쓴 오든의 시도 함께 보내. 작년에 〈런던 머큐리〉에 실린 걸 오려뒀거든. 이번 주말에는 네 어머니를 만나러 갈 거야. 그리고 네 책상자에서 하우스먼을 찾아볼 거야. 이런, 뛰어가야겠다. 너는 항상 내 마음속에 있어. 사랑해. 기다릴게. 돌아와. 시.

*

그는 군홧발이 허리를 슬쩍 건드리는 바람에 잠에서 깼다.

"이봐, 대장, 기상."

일어나서 시계를 보았다. 헛간 입구로는 검푸른 빛이 긴 네모꼴을 이루며 들어오고 있었다. 헤아려보니 채 사십오 분도 자지 못했다. 메이스는 부지런히 마대에서 짚을 빼내고 탁자를 치웠다. 그들은 건초더미 위에 앉아 조용히 하루의 첫 담배를 피웠다. 헛간 밖으로 나오니 두꺼운 나무뚜껑이 덮인 작은 항아리가 문 옆에 놓여 있었다. 항아리 안에는 빵 한 덩어리와 쐐기 모양으로 자른 치즈 한 덩어리가 모슬린에 싸인 채 담겨 있었다. 로비는 그 자리에서 사냥용 단도로 음식을 나

놨다.

"가다가 헤어질 수도 있으니까……" 그가 중얼거렸다.

농가에는 이미 불이 켜져 있었고, 그들이 지나가자 개들이 사납게 짖어댔다. 대문을 나선 그들은 북쪽으로 펼쳐진 들판을 가로질러 걷기 시작했다. 한 시간 후 관목숲에서 걸음을 멈추고 수통의 물을 마시면서 담배를 피웠다. 로비는 그동안 지도를 살펴보았다. 벌써 아침 첫 출동에 나선 폭격기들이 머리 위 높이 떠 있었다. 족히 오십 대는 되어 보이는 하인켈 편대가 하나같이 해안을 향해 날아갔다. 해가 뜨고 있었고 구름은 거의 없었다. 독일 공군에게는 더할 나위 없이 좋은 날씨였다. 그들은 아무 말 없이 한 시간을 더 걸었다. 길이 없었으므로 나침반에 의지하여 젖소와 양떼가 풀을 뜯는 들판과 순무와 어린 밀이 자라는 밭을 가로질러 걸었다. 도로에서 떨어져 있다고 해도 생각만큼 안전한 건 아니었다. 소떼가 풀을 뜯고 있던 어느 들판에는 포탄이 떨어져서 생긴 구멍이 십여 개나 있었고, 살과 뼈와 얼룩무늬 가죽 파편이 100야드에 걸쳐 흩어져 있었다. 그러나 그들은 각자의 생각에 사로잡혀 아무 말도 하지 않았다. 중간중간 지도를 보며 걷던 로비는 난감해졌다. 지금 그들은 뒹케르크에서 25마일쯤 떨어진 곳에 있는 게 분명했다. 목적지에 가까워질수록 도로를 피해 걷기가 어려웠다. 모든 길이 하나로 모이고 있었다. 건너야 할 강과 운하도 적지 않았다. 다리로 향하면서 도로를 무시하고 들판으로만 가는 건 시간낭비가 될 터였다.

열시가 지난 직후 그들은 두번째로 휴식을 취하기 위해 걸음을 멈추었다. 울타리를 타넘어 오솔길로 들어섰는데, 지도에서는 그 길을 찾을 수 없었다. 어쨌든 길은 오른쪽으로, 나무 하나 없는 평지로 뻗어 있었다. 길을 따라 삼십 분쯤 걸었을 때 2마일 전방으로 교회 뾰족탑이 보이는 곳에서 대공사격 소리가 났다. 그는 다시 지도를 보기 위해 걸음을 멈췄다.

"지도에 죽이는 여자 사진이라도 있수, 대장?" 네틀 상병이 놀렸다.

"쉿, 또 뭐가 헷갈리나봐."

로비는 울타리 기둥에 기대고 섰다. 오른발을 내디딜 때마다 옆구리가 아팠다. 그 날카로운 것이 살을 뚫고 비어져나와 셔츠에 걸려 있는 것 같았다. 집게손가락으로 만져보지 않을 수 없었다. 그러나 찢어진 부드러운 살만 만져졌다. 어젯밤에 먹을 것과 쉴 곳을 얻은 게 다 누구 덕인데 또 놀려대다니, 상병들이 괘씸하게 느껴졌다. 피로와 통증 때문에 예민해졌지만, 그는 아무 대꾸도 하지 않고 지도에 집중하려고 애썼다. 지도에 마을은 있지만 오솔길은 없었다. 그러나 마을로 이어지는 오솔길이 여기 이렇게 분명히 있고 지금 그들이 그 길 위에 서 있었다. 역시 그가 예상했던 대로였다. 그들은 곧 도로로 나서게 될 것이고 베르그-뵈르네 운하 방어선에 이를 때까지 줄곧 그 도로를 걸어야 할 것이다. 다른 길은 없었다. 상병들의 놀림은 계속되고 있었다. 그는 지도를 접어들고 다시 걷기 시작했다.

"어쩔 셈인데, 대장?"

그는 대꾸하지 않았다.

"이런, 너 때문에 우리 아가씨 삐쳤다."

고사포 소리 너머로 대포 소리가 들렸다. 서쪽 저멀리에서 아군이 쏘아대고 있는 것이다. 마을에 가까이 다가가자 천천히 움직이는 트럭 소리도 들렸다. 걷는 것과 비슷한 속도로 북쪽으로 줄지어 가는 트럭 행렬이 곧 눈에 들어왔다. 트럭을 얻어타고 싶은 생각도 들었지만, 그것이 공중의 적에게 얼마나 쉬운 목표물이 되는지 그는 경험으로 잘 알고 있었다. 걸어가면서 상황을 지켜보는 게 나을 터였다.

마침내 오솔길이 도로와 합쳐지는 곳에 다다랐다. 도로는 마을 앞에서 직각으로 꺾여 있었다. 그들은 돌로 만든 물구유 근처에 앉아 십 분 동안 피곤한 다리를 쉬었다. 3톤, 10톤짜리 화물트럭과 군용트럭, 구급차들이 덜커덩거리며 좁은 커브를 돌아 마을을 벗어나더니 길게 뻗은 도로를 시속 1마일도 되지 않는 속도로 기어갔다. 도로 왼쪽에는 플라타너스가 줄지어 서 있었다. 도로는 곧장 북쪽으로 이어졌는데, 그 앞 지평선 너머에선 석유가 타면서 생긴 검은 구름이 뭉게뭉게 피어올라 됭케르크가 가까이 있음을 알려주었다. 이제부터는 나침반도 필요 없었다. 도로 곳곳에 군용차량이 망가진 채 버려져 있었다. 퇴각시에는 적들이 사용할 수 없도록 모든 것을 완전히 망가뜨리고 가는 것이 상식이었다. 퇴각하는 트럭 짐칸에서는 아직 의식을 잃지 않은 부상병들이 멍하니 바깥을 바라보고 있었다. 트럭뿐 아니라 장갑차와 참모 전용 차량, 브렌 경기관총 운송차, 소형 오토바이도 보였다. 여기에 가재도구와 여행가방을 바리바리 쌓아올린 민간인 자동차와 버스, 농가용 트럭, 사람이 밀거나 말이 끄는 수레까지 가세해 북새통을 이루고 있었다. 디젤유를 태우는 회색 연기가 악취와 함께 떠돌았고, 소총과 함께 무거운 군용외투—아침부터 벌써 후텁지근해지고 있어서 짐만 되었다—를 든 수백 명의 군인이 차들보다 빠른 속도로 걸어갔다.

군인들 옆에는 민간인들이 짐보따리와 가방을 이고, 아기를 안고 꼬마들의 손을 잡은 채 걸어가고 있었다. 엔진 소음 사이로 들려오는 사람 목소리는 아기들의 울음소리가 유일했다. 혼자 걷는 노인들도 있었다. 새 리넨 양복에 나비넥타이를 매고 모직 실내화를 신은 한 노인은 양손에 든 지팡이에 몸을 의지하여 발을 질질 끌며 걷고 있었다. 숨이 심하게 헐떡였다. 어디까지 가는지는 모르겠지만, 그곳이 어디건 도달하지 못할 것이 분명해 보였다. 도로 저멀리 보이는 길모퉁이에서는 구두 가게가 영업중이었다. 로비는 어린 여자아이를 데리고 있는 한 여자가 짝이 맞지 않는 신발을 양손에 한 짝씩 들어 보이는 점원과 흥정하는 것을 보았다. 그들은 퇴각하는 군인들과 피난민들이 뒤섞인 행렬 따위는 안중에도 없는 듯했다. 장갑차들은 행렬과 반대 방향으로 움직이면서 느린 속도로 커브길을 돌고 있었다. 전투를 겪지 않아서인지 칠 하나 벗겨지지 않은 그 장갑차들은 독일군 부대가 진격해오고 있는 남쪽을 향하고 있었다. 이 기갑사단에게 바랄 수 있는 것이라고는 퇴각하는 병사들을 위해 한두 시간쯤 더 벌어주는 것뿐이었다.

로비는 일어나서 수통을 기울여 물을 조금 마신 다음, 행렬을 향해 걸어가 두세 명의 스코틀랜드 보병대 소속 군인들 뒤로 슬쩍 끼어들었다. 상병들도 그의 뒤를 따랐다. 이제 철수 대열에 합류한 이상 상병들에 대한 책임감은 느끼지 않았다. 수면 부족이 적개심을 부추겼다. 오늘따라 상병들의 농담이 더욱 거슬렸다. 어젯밤 나눈 전우애를 배신하는 행위 같았다. 사실 그는 주변의 모든 사람들에게 적의를 느꼈다. 이제 그에게는 살아남아야 한다는 생각밖에 없었다.

상병들을 떨쳐버리고 싶었던 그는 걸음을 빨리하여 스코틀랜드 보병들을 앞지르고, 푸른색 튜닉을 입은 이십여 명의 아이들과 그애들을 이끄는 수녀 무리를 지나쳤다. 케임브리지로 가기 전해 여름에 릴에서 그가 가르친 기숙학교 학생들과 선생들이 떠올랐다. 그런 때도 있었던가. 마치 다른 사람의 일처럼 느껴졌다. 문명의 몰락. 가장 먼저 자신의 삶이 몰락했고, 뒤이어 모든 사람이 그와 같은 운명을 맞았다. 그는 이런 식으로는 오래 버틸 수 없으리란 걸 알면서도 화가 나서 빠른 걸음으로 걸었다. 전에도—퇴각을 시작한 날이었다—이렇게 행렬 속에 섞여서 걸은 적이 있었으므로 자신이 무엇을 찾는지 알았다. 바로 오른편에 도랑이 있었지만 너무 얕고 완전히 노출되어 있었다. 왼편으로는 나무들이 줄지어 서 있었다. 그는 길을 가로지르며 르노 세단 앞을 지나갔다. 그가 앞을 가로막자 차 안에 있던 운전사가 경적을 울려댔다. 날카로운 경적소리에 깜짝 놀란 로비는 순간 엄청난 분노에 휩싸였다. 참는 데도 한계가 있어! 그는 돌아서서 운전석 옆으로 가서는 문을 강제로 열어젖혔다. 안에는 회색 양복에 중절모를 쓴 홀쭉하고 몸집이 작은 남자가 앉아 있었고, 그 옆자리에는 가죽으로 만든 여행가방이 쌓여 있었으며, 뒷좌석에는 가족들이 빽빽이 들어앉아 있었다. 왼손으로 그 남자의 멱살을 잡은 로비가 오른 주먹으로 그 얼간이 같은 얼굴을 치려는 순간, 다른 억센 손이 그의 손목을 붙잡았다.

"이 사람은 적이 아니야, 대장."

메이스 상병이 그의 손목을 잡아 차에서 떼어냈다. 그러자 바로 뒤에 있던 네틀이 차문을 발로 차서 닫았는데, 어찌나 세게 찼던지 사이드미러가 떨어져 깨져버렸다. 푸른색 튜닉을 입은 학생들이 환호성을 지르며 박수를 쳤다.

세 사람은 길을 건너 줄지어 선 가로수 아래로 걸어갔다. 벌써 해가 중천에 떠 있었고 후텁지근했지만 아직 길 위에 나무 그늘이 드리워지지는 않았다. 공습 때 폭격을 받아 구멍이 숭숭 뚫린 자동차들이 도랑 여기저기에 방치되어 있었다. 버려진 군용 화물트럭 주변에는 앞선 군인들이 먹을 것과 마실 것, 석유를 찾아 뒤지고 남은 군수품들이 흩어져 있었다. 로비와 상병들은 상자에서 쏟아져 나뒹굴고 있는 타자기 리본, 복식부기 장부, 주석 책상과 회전의자, 조리기구, 엔진 부품, 안장, 등자와 마구, 재봉틀, 축구대회 트로피, 쌓아서 보관할 수 있는 의자, 영사기, 석유 발전기 사이를 헤치고 터벅터벅 걸어갔다. 영사기와 발전기는 누군가가 옆에 있는 쇠지레로 완전히 부숴놓았다. 그들은 바퀴 하나가 떨어져나간 채 도랑에 반쯤 처박혀 있는 구급차도 지나쳤다. 차문에 달린 놋쇠 명패에는 "이 구급차는 브라질에 거주하는 영국 국민들이 제공했습니다"라고 쓰여 있었다.

로비는 걸으면서도 졸 수 있다는 걸 알게 되었다. 어느 순간 트럭 엔진의 시끄러운 소리가 멈추면서 사방이 적막해지고, 목의 근육이 이완되면서 고개가 내려간다. 그러다가 다리가 힘없이 꺾이면 깜짝 놀라 깨어나는 것이다. 네틀과 메이스는 트럭을 얻어타자고 졸랐다. 그러나 그는 3톤 트럭 뒤에 타고 있던 스무 명의 군인이 폭탄 하나로 날아가 버리는 것을 보았다고 그들에게 전날 이미 이야기했다. 그는 도랑으로 내려가 머리를 처박고 웅크렸고, 그때 날아온 파편이 그의 옆구리에 박힌 것이다.

"당신들이나 얻어타." 로비가 말했다. "난 이대로 걸어가겠어."

그래서 그 문제는 흐지부지되었다. 그들은 그와 떨어지려 하지 않았다. 그들에겐 그가 일종의 행운의 부적이었다.

그들은 다른 스코틀랜드 보병대원들을 따라잡았다. 보병 한 명이 백

파이프를 불었고, 상병들은 콧소리로 백파이프 소리를 우스꽝스럽게 흉내냈다. 로비는 길을 건너려고 했다.

"싸우면, 난 혼자 가버릴 거야."

이미 스코틀랜드 보병대원 두 명이 돌아보며 낮은 목소리로 무슨 말을 주고받고 있었다.

"아름다운 달빛이 밝게 빛나는 밤이네.*" 네틀이 코크니 말투로 앞서가는 군인들을 조롱했다. 만일 그때 앞쪽에서 총성이 들리지 않았다면 거북한 상황이 발생했을지도 모른다. 가까이 가니 백파이프 소리도 멈췄다. 총성이 들려온 저 앞 넓은 들판에 프랑스 기병대원들이 말에서 내려 길게 줄지어 서 있었다. 앞머리에 서 있던 장교가 권총으로 머리를 쏘아 말을 죽이고 다음으로 넘어갔다. 기병들은 모두 자기 말 옆에 차렷 자세로 서서 경건한 의식을 치르듯이 철모를 가슴에 대고 있었다. 말들 역시 인내심 있게 자기 차례를 기다리고 있었다.

패배를 자인하는 이 의식이 모든 이들의 사기를 더 떨어뜨렸다. 상병들은 스코틀랜드 군인들을 놀릴 마음이 싹 가셨고, 스코틀랜드 군인들도 더이상 조롱에 신경쓰지 않는 것 같았다. 몇 분 후 그들은 도랑에 널브러져 있는 다섯 구의 시체를 지나갔다. 여자 셋과 아이 둘이었다. 여행가방 몇 개가 그들 옆에 놓여 있었다. 한 여자는 리넨 양복의 노인처럼 모직 실내화를 신고 있었다. 로비는 더이상 이런 일에 감정을 다치지 않겠다고 다짐하며 고개를 돌렸다. 살아남으려면 하늘을 유심히 살펴야 했다. 그런데 너무 지쳐 자꾸 잊어버렸다. 게다가 날씨가 찌는

* 스코틀랜드 노래 〈이별의 술잔〉의 한 대목.

듯이 더웠다. 외투를 던져버리는 군인들도 있었다. 눈부신 날. 예전 같으면 눈부신 날이라고 했을 날씨였다. 점차 완만한 오르막이 되어가는 길은 그렇지 않아도 지쳐 있는 다리를 더욱 괴롭혔고 옆구리의 통증도 악화시켰다. 한 걸음 한 걸음 내딛는 것이 고통스러웠다. 게다가 왼발 뒤꿈치에 잡힌 물집이 점점 더 부풀어올라 발끝으로 걸어야 했다. 그는 걸으며 배낭에서 빵과 치즈를 꺼냈지만, 입이 바싹 말라 도저히 씹을 수가 없었다. 배고픔을 잊기 위해 담배에 불을 붙여 물고는 바다가 보일 때까지 계속 걷는 단순한 임무에만 마음을 집중하자고 생각했다. 신경쓸 사회적 관계가 없다면 이보다 더 단순한 임무가 있을까? 이 지구상에는 그 자신밖에 없었고 목표도 분명했다. 바다가 보일 때까지만 걷자. 물론 현실은 그렇지 않았다. 상병들이 그를 따라오고 있었다. 그러나 혼자 걷고 있다고 상상하면, 적어도 자신의 리듬에 맞춰 발을 내디디면 위안이 되었다. 그으는/바다가/보일 때/까아지/걸어어/가았다. 6보격. 그는 약강격 다섯 번과 약약강격 한 번에 맞춰 걸었다.

이십 분쯤 지나자 평지가 시작되었다. 어깨 너머로 돌아보니 수송대가 길게 줄지어 언덕을 내려오고 있었는데, 대열의 길이가 족히 1마일은 넘을 것 같았다. 앞쪽으로는 그 끝이 보이지 않을 정도였다. 그들은 선로를 건넜다. 지도에 따르면 지금 그들은 운하에서 16마일쯤 떨어진 곳에 있었다. 이제 직선도로로 들어섰는데 길을 따라 파괴된 채 버려진 차량과 군수품이 끊임없이 나타났다. 25파운드짜리 기관포 여섯 개가 불도저로 밀어놓은 것처럼 도랑 건너편에 쌓여 있었다. 전방에서 내리막이 시작되는 곳에 비포장도로와 만나는 지점이 있었는데, 거기서 소란이 일고 있었다. 걷고 있던 군인들이 웃음을 터뜨렸고 길가에서는 뭐라 외치는 소리가 들렸다. 다가가면서 보니 뺨이 불그레한 사십대의 버프 부대 소속 소령이 들판 저쪽으로 1마일쯤 떨어진 숲을 가리키며 소리치고 있었다. 그는 행렬에서 사병들을 끌어내려고 하는 중이었다. 대다수의 군인들은 무시하고 계속 걸어가거나 큰 소리로 비웃음을 터뜨렸지만 몇 명은 그의 계급에 위축되어—사람 자체는 권위가 없어 보였지만—걸음을 멈추었다. 그런 군인들은 소총을 들고 그의 주위에 모여 있었는데, 뭔가 불안한 표정들이었다.

"너. 그래, 너 말이야. 너 좀 나와."

소령이 로비의 어깨를 잡았다. 그는 얼떨결에 걸음을 멈추고 경례를 붙였다. 상병들은 그의 뒤에 서 있었다.

칫솔 같은 콧수염을 기른 소령은 작은 입술을 앙다물고 한마디 한마디 딱딱 끊어가며 말했다. "저기 숲속에 독일놈 하나가 있어. 전위부대원일 거다. 그런데 기관총을 가지고 있고, 참호를 파고 그 안에 숨어 있다. 가서 맛 좀 보여주고 와야겠다."

로비는 공포에 질려 다리가 후들거렸다. 그는 양손을 들어올려 소령에게 빈 손바닥을 보여주었다.

"뭘 가지고 말입니까, 소령님?"

"우리에겐 기지와 협동심이 있지 않나."

어떻게 해야 이 얼간이에게서 벗어날 수 있을까? 로비는 너무 피곤해서 머리가 제대로 돌아가지 않았지만, 자신이 소령의 명령을 따르지 않을 거란 건 알고 있었다.

"자, 지금 이 개 소대원들의 유해가 저기 동쪽에 있으니……"

'유해'라는 단어만으로도 상황이 어떻게 돌아가는지 충분히 알 수 있었으므로 머리를 잘 굴리는 메이스가 대화에 끼어들었다.

"죄송합니다만, 소령님, 한말씀 드릴 수 있게 허락해주십시오."

"허락 못한다, 상병."

"그렇지만, 소령님, 총사령부의 지시입니다. 사방에서 적들에게 압도당해 전황이 불리하니 즉각적인 철수를 위해 지체하거나 우회하거나 탈선하지 말고 신속하게 됭케르크로 향하라. 이상입니다."

소령은 돌아서서 메이스를 보더니 집게손가락으로 그의 가슴을 쿡 쿡 찔렀다.

"이봐, 상병. 이번이 본때를 보여줄 마지막 기회……"

네틀 상병이 꿈꾸는 듯한 어조로 거들었다. "고트 사령관께서 직접 명령서를 작성해서 하달하신 건데요, 소령님."

로비는 그가 장교한테 이런 식으로 말하는 것이 놀라웠다. 그것은 위험한 일이었다. 그러나 소령은 놀림을 당하고 있다는 사실을 알아채지 못했다. 로비를 보면서 말을 이은 것을 보면 말을 끊은 것이 그라고 생각하는 모양이었다.

"퇴각 행렬이 아주 난장판이다. 제기랄…… 이번이 마지막 기회다. 우리가 마음먹으면 어떻게 달라질 수 있는지 보여줄 수 있는 마지막 기회란 말이다. 게다가……"

소령이 계속해서 뭐라 말하고 있었지만, 로비는 화창한 정오의 들판이 갑자기 적막에 싸인 것처럼 느껴졌다. 졸음 때문이 아니었다. 그는 소령의 어깨 너머로 대열의 앞머리를 바라보고 있었다. 그보다 더 앞쪽, 30피트 상공에 나무판자처럼 보이는 것이 수평으로 떠 있었는데, 더위 때문인지 약간 찌그러져 보였고 중앙에는 혹 같은 것이 불거져 있었다. 로비는 소령의 말이 귀에 들어오지 않았고 정신도 멍했다. 수평으로 떠 있는 판자는 더 커지지 않고 공중에서 맴돌았다. 그는 그게 무엇인지 차츰 깨닫기 시작했지만 마치 꿈을 꾸는 것처럼 말을 할 수도, 팔다리를 움직일 수도 없었다. 겨우 입을 벌리기는 했지만 아무 소리도 낼 수 없었고, 낼 수 있었다 하더라도 무슨 말을 해야 할지 몰랐을 것이다.

그리고 소리가 다시 물밀듯이 밀려들어온 순간, 그는 겨우 고함을 지를 수 있었다. "뛰어!" 그는 곧장 가장 가까이 있는 엄호물을 향해 뛰기 시작했다. 그의 외침은 모호하고 전혀 군인답지 않았지만 상병들은 뜻을 즉각 알아차리고 그를 따라 뛰었다. 이번에도 꿈을 꾸는 것처럼 다리가 제대로 움직이지 않았다. 갈비뼈 아래에서 무언가가 뼈에 긁히는 느낌이 들었다. 아프지는 않았다. 외투가 떨어졌지만 그냥 뛰었다. 50야드 전방에 3톤 트럭이 옆으로 쓰러져 있었다. 그 기름투성이의 검은 차대가, 둥그런 차동톱니바퀴가 유일한 피난처였다. 시간이 별로 없었다. 전투기 한 대가 퇴각 행렬을 향해 맹렬하게 총격을 가하고 있었다. 기관총의 빗줄기가 시속 200마일의 속력으로 쏟아졌고, 이와 함께 금속과 유리를 내리치는 우박 같은 총격 소리도 점점 더 커졌다. 느리게 기어가던 차량들은 아무런 반응도 보이지 않았다. 운전자들이 앞유리를 통해 그 엄청난 상황을 파악하기 시작했을 뿐이었다. 차량들은 몇 초 전까지만 해도 그가 서 있던 곳에 다가와 있었다. 트럭 뒤에 타고 있던 군인들은 영문을 모르는 모양이었다. 병장 하나가 도로 한가운데 서서 소총을 들어올렸다. 여자의 비명소리가 들리고 그들의 머리 위로 총탄이 쏟아지는 순간, 로비는 뒤집혀 있던 트럭의 그늘 속으로 몸을 날렸다. 총탄이 트레몰로로 북을 치듯이 쏟아지자 강철로 된 트럭 차체가 몸을 부르르 떨었다. 빗발치듯 쏟아지는 총탄과 귀가 떨어져나갈 것 같은 전투기 소리가 퇴각 행렬을 훑어내려가고 있었다. 그는 뒤집힌 트럭의 앞바퀴 옆 차대의 어둠 속으로 몸을 밀어넣었다. 엔진의 기름냄새가 이렇게 달콤했던 적이 없었다. 다음 전투기의 출현을 기다리면서 그는 마치 엄마 뱃속의 태아처럼 양팔로 머리를 감싸고 눈은 꼭 감은 채 웅크리고 앉아서 반드시 살아남아야 한다는 생각만을 붙잡고 있었다.

그러나 더이상 아무것도 오지 않았다. 잠시 고요가 흐른 후, 풀벌레들이 늦은 봄의 임무를 재개해야겠다는 듯 울어댔고 이윽고 새들도 다시 노래를 불렀다. 그러자 새들의 노랫소리가 신호라도 되는 듯이 부상자들이 신음하며 도와달라고 소리를 지르기 시작했고, 공포에 질린 아이들은 큰 소리로 울어대기 시작했다. 이런 일이 있을 때면 언제나 그랬듯 누군가가 영국 공군을 저주했다. 로비가 일어나 먼지를 털고 있는데 네틀과 메이스가 다가왔고, 그들은 길바닥에 주저앉아 있는 소령에게 다가갔다. 소령은 하얗게 질린 얼굴로 오른손을 보고 있었다.

"총알이 관통했다." 소령이 다가오는 그들을 보며 말했다. "정말 엄청나게 운이 좋았어."

그들은 소령을 부축해 일으켜세우고 영국군 의무대 소속 대위와 위생병 두 명이 부상자들을 돌보고 있는 구급차로 데려다주겠다고 했다. 그러나 소령은 고개를 흔들 뿐 아무런 도움도 받지 않고 그곳에 서 있었다. 충격의 여파로 그는 말이 많아지고 목소리는 부드러워졌다.

"ME 109야. 기관총이었을 거고. 기관포였으면 손이 아예 날아가버렸겠지. 20밀리 기관포였다면 말이지. 편대에서 이탈한 전투기일 거다. 귀대중에 우리를 보고는 유혹을 뿌리칠 수가 없었을 거야. 비난할 순 없다. 그럼, 그렇고말고. 문제는 조만간 더 많이 몰려올 거라는 거지."

총격이 있기 전 소령이 모았던 대여섯 명의 사병이 도랑에서 몸을 일으키더니 슬금슬금 도망가기 시작했다. 그들을 보자 소령은 정신이 든 모양이었다.

"자, 제군. 이리 와서 정렬한다."

그들은 명령에 거역할 수 없었는지 다가와서 줄을 섰다. 이제 소령은 약간 떨리는 목소리로 로비에게 말했다.

"그리고 자네들도. 신속하게 못하나?"

"실은, 귀관, 솔직히 말해서 우리는 빠질까 한다."

"아, 알겠습니다." 소령은 자기보다 높은 장교 계급장이 있는지 확인이라도 하듯 로비의 어깨를 흘끗 살폈다. 그리고 왼손으로 진지하게 경례를 붙였다. "그러면 저희들끼리 지금 출동하겠습니다. 행운을 빌어주십시오."

"행운을 비네, 소령."

그들은 소령과 마지못해 그를 따르는 군인들이 기관총이 기다리고 있는 숲을 향해 걸어가는 모습을 지켜보았다.

거의 삼십 분 동안 대열은 조금도 움직이지 못했다. 로비는 의무대 대위의 명령에 따라 부상자들을 싣고 오는 구조대를 도왔다. 그런 뒤 트럭 위에 부상자들을 위한 공간을 마련했다. 두 상병의 모습은 보이지 않았다. 그는 구급차 뒤에서 의약품을 가져다 나르기도 했다. 대위가 부상병의 머리를 꿰매는 것을 지켜보면서 로비는 예전의 야망이 되살아나 꿈틀대는 것을 느꼈다. 그러나 엄청난 양의 피를 보자 예전에 교과서에서 보고 익혀두었던 세부적인 의학지식이 하나도 기억나지 않았다. 다섯 명의 부상자가 있었지만, 놀랍게도 사망자는 없었다. 그러나 소총을 들어올렸던 그 병장은 얼굴에 직격탄을 맞아 가망이 없어 보였다. 앞부분에 집중 총격을 받은 차량 세 대는 길가로 밀어내야 했다. 적들이 사용할 수 없도록 사이펀으로 기름을 뽑아냈고, 타이어에도 총을 쏘아 구멍을 뚫었다.

이 모든 상황이 어느 정도 정리될 때까지도 대열의 앞쪽에서는 전혀 움직임이 없었다. 로비는 바닥에 뒹굴던 외투를 찾아 들고 앞쪽으로 걸어갔다. 너무 목이 말라 가만히 서서 기다릴 수가 없었다. 조금 남은 물은 무릎에 총탄을 맞은 벨기에 할머니에게 다 주고 없었다. 입과 혀가 바짝바짝 타들어가는 지금, 그의 머릿속에는 마실 물을 찾아야 한다는 생각밖에 없었다. 뒤이어 하늘을 경계해야 한다는 생각도 들었다. 그는 조금 전까지 있던 곳처럼 차량을 망가뜨리고 부상자들을 트럭에 싣는 현장들을 지나 계속 걸어갔다. 십 분쯤 가자 저 앞 흙더미 옆 풀밭에 메이스의 머리가 보였다. 25야드 전방, 포플러나무들이 짙은 초록의 그늘을 드리운 곳이었다. 모르는 척 지나치는 것이 정신건강에 낫겠다는 생각을 하면서도 그는 그곳으로 다가갔다. 메이스와 네틀은 구덩이 속에 있어서 어깨 위쪽만 보였다. 무덤 파는 작업이 거의 끝나가고 있었다. 흙더미 너머에는 열다섯 살쯤 되어 보이는 소년이 얼굴을 땅에 댄 채 엎드려 있었는데, 하얀 셔츠의 등판이 목에서부터 허리까지 선홍색 피로 흥건히 젖어 있었다.

메이스는 삽에 몸을 기대고 서서 로비의 흉내를 그럴듯하게 냈다.

"'솔직히 말해서 우리는 빠질까 한다.' 아주 좋았어, 대장. 다음에 나도 써먹어야지."

"탈선도 좋았어. 어디서 그런 단어를 배웠지?"

"저 인간, 우라질 사전 한 권을 통째로 삼켰대." 네틀이 자랑스럽게 말했다.

"크로스워드 퍼즐을 좋아했거든."

"그럼 '사방에서 적들에게 압도당해 전황이 불리하니'라는 말은?"

"지난 크리스마스 때 병장들 파티 공연에서 주워들었지."

메이스와 네틀은 구덩이 속에 선 채로 로비를 위해 곡조도 맞지 않는 가사를 흥얼거렸다.

사방에서 적들에게 압도당해 전황이 불리하니
대체적으로 불길해 보였다네.

그들 뒤에서 대열이 서서히 움직이기 시작하고 있었다.

"빨리 묻어줘야겠다." 메이스 상병이 말했다.

세 사람은 소년을 들어 내려 똑바로 눕혔다. 소년의 셔츠 주머니에는 만년필 몇 개가 나란히 꽂혀 있었다. 상병들은 장례의식 같은 건 하지 않았다. 구덩이 위로 올라오자마자 바로 삽으로 흙을 떠서 던져넣기 시작했고 곧이어 소년의 모습은 사라졌다.

"잘생긴 놈이었는데." 네틀이 말했다.

상병들은 텐트 버팀목 두 개를 노끈으로 묶어 십자가를 만들었다. 네틀이 삽 뒷면으로 십자가를 땅에 쾅쾅 박았다. 일이 끝나자마자 셋은 다시 도로로 돌아왔다.

메이스가 말했다. "아까 그애는 할아버지 할머니랑 있었는데, 노인네들이 그애를 도랑 속에 그대로 내버려두길 원하지 않았어. 무덤을 만들어주면 와서 애와 작별인사라도 할 줄 알았는데 노인네들, 충격이 이만저만이 아닌가봐. 무덤이 어디 있는지나 알려줘야겠다."

그러나 소년의 조부모는 어디에도 보이지 않았다. 걸으면서 로비는 지도를 꺼내들고 상병들에게 말했다. "하늘을 잘 살펴." 소령의 말이 맞았다. 메서슈미트 전투기가 한 대 지나가면 그다음엔 전투기들이 떼를 지어 몰려오곤 했다. 지금쯤이면 이미 몰려왔어야 했다. 지도에는 베르그-뵈르네 운하가 밝은 푸른색으로 표시되어 있었다. 갈증과 그곳에 도달하려는 갈망이 하나가 되었다. 푸른 운하에 머리를 담그고 원 없이 물을 마시리라. 이런 생각을 하자 어린 시절 열에 들떠 앓던 때가 떠올랐다. 온몸이 불덩어리인데 으슬으슬 떨리던 일, 베개에서 차가운 곳을 찾아 이리저리 돌아눕던 일, 이마를 짚어주던 어머니의 손길. 보고 싶은 어머니. 이마를 만져보니 종잇장처럼 바싹 말라 있었다. 상처의 염증은 점점 더 심해지는 것 같았고, 피가 아닌 무언가가 솟아나와 셔츠에 말라붙어 있었다. 아무도 없는 곳에서 상처를 살펴보고 싶었지만, 지금으로서는 불가능했다. 호송대가 예의 그 느린 속도로 움직이고 있었다. 길은 해안으로 곧장 뻗어 있었고, 지금부터는 지름길이 없을 터였다. 가까이 갈수록, 됭케르크의 불타는 정유소에서 나오는 것이 틀림없는 검은 연기구름이 북쪽 하늘을 뒤덮고 있었다. 그곳을 향해 걷는 것밖에는 달리 할일이 없었다. 그래서 그는 조용히 고개를 숙이고 터벅터벅 걸어갔다.

*

도로에는 더이상 플라타너스 보호막도 없었다. 나무 그늘 하나 없는 도로는 공격에 그대로 노출된 채 기다란 S자 모양으로 얕은 구릉지대까지 이어지고 있었다. 로비는 쓸데없는 대화와 예기치 못한 전투기의 출현으로 힘을 다 써버렸다. 너무나 피곤했지만 겉으로는 활기차고 기꺼이 남을 돕는 사람처럼 행동했었다. 이제 완전히 기진맥진한 그는 군홧발의 리듬에 맞추어 걷는 일에만 힘을 쏟았다. 바다가 보일 때까지 걸어가리라. 앞으로 길을 막는 것은 그 어떤 것이라도, 아무리 조그만 일이라도 거부해야 한다. 저울의 한쪽에는 부상의 상처와 갈증, 물집, 피로, 더위, 발과 다리의 통증, 슈투카, 목적지까지의 거리, 그리고 도버해협이 놓여 있었다. 다른 한쪽에는 그가 성소처럼 여기는 기다릴게라는 그녀의 말과 그 말을 하던 그녀의 모습에 대한 기억, 그리고 포로로 잡히는 것에 대한 두려움이 자리하고 있었다. 가장 관능적인 기억들—서재에서 함께했던 몇 분과 화이트홀에서의 키스—은 너무 자주 불러내어 이제 그 색깔이 바래버렸다. 그는 그녀가 보낸 편지의 인상적인 구절들을 모두 외우고 있었고, 분수대 옆에서 그녀와 꽃병을 놓고 벌였던 실랑이를 기억에서 자주 꺼내보았으며, 또한 쌍둥이 형제가 없어졌던 저녁 식탁 옆에 앉았던 그녀의 팔에서 느껴지던 온기를 떠올렸다. 이런 기억들이 그를 지탱해주고 있었지만, 그렇게 위안만 되는 것은 아니었다. 이런 기억들은 마지막으로 그 기억을 불러냈을 때 그가 어디서 어떤 상황에 처해 있었는지도 떠올리게 했다. 기억 속의 일들이 벌어지던 당시와 지금은 마치 기원전과 기원후처럼 엄청난 시간차가 느껴졌다. 감옥에 들어가기 전, 전쟁이 터지기 전, 그리고 시체를 목격하는 것이 심드렁한 일이 되어버리기 전은 너무나 먼 옛날처럼 느껴졌다.

그러나 그녀의 마지막 편지를 읽을 때면 이런 음울한 생각은 모두 사라졌다. 그는 외투 위를 더듬어 속주머니에 있는 편지의 감촉을 느껴보았다. 그것은 미사를 위해 무릎을 꿇는 것과 같은 일종의 의식이었다. 편지는 아직 거기 있었다. 저울 한쪽에 얹을 것이 또하나 생겼다. 무죄가 입증될 수 있다는 가능성에는 사랑과도 같은 단순성이 있었다. 그 가능성을 음미해보는 것만으로도 삶의 얼마나 많은 부분이 줄어들거나 사라져버렸는지가 느껴졌다. 삶에 대한 애정, 오랜 야망과 정열, 그리고 기쁨. 그는 새로 태어날 수 있을 것이며, 모두 돌려받을 수 있을 것이다. 노을이 질 무렵 가장 좋은 양복을 입고 서리의 공원을 가로질러 탤리스가를 향하던 그 청년으로, 밝은 미래에 대한 기대로 가슴이 부풀어 성큼성큼 걸어가던 그 청년으로, 저택으로 들어가 다른 사람들이 테라스에서 칵테일을 홀짝이는 동안 세실리아와 정열적으로 사랑을 나누던, 아니, 상병들의 표현대로라면 섹스를 하던 그 청년으로 돌아갈 수 있을 것이다. 그날 저녁 황혼이 지는 공원을 걸으며 계획했던 그 삶을 다시 시도해볼 수 있을 것이다. 세실리아와 단둘이 고립되지도 않을 것이다. 두 사람의 사랑이 자라날 공간과 친구들을 갖게 될 것이다. 자신을 멀리한 친구들에게 사과를 받아내려는 비굴한 짓은 하지 않을 것이다. 화가 난 채 그들을 피하는 오만한 짓 또한 하지 않을 것이다. 그는 어떻게 행동할지 잘 알고 있었다. 그냥 모든 걸 새로 시작할 것이다. 또한 전쟁이 끝난 후에 의대에 지원할 수 있을 것이며, 전쟁중인 지금이라도 의무대에 장교 임관 신청을 해볼 수 있을 것이다. 세실리아가 가족들과 화해를 한다면 너무 까다롭게 굴지는 않더라도 거리를 유지하며 살 것이다. 에밀리나 잭과는 결코 다시 가까워질 수 없을 것이다. 에밀리는 그의 기소를 지나칠 정도로 강력히 주장했고, 잭은 정말로 도움이 필요한 바로 그 순간에 그에게서 등을 돌리고 자기 일 속으로 사라져버렸다.

하지만 그 어떤 것도 지금은 문제가 되지 않았다. 그런 일들은 여기서 길을 걷고 있는 그에게는 사소하게 보였다. 쉬지 않고 걸어가는 그들 앞에 점점 더 많은 시체가 나타났다. 수십 구의 군인과 민간인 시체들이 도로와 도랑에서 나뒹굴고 있었다. 끔찍한 악취가 옷 사이사이로 스며들었다. 호송대는 폭격당한 마을에 들어갔다. 아니, 소도시의 외곽 지역이었는지도 모른다. 완전히 폐허로 변해버려 원래 어떤 곳이었는지 추측조차 할 수 없었다. 안다 한들 무슨 소용일까? 누가 신경이나 쓰겠는가? 과연 누가 마을 이름과 날짜를 정확히 기억하여 이 혼돈의 상황을 역사책에 올리겠는가? 누가 이 정황을 정확히 파악하여 누구의 탓인지를 밝히려 들겠는가? 어느 누구도 지금 이곳의 상황이 어떠했는지 알지 못할 것이다. 자세한 것을 알지 못하므로 전체적인 정황도 그려내지 못할 것이다. 버려진 비품과 장비, 차량 들이 도로 위로 쏟아져 나와 폐허의 길을 만들어놓았다. 시체와 이런 폐허 더미 때문에 그들은 어쩔 수 없이 도로 한가운데로 걸을 수밖에 없었다. 호송대가 움직이지 않았으므로 크게 문제될 것은 없었다. 군인들은 트럭에서 기어내려와 벽돌과 지붕의 타일조각에 부딪치며 비틀비틀 걷기 시작했다. 부상자들은 트럭 안에 그대로 남겨졌다. 좁은 공간에 발길에 채는 시체가 더 많아져 속은 더욱더 거북해졌다. 로비는 혼자만의 생각으로 보호막을 치고 고개를 숙인 채 앞사람을 따라 걸었다.

그는 무죄가 입증될 것이다. 이곳에서 보면, 죽은 여자의 팔을 밟지 않으려고 보폭을 조정할 마음조차 사라진 이곳에서 보면, 사죄나 존경 따위는 받지 않아도 별문제가 되지 않았다. 결백해진다는 것은 순결한 상태가 되는 것이다. 그는 사랑에 빠진 연인처럼 순수한 열망으로 결백을 꿈꾸었다. 다른 군인들이 집이나 농지, 혹은 예전의 일터를 꿈꾸듯이 그는 그것을 꿈꾸었다. 이곳에서도 결백이 이렇게 중요하게 느껴지는데 하물며 본국으로 돌아가서야 얼마나 더 중요할까. 오명을 씻고 모든 사람의 생각을 바꾸어야 한다. 이만큼의 세월을 고통 속에 살았으니 이제는 그들이 그 일을 해주어야 한다. 그가 할 일은 간단했다. 세실리아를 만나서 그녀를 사랑하고 그녀와 결혼하여 당당하게 살아가는 것.

그러나 그가 해결을 보지 못한 문제, 됭케르크에서 12마일 떨어진 이 대혼돈의 현장에서도 단순한 형태로 정리할 수 없는 문제가 하나 있었다. 브라이어니였다. 그애는 세실리아가 이야기한 그의 관대함과 이성을 한순간에 허물어뜨릴 수 있는 위험천만한 문젯거리였다. 세실리아가 가족과 화해한다면, 그래서 자매가 다시 가까워진다면 그애를 피할 수만은 없을 것이다. 그러나 정말 그애를 받아들일 수 있을까? 그애와 같은 공간에 머물 수 있을까? 브라이어니는 그의 무죄 입증을 도울 수 있다는 가능성을 비쳐왔다. 그러나 그것은 그를 위한 일이 아니었다. 애초에 그는 아무런 잘못도 저지르지 않았으니까. 그것은 그애 자신을 위한 것이며, 양심상 도저히 견딜 수 없게 되자 자신의 범죄에 대해 면죄부를 얻으려는 것이었다. 그가 고마워해야 하나? 그래, 물론 1935년에 브라이어니는 어린아이였다. 그는 스스로에게 그것을 수없이 이야기했으며 세실리아와도 거듭 되풀이하여 이야기했다. 그래, 그 애는 그저 어린애에 불과했어. 그러나 모든 어린애가 거짓말로 한 인간을 감옥에 보내지는 않는다. 모든 어린애가 그렇게 고의적이고 악의적이지는 않고, 시간이 지나도 그렇게 일관적이지는 않으며, 단 한 번도 흔들리지 않고 단 한 번도 의심을 받지 않을 수는 없었다. 브라이어니가 어린애였다 해서 그가 감옥의 독방에 앉아 복수와 설욕을 꿈꾸지 않을 수는 없었다. 프랑스에 오고 나서 가장 추웠던 어느 겨울날, 코냑에 엄청나게 취해서 그애를 총검으로 찌르는 상상을 한 적도 있었다. 브라이어니와 대니 하드먼. 브라이어니를 증오하는 것은 합리적이지도 않고 공정하지도 않았지만, 그에게 힘이 된 것도 사실이었다.

그 아이의 마음을 어떻게 이해해야 하나? 한 가지 이론만이 설득력이 있었다. 1932년 6월의 어느 날, 오랫동안 비가 내리고 바람이 불고 난 후였으므로 더욱 아름답고 화창하게 느껴지는 날이었다. 화사한 햇살과 따뜻한 기온, 그리고 신록이 어우러져 멋진 여름의 시작을 알리는 아침이었다. 그는 브라이어니와 함께 트리톤 분수를 지나고 땅을 파서 만든 울타리와 철쭉꽃 길을 넘어, 철로 된 좁은 문을 지나 꼬불꼬불한 숲속의 좁은 길을 걷고 있었다. 브라이어니는 신이 나서 쉬지 않고 종알종알 떠들어댔다. 열 살쯤이었을까, 이제 막 동화를 쓰기 시작했을 때였다. 다른 사람들과 마찬가지로 그도 사랑하는 연인들이 역경을 극복하고 다시 만나 결혼한다는 내용의 이야기에 삽화까지 그려넣고 정성껏 제본한 동화책을 받았다. 그는 약속한 대로 그애에게 수영을 가르쳐주기 위해 강으로 가는 중이었다. 걸어가면서 브라이어니는 막 끝낸 동화에 대해, 아니면 읽고 있던 동화책에 대해 이야기했던 것 같다. 그의 손을 꼭 잡고 있었던 것도 같다. 조용하고 진지하며 새침을 떨던 어린 브라이어니가 이렇게 많은 이야기를 쏟아내는 것이 평소와는 다르다는 생각을 했던 것도 같다. 그는 기분좋게 이야기를 들어주었다. 그때는 그에게도 신나는 일이 많았다. 그는 열아홉 살이었고, 시험이 거의 끝나가는데다가 잘 보았다는 생각도 들었다. 얼마 후엔 대학생이 될 터였다. 케임브리지의 면접시험도 잘 치러놓았고, 이 주 후에는 프랑스의 한 종교학교에 가서 영어를 가르치기로 되어 있었다. 너도밤나무와 참나무 사이로 바람이 살랑살랑 스치는 소리가 상쾌하게 들렸고, 파릇파릇한 이파리 사이로 쏟아져내린 햇살이 한 해 전 떨어져 발밑에 쌓인 낙엽 위에서 보석처럼 반짝반짝 빛났다. 청년 특유의 자부심에 차 있던 그는 이 아름답고 화창한 날이 자신의 밝은 미래를 상징하고 있다고 생각했다.

브라이어니는 계속해서 재잘거렸고, 그는 느긋하게 반쯤은 그애의 이야기를 듣고 반은 딴생각을 하고 있었다. 이제 길은 숲을 벗어나 풀이 무성하게 자란 너른 강둑으로 이어졌다. 강 상류 쪽으로 반 마일 정도 걸어가자 다시 숲이 나왔다. 높이 자라나 울창한 가지를 드리운 나무들 아래 물길이 구부러진 곳에 브라이어니의 할아버지 시대에 팠다는 저수지가 있었다. 돌로 만든 둑이 물살을 느리게 해주기 때문에 다이빙 연습을 하기에 좋은 곳이었다. 그러나 초보자들에게는 그리 이상적인 장소가 아니었다. 둑이나 강기슭에서 9피트 깊이의 물속으로 바로 뛰어들어야 했던 것이다. 그는 물로 뛰어들어 선헤엄을 치면서 브라이어니를 기다렸다. 그들은 그 전해 늦여름, 강물이 많이 줄고 물살도 약해졌을 때 처음으로 수영 수업을 시작했다. 그런데 지금은 저수지의 수면이 천천히 소용돌이를 치고 있을 만큼 물살이 셌다. 브라이어니는 잠시 망설이다 소리를 지르며 강기슭에서 물속으로 뛰어들어 그의 팔에 안겼다. 선헤엄을 치던 그애는 물살에 쓸려 자꾸만 둑 쪽으로 밀려갔고, 그러면 그는 그애를 끌어와 처음부터 다시 연습을 시켰다. 겨울 동안 못했던 평영을 다시 시도할 땐 그가 계속 지켜보며 도와주어야 했다. 그 자신도 선헤엄을 치고 있었기 때문에 쉽지는 않았다. 로비가 손을 놓으면, 그애는 서너 번 손발을 휘젓다가 가라앉곤 했다. 그애는 물살 때문에 앞으로 나아가지 못하고 그 자리에 계속 머물러 있는 것이 재밌겠다고 생각한 모양이었다. 그러나 사실은 그렇지 못했다. 그애는 계속 둑 쪽으로 떠내려갔고, 거기서 녹이 슨 철고리를 붙잡은 채 그가 오기를 기다렸다. 그애의 하얀 얼굴은 이끼 낀 칙칙한 벽과 시멘트 때문에 더욱더 하얗게 보였다. 오르막 수영, 그애는 그걸 그렇게 불렀다. 그애는 그걸 계속하고 싶어했지만 물이 아직 차가웠고, 십오 분쯤 지나자 그가 지쳐버렸다. 그는 강기슭으로 아이를 끌어올렸고, 아이의 항의를 무시하고 밖으로 끌어냈다.

그는 바구니에서 옷을 찾아 들고 갈아입기 위해 숲속으로 들어갔다. 다시 돌아왔을 때도 브라이어니는 어깨에 수건을 두른 채로 그가 끌어내놓았던 바로 그 자리에 서서 강물을 들여다보고 있었다.

그애가 말했다. "내가 강물에 빠지면, 구해줄 거야?"

"물론이지."

그는 이렇게 대답하면서 바구니 위로 허리를 굽히고 있었으므로 직접 보지는 못했지만 물속으로 뛰어드는 소리가 들렸다. 브라이어니가 서 있던 자리에는 수건만 놓여 있었다. 물결이 동심원을 그리며 저수지 전체로 퍼져나가고 있었지만 그애의 모습은 보이지 않았다. 그러다 그애의 얼굴이 갑자기 물속에서 솟아오르더니 급히 숨을 한 번 몰아쉬고 다시 가라앉아버렸다. 놀란 그는 둑으로 뛰어가 그애가 떠내려오면 끌어내려고 했지만 짙은 녹색의 물이 너무 칙칙해서 잘 보이지 않을 것 같았다. 물속으로 들어가 직접 찾아봐야 할 것 같았다. 다른 방법이 없었다. 그는 옷을 입은 채, 그리고 구두도 벗지 않은 채 그대로 물속으로 뛰어들었다. 곧바로 그애의 팔이 잡히자 겨드랑이를 붙들고 들어올렸다. 놀랍게도 그애는 숨을 참고 있었다. 그가 자기를 붙들자 그애는 즐겁게 웃음을 터뜨리며 그의 목을 끌어안았다. 그는 먼저 그애를 강가로 밀어올려놓고, 옷이 흠뻑 젖은 탓에 아주 힘겹게 강가로 올라왔다.

"고마워, 고마워, 고마워." 그애는 같은 말을 반복했다.

"왜 그렇게 터무니없이 바보 같은 짓을 했어?"

"오빠가 나를 구해주길 바랐으니까."

"그러다가 물에 빠져 죽을 수도 있다는 거 몰라?"

"오빠가 구해줬잖아."

피로와 안도감이 분노에 부채질을 했다. 그는 소리를 버럭 질렀다. "바보 같으니라고. 그러다가 우리 둘 다 죽을 수도 있었어."

브라이어니는 입을 다물었다. 그는 풀밭에 앉아서 구두를 벗어 안에 들어간 물을 털어냈다. "물에 가라앉아버렸는지 보이지는 않고, 물에 들어가니 옷이 무거워져 자꾸만 밑으로 끌려가는 것 같고, 정말 우리 둘 다 죽을 수도 있었어. 이게 장난으로 할 일이야? 응?"

더이상 할말이 없었다. 브라이어니가 옷을 다 챙겨입자, 그들은 집으로 향했다. 브라이어니가 앞서 걸었고, 그는 철벅철벅 소리를 내며 그 뒤를 따랐다. 따사로운 햇살이 비치는 공원에 누워 옷을 말리고 싶었다. 그런 다음에 한참을 걸어가 방갈로에서 옷을 갈아입는 편이 나을 것이다. 그는 아직 화가 나 있었다. 그가 생각하기에 브라이어니는 사과해야 한다는 생각을 못할 만큼 어리지는 않았다. 하지만 그애는 고개를 숙인 채 말없이 걷고만 있었다. 얼굴이 보이지는 않지만 아마도 뾰로통해 있을 터였다. 숲에서 나와 좁은 문을 지나고 다시 길로 나섰을 때 그애가 갑자기 걸음을 멈추더니 뒤로 돌아섰다. 그애의 어조는 단도직입적이고 도전적이기까지 했다. 토라지기보다는 맞서기로 결심한 모양이었다.

"왜 날 구해줬으면 했는지 알아?"

"아니."

"정말 몰라?"

"정말 몰라."

"내가 오빠를 사랑하니까."

브라이어니는 턱을 치켜들고 용감하게 말하더니, 자신이 내뱉은 중대한 사실에 감동을 받았는지 눈을 빠르게 깜박거렸다.

그는 터져나오려는 웃음을 간신히 참았다. 자신이 사춘기 소녀의 풋사랑의 대상이 된 것이다. "너 그게 도대체 무슨 뜻이야?"

"다른 사람들이 그 말을 할 때하고 같은 뜻이야. 난 오빠를 사랑해."

이번에는 안쓰러울 만큼 점점 높아지는 어조로 말했다. 그는 그애를 놀리고 싶었지만 참아야 한다고 생각했다. 그러나 참기가 힘들었다. 그가 말했다. “아하, 날 사랑해서 강물에 뛰어들었구나.”

“날 구해줄 건지 확인하고 싶었어.”

“그럼 이제 확인했지? 널 구하기 위해 내 목숨이라도 걸 거야. 하지만 그게 널 사랑한다는 뜻은 아니야.”

브라이어니는 자세를 바로 하고 서서 말했다. “날 살려준 거 고마워. 영원히 오빠한테 감사하면서 살게.”

최근에 책에서 읽었거나 자신이 직접 쓴 글에 나왔을 법한 말이었다.

그가 말했다. “괜찮아. 하지만 다시는 그런 짓 하지 마. 나에게도 다른 누구에게도. 알았니?”

그애는 고개를 끄덕이고는 헤어지기 전 인사를 했다. “사랑해. 이젠 오빠도 알지?”

브라이어니는 저택을 향해 걸어갔다. 로비는 햇빛 아래에서 몸을 떨며 그애의 모습이 사라질 때까지 지켜보고 있다가 집으로 갔다. 그후 프랑스로 떠나기 전까지 그는 브라이어니와 단둘이 있은 적이 없었고, 9월에 그가 돌아왔을 때는 그애가 기숙학교에 들어가고 없었다. 그러다 얼마 후에 그는 케임브리지로 진학했고, 12월에도 거기서 친구들과 함께 크리스마스를 보냈다. 그 다음해 4월까지는 브라이어니를 보지 못했고, 다시 만났을 때 그 일은 이미 둘의 머릿속에서 잊힌 후였다.

아니, 잊힌 게 아니었나?

그는 혼자서 생각해볼 시간이, 너무나 많은 시간이 있었다. 그런데 아무리 생각해도 그때 말고는 그애와 특별히 기억에 남는 대화를 나

눈 적이 없었고, 그날 이후로는 그애가 사춘기 소녀의 열정을 드러내는 이상한 행동이나 의미 있는 눈길, 혹은 심통이 난 표정을 보여준 적도 없었다. 방학 때는 거의 언제나 서리로 내려와 지냈기 때문에 그애가 방갈로로 그를 찾아오거나 편지를 줄 만한 기회는 많았다. 그 당시 그는 새로운 생활에 적응하느라 바빴고, 새로 접한 대학문화에 열중해 있었으며, 탤리스가 사람들과 거리를 두려고 애쓰고 있었다. 그러나 그가 눈치채지 못한 어떤 신호가 분명히 있었을 것이다. 브라이어니는 삼 년 동안 그에 대한 연모의 감정을 비밀스레 키워오면서 환상이라는 자양분을 주고 이야기를 지어내며 아름답게 꾸며온 것이 분명했다. 자기 생각 속에 빠져 사는 애였으니까. 그때 강가에서의 그 소동이 삼 년이라는 세월 동안 그애를 지탱해주기에 충분했던 모양이었다.

그의 이 이론, 아니 확신은 단 한 번의 우연한 만남, 다시 말해 황혼이 내린 다리 위에서의 만남에 근거를 두고 있었다. 그는 공원을 가로질러 탤리스가로 향하던 그때의 일을 몇 년 동안 자주 떠올려보곤 했다. 브라이어니는 그가 저녁식사에 초대받았다는 사실을 알고 있었을 것이다. 그리고 거기에, 더러워진 흰 원피스를 입은 맨발의 그애가 서 있었다. 그것부터가 이상했다. 그애는 다리 난간에 앉아 그에게 할 말을 생각해내고 소리내어 연습해보면서 그를 기다리고 있었을 것이다. 그러나 마침내 그가 다가왔을 때는 혀가 굳어버렸다. 그것이 증거다. 그애가 아무 말이 없어 당시에도 이상하게 생각했었다. 그가 편지를 건네주자 그애는 끝까지 한마디도 하지 않은 채 뛰어가버렸다. 그리고 몇 분 후, 그애는 편지를 뜯어본다. 충격을 받았을 것이고, 편지에 적힌 그 단어 때문만은 아니었을 것이다. 그는 그애의 언니를 사랑함으로써 그애를 배신했다. 그뿐만 아니라 그애가 서재에서 그와 언니의 사랑을 직접 확인하면서 그나마 남아 있던 분홍빛 환상마저 완전히 깨져버렸다. 처음에 느꼈던 실망과 절망이 점점 분노로 바뀌었을 것이다. 그리고 마침내, 쌍둥이 형제를 찾으러 나선 그 어둠 속에서 그에게 앙갚음할 절호의 기회가 찾아왔다. 그애는 그를 지목했고, 세실리아와 그의 어머니 외에는 아무도 그애를 의심하지 않았다. 그 충동, 일시적인 악의, 사춘기 소녀의 파괴적인 감정, 이런 것들은 이해할 수 있었다. 도저히 알 수 없는 것은, 그애가 품은 악의가 끝까지 거짓 주장을 고수하여 마침내 그를 원즈워스 감옥으로 보낼 만큼 그렇게 큰 것이었나 하는 점이었다. 이제 무죄가 입증되어 복권될 수도 있다는 사실은 기쁜 일이었다. 다시 판사 앞에 서서 이전에 선서하고 증언했던 것이 사실이 아니었다고 번복하려면 엄청난 용기가 필요하리라는 것은 그도 인정했다. 그러나 그렇다고 그애에 대한 분노가 사라지지는 않을 것이다. 물론 그 당시에 브라이어니는 어린애에 불과했다. 하지만 그는 그애를 용서하지 않았다. 앞으로도 절대 용서하지 않을 것이다. 그것이야말로 그가 입은 영속적인 피해였다.

*

퇴각 행렬의 선두에서 한층 더 소란이 일고 고함소리가 들렸다. 놀랍게도 철수하는 호송차량과 군인, 피난민 행렬을 뚫고 맞은편에서 장갑차 행렬이 오고 있었다. 사람들은 마지못해 비켜섰다. 버려진 차량

사이나 무너진 집 쪽으로 몸을 밀어붙여야 했다. 프랑스군 행렬이었는데, 장갑차 세 대와 군용트럭 두 대, 군인수송차량 두 대로 이루어진 소규모 파견대였다. 어느 누구도 연대감 따위는 보여주지 않았다. 영국 군인들은 프랑스인들이 자기들을 실망시켰다고 생각했다. 조국을 위해 싸울 의지도 없다고 비난했다. 옆으로 비켜주게 되어 화가 난 영국 군인들은 프랑스군을 대놓고 욕하며 "마지노선은 어떻게 된 거야!" 라고 소리쳤다.* 한편 프랑스군은 영국군의 철수 소문을 들은 것이 분명했다. 그런데 그들의 후방이나 엄호하라고 이렇게 파견된 것이다. "겁쟁이들! 너희 나라로 꺼져! 바지에 똥이나 싸라!" 곧 그들이 사라지자 흩어졌던 사람들은 다시 모여들어 디젤유의 검은 구름 밑을 계속해서 걸어갔다.

마을 끝의 집들이 가까워지고 있었다. 저 앞에 펼쳐진 들판에선 한 남자와 콜리종의 개가 말이 끄는 쟁기를 따라 걷고 있었다. 구두 가게에서 본 여자들처럼 이 농부도 퇴각 행렬 따위는 안중에도 없는 것 같았다. 너무나 다른 두 종류의 삶이 공존했다. 전쟁은 전쟁광들의 취미였고 그들에겐 더없이 심각한 일이었다. 한쪽에선 사냥개를 풀어 미친 듯이 사냥감을 쫓고 있는데, 울타리 저 너머로 지나가는 자동차 뒷좌석에 앉은 여자는 뜨개질에 여념이 없었고, 새로 지은 집의 휑한 정원에서는 아버지가 아들에게 공차기를 가르치고 있었다. 그렇다. 쟁기질은 계속될 것이고, 누군가는 그 농작물을 거둬들여 빻을 것이며, 또 누

* 마지노선은 1차세계대전 후 독일의 침공을 막기 위해 프랑스가 건설한 방어용 장벽으로, 1940년 5월 독일군이 이 방어선을 우회하여 벨기에를 통해 프랑스로 진격하면서 무용지물이 되었다.

군가는 그것을 먹고, 모두 다 죽지는 않을 것이다……

로비가 이런 생각을 하며 걷고 있는데 네틀이 그의 팔을 잡더니 하늘을 가리켰다. 적기敵機였다. 프랑스군 장갑차 행렬이 일으킨 소동 때문에 소리를 듣지 못했는데, 이미 잘 보이는 위치에 와 있었다. 1만 피트 상공에 적어도 열다섯 개는 되어 보이는 작은 점들이 나타나 도로 위를 맴돌고 있었다. 로비와 두 상병이 걸음을 멈추고 하늘을 쳐다보자 근처에 있던 사람들도 다 같이 하늘을 올려다보았다.

그의 곁에서 피곤에 지친 목소리가 중얼거렸다. "빌어먹을, 영국 공군은 어디 있는 거야?"

누군가가 잘난 척하면서 대꾸했다. "걱정 마. 저 폭격기들, 프랑스놈들한테 가는 걸 거야."

그 말에 반박이라도 하듯 갑자기 점 하나가 무리에서 떨어져나와 수직으로 급강하하기 시작했다. 바로 그들 머리 위로 내려오는 것 같았다. 몇 초 동안은 아무 소리도 들리지 않았다. 적막만 무겁게 쌓이고 있었다. 곧이어 도로 여기저기에서 황급한 고함소리가 터져나왔다. 뛰어! 흩어져! 흩어져! 신속하게!

그러나 움직이기가 쉽지 않았다. 같은 보폭으로 터벅터벅 걷다가 잠시 멈춰 서는 정도는 무의식적으로 할 수 있었다. 그러나 익숙지 않은 명령에 따라 도로를 벗어나 뛰는 데는 엄청난 노력이 필요했다. 그들이 서 있는 곳은 마을의 맨 끝 집 옆이었다. 집 저쪽에는 헛간이 있고 그 옆으로 농부가 쟁기질을 하던 들판이 있었다. 이제 농부는 개와 함께 나무 밑에 서 있었는데, 마치 소나기를 피하는 것처럼 한가로워 보였다. 아직도 몸에 쟁기를 달고 있는 말은 갈아엎지 않은 들판에서 풀을 뜯어먹고 있었다. 군인과 민간인 모두 도로에서 사방으로 흩어져 달렸다. 우는 아이를 안은 여자 하나가 그를 스쳐 뛰어가다가 마음을 바꿨는지 다시 도롯가로 돌아와 주위를 두리번거리며 갈팡질팡했다. 어느 길로 가야 하나? 농가 마당? 아니면 들판? 어쩔 줄 몰라하는 그녀를 보자 그는 정신이 퍼뜩 들었다. 그녀의 어깨를 농가 대문 쪽으로 미는데, 슈투카 특유의 사이렌소리가 들리기 시작했다. 악몽이 과학의 힘을 통해 현실이 되었다. 누군가가, 한낱 인간이 이런 악마의 소리를 상상하고 만들어낸 것이다. 그리고 효과는 만점이었다. 소리는 공포 그 자체였고, 점점 더 커지며 모든 사람이 곧 맞닥뜨릴 파멸을 예고하고 있었다. 어느 누구도 운명에서 예외일 수 없음을 알리고 있었다. 로비는 그 여자를 데리고 대문을 나왔다. 그녀와 함께 들판 한가운데로 뛰어가고 싶었다. 그녀의 어깨를 밀어 대신 결정을 내려준 이상 내버려두고 혼자 갈 수는 없다는 생각이 들었다. 그러나 그녀의 팔에 안긴 사내아이는 적어도 여섯 살은 되어 보였고, 두 모자는 도무지 앞으로 나아가질 못하고 있었다.

그는 그녀의 팔에서 아이를 빼어 안았다. "서둘러요." 그가 외쳤다.

슈투카 한 대에는 1천 파운드짜리 폭탄 하나가 탑재되어 있다. 슈투카의 폭격이 예상되면 건물과 차량, 그리고 다른 사람들로부터 멀리 떨어지는 것이 상책이다. 들판에 있는 단 한 사람을 위해 소중한 폭탄을 낭비하지는 않을 것이기 때문이다. 조종사가 돌아와 기관총 사격을 가하는 건 또다른 문제다. 언젠가 로비는 그들이 전력질주해서 달아나는 한 남자를 쫓아가며 재미삼아 기관총을 난사하는 것을 본 적이 있었다. 그는 아이를 안지 않은 손으로 여자의 팔을 잡아끌었다. 아이는 바지에 오줌을 싸면서 그의 귀에 대고 울부짖고 있었다. 아이 엄마는 달릴 수가 없는 모양이었다. 그에게 손을 뻗으면서 무어라 소리치고 있었다. 아들을 돌려달라는 것이었다. 아이는 그의 어깨 너머로 엄마를 바라보고는 몸을 비틀며 울어댔다. 이때 공중에서 폭탄이 떨어졌고 공기를 가르는 날카로운 소리가 들렸다. 폭탄이 떨어지기 직전, 굉음이 멈추면 모든 게 끝이라고 했다. 그는 풀 위에 몸을 웅크리면서 여자를 잡아끌어 머리를 내리눌렀다. 아이를 감싸안고 엎드려 있는데 엄청난 폭발음과 함께 땅이 흔들렸다. 그 충격으로 몸이 땅에서 조금 떴다가 다시 떨어졌다. 그들은 총알처럼 튕겨 날아오는 흙먼지를 막기 위해 얼굴을 가렸다. 폭탄을 투하한 슈투카가 다시 상승하는 소리와 다음 공격을 알리는 사이렌소리가 들렸다. 폭탄은 80야드도 채 떨어지지 않은 도로를 강타했다. 그는 팔로 사내아이를 감싸안고 일어서면서 여자를 일으켜세우려고 애썼다.

"더 뛰어야 해요. 도로와 너무 가까워요."

여자가 뭐라고 대답했지만 그는 한마디도 알아듣지 못했다. 그들은 비틀거리며 들판을 가로질러 걸었다. 옆구리에서 심한 통증이 느껴졌다. 아이는 여전히 그의 팔에 안겨 있었고, 여자는 다리를 질질 끌고 따라오면서 아이를 되찾으려 했다. 이제 들판에는 수백 명이 모여들어 저멀리 보이는 숲을 향해 가고 있었다. 날카로운 사이렌소리가 다시 들려오자 모두 땅바닥에 엎드려 몸을 웅크렸다. 그러나 여자에게는 위험을 감지하는 본능이 없어서 잡아서 엎드리게 해야 했다. 조금 전에 말이 흙을 갈아엎은 곳이었다. 폭탄의 낙하음이 귀를 찢을 듯이 커지자 여자는 기도인 듯한 소리를 외쳐댔다. 그제야 그는 여자가 하는 말이 프랑스어가 아님을 알아차렸다. 폭탄은 150야드쯤 떨어진 도로에 떨어졌다. 이번에는 맨 처음 폭탄을 투하했던 슈투카가 방향을 틀어 기관총 사격을 하려고 다가오고 있었다. 아이는 충격으로 조용해졌다. 아이 엄마는 일어서려고 하지 않았다. 로비는 마을의 지붕들 위로 날아오고 있는 슈투카를 손으로 가리켜 보였다. 그들은 슈투카가 날아오는 길 바로 아래에 있었으므로 여자를 설득할 시간이 없었다. 그녀는 도대체 움직이려 하질 않았다. 결국 그는 혼자 밭고랑 속으로 몸을 날렸다. 갈아엎은 들판을 때리는 기관총 소리와 귀를 먹먹하게 하는 엔진 소음이 그들을 빠르게 훑고 지나갔다. 부상당한 군인이 비명을 질렀다. 로비는 조심스레 몸을 일으켜세웠다. 그러나 여자는 그의 손을 잡으려 하지 않았다. 그녀는 땅에 주저앉아 아이만 꼭 끌어안은 채 플랑드르말로 뭐라고 하면서 아이를 달랬다. 모든 것이 괜찮을 거라고 말하는 듯했다. 엄마가 있으니까. 그는 플랑드르말은 하나도 몰랐다. 알았다고 해도 상황이 달라지지는 않았겠지만. 여자는 로비는 안중에도 없어 보였다. 사내아이만 엄마의 어깨 너머로 그를 멀뚱히 바라보고 있었다.

로비는 한 걸음 뒤로 물러섰다. 그러고는 돌아서서 달리기 시작했다. 허우적거리며 들판을 가로지르는 동안, 또다시 공습이 시작되었다. 기름진 흙이 군홧발에 달라붙었다. 이렇게 발이 무거웠던 적은 악몽 속에서뿐이었다. 폭탄은 마을 중앙도로 위, 트럭들이 세워져 있던 곳에 떨어졌다. 그 소리에 묻혀 들리지 않았지만 갑자기 다른 폭탄 하나가 들판을 강타했다. 미처 몸을 웅크릴 사이도 없었다. 폭발과 함께 그의 몸은 3, 4피트나 떠올랐다가 곤두박질쳤다. 땅에 얼굴부터 부딪힌 그는 정신을 잃었다. 깨어보니 입과 코와 귀에 흙이 가득 들어차 있었다. 입안에 들어간 흙을 뱉어내려 했으나 침이 말라버려 그럴 수가 없었다. 손가락을 넣어보아도 상황은 더 나빠졌다. 흙과 더러운 손가락 때문에 헛구역질이 났다. 코를 풀자 진흙이 섞인 콧물이 흘러나와 입을 덮었다. 숲이 저 앞에 있고, 그곳에는 시냇물과 폭포와 연못이 있을 것이다. 그는 낙원을 상상했다. 급강하하는 슈투카에서 다시 사이렌소리가 들리자 그는 그 의미를 분간하려고 애썼다. 공습경보 해제인가? 흙으로 막힌 입과 코처럼 생각도 막혀 있었다. 침을 뱉을 수도 삼킬 수도 없었고, 숨쉬기도 어려웠으며, 생각조차 제대로 할 수 없었다. 그때 나무 밑에서 개를 데리고 참을성 있게 공습이 끝나기를 기다리는 농부를 보자, 정신이 퍼뜩 들면서 기억이 돌아왔다. 고개를 돌렸다. 여자와 아이가 있던 자리에는 폭탄 때문에 커다란 구멍이 생겼다. 그 광경을 보면서 그는 이렇게 될 것을 이미 알고 있었다는 생각을 했다. 그래서 그들 곁을 떠났던 것이다. 왜 그래야 하는지 이유는 잊었지만, 살아남아야 했다. 그는 숲을 향해 계속 걸어갔다.

그는 방호물이 될 만한 나무 근처로 가서 풀 위에 쭈그리고 앉아 자작나무에 등을 기댔다. 머릿속은 온통 물 생각뿐이었다. 숲속에는 이백 명이 넘는 사람들이 웅크리고 앉아 있었다. 다친 몸을 이끌고 간신히 기어들어온 부상자들도 보였다. 멀지 않은 곳에는 민간인 남자가 쓰러져 누운 채 고통으로 절규하고 있었다. 로비는 몸을 일으켜 그에게서 더 멀리 떨어진 곳으로 옮겨 앉았다. 무성하게 자란 풀을 보자 물 생각이 더 간절해졌다. 도로와 마을에는 공습이 계속되고 있었다. 그는 낙엽을 걷어내고 철모로 흙을 파기 시작했다. 흙은 축축하게 젖어 있었지만 18인치쯤 파내려갔는데도 물이 나오지 않았다. 결국 포기하고 물 생각을 하며 옷소매로 혀를 닦아내려 애썼다. 아무 힘도 남아 있지 않았지만 슈투카가 급강하하는 소리가 들리면 저절로 긴장하며 몸이 웅크려졌다. 공습도 막바지에 접어들었는지 폭격기는 이제 숲에다 기관총 사격을 하고 있었다. 그러나 별 효과는 없었다. 하늘을 가리고 있는 울창한 나무 이파리와 잔가지만 떨어져내렸을 뿐이다. 이윽고 폭격기들이 사라지자 거대한 고요가 들판과 숲과 마을을 뒤덮었다. 새소리조차 들리지 않았다. 그렇게 얼마간 시간이 흐른 후, 도로에서 공습경보 해제를 알리는 호각소리가 들렸다. 그러나 움직이는 사람은 하나도 없었다. 전에도 이랬던 기억이 났다. 반복되는 공포에 충격을 받아 모두 넋이 나간 것이다. 사람들은 슈투카가 한 번 급강하할 때마다 궁지에 몰려 웅크린 채 사형집행을 마주하는 셈이었다. 그러다 집행이 연기되더라도, 가시지 않는 두려움 속에서 다음번 집행을 기다리는 것이다. 슈투카 공습의 끝에 살아남은 사람들에게는 반복되는 충격으로 인한 몸과 마음의 마비가 기다리고 있었다. 병장과 하급장교들이 돌아다니면서 소리를 지르고 군인들을 발로 차서 일으켜세우려 들지도 모르지만, 충격으로 넋이 나간 이들은 앞으로 한동안 군인으로서 아무런 역할을 할 수 없었다.

그도 역시 다른 사람들처럼 멍한 상태로 그 자리에 앉아 있었다. 마을 이름은 기억이 나지 않지만—여기 프랑스 마을들은 이름이 벨기에식이었다—전에도 어떤 마을 외곽에서 이런 상황을 겪은 적이 있었다. 그때 그는 부대에서 이탈하게 되었고, 보병에게는 목숨과도 같은 소총을 잃어버렸다. 그게 며칠 전이었던가? 알 길이 없었다. 그는 권총을 꺼내 살펴보았으나 흙으로 막혀버려서 아무짝에도 쓸모가 없었다. 탄환을 꺼낸 후 풀 속으로 던져버렸다. 얼마 후 뒤에서 인기척이 들리더니 누군가가 그의 어깨에 손을 얹었다.

"자, 그린 하워즈 보병대가 주는 선물."

메이스 상병이 죽은 군인의 물병을 그에게 건넸다. 병에 물이 가득 들어 있었으므로 첫 모금은 입안을 헹구고 흙과 함께 뱉어버렸다. 그러나 별 소용이 없었다. 그래서 나머지 물은 흙과 함께 그냥 마셨다.

"메이스, 당신은 천사야."

메이스는 손을 내밀어 그가 일어서는 것을 도와주었다. "지금 당장 이동해야 돼. 등신 같은 벨기에놈들이 무너졌다는 소문이 있어. 동쪽에서 퇴각로가 차단될지도 몰라. 아직 갈 길이 먼데······"

그들은 들판을 가로질러 도로로 돌아가다가 네틀을 만났다. 그는 들고 있던 와인과 아모 초콜릿바를 그들에게 건넸다.

"향이 좋은데." 로비가 와인을 길게 들이마시고 나서 말했다.

"죽은 프랑스인한테서 빼왔어."

농부와 콜리종의 개는 다시 들판에서 밭을 갈고 있었다. 로비와 상병들이 분화구처럼 생긴 커다란 구멍으로 다가가자 화약냄새가 진동했다. 구멍은 완벽하게 대칭을 이룬 원뿔을 거꾸로 세워놓은 모양으로 파여 있었고, 그 표면은 곱게 체로 치고 다듬어놓은 듯 매끈했다. 인간의 흔적은 전혀 남아 있지 않았다. 찢긴 옷가지나 구두끈 같은 것도 보이지 않았다. 아까 그 엄마와 아이는 완전히 증발한 것이다. 그는 이 사실을 받아들이려고 걸음을 멈추었지만 상병들이 서두르라며 등을 떠미는 바람에 곧 도로에 있는 낙오자들 대열에 합류할 수 있었다. 아까보다는 길을 가기가 훨씬 수월했다. 공병들이 불도저를 끌고 마을로 들어오기 전까지는 움직이는 차량이 전혀 없을 것이다. 저멀리 기름을 불태워 생긴 검은 구름이 화가 난 아버지의 얼굴처럼 이쪽을 내려다보고 있었다. 그 구름 위로는 목표물을 향해 출격하거나 공습을 마치고 귀대하는 폭격기들이 시끄러운 소리를 내며 꾸준히 오가고 있었다. 문득 로비는 자신이 도살장을 향해 걸어가고 있는지도 모른다는 생각이 들었다. 그러나 모두 그곳을 향해 가고 있었고, 다른 대안은 없었다. 이제 길은 구름의 오른쪽으로, 됭케르크 동쪽의 벨기에 국경선으로 이어졌다.

"브레된." 지도에서 읽은 지명이 떠올라 그가 중얼거렸다.

네틀이 말했다. "거, 괜찮은 이름이네."

그들은 물집 때문에 간신히 걸음을 내딛는 사람들을 지나갔다. 맨발인 사람들도 있었다. 가슴에서 피가 철철 흐르는 한 군인은 동료들이 끄는 낡은 유아차에 누워 있었다. 어떤 병장이 끌고 가는 말 위에는 의식을 잃은 건지 죽은 건지 알 수 없는 장교가 팔목과 발을 밧줄에 묶인 채 축 늘어져 있었다. 자전거를 타고 가는 군인들도 있었지만 대다수는 삼삼오오 무리 지어 걷고 있었다. 스코틀랜드 보병대 소속의 전령이 할리 데이비슨을 타고 지나갔다. 그의 다리는 피투성이가 되어 힘없이 흔들렸기 때문에 팔에 붕대를 친친 감고 뒷자리에 탄 남자가 대신 발판을 밟았다. 길 여기저기에 버려진 군용외투가 나뒹굴었다. 너무 더워서 들고 가기 힘들어지자 버리고 간 것이다. 로비는 외투를 버리려는 상병들을 말렸었다.

한 시간 정도 걸었을 때, 뒤에서 거대한 시계가 똑딱거리는 듯 규칙적으로 쿵쿵 소리가 들렸다. 다들 무슨 일인가 싶어 뒤돌아보았다. 처음에는 거대한 문짝이 수평으로 누워 날아오고 있는 것처럼 보였다. 웨일스 근위대 소속 소대였다. 근위병들이 소위의 지휘 아래 소총을 어깨총 자세로 들고 질서정연하게 걸어오고 있었다. 그들은 시선을 전방에 고정한 채 팔을 크게 흔들며 그들 곁을 지나갔다. 낙오병들은 그들이 지나가도록 옆으로 비켜서서 길을 만들어주었다. 평소에는 냉소적인 농담을 던지던 이들이었지만 근위대를 향해 야유를 퍼붓거나 휘파람을 부는 사람은 한 사람도 없었다. 근위대가 보여준 군기와 단결력에 부끄러워진 것이다. 근위대가 쿵쿵거리면서 지나가고 나자 사람들은 안도감을 느끼며 다시 각자의 생각에 잠겨 터벅터벅 걷기 시작했다.

익숙한 풍경이었고 그것을 이루는 구성물도 같았지만 지금은 모든 것이 전보다 많았다. 차량과 포탄 구멍, 그리고 파편. 시체도 더 많아졌다. 그는 평평한 늪지대를 가로질러 선선한 바람에 실려오는 바다 내음을 맡을 때까지 걷고 또 걸었다. 같은 목적을 가지고 한 방향으로 흘러가는 사람들과 끊임없이 출격하고 귀대하는 자신만만한 폭격기들, 그리고 목적지가 멀지 않았음을 알리는 거대한 검은 구름은 지칠 대로 지치고 과민해진 그에게 오랫동안 잊고 지냈던 어린 시절의 기억을, 모두 한곳으로 모여들었던 축제나 운동경기에 대한 기억을 되살려주었다. 정확히 언제였는지는 기억나지 않지만, 아버지의 어깨에 목말을 타고 앉아 재미있는 구경거리가 있는 곳을 향해 언덕을 오르던 기억. 지금 그렇게 든든한 어깨가 곁에 있다면 얼마나 좋을까. 집 나간 아버지는 그다지 많은 기억을 남기지 않았다. 매듭을 지은 목도리, 특유의 냄새, 생각에 잠겨 있는 희미한 윤곽, 성마른 기질. 아버지는 대전쟁* 때 참전을 피했을까, 아니면 다른 이름으로 이 근처 어디서 싸우다 전사했을까? 살아 있을지도 모르지. 어머니는 아버지가 비겁하고 꾀가 많아서 군대에 가지 않았을 거라고 확신했는데, 어머니에겐 그렇게 모질게 말할 충분한 이유가 있었다. 아마도 이곳에 있는 군인들의 아버지 대다수가 프랑스 북부 지역에 대해 잘 알거나 혹은 그곳에 묻혀 있을 것이다. 살아 있든 죽었든 그도 그런 아버지를 원했다. 오래전, 전쟁이 터지기 전, 그리고 감옥에 가기 전에는 잭 탤리스로부터 약간의 도움을 받기는 했어도 스스로 삶을 만들고 그 자신의 이야기를 만들어나갈 수 있는 자유를 만끽했다. 그러나 그것은 자만이 만들어낸 망상이었다. 뿌리가 부실하면 나무가 자라지 못한다. 그는 아버지를 원했고, 그런 이유로 아버지가 되기를 원했다. 지천으로 깔린 죽음을 목격하면서 아이를 바라는 것은 자연스러운 일이다. 자연스러운, 그래서 인간적인 이런 바람이 무엇보다 간절해졌다. 부상자들이 고통으로 절규하는 것을 보면서 사람들은 평화로운 곳에 작은 집을 짓고 가족과 함께 살기를 꿈꾼다. 로비 주위의 사람들 모두 생각에 잠겨 마음속으로 삶을 다시 설계하고 무언가 결심했을 것이다. 이곳만 빠져나가면…… 됭케르크를 향해 걷는 바로 지금 상상 속에서 잉태되었다가 훗날 실제로 태어나는 아이들이 얼마나 될지는 아무도 모른다. 그는 세실리아를 찾아갈 것이다. 그녀의 주소는 시를 적은 쪽지와 함께 주머니 속에 넣어둔 편지에 적혀 있었다. 마음의 사막에서/치유의 샘물이 솟아

* 1차세계대전.

나게 하라.* 아버지도 찾을 것이다. 행방불명자를 추적해서 찾아주는 사람들이 있다. 구세군. 이 얼마나 적절한 이름인가. 그들은 아버지를 찾아낼 것이며, 만약 이미 숨졌다면 그 경위라도 알아낼 것이다. 어느 쪽이든 그는 아버지의 아들이 될 것이다.

오후 내내 그렇게 걸어가니 주변 들판에서 회색과 누런색의 연기가 피어오르는 가운데 1마일 전방에 베르그-뵈르네 운하를 가로지르는 다리가 모습을 드러냈다. 여기까지 오는 동안 제 모습 그대로 서 있는 농가나 헛간은 하나도 보지 못했다. 연기와 타들어가는 동물 사체에서 나는 지독한 냄새가 그들을 맞았다. 기병대에서 버린 수백 마리의 말이 들판 한가운데에서 불타고 있었다. 멀지 않은 곳에서는 산더미처럼 쌓인 군복과 담요에서 회색 연기가 피어올랐다. 건장한 체격의 일병이 커다란 쇠망치로 타자기와 등사기를 부수고 있었다. 도로 한쪽에 세워둔 구급차 두 대의 열린 뒷문에서 부상자들의 신음소리와 비명소리가 쏟아져나왔다. 그중 한 명이 고통이라기보다는 분노에 찬 고함을 질렀다. "물, 물 좀 줘!" 다른 사람들과 마찬가지로 로비도 그냥 걷기만 했다.

사람들이 다시 많아지고 있었다. 운하의 다리 앞에는 교차로가 있었고, 운하와 나란히 뻗은 도로의 뒹케르크 방면에서 3톤 화물트럭 여러 대가 달려왔다. 헌병들이 그 트럭들을 향해 말들을 화장하는 곳 너머의 들판으로 가라고 지시했다. 그러나 도로로 몰려드는 사람들 때문에

* 「W.B. 예이츠를 추모하며」의 한 구절.

차량은 멈춰 설 수밖에 없었다. 운전병들이 경적을 울리면서 욕지거리를 해댔다. 사람들은 묵묵히 걸음을 재촉했다. 트럭 뒤칸에서 기다리다 지친 군인들이 기어내려왔다. 그때 외침이 들렸다. "피해!" 무슨 일인가 돌아보기도 전에 산더미처럼 쌓여 있던 군복더미에서 요란한 폭발음이 났다. 그리고 짙은 녹색의 섬유가루가 눈처럼 펄펄 날렸다. 좀 더 가까운 곳에서는 포병 소대가 망치로 대포의 조준기와 폐쇄기를 부수고 있었다. 로비는 그중 한 명이 곡사포를 부수면서 눈물을 흘리는 것을 보았다. 들판 어귀에서는 종군신부와 사무장이 기도서와 성서가 든 상자에 석유를 붓고 있었다. 군인들은 이제 담배와 술을 찾아 들판을 가로질러 군매점 창고를 향해 걸었다. 그쪽에서 함성이 들리자 수십 명이 더 도로를 이탈하여 그들을 따라갔다. 한 무리의 군인이 농장 입구에 앉아 새 신발을 신어보고 있었다. 한 군인은 볼이 미어지도록 뭔가를 먹으며 분홍색과 흰색 마시멜로 한 상자를 들고 로비의 곁을 지나갔다. 100야드쯤 떨어진 곳에서는 무릎까지 오는 장화와 방독면, 소매 없는 외투들이 불타고 있었고, 곧이어 매운 연기가 다리를 향하는 사람들의 행렬을 뒤덮었다. 마침내 화물트럭들이 움직이기 시작하더니 운하 남쪽에 있는 가장 넓은 들판을 향해 갔다. 헌병들이 공연장 안내원처럼 화물트럭의 주차와 정렬을 지도하고 있었다. 화물트럭들은 군용트럭과 오토바이, 브렌 경기관총을 탑재한 장갑자동차와 이동식당 뒤에 서서 죽음을 기다렸다. 차량을 폐기하는 방법은 늘 그렇듯이 단순했다. 냉각장치에 총을 한 방 쏘고 나서 엔진을 켜두면 곧 못 쓰게 되어버린다.

다리는 콜드스트림 근위대가 지키고 있었다. 모래 자루를 차곡차곡 쌓아올려 만든 기관총 초소의 초병들이 다리로 접근하는 군인들을 검문했다. 말끔하게 면도한 초병들은 굳은 표정으로 말없이 서서, 발을 질질 끌며 걸어오는 초라한 낙오병들을 경멸의 눈초리로 바라보았다. 운하 반대편에 흰색 페인트를 칠해 일정한 간격으로 세운 돌들이 임시 부대본부가 설치된 오두막으로 가는 길을 알려주었다. 동쪽과 서쪽 끝의 둑에는 근위대원들이 참호를 파고 들어가 경계근무를 서고 있었다. 군이 접수한 해안가의 집들은 지붕 슬레이트가 부서졌고, 창가에는 기관총 사격을 위한 구멍만 남긴 채 모래 자루를 쌓아두었다. 다리 위에서는 병장 한 명이 사납게 고함을 질러대며 질서를 잡고 있었다. 그는 오토바이를 타고 온 중위 하나를 돌려보냈다. 어떠한 장비나 차량도 통과할 수 없다고 했다. 앵무새가 든 새장을 들고 있던 남자도 돌려보냈다. 그뿐 아니라 그 병장은 외곽 방어 임무를 맡을 군인들을 차출하고 있었는데, 일을 하는 모양새가 그 옆에 어정쩡하게 서 있는 소령보다 훨씬 더 권위 있어 보였다. 부대본부 옆에는 불만스러운 표정으로 쉬어 자세를 한 채 서 있는 군인이 점점 늘어갔다. 아직 다리에서 멀리 떨어져 있었지만, 로비와 두 상병은 무슨 일이 일어나고 있는지 거의 동시에 알아차렸다.

"젠장, 저 인간들이 당신을 집어낼 거야, 대장." 메이스가 로비에게 말했다. "불쌍한 건 보병들뿐이라니까. 집으로 돌아가서 여자라도 한번 품어보고 싶으면 우리 사이에 서서 다리를 절뚝거려."

수치스러웠지만 살아남으려면 어쩔 수 없었다. 그는 상병들의 어깨에 팔을 걸치고 절뚝거리며 걸었다.

"왼쪽 다리야. 기억하슈, 대장." 네틀이 말했다. "그냥 총검으로 발을 확 찔러줄까?"

"어이구, 고마워라. 내가 알아서 할게."

로비는 다리를 건너는 내내 고개를 숙이고 있었으므로 당직 병장의 사나운 표정을 직접 보진 못했지만 그 따가운 눈총은 느낄 수 있었다. "거기, 너!" 짖는 듯한 병장의 소리가 들렸다. 로비 바로 뒤에 있던 불쌍한 누군가가 다른 영국군 모두가 무사히 배에 오르는 동안 이삼일 안에 있을 적의 공격을 저지하기 위해 끌려나갔다. 고개를 숙이고 있는 로비는 검은색의 긴 거룻배가 벨기에의 뵈르네 방향으로 다리 아래를 미끄러지듯 지나가는 모습을 보았다. 항해사는 키 앞에 앉아서 파이프 담배를 피우며 멍하니 앞을 보고 있었다. 그 뒤로 10마일쯤 떨어진 곳에서는 됭케르크가 불타고 있었다. 뱃머리에는 사내아이 둘이 뒤집힌 자전거 위로 몸을 숙이고 있었는데, 바람 빠진 바퀴를 수선하는 모양이었다. 여자 속옷을 비롯한 빨래가 빨랫줄에 널려 있었다. 배 안 어딘가에서 양파와 마늘을 요리하는 냄새가 났다. 다리를 건너고 흰색으로 칠한 바위들을 지나가다보니 훈련소와 교관들이 떠올랐다. 부대본부 안에서는 전화벨이 울리고 있었다.

메이스가 중얼거렸다. "저 새끼 시야에서 완전히 벗어날 때까지 잘 절뚝거려, 대장."

전방은 끝도 없이 이어지는 평야였고, 병장이 어느 쪽을 보고 있는지도 알 수 없었지만 뒤돌아볼 용기는 나지 않았다. 삼십 분쯤 후에야 그들은 녹슨 파종기 위에 앉아 지나가는 패잔병들을 바라보았다. 로비가 갑자기 회복된 것을 장교에게 들키지 않으려면 완전히 새로운 무리 속으로 섞여들어야 했다. 지나가는 군인들은 운하 바로 너머에 해안이 보이지 않아 화가 난 표정이었다. 사령부의 계획이 뭔가 잘못됐다고 생각하는 것 같았다. 그러나 지도를 본 로비는 앞으로도 7마일은 더 가야 하며, 일단 다시 걷기 시작하면 지금까지보다 훨씬 더 힘들고 지루한 길이 기다리고 있으리라는 것을 알고 있었다. 특이할 것 하나 없는 평야가 넓게 펼쳐져 있어 아무리 걸어도 얼마나 왔는지 알 수 없을 것이다. 늦은 오후였고, 기름이 타며 생긴 연기 뒤쪽으로 해가 미끄러지듯 지고 있었지만 어느 때보다도 더웠다. 항구 위를 날던 폭격기가 폭탄을 투하하는 것도 보였다. 설상가상으로 그들이 향하고 있는 해변 상공에서는 슈투카의 공습이 계속되고 있었다. 그들은 더이상 걸을 수 없어 주저앉아버린 부상병들을 지나갔다. 부상병들은 거지처럼 도로변에 주저앉아 도와달라고, 아니면 물 한 모금이라도 달라고 소리를 지르고 있었다. 그러지 않으면 의식을 잃은 채, 혹은 아무 희망도 없다는 사실에 넋을 놓고 도랑 근처에 널브러져 있었다. 방어선과 해변 사이를 정기적으로 오가는 구급차가 이들을 수송할 것이다. 구급차가 틀림없이 있을 것이다. 돌에 페인트칠을 할 시간이 있다면 부상병들을 호송할 시간도 있어야 한다. 그들에게는 물 한 방울 남아 있지 않았다. 게다가 직전에 와인을 마셔서인지 갈증이 훨씬 더 심해졌다. 가지고 있는 약도 없었다. 그런 그들이 무엇을 할 수 있겠는가? 혼자서 걷기도 힘든데 저 많은 부상자들을 들쳐업고 가기라도 해야 한단 말인가?

네틀 상병은 갑자기 화가 치미는지 도로에 주저앉아 군화를 벗더니 들판으로 휙 던져버렸다. 그는 군화를 증오한다고, 벼락 맞을 독일놈들을 모두 합한 것보다 저 거지같은 군화를 더 증오한다고 말했다. 물집이 너무 심해져서 군화 따위는 벗어버리는 게 낫다고도 했다.

"양말만 신고 가기에는 영국이 너무 멀어." 로비가 말했다. 그리고 군화를 찾으러 들판으로 들어가는데 이상하게 머리가 어질어질했다. 군화 한 짝은 쉽게 찾았으나 나머지 한 짝은 시간이 좀 걸렸다. 마침내 풀숲에 뒹굴고 있는 나머지 한 짝을 발견하고 다가가는데, 그 옆에 검은 털이 난 무언가가 움직이며 숨을 쉬고 있는 것처럼 보였다. 갑자기 금파리떼가 윙 하는 요란한 소리를 내며 날아올랐다. 거기엔 썩어가는 시체가 쓰러져 있었다. 그는 숨을 멈춘 채 군화를 움켜쥐고 서둘러 걸어나왔다. 뒤돌아보니 파리떼가 돌아와 내려앉았고 다시 조용해져 있었다.

한참을 달래자 네틀은 군화를 받아들고 두 짝을 끈으로 묶은 후 목에 걸었다. 말로는 그것도 다 로비를 위해서 그러는 거라고 했다.

*

의식이 분명해지면 괴로웠다. 걸을 때마다 통증이 느껴지는 상처 때문도, 북쪽으로 몇 마일 떨어진 해변 위를 맴도는 급강하폭격기 때문도 아니었다. 그의 마음 때문이었다. 주기적으로 무언가가 사라졌다. 연속성이라는 일상의 원칙이, 인생에서 자신이 어느 곳, 어느 단계에 있는지 알려주는 평범한 그 요소가 의식 속에서 점차 희미해졌고, 결국에는 생각은 하지만 그 생각의 주체인 자신에 대해서는 망각하는 백일몽 속으로 빠져들었다. 책임감이 사라졌고, 몇 시간 전의 기억도 사라졌으며, 무엇을 하고 있는지, 어디로 가고 있는지, 계획이 무엇인지도 알지 못했다. 그런 문제들에 대한 관심도 사라졌다. 도무지 이치에 안 맞는 엉뚱한 확신에만 사로잡혀 있는 자신을 발견하게 되곤 했다.

세 시간을 걸어 한 리조트의 동쪽 끝을 돌아가고 있을 때 그는 이런 상태였다. 그들은 아이들의 시선을 받으며 박살난 유릿조각과 부서진 타일조각이 널린 거리를 걸었다. 네틀은 다시 군화를 신었지만, 끈을 매지 않고 질질 끌면서 걸었다. 그때 장난감 상자에서 갑자기 도깨비가 튀어오르듯이 사령부로 쓰기 위해 접수한 시청 지하실에서 도싯 연대 소속의 중위가 튀어나왔다. 겨드랑이에 소형 서류가방을 낀 그는 당당하고 빠른 걸음으로 그들에게 다가왔다. 중위가 그들 앞에 멈추어 서자, 그들은 경례를 했다. 중위는 네틀의 군화를 보더니 당장 끈을 바로 매지 않으면 군법회의에 회부하겠다고 으름장을 놓았다.

네틀 상병이 명령에 복종하느라 쭈그리고 앉아서 군화끈을 매는 동안, 새우등을 한 앙상한 몸에 책상물림 같은 얼굴에는 붉은 콧수염이 몇 가닥 난 중위가 내뱉듯 말했다. "너 같은 놈은 우리 군의 수치다."

백일몽 상태가 주는 자유를 만끽하고 있던 로비는 중위의 가슴에 총을 쏴버리고 싶었다. 그러는 편이 모두를 위해 더 나을 터였다. 왈가왈부할 가치도 없었다. 그래서 그는 군복을 더듬었으나 총은 사라지고 없었다. 어디서 잃어버렸는지, 혹은 버렸는지 기억이 나지 않았다. 그리고 중위는 이미 그들에게서 멀어져가고 있었다.

몇 분 동안 유릿조각이 밟히는 시끄러운 소리가 나다가 갑자기 발밑이 조용해져서 내려다보니 도로가 끝나고 고운 모래가 그들 앞에 펼쳐져 있었다. 언덕 사이에 난 좁은 길로 올라가자 바다는 아직 눈에 보이지 않았지만 그 소리가 먼저 들리고 입안 가득 소금기가 느껴졌다. 휴가의 맛. 그들은 길에서 벗어나 듬성듬성 풀이 자라난 언덕 위로 올라가서는 전망 좋은 곳에서 한동안 아무 말 없이 서 있었다. 해협에서 불어오는 상쾌하고 습한 바람이 그의 정신을 맑게 해주었다. 정신이 들었다가 몽롱해지기를 반복하는 것도 어쩌면 간헐적으로 열이 올랐다가 내렸다가 하면서 생기는 현상일지도 몰랐다.

그는 아무것도 기대하지 않겠다고 생각했다. 해변을 직접 볼 때까지는 그랬다. 사실 그는 전군이 절멸할 위기에 처해서도 돌에 흰 페인트를 칠할 수 있는 저주받을 군인정신이라면 결국에는 승리할 거라고 생각했었다. 그는 이제 눈앞에 펼쳐진 혼란스러운 움직임에 질서를 부여하려고 애썼고, 거의 성공했다. 집합소, 임시변통으로 만든 책상 앞에 앉아 있는 육군 준위들, 고무도장과 화물 꼬리표, 대기중인 배에 밧줄로 쳐놓은 통로, 바락바락 고함을 지르는 병장들, 이동매점 주위에 길게 늘어선 줄. 이젠 개인이 애쓸 필요가 없었다. 지난 며칠 동안 그는 무의식중에 바로 이런 해변을 꿈꾸며 걸어왔었다. 그러나 지금 그와 상병들이 바라보고 있는 실제 해변은 이제까지 보아온 상황과 별반 다르지 않았다. 이곳은 혼란의 최종 목적지였다. 직접 눈으로 확인하니 모든 것이 분명해졌다. 퇴각 행렬이 더이상 나아갈 수 없어 이렇게 된 것이었다. 환상에서 깨어나 현실을 받아들이기까지는 얼마 걸리지 않았다. 수천, 아니 수만 명, 어쩌면 그보다 더 많은 군인이 넓디넓은 해변에 퍼져 있었다. 멀리서 보니 검은 모래알 같았다. 그러나 밀려오는 파도를 따라 해안 근처에서 뒤집힌 채 흔들리는 포경선 한 척을 제외하면 배는 한 척도 없었다. 썰물이었으므로 물이 있는 데까지 가려면 적어도 1마일은 더 걸어야 할 것 같았다. 긴 잔교에도 정박한 배는 없었다. 그는 눈을 깜박였다가 다시 바라보았다. 그것은 인간으로 만들어진 잔교였다. 군인들의 긴 줄, 예닐곱 줄로 이루어진 긴 행렬, 무릎을 구부리거나 허리를 펴고 망연자실하여 서 있는 군인들의 긴 행렬이 얕은 물속까지 거의 500야드나 이어져 있었다. 그들은 배를 기다리고 있었지만, 수평선 위에 얼룩처럼 떠서 공습으로 불타는 배들을 제외하면 단 한 척도 보이지 않았다. 앞으로 몇 시간 안에 배가 해변에 닿으리라 기대할 수는 없을 것 같았다. 그러나 군인들은 철모를 쓴 채 물에 닿을까봐 조심해서 소총을 들고 수평선을 바라보며 서 있었다. 멀리서 보면 한가로이 풀을 뜯는 젖소들처럼 평화로운 모습이었다.

이들은 큰 그림 속의 작은 부분에 지나지 않았다. 대다수가 정처 없이 해변을 배회하고 있었다. 얼마 전 슈투카의 폭격으로 생겨난 부상자들 주위에 대여섯 명씩 군인이 모여 있었다. 인간과 마찬가지로 방향을 잃은 포병대 소속의 말 대여섯 마리가 물가를 따라 달렸다. 군인 몇 명은 포경선을 다시 똑바로 뒤집으려 하고 있었다. 옷을 벗어던지고 수영하는 군인들도 있었다. 해변가 동쪽에서는 축구경기가 한창이었고, 같은 방향에서 여럿이 함께 부르는 찬송가 소리가 희미하게 들렸다가 사라졌다. 축구경기를 하는 곳 너머에서 군의 공무와 관련된 것으로 보이는 유일한 활동이 눈에 띄었다. 임시 잔교를 만들기 위해 해안 기슭에 줄지어 서 있는 화물트럭들을 밧줄로 한데 묶는 작업을 하는 중이었다. 다른 트럭들도 그곳을 향하고 있었다. 해변 위쪽에서는 철모로 모래를 파내 일인용 참호를 만드는 중이었다. 로비와 두 상병이 서 있는 언덕 아래에는 벌써 참호를 파고 들어가 밖을 내다보며 앉아 있는 군인들도 있었는데 자기 참호를 이미 확보해서인지 의기양양해 보였다. 마치 마멋 같다고 그는 생각했다. 그러나 대다수의 군인들은 파세지오* 때를 맞아 한가로이 산책을 하는 이탈리아인들처럼 아무 목적도 없이 모래사장을 거닐고 있었다. 저 거대한 행렬에 합류할 생각은 없지만, 언제 갑자기 배가 나타날지 모르므로 해안을 떠나고 싶지도 않은 모양이었다.

왼쪽에는 브레라는 유흥가가 있었다. 해변 앞 도로를 따라 왁자지껄한 카페와 평화시에는 일광욕 의자와 자전거를 빌려주었을 작은 대여점이 이어졌다. 잔디가 말끔히 손질된 원형 공원에는 야외 음악당과 빨간색, 흰색, 푸른색으로 페인트칠을 한 회전목마가 보였다. 거기에도 태평한 군인들이 있었다. 카페 문을 따고 들어가 술을 가지고 나와서 야외 테이블에 앉아 웃고 떠들고 마시면서 취해가는 중이었다. 그들은 곳곳에 토사물 자국이 남아 있는 인도에 세워진 자전거들을 보며 농지거리를 하고 있었다. 엉망으로 술이 취한 군인 몇은 야외 음악당 옆 잔디밭에 사지를 쭉 뻗고 곯아떨어져 있었다. 혼자 일광욕을 하고 있는 남자도 보였다. 그는 팬티만 입고 수건 위에 엎드려 있었는데, 유난히도 흰 어깨와 다리는 햇볕에 타서 군데군데 얼룩져 있었다. 분홍색과 흰색이 섞인 딸기 바닐라 아이스크림 같았다.

바다, 해변, 유흥가 중 어디로 갈 것인지 선택하기는 어렵지 않았다. 두 상병은 이미 그곳을 향해 걷고 있었다. 갈증 때문에 결정이 쉬웠던 것이다. 그들은 언덕을 내려와서 깨진 병 조각이 곳곳에 흩어져 있고 모래가 많은 잔디밭을 가로질렀다. 왁자지껄한 탁자들 사이를 지나던 로비는 유흥가를 걷고 있는 해군의 모습에 걸음을 멈추고 그들을 지

* '산책'을 뜻하는 이탈리아어.

켜보았다. 장교 둘에 수병 셋이었는데, 모두 밝은 흰색과 푸른색, 황금색이 번쩍이는 제복을 입고 있었다. 어떻게 해도 위장이 불가능한 복장이었다. 허리에 권총을 차고 등을 꼿꼿하게 세운 채 엄격한 표정으로 조용히 권위를 뿜어내는 그들은 칙칙한 군복 차림에 얼굴은 음울한 군인들 사이를 걸어가면서 마치 수를 세는 것처럼 이쪽저쪽을 둘러보았다. 장교 하나는 들고 있던 메모판에 뭔가를 적기도 했다. 해군은 곧 해변 쪽으로 향했다. 로비는 버림받았다는 어린애 같은 감정에 사로잡혀 그들이 시야에서 사라질 때까지 계속 지켜보았다.

로비는 메이스와 네틀을 따라 왁자지껄한 소리와 연기, 악취가 흘러나오는 첫번째 술집으로 들어갔다. 술집 카운터에는 분명 꼬챙이 같은 것으로 억지로 열었을 여행가방 두 개가 펼쳐져 있었는데, 그 안에는 담배만 가득할 뿐 마실 것은 보이지 않았다. 카운터 뒤 샌드블라스트 기법으로 장식한 거울을 따라 달린 선반도 비어 있었다. 네틀이 좀 더 뒤져보려고 카운터 아래로 몸을 숙이자 야유가 터져나왔다. 먼저 온 사람들 모두 한 번씩 같은 짓을 했던 것이다. 술은 밖에서 열심히 마셔대고 있는 술꾼들이 이미 오래전에 다 마셔버리고 없었다. 로비는 군인들을 헤치고 카운터 뒤에 있는 작은 주방으로 들어갔다. 그곳 역시 난장판이었고, 수도꼭지는 말라 있었다. 주방 밖에는 공중변소가 있었고 빈 나무궤짝이 쌓여 있었다. 개 한 마리가 빈 정어리 깡통을 콘크리트 바닥에 이리저리 굴리면서 안을 핥으려고 안간힘을 쓰고 있었다. 그는 몸을 돌려 떠들썩한 술집으로 돌아갔다. 전기는 들어오지 않았고, 지금은 사라지고 없는 맥주의 얼룩 같은 갈색 자연광만 홀 안을 비추었다. 마실 것은 조금도 남아 있지 않았지만 홀 안은 여전히 군인들로 가득했다. 나중에 들어온 군인들은 실망하면서도 공짜 담배와 조금 전까지도 술을 마셔댄 것이 분명한 흔적 때문에 쉽게 자리를 뜨지 못했다. 뒤집혀 있던 술병들은 누가 다 비틀어서 빼갔고 텅 빈 디스펜서만 벽에 걸려 있었다. 끈적끈적한 시멘트 바닥에서 향긋한 술냄새가 올라왔다. 왁자지껄 떠드는 소리와 서로 부딪치는 사람들, 담배연기 자욱한 공기가 마치 토요일 밤의 술집 같은 분위기를 자아내며 향수를 자극했다. 지금 이곳은 마일 엔드 로드나 소치홀 스트리트, 혹은 다른 어디라고 해도 좋았다.

그는 어찌할 바를 몰라 소음 속에 가만히 서 있었다. 이 군중을 뚫고 나가려면 힘깨나 들 것 같았다. 주위에서 들리는 말을 종합해보면 어제는 배가 있었고, 어쩌면 내일도 배가 있을 것 같았다. 그는 주방으로 가는 문 옆에 발끝으로 서서 사람들 너머에 있는 두 상병에게 별 볼 일 없겠다는 뜻으로 어깨를 으쓱해 보였다. 네틀이 고갯짓으로 문을 가리키자 그들은 문으로 향했다. 술도 한잔 마시면 좋겠지만 지금 최대의 관심사는 물이었다. 홀을 가득 메운 사람들을 뚫고 가자니 걸음은 자연히 느려졌는데, 그때 한 남자를 둘러싼 사람들의 등이 거대한 벽처럼 문으로 가는 길을 가로막았다.

뒤통수가 조금밖에 보이지 않는 것이 그 남자는 키가 5피트 6인치도 안 될 정도로 작은 게 틀림없었다.

누군가가 말했다. "묻는 말에 대답해, 개새끼야."

"그래, 물어봐."

"어이, 동백기름, 너 어디 있었냐?"

"그놈들이 내 전우를 죽일 때 넌 어디 있었냐고?"

누군가가 그의 뒤통수에 뱉은 침이 귀 뒤로 흘러내렸다. 로비는 무슨 일인지 보려고 사람들의 등뒤를 기웃거렸다. 칙칙한 감색 재킷이 먼저 보였고, 다음에는 불안한 표정이 보였다. 남자는 키가 작고 단단해 보이는 체구에 안경을 쓰고 있었는데, 더럽고 두꺼운 안경알이 공포에 찬 눈을 확대해서 보여주었다. 이미 오래전에 철수한 사령부에서 문서 정리원이나 교환원으로 일했을 것 같은 인상이었다. 그러나 그는 영국 공군 소속이었고, 육군 사병들이 그에게 책임을 묻고 있는 거였다. 그는 자기를 심문하는 사람들을 천천히 돌아보았다. 그들의 질문에 대답하지는 못했지만, 해변 상공에 스핏파이어와 허리케인*이 보이지 않는 데 대한 책임을 회피하려는 그 어떤 시도도 하지 않았다. 오른손이 모자를 어찌나 꽉 쥐었던지 손가락 마디가 떨리고 있었다. 문 옆에 서 있던 포병이 등을 거칠게 밀자 그는 반대편 군인의 가슴팍에 넘어졌고, 군인은 그의 머리를 주먹으로 세게 쳐서 밀어냈다. 이 광경을 보고 있던 군인들이 동조하면서 술렁였다. 모두가 고통을 받았으니, 누군가는 그 대가를 치러야 했다.

"우리 공군은 도대체 어디 있는 거야?"

어디선가 날아온 손바닥이 남자의 뺨을 후려쳤고, 채찍질을 하는 것처럼 명쾌하고 앙칼진 소리가 났다. 동시에 안경이 바닥으로 떨어졌다. 이것이 또다른 단계, 또다른 참여의 신호가 되었다. 안경이 벗겨진 그의 눈은 작은 점으로 줄어들었고, 두 점은 공포로 불안하게 움직였다. 그는 안경을 찾으려고 몸을 숙여 발 주위를 더듬었다. 그것이 실수

* 둘 다 2차세계대전 당시의 영국 공군 전투기.

였다. 누군가 군홧발로 엉덩이를 세게 걷어차자 그의 몸이 1, 2인치쯤 붕 떴다 떨어졌다. 사방에서 낄낄거리는 웃음이 터져나왔다. 뭔가 재미있는 일이 일어날 듯한 분위기가 홀 전체로 퍼지면서 더 많은 군인이 모여들었다. 남자를 둘러싼 원이 몰려드는 군인들로 점점 더 두꺼워지면서 그나마 개개인에게 남아 있던 책임의식은 사라져버리고, 무모하고 잔인한 군중심리가 그 자리를 채웠다. 누군가가 피우던 담배를 남자의 머리에 대고 눌러 끄자 환호성이 터져나왔다. 그가 우스꽝스러운 비명을 지르자 모두 비웃었다. 모두 그를 증오했고, 그는 어떤 일을 당해도 당연했다. 독일 공군이 하늘을 자유롭게 휘젓고 다니는 상황과 슈투카의 폭격, 그리고 전사한 모든 전우에 대한 책임이 그에게 있었다. 그의 작은 체구는 영국군의 패인을 단적으로 보여주는 상징이었다. 덩달아 폭행당할 위험을 감수하지 않고는 로비가 그를 도울 방법은 없어 보였다. 그러나 이대로 가만히 있을 수는 없었다. 다른 군인들 사이에 끼어드는 편이 손을 놓고 있는 것보다 나을 터였다. 로비는 불쾌한 흥분을 느끼며 앞으로 나섰다. 경쾌한 웨일스 사투리가 같은 질문을 반복했다.

"우리 공군은 어디 있나니까?"

남자는 큰 소리로 도움을 요청하지도, 잘못했다고 빌지도, 자신은 아무 잘못이 없다고 항변하지도 않았다. 그래서 더욱 섬뜩했다. 그의 침묵은 자신의 운명을 받아들인다는 표시인 듯했다. 아니면 너무 멍청해서 죽을 수도 있다는 생각조차 못하는 걸까? 현명하게도 그는 안경을 접어 주머니에 넣었다. 안경을 쓰지 않은 그의 얼굴은 텅 비어 보였다. 그는 밝은 빛 속으로 걸어나온 두더지처럼 어리둥절한 표정으로,

무슨 말을 하려는 것이 아니라 자기가 처한 상황이 믿어지지 않는다는 듯 입을 떡 벌린 채 자신을 고문하는 사람들을 바라보았다. 눈이 잘 보이지 않아 얼굴로 날아오는 주먹을 정통으로 맞았다. 머리가 뒤로 확 젖혀지는 순간 또다른 군홧발이 정강이를 걷어찼고, 즐거운 함성소리와 박수갈채가 터져나왔다. 야구장에서 외야수가 공을 멋지게 잡아 처리했을 때 나올 법한 소리였다. 지금 이 남자를 보호하려는 건 미친 짓이지만 그냥 내버려둘 수도 없었다. 그러나 한편으로는 그를 폭행하는 군인들의 이상한 열기와 흥분을 이해할 것 같았고, 자신에게도 그런 흥분이 전해지는 것을 느꼈다. 가지고 있는 사냥칼로 잔인한 짓을 하면 백 명이 넘는 군인들의 사랑을 한몸에 받겠다는 생각이 들었다. 이런 생각을 떨쳐내기 위해서 그는 남자를 에워싼 군인들 중 자기보다 더 크거나 강해 보이는 사람들을 세어보기 시작했다. 그러나 진짜 위험은 군중 자체와 나름대로 정당해 보이는 군중심리에 있었다. 그것이 주는 쾌락 또한 부인할 수 없을 터였다.

이제 상황은 그 누구라도 일격을 가하면 재치 있다거나 재미있다는 칭찬을 받을 단계에 이르렀다. 기발한 생각으로 주위를 즐겁게 하려는 열망도 느껴졌다. 군중의 기대를 저버리는 어이없는 짓을 하려는 사람은 아무도 없었다. 몇 초 동안은 그런 즐거운 분위기가 그 이상의 진전을 막아주었다. 로비는 감옥에서의 경험을 통해 누군가의 일격이 물꼬를 트리라는 걸 알고 있었다. 그때는 그 무엇도 상황을 돌이킬 수 없을 것이고, 이 공군에게는 한 가지 결말만이 기다리고 있을 것이다. 그는 오른쪽 눈 아래 광대뼈에 붉은 멍이 들어 있었다. 그리고 아직도 모자를 손에 쥔 채 양 주먹을 턱 아래까지 치켜들고 어깨를 잔뜩 웅크리고 있었다. 자기방어를 위한 동작일 테지만 그런 나약함과 복종의 몸짓은 더 큰 폭력을 유발할 수도 있었다. 그가 어떤 말이든 단 한 마디라도 했다면 그를 에워싼 군인들은 그가 가죽을 벗길 토끼가 아니라 인간이라는 사실을 기억해냈을 것이다. 좀전에 따져 물은 땅딸막한 웨일스 남자는 공병대 소속이었다. 그가 캔버스천으로 만든 벨트를 풀어서 들어 보였다.

"어떤가, 친구들?"

암시적이지만 전하는 뜻이 명확한 이 말에 로비는 알 수 없는 공포를 느꼈다. 지금이 나설 수 있는 마지막 기회였다. 그가 두 상병을 찾아 주위를 두리번거리는데, 바로 옆에서 창에 찔린 황소가 포효하는 듯한 고함소리가 터져나왔다. 메이스가 사람들을 거칠게 밀어붙이자 모여 있던 사람들은 주춤주춤 옆으로 약간 비켜섰고 그는 원 안쪽으로 들어왔다. 그리고 조니 와이즈뮬러가 연기한 타잔처럼 큰 소리를 지르면서 봉변을 당하고 있던 공군을 뒤에서 거칠게 끌어안더니 거의 18인치나 들었다 내려놓고는 공포로 얼이 빠진 남자를 앞뒤로 흔들어댔다. 이 모습을 바라보던 군인들은 함성을 지르고 휘파람을 불었으며 심지어 발을 쾅쾅 구르기도 했다.

"이 새끼한테 해주고 싶은 게 있어." 메이스가 우렁찬 목소리로 말했다. "바닷물이나 실컷 마시게 해주려고."

이 말을 들은 군인들은 다시 한번 환호성을 지르면서 발을 굴러댔다. 어느새 로비 곁에 다가온 네틀이 그에게 눈짓을 했다. 그들은 메이스가 뭘 하려는 건지 알아차리고 서둘러 문으로 향했다. 바다에 빠뜨리자는 생각에 모두 찬성하지는 않을 것이다. 이런 광란의 순간에도 바다까지 가려면 모래사장을 1마일 넘게 걸어야 한다는 걸 기억해내는 사람도 있을 것이다. 특히 웨일스 남자는 뭔가 이상하다는 표정을 짓고 있었다. 그는 벨트를 든 채 무어라고 소리치고 있었다. 환호에 섞여 야유하는 소리도 들렸다. 메이스는 남자를 붙들고 문 쪽으로 빠르게 움직였다. 로비와 네틀이 그 앞에서 길을 터주었다. 문에 다다른 그들은—다행히도 두 짝이 아니라 한 짝짜리 문이었다—메이스를 내보낸 다음, 어깨를 맞대고 딱 버티고 선 채 길을 막았다. 그러나 다른 사람들과 마찬가지로 야유를 퍼붓고 주먹을 휘둘러댔기 때문에 그런 의도가 보이지는 않았다. 등뒤로 흥분한 군중의 엄청난 무게가 느껴졌다. 이대로는 몇 초밖에 견딜 수 없을 것 같았다. 그러나 이 몇 초는 메이스가 바다 쪽이 아니라 왼편으로 방향을 틀고, 또 한번 왼쪽으로 돌아서 상점과 술집들 뒷골목으로 들어가 유흥가에서 멀어지기에 충분한 시간이었다.

흥분한 관중이 샴페인처럼 터져나오는 바람에 로비와 네틀은 옆으로 퉁겨나갔다. 저 앞 모래사장을 걸어가는 사람이 메이스라고 누가 외치자 군인들은 그쪽으로 몰려갔다. 아니라는 것을 깨닫고 술집으로 돌아올 때쯤 메이스와 그 남자는 흔적도 없이 사라져버린 후였다. 로비와 네틀도 물론 없었다.

광대한 해변, 그곳에서 기다리는 수천 명의 군인들, 그리고 배 한 척 보이지 않는 바다. 군인들은 그 풍경을 바라보면서 자기들이 처한 곤경을 다시 깨닫게 되었다. 이제 꿈에서 깨어난 것이다. 어둠이 짙어가는 저멀리 동쪽 방어선은 엄청난 포격을 당하는 모양이었다. 적은 점점 더 포위망을 좁혀오고, 영국은 너무 멀리 있었다. 곧 해가 질 것이므로 몸을 누일 곳을 찾을 시간도 얼마 남지 않았다. 해협에서는 차가운 바람이 불어왔다. 그들의 군용외투는 내륙의 도로 어딘가에 나뒹굴고 있을 것이다. 사람들이 뿔뿔이 흩어지기 시작했다. 그리고 그 공군 남자는 잊혔다.

로비와 네틀은 메이스를 찾아나섰다가 곧 그 사실을 잊어버린 듯했다. 처음에는 분명히 구조작전의 성공을 축하하고 농담을 주고받고 싶어 메이스를 찾아 거리를 헤매고 다녔을 것이다. 로비는 자신들이 어떻게 이 좁은 거리에 들어서게 되었는지 기억이 나지 않았다. 그전까지 어디를 돌아다녔는지도 기억나지 않았고 다리가 아팠다는 기억도 없었다. 문득 정신이 들고 보니, 테라스가 달린 어느 단층집 대문 앞에서 한 노파에게 공손히 말을 건네고 있었다. 그가 물 좀 달라고 하자 그녀는 물 이상을 바라는 걸 안다는 듯 의심스러운 눈초리로 그를 바라보았다. 그녀는 갈색 피부에 코가 길고 곧으며 당당하고 잘생긴 얼굴이었고, 백발에 꽃무늬 스카프를 두르고 있었다. 로비는 그녀가 집시이며, 자신이 프랑스어를 해도 프랑스 사람으로 착각하지 않으리라는 것을 금방 알아차렸다. 그녀는 그를 뚫어지게 쳐다보았다. 그가 한 잘못들을, 심지어 그가 감옥에 있었다는 사실마저도 알고 있는 듯했다. 그녀가 혐오스럽다는 눈빛으로 네틀을 돌아보더니 마침내 손을 들어 거리 저쪽에서 꿀꿀거리며 시궁창을 돌아다니는 돼지를 가리켰다.

"저 돼지를 잡아와." 노파가 말했다. "그러면 뭘 줄지 생각해보지."

로비의 통역을 들은 네틀이 말했다. "빌어먹을, 물 한 잔 얻어 마시기 힘드네. 우리가 들어가서 찾아 마시지 뭐."

그러나 로비는 이미 익숙해진 비현실적인 느낌이 더욱 확실해지면서, 노파가 특별한 힘을 가지고 있을지도 모른다는 생각이 들었다. 어스름한 빛 속에서 노파의 머리 위 공간이 그의 심장박동에 맞춰 숨을 쉬는 것처럼 느껴졌다. 그는 네틀의 어깨에 몸을 기댔다. 노파가 그를 시험하고 있었고, 그는 이를 거절할 정도로 경험이 없거나 미숙하지 않았다. 그는 노련한 사람이었다. 영국이 이렇게 가까이 있는데 여기서 함정에 빠질 수는 없었다. 조심해야 했다.

"돼지 잡아다 주자." 그가 네틀에게 말했다. "일 분도 안 걸릴 텐데, 뭐."

네틀은 오래전부터 그의 생각을 따르는 데 익숙해 있었고, 그렇게 한 덕분에 지금까지 안전했다. 그러나 골목을 걸으면서 네틀이 투덜거렸다. "오늘 좀 이상한 것 같아, 대장."

물집 때문에 빨리 걸을 수가 없었다. 도랑에서 꿀꿀대는 어린 암퇘지는 동작이 빨라서 좀처럼 붙잡히지 않았다. 그리고 네틀은 그 돼지를 무서워했다. 상점 문 쪽으로 몰고 가자 돼지가 네틀에게 달려들었고, 그는 장난이 아니라 진짜로 외마디 비명을 지르며 달아났다. 로비는 밧줄을 얻으러 노파에게 다시 가보았지만 문밖에서 아무리 불러도 나오지 않아서 집을 제대로 찾은 건지 의심이 들었다. 그러나 돼지를 잡아가지 못하면 절대로 그 집에 발을 들여놓지 못하리라는 건 확실히 알고 있었다. 다시 열이 오르고 있었지만, 그렇다고 판단력이 흐려지지는 않았다. 돼지는 성공을 의미했다. 어렸을 때, 그는 학교 운동장 밖 인도의 갈라진 포석을 밟으면 엄마가 죽는다는 것은 아무 근거 없는 미신이라고 애써 굳게 믿었었다. 그러나 단 한 번도 그 금을 밟지 않았고, 그의 엄마도 죽지 않았다.

그들이 다가가면 돼지는 그만큼 멀리 달아났다.

"빌어먹을, 이게 뭐하는 짓이야." 네틀이 투덜거렸다.

그렇지만 다른 방도가 없었다. 로비는 쓰러진 전봇대에서 전선을 길게 잘라내 올가미를 만들었다. 그들이 지금 돼지를 쫓고 있는 거리는 유흥가가 끝나는 곳에 있었고, 낮은 울타리에 둘러싸인 작은 앞마당이 딸린 조그만 단층집들이 줄지어 서 있었다. 그들은 길 양쪽에 있는 집들의 낮은 대문을 하나하나 열면서 걸어갔다. 그러고는 곁길로 돌아가 돼지 앞에 나타났고, 그들을 본 돼지는 다시 방향을 바꾸어 왔던 길로 돌아갔다. 그러다가 어느 집 마당으로 들어가더니 꿀꿀거리며 코로 땅을 파헤치기 시작했다. 로비는 대문을 닫고 울타리 위로 몸을 기울여 돼지의 머리 위로 올가미를 던졌다.

노파의 집으로 꽥꽥거리는 돼지를 끌고 가기 위해서는 젖 먹던 힘까지 내야 했다. 다행히 네틀이 그 집을 제대로 기억하고 있었다. 마침내 돼지가 뒷마당에 있는 우리로 들어가자, 노파는 큰 물병 두 개를 가져왔다. 로비와 네틀은 그녀가 지켜보는 가운데 부엌문 옆 작은 마당에 서서 물을 마셨다. 배가 터질 것같이 불러왔지만 입은 자꾸만 물을 원하고 있어 계속 마셔댔다. 다 마시자 노파는 비누와 플란넬 수건, 그리고 법랑 대야 두 개를 가져오더니 씻으라고 했다. 로비가 얼굴을 씻자 대야의 물은 곧 녹슨 듯한 갈색으로 바뀌었다. 윗입술에 말라붙어 있던 피딱지가 시원하게 떨어져나갔다. 세수를 끝내자 피부와 콧구멍 속으로 상쾌한 바람이 스며드는 것 같았다. 네틀은 더러워진 물을 금어초 화단에 뿌리면서 금어초를 보자 부모님 집 뒷마당이 생각난다고 했다. 집시 노파는 수통에 물을 채워준 다음 코르크 마개가 반쯤 빠져 있는 1리터짜리 레드와인 두 병과 소시지 두 개를 가져다주었고, 그들은 그것을 각자 배낭에 챙겨넣었다. 그들이 떠나려는데 노파가 무슨 생각이 났는지 다시 부엌으로 들어갔다. 밖으로 나오는 그녀의 손에는 설탕을 입힌 아몬드 대여섯 개가 든 작은 종이봉투 두 개가 들려 있었다.

그들은 엄숙하게 노파와 악수를 했다.

"이 호의는 평생 잊지 않겠습니다." 로비가 말했다.

노파는 고개를 끄덕이면서 말했다. "내 돼지를 볼 때마다 당신들 생각을 할 거야." 굳은 표정에는 전혀 변화가 없어서 그 말이 욕인지 농담인지, 아니면 어떤 다른 뜻이 있는지 알 수가 없었다. 그들이 호의를 베풀 가치가 없는 사람들이라고 생각한 걸까? 로비는 어색하게 등을 돌려 걸어나왔다. 걸어가면서 노파가 그렇게 말했다고 전했지만, 네틀은 심각하게 받아들이지 않았다.

"그 노인네, 혼자 살아서 돼지를 가족처럼 여기는 거야. 그런 것 같지 않아? 그래서 우리한테 굉장히 고마워할 거라고." 그러고 나선 걱정스럽다는 듯 덧붙였다. "혹시 어디 아픈 거 아냐, 대장?"

"아니. 멀쩡해."

물집 때문에 절뚝거리며 해변을 향해 걸어가면서 그들은 메이스를 찾아 음식과 술을 나눠먹을 작정이었다. 그러나 네틀은 돼지를 잡느라 수고했으니까 와인 한 병쯤은 따도 된다고 말했다. 로비의 판단력에 대한 그의 신뢰는 이미 회복되어 있었다. 그들은 걸으면서 와인을 나눠 마셨다. 어스름이 깔리고 이미 많이 어둑해졌지만 됭케르크 상공을 덮은 검은 구름은 아직도 알아볼 수 있었다. 반대쪽에서는 대포의 섬광이 번쩍이는 것이 보였다. 외곽 방어선에는 휴식 따위는 없는 것이다.

"불쌍한 놈들." 네틀이 말했다.

로비는 그것이 임시 부대본부 옆에 차출되어 모여 있던 군인들을 두고 하는 말임을 알아차렸다. 네틀이 말을 이었다. "방어선이 오래 버티지 못할 거야."

"곧 무너질 테지."

"그렇담 내일 배를 타는 게 좋은데."

이제 갈증은 사라졌고, 머릿속은 온통 저녁식사 생각뿐이었다. 로비는 초록색 체크무늬 식탁보가 깔린 정사각형의 식탁이 있고 천장에는 도르래로 매단 프랑스식 도자기 램프가 은은히 빛을 발하는 조용한 방을 상상했다. 식탁에는 빵과 와인, 치즈와 소시지가 차려져 있었다.

로비가 말했다. "정말 해변에서 저녁식사를 해도 괜찮을까?"

"인간들이 개떼같이 몰려들 텐데……" 네틀이 맞장구를 쳤다.

"적당한 장소가 생각났어."

그들은 소동이 있었던 술집 뒷골목으로 돌아갔다. 조금 전에 도망쳐 나왔던 그 골목을 두리번거리며 걷고 있노라니, 해가 거의 진 바다의 어스름한 황혼 속에서 움직이는 사람들의 윤곽이 희미하게 보였다. 그들 너머 한쪽으로 커다란 검은 덩어리가 보였는데, 해변에 모여 있는 군인들이거나 언덕에 난 풀, 혹은 언덕 그 자체인지도 몰랐다. 낮이어도 메이스를 찾기 힘들 텐데 어둠이 내린 지금은 거의 불가능해 보였다. 그래서 그들은 적당한 장소를 찾아 돌아다녔다. 유흥가의 이곳에는 수백 명의 군인이 모여들어 여럿이 떼를 지어 쏘다니며 노래를 부르거나 고함을 질러대고 있었다. 네틀은 와인 병을 슬그머니 배낭에 넣었다. 메이스가 없으니까 불안했다.

그들은 폭격당한 호텔 앞을 지나갔다. 로비는 자신이 상상했던 곳이 호텔은 아니었을까 생각했다. 네틀은 안에 들어가서 침구를 갖고 나오자고 했다. 그들은 벽에 난 커다란 구멍으로 들어가, 어둠 속에서 벽돌과 무너진 목재 더미를 헤쳐가며 계단을 찾아갔다. 그러나 수십 명의 군인이 그들보다 먼저 같은 생각을 한 모양이었다. 계단으로 가보니 군인들이 줄을 지어 위로 올라가고 있었고, 한쪽으로는 무거운 말총 매트리스를 둘러메고 낑낑거리며 내려오고 있었다. 로비와 네틀에게는 다리들이 이리저리 움직이는 모습만 보였지만, 위쪽 층계 앞에서 싸움이 났는지 엎치락뒤치락하는 소리와 주먹질하는 소리가 들렸다. 그때 갑자기 비명소리와 함께 군인들 몇이 층계 앞에서 떠밀려 아래에서 줄지어 기다리고 있던 군인들 쪽으로 떨어졌다. 욕설과 함께 웃음이 터져나왔고, 떨어진 사람들은 비틀비틀 일어나 팔다리가 괜찮은지 살폈다. 한 남자는 머리를 아래쪽으로 한 채 층계에 쓰러져 일어나지 못했는데, 쉰 목소리로 비명을 질렀지만 악몽에서처럼 정작 소리는 거의 나지 않았다. 누군가 남자의 얼굴 위로 라이터를 들이댔다. 입가에 하얀 거품이 일고 있었고, 쫙 벌린 입안의 이가 다 보였다. 누군가가 그의 등뼈가 부러졌다고 말했지만, 아무도 그를 도와줄 수 없었다. 담요와 베개를 든 군인들이 그를 타넘어 내려왔고, 다른 군인들은 그를 밀치고 위로 올라갔다.

그들은 호텔을 나와 내륙 쪽으로, 노파와 돼지가 있는 집 쪽으로 발길을 돌렸다. 됭케르크로부터 전력 공급은 끊어진 게 분명했지만, 두꺼운 커튼 사이로 촛불과 석유램프의 노란 불빛이 새어나왔다. 길 건너편에서는 군인들이 집집마다 문을 두드리고 다녔지만, 문을 열어주는 사람은 아무도 없었다. 이때부터 로비는 저녁식사를 위해 생각해둔 장소를 네틀에게 설명하기 시작했다. 미사여구를 동원해 장황하게 설명한 다음, 단철로 된 발코니로 이어지는 유리문, 발코니에서 아래로 늘어뜨린 등나무 넝쿨, 녹색 셔닐사로 짠 테이블보가 덮여 있는 원탁과 그 위에 놓인 축음기, 긴 소파 밑에 깔려 있는 페르시아 양탄자 등 즉흥적으로 떠오르는 것을 덧붙였다. 설명을 하면 할수록 그런 방이 바로 이 근처에 있을 거라는 확신이 들었다. 그의 말이 그런 방을 현실로 만들어내고 있었다.

네틀은 당황한 착한 쥐처럼 앞니로 아랫입술을 지그시 누르며 로비의 말을 끝까지 듣고 나서 중얼거렸다. "내 이럴 줄 알았어. 빌어먹을, 내 이럴 줄 알았다니까."

그들은 폭격당한 지하실이 반쯤 하늘을 향해 열려 있어 거대한 동굴을 연상시키는 어느 집 앞에서 걸음을 멈췄다. 네틀이 로비의 재킷을 잡고 부서진 벽돌 더미 밑으로 잡아끌었다. 그는 조심스럽게 로비를 이끌고 지하실 바닥을 가로질러 어둠 속으로 들어갔다. 로비는 이곳이 상상했던 곳과는 너무나 다르다는 것을 알았지만, 평소답지 않게 완강한 네틀의 뜻을 거스를 수는 없었다. 어둠 속에서 불빛 하나가 반짝이더니 곧이어 여기저기서 작은 불빛들이 반짝이는 게 보였다. 이미 이곳에 터를 잡은 군인들이 피우는 담뱃불이었다.

누군가가 말했다. "씨발, 꺼져. 여긴 꽉 찼어."

네틀이 성냥불을 켜 들었다. 벽마다 군인들이 빼곡히 기대어 앉아 있었고, 대다수는 잠들어 있었다. 몇 명이 바닥 한가운데에 누워 있었지만 아직 공간은 있었다. 성냥불이 꺼지자 네틀은 로비의 어깨를 눌러 앉혔다. 엉덩이 아래의 파편들을 치우던 로비는 셔츠가 젖은 것을 깨달았다. 피인지 고름인지 알 수 없었지만 아프지는 않았다. 네틀이 군용외투를 로비의 어깨에 덮어주었다. 발을 짓누르던 무게가 사라지고 황홀한 편안함이 무릎을 타고 올라오자 로비는 네틀이 뭐라고 해도 오늘밤에는 더이상 움직이지 않겠다고 생각했다. 몇 날 며칠을 걸어서인지 바닥에 앉아서도 걷는 느낌이 들었다. 완전한 어둠 속에 앉아 있으니 바닥이 기울어지고 출렁이는 듯했다. 이제 다른 군인들에게 뺏기지 않고 음식을 먹는 게 문제였다. 살아남으려면 이기적이어야 했다. 그러나 그는 한동안 넋을 놓은 채 가만히 앉아만 있었다. 한참 지나자 네틀이 팔꿈치로 찔러 그를 깨우더니 와인 병을 살그머니 손에 쥐여주었다. 그는 주둥이에 입을 대고 병을 기울여 마셨다. 그가 꿀꺽 삼키는 소리를 누군가가 들은 모양이었다.

"뭘 마시는 거야?"

"양젖이야." 네틀이 말했다. "아직 따뜻한데, 좀 마셔볼래?"

기침을 하면서 가래를 뱉는 소리가 나더니, 미지근하고 끈적한 액체가 로비의 손등에 떨어졌다. "더러운 새끼."

좀더 위협적인 다른 목소리가 뒤를 이었다. "입 좀 닥쳐. 잠 좀 자자."

네틀은 소리 없이 배낭을 더듬어 소시지를 찾아낸 뒤, 삼등분하여 한 조각을 빵 한 덩어리와 함께 로비에게 주었다. 로비는 콘크리트 바닥에 다리를 쭉 펴고 누워 군용외투를 머리끝까지 덮어쓰고 소시지 냄새와 씹는 소리가 새나가지 않게 했다. 그는 자신이 내뱉는 숨으로 후텁지근해진 공기 속에서, 벽돌 파편과 모래알이 뺨을 누르는 가운데,

생애 최고의 식사를 하기 시작했다. 얼굴에서는 상쾌한 비누 냄새가 났다. 군용텐트처럼 질긴 빵을 한입 떼어 씹고, 소시지도 한입 떼어 조용히 씹다가 삼켰다. 음식이 속으로 들어가자 가슴과 목에 온기가 퍼졌다. 이 길들을 평생 동안 걸은 듯한 느낌이 들었다. 눈을 감으면 움직이는 아스팔트와 흔들리는 군홧발이 아른거렸다. 음식을 씹으면서도 그는 깜빡깜빡 졸았다. 그는 이제까지와는 다른 시간의 흐름에 들어와 있었다. 지금 그의 혀에는 설탕을 입힌 아몬드가 안락하게 자리잡고 있었고, 그 단맛은 다른 세상의 맛처럼 느껴졌다. 그는 주위에 앉거나 누운 사람들이 지하실이 너무 춥다고 불평하는 것을 들으면서 자신을 따뜻하게 감싸고 있는 군용외투에 만족했고, 한편으로는 상병들이 외투를 던져버리지 못하게 막은 것에 대해 아버지 같은 자부심을 느꼈다.

한 무리의 군인이 쉴 곳을 찾아 들어와서 그와 네틀이 그랬듯 성냥불을 그어 안을 둘러보았다. 로비는 그들에게 적의를 느꼈고, 그들의 서부 사투리가 귀에 거슬렸다. 지하실에 있는 다른 모두와 마찬가지로 그도 그들이 나가주기를 바랐다. 그러나 그들은 그의 발 너머 어딘가에 비집고 들어갈 틈을 찾아냈다. 그들에게서 브랜디 냄새가 풍겨와 적개심은 더 커졌다. 그들이 잠자리를 마련하면서 소리를 내자 벽 쪽에서 누군가가 "촌뜨기 새끼들" 하고 내뱉었고, 새로 온 군인 중 한 명이 그쪽으로 비틀거리며 다가갔다. 곧 한바탕 싸움이 시작될 것 같았다. 그러나 한 치 앞도 보이지 않는 어둠과 피곤에 지친 사람들의 제지로 결국 평화가 유지되었다.

얼마 지나지 않아 지하실에서는 고른 숨소리와 코고는 소리만 들려왔다. 로비는 아직도 밑의 바닥이 기울어져서 일정한 보폭으로 걷는 행진의 리듬에 맞춰 흔들리는 것 같았다. 이런 비현실적인 느낌에 너무나 시달려서, 그리고 너무 열에 들뜨고 너무 지쳐서 잠을 이룰 수가 없었다. 외투 주머니를 만지니 그녀의 편지 다발이 느껴졌다. 기다릴게. 돌아와. 이 말이 아무 의미가 없는 것은 아니었지만 지금은 그에게 아무런 감동을 주지 못했다. 한 사람이 다른 사람을 기다린다는 것, 그것은 수학공식처럼 분명하고 감정이 배제된 일이었다. 기다림. 상대방이 다가올 때까지 아무것도 하지 않는 것. 기다림이란 너무나 버거운 말이었다. 그는 그 말이 군용외투처럼 무겁게 자신을 짓누르는 것을 느꼈다. 지하실에 있는 모든 사람이, 그리고 해변의 모든 군인이 기다리고 있었다. 물론 그녀도 기다리고 있을 것이다. 그래서 어쩌란 말인가? 그녀의 목소리가 "기다릴게, 돌아와" 하고 말하는 것을 상상해보았지만 들리는 것은 자신의 뛰는 심장 아래에서 나오는 자신의 목소리였다. 그녀의 얼굴조차 기억나지 않았다. 그는 새로운 상황, 가슴이 희망으로 부풀어야 마땅할 그 새로운 상황 쪽으로 생각을 몰아가려고 애썼다. 그러나 이미 모든 것이 시들하고 단순하게만 보였고, 그 어떤 일도 중요하고 긴급한 일로 느껴지지 않았다. 브라이어니가 증언을 번복할 것이고 과거를 다시 쓸 것이다. 유죄인 사람이 무죄가 될 수 있도록. 그런데 요즘 같은 때에 죄란 과연 무엇인가? 별 의미가 없었다. 누구나 다 죄가 있고, 누구나 다 죄가 없기도 했다. 증언을 번복하는 것만으로 명예를 회복할 수는 없을 것이다. 모든 증인들의 진술을 받아적고 증거를 모으기에는 인력도, 종이와 펜도, 그리고 인내심과 평화도 충분하지 않았기 때문이다. 증인들도 죄가 있기는 마찬가지다. 우리는 매일 서로의 죄를 목격하면서 살고 있다. 오늘 아무도 죽이지 않았다고? 그렇다면 얼마나 많은 사람을 죽게 내버려두었나? 이곳 지하실에서 우리는 그런 질문에 대해서 계속 침묵할 것이다. 잠으로 다 떨쳐버릴 거야, 알겠니, 브라이어니? 설탕을 입힌 아몬드는 그애의 이름 같은 맛이 났다. 너무나 낯설게 느껴져서 제대로 기억하는 게 맞는지 의심스러울 정도였다. 세실리아라는 이름도 그랬다. 이 이름들의 낯섦을 그는 항상 당연하게 여겼었나? 이런 의문조차 마음속에 오래 머물지 않았다. 이곳 프랑스에서 끝내지 못한 일이 많이 남아 있기 때문에, 영국으로 돌아가는 것을 미루는 게 마땅한 일로 느껴졌다. 낯설고 무거운 가방을 이미 다 꾸렸대도 상관없었다. 그가 여기에 그 가방들을 놓아두고 돌아간다 해도 아무도 알지 못할 것이다. 그것은 보이지 않는 가방이기 때문이다. 돌아가서 사내아이를 나무에서 내려줘야 한다. 이런 일이 처음은 아니다. 그는 어둠 속 여기저기를 헤매고 돌아다니다 나무 아래에 웅크리고 있는 사내아이들을 찾아내, 피에로는 어깨에 목말을 태우고 잭슨은 손을 잡고 공원을 가로질러 돌아왔었다. 얼마나 무거웠던지! 그는 세실리아, 쌍둥이 소년, 성공, 새벽, 그리고 새벽의 그 신비롭게 빛나는 안개를 사랑했다. 그리고 그 환영의 방식이라니! 이제 그는 세상에 널린 그런 일들에 익숙해졌다. 그러나 그때는 모든 일에 무감해지고 성정이 거칠어지기 전이었다. 모든 것이 새롭게 느껴지던 그때는 그것이 큰 충격이었다. 그런 그에게 그녀가 자갈길을 달려와 열린 경찰차 문 앞에 선 그에게 말을 했던 순간이 얼마나 큰 위로가 되었는지 모른다. 아, 그대를 향한 사랑에 빠졌을 때/그때 나는 순결하고 용감했습니다.* 그러므로 그는 걸어온 길을 되돌아갈 것이다. 물이 빠진 황량한 습지를 가로지르고, 다리 위에서 고함을 질러대고 있는 병장을 지나, 폭격으로 무너져내린 마을을 지나고, 몇 마일에 걸친 구릉지대를 가로지르는 꼬불꼬불한 길을 따라 걸어갈 것이다. 마을 어귀 왼쪽에 난 길을 유심히 보며 구두 가게 앞을 지나고 2마일은 족히 더 걸어서, 철조망을 쳐놓은 울타리를 넘고 숲과 들판을 통과해 프랑스 형제의 농가에서 하룻밤을 묵은 다음, 다음날 아침 날이 밝으면 흔들거리는 나침반 바늘에 의지하여 걸음을 재촉해, 작은 골짜기와 시냇물과 벌떼가 있는 아름다운 시골을 지나고, 오르막으로 이어지는 작은 길을 걸어가, 선로 옆 비운의 오두막과 그 나무에 닿을 것이다. 진흙더미 속에서 불에 탄 줄무늬 천조각을, 그 아이의 파자마 조각을 모으고, 그 불쌍한 사내아이의 다리를 끌어내려 고이 묻어줄 것이다. 잘생긴 꼬마. 죄 있는 자가 죄 없는 자를 묻게 하라, 그리고 아무도 그 증거를 바꾸지 못하게 하라. 땅 파는 일을 도와줄 메이스는 어디 있을까. 그 용감한 곰, 메이스 상병. 꼬마를 묻어주는 일 말고도 끝내지 못한 일이, 떠날 수 없는 이유가 또 있었다. 메이스를 찾아야 했다. 그러나 그보다 먼저 다시 북쪽으로, 농부와 개가 쟁기질하는 말의 뒤를 따라가고 있을 그 들판을 향해 몇 마일을 걸어야 한다. 그리고 그곳에 다다르면 플랑드르 여인과 그녀의 아들에게 그가 자기들의 죽음에 책임이 있다고 생각하는지 물어보아야 한다. 인간은 오만에서 나오는 자기비난의 감정에 휩싸이면 너무 많은 책임을 떠안으려 하는 수도 있기 때문이다. 그녀는

* 하우스먼의 시 「아, 내가 그대를 향한 사랑에 빠졌을 때」의 첫 두 행.

아니라고 말할지도 모른다. 아니라는 뜻의 플랑드르말을. 당신은 우리를 도와주려고 애썼어. 우리를 데리고 들판을 가로질러 뛰어갈 수는 없었을 거야. 쌍둥이들은 데리고 가주었지만, 우리는…… 아니었어. 아니야, 당신에게는 죄가 없어요. 아니야.

열로 벌겋게 달아오른 그의 얼굴에 누군가가 속삭이는 소리와 함께 숨결이 느껴졌다. "너무 시끄러워, 대장."

네틀 상병의 머리 뒤로 짙푸른 하늘이 넓은 띠를 이루고 있었고, 무너진 지하실 천장의 울퉁불퉁한 가장자리가 검고 선명하게 새겨져 있었다.

"시끄럽다고? 내가 뭘 했는데?"

"'아니야' 하고 소리를 질러대는 통에 다들 깼잖아. 몇은 열받은 모양인데."

로비는 고개를 들려고 했지만 그럴 수가 없었다. 네틀이 성냥을 켰다.

"세상에. 얼굴이 말이 아니네. 일어나서 물 좀 마셔."

네틀이 로비의 머리를 들고 그의 입에 수통을 갖다댔다.

물에서는 쇠맛이 났다. 다 마시자 오랫동안 축적된 피곤이 대양의 파도가 되어 그를 집어삼켰다. 육지를 가로질러 걸은 끝에 결국 바다에 빠진 것이다. 그는 네틀을 놀라게 하지 않으려고 애써 합리적이고 자신 있는 목소리로 말했다.

"이봐, 난 여기 남기로 했어. 남아서 할일이 있어."

네틀이 더러운 손으로 로비의 이마를 닦았다. 로비는 그가 왜 걱정하는 쥐 같은 얼굴을 자신의 얼굴에 바싹 대고 있는지 알 수가 없었다.

네틀이 말했다. "대장, 내 말 들려? 듣고 있어? 한 시간 전에 오줌

누러 나갔다가 뭘 봤는지 알아? 해군이 돌아다니면서 장교들을 소집하고 있어. 해변에 지금 군인들이 정렬하고 있다나봐. 배가 돌아왔어. 집에 가는 거야, 알겠어? 아침 일곱시에 버프 부대 중위가 와서 우릴 데리고 갈 거래. 그러니 더 자둬. 소리는 그만 지르고."

그는 다시 쓰러져 누웠다. 그가 바라는 것은 잠뿐이었다. 천 시간만 잘 수 있다면. 잠들기는 아까보다 쉬웠다. 역한 쇠맛이 나긴 했지만 물을 마시고 나니 기분이 한결 나아졌고, 네틀이 전해준 소식과 그의 달래는 듯한 말투도 도움이 되었다. 아침이면 밖으로 나가 정렬하여 해변을 향해 행군해간다. 질서정연한 행군이 될 것이다. 케임브리지의 어떤 교수도 행군 대형의 장점에 대해서 가르쳐주지 않았다. 그들은 자유로운 영혼을 사랑했다. 시인의 영혼을 사랑했다. 그러나 시인이 살아남는 일에 대해 무엇을 알고 있을까? 하나의 집단으로 살아남는 일에 대해 무엇을 알고 있을까? 행렬은 와해되는 일이 없다. 배를 향해 앞다투어 뛰어가는 일도, 선착순도 없다. 뒤처진 자를 악마가 잡아가는 일도 없다. 모래사장을 가로질러 물가까지 걸어가는 동안 군홧발 소리도 들리지 않을 것이다. 흔들리는 물결 속에서 전우들이 배에 오르는 동안, 이미 배에 올라탄 군인들은 뱃머리가 흔들리지 않도록 잡아주고 있을 것이다. 하긴 지금은 물결마저 잔잔해졌다. 마음이 평온해진 지금, 그는 그녀가 기다리고 있다는 게 얼마나 행복한 일인지를 실감했다. 수학공식 같다고? 웃기지도 않는다. 기다릴게라는 말은 그의 목숨과도 같았다. 그것은 그가 살아남으려고 애써온 유일한 이유였다. 그 말은 다른 남자들은 쳐다보지도 않겠다는 약속의 말이기도 했다. 오직 너만을. 돌아와. 그는 밑창이 얇은 구두를 통해 전해지던 자갈길의 느낌을, 지금도 생생한 그 느낌을 기억했고, 손목에 채워진 수갑의 그 차가운 감촉도 기억했다. 경찰차 옆에 멈춰 섰던 경감과 그는 그녀가 뛰어오는 소리를 듣고 돌아서서 그녀를 바라보았다. 그 짙은 녹색의 이브닝드레스를 어떻게 잊을 수 있을까? 엉덩이의 굴곡을 그대로 보여주는, 달리기 어렵던 그 옷을, 그녀의 아름다운 어깨를 그대로 드러내 보여주던 그 옷을 어떻게 잊을 수 있을까? 그녀의 어깨는 안개보다도 더 희어 보였다. 경찰이 뒤로 물러서서 단둘이 이야기를 나누게 해준 것은 전혀 놀랍지 않았다. 사실 그런 것은 안중에도 없었다. 그와 세실리아는 세상에 단둘뿐인 듯 행동했다. 그녀는 그를 믿는다고, 신뢰한다고, 그를 사랑한다고 말하면서 울지 않으려 애썼다. 그는 이 일을 영원히 잊지 않겠다고만 말했다. 얼마나 고마워하고 있는지를 표현한 것이다. 그때도 지금도 마찬가지였다. 그러자 그녀는 수갑을 만지면서 자신은 부끄럽지 않다고, 부끄러워할 일은 아무것도 없다고 했다. 그러고는 그의 옷깃을 잡고 약간 흔들면서 말했다. "기다릴게. 돌아와." 말 그대로였다. 세월이 그녀의 진심을 입증해줄 것이었다. 경찰이 그를 차 안으로 밀어넣자, 그녀는 더이상 참을 수 없어 울음이 터지기 전에 말해야 한다는 듯 다급하게 말했다. 그들 사이에 있었던 일은 그들의 것, 오직 그들만의 것이라고. 물론 서재에서의 일을 말하는 거였다. 그 일은 오로지 그들만의 추억이었다. 아무도 그것을 빼앗아갈 수는 없었다. "우리 둘만의 비밀이야." 모두가 보는 앞에서, 문이 닫히기 바로 전에 그녀는 그렇게 외쳤다.

"아무 말도 안 할게." 네틀의 머리가 이미 오래전에 시야에서 사라지고 없었지만 그는 개의치 않고 말했다. "일곱시가 되기 전에 깨워줘. 약속할게. 이제 내 입에서 한 마디도 더 안 나올 거야."

제3부

불안은 병원에만 떠도는 것이 아니었다. 불안은 4월의 비 때문에 거센 진흙탕이 되어 흐르는 강물과 함께 불어난 것 같았고, 저녁이면 등화관제로 불을 켤 수 없는 도시 전체를 저녁노을처럼 뒤덮은 듯했다. 선선한 늦봄 하늘에 넓게 퍼진 아름다운 붉은 노을 속에 숨어서 조용히 그리고 불길하게 짙어져가는 불안을 온 나라 사람들이 느끼고 있었다. 무언가 파국을 향해 치닫고 있었다. 고참 직원들은 복도에서 비밀스러운 이야기를 숙덕였다. 그래도 의젓한 편인 젊은 의사들은 더 바쁘게 돌아다녔다. 전문의는 회진을 돌다가 다른 데 정신을 빼앗기곤 했는데, 어느 날 아침에는 갑자기 창가로 가서 강물을 몇 분이고 하염없이 내려다보기도 했다. 그동안 간호사들은 침대 옆에 차렷 자세로 서서 기다려야 했다. 나이 많은 포터들은 침울한 표정으로 환자들의 휠체어를 병실 안팎으로 밀고 다녔다. 라디오 코미디 프로그램에서 듣고 항상 써먹던 유쾌한 유행어도 잊어버린 듯했다. '기운 내, 내 사랑, 그런 일은 일어나지 않을 거야.' 브라이어니가 평소에 그렇게도 경멸하던 말이었지만 그런 유행어라도 다시 듣게 된다면 기분이 좀 나아질 것 같았다.

그러나 유행어와는 달리, 심상치 않은 일이 실제로 일어나려 하고 있었다. 병원은 며칠을 두고 서서히 눈에 띄지 않게 비어갔다. 처음에는 어쩌다 그렇게 된 것처럼 보였고, 눈치 없는 수습 간호사들은 자신들의 간호 실력이 좋아져서 건강이 전염병처럼 퍼진 거라고 믿고 싶어했다. 무슨 일이 있음을 사람들이 눈치채기 시작한 것은 좀더 나중의 일이었다. 빈 침대는 밤을 틈타 다가오는 죽음처럼 은밀하게 병실 안에서 퍼져가더니 곧 다른 병실로, 병동으로 번져갔다. 브라이어니는 반짝반짝 윤나게 닦인 넓은 복도를 오가는 사람들의 발소리가 예전에는 경쾌하고 자신감이 넘쳤는데, 지금은 행여 들릴까 미안해하는 것 같다고 생각했다. 각층 엘리베이터 옆에 소화전을 설치하고 곳곳에 소화용 모래 양동이를 비치하러 온 인부들은 하루종일 쉬지 않고 일을 했고, 병원을 나서기 전까지 그 누구와도, 심지어 포터들과도 말을 하지 않았다. 병실에 놓인 스무 개의 침대 중 환자가 차지하고 있는 것은 여덟 개 정도였지만 일은 전보다 더 고되었고, 그럼에도 어떤 불안감과 미신에 가까운 공포 때문에 수습 간호사들은 자기들끼리 모여 차를 마실 때도 불평 한마디 못했다. 모두 전보다 침착해졌고 상황에 순응하고 있었다. 동상을 입은 정도를 서로 비교해본다고 손바닥을 펴 보이는 짓도 더이상 하지 않았다.

그것 말고도 수습 간호사들은 실수를 저지르지 않을까 하는 끊임없는, 그리고 날로 커져만 가는 불안을 안고 있었다. 그들은 마저리 드러먼드 수간호사와 그녀가 분노를 터뜨리기 직전에 보이는 위협적인 엷은 미소와 부드러워진 태도를 두려워했다. 브라이어니는 요즘 자신이 실수 연발이라는 것을 알고 있었다. 나흘 전에는 그렇게 열심히 설명을 해줬건만 그녀가 맡고 있는 환자가 석탄산이 함유된 양치액을 꿀꺽 삼켜버린 후 담요에다 심하게 구토를 했다. 이 모습을 우연히 보았다는 포터 말로는 마치 맥주 한 잔을 들이켜듯이 단숨에 마셔버렸다고 했다. 요즘 같은 때는 환자용 변기를 라쿠폴의 웨이터처럼 한 번에 여섯 개씩 들고도 안정감 있게 병실을 돌아다녀야 했는데, 브라이어니는 세 개만 들고 가다가 드러먼드 수간호사의 눈에 띈 적도 있었다. 그녀가 지쳐서 잊어버렸거나 미처 깨닫지 못한 실수들도 많을 것이다. 그녀는 간호사답지 않은 태도도 자주 보였다. 짝다리를 짚고 서서 딴 데 정신을 팔아서 수간호사의 불호령이 떨어지기도 했다. 조금만 신경을 덜 쓰면 실수와 직무태만이 차곡차곡 쌓일 수 있었다. 청소함에 아무렇게나 던져넣은 빗자루, 상표가 겉으로 보이게 개어놓은 담요, 풀 먹인 칼라가 아주 살짝 흐트러진 것, 침대 바퀴가 안으로 향하여 나란히 정렬되지 않은 것, 병실에 빈손으로 들어오는 것, 이 모든 것들이 한계수위에 이를 때까지 조용히 수간호사의 머릿속에 쌓여가다가 분노가 되어 마른하늘의 날벼락처럼 폭발하곤 했다. 그것도 스스로 잘하고 있다고 생각하는 바로 그 순간에.

그러나 최근에는 수간호사가 수습 간호사들에게 잔인한 미소를 던지지 않았고, 너무나 큰 공포를 불러일으키는 착 가라앉은 목소리로 말을 걸지도 않았다. 자기 일조차 별로 신경쓰지 않는 것 같았다. 그녀는 뭔가에 마음을 뺏겼는지 남자 외과병동 옆 안뜰에 서서 다른 수간호사와 오랫동안 이야기를 나누곤 했고, 심지어 이틀씩 모습을 감추기도 했다.

만약 다른 곳에서 다른 일을 했다면 드러먼드 수간호사도 통통하고 마음씨 좋게, 심지어 관능적으로까지 보였을 것이다. 립스틱을 바르지 않아도 탐스럽게 붉은 입술에 매혹적인 입술선, 마치 인형처럼 발그레한 홍조를 띤 둥근 뺨이 다정한 인상을 주었다. 그러나 이런 인상도 일찍이 브라이어니의 동기인 체격 좋고 상냥하며 눈이 소처럼 선량하지만 동작이 느린 수습 간호사가 날벼락을 맞았을 때 완전히 깨져버렸다. 남자 외과병동에 파견된 랭런드 간호사는 한 젊은 군인의 맹장수술 준비를 돕게 되었다. 일이 분쯤 그와 단둘이 있게 된 그녀는 수다를 떨면서 수술을 앞둔 환자를 안심시켰다. 고마움을 느낀 그는 당연한 질문을 했을 것이고, 이때 그녀는 신성한 규칙을 어겼다. 간호사 수칙에 분명히 나와 있기는 하지만, 그것이 그렇게 중요한 규칙이라고는 아무도 생각지 못했다. 몇 시간 뒤 마취에서 깨어난 군인이 그 수습 간호사의 이름을 불렀을 때, 마침 외과병동 수간호사가 옆에 있었다. 랭런드 간호사는 불명예스럽게 소속 병동으로 돌아와야 했다. 그녀가 돌아오자 수습 간호사 전원이 소집되어 설교를 들었다. 불쌍한 수전 랭런드가 수십 명의 환자를 부주의로, 혹은 의도적으로 잔혹하게 죽였더라도 그보다 더 크게 혼이 나지는 않았을 것이다. 드러먼드 수간호사가 랭런드는 나이팅게일 정신을 이어받은 간호 전통을 깬 부끄러운 존재이며, 그러므로 앞으로 한 달간 더러워진 시트를 가는 것으로 징계가 끝나는 걸 다행으로 여기라고 하면서 말을 마칠 때는 랭런드뿐 아니라 그 자리에 있던 수습 간호사들의 절반 정도가 눈물을 흘리고 있었다. 브라이어니는 울지 않았지만, 그날 밤 잠자리에 누워서까지도 떨리는 마음을 진정시키며 혹시 잊은 규칙은 없는지 간호사 수칙을 다시 살펴보았다. 간호사는 어떤 상황에서도 환자에게 이름을 알려주어서는 안 된다. 브라이어니는 이 규칙을 거듭 읽으면서 외워버렸다.

병실은 비어가는데 일은 오히려 많아졌다. 매일 아침 수습 간호사들은 병실 중앙으로 침대를 모두 밀어놓고 혼자서 들기도 힘든 무거운 대걸레로 바닥을 닦았다. 그리고 하루에 세 번 마룻바닥을 쓸었다. 빈 로커를 빡빡 문질러 닦고, 매트리스는 훈증소독을 했으며, 놋쇠 외투걸이와 문손잡이와 열쇠구멍은 부드러운 가죽으로 문질러 닦았다. 문짝과 굽도리널처럼 나무로 된 것, 그리고 침대 틀과 스프링처럼 철로 된 것은 석탄산 용액으로 씻어냈다. 환자용 변기와 소변통은 물로 씻은 다음 닦고 말려서 접시처럼 반짝반짝 윤을 내야 했다. 3톤짜리 군용 화물트럭이 실어나른 침대는 모두 낡고 더러워서 여러 번 문질러 닦은 후에야 병실로 옮겨졌고, 다른 침대들 사이에 끼워넣은 후 다시 석탄산 용액으로 닦아냈다. 수습 간호사들은 한 가지 일을 마칠 때마다 동상으로 갈라져 피가 나는 손을 얼음같이 찬 물에 담그고 빡빡 씻었다. 세균과의 전쟁은 끝이 없었다. 수습 간호사에게 위생은 숭배의 대상이었다. 그들은 일개 연대, 혹은 일개 사단 규모의 박테리아를 숨긴 채 침대 밑에 숨어 있는 담요 보푸라기만큼 혐오스러운 것은 없다고 배웠다. 삶고 닦고 가죽으로 윤을 내고 물로 씻어내는 매일의 일과가 그들에게는 직업적 자부심을 느끼게 하는 훈장이었고, 이를 위해 내 한몸의 편안함은 포기해야 했다.

화물트럭이 내려놓은 엄청난 양의 의료물자를 포터들이 옮겨놓으면 수습 간호사들이 일일이 포장을 뜯고 목록을 만들어 정리했다. 붕대, 신장 모양 트레이, 주사기, 새 멸균기 세 개, 그리고 '버니언 백'이라고만 쓰여 있고 아직 용도는 설명을 들은 바 없는 꾸러미들. 약장도 하나 더 들어와 세 번이나 닦아내고서야 약을 채워넣었다. 약장 문은 굳게 잠가두고 열쇠는 드러먼드 수간호사가 갖고 있었는데, 어느 날 아침 브라이어니가 보니 그 안에 줄지어 서 있는 약병에 모르핀이라는 딱지가 붙어 있었다. 심부름을 가면서 보니 다른 병동에서도 정리정돈을 하느라 부산했다. 이미 환자 한 명 없이 완전히 비어, 그 넓은 공간이 조용히 무언가를 기다리는 듯한 병실도 있었다. 그러나 질문은 허용되지 않았다. 작년, 그러니까 전쟁이 선포된 직후, 맨 위층의 병실은 폭격에 대비하여 완전히 봉쇄되었다. 이제 수술실은 지하로 옮겨졌고, 1층 창문은 모두 모래주머니로 막았으며, 천장의 채광창도 시멘트로 발라버렸다.

육군 장성이 전문의 대여섯 명을 대동하고 병원을 시찰했다. 환영식은 없었으며, 심지어 병원 안에는 정적이 감돌았다. 예전 같으면 이렇게 높은 사람이 병원을 방문할 때는 모든 환자의 코가 이불 중앙의 솔기와 일직선이 되게 맞춰놓을 정도였다고 했다. 그러나 그런 준비를 할 시간이 없었다. 장성과 전문의들은 병동을 활보하면서 고개를 끄덕이며 낮은 목소리로 이야기를 나누더니 금방 갔다.

불안은 커져갔지만 전황이 어떤지 추측하며 이야기를 나눌 기회는 거의 없었고, 어떤 경우에라도 잡담은 공식적으로 금지되어 있었다.

수습 간호사들은 근무시간이 아닐 때는 수업 혹은 강연을 듣거나 실습을 하게 되어 있었고, 아니면 혼자서라도 공부해야 했다. 식사시간과 취침시간도 마치 로딘 여학교의 신입생들처럼 감독을 받았다. 언젠가 식사시간에 브라이어니의 옆 침대를 쓰는 피오나가 접시를 옆으로 밀어놓으며 특별히 누구 들으랄 것도 없이 자신은 옥소 큐브*를 넣어 끓인 야채가 "병적으로 싫다"고 하자, 나이팅게일 기숙사 사감 간호사가 그녀 곁으로 다가와 접시를 깨끗이 비울 때까지 지켜보고 서 있었다. 피오나는 브라이어니의 친구였다. 그녀는 예비교육 첫날밤 기숙사에서 자기는 왼손으로 가위질을 못해서 집에서는 항상 엄마가 해주었다며 브라이어니에게 오른손 손톱을 깎아달라고 했다. 적갈색 머리에 주근깨가 있는 그녀의 모습에 브라이어니는 본능적인 경계심을 느꼈다. 그러나 롤라와 달리 피오나는 목소리가 크고 명랑했으며, 통통한 손등에는 움푹 들어간 보조개 같은 것이 있었고 가슴도 커서 동기들은 언젠가 그녀가 틀림없이 병동 수간호사가 될 거라고 말했다. 그녀의 가족은 첼시에 살고 있었다. 어느 날 밤 그녀는 침대에 누워, 자기 아버지가 곧 처칠의 전시내각에 합류하라는 제안을 받을 것 같다고 했다. 그러나 각료 명단이 발표되었을 때 그녀와 같은 성을 가진 사람은 한 명도 없었고 그녀도 이 문제에 대해서 입을 다물었으므로 브라이어니는 굳이 물어보지 않는 것이 좋겠다고 생각했다. 예비교육이 끝난 후 처음 몇 달 동안은 브라이어니와 피오나가 서로를 좋아하는지 확인할 기회가 별로 없었다. 좋아한다고 생각하는 것이 서로에게 편했다. 그

* 간편히 육수를 끓일 수 있도록 정사각형 모양으로 굳혀 포장한 조미료.

들은 의학 분야 경험이 전혀 없는 몇 안 되는 수습 간호사 중 하나였다. 동기들 대다수는 응급처치과정을 수료했고, 또 몇은 구급간호 봉사대 소속이었으며 피와 시체에 익숙했다. 아니, 자기들 말로는 그랬다.

친구를 사귀기에는 일정이 너무 빡빡했다. 수습 간호사들은 병동에서 교대근무를 했고, 하루에 세 시간씩 공부했으며, 일과가 끝나면 자기 바빴다. 단 하나의 사치인 오후 네시에서 다섯시 사이의 티타임이 되면 그들은 병동 옆 작은 휴게실의 나무선반에서 자기 이름이 새겨진 작은 갈색 찻주전자를 챙겨와 둘러앉았다. 수습 간호사들의 태도를 감독하기 위해 사감 간호사가 같이 있었기 때문에 대화는 늘 딱딱할 수밖에 없었다. 게다가 자리에 앉기만 하면 마치 담요 세 장을 한꺼번에 든 것처럼 무거운 피로가 그들을 짓눌렀다. 한번은 동기 하나가 손에 찻잔과 접시를 든 채 졸다가 차를 쏟는 바람에 넓적다리에 화상을 입은 적이 있었는데, 비명을 듣고 달려온 드러먼드 수간호사는 화상 치료를 실습해볼 좋은 기회라고 말했다.

브라이어니 자신이 우정의 장애물이기도 했다. 처음 몇 달 동안 그녀는 자신이 맺고 있는 인간관계라고는 드러먼드 수간호사와의 관계뿐이라고 생각했다. 수간호사가 항상 그녀 곁에 있었다. 어느 날은 복도 끝에서 의미심장한 표정으로 다가오더니, 남자 환자를 침상에 누인 채 목욕시키는 절차는 예비교육 때 배웠는데 집중하지 않았나보다고 브라이어니의 귀에 속삭였다. 목욕물을 두 번 갈아준 후에 환자가 "혼자서 마무리를 할 수 있도록" 새로 비누칠한 목욕수건과 긴 수건을 주라는 것이었다. 브라이어니의 마음 상태는 수간호사의 평가에 좌우되었다. 드러먼드 수간호사의 시선이 느껴지면 심장이 멎는 것 같았다. 표정만으로는 잘하고 있다고 생각하는지 어떤지 알 수 없었다. 브라이어니는 그녀의 비난이 두려웠다. 칭찬은 한 번도 들어본 적이 없었다. 그나마 바랄 수 있는 것은 그녀의 관심의 대상이 되지 않는 것뿐이었다.

브라이어니는 혼자 있을 때면—보통 잠들기 전 몇 분 동안 어둠 속에 누워 있을 때뿐이었는데—자신이 거턴에서 밀턴의 작품을 읽고 있는 평행세계를 상상했다. 언니가 다녔던 병원이 아니라 언니가 다녔던 학교에 갈 수도 있었다. 브라이어니는 국가가 전쟁을 하는 데 자신의 힘을 보태는 거라고 생각했었다. 실제로는 엄마가 아기에게 미치는 영향력보다 훨씬 더 큰 힘을 자신에게 행사하는 열다섯 살 연상의 여자와의 관계로 삶을 좁혀놓았을 뿐이었다.

삶의 범위가 좁아지기 시작한 것은, 무엇보다 정체성을 빼앗긴 것은 드러먼드 수간호사라는 이름을 듣기도 훨씬 전부터였다. 두 달간의 예비교육이 시작되던 첫날, 브라이어니가 동기들 앞에서 무안을 당한 것이 그 징조였다. 앞으로 이런 삶을 살게 될 거라고 알려주는 징조. 그녀는 교육을 맡은 수간호사에게 명찰이 잘못되었다고 공손하게 말했다. 자신의 이름은 B. 탤리스이지 작은 직사각형 명찰에 새겨진 것처럼 N. 탤리스가 아니라고 말했다.

수간호사는 침착하게 대답했다. "새겨진 게 맞고 앞으로 그렇게 불릴 거예요. 이름 따위는 관심 없어요. 이제 앉아주시겠어요, 탤리스 간호사?*"

모두 이니셜이 같다는 것을 알게 된 다른 교육생들이 웃음을 터뜨

* 'N. 탤리스'의 N은 nurse(간호사)의 이니셜이다.

릴 수도 있었을 테지만, 그러는 것이 허용되지 않는다는 걸 다들 감지한 모양이었다. 교육생들은 위생에 대한 강의를 듣고, 실물 크기인 매킨토시 여사, 체이스 백작부인, 조지라는 남자아기—약간 손상된 이 아기 모형은 여자아기 역할까지 1인 2역을 할 수 있었다—모형을 가지고 침상에 누인 채 목욕시키는 법을 실습했다. 교육기간은 무조건적인 복종에 적응해나가는 시간이기도 했고, 한 번에 여러 개의 환자용 변기를 나르는 방법을 배우는 시간이기도 했으며, 병실로 들어갈 때는 반드시 무언가를 가지고 들어가야 한다는 중요한 규칙을 체험을 통해 익히는 시간이기도 했다. 육체의 불편과 고단함 덕분에 브라이어니의 정신적 시야는 가려졌다. 빳빳하게 풀을 먹여 세운 칼라 때문에 움직일 때마다 목이 스쳐서 쓰라렸다. 얼음같이 차가운 물에 하루에 열두 번도 더 손을 담그고 소다비누로 씻어대는 통에 난생처음 동상에 걸리기도 했다. 사비로 구입해야 하는 구두는 지독히도 발가락을 죄었다. 모든 유니폼이 그렇지만 교육생 유니폼은 개인의 정체성을 잠식했으며, 치마 주름을 다리고, 캡에 핀을 꽂고, 솔기를 빳빳이 세우고, 구두 특히 뒤축을 윤내야 하는 등 매일 신경써야 할 일이 많았으므로 다른 것에 대한 관심은 자연히 줄었다. 수습 간호사로서 드러먼드 수간호사 밑에서(절대로 수간호사와 '함께'가 아니다) 병동 일을, '변기에서 수프까지'의 일상 업무를 시작할 때가 되자 이전의 삶은 희미해져버렸다. 마음은 텅 비었고, 방어기제는 사라지고 없었으므로 수간호사의 절대적인 권위를 쉽게 받아들일 수 있었다. 수간호사가 그들의 텅 빈 마음을 새로운 주의사항으로 채우는 것에 어떠한 저항도 할 수 없었다.

누구도 말로 표현하진 않았지만 이 모든 교육과정은 군대를 모델로 삼고 있었다. 미스 나이팅게일—플로렌스라고 이름을 부르는 일은 절대로 없었다—은 크림반도에 오래 머물면서 규율과 엄격한 지위체계와 잘 훈련된 군대를 높이 평가했던 것이 분명하다. 브라이어니는 어둠 속에 누워 밤새 이어질 피오나의 코고는 소리를 들으며, 어렸을 때 리언과 세실리아를 만나러 케임브리지를 방문한 경험 덕분에 쉽게 상상할 수 있었던 평행세계가 실제 삶에서 갈라져나가기 시작하는 것을 느낄 수 있었다. 여기가 그녀의 학교였고 여기에서 보낼 사 년이 그녀의 학창시절이었다. 그녀에게는 이곳을 뛰쳐나가려는 의지도 자유도 남아 있지 않았다. 그녀는 구속과 규칙, 복종과 잡일, 그리고 비난에 대한 끊임없는 두려움이 전부인 삶에 스스로 뛰어들었다. 그녀는 많은 수습 간호사 중 한 명에 지나지 않았고—이삼 개월마다 신입 수습 간호사들이 들어왔다—명찰에 새겨진 이름 외에 다른 자아란 없었다. 이곳에는 개인지도도 없었고, 지적 계발을 위해 밤잠을 설치는 사람도 없었다. 그녀는 환자용 변기를 비운 다음 물로 씻어내고, 병실 바닥을 쓸고 윤을 내고, 코코아와 쇠고기 수프를 만들고, 간호사가 시키는 대로 물건을 가져오는 심부름을 하면서 자기반성에서 해방되었다. 이 년차 수습 간호사들은 언젠가는 자신의 능력에 즐거움을 느낄 때가 올 거라고 했다. 브라이어니도 정식 간호사의 감독하에 맥박과 체온을 재고 결과를 차트에 기록하는 일을 맡은 후 그 즐거움을 조금이나마 맛보기 시작했다. 그녀는 치료를 도우면서 이미 백선에 겐티아나 바이올렛을, 벤 상처에 아쿠아플라빈 용액을 가볍게 두드려 발라본 적이 있었고, 타박상에 납 성분 로션을 발라본 적도 있었다. 그러나 이런 드문 경우를 제외한 대부분의 시간은 가정부나 하녀같이 잡일을 하면서 보내야 했고, 근무가 없을 때는 단순한 의학지식을 열심히 머리에 집어넣었다. 그녀는 다른 일에 대해서 생각할 시간적 여유가 없는 것이 좋았다. 그러나 늦은 밤 잠자리에 들기 전, 창가에 서서 불이 꺼진 도시와 강을 바라볼 때면 병실뿐만 아니라 저 밖의 거리에도 퍼진 어둠 같은 불안을 기억해냈다. 피곤한 일과나 드러먼드 수간호사조차 그 불안으로부터 그녀를 보호해줄 수는 없을 듯했다.

*

코코아를 마신 후 소등 전까지 삼십 분은 자유시간이었으므로 수습간호사들은 동기의 방을 찾아가거나 침대에 걸터앉아 부모님이나 남자친구에게 편지를 썼다. 몇몇은 아직도 집이 그립다며 눈물을 흘렸고, 그럴 때면 다른 수습생들이 어깨를 감싸안아주거나 위로의 말을 해주곤 했다. 다 큰 여자가 엄마가 그립다고 눈물이 그렁그렁해지거나, 아버지의 파이프 담배 냄새를 그리워하며 흐느껴 우는 것이 브라이어니에게는 왠지 가식적이고 우스꽝스럽게 보였다. 위로를 하는 쪽도 그 일을 즐기고 있는 것 같았다. 이렇게 감상적인 분위기에서 브라이어니는 가끔 부모님에게 자신은 건강하고, 불행하지도 않고, 용돈도 필요 없고, 엄마의 예측과 달리 마음을 바꿀 생각도 없다고 간단하게 적어 보내곤 했다. 다른 동기들은 사랑하는 부모님을 놀라게 하려고 가혹한 실습과 수업 일과를 자랑스럽게 설명하는 모양이었다. 브라이어니는 이런 일들을 일기장에만, 그것도 아주 간결하게 적어놓았다.

자신이 하는 비천한 일을 엄마가 알기를 원치 않았다. 간호사가 되려는 목적 중 하나는 부모로부터의 독립이었다. 그러므로 부모님, 특히 엄마는 그녀가 하는 일을 가능한 한 몰라야 했다.

엄마의 편지는 브라이어니가 절대 대답하지 않는데도 매번 반복되는 일련의 질문들을 제외하면 대부분 피난민에 대한 이야기로 채워져 있었다. 런던 해크니에서 온 여자 세 명과 그들의 아이 일곱 명이 탤리스가의 저택을 숙소로 할당받았다. 그런데 그중 한 여자가 마을에 있는 술집에서 술을 마시고 추태를 부려서 지금은 술집 출입을 금지당했다. 독실한 가톨릭 신자인 다른 한 여자는 일요일이면 아이 세 명을 데리고 4마일이 넘는 길을 걸어 마을로 미사를 보러 갔다. 그러나 베티는 같은 가톨릭 신자인 이 여자에게 특별한 호감을 갖고 있지는 않은 모양이었다. 사실 그녀는 탤리스가로 피난 온 여자들과 아이들을 끔찍이 싫어했다. 첫날 아침 그들이 그녀가 만든 음식이 맛이 없다고 불평했기 때문이다. 베티는 가톨릭 신자인 여자가 현관 복도에 침을 뱉는 것을 보았다고 했다. 아이들 중 가장 나이 많은 사내아이—열세 살이었지만 체구는 여덟 살 정도로 보였다—는 분수 조각상에 올라가 트리톤의 뿔피리와 아래팔을 떼어냈다. 잭 탤리스는 별 무리 없이 다시 붙일 수 있을 거라고 했다. 그러나 집안으로 가져와 부엌방에 놓아두었던 조각들이 얼마 후 사라져버렸다. 하드먼 씨로부터 이 소식을 듣고 베티는 그 사내아이가 호수로 던진 거라고 우겼다. 물론 소년은 자신은 모르는 일이라고 했다. 호수 물을 빼보자는 의견도 있었지만, 지금 짝을 짓고 있는 백조들은 어떻게 하느냐는 반대 의견이 나와서 아직까지 결정을 보지 못했다. 격분한 아이 어머니는 아들 편을 들면서 어린

아이들이 돌아다니는 곳에 분수가 있는 것이 얼마나 위험한 일이냐며, 의회 의원인 아서 리들리 경—브라이어니의 대부였다—에게 탄원서를 쓰겠다고 했다.

그래도 에밀리는 군인들이 쓰도록 저택 전부가 징발되지 않고 피난민을 받는 정도로 그쳐서 그나마 다행이라고 말했다. 군인들은 대신 스누커* 테이블이 있는 휴 반 블리트의 저택을 접수했다. 에밀리는 그 외에도 여러 가지 소식을 전해주었다. 허마이어니 이모는 아직도 파리에 살고 있는데 니스로 이사갈까 생각중이라고 했다. 공원을 갈아엎어 옥수수 농사를 짓기 시작했고, 그곳에서 풀을 뜯어먹던 젖소들은 북쪽에 있는 세 개의 들판으로 옮겨갔다. 1750년대에 세워진 1.5마일이 넘는 철책은 스핏파이어를 만들기 위해 모두 철거해갔다. 그러나 철거 일을 맡은 일꾼들조차 그것은 전투기를 만드는 데 쓸 만한 철이 못 된다고 말했다. 강이 굽어 도는 곳에는 무성한 사초들 사이에 시멘트와 벽돌로 된 작은 초소가 들어서서 물오리와 회색 할미새의 보금자리를 파괴했다. 큰길이 시작되는 마을 입구에도 초소가 하나 더 세워지는 중이었다. 탤리스가는 하프시코드를 비롯해 망가지기 쉬운 귀중품은 지하실에 숨겨놓았다. 유감스럽게도 베티가 클렘 삼촌의 꽃병을 지하실로 가지고 내려가다가 떨어뜨려서 계단 위에서 박살이 나버렸다. 그녀는 꽃병이 손에서 미끄러졌다고 했다지만, 그 말을 그대로 믿기는 어려웠다. 마을 청년들은 모두 이스트 서리 연대에 입대했고, 대니 하드먼은 해군에 입대했다. 아버지는 요즘 지나치게 일을 많이 하고 있

* 당구 게임의 일종.

었다. 언젠가 무슨 비밀회의에 참석하고 집에 돌아왔을 때는 지칠 대로 지쳐 있었고 핼쑥해지기까지 했는데, 어디에 다녀왔는지는 말할 수 없다고 했다. 꽃병이 박살났다는 이야기를 듣고는 불같이 화를 내면서 평소답지 않게 베티에게 고함을 치기까지 했다. 베티가 배급표를 잃어버려 설탕 없이 이 주를 견디기도 했다. 술집에서 소동을 벌여 쫓겨난 여자는 그때 방독면을 잃어버렸는데, 새로 구할 수가 없었다. 보킨스 경관의 남동생인 방공 지도원이 등화관제를 제대로 하고 있나 감시하기 위해 세 차례나 탤리스가를 방문했다. 알고 보니 그는 지독한 독재자여서 아무도 그를 좋아하지 않았다.

힘든 하루가 끝나고 자기 전에 엄마의 편지를 읽으면서 브라이어니는 오래전 잃어버린 삶에 대해 희미한 그리움을 느꼈다. 그러나 자기연민에 빠질 수는 없었다. 가족과 단절된 삶을 선택한 것은 바로 브라이어니 자신이었다. 예비교육이 끝나고 수습 간호사 생활이 시작되기 전 일주일의 휴가 동안 그녀는 프림로즈 힐에 있는 삼촌댁에 머물렀고, 엄마와 통화할 때 집에 왔다 가라는 엄마의 말을 딱 잘라 거절했다. 모두 그녀를 그렇게 보고 싶어하고 그녀의 새로운 생활에 대해 듣고 싶어하는데 왜 단 하루도 집에 가지 않았을까? 그리고 왜 그렇게 편지 쓰기를 꺼렸을까? 딱히 뭐라고 대답하기는 어려웠다. 그저 당분간은 몸과 마음 모두 집에서 멀리 떨어져 있을 필요가 있다는 생각이었다.

브라이어니는 침대 옆 개인 서랍장에 겉장이 대리석 무늬인 커다란 일기장을 넣어두었다. 일기장의 등에는 긴 가름끈이 붙어 있고 거기에 연필이 달려 있었다. 침대에서는 펜과 잉크 사용이 허용되지 않았다. 그녀는 예비교육 첫날밤부터 시작하여 거의 매일 밤 소등 전에 적어도

십 분 정도는 시간을 내어 일기를 썼다. 사소한 불만과 인물묘사, 그리고 하루의 일과를 간단하게 적었는데, 시간이 가면서 점점 공상의 색채가 짙어졌다. 이전에 쓴 내용을 읽어보는 일은 드물었지만 다 쓴 페이지를 다시 넘겨보는 것은 좋았다. 명찰과 간호사복 뒤에 숨은 그녀의 진정한 자아가 바로 여기에 비밀스럽게 자리하여 조용히 쌓여가고 있었다. 그녀는 자신의 글이 쓰인 페이지를 넘겨보며 기쁨을 느끼던 어린 시절의 습관을 버리지 못했다. 무슨 내용인지는 별로 중요하지 않았다. 서랍이 잠기지 않았기 때문에 드러먼드 수간호사와 환자들에 대해 쓸 때에는 이름을 바꾸어서 누구인지 알아볼 수 없도록 신경을 썼다. 일단 사람들의 이름을 바꾸고 나니, 상황을 바꾸거나 창작하는 것이 훨씬 쉬웠다. 그녀는 환자들의 생각을 상상해서 쓰는 것을 좋아했다. 연대기나 역사책을 쓰겠다고 약속한 적이 없으니 반드시 진실을 써야 할 의무는 없었다. 그리고 일기장이야말로 그녀가 자유를 누릴 수 있는 유일한 공간이었다. 그녀는 병실 사람들을 소재로 단편소설을 몇 편 썼다. 여러 번 공들여 고치고 또 고쳤지만 그다지 설득력은 없는 이야기들이었다. 한동안 그녀는 자신이 의료계의 초서*라고 생각했고, 그녀의 병실은 불한당과 술꾼, 낡은 생각에 사로잡힌 인물, 불행한 과거를 가진 착한 사람 등 다양한 인물들로 넘쳐났다. 훗날 나이가 더 든 후에 브라이어니는 이때 구체적인 기록을 좀더 많이 남겨두지 않은 것을 후회했다. 무슨 일이 있었는지, 어떤 상황이었는지, 누가 거기 있었는지, 그리고 무슨 말을 했는지를 알았다면 훨씬 도움이 되었을 것이

* 중세 영국의 시인. 대표작 『캔터베리 이야기』는 캔터베리대성당으로 순례를 가던 중 여관에 들른 사회 각층의 인물들의 이야기를 담은 내용이다.

다. 지금으로선 일기장이 그녀의 존엄성을 입증하는 증인이었다. 그것은 그녀가 겉으로는 수습 간호사로 살아갈지 몰라도 사실은 변장한 위대한 작가라는 긍지를 갖게 하는 수단이었다. 가족과 집, 친구 등 그녀가 알고 있던 모든 것들로부터 단절된 지금, 글쓰기는 이전과 지금의 삶을 이어주는 끈이었다. 글쓰기는 그녀가 언제나 해왔던 일이니까.

드물기는 해도 일을 하면서 자유롭게 딴생각을 할 수 있는 때가 있었다. 약제실로 심부름을 가서 약사가 약을 조제하기를 기다릴 때가 그중 하나였다. 그럴 때면 그녀는 복도를 걸어 계단 쪽으로 다가가 창문 너머로 강을 내려다보곤 했다. 저도 모르는 사이에 몸무게를 오른발에 싣고 삐딱하게 선 채로 의사당 건물을 내려다보면서 일기가 아니라 잡지사에 보낸 긴 소설에 대해 생각했다. 프림로즈 힐에 머무는 동안 그녀는 삼촌의 타자기를 빌려 식탁에 자리를 잡고 앉아 양손 집게손가락으로 소설의 완성본을 타이핑했다. 하루에 여덟 시간 이상 일주일 내내 그 일에 매달려 나중에는 등과 목이 뻣뻣해졌고 잠자리에 누우면 타자 치는 소리가 들리는 듯했다. 그러나 마침내 타이핑한 종이를 모두 모아—무려 103페이지나 되었다!—자신의 창작물의 무게를 손끝으로 느꼈을 때는 그 어느 때보다도 기뻤다. 이 모든 게 그녀가 해낸 일이었다. 누구도 이런 작품을 쓸 수 없었을 것이다. 그녀는 보관용 사본을 남겨두고, 완성된 자신의 이야기(좀 불충분한 단어지만)를 갈색 종이로 잘 싸서 버스를 타고 블룸즈버리로 갔다. 〈호라이즌〉이라는 신생 잡지사의 사무실이 있다는 랜스다운 테라스로 걸어가 초인종 소리를 듣고 나타난 쾌활한 젊은 여자에게 꾸러미를 건넸다.

브라이어니가 자신의 작품에 엄청난 자부심을 느끼는 이유는 작품의 구도와 기하학적 균형감각이 뛰어나고, 현대적인 감각이 잘 반영된 불확실성과 같은 요소 때문이었다. 명확한 답이 내려지던 시대는 끝났다. 더불어 등장인물과 플롯의 시대도 끝났다. 일기장에 인물묘사를 하곤 했지만, 그녀는 소설에서 등장인물의 중요성을 더이상 믿지 않았다. 등장인물은 19세기 소설에나 나오는 낡은 장치였다. 등장인물이라는 개념은 현대 심리학이 밝혀낸 인간의 착각에 근거를 두고 있었다. 플롯도 더이상 쓸모가 없었다. 그것은 낡아빠진 부품이 달린 녹슨 기계와 같았다. 현대의 작곡가가 모차르트의 교향곡을 쓸 수 없듯이 현대의 소설가는 등장인물과 플롯을 토대로 하는 소설을 쓸 수 없었다. 지금 그녀의 마음을 사로잡는 것은 사고와 인식, 그리고 감각이었다. 끊임없이 흘러가는 강물과 같은 의식의 흐름, 그 강물의 흐름과 갑자기 한데 모여 잔잔한 강에 동요를 일으키는 지류, 그리고 강물의 방향을 바꿀 예기치 않은 장애. 이런 것들을 잘 표현하는 것이 그녀의 유일한 관심사이자 바람이었다. 여름날 아침의 청명한 햇살을 글로 살려낼 수만 있다면, 창가에 서 있는 아이의 마음을 그대로 표현해낼 수만 있다면, 물 위를 나는 제비의 유연한 움직임과 갑작스레 물에 뛰어들어 목을 축이는 동작을 생생하게 그려낼 수만 있다면. 앞으로 나올 소설은 과거의 그 어떤 것과도 같지 않을 것이다. 버지니아 울프의 『파도』를 세 번이나 읽은 그녀는 인간 본성에 거대한 변화가 일어나고 있으며 새로운 종류의 소설만이 그 변화의 본질을 잡아낼 수 있다고 생각했다. 인간의 의식 속으로 들어가 그 흐름을 읽어낼 수 있다면, 그리고 그 흐름을 균형잡힌 구도 속에 표현할 수 있다면 그것이야말로 문학사에 길이 빛날 업적이 될 것이다. 탤리스 간호사는 약사가 약을 조제하는 동안 약제실 주위를 서성이다가 창가에 서서 템스강을 내려다 보았다. 그렇게 짝다리를 짚고 서 있는 모습이 드러먼드 수간호사의 눈에 띄면 불호령이 내릴 거라는 사실도 망각한 채 그런 생각에 빠져 있었다.

석 달이 지났지만 〈호라이즌〉에서는 아직까지 연락이 없었다.

또하나의 글도 답장이 없기는 마찬가지였다. 그녀는 5월 초 행정실에 가서 세실리아의 주소를 알아내 편지를 썼었다. 이제는 침묵이 언니의 대답이라는 생각이 들기 시작했다.

*

5월 말의 며칠 동안은 의료물자 공급이 부쩍 늘었다. 위중하지 않은 환자들의 퇴원도 늘었다. 해군 사십여 명이 새로 입원하지 않았다면 병실은 완전히 텅 비어버릴 뻔했다. 해군들 사이에 희귀한 황달증상이 퍼지는 모양이었다. 브라이어니도 더이상 딴생각에 빠져 있을 시간이 없었다. 병원 간호와 해부학 입문이라는 새로운 수업이 시작되었다. 일 년 차 수습 간호사들은 병동에서 강의실로, 식당으로, 그리고 개인 공부를 하러 바쁘게 움직였다. 책을 세 페이지 읽고 나면 더이상 눈을 뜨고 있기가 어려울 정도로 과로의 연속이었다. 빅벤의 종소리가 일과의 변화를 알려주었고, 십오 분마다 단음의 엄숙한 종소리가 울리면 다른 곳에 있어야 할 시각임을 깨달은 수습 간호사들이 놀라서 낮게 신음을 내뱉기도 했다.

침대에서 한 발짝도 벗어나지 않고 그저 누워 있는 것 자체가 치료로 간주되었으므로 대다수의 환자는 자신의 상태와 상관없이 병실을 몇 발짝 나가 화장실에 가는 것조차 허용되지 않았다. 그래서 수습 간호사들의 하루 일과는 환자용 변기와 함께 시작되었다. 그들이 변기를 "테니스 라켓처럼" 들고 다니다 들키면 수간호사로부터 불벼락이 떨어졌다. 변기는 "하느님께 드리는 경배의 예물처럼" 두 손으로 받쳐들어야 했고, 깨끗이 비운 후에는 물로 씻고 닦아서 아침 차 마실 시간인 일곱시 삼십분까지는 환자 옆 제자리에 가져다놓아야 했다. 하루종일 변기 청소와 침상 목욕, 병실 바닥 청소 등이 이어졌다. 수습 간호사들은 침대 정리를 하도 해서 등이 결리고 하루종일 서 있어서 발바닥에서 불이 나는 것 같다고 불평했다. 커다란 병실 창문의 등화관제용 커튼을 걷고 치는 것도 그들의 임무로 추가되었다. 그러고도 잠자리에 들기 전까지 계속해서 변기 청소, 타구 비우기, 코코아 만들기를 해야 했다. 교대근무가 끝나고 수업이 시작되기 전에 기숙사로 가서 교재와 노트를 챙겨오기에도 시간이 빠듯했다. 브라이어니는 복도를 뛰어가다가 수간호사에게 하루에 두 번이나 걸리기도 했다. 그럴 때면 수간호사는 감정이 실리지 않은 딱딱한 목소리로 간호사는 환자의 출혈이나 화재사고를 제외하고는 어떤 상황에서도 뛰어서는 안 된다고 질책했다.

일 년 차 수습 간호사들의 주무대는 세척실이었다. 자동 변기 세척기와 소변통 세척기가 들어올 거라는 말도 있었지만, 그것은 약속의 땅에 대한 소문에 불과했다. 지금은 선배들이 하던 대로 하는 수밖에 없었다. 복도를 뛰어다닌다고 두 번이나 야단을 맞은 날, 브라이어니는 세척실에 가라는 명령을 한번 더 받았다. 당번 순서를 일일이 기록

하지 않아서 생긴 실수였겠지만 그렇다기에는 무언가 미심쩍었다. 그녀는 세척실로 들어가 문을 닫고 허리에 무거운 고무 앞치마를 둘렀다. 변기를 청소하는 단 하나의 요령은 눈을 꼭 감고, 숨을 참으며, 고개를 돌린 채 내용물을 비워내는 것뿐이었다. 그런 다음에는 석탄산 용액을 묻혀 깨끗하게 닦고 물로 헹궈냈다. 그후에는 움푹 들어간 변기 손잡이까지 깨끗이 닦고 말렸는지 꼼꼼히 확인해야 했다. 그러지 않으면 수간호사에게 크게 혼이 날 터였다.

일이 끝나는 즉시 브라이어니는 거의 비어 있다시피 한 병실로 가서 하루의 마지막 정리를 시작했다. 로커를 정돈하고 재떨이를 비우고 신문은 따로 모아두었다. 그러면서 반으로 접힌 〈선데이 그래픽〉에 자연스럽게 눈이 갔다. 그녀는 늘 이렇게 눈에 띄는 대로 뉴스를 접해왔다. 자리에 앉아서 제대로 신문을 읽을 시간은 전혀 없었다. 그런 식으로 기사를 보고 그녀는 마지노선이 무너진 것, 로테르담에 폭격이 있었던 것, 그리고 네덜란드군이 항복한 것을 알게 되었으며, 전날 밤 동기들이 하는 이야기를 듣고 벨기에의 함락이 임박했다는 사실도 알고 있었다. 전황은 계속 나쁜 모양이지만, 곧 나아질 터였다. 지금 그녀의 눈길을 끈 것은 잠깐의 위안을 담은 한 문장이었다. 그 내용이 아니라 말 속에 숨은 뜻이 눈길을 끈 것이다. 프랑스 북부에 배치된 영국군은 "사전에 계획된 장소로 전략상의 후퇴를 하고 있다"고 했다. 군 전략이나 기사 작성 요령에 대해 아는 바가 전혀 없는 브라이어니조차 그것이 영국군의 퇴각을 완곡하게 표현하는 말임을 알 수 있었다. 무슨 일이 일어나고 있는지 잘 모르는 사람은 병원에서 그녀 혼자뿐일지도 몰랐다. 그녀는 병실을 비우고 의료물자를 공급받는 일을 일반적인 전쟁 대비책으로 생각했었다. 게다가 그녀는 혼자만의 자질구레한 걱정거리에 너무 몰두해 있었다. 이제 그녀는 별개의 기사처럼 보이던 것들이 어떻게 연관성을 갖는지 알게 되었고, 남들은 이미 알고 있는 게 분명한 사실과 병원 행정실에서 준비하고 있는 것이 무엇인지도 알게 되었다. 독일군이 도버해협까지 이르렀으므로 영국군은 심각한 위험에 처한 것이다. 어느 정도인지는 그 누구도 알지 못했지만, 프랑스에서도 영국군의 상황이 너무나 불리해진 것이 틀림없었다. 그녀는 이제 이런 불길한 징조와 공포에 찬 침묵을 감지할 수 있었다.

마지막 환자들이 퇴원하기로 되어 있던 어느 날, 아버지에게서 편지가 왔다. 아버지는 서둘러 인사말을 하고 브라이어니의 수업과 건강에 대해 물은 다음, 동료에게서 듣고 가족들에게 확인했다면서 폴 마셜과 롤라 퀸시가 다음주 토요일 클래펌 커먼에 있는 성 삼위일체 교회에서 결혼식을 올린다는 소식을 전했다. 왜 이 소식을 브라이어니에게 전하는지, 그리고 자신이 이에 대해 어떻게 생각하는지에 대해서는 아무 말도 없었다. 편지 말미에 "항상 사랑한다"라고 쓴 것이 끝이었다.

브라이어니는 오전 내내 일을 하면서도 이 소식에 대해 생각했다. 그해 여름 이후 롤라를 본 적이 없었기 때문에, 브라이어니의 상상 속에서 제단 앞에 서 있는 신부는 열다섯 살의 여윈 소녀였다. 브라이어니는 램버스에서 온 할머니 환자가 퇴원 짐을 싸는 것을 도와주면서 노인이 쏟아내는 불평에 귀를 기울이려고 노력했다. 발가락이 부러져서 원래는 십이 일 예정으로 입원했는데, 칠 일 만에 퇴원하게 되었다는 것이다. 브라이어니의 부축을 받아 휠체어에 앉은 환자는 포터의 손에 이끌려 떠났다. 세척실에서 일하면서 브라이어니는 계산을 해보았다. 롤라는 스무 살이 되었고, 마셜은 스물아홉 살쯤 되었을 것이다. 놀랍지는 않았다. 의심이 사실로 확인되었다는 것이 충격일 뿐이다. 브라이어니는 이 결합에 관련이 있는 정도가 아니었다. 이 결합을 가능하게 만든 사람이 바로 그녀였다.

그날 하루종일 병실을 들락날락하고 복도를 바쁘게 오가는 동안에도 머릿속에서는 낯익은 죄책감이 새로운 힘을 얻어, 아무리 떨쳐버리려 해도 끈질기게 브라이어니를 따라다녔다. 그녀는 빈 로커를 닦고, 석탄산 용액으로 침대 틀을 씻어내는 것을 도왔으며, 병실 바닥을 쓸고 닦아 윤이 나게 했다. 뛰지는 않았지만 잰걸음으로 약제실과 사회사업부에 심부름을 다녀왔고, 다른 수습 간호사와 함께 남자 일반 외과에서 종기에 붕대 감는 일을 도왔으며, 치과에 간 피오나를 대신하여 그녀의 몫까지 일했다. 5월 들어 처음 맞는 이 화창한 날, 그녀는 빳빳하게 풀 먹인 유니폼을 입고 정신없이 일에 매달리며 연신 땀을 흘렸다. 그녀가 바라는 것은 이렇게 일을 하다가 목욕을 하고 다시 일을 해야 될 때까지 아무 생각 없이 잠에 빠져드는 것이었다. 그래 봤자 소용없다는 것도 그녀는 알고 있었다. 아무리 힘들고 비천한 일을 해도, 그 일을 잘해내도, 혹은 형편없이 해도, 대학 교정에서 누렸을 어떤 학문적 성취나 빛나는 순간을 포기했다고 해도, 그녀가 저지른 범죄는 되돌릴 수 없을 것이다. 그녀는 절대로 용서받을 수 없었다.

몇 년 만에 처음으로 그녀는 아버지와 이야기해보고 싶어졌다. 그녀는 아버지가 가족과 소원한 것을 늘 당연하게 여겼으므로 아버지에게서 아무것도 기대하지 않았다. 이렇게 구체적인 정보를 담은 편지를 보냄으로써 아버지가 자신은 진실을 알고 있다는 것을 말하려 한 것인지 알고 싶었다. 티타임이 거의 끝나갈 즈음, 곧 일을 시작해야 하는데도 그녀는 병원 출입문을 나가 웨스트민스터 다리 근처의 공중전화 부스로 가서 아버지의 사무실로 전화를 걸었다. 교환원이 콧소리를 내는 부하직원에게 연결해주었는데 전화가 끊어져서 다시 걸었다. 똑같은 일이 다시 한번 반복되었고, 세번째로 전화를 걸었을 때는 "지금 연결중입니다"라는 목소리가 나오더니 완전히 불통이 되고 말았다.

이제는 동전도 떨어졌고 병원으로 돌아가야 할 시각이었다. 그녀는 부스 밖에 서서 연푸른 하늘에 떠 있는 거대한 뭉게구름을 잠시 쳐다보았다. 봄이 되자 물살이 빨라져 바다를 향해 쏜살같이 달려가는 강물은 하늘의 색을 반사한 듯 초록빛과 회색빛이 어우러져 있었다. 빅벤은 계속해서 움직이는 하늘을 뒤로하고 끝없이 앞으로 기울고 있는 듯했다. 자동차 매연 속 어디선가 신선한 풀냄새가 났다. 병원의 새로 손질한 잔디밭이나 아니면 강가를 따라 줄지어 서 있는 어린나무들에서 나는 향기일 것이다. 햇빛은 제법 강렬했지만 공기는 쾌적하고 선선했다. 지난 며칠간, 아니 몇 주간은 이렇게 상쾌한 풍경을 본 적도, 그 상쾌함을 느껴본 적도 없었다. 너무 오랫동안 소독약냄새만 맡으면서 실내에 있었던 것이다. 병원으로 걸어가는데 젊은 장교 둘이 지나가면서 친절한 미소를 지어 보였다. 밀뱅크에 있는 군병원 소속 의무관들이었다. 브라이어니는 무의식중에 눈을 내리깔았지만, 최소한 똑바로 마주보기라도 할 걸 하는 후회가 들었다. 그들은 벌써 그녀에게서 멀어져 다리를 건너고 있었고, 대화에 열중하느라 금세 그녀를 잊은 듯했다. 한 명이 팔을 위로 쭉 뻗어 선반에서 무언가를 더듬거리며 찾는 시늉을 하자, 옆에 있던 장교가 큰 소리로 웃음을 터뜨렸다. 그들은 다리 중간에 이르러 잠시 걸음을 멈추고 난간에 기댄 채 다리 아래를 미끄러지듯 지나가는 군함을 경이로운 눈으로 바라보았다. 의무대 소속 의사인 이 장교들이 참으로 활기차고 자유로워 보여 그녀는 미소로 답하지 못한 것을 다시 한번 후회했다. 지금까지 잊고 살아온 것이 많았다. 이제는 상당히 늦어버려 구두가 발가락을 죄어오더라도 뛰어야 했다. 더럽고 소독도 안 된 이 거리에서 드러먼드 수간호사가 어깨를 잡는 일 따위는 없을 것이다. 출혈이 있는 응급상황도 아니고 화재가 난 것도 아니었지만 달려야 했다. 풀을 먹인 앞치마를 두른 채 병원을 향해 힘껏 달리면서 놀랍게도 그녀는 짧게나마 즐거움과 자유를 맛보았다.

*

이제 병원에는 지루한 기다림이 자리를 잡았다. 황달을 앓는 해군들만 남아 있었다. 이들에게 매혹된 간호사들은 이들에 대해 들뜬 목소리로 수다를 떨었다. 건장한 해군들은 침대에 앉아서 자기 양말을 꿰맸고, 속옷은 직접 빨겠다고 나섰으며, 빤 것은 히터를 따라 줄을 매달고 거기에 널어 말렸다. 아직 침대에 누워 지내야 하는 군인들조차 간호사에게 소변통을 달라고 하느니 차라리 참을 정도였다. 거동이 비교적 자유로운 군인들은 병실을 스스로 청소하겠다며 비질과 대걸레질을 도맡았다. 남자들에게서 이렇게 가정적인 모습을 본 적이 없었던 수습 간호사들이 깜짝 놀란 것은 어찌 보면 당연한 일이었고, 피오나는 해군에 복무하지 않은 남자하고는 절대로 결혼하지 않겠다는 선언까지 했다.

별다른 이유도 없이 수습 간호사들에게 반나절의 휴식이 주어졌다. 간호사복은 그대로 입고 있어야 했지만, 공부와 모든 업무에서 해방되었고 병원에 있을 필요도 없었다. 브라이어니는 피오나와 함께 병원을 나와 강을 건너고 의사당을 지나 세인트 제임스 공원으로 갔다. 그들은 호숫가를 거닐다가 가판대에서 차를 한 잔씩 사고 휴대용 접의자를 빌려, 구세군 소속 노인들이 연주를 하는 곳으로 다가가 취주악으로 편곡된 엘가의 곡을 들었다. 프랑스의 전황이 완전히 파악되기 전이고, 9월에 일어날 폭격은 상상조차 할 수 없었던 5월의 런던에는 전쟁이 일어나리라는 조짐이 곳곳에서 눈에 띄기는 했지만 실감은 별로 나지 않았다. 군복을 입은 사람들, 제5열분자들을 경계하라는 내용의 포스터, 공원 잔디밭에 파놓은 두 개의 커다란 방공호와 도시 곳곳에 있을 방공호들, 그리고 공무원들의 성가신 간섭, 이런 것들이 전쟁을 떠올리게 하는 조짐이었다. 브라이어니와 피오나가 의자에 앉아 연주를 즐기는 동안, 완장을 차고 제모를 쓴 한 남자가 다가와서 피오나에게 방독면을 보여달라고 요구했다. 방독면이 망토에 반쯤 가려져 있었던 것이다. 이런 것을 제외하면 5월의 런던은 아직 평화로웠다. 그동안 온 국민의 관심이 쏠려 있었던 프랑스의 전황에 대한 근심은 오후의 따사로운 햇살 아래 흩어져버리고 없었다. 아직까지 이곳에서는 전사자가 나오지 않았고, 멀리 파견된 군인들도 분명히 살아 있을 거라 여겨졌다. 공원 풍경은 병원 안의 상황과 달리 너무나 평화로워서 꿈같이 느껴졌다. 직사광선을 막기 위해 차양을 내린 유아차들이 길을 따라 오갔고, 그 안에서는 피부가 하얗고 머리가 아직 굳지 않은 아기들이 바깥세상을 구경하고 있었다. 대피훈련을 빼먹고 도망나온 듯한 어린 학생들은 소리지르고 웃어대면서 잔디밭을 뛰어다녔고, 취주악단은 능력 이상의 곡을 소화하느라 땀을 뻘뻘 흘렸으며, 휴대용 접의자를 빌리는 비용도 아직 2펜스 그대로였다. 200마일 떨어진 곳에서 끔찍한 전쟁이 일어나고 있다는 사실을 믿기 어려울 정도로 평화로웠다.

브라이어니는 여전히 자기만의 생각에 빠져 있었다. 어쩌면 롤라의 결혼식 전에 런던 전역에 독가스가 살포될지도 모르고, 아니면 지상에 있는 제5열분자들의 도움을 받아 독일 낙하산부대가 런던을 점령할지도 모른다. 브라이어니는 모든 것을 다 아는 체하는 포터가 이제 독일군을 막을 수 있는 것은 아무것도 없다고 자신 있게 말하는 것을 들은 적도 있었다. 그들은 새로운 전술을 개발했지만 우리는 그러지 못했고, 그들은 군을 현대화했지만 우리는 아니라는 것이었다. 장성들은 리들 하트*의 책을 읽거나 포터 휴게실을 찾아와 차를 마시면서 전문가적 의견에 귀를 기울여야 할 것이다.

피오나는 브라이어니 옆에서 자신의 사랑스러운 남동생이 언젠가 저녁식사 자리에서 했던 깜찍한 말에 대해 이야기하고 있었고, 브라이어니는 듣는 척하면서 속으로는 로비를 생각했다. 프랑스로 파병이 되었다면 이미 포로로 잡혔을지도 모른다. 어쩌면 더 나쁜 일이 생겼을지도. 세실리아는 그런 소식을 듣고도 살 수 있을까? 악보에는 없는 불협화음을 내며 점점 더 뻔뻔스러워지는 음악이 절정을 향해 무작정 달려나가자, 브라이어니는 의자의 손잡이를 꼭 잡고 눈을 감았다. 로비

---

* 영국의 군사이론가.

에게 무슨 일이 생긴다면, 세실리아와 로비가 다시는 만나지 못한다면…… 그녀만의 비밀스러운 고통과 전쟁이라는 사회적 격변은 항상 서로 다른 세계의 일처럼 보였는데, 전쟁이 그녀의 범죄를 얼마나 더 무겁게 만들 수 있는지 이제야 알 것 같았다. 지금 생각할 수 있는 유일한 해결책은 과거를 되돌리는 것밖에 없었다. 그가 돌아오지 못한다면…… 브라이어니는 다른 누군가의 과거를 갖고 싶었고, 다른 누군가가 되기를 간절히 열망했다. 브라이어니가 아니라 활달한 피오나라면, 오점 하나 없는 삶이 펼쳐져 있는 피오나라면, 다정하고 자유분방한 가족과 라틴어 이름을 붙인 개와 고양이가 있는 피오나라면, 예술가들의 모임 장소로 유명한 집에서 사는 피오나라면…… 피오나가 할 일은 그저 자신의 삶을 사는 것뿐이었다. 피오나는 자기 앞에 펼쳐진 길을 따라 걸으면서, 앞으로 일어날 일을 겪으면서, 그냥 울고 웃으며 살면 되었다. 그러나 브라이어니에게 주어진 삶은 도망갈 문이 없는 방에 갇혀 사는 것, 바로 그것이었다.

"브라이어니, 어디 아파?"

"응? 아니, 아냐, 괜찮아."

"아닌 것 같은데. 물 좀 갖다줄까?"

박수가 터져나올 때—연주가 형편없다는 사실에는 아무도 신경을 쓰지 않는 것 같았다—피오나는 잔디밭을 가로질러 연주자들과 휴대용 접의자를 빌려주는 갈색 외투를 입은 남자를 지나서 나무들 사이에 있는 작은 카페로 들어갔다. 구세군은 이제 〈바이 바이 블랙버드〉를 시작했는데 좀전에 연주한 것보다 훨씬 나았다. 접의자에 앉아 있던 사람들이 노래를 부르기 시작했고, 박자에 맞춰 손뼉을 치기도 했다. 그들이 목소리를 높이며 주위를 쳐다보는 것이 마치 함께 부를 것을 강요하는 것처럼 느껴졌지만 브라이어니는 끝까지 따라 하지 않기로 결심했다. 그래도 기분은 많이 나아져서, 피오나가 물을 담은 찻잔을 가져오고 악대가 〈티퍼레리로 가는 먼길〉을 시작으로 추억의 인기곡 메들리를 연주할 땐 병원 일에 대해 수다를 떨 수 있었다. 피오나는 맘에 드는 의사와 간호사, 재수없는 의사와 간호사, 전문의처럼 위엄 있고 다른 세계 사람처럼 보이는 수간호사 얘기를 하면서 자연스럽게 브라이어니를 수다에 끌어들였다. 그녀는 드러먼드 수간호사의 목소리를 정말 똑같이 흉내냈다. 여러 환자들의 기괴한 행동이나 웃기는 말투에 대해서도 이야기했고 병원 규칙에 대한 불만도 털어놓았다. 피오나는 창턱에 물건을 올려놓지 말라는 규칙은 말도 안 된다며 분개했고, 브라이어니는 밤 열한시면 불을 꺼야 하는 게 정말 싫다고 투덜거렸다. 처음에는 주위를 의식하며 조용조용 이야기를 시작했지만 신이 나자 점점 더 목소리가 커졌고 급기야 큰 소리로 킥킥 웃어대자 주변 사람들이 고개를 돌리고 손가락을 입에 갖다대기도 했다. 그러나 이런 손짓도 반은 장난이었고, 시끄러운 소리에 고개를 돌린 사람들 대다수가 자주색과 흰색의 간호사복에 짙은 푸른색 망토를 두르고 얼룩 하나 없이 깨끗한 캡을 쓴 어린 간호사들에게 환한 웃음을 지어 보였다. 전쟁중의 간호사란 수녀와 마찬가지로 비난할 수 없는 존재였다. 누구도 자기들을 꾸짖지 못할 것을 눈치챈 소녀들의 웃음소리는 더욱 커졌고, 그것은 점차 환희와 조소가 섞인 웃음으로 바뀌어갔다. 피오나는 흉내를 잘 냈고, 유머는 유쾌하고 즐거운 동시에 신랄해서 브라이어니의 마음에 들었다. 피오나는 램버스에서 왔던 노인을 비롯해 몇몇 환자들의 무식한 말투와 엄살떠는 소리를 한껏 과장해서 흉내냈다. 아파요, 간호사. 항상 아픈 데만 골라 찌르네. 울 엄마랑 똑같어. 아기가 궁둥이에서 나온다는 말이 사실이에요, 간호사? 큰일났네, 내 궁둥이는 막혀 있는데…… 애새끼가 여섯이나 있었다우. 근데 언젠가 한 놈을 버스에다 놓고 내렸지 뭐야. 브릭스턴에서 출발하는 88번 버스였지 아마? 그만 자리에 놓고 내렸나봐. 그후론 한 번도 못 봤다우. 얼마나 기가 막혔는지 몰라. 눈이 퉁퉁 붓도록 울었다우.

피오나와 함께 의사당 앞 광장을 향해 걸어가는 브라이어니는 너무 많이 웃어서 머리가 어질어질하고 다리가 후들거렸다. 기분이 이렇게 빨리 바뀔 수 있다니 놀라웠다. 근심은 사라지지 않았지만, 마음을 장악하던 어떤 힘이 잠시 고갈되면서 뒤로 물러나 있었다. 둘은 팔짱을 끼고 웨스트민스터 다리를 건넜다. 썰물이라 강물이 많이 줄었고, 강렬한 햇살 아래 보라색으로 반짝이는 진흙 둑에는 수천 개의 지렁이똥이 작고 날카로운 그늘을 만들어놓았다. 브라이어니와 피오나가 오른쪽으로 돌아 램버스 팰리스 로드로 들어서면서 보니, 병원 현관 밖에 군용 화물트럭 몇 대가 줄지어 서 있었다. 그들은 의료물자의 포장을 풀고 정리해야 한다는 생각에 장난으로 앓는 소리를 냈다.

곧 트럭들 사이로 야전 구급차들이 보였고, 좀더 다가가자 수십 개의 들것이 땅바닥에 아무렇게나 놓여 있고 더러워진 녹색 전투복에 피로 얼룩진 붕대를 감은 군인들이 그 위에 누워 있는 광경이 눈에 들어왔다. 그 옆에 모여선 군인들 역시 피와 흙으로 더러워진 붕대를 감고 있었는데, 모두 넋이 나간 듯 멍해 보였고 발이 땅에 붙어버린 것처럼 전혀 움직이지 않았다. 한 화물트럭의 짐칸에서는 위생병이 소총을 거뒤들이고 있었다. 스무 명가량의 포터와 간호사와 의사가 군인들 사이를 바삐게 오가고 있었다. 병원 출입문 앞에는 대여섯 대의 이동침대가 있었지만, 그것만으로는 턱없이 부족할 것 같았다. 브라이어니와 피오나는 너무 놀라서 걸음을 멈추고 한동안 멍하니 그 광경을 바라보다가 곧 약속이라도 한 듯 달려갔다.

두 사람은 채 일 분도 되지 않아 현관 앞에 다다랐다. 선선하게 불어오는 봄바람도 엔진오일과 곪아가는 상처의 역한 냄새를 쫓아버리지 못했다. 하나같이 시커먼 얼굴과 시커먼 손, 짧고 헝클어진 시커먼 머리의 군인들은 사상자 응급 처리반에서 받은 분류표를 가슴에 붙이고 있었고, 하나같이 끔찍한 세상에서 온 야만인처럼 똑같아 보였다. 서 있는 군인들은 졸고 있는 것처럼 보였다. 출입문 안에서 계속해서 간호사와 의사가 쏟아져나왔다. 한 전문의가 대략적인 환자 분류 방법을 지시했다. 응급환자 몇 명이 먼저 이동침대에 실렸다. 교육이 시작된 뒤 처음으로 의사가 브라이어니에게 말을 걸었다. 이제까지 한 번도 본 적이 없는 수련의였다.

"간호사, 이 들것 좀 같이 들어요."

그 의사가 들것의 한쪽을 들었다. 이제까지 한 번도 들것을 들어본 적이 없었던 브라이어니는 그 무게에 놀랐다. 출입문을 통과하여 엘리베이터를 향해 10여 야드를 걸어가는 동안 왼쪽 팔목이 곧 무게를 지탱하지 못할 것 같다는 생각이 들었다. 그녀가 잡은 곳은 환자의 발치 쪽이었다. 군인은 병장 계급장을 달고 있었다. 군화는 신지 않았고, 퍼렇게 변한 발가락에서는 코를 찌르는 고약한 냄새가 났다. 머리에 친친 동여맨 붕대는 흥건히 젖어 붉은색과 검은색으로 물들어 있었다.

넓적다리 부분은 찢어진 전투복이 상처에 엉겨 있었고 하얀 뼈가 비어져나온 것도 언뜻 보이는 것 같았다. 의사와 브라이어니가 걸을 때마다 군인은 고통스러워했다. 눈을 굳게 감았고 비명도 새나오지 않았지만 군인은 무언의 고통 속에 입을 열었다가 다물었다. 그녀의 왼손이 버티지 못하면 들것은 한쪽으로 기울어지고 말 터였다. 엘리베이터에 이르러서 안으로 들어가 들것을 내려놓자마자 손가락의 힘이 풀렸다. 엘리베이터가 천천히 올라가는 동안 의사는 군인의 맥박을 짚어보고, 그의 코에 대고 힘차게 숨을 불어넣었다. 브라이어니의 존재는 잊은 것만 같았다. 3층의 풍경이 서서히 눈에 들어오는 동안 그녀는 병실까지 거리가 30야드쯤 되는데 과연 들것을 떨어뜨리지 않고 갈 수 있을까만 생각했다. 지금이라도 못하겠다고 의사에게 말해야 할 것 같았다. 그러나 의사는 그녀에게 등을 돌리고 엘리베이터 문을 활짝 열어젖히더니 끝을 들라고 명령했다. 그녀는 자신의 왼팔에 좀더 힘이 솟기를, 그리고 의사가 좀더 빨리 움직여주기를 간절히 바랐다. 만일 들것을 놓친다면 그 수치를 참아낼 수 없을 것 같았다. 시커메진 얼굴의 군인은 마치 음식을 씹듯이 입을 열었다 다물기를 반복했다. 혀는 하얀 점으로 덮여 있었다. 브라이어니는 오르락내리락하는 그의 검은 목울대를 뚫어지게 바라보았다. 드디어 병실로 들어서니 다행히도 응급환자 침대가 문가에 준비되어 있었다. 그녀의 손가락은 벌써 들것에서 미끄러지고 있었다. 수간호사와 정식 간호사가 대기중이었다. 환자를 눕히기 좋게 들것을 침대 옆으로 옮기는 동안 브라이어니의 손가락 힘이 완전히 빠졌고, 그녀는 들것을 지탱하기 위해 재빨리 왼쪽 무릎을 들어올렸다. 나무손잡이가 탁 소리와 함께 무릎에 떨어지면서 들것이

기우뚱했고, 마침 수간호사가 몸을 기울여 잡았다. 부상당한 병장은 이렇게 고통이 심할 줄은 몰랐다는 듯, 믿어지지 않는다는 신음소리를 냈다.

"이런, 이봐, 아가씨." 의사가 낮은 목소리로 으르렁거렸다. 그들은 환자를 침대로 옮겨 뉘었다.

브라이어니는 혹시 더 도울 일이 있을까 하여 서 있었다. 그러나 세 사람은 그녀는 아랑곳하지 않은 채 분주하게 움직일 뿐이었다. 간호사는 머리에서 붕대를 풀고 있었고, 수간호사는 군인의 바지를 가위로 잘라내고 있었다. 수련의는 전등 아래로 가서 환자의 셔츠에서 떼어낸 분류표를 읽고 있었다. 브라이어니가 작은 소리로 헛기침을 한 번 하자 그제야 수간호사가 돌아보더니 아직도 거기 서 있는 것이 못마땅하다는 듯 말했다.

"탤리스 간호사, 그렇게 한가롭게 서 있지 말고 아래층으로 내려가서 일 좀 도와요."

얼굴이 달아올라 방을 나가는 브라이어니에게 허탈감이 밀려왔다. 전쟁이 처음으로 그녀의 삶에 들어선 순간부터, 실제적인 영향력을 행사하기 시작한 바로 그 첫 순간부터 일을 망쳐버린 것이다. 또다시 들것을 운반하라는 지시를 받으면 엘리베이터까지 반도 못 가고 놓쳐버릴 게 분명했다. 그렇다고 감히 명령을 따르지 않을 수도 없는 노릇이었다. 또 한번 들것을 놓치면 조용히 방으로 가서 짐을 꾸려 스코틀랜드로 가서 여성농경부대*나 들어가야겠다고 생각했다. 그러는 편이 모

* 양차 세계대전 당시 인원 부족을 메우기 위해 농업에 종사한 여성들로 구성된 민간단체.

두를 위해 나올 것이다. 브라이어니가 서둘러 1층 복도를 걸어 출입문 쪽을 향하고 있는데, 반대편에서 피오나가 들것의 앞쪽을 잡고 걸어오고 있었다. 브라이어니보다 훨씬 든든해 보였다. 그녀의 들것에 실린 군인은 입 주위만 빼고 얼굴이 붕대로 완전히 가려져 있었다. 브라이어니와 피오나의 눈이 마주쳤고, 두 사람은 충격인지 아니면 이런 일이 벌어지고 있을 때 자기들은 공원에서 웃고 있던 것에 대한 부끄러움인지 모를 감정을 주고받았다.

출입문 밖으로 나온 브라이어니는 마지막 남은 들것 몇 개가 들어올려져 이동침대에 실리고 있고, 그것들을 밀고 갈 포터들이 옆에 대기 중인 것을 보고 안심했다. 한쪽에는 정식 간호사 십여 명이 여행가방을 들고 서 있었다. 브라이어니가 일하는 병실의 간호사들도 보였다. 그들이 어디로 파견되는지 물어볼 여유는 없었다. 이보다 더 끔찍한 일이 다른 어딘가에서 벌어지고 있는 것이다. 지금은 걸을 수 있는 부상자들을 우선 살펴야 했다. 어림잡아도 이백 명은 넘어 보였다. 수간호사는 브라이어니에게 그중 열다섯 명을 데리고 비어트리스 병실로 가라고 지시했다. 군인들은 마치 초등학생처럼 한 줄로 서서 조용히 그녀를 따라왔다. 그중 몇은 팔에 삼각건을 하고 있었고, 몇은 머리나 가슴에 붕대를 감고 있었다. 세 명은 목발을 짚고 걸었다. 아무도 말이 없었다. 엘리베이터 주위는 지하 수술실로 내려가려고 기다리는 이동침대들과 위층 병실로 가려는 군인들이 뒤섞여 혼잡했다. 브라이어니는 벽감에서 목발을 짚은 군인들이 앉을 만한 공간을 발견하고, 그들에게 어디 가지 말고 거기 앉아 쉬고 있으라고 단단히 이른 후 나머지 군인들을 이끌고 층계로 향했다. 계단을 오르는 발걸음들은 무겁고 느리기 짝이 없었고, 층계참이 나올 때마다 멈춰서 쉬어야 했다.

"이제 얼마 안 남았어요." 그녀는 몇 번이고 이렇게 말했지만, 그들은 듣는 것 같지 않았다.

병실에 도착하여 규칙에 따라 보고를 하려 했지만, 수간호사는 사무실에 없었다. 브라이어니는 바로 뒤에 모여 있는 행렬을 돌아보았다. 그들은 그녀를 보고 있지 않았다. 그녀를 지나쳐 빅토리아풍의 거대한 병실과 높은 기둥, 야자수 화분들, 질서 있게 줄지어 서 있는 침대와 말끔하게 접힌 순백의 시트를 바라보고 있었다.

"여기서 기다리세요." 그녀가 말했다. "수간호사가 침대를 지정해 줄 거예요."

그녀는 수간호사와 다른 간호사 둘이 환자를 돌보고 있는 다른 쪽 끝으로 서둘러 걸어갔다. 뒤에서 질질 끄는 발소리가 들렸다. 군인들이 침대로 다가가고 있었다.

깜짝 놀란 그녀는 손을 내저으며 외쳤다. "제자리로 돌아가세요. 제발 돌아가서 기다려주세요."

그러나 그들은 들은 척도 하지 않고 침대로 다가갔다. 모두 자기 침대를 알아본 것이었다. 그들은 침대를 할당받기 전에 군화도 벗지 않은 채, 목욕하고 이를 잡고 환자복으로 갈아입는 모든 절차를 무시한 채 침대로 올라가고 있었다. 땀과 먼지와 피로 얼룩진 그들의 더러운 머리가 결국 베개 위에 놓였다. 수간호사가 빠른 걸음으로 걸어오고 있었다. 고풍스러운 병실에 그녀의 구두 소리가 울려퍼졌다. 브라이어니는 곁에 있는 침대로 다가가, 반듯하게 누워 삼각건이 벗겨진 팔을 조심스레 감싸안고 있는 군인의 소매를 잡아끌었다. 그가 두 다리를 쪽 펴자 담요에 기름얼룩이 묻었다. 모두 그녀의 잘못이다.

"일어나야 해요." 수간호사가 다가오는 동안 브라이어니는 군인을 향해 작은 목소리로 간청했다. "절차가 있어요."

"이들에게는 잠이 필요해요. 절차는 나중에 밟읍시다." 아일랜드 말투였다. 수간호사가 어깨에 손을 얹고 브라이어니를 돌려세워 명찰을 읽었다. "소속 병실로 돌아가요, 탤리스 간호사. 거기서 당신이 필요할 거예요."

수간호사는 더없이 부드럽게 브라이어니를 밀어서 제자리로 돌려보냈다. 병실은 그녀 같은 원칙주의자 없이도 잘 돌아갈 터였다. 침대에 오른 군인들은 벌써 잠에 빠져든 것 같았다. 어쨌든 브라이어니는 다시 한번 무능력한 얼간이로 낙인찍힌 셈이었다. 물론 그들은 잠을 자야 했다. 그러나 브라이어니는 그전에 해야 할 일을 하고 싶었을 뿐이었다. 그런 규칙을 그녀가 정한 것도 아니었다. 지난 몇 달 동안 수백 가지의 세세한 입원 절차와 규칙을 얼마나 귀가 따갑도록 들어왔는가? 그것들이 실제로는 아무런 의미가 없다는 사실을 그녀가 어떻게 알 수 있었겠는가? 이런 생각에 점점 더 화가 치밀어 성큼성큼 소속 병실로 향하던 브라이어니는 거의 다 도착했을 때쯤에야 아래층에 목발을 짚은 환자들이 남아서 엘리베이터를 타기 위해 그녀를 기다리고 있다는 것을 기억해냈다. 그녀는 서둘러 계단을 내려갔다. 벽감은 비어 있었고, 복도 어디에도 그들은 보이지 않았다. 다른 간호사나 포터에게 그들의 행방을 물어봄으로써 자신의 무능력을 사방에 알리고 싶지는 않았다. 누군가가 데리고 올라갔을 것이다. 그러나 그후로 그녀는 그들을 다시 보지 못했다.

브라이어니가 소속된 병실은 응급수술환자 대기실로 용도가 바뀌어 있었지만, 처음에는 그런 구분도 별 의미가 없었다. 최전선의 야전병원이라 불러도 무방할 듯싶었다. 다른 병동에서 수간호사들과 경험 많은 고참 간호사들이 차출되어왔고, 대여섯 명의 의사가 가장 위중한 환자들을 돌보고 있었다. 두 명의 종군신부도 있어서 한 명은 침대에 누워 있는 군인 곁에 앉아 그와 이야기를 나누었고, 다른 한 명은 담요에 덮인 형상 옆에서 기도를 하고 있었다. 간호사들은 모두 마스크를 썼고, 의사와 간호사들 모두 소매를 걷어붙이고 있었다. 수간호사들은 침대 사이를 바쁘게 오가며 주사—아마도 모르핀일 것이다—를 놓거나, 수혈용 혈관주사 바늘을 환자의 팔뚝에 꽂고 있었다. 그 주사기의 다른 끝은 키 큰 이동식 스탠드에 마치 이국의 과일처럼 걸려 있는 전혈병이나 노란색 혈장병에 연결되어 있었다. 수습 간호사들은 뜨거운 물이 든 병을 한아름씩 들고 병실을 바쁘게 오갔다. 의사와 간호사들의 나지막한 목소리가 병실을 채웠고, 고통스러운 신음이나 비명소리가 사이사이에 끼어들었다. 침대가 이미 다 찼기 때문에 새로 들어온 환자들은 들것에 누운 그대로 수혈용 스탠드를 이용하기 위해 침대와 침대 사이에 놓였다. 두 위생병이 사망자를 싣고 나갈 준비를 하고 있었다. 간호사들은 침대 옆에서 환자의 더러워진 붕대를 풀고 있었다. 붕대를 풀 때는 천천히 부드럽게 할 것이냐, 아니면 단호하고 잽싸게 해치워 환자의 고통을 한순간에 그치게 할 것이냐 하는 두 가지 방법 중 하나를 선택하는 수밖에 없었다. 이곳 간호사들은 후자를 선호했고, 그 때문에 곳곳에서 비명이 터져나왔다. 오만 가지 냄새가 뒤섞여 풍겨왔다. 비릿한 피 냄새, 더러운 군복에서 나는 땀냄새와 기름

냄새, 소독약냄새, 소독용 알코올 냄새 등이 한데 섞여 진동했지만, 무엇보다 심한 것은 살이 썩어들어가는 냄새였다. 절단수술을 받기 위해 수술실로 내려갈 두 명의 환자에게서 나는 냄새였다.

여러 명의 고참 간호사가 사상자가 밀려드는 다른 병원들로 차출되어갔고, 이 병원에도 환자들이 계속 몰려들고 있어서 정식 간호사들은 거리낌없이 지시를 내렸고, 브라이어니가 속한 조의 수습 간호사들에게도 새로운 임무가 주어졌다. 한 간호사가 브라이어니에게 문 옆 들것에 누워 있는 상병에게 가서 다리의 붕대를 풀고 상처를 소독하라고 지시했다. 그리고 의사가 확인하기 전에는 붕대를 다시 감아서는 안 된다고 했다. 상병은 엎드려 있었고, 브라이어니가 무릎을 꿇고 앉아 귀에 대고 속삭이자 얼굴을 찡그렸다.

"내가 소리를 질러도 신경쓰지 말고 소독해줘요, 간호사." 상병이 중얼거렸다. "다리를 잃고 싶진 않으니까."

상처가 난 쪽의 바지는 무릎 아래로 깨끗이 잘려나가고 없었다. 바깥쪽 붕대는 감은 지 얼마 되지 않은 모양이었다. 브라이어니는 붕대를 풀기 시작했고, 손을 다리 아래로 넣을 수 없을 것 같을 때는 가위로 잘라냈다.

"도버에 있는 방파제에서 이렇게 됐어요."

이제 무릎에서 발목까지 이어지는 상처를 따라 응고된 피로 검붉게 물든 거즈만 남아 있었다. 다리는 털도 별로 없고 거무스름했다. 최악의 상황일지도 모른다는 생각에 두려워진 브라이어니는 저도 모르게 한숨을 쉬었다.

"어떡하다 이렇게 됐어요?" 그녀는 최대한 명랑한 목소리로 물었다.

“포탄이 떨어지면서 주석으로 된 울퉁불퉁한 담장으로 날아가버렸어요.”

“운이 나빴군요. 이제 거즈를 떼어낼 거예요.”

브라이어니가 조심스럽게 거즈 가장자리를 들어올리자 상병이 움찔했다.

상병이 말했다. “하나, 둘, 셋에 잽싸게 떼줘요.”

상병은 두 주먹을 꽉 쥐었다. 브라이어니는 조금 전 들어올린 거즈 가장자리를 검지와 엄지손가락으로 꽉 잡고 단숨에 떼어냈다. 어릴 적 생일파티에서 보았던 식탁보 마술이 문득 떠올랐다. 끈적끈적한 것이 떨어지는 소리와 함께 거즈가 한 번에 떨어져나갔다.

상병이 말했다. “토할 것 같아요.”

브라이어니는 재빨리 신장 모양 트레이를 입가에 대주었다. 그는 구역질을 계속했지만 아무것도 나오지 않았다. 그의 목뒤 살이 접히는 곳에는 땀방울이 송골송골 맺혀 있었다. 족히 18인치는 돼 보이는 상처는 무릎 뒤로 둥그렇게 이어져 발목까지 내려왔다. 아주 서투르고 불규칙하게 꿰맨 자국들이 있었다. 상처 곳곳의 찢어진 피부가 위로 들려 그 아래 피하지방을 그대로 보여주었고, 작은 포도알 같은 빨간 멍울들이 찢어진 피부를 헤집고 나와 있었다.

그녀가 말했다. “이제부터 움직이지 말아요. 상처 주위를 소독할 거니까. 상처는 안 건드릴 거예요.” 아직은 건드리지 않을 것이다. 다리는 지나치게 익어버린 바나나처럼 검고 부드러웠다. 그녀는 탈지면을 알코올에 담갔다 꺼낸 다음 상처 위쪽으로 2인치 정도 떨어진 종아리 부분부터 가볍게 닦아냈다. 피부가 떨어져나갈까봐 살살 문질렀다. 다음부터는 약간 더 힘을 주어서 닦았다. 피부가 단단해서 그가 움찔할 때까지 다시 한번 꼭꼭 눌러가며 닦아냈다. 마침내 하얀 피부가 드러났고 대신 탈지면이 검게 변해 있었다. 괴저는 아니었다. 그녀는 자신도 모르게 안도의 한숨을 내쉬었다. 목이 메어왔다.

상병이 말했다. "뭐예요, 간호사? 말해줘요." 상병은 윗몸을 약간 일으키더니 고개를 돌려 어깨 너머로 브라이어니를 바라보았다. 그의 목소리에는 두려움이 배어 있었다.

그녀는 침을 한 번 꿀꺽 삼키고 최대한 무심한 목소리로 대답했다. "잘 낫고 있네요."

그녀는 탈지면을 더 꺼냈다. 석유인지 윤활유인지가 해변의 모래와 섞여 쉽게 떨어지지 않았다. 이번에는 6인치 뒤로 돌아가서 본격적으로 상처 주위를 닦아냈다.

얼마나 시간이 흘렀을까, 브라이어니가 소독에 열중해 있는데 손 하나가 어깨에 얹히더니 여자 목소리가 속삭였다. "잘하고 있어요, 탤리스 간호사. 그런데 좀더 빨리 해야 되겠네."

무릎을 꿇은 채 앞에 있는 침대에 머리가 닿을 정도로 몸을 굽히고 있었기 때문에 돌아보기가 쉽지 않았다. 가까스로 돌아보았을 때는 익숙한 뒷모습이 멀어져가고 있었다. 꿰맨 자리 주위를 소독하기 시작할 때쯤 상병은 잠이 들었다. 때때로 몸을 움찔거리긴 했지만 깨진 않았다. 피곤이 그에겐 마취제였다. 마침내 브라이어니가 몸을 일으켜 트레이와 더러워진 탈지면을 정리할 때쯤 의사가 왔고 그녀가 할 일은 끝이 났다.

브라이어니가 손을 씻고 돌아오자 다른 임무가 기다리고 있었다. 사소한 일이었지만, 하나의 임무를 성공적으로 완수하고 나니 모든 것이 다르게 다가왔다. 이번 임무는 전투로 탈진한 군인들에게 물을 가져다 주는 일이었다. 탈수증세를 사전에 막아야 했다. 자, 카터 이병, 물 좀 마시고 다시 주무세요. 일어나세요…… 브라이어니는 한 손으로는 군인들의 더러워진 머리를 안아 자신의 앞치마에 기대게 하고 다른 손으로는 하얀 법랑 찻주전자를 기울여 이 커다란 아기들이 주전자 주둥이에 입을 대고 물을 마실 수 있게 해주었다. 그 일을 끝내고 다시 손을 씻고 나서 이번에는 변기를 세척하러 갔다. 이젠 하나도 역겹지 않았다. 변기 세척 임무를 끝내자 이번에는 코의 일부가 날아가버리고 복부에 부상을 당한 군인을 돌보라는 지시가 떨어졌다. 피범벅이 된 코 연골 너머로 입속과 찢겨나간 혀의 뒷부분까지 보였다. 그의 얼굴을 깨끗이 닦는 일이 그녀에게 맡겨진 임무였다. 이 군인의 얼굴에도 모래가 석유와 뒤섞인 채 점점이 박혀 있었다. 그는 계속 눈을 감고 있었지만 깨어 있는 게 틀림없었다. 모르핀 주사를 맞고 진정된 상태였고, 머릿속에서 연주되는 음악의 리듬을 타는 것처럼 몸을 약간씩 좌우로 흔들었다. 브라이어니의 손길이 지나간 후 검은 얼룩 뒤에 숨어 있던 그의 본모습이 서서히 드러나자 어릴 때 가지고 놀던 마술책이 떠올랐다. 뭉뚝한 연필로 문지르면 그림이 나타나는 책이었다. 이 군인들 중에 로비가 있을지 모른다는 생각도 들었다. 그녀는 로비인 줄도 모르고 상처에 붕대를 감을 것이고, 낯익은 모습이 나타날 때까지 탈지면으로 부드럽게 그의 얼굴을 닦아줄 것이다. 감사한 마음에 그는 고개를 들 것이고, 그녀를 알아보고는 아무 말 없이 그녀의 손을 꼭 잡을 것이며, 그녀를 용서해줄 것이다. 그런 다음 그녀의 손길에 몸을 내맡기고 편안히 잠들 것이다.

해야 할 일이 점점 더 늘어갔다. 이번에는 핀셋 세트와 트레이를 가지고 옆 병실로 가서 다리에 포탄 파편이 박힌 공군 병사를 맡으라는 지시를 받았다. 그 군인은 브라이어니가 도구들을 내려놓는 모습을 경계의 눈초리로 쳐다보았다.

"파편을 빼내려면 수술을 받아야 하는 거 아닌가?" 군인이 말했다.

브라이어니의 손이 떨리고 있었다. 그런데 놀랍게도 입에서는 이런 일쯤 아무것도 아니라는 듯 경쾌한 목소리가 흘러나왔다. 그녀는 침대 주위로 칸막이 커튼을 쳤다.

"바보 같은 소리 하지 말아요. 금방 빼낼 거예요. 어떡하다 이렇게 됐어요?"

군인은 자신의 임무는 프랑스 북부 지역 평야에 활주로를 놓는 것이었다고 설명하면서 브라이어니가 멸균기에서 꺼낸 핀셋들을 흘끔흘끔 쳐다보았다. 가장자리에 푸른색이 칠해진 트레이에 비스듬히 세워놓은 핀셋에서 소독약이 뚝뚝 떨어지고 있었다.

"작업을 하고 있으면 독일군 폭격기가 와서 폭탄을 떨어뜨리고 가버려요. 그러면 우린 후퇴해서 다른 곳에 길을 놓기 시작하죠. 그러면 또 독일군이 오고, 우린 또 퇴각하고. 우리가 바다에 빠질 때까지 계속 그랬어요."

브라이어니는 미소를 지으며 침대 커버를 걷어냈다. "이제 상처 좀 볼까요?"

석유와 검댕이 깨끗이 씻겨나간 넓적다리 아랫부분에 포탄 파편이 점점이 박혀 있었다. 그는 윗몸을 일으키더니 걱정스러운 눈으로 그녀를 바라보았다.

브라이어니가 말했다. "똑바로 누우세요, 여기 뭐가 박혔는지 잘 보이게."

"아프지도 않고 아무렇지도 않아요."

"똑바로 누우세요."

파편 몇 개가 12인치에 걸쳐 박혀 있었다. 살이 찢어진 부분은 많이 부어 있었고 조금씩 곪아가고 있었다.

"파편이 있어도 상관없는데. 그냥 박힌 대로 살아도 아무 문제 없잖아요. 나중에 손자 손녀들한테 보여줄 것도 있고 좋지 않나?" 그는 말을 하면서 스스로도 어이가 없는지 웃음을 터뜨렸다.

"벌써 염증이 생기기 시작했어요." 그녀가 말했다. "그리고 가라앉을 수도 있어요."

"가라앉아요?"

"파편이 살이나 혈관 속으로 파고들 수 있단 얘기예요. 그러면 심장이나 뇌로 갈 수도 있고요."

군인은 브라이어니의 말을 믿는 눈치였다. 그는 반듯이 누워 높은 천장을 바라보며 한숨을 쉬었다. "빌어먹을. 미안해요, 간호사. 오늘은 못 견디겠어요."

"파편이 몇 개나 되나 같이 한번 세어볼까요?"

그들은 함께 큰 소리로 파편을 세어보았다. 여덟 개였다. 브라이어니는 그의 가슴을 살며시 밀었다.

"이것들을 빼내야 돼요. 다시 똑바로 누우세요. 가능한 한 서두를게요. 뒤에 있는 침대 머리판을 꼭 붙들어도 좋아요."

그녀가 핀셋을 집어들자, 그의 다리 근육이 긴장하며 떨리기 시작했다.

"숨을 참지 말아요. 편안하게 계세요."

그는 조롱하듯 코웃음을 치면서 그녀의 말을 따라 했다. "편안하게 계시라니!"

브라이어니는 오른손이 흔들리지 않게 왼손으로 붙잡았다. 침대 한쪽에 앉아서 했더라면 더 쉬웠을 테지만, 그것은 간호사답지 못한 행동이라는 이유로 엄격히 금지되었다. 그녀가 다리의 파편이 없는 부분에 왼손을 내려놓자 그가 움찔했다. 먼저 파편이 모여 있는 곳 가장자리의 가장 작은 것을 골랐다. 밖으로 나와 있는 부분이 삼각형의 꼭짓점처럼 생긴 것이었다. 그녀는 핀셋으로 그 부분을 집고 잠시 멈췄다가 망설임 없이 단번에 뽑아냈다.

"씨발!"

그의 입을 빠져나온 욕이 물수제비를 뜨는 돌멩이처럼 병실 안으로 퍼져나가면서 메아리쳤다. 사방이 조용해졌다. 적어도 칸막이 커튼 너머의 사람들은 목소리를 낮추었다. 브라이어니는 아직도 피가 묻은 파편을 핀셋으로 쥐고 있었다. 파편은 1인치도 되지 않았으며, 한끝이 뾰족했다. 칸막이 커튼 밖에서 다가오는 발소리가 들렸다. 드러먼드 수간호사가 커튼을 휙 젖히는 순간 브라이어니는 파편을 트레이에 떨어뜨렸다. 수간호사는 침착한 표정으로 침대 발치로 다가와 차트에서 군인의 이름과 상태를 확인한 후, 침대 머리맡으로 걸어가 그를 내려다보았다.

"어떻게 감히." 수간호사가 조용히 말했다. 잠시 후 말을 이었다.

"어떻게 감히 내 간호사 앞에서 그런 말을 할 수 있죠?"

"죄송합니다, 수간호사님. 그냥 튀어나와버렸습니다."

드러먼드 간호사가 경멸하는 눈초리로 트레이를 내려다보았다. "공군 청년, 요 몇 시간 동안 들어온 다른 환자들에 비하면 당신 부상은 아무것도 아니에요. 운좋았다고 생각해요. 그리고 군복이 부끄럽지 않게 용기를 보여줘요. 계속해요, 탤리스 간호사."

수간호사가 떠나자 브라이어니는 어색한 침묵을 깨기 위해 밝은 목소리로 말했다. "이제 다시 시작해볼까요? 일곱 개밖에 안 남았어요. 다 끝나면 브랜디 한 잔 가져다드릴게요."

그는 땀을 흘리고 있었다. 이젠 몸 전체가 벌벌 떨렸고, 철제 침대 머리판을 붙잡고 있는 손가락 마디가 하얗게 변해 있었다. 그러나 그녀가 파편을 하나하나 뽑아내는 동안 그는 아무 소리도 내지 않았다.

"소리지르고 싶으면 질러도 돼요."

그러나 그는 드러먼드 수간호사를 다시 보고 싶지 않은 것 같았고, 그 마음은 브라이어니도 충분히 이해했다. 제일 큰 파편은 마지막 차례로 남겨두었다. 그것은 한 번에 빠지지 않았다. 그의 몸이 심하게 움찔거렸고, 꽉 다문 이 사이로 낮은 신음이 새어나왔다. 두번째 시도에서도 2인치 정도만 빠져나왔다. 세 번 만에야 완전히 뽑혔고, 그녀는 피로 범벅된 울퉁불퉁한 송곳 모양의 4인치짜리 파편을 들어 그에게 보여주었다.

그는 경이롭다는 듯이 그것을 바라보았다. "물에 씻어줄래요, 간호사? 집에 가져가게." 그러고는 고개를 돌려 베개에 얼굴을 묻더니 흐느끼기 시작했다. 고통뿐만 아니라 집이라는 말이 눈물샘을 자극한 모양이었다. 그녀는 브랜디를 가지러 조용히 걸어나갔지만, 구역질이 날 것 같아서 먼저 세척실로 갔다.

그후로 오랫동안 브라이어니는 비교적 가벼운 상처의 붕대를 풀고 깨끗이 씻고 소독을 한 후 다시 붕대를 감는 일을 되풀이했다. 그러다 어느 순간 그녀가 두려워하던 명령이 떨어졌다.

"가서 라티머 이병 얼굴에 드레싱하고 와요."

브라이어니는 이미 그를 알고 있었다. 아까 거의 다 뭉그러져 입이라고 할 수도 없는 구멍에다 찻숟가락으로 음식을 떠넣어주며, 그가 음식을 질질 흘리는 것을 무안해하지 않게 하려고 애쓴 적이 있었다. 음식물을 삼키는 것이 너무나 고통스러웠는지 그는 자꾸만 그녀의 손을 밀어냈다. 총탄을 맞아 얼굴의 반이 날아가고 없었다. 그녀가 두려워하는 것은, 붕대를 풀면 드러날 끔찍한 모습보다 훨씬 더 두려운 것은, 커다란 갈색 눈에 담긴 원망이었다. 당신네들, 나한테 무슨 짓을 한 거야, 라고 따지는 듯한 그 눈초리였다. 지금 그에게 남은 의사소통 수단은 목 안쪽에서 올라오는 "아" 하는 작은 소리, 실망을 담은 신음밖에 없었다.

"곧 낫게 해줄게요." 그녀는 이 말만 반복했었다. 달리 할말이 없었다.

그녀는 붕대와 탈지면, 소독약을 챙겨 그의 침대로 걸어가서 명랑한 목소리로 말했다. "안녕하세요, 라티머 이병. 또 저예요."

그는 브라이어니를 바라보았지만 누군지 알아본 것 같지는 않았다. 그녀는 그의 정수리에서 붕대를 고정하는 핀을 빼면서 말했다. "다 잘될 거예요. 앞으로 일이 주 후면 병원 문을 걸어나갈 수 있을 거예요. 정말이에요. 아무한테나 이렇게 장담하는 거 아니에요."

상태가 자기보다 더 나쁜 사람이 있다는 것을 상기시키는 것이 부상자들에게는 가장 효과적인 위로였다. 삼십 분 전에 이스트 서리 연대 소속의 대위가 대대적인 절단수술을 받았다. 이스트 서리 연대라면 브라이어니 고향 마을의 청년들이 입대했다던 바로 그 부대였다. 그리고 지금 사상자가 속출하고 있는 것도 바로 그 부대였다.

브라이어니는 라티머 이병의 뺨에 움푹 팬 구멍을 덮은, 피로 흠뻑 젖은 채 굳어버린 긴 붕대를 외과수술용 집게로 조심스럽게 떼어내기 시작했다. 거즈를 다 떼어낸 후 드러난 모습은 해부학 시간에 사용했던 모형과는 전혀 달랐다. 얼굴은 완전히 부서져 피범벅이 되어 있었고, 피부가 벗겨져 속살과 뼈가 그대로 드러나 보였다. 뺨이 있던 자리에 생긴 우묵한 구멍 사이로 위아래 어금니들이 보였고, 침에 젖어 반짝이는 무시무시하게 긴 혀도 보였다. 위쪽으로 올라가면 눈구멍 주위의 힘줄이 그대로 드러나 있었는데 차마 눈뜨고 볼 수 없을 정도로 끔찍했다. 언제나 그곳에 존재하지만 절대로 겉으로 드러나서는 안 될 것들이 드러나고 만 것이다. 라티머 이병은 괴물이 되었고, 자신도 이 사실을 알고 있을 터였다. 그를 사랑하는 여자가 있었을까? 있었다면 앞으로도 계속 그를 사랑할 수 있을까?

"곧 낫게 해줄게요." 브라이어니는 다시 한번 거짓말을 했다.

그녀는 소독용 붕산액에 적신 깨끗한 붕대를 그의 얼굴에 감기 시작했다. 다 감은 후에 핀으로 고정하는데, 그가 예의 그 슬픈 소리를 냈다.

"소변통을 가져다줄까요?"

그가 고개를 젓더니 다시 소리를 냈다.

"불편해요?"

아니었다.

"물 마시고 싶어요?"

고개를 끄덕였다. 그의 입술은 한쪽 가장자리만 조금 남아 있었다. 브라이어니는 작은 찻주전자 주둥이를 조심스레 그곳에 대고 물을 부었다. 한 모금씩 넘어갈 때마다 그의 몸이 움찔거렸고, 사라져버린 근육 주위에 격심한 통증이 밀려오는 모양이었다. 통증을 더이상 견딜 수 없을 듯해 주전자를 거둬들였더니 그가 그녀의 손목을 향해 손을 들었다. 더 마셔야 했던 것이다. 목마름보다는 고통을 느끼는 편이 나았던 것이다. 그래서 다시 물을 부어주면 참을 수 없는 고통의 순간이 오고, 거둬들이려 하면 다시 물을 찾고…… 이런 일이 몇 분간 계속되었다.

다른 일이 없다면 그의 곁을 지켰을 테지만, 한 가지 일을 끝내기가 무섭게 수간호사가 다른 일을 도우라고 지시하거나 군인들이 침대에서 그녀를 불렀다. 마취에서 깨어나던 한 군인이 그녀의 허벅지에 토해버려 앞치마를 갈아야 했기 때문에 그나마 잠시 숨을 돌릴 수 있었다. 복도를 걸으면서 창밖을 내다보니 놀랍게도 벌써 어두워져 있었다. 그녀와 피오나가 공원에서 돌아온 후 다섯 시간이 지나 있었다. 비품실에서 새 앞치마의 끈을 매면서 나오는데, 드러먼드 수간호사가 다가왔다. 뭐가 바뀌었는지는 딱 꼬집어 말하기 어려웠지만, 여전히 쌀쌀맞고 명령은 이의를 달 엄두도 못 낼 정도로 위압적이었지만, 그 엄격함 속에서 함께 역경을 헤쳐가고 있다는 동지애 비슷한 것이 느껴졌다.

"간호사, 가서 매킨타이어 상병의 팔과 다리에 버니언 백 대는 걸 도와줘요. 다른 부분은 타닌산을 발라주고. 어려운 게 있으면 곧장 나한테 와요."

수간호사는 자기 할말만 하고 곧 다른 간호사에게 가버렸다. 그 상병이 실려오는 건 브라이어니도 보았었다. 그는 뒹케르크 근해에서 연락선이 가라앉으며 석유가 탈 때 전신에 화상을 입은 부상자 중 한 명이었다. 구축함이 그를 물에서 건져냈다고 했다. 점성이 있는 석유가 피부에 달라붙어 세포조직까지 타들어갔다. 침대로 옮겨질 때 그는 다 타버린 유해 같았다. 절대로 살아날 수 없을 것 같았다. 모르핀 주사를 놓기 위해 정맥을 찾는 것도 쉽지 않았다. 한두 시간 전에 브라이어니도 간호사 둘을 도와 그를 변기에 앉혔는데, 그는 간호사들의 손이 닿자마자 비명을 질렀다.

버니언 백은 셀로판지로 만든 커다란 주머니였다. 안에는 식염수가 들어 있고 다친 팔이나 다리를 넣을 수 있었다. 문제는 식염수가 항상 일정한 온도를 유지해야 한다는 점이었다. 1도도 달라져서는 안 되었다. 브라이어니가 상병의 침대 쪽으로 다가가면서 보니 다른 수습 간호사가 손수레 위에 놓인 휴대용 난로로 식염수를 준비하고 있었다. 버니언 백은 수시로 갈아줘야 했다. 매킨타이어 상병은 시트가 몸에 닿는 것을 견딜 수 없어했기 때문에 크래들* 밑에 반듯하게 누워 있었다. 그는 애처로운 목소리로 물을 달라고 간청했다. 화상 환자들은 심각한 탈수증상을 보였다. 완전히 뭉그러진 입은 심하게 부어올랐고 혀에도 수포가 생겼기 때문에 입으로는 도저히 물을 마실 수 없었다. 수분을 보충하기 위해 맞고 있던 링거액도 밖으로 다 새버렸다. 정맥이

* 환부에 침구가 닿지 않게 해주는 틀.

손상되어 주삿바늘이 고정되지 못했기 때문이었다. 한 번도 본 적이 없는 정식 간호사가 링거 주머니를 스탠드에 걸고 있었다. 브라이어니는 타닌산을 준비하고 탈지면을 꺼내들었다. 정식 간호사는 검게 타버린 팔에서 정맥을 찾기 시작할 테니 방해하지 않으려면 다리부터 시작하는 게 좋겠다고 생각했다.

그때 간호사가 물었다. "누가 여기로 보냈죠?"

"드러먼드 수간호사님이요."

그 간호사는 고개를 들어 브라이어니를 쳐다보지도 않은 채 쌀쌀한 목소리로 말했다. "이 환자는 지금 통증이 너무 심해요. 일단 탈수증세를 없앨 때까지는 다른 치료를 하지 않을 거예요. 가서 다른 일을 찾아봐요."

브라이어니는 그렇게 했다. 그리고 얼마나 시간이 흘렀을까, 아마 새벽 한두시쯤 되었을 것이다. 그녀는 새 수건을 가져오라는 지시를 받고 비품실로 가다가 아까 그 간호사가 간호사실 근처 구석에 서서 남몰래 울고 있는 것을 보았다. 매킨타이어 상병이 사망한 것이다. 그의 침대는 이미 다른 환자가 차지하고 있었다.

일이 년 차 수습 간호사들은 그날 한 번도 쉬지 못한 채 열두 시간을 일했다. 선배 수습 간호사와 정식 간호사는 그보다 더 오래 일하는 것 같았다. 다들 도대체 얼마나 오랫동안 병실에 있었는지 기억조차 하지 못했다. 나중에야 깨달은 사실이지만, 브라이어니가 이제까지 받은 교육은 모두 유용한 것이었고 지시에 따를 때 특히 그랬으며, 그녀가 간호에 대해 이해하는 모든 것은 그날 밤 배우게 되었다. 그때까지 남자가 우는 것을 한 번도 본 적이 없었던 그녀는 처음에는 충격을 받았지만, 얼마 가지 않아 익숙해졌다. 반면 일부 군인들이 보여주는 인내심은 경이로운 것을 넘어 소름이 돋을 정도였다. 절단수술을 받고 회복 중인 군인들은 그럴 의무라도 있다는 듯이 듣기 민망한 농담을 하곤 했다. 다리가 없으니 이제 무엇으로 저 아가씨를 뻥 차주지? 찢겨나간 살 위로 뼈가 비어져나오고 내장이나 시신경이 겉으로 드러나는 등 인간 몸의 비밀이 완전히 까발려졌다. 이런 것들을 목격하면서 그녀는 이전에도 알고 있었고 누구나 다 알고 있는 사실을 새삼스럽게, 그리고 통렬하게 실감했다. 인간은 누구나 물질적 존재라는 것, 쉽게 파괴되지만 쉽게 회복되지는 않는 존재. 간호사로서 그녀는 볼 수 있는 가장 가까운 곳에서 전쟁터를 보고 있었다. 그녀가 본 모든 환자는 많건 적건 전쟁터의 필수요소를 갖추고 있었다. 피와 석유, 모래, 흙, 바닷물, 총알, 포탄 파편, 엔진오일, 화약냄새, 땀에 젖어 축축해진 전투복, 그리고 주머니 속에서 고약한 냄새를 풍기며 썩어가는 음식, 젖어서 곤죽이 된 아모 초콜릿바. 수돗물과 소다비누 덩어리가 있는 세면대로 돌아올 때마다 빡빡 문질러 씻어내는 것은 해변의 모래였다. 그녀와 다른 수습 간호사들은 동료로서 알고 지냈지 친구는 아니었다. 심지어 이름도 잘 몰랐다. 매킨타이어 상병을 변기에 앉히는 일을 도왔던 수습 간호사 중 하나가 피오나라는 것도 가까스로 알아보았다. 브라이어니는 환자가 엄청난 통증을 겪을 때도 자신이 감정적으로 휘말리지 않고 신속하고 효율적이면서도 부드럽게 일을 처리하게 되었다는 것을 알아차렸다. 그녀가 생각하는 간호란 바로 그런 것이었다. 어서 빨리 정식 간호사 명찰을 달고 싶은 마음이 간절해졌다. 그녀는 인류애가 느껴지는 이 감동의 순간을 위해서 작가가 되려는 열망을 접고 모든 것을 희생하는 자신을 상상할 수 있었다.

새벽 세시 반쯤, 브라이어니는 드러먼드 수간호사가 부른다는 전갈을 받았다. 수간호사는 손수 환자 침대를 정리하고 있었다. 몇 시간 전에는 그녀가 세척실에서 변기를 닦는 걸 보았었다. 그녀는 어디에나 있으면서 필요할 때면 가리지 않고 일을 했다. 그러면 브라이어니도 즉시 수간호사를 돕기 시작했다.

수간호사가 말했다. "프랑스어를 좀 한다고 들은 것 같은데."

"학교에서 조금 배웠어요."

수간호사는 고갯짓으로 병실 끝을 가리켰다. "저기, 줄 끝에 앉아 있는 군인 보이죠? 응급수술을 받을 환잔데. 마스크를 하고 갈 필요는 없어요. 의자 하나 들고 가서 옆에 앉아서 손잡고 말동무 좀 해줘요."

브라이어니는 슬며시 기분이 나빠졌다. "하지만 수간호사님, 전 피곤하지 않아요. 정말이에요, 하나도 피곤하지 않아요."

"하라는 대로 해요."

"알겠습니다, 수간호사님."

환자는 열다섯 살 소년처럼 보였지만, 차트를 보니 브라이어니와 동갑인 열여덟 살이었다. 그는 베개 몇 개를 포개놓고 기대앉아서 어린애처럼 놀란 눈으로 분주하게 돌아가는 주변 상황을 살피고 있었다. 군인처럼 보이지는 않았다. 검은 눈썹과 짙은 초록색 눈, 부드럽고 통통한 입술을 가진 곱상하고 섬세한 얼굴이었다. 하얀 얼굴은 이상하게 번들거렸고, 눈도 지나치게 반짝였다. 머리에는 붕대가 감겨 있었다. 브라이어니가 의자를 들고 다가가 앉자 그는 기다리고 있었다는 듯 미소를 지었고, 그녀가 손을 잡아도 놀라지 않았다.

“트 부알라 앙팽(당신이군요).” 그가 프랑스어 모음을 발음할 때 내는 콧소리가 마치 음악처럼 들렸다. 그녀는 그의 말을 겨우 알아들었다. 그의 손은 차갑고 매끈했다.

그녀가 말했다. “언니가 당신한테 가서 이야기를 나누라고 했어요.” 그녀는 수간호사라는 프랑스어 단어를 몰라서 그냥 ‘언니’라고 말했다.*

“당신 언니는 참 친절해요.” 그는 비밀스러운 이야기를 한다는 듯이 브라이어니를 향해 고개를 약간 기울이며 덧붙였다. “하긴, 항상 친절했죠. 언니는 잘 지내요? 요즘엔 뭘 해요?”

순하고 매혹적인 눈빛으로 어린아이처럼 너무나 진지하게 묻는 그의 말에 그녀는 답을 할 수밖에 없었다.

“언니도 간호사예요.”

“아 맞다, 전에 얘기해줬죠. 언니는 여전히 행복하게 지내요? 많이 사랑하고 있다던 그 남자랑 결혼했어요? 이름이 뭐였더라? 미안해요. 다친 다음부터 기억력이 나빠졌어요. 그래도 곧 좋아질 거래요. 그 남자 이름이 뭐였죠?”

“로비요. 그런데……”

“둘이 결혼해서 행복하게 잘살고 있죠?”

“음, 곧 그렇게 되길 바라요.”

“다행이네요.”

“이름이 뭔지 물어봐도 돼요?”

* 수간호사를 뜻하는 영어 원문은 sister다.

"뤽이에요. 뤽 코르네. 당신은?"

그녀는 잠시 망설였다. "탤리스예요."

"탤리스. 예쁜 이름이군요." 그가 발음을 하자 진짜로 예쁘게 들렸다.

그는 천천히 고개를 돌려 병실을 둘러보았다. 아직도 놀라움이 가시지 않은 표정이었다. 다시 고개를 돌린 그는 눈을 감고 나지막한 소리로 두서없는 이야기를 늘어놓았다. 브라이어니는 프랑스어 어휘력이 별로 좋지 않아서 그의 말을 잘 알아들을 수가 없었다. "천천히 세어봐요, 손으로, 손가락으로…… 우리 엄마 스카프…… 색깔을 고르면 그걸 계속 매고 살아야 해요."

말을 마친 그는 그녀의 손을 꼭 잡고 한참을 놓지 않았다. 다시 말을 시작했지만 눈은 여전히 감고 있었다.

"신기한 일 하나 알려줄까요? 파리에 온 건 이번이 처음이에요."

"뤽, 여기는 런던이에요. 곧 집에 갈 수 있을 거예요."

"이곳 사람들은 냉정하고 불친절할 거라고 했는데, 사실은 정반대예요. 굉장히 친절하네요. 당신도 아주 친절하고요. 다시 날 만나러 와줬잖아요."

한참이나 말이 없어서 그가 잠들었을지도 모른다는 생각이 들었다. 몇 시간 만에 앉아서 그런지 브라이어니의 눈꺼풀에도 피곤이 쌓이기 시작했다.

갑자기 그가 눈을 뜨더니 아까처럼 천천히 고개를 돌려 주위를 살피고 나서 그녀를 바라보며 말했다. "당신은 언제나 영국식 억양으로 말했죠."

그녀가 말했다. "전쟁 전엔 무얼 했는지 얘기해줘요. 어디서 살았어요? 기억나요?"

"당신이 미요에 왔었던 그 부활절 기억나요?" 그녀의 기억을 되살리기라도 하려는 듯 그는 그녀의 손을 살짝 좌우로 흔들었고, 기대에 찬 진초록색 눈으로 그녀를 바라보았다.

그의 말을 계속 받아주는 것은 옳지 않다는 생각이 들었다. "난 한 번도 미요에 가본 적이 없어요."

"처음으로 우리 가게에 들어왔던 날 기억나요?"

브라이어니는 침대 쪽으로 의자를 좀더 끌었다. 창백하고 번들거리는 그의 얼굴이 눈앞에서 까딱거렸다. "뤽, 내 말 잘 들어요."

"내 기억엔 엄마가 당신을 맞이했던 것 같아요. 아니면 여동생들 중 하나였나? 난 뒤에서 아버지랑 빵을 굽고 있었어요. 그러다가 당신 억양을 듣고 당신을 보러 갔지요……"

"잘 들어요, 뤽, 여기는 파리가 아니에요……"

"그리고 당신은 다음날도 우리 가게에 왔어요. 이번엔 내가 당신을 맞았죠. 당신이 그때 이렇게 말했어요……"

"곧 잠들 수 있을 거예요. 내일 다시 보러 올게요. 약속해요."

뤽은 손을 머리로 가져가면서 얼굴을 찡그렸다. 그리고 나지막한 목소리로 말했다. "부탁 하나만 들어줄래요, 탤리스?"

"그럼요."

"이 붕대가 너무 꽉 조여요. 조금만 헐겁게 해줄래요?"

브라이어니는 일어서서 그의 머리를 내려다보았다. 붕대는 쉽게 풀 수 있도록 매여 있었다. 그녀가 조심스레 매듭을 푸는 동안 그는 말을 이어갔다. "내 막내 여동생, 안 말이에요. 기억나요? 그애가 미요에서 제일 예쁘거든요. 그애는 드뷔시의 소품으로 학년말 진급시험을 통과했어요. 아주 밝고 재치 있는 곡이죠. 안이 그렇대요. 그 곡이 자꾸만 머릿속에서 흘러다녀요. 당신도 아마 알 거예요, 그 곡."

그는 몇 소절을 흥얼거렸고 그녀는 붕대를 풀었다.

"누구한테서 그런 재능을 물려받았는지 모르겠어요. 그애를 빼면 우리 가족은 모두 음악에 꽝이거든요. 그애는 연주를 할 때 등을 아주 꼿꼿이 세워요. 끝날 때까지 절대 웃지 않죠. 아, 이제 좀 낫네. 그러고 보니 당신이 우리 가게에 처음 온 날, 당신을 맞은 사람이 안이었던 것 같네요."

붕대를 완전히 풀어버리려고 한 건 아니었는데, 조금 푸니까 그 밑에서 멸균 처리된 두꺼운 수건이 피에 젖은 거즈와 함께 흘러내렸다. 뤽은 머리 한쪽이 날아가고 없었다. 두개골이 사라진 주변은 머리를 빡빡 밀어놓았다. 울퉁불퉁하게 이어진 뼈 아래로 심홍색 해면질의 뇌가 정수리부터 귀 끝까지 거의 3, 4인치는 드러나 있었다. 브라이어니는 수건이 땅에 떨어지기 전에 잡아들고, 울렁거림이 가라앉을 때까지 잠시 그대로 있었다. 그제야 자신이 참으로 바보 같고 간호사답지 못한 일을 했다는 생각이 들었다. 뤽은 조용히 앉아서 기다리고 있었다. 브라이어니는 병실을 둘러보았다. 다행히도 이쪽에 주의를 기울이는 사람은 아무도 없었다. 그녀는 멸균 수건을 다시 대고 붕대를 감은 후, 리본 매듭으로 마무리를 했다. 그러고는 다시 의자에 앉으면서 그의 손을 잡고, 그 차갑고 축축한 손안에서 자신의 손이 떨지 않게 하려고 애썼다.

뤽이 다시 중얼거리기 시작했다. "난 담배 안 피워요. 내가 배급받는 건 다 자노에게 주기로 약속했어요…… 봐요, 탁자 위에 있네…… 이젠 꽃들 아래로 숨었어…… 토끼는 말을 못 알아들어요, 바보……" 그러고는 말을 폭포수처럼 쏟아내어, 브라이어니는 한동안 알아듣지 못했다. 나중에야 굉장히 엄격했던 교장선생님 아니면 군대의 장교 이야기를 하고 있다는 것을 알 수 있었다. 마침내 그가 입을 다물고 조용해졌다. 브라이어니는 땀으로 번들거리는 그의 얼굴을 물수건으로 닦아주고 가만히 기다렸다.

얼마 후 그는 다시 눈을 뜨더니, 언제 말을 멈추었냐는 듯 자연스럽게 대화를 이어나갔다.

"우리집 바게트하고 피셀* 어땠어요?"

"맛있었어요."

"그래서 매일 왔군요."

"맞아요."

그는 잠시 말을 멈추고 생각에 잠기는 듯했다. 그리고 민감한 문제라는 듯 조심스럽게 물었다. "그럼 크루아상은요?"

"미요에서 최고였죠."

그는 미소를 지었다. 그가 말을 할 때면 목 안쪽에서 그렁그렁하는 이상한 소리가 났지만, 두 사람 다 못 들은 척했다.

"아버지의 비법이 있거든요. 얼마나 좋은 버터를 쓰느냐가 관건이죠."

그는 이제 황홀한 듯이 브라이어니를 쳐다보면서, 자기 손을 잡고

---

* 바게트보다 가는 빵.

있는 그녀의 손 위에 다른 한 손을 올려놓았다.

그가 말했다. "엄마가 당신을 참 좋아해요."

"정말요?"

"언제나 당신 얘기만 해요. 엄마는 우리가 이번 여름에 결혼해야 한대요."

브라이어니는 그를 마주보았다. 이제야 왜 자신을 여기로 보냈는지 알 것 같았다. 그는 침이나 물을 삼키는 걸 힘들어했고, 이마와 붕대 가장자리와 윗입술에는 땀이 송골송골 맺혀 있었다. 그녀가 땀을 닦아주고 물을 가지러 가려는데, 그가 물었다.

"날 사랑하나요?"

브라이어니는 잠시 망설였다. "네." 다른 대답을 할 수는 없었다. 그리고 지금 이 순간에는 분명히 그를 사랑하고 있었다. 그는 가족을 멀리 떠나온 사랑스러운 청년이었고, 곧 죽을 터였다.

그에게 물을 좀 주고 다시 얼굴을 닦아주는데 그가 물었다. "코스 드 라르자크에 가본 적 있어요?"

"아니요."

그러나 그는 그녀를 데리고 가겠다고 약속하지 않았다. 대신 고개를 돌려 베개에 얼굴을 묻더니 알아들을 수 없는 말을 중얼거렸다. 그는 의식이 흐릿해지는 와중에도 그녀가 곁에 있음을 알고 있다는 듯 그녀의 손을 꼭 붙잡고 있었다.

다시 의식이 명료해지자, 그는 고개를 돌려 그녀를 바라보았다.

"아직은 떠나지 말아요."

"그래요. 당신 곁에 있을게요."

"탤리스……"

그는 미소를 지으면서 눈을 반쯤 감았다. 그러다가 온몸에 전류라도 흐른 듯 갑자기 벌떡 일어나 앉았다. 그는 입을 벌리고 경악한 표정으로 브라이어니를 바라보았다. 그리고 그녀에게 달려들기라도 할 것처럼 몸을 앞으로 훽 기울였다. 그녀는 그가 꼬꾸라져 마룻바닥에 떨어지는 것을 막기 위해 의자에서 몸을 벌떡 일으켰다. 그는 여전히 그녀의 손을 놓지 않고 있었고, 다른 팔로 그녀의 목을 끌어안았다. 이마는 그녀의 어깨에 묻고, 뺨은 그녀의 뺨과 마주댔다. 그녀는 멸균 수건이 다시 풀리지나 않을까 걱정이 되었다. 그의 무게를 오래 지탱할 수 있을 것 같지도 않았고, 상처를 다시 보는 일 역시 견뎌낼 수 있을 것 같지 않았다. 그의 목 깊은 곳에서 올라오는 그렁그렁하는 소리가 그녀의 귓속에 울려퍼졌다. 그녀는 비틀거리면서 그를 부축하여 침대에 편안히 눕혀주었다.

"브라이어니예요." 그녀는 그만 알아들을 수 있도록 작은 소리로 속삭였다.

그의 눈은 충격적인 것이라도 본 듯 활짝 열려 있었고, 미끄러운 피부는 전등 불빛을 받아 반짝였다. 그녀는 좀더 몸을 기울여 그의 귀에 입술을 댔다. 뒤에서 인기척이 나더니 손 하나가 그녀의 어깨에 얹혔다.

"탤리스는 성이에요. 브라이어니, 브라이어니가 내 이름이에요." 그녀가 이렇게 속삭이는 동안 어깨에 얹혔던 손이 그녀의 손을 잡아 청년에게서 빼냈다.

"일어나요, 탤리스 간호사."

드러먼드 수간호사가 브라이어니의 팔꿈치를 잡아 일어서는 것을 도와주었다. 수간호사의 뺨은 홍조를 띠고 있었는데, 그 빛깔이 하얀 피부와 극적인 대조를 이루었다.

침대의 반대편에서는 다른 간호사가 뤽 코르네의 얼굴에 시트를 덮고 있었다.

수간호사는 입술을 꽉 다문 채 브라이어니의 칼라를 바로잡아주었다. "수고했어요. 가서 얼굴에서 피를 씻어내도록 해요. 다른 환자들이 동요하면 안 되니까."

브라이어니는 지시받은 대로 화장실로 가서 차가운 물로 세수를 하고, 몇 분 후 다시 병실로 돌아왔다.

새벽 네시 삼십분, 수습 간호사들은 취침을 위해 기숙사로 돌려보내졌고 오전 열한시에 병실로 돌아오라는 지시를 받았다. 브라이어니는 피오나와 나란히 걸었다. 둘 다 말이 없었지만, 팔짱을 꼈을 때는 마치 온갖 시련을 다 겪으며 평생을 살고 나서 웨스트민스터 다리를 다시 함께 걷고 있는 것 같은 느낌이 들었다. 병실에서 겪은 일들과 그 일들이 그녀들에게 가져다준 변화는 말로는 절대로 설명할 수 없을 것 같았다. 지금은 아무 말도 필요 없었고 말할 기운도 없었다. 다른 수습 간호사들을 따라 텅 빈 복도를 함께 걸어갈 수 있다는 것만으로 충분했다.

피오나와 잘 자라는 인사를 주고받은 후 아주 작은 자기 방으로 들어서던 브라이어니는 마룻바닥에서 편지 한 통을 발견했다. 낯선 글씨였다. 수습 간호사들 중 한 명이 포터 휴게실에서 가져다가 문틈으로 밀어넣어준 모양이었다. 편지는 침대 위에 던져두고 우선 옷을 벗고 잠잘 준비부터 했다. 잠옷으로 갈아입고 침대에 앉았다. 무릎에 편지가 놓여 있었지만 머릿속에서는 뤽 생각이 떠나지 않았다. 창밖으로 보이는 하늘은 벌써 한쪽 가장자리부터 하얗게 밝아오고 있었다. 아직도 그의 목소리가, 탤리스라고 부르는 목소리가, 그것을 평범한 성에서 사랑스러운 소녀의 이름으로 바꿔놓은 그 목소리가 들리는 것 같았다. 그녀는 절대로 오지 않을 미래를 상상해보았다. 여윈 고양이들이 기어다니는 좁고 그늘진 거리의 빵집, 위층 창문에서 들려오는 피아노 소리, 그녀의 영국식 억양을 놀리는 시누이들의 깔깔대는 웃음소리, 순진하면서도 정열적으로 그녀를 사랑해주는 뤽 코르네. 평소 같았으면 그를 위해, 미요에서 그의 소식을 애타게 기다리고 있을 그의 가족들을 위해 울어주었을 것이다. 그러나 지금은 아무것도 느낄 수 없었다. 마음이 텅 비어버렸다. 그녀는 거의 삼십 분 동안 그렇게 멍하니 앉아 있었다. 너무나 피곤했지만 아직 잠은 오지 않았다. 그녀는 항상 사용하는 리본으로 머리를 묶고, 침대 속으로 기어들어가 편지를 뜯었다.

탤리스 양,

『분수대 옆의 두 사람』을 저희 잡지사에 보내주신 것에 감사드리며, 답장이 늦어져 사죄의 말씀을 드립니다. 아시다시피 잡지사에서는 아무리 훌륭한 작품이라 할지라도 무명작가의 중편소설 전문을 게재하는 일이 극히 드뭅니다. 그러나 저희는 귀하의 작품에서 일부를 발췌해 실을 것을 염두에 두고 작품을 검토했습니다. 유감스럽게도 게재하지 않기로 결정되어, 귀하의 원고를 동봉해 보내드립니다.

솔직히 말씀드리자면, 처음에는 사무실에 산적한 일이 많아 일부만 훑어보기로 했다가, 결국에는 귀하의 작품을 흥미롭게 끝까지 다 읽게 되었습니다. 일부를 싣자고 제의할 수는 없습니다만, 저희 잡지사에는 귀하가 앞으로 쓰실 작품에 대해 관심이 있는 사람이 저를 비롯해 적지 않다는 사실을 말씀드리고 싶습니다. 저희는 기존 작가군에 만족하지 않고 전도유망한 젊은 작가들의 작품을 발굴, 출판하기 위해 노력하고 있습니다. 귀하가 쓰신 작품은 무엇이든, 특히 단편소설이라면 더욱더 읽어볼 용의가 있습니다.

『분수대 옆의 두 사람』은 세심한 주의를 기울여 읽는 수고가 아깝지 않을 만큼 충분히 매력적인 작품이었습니다. 결코 가볍게 하는 말이 아닙니다. 저희는 유명 작가들의 작품들을 비롯하여 산적한 읽을거리들을 제쳐놓고 이 작품을 읽었습니다. 훌륭한 이미지 표현이 많더군요. 저는 개인적으로 "길게 자란 풀들은 황금빛 사자 같은 한여름 햇빛에 잠식되고 있었다"라는 표현이 좋았습니다. 생각의 흐름을 날카롭게 포착하고, 인물의 성격을 묘사하기 위해 그 흐름을 섬세한 필치로 표현해내셨더군요. 독특하고 설명하기 어려운 인간의 머릿속을 잘 포착했다는 생각이 들었습니다. 그러나 버지니아 울프의 기교에 너무 의존하지 않았나 하는 느낌도 받았습니다. 수정처럼 빛을 발하는 현재의 한순간은 물론 그 자체로 충분히 가치 있는 주제이며, 시에서는 더더욱 그렇습니다. 바로 그것이 작가의 재능을 보여주고, 불가사의한 인식의 세계를 탐구하며, 사고의 진행을 양식화하여 표현하고, 한 개인의 변덕스러운 감정과 예측 불가능성을 발견하게 해주니까요. 누가 이런 실험적인 작업의 가치에 의문을 제기할 수 있겠습니까? 그러나 그런 글이 소중한 가치를 지니는 것은 응

집력이 있을 때입니다. 달리 표현하자면, 한 명의 화자가 주축이 되어 이야기를 풀어나갔더라면 좀더 효과적으로 주의를 집중시킬 수 있었을 것입니다. 좀더 노력이 필요한 부분입니다.

예를 들어보겠습니다. 소설의 맨 첫 부분에 등장하는 화자인 창가에 서 있는 아이와, 상황을 제대로 파악하지 못하는 그 아이의 근본적인 한계에 대해서는 훌륭하게 묘사되었습니다. 그다음에 나오는 그 아이의 결심, 그리고 불가사의한 어른들의 세계로 들어가고 있다는 느낌에 대한 묘사도 좋았습니다. 이제 막 자아가 형성되는 어린 소녀의 모습이 생생하게 머릿속에 그려졌습니다. 동화와 부모님이 들려주는 옛날이야기, 그리고 자신이 써온 희곡에 대해서는 다 잊어버리겠다는 결심 부분에는 누구라도 흥미를 느낄 것입니다. 그 아이가 잊어버리기로 결심한 이야기 중 하나가 맛보기로 나왔더라면 훨씬 더 좋았을 것입니다만. 그러나 아이는 동화라는 강물에 소설적인 기교라는 아기까지 함께 던져버린 건 아닌가 하는 생각이 들었습니다. 세심한 관찰과 묘사는 좋지만, 서두에서 뭔가 흥미진진한 이야기가 펼쳐질 것 같은 기대감을 갖게 하고는 정작 특별한 일이 일어나지 않는다는 점 때문에 그렇습니다. 해결하지 못한 감정이 남아 있는 것 같은 젊은 두 남녀가 분수대 옆에서 명나라의 고급 도자기 꽃병을 놓고 옥신각신하다가 결국 그것을 깨뜨립니다. (이 대목에서 명조의 도자기는 실외로 가지고 나가기에는 지나치게 값진 것이 아닌가 의문을 제기한 사람들도 있었습니다. 세브르나 님펜부르크 도자기 정도가 귀하의 의도에 더 부합하지 않을까요?) 여자는 깨진 도자기 조각을 줍기 위해 옷을 입은 채 분수 안으로 들어갑니다. 이때 그 모습을 지켜보는 소녀는 꽃병이 깨진 사실을 모르는 편이 더 낫지 않을까요? 여자가 옷을 입은 채 분수 안으로 뛰어드는 모습만 보고 어찌된 영문인지 모르는 편이 아이가 느끼는 어른 세계의 불가사의함을 훨씬 잘 표현하지 않을까 싶습니다. 저희는 여기서부터 뭔가 흥미진진한 일이 일어날 거라고 기대했습니다. 그러나 귀하는 그다음 수십 페이지를 빛과 그림자에 대한 묘사에, 일상에 대한 인상 묘사에 할애했습니다. 다음에는 남자의 입장에서 똑같은 장면을 재구성한 내용이, 그다음에는 여자의 입장에서 재구성한 내용이 나옵니다. 독자가 새로 알게 되는 것은 별로 없습니다. 일상의 사물이 보여주는 모습과 느낌, 그리고 글 전체의 내용과 그다지 관계가 없어 보이는 기억들이 등장할 뿐이죠. 남자와 여자는 분수를 떠나고 그 자리에는 젖은 자국만 잠깐 남아 있다가 금방 증발되어버리고, 그러곤 끝입니다. 이런 정적인 글은 귀하의 재능을 제대로 드러내지 못합니다.

소녀가 자기 앞에 펼쳐진 이 이상한 장면을 완전히 오해하거나 화를 낸다면, 그것이 젊은 남녀의 인생에 어떤 영향을 미치지 않을까요? 그들 사이에 끼어들어 그들에게 끔찍한 불행을 가져다줄 수도 있지 않을까요? 아니면 의도했든 의도하지 않았든 간에 그들을 맺어줄 수도 있지 않을까요? 그럴 의도는 없었지만 어떤 식으로든 그들의 관계를 사람들에게, 예를 들어 여자의 부모님에게 폭로하게 될 수도 있지 않을까요? 그 부모는 분명 맏딸이 가정부의 아들과 사귀는 것을 인정하지 않을 테고, 그러면 젊은 남녀가 소녀를 연락원으로 이용할 수도 있지 않을까요?

다시 말해, 세 등장인물 각자의 의식에 그렇게 오래 머무르기보다 그 부분은 좀더 간단하게 표현하고, 귀하의 훌륭한 글솜씨를 드러내주는 빛과 돌 그리고 물에 대한 생생한 묘사도 그대로 살리면서, 한편으로는 이야기 자체에 좀더 긴장과 빛과 그늘을 만들어내는 것이 과연 불가능한 일일까요? 귀하 주변의 세련된 독자들이 의식에 대한 베르그송의 최신 이론을 잘 알고 있다 해도, 분명한 것은 그들 역시 이야기를 읽는 긴장과 스릴을 느끼길 원하며 앞으로 어떤 일이 일어날지 알고 싶어하는 어린아이 같은 욕망을 가지고 있다는 사실입니다. 그리고 사소한 실수입니다만, 귀하의 묘사 중에 나온 베르니니의 작품은 나보나광장이 아니라 바르베리니광장에 있습니다.

간단히 말해서, 귀하의 작품에는 이야기라는 척추가 필요합니다. 참고가 될까 하여 말씀드립니다만, 귀하의 작품을 흥미롭게 읽은 사람들 중에 소설가 엘리자베스 보엔 여사가 있습니다. 그분이 점심식사를 하러 나가면서 저희 사무실에 들렀다가 원고 뭉치를 보더니, 집에 가져가서 읽어봐도 되겠느냐고 묻더군요. 그러더니 그날 오후 동안 다 읽어버렸습니다. 처음에는 귀하의 글이 "지나치게 말이 많고 너무 감상적"이긴 하지만 "『모호한 대답』*을 연상시키는 묘사가 인상적"이라고 생각했다고 합니다(저는 그때까지는 생각하지 못한 지점입니다만). 결국 "한동안 다른 일을 못할 정도로 마음을 끌어당겨" 다 읽고 난 다음에는 위와 같은 언급이 적힌 감상평을 저희에게 전해주었습니다. 귀하는 지금의 작품에 더할 나위 없이 만족할지도

* 영국의 소설가 로저먼드 레이먼의 작품.

모르고, 어쩌면 저희의 정중한 거절에 분노하거나 너무 절망하여 두 번 다시 그 작품을 쳐다보고 싶지 않다고 생각할지도 모르겠습니다. 그러지 않기를 진심으로 바랍니다. 그리고 귀하의 작품에 대한 순수한 관심과 열정에서 우러난 저희의 의견을 새로운 창작의 토대로 삼으시기를 진심으로 바랍니다.

자기소개서에서 귀하는 작가치고는 놀라울 정도로 말을 아끼셨지만, 현재로서는 한가한 시간이 거의 없다는 사실을 언뜻 내비치셨습니다. 상황이 바뀌고 저희 의견에 공감하는 부분이 있다면 언제라도 찾아주십시오. 함께 와인이라도 마시며 이 작품에 대해 좀더 이야기를 나누고 싶습니다. 이 편지로 인해 낙담하지 않으시기를 바랍니다. 참고로 말씀드리면, 저희가 쓰는 거절 편지는 보통 세 문장을 넘지 않습니다.

지나가는 말로 귀하는 전쟁에 대해 글을 쓰지 않는 것이 부끄럽다고 했습니다. 저희가 펴낸 잡지의 최신호를 보내드리오니 전쟁에 관련된 사설을 읽어보시기 바랍니다. 저희는 예술가에게 전쟁에 대한 국민의 여론을 조성하고 이끌어갈 의무가 있다고는 생각하지 않습니다. 예술가는 정치에 대한 관심을 버리고 다른 일에 헌신하는 것이 마땅합니다. 예술가들은 정치적으로 무력하기 때문에, 소중한 시간을 인간의 깊은 내면을 탐구하는 데 더 써야 합니다. 전쟁과 관련하여 귀하께서 하실 일은, 귀하의 재능을 더욱더 개발하고 그 재능이 이끄는 방향으로 정진하는 것입니다. 사설에도 언급되어 있지만, 전쟁은 창조활동의 적입니다.

주소를 보면 귀하께서 의사이거나 아니면 오래 투병중일지도 모른다는 추측을 하게 되는군요. 혹시 후자라면 속히 완쾌하시기를 저희 모두 기원합니다.

마지막으로, 저희 직원 중 한 명이 귀하의 언니 되시는 분이 혹시 육칠 년 전 거턴을 다니지 않았는지 궁금해하고 있다는 말씀을 드리면서 이만 끝을 맺을까 합니다.

그럼 안녕히 계십시오.

시릴 코널리

*

영원처럼 느껴지던 첫 스물네 시간이 지난 후 엄격한 교대근무제가 실시되었다. 브라이어니는 앞으로 며칠 동안 낮 근무를 하게 되어 다행이라는 생각이 들었다. 근무시간은 아침 일곱시부터 저녁 여덟시까지였고 삼십 분씩 식사시간이 있었다. 아침 다섯시 사십오분에 자명종이 울리고 그녀가 잠과 의식 사이를 왔다갔다하며 나른한 피곤의 늪에서 서서히 빠져나오려 할 때면, 신나는 일이나 중요한 변화가 기다리고 있는 것처럼 흥분이 느껴지곤 했다. 어린 시절 크리스마스 날 아침에 잠에서 깰 때도 그랬다. 왜인지도 모르면서 가슴이 두근거리고 신이 났었다. 여름 아침의 밝은 햇살이 방안을 가득 채워서 눈을 감은 채 손으로 더듬어 자명종을 끄고 다시 베개에 얼굴을 묻으면 잠이 완전히 달아났다. 사실 크리스마스와는 정반대였다. 모든 것이 완전히 달랐다. 독일군의 침공이 임박했다. 병원 방위대를 만들겠다고 자청하고 나선 포터들부터, 해군만 활개를 칠 뿐 온 나라가 정복당하고 굶주릴 거라는 생각을 국민들에게 불어넣는 처칠에 이르기까지, 모두 그렇게 말하고 있었다. 정말로 그렇게 되어 길거리에서 주먹질이 난무하고 공개 교수형이 벌어진다면, 다들 노예가 되어 아름답고 기품 있는 것은 모두 파괴된다면 참으로 끔찍할 것이다. 그러나 아직도 온기가 남아 있는 흐트러진 침대에 앉아 스타킹을 끌어올리는 브라이어니는 마음을 지배하고 있는 이 엄청난 흥분을 밀어낼 수도, 부인할 수도 없었다. 다들 말하듯이 이 나라는 이제 홀로 서 있었고, 그러는 편이 나았다.

벌써 모든 것이 예전과는 달라 보였다. 세면도구를 담는 가방에 그려진 붓꽃 무늬, 군데군데 이가 떨어져나간 석고틀 거울, 머리를 빗으면서 바라본 자신의 얼굴, 이 모든 것이 더 밝고 선명해 보였다. 방을 나가려고 잡은 문손잡이는 놀랄 만큼 차갑고 단단했다. 복도로 걸어나갈 때 계단 쪽에서 무거운 발소리가 들리면 문득 독일군의 군화 소리가 아닌가 싶어 가슴이 철렁했다. 아침식사 전에는 일이 분쯤 혼자 강가를 걸을 시간이 있었다. 이른아침인데도 강물은 청명한 하늘 아래 반짝반짝 빛을 내며 유유히 흘러가고 있었다. 독일군이 템스강을 손에 넣는 게 정말 가능할까?

브라이어니가 보거나 만지거나 듣는 모든 것이 명료하게 느껴지는 이유는 여름이 시작되어 마음이 들뜨거나 주변 풍경이 아름다워져서가 아니었다. 파국이 다가오고 있고, 모든 일이 하나의 끝으로 모일 거라는 인식이 극에 달하면서 생기는 감각이었다. 이 밝고 청명한 여름날들은 한 시대가 끝나기 전 마지막으로 찬란한 빛을 발하는 것이고, 곧 모든 사람의 마음속에 선명한 기억으로 남을 것이다. 변기 세척과 차 나눠주기, 붕대 갈기, 그리고 도저히 회복될 것 같지 않은 환자의 상처에 약 바르기 등 이른아침부터 시작되는 고된 업무도 선명한 인식의 날을 무디게 하지는 못했다. 이 인식이야말로 그녀의 모든 행동의 이유이자 배경이었다. 그리고 그것은 계획한 것을 서둘러 행동으로 옮겨야 한다는 절박함을 불러일으키기도 했다. 브라이어니는 시간이 별로 없다고 생각했다. 자꾸 망설이며 미루다가 독일군이 들어와버리면 두 번 다시 기회가 오지 않을 것이다.

날마다 새로운 환자들이 들어왔지만, 처음처럼 봇물 터지듯 밀려오지는 않았다. 응급체계가 자리를 잡아가고 있었으므로 침대가 모자라는 일도 더이상 없었다. 수술이 필요한 환자들은 신속하게 준비를 갖춰 지하 수술실로 보냈고, 수술 후에는 거의 다 다른 병원으로 이송해 거기서 회복하게 했다. 사망자는 여전히 많았지만 이제는 수습 간호사들도 충격을 받지 않았다. 사망자 처리가 일상의 업무가 되어버린 지금, 일은 신속하게 이루어졌다. 칸막이 커튼 안에서 신부의 임종기도가 들리는가 싶으면 곧 사망자의 머리에 시트가 덮이고, 포터들이 호출되고, 침대는 시트가 벗겨지고 새롭게 정리되었다. 이 모든 일이 너무나 신속하게 이루어졌고, 너무나 자주 사망자가 발생하여 그들에 대한 기억은 곧 희미해지거나 다른 것과 뒤섞여버렸다. 무니 병장의 얼굴이 로웰 이병의 얼굴과 헷갈렸고, 이젠 이름도 생각나지 않는 다른 군인들에 대한 기억과 뒤섞여서 누가 어떤 상처로 어떻게 죽어갔는지 제대로 기억할 수 없을 정도였다.

사람들은 프랑스가 함락된 이상 연합군의 저항력을 더욱더 약화시키기 위해 곧 런던에서 폭격이 시작될 거라고들 했다. 이제 별 이유 없이 런던에 머무는 것은 허용되지 않았다. 병원 1층 창문에 쌓아둔 방호용 모래주머니가 보강되었고, 민간업체에서 나온 사람들이 지붕에 올라가 굴뚝과 콘크리트로 막아버린 채광창의 안전도를 검사했다. 한층 더 엄격해진 고함과 호루라기 소리 속에 환자대피훈련이 여러 차례 실시되었다. 소방훈련과 대피 후 집결지에 모이기까지의 연습, 장애가 있거나 의식이 없는 환자들에게 방독면을 씌우는 훈련도 여러 차례 있었다. 간호사들은 우선 본인이 먼저 방독면을 써야 한다는 주의를 받았다. 간호사들은 이제 드러먼드 수간호사를 두려워하지 않았다. 수간호사는 피를 보고 실전을 경험한 그들을 더이상 학생으로 대하지 않았다. 지시를 내리는 그녀의 어조는 여전히 냉랭하고 사무적이었지만, 간호사들은 어쩐지 우쭐해졌다. 이렇게 상황이 바뀐 터라 브라이어니가 피오나와 비번 날짜를 바꾸는 것도 그다지 어렵지 않았다. 피오나는 고맙게도 기꺼이 브라이어니의 토요일 근무를 하루 대신 하고, 자신은 브라이어니가 쉬기로 한 월요일에 쉬기로 해주었다.

행정상의 착오로 다른 병원으로 후송되지 않고 남은 군인들도 있었다. 그들은 일단 충분한 취침으로 피로를 몰아내고 병원 음식에 익숙해져 어느 정도 몸에 살이 붙고 나면 심술궂거나 통명스러워졌다. 영구적인 장애를 입지 않은 군인들도 마찬가지였다. 대다수는 보병이었다. 그들은 침대에 누워 담배를 피우거나 멍하니 천장을 바라보며 최근에 자신에게 일어난 일들을 곱씹었다. 때로는 삼삼오오 모여앉아 불평도 했다. 그들은 자신에게 혐오감을 느끼고 있었다. 총 한 방 제대로 쏴보지 못했다고 이야기하는 군인들도 있었다. 그러나 대다수는 무능한 고위 장성들과, 퇴각하면서 사병은 나 몰라라 하고 먼저 줄행랑을 친 부대 장교들, 그리고 싸움 한번 제대로 하지 못하고 무너져버린 프랑스군에 분노를 느끼고 있었다. 기적적인 철수와 작은 배들의 영웅적인 모험을 다룬 기사가 신문에 나기라도 하면 그들의 신랄함은 극에 달했다.

"웃기시네. 완전 아수라장이었는데." 그녀는 그들이 중얼거리는 소리를 들었다. "공군 이 개새끼들."

간호사들도 군 장교나 마찬가지라고 생각했는지, 불친절하게 굴고 치료에도 비협조적인 군인들도 있었다. 그들에게는 장교나 간호사나 모두 자기 힘만 믿고 날뛰는 멍청이들로 보이는 모양이었다. 드러먼드 수간호사가 호통을 쳐야 겨우 협조를 얻어낼 수 있었다.

토요일 아침 여덟시, 브라이어니는 아침도 거른 채 병원을 나서서 강을 오른편으로 끼고 상류를 향해 걸었다. 램버스궁의 출입구를 지나가는 동안 버스 세 대가 지나갔다. 행선지 표시판은 모두 비어 있었다. 적에게 혼동을 주기 위해서였다. 하지만 이미 걸어가기로 결심한 터라 그런 것은 별로 중요하지 않았다. 거리 이름 몇 개를 외워두었지만 그것도 별 소용이 없었다. 거리 표지판은 모두 철거되거나 검은 페인트로 지워져 있었다. 그녀는 강을 따라 2마일쯤 가다가 왼쪽으로 꺾으면 남쪽으로 가게 될 거라고 막연히 추측하며 걸었다. 런던 시내 지도와 설계도는 정부의 명령으로 거의 다 압수되고 없었다. 그녀는 1926년에 제작되었다는 낡은 버스 노선도 하나를 가까스로 구할 수 있었다. 지도는 접힌 부분이 닳아서 찢어지기 일보 직전이었는데, 공교롭게도 그녀가 가려는 길이 그 접힌 부분에 있었다. 지도를 활짝 펴들면 여러 조각으로 완전히 찢어질 것 같았다. 자신이 남들에게 어떻게 보일지도 걱정스러웠다. 영국 곳곳에 상륙한 독일 낙하산병들이 간호사나 수녀 복장을 하고 전국으로 퍼져서 일반 시민들 사이로 침투하고 있다는 기사가 신문에 여러 번 났다. 길거리에서 지도를 펼쳐보거나 길을 묻는 사람, 혹은 영어를 완벽하게 구사하면서도 평범한 자장가는 모르는 사람은 일단 의심해봐야 한다고도 했다. 그녀는 자신이 남들 눈에 대단히 의심스러워 보일 수도 있다는 생각에 불안해졌다. 잘 모르는 곳에는 간호사복을 입고 가는 것이 안전할 거라는 생각에 일부러 입고 나왔는데, 오히려 스파이처럼 보이게 생겼다.

아침 출근길에 나선 차량 행렬과 반대 방향으로 걸어가면서 브라이어니는 기억나는 자장가들을 마음속으로 불러보았다. 끝까지 떠올릴 수 있는 것은 거의 없었다. 저 앞에서 우유 배달원이 마차에서 내리더니 말의 고삐를 조였다. 그녀가 다가가는 동안 그는 말에게 무어라 중얼거리고 있었다. 그의 뒤에 서서 헛기침을 하는데, 불현듯 하드먼 씨와 그의 마차가 떠올랐다. 지금 일흔 살인 사람들이 그녀의 나이였을 때는 1888년이었을 것이다. 말이 도로를 활보하는 시대였을 것이고, 그로부터 많은 세월이 지난 지금도 노인들은 그 시대를 떠나보내기 싫어했다.

브라이어니가 길을 물어보자 노인은 아주 친절하게, 그러나 무슨 말인지 통 알아듣기 힘든 설명을 장황하게 늘어놓았다. 굉장히 덩치가 큰 노인이었으며, 흰 턱수염은 담배로 노랗게 변해가고 있었다. 편도비대증을 앓는지 콧소리와 섞여 말을 잘 알아들을 수가 없었다. 그는 손을 휘저으며 왼쪽으로 갈라져 철도교 아래로 길게 이어지는 길을 가리켰다. 벌써 강을 벗어나는 것은 너무 빠르지 않나 하는 생각이 들었지만, 뒤에서 지켜보는 노인의 시선이 느껴져서 그의 말대로 왼쪽 길로 들어섰다. 그의 설명을 무시하는 것은 예의가 아닐 것 같았다. 그리고 어쩌면 그게 지름길인지도 몰랐다.

그 많은 일들을 보고 듣고 겪고 난 지금도 이렇게 자의식에 사로잡혀 허둥대는 것이 놀라웠다. 혼자 밖에 나와 겁을 먹은 자신이 바보 같다는 생각도 들었다. 지난 몇 달 동안 그녀는 폐쇄된 공간에서 매시간 정해진 일정에 따라 움직이는 생활을 해왔다. 그녀는 병원에서 자신의 위치가 얼마나 보잘것없는지 잘 알고 있었다. 일에 숙달될수록 명령대로 움직이고 독자적인 생각은 하지 않으며 규칙과 절차를 따르는 것에 익숙해졌다. 스스로 결정한 대로 일을 해본 지는 꽤 오래되었다. 프림로즈 힐에서 중편소설을 타이핑한 후로는 한 번도 없었다. 흥분과 자신감을 느꼈던 그때의 자신이 지금은 너무 어리석게 느껴졌다.

브라이어니가 다리 밑을 걷는데 머리 위로 기차가 지나갔다. 그 천둥 같은 규칙적인 바퀴 소리가 뼛속까지 스며드는 것 같았다. 쇳덩이 위를 미끄러지듯 굴러가며 덜컹거리는 쇳덩이, 머리 위 저 높은 곳에 있는 나사로 죄어 서로 연결한 거대한 철 상자, 녹슬어가는 까치발 위에 우뚝 솟은 거대한 무쇠 화통, 뭔지 알 수 없는 것들을 실어나르는 저것. 저 무지막지한 괴물은 초인류에게나 속하는 것이다. 그녀 자신은 마룻바닥이나 닦고 붕대나 감을 뿐이다. 그런 그녀에게 이 여정을 계속할 힘이 정말 있는 것일까?

그녀가 다리 밑에서 걸어나와 쐐기 모양으로 내리쬐는 먼지 낀 아침햇살 속을 걸어갈 때, 기차는 철로에서 멀리 떨어진 시골집에서 들을 수 있을 법한 정겨운 소리를 내며 점점 멀어져가고 있었다. 내게 필요한 건 척추야. 브라이어니는 다시 한번 되뇌었다. 테니스코트가 있는 조그만 공원을 지나가는데, 그 안에서 면 운동복을 입은 두 남자가 공치기를 하면서 본격적인 경기에 앞서 몸을 풀고 있었다. 근처 벤치에는 카키색 반바지를 입은 소녀 둘이 나란히 앉아 함께 편지를 읽고 있었다. 브라이어니는 그 편지, 듣기 좋은 말을 가득 써놓은 거절의 편지를 떠올렸다. 근무중에도 주머니 속에 넣고 다녔더니 두번째 페이지에 석탄산 용액이 묻어 게 모양의 얼룩이 생겼다. 의도한 바는 아니었겠지만, 그 편지는 그녀의 아픈 곳을 찌르고 있었다. 소녀가 그들 사이에 끼어들어 그들에게 끔찍한 불행을 가져다줄 수도 있지 않을까요? 그렇다, 정말로 그럴 수 있을 것이다. 그리고 그렇게 했다. 그래놓고 보잘것없는 글재주로 하찮은 소설 한 편을 써냄으로써 그 사실을 감출 수 있다고 생각한 것일까? 그 소설을 잡지사에 보냄으로써 허영심을 만족시키려 한 건 아닐까? 빛과 돌과 물에 대한 장황한 묘사, 세 명의 관점으로 나뉜 서술방식, 아무 일도 일어나지 않은 채 끝없이 계속되는 고요. 그 어떤 것도 그녀의 비겁함을 숨길 수는 없었다. 그녀는 정말로 남을 모방한 소위 현대적 글쓰기 방식 뒤에 숨어서 의식의 흐름—그것도 세 명이나 되는 사람들의 의식의 흐름—속에 죄책감을 익사시킬 수 있다고 생각했던 것일까? 그녀의 소설에 없는 것은 그녀의 삶에도 없었다. 그녀가 삶에서 정면으로 부딪치길 원치 않았던 것은 소설에서도 빠져 있었다. 진정한 소설이 되기 위해 빠져서는 안 될 것이 바로 그것이었는데도 말이다. 이제 어떻게 해야 하나? 그녀에게 부족한 것은 소설의 척추가 아니었다. 그녀 자신의 척추, 그녀 인생의 척추였다.

작은 공원을 뒤로하고 허름한 공장을 지나가는데, 기계가 돌아가는 소리로 인도가 다 흔들릴 지경이었다. 높이 달린 더러운 창문들 안에서 무엇이 만들어지고 있는지, 한 개밖에 없는 길쭉한 알루미늄 굴뚝으로 노란색과 검은색의 연기가 뿜어져나오는 이유는 무엇인지 알 길이 없었다. 대각선 길모퉁이에 있는 술집은 쌍여닫이문이 활짝 열려 있어 극장의 무대를 연상시켰다. 술집 안에서는 호감 가게 생긴 한 청년이 생각에 잠긴 듯한 표정으로 휴지통에 재떨이를 비우고 있었고, 전날 밤의 공기가 아직도 푸른색을 띠고 있었다. 가죽 앞치마를 두른 남자 두 명이 짐마차에서 맥주통을 굴려 내리고 있었다. 거리에 이렇게 말이 많은 건 처음 보았다. 트럭이란 트럭은 모두 군에 징발된 모양이었다. 지하실에 있는 누군가가 인도로 난 작은 문을 열어젖혔다. 문이 열리면서 바닥에 쾅 부딪혀 먼지구름을 일으켰고, 그 안에서 삭발한 남자의 머리가 인도 위로 올라오더니 고개를 돌려 그녀가 지나가는 모습을 지켜보았다. 그는 거대한 체스 말처럼 보였다. 맥주통을 내리던 남자들도 그녀를 지켜보았고, 그중 한 명은 휘파람을 불었다.

"자기, 괜찮아?"

기분 나쁘진 않았지만, 뭐라고 답해야 할지 알 수 없었다. 네, 고마워요, 그들에게 미소를 지어주고 걸어가면서 브라이어니는 처음으로 간호사 망토를 입고 나오길 잘했다고 생각했다. 모두 침공에 대해 생각하고 있겠지만, 일상생활을 계속하는 것 말고는 특별히 대비할 일도 없었다. 독일이 침공해온다 해도 사람들은 여전히 테니스를 치거나, 잡담을 하거나, 맥주를 마실 것이다. 지나가는 여자에게 휘파람을 불며 희롱하는 일은 사라질지도 모르지만. 길모퉁이를 돌자 도로가 좁아져서 차 소리는 더 크게 들렸고, 후텁지근한 매연이 얼굴에 와닿기도 했다. 인도 쪽으로 나 있는 붉은 벽돌로 된 빅토리아풍 테라스 하나가 눈에 들어왔다. 페이즐리 천으로 된 앞치마를 두른 여자가 집 앞에서 지나칠 정도로 힘껏 비질을 하고 있었고, 집안에서는 아침식사로 준비하는 튀김 냄새가 열린 문을 통해 풍겨나왔다. 공간이 너무 좁았기 때문에 여자는 몸을 일으켜 길을 터주었지만, 브라이어니의 아침인사에는 쌀쌀맞게 고개를 돌려버렸다. 앞에서는 여행가방을 든 여자와 귀가 눈에 띄게 크고 배낭을 멘 사내아이 네 명이 걸어왔다. 아이들은 낡은 신발 한 짝을 놓고 서로 차겠다고 밀치고 소리질렀다. 그들이 지나갈 수 있도록 브라이어니가 옆으로 비켜서는 와중에도 그애들은 엄마의 지친 외침을 무시했다.

"그만 좀 해, 얘들아. 간호사 누나가 지나가게 해줘야지."

여자는 지나가면서 미안하다는 듯 얼굴을 일그러뜨리며 억지 미소를 지어 보였다. 앞니 두 개가 빠져 있었고 짙은 향수 냄새가 풍겼다. 손가락에는 불을 붙이지 않은 담배를 끼우고 있었다.

"시골로 간다니까 애들이 저렇게 좋아하네요. 시골에 가본 적이 한 번도 없거든요, 믿으실지 모르겠지만."

브라이어니가 말했다. "좋은 집에서 머물게 되기를 빌게요."

여자의 귀도 사내애들과 마찬가지로 눈에 띄게 컸지만, 단발머리에 살짝 가려져 있었다. 여자가 유쾌하게 웃음을 터뜨리며 말했다. "그 사람들은 애들이 얼마나 극성맞은지 아직 몰라요!"

마침내 브라이어니는 누추한 길들이 하나로 모이는 지점에 도착했다. 낡은 지도에 따르면 스톡웰인 것 같았다. 하나로 합쳐진 길이 남쪽으로 쭉 뻗어 있었고 길가에는 초소가 있었다. 초소 옆에는 대여섯 명의 국토방위군이 달랑 소총 한 자루만 옆에 세워둔 채 무료한 표정으로 서 있었다. 작업복에 완장을 차고 챙이 좁은 중절모를 쓴, 불도그처럼 뺨이 늘어진 늙은 남자가 그녀를 향해 걸어오면서 신분증을 요구했다. 그는 거만한 손짓으로 그녀를 통과시켰다. 그에게는 길을 묻지 않는 것이 좋겠다는 생각이 들었다. 목적지까지는 클래펌 로드를 따라 2마일 정도 걸어가면 될 것 같았다. 길은 더 넓어졌는데 행인이나 차는 조금 전까지 걸어온 길보다 훨씬 적었다. 들리는 소리라곤 지나가는 전차의 바퀴 소리뿐이었다. 브라이어니는 도로에서 멀찌감치 떨어진, 에드워드시대풍의 플랫*이 늘어선 곳으로 걸어가 플라타너스 그늘 밑 낮은 돌담 위에 앉아 신발을 벗고 뒤꿈치에 생긴 물집을 살펴보았다. 3톤짜리 화물트럭들이 그녀 곁을 지나 남쪽으로 달려갔다. 부상자가 타고 있지 않을까 예상하며 거의 반사적으로 트럭 뒤칸을 살폈다. 그러나 부상자는 없고 나무궤짝만 잔뜩 실려 있었다.

사십 분 뒤 브라이어니는 클래펌 커먼 지하철역에 다다랐다. 울퉁불퉁한 돌로 낮게 지은 교회 건물은 잠겨 있었다. 아버지의 편지를 꺼내 다시 한번 읽어보았다. 구두 가게의 여자가 공원 쪽을 가리켜 보였다. 브라이어니는 길을 가로질러 잔디밭을 걸어가면서도 처음에는 교회 건물을 알아보지 못했다. 교회는 울창한 숲속에 숨어 있었으며, 상상했던 모습이 아니었다. 그녀는 범죄현장으로 어울릴 만한 곳을 상상했었다. 이를테면 끔찍한 고통의 장면을 담은 스테인드글라스로 장식된 둥근 천장을 통해 강렬한 자주색과 남색의 빛이 들어오는, 고딕양식의

* 한 건물에 여러 가구가 살게 만든 공동주택.

뾰족하고 높은 성당 건물을 상상했었다. 그러나 서늘한 기운을 드리운 나무들 사이를 지나서 다가가는 그녀 앞에 모습을 드러낸 교회는 마치 그리스 신전처럼 우아한 건물이었다. 지붕은 검은색 타일로 덮여 있고 유리창은 평범했으며 건물과 조화를 이루는 시계탑 아래로는 하얀 기둥이 줄지어 서 있는 나지막한 주랑현관이 보였다. 현관 앞 계단 아래에는 번쩍번쩍 빛나는 검은색 롤스로이스가 서 있었다. 운전석 문이 약간 열려 있었지만 운전사는 보이지 않았다. 자동차 옆을 지나자 냉각장치에서 체온처럼 친밀하고 따뜻한 온기가 느껴졌고, 금속이 수축할 때 나는 삐걱거리는 소리가 들렸다. 그녀는 계단을 올라가 육중한 교회 문을 밀었다.

안으로 들어가니 여느 교회와 마찬가지로 왁스로 닦은 나무 냄새와 물기어린 돌 냄새가 났다. 소리를 내지 않고 조심스럽게 문을 닫으려고 돌아서면서도 교회가 거의 텅 비어 있음을 알 수 있었다. 혼인예식을 집전하는 사제의 목소리가 조용한 교회 안에 울려퍼졌다. 브라이어니는 성수반聖水盤에 반쯤 가려진 채 문 옆에 서서 어두운 실내에 눈과 귀가 적응할 때까지 잠시 기다렸다. 그러고는 신자석 맨 뒷줄, 제단 앞이 잘 보이는 자리로 가서 앉았다. 전에도 친척 결혼식에 참석한 적이 몇 번 있었는데, 그녀가 태어나기 전에 리버풀성당에서 거행되었다는 세실 이모부와 허마이어니 이모의 결혼식이 가장 화려하고 성대했다고 들었다. 신자석 맨 앞줄에 체격으로 보나 세련되고 우아한 모자로 보나 허마이어니 이모가 틀림없는 부인이 앉아 있었다. 그녀 옆에는 키가 엄마보다 5, 6인치는 더 커 보이는 피에로와 잭슨이 소원해진 부모 사이에 끼어앉아 있었다. 복도 건너편에는 마셜가 사람 세 명이 앉아 있었다. 이들이 전부였다. 친척도 하객도 기자도 없이 직계가족만 모인 조촐한 결혼식이었다. 초대받지 않은 브라이어니는 이곳에 있을 이유가 없었다. 사제의 말을 들어보니 결혼식의 중요한 부분은 놓치지 않은 것 같았다.

"결혼을 하는 둘째 이유는 간통이라는 죄악을 멀리하기 위해서입니다. 금욕과 자제력이라는 선물을 받지 못한 사람들이 그리스도의 몸안에서 순결한 형제자매로 살아갈 수 있도록 하기 위해서입니다."

제단 위에 서 있는 중백의中白衣* 차림의 교구신부 아래에 신랑 신부의 뒷모습이 보였다. 신부는 전형적인 흰색 웨딩드레스를 입었는데, 브라이어니가 앉은 맨 뒷줄에서 봐도 면사포가 엄청나게 길었다. 면사포 속에는 어린 소녀처럼 한 갈래로 땋아내린 머리칼이 허리까지 드리워져 있었다. 마셜은 허리를 꼿꼿하게 펴고 서 있었는데, 어깨에 패드를 댄 예복 상의가 사제의 흰 제의를 바탕으로 선명한 검은색을 띠고 있었다.

"결혼을 하는 셋째 이유는 서로 위로하고 돕고 사랑하며……"

불현듯 과거의 기억이 바늘로 가슴을 콕콕 찌르는 것처럼 생생하게 떠올랐다. 눈물이 그렁그렁해서 브라이어니의 방으로 들어오는 롤라. 살이 까지고 멍이 든 팔목. 롤라의 어깨와 마셜의 얼굴에 난 할퀸 자국들. 머릿속 공상과 현실을 구분하지 못하는 새침한 사촌동생이, 지나치게 고지식해서 한심해 보이는 그 사촌동생이 다른 사람에게 죄를 뒤집어씌우면서 정작 범인에게는 아무런 의심도 품지 않는 것을 물끄러

---

* 사제가 성사를 집전할 때 입는 무릎까지 내려오는 짧은 흰옷.

미 바라보며 침묵하던, 그날 밤 호숫가에 앉아 있던 롤라. 진주가 달린 초커에 장미 향수를 뿌린 허영심 많고 나약한 롤라. 어린 시절의 제약에서 벗어나 어른이 되기를 바랐던 롤라. 사랑에 빠짐으로써, 아니 사랑하게 되었다고 스스로 최면을 걸어 수치의 늪에서 자신을 건져낸 롤라. 브라이어니가 끝까지 엉뚱한 사람을 범인으로 지목하는 것을 보면서 자신에게 주어진 행운을 믿을 수 없어했을 롤라. 그 롤라가, 이제 겨우 어린애티를 벗은 롤라가 자신을 강간한 남자와 결혼하겠다고 제단 앞에 서 있는 것이다.

"……그러므로 이 두 사람이 합법적으로 맺어질 수 없는 합당한 이유를 제시할 수 있는 분은 지금 이 자리에서 밝혀주시든지, 아니면 영원히 침묵해주시기 바랍니다."

정말로 그런 일이 일어날 것인가? 간호사 망토를 입고 캡을 쓴 브라이어니가, 다리가 후들거리고 아무것도 먹지 않아 위가 쪼그라드는 듯이 아프고 가슴은 쿵쾅거리는 그녀가 자리에서 일어나 신자석을 지나 제단 앞으로 갈 것인가? 오랫동안 혼인예식을 집전했지만 결혼이 불가한 이유를 대겠다고 나서는 사람은 한 번도 본 적이 없는 사제가 놀라서 입을 벌리고, 신자석에 앉아 있던 가족들이 고개를 돌려 그녀를 바라보고, 얼굴이 하얗게 질린 신랑 신부가 반쯤 돌아서서 그녀를 지켜보고 있는 가운데, 정말로 그녀가 중앙 복도를 걸어 제단 앞으로 나아가, 전혀 떨리지 않는 단호한 목소리로 자신이 생각하는 합당한 이유를 말할 것인가? 그런 생각은 한 번도 해보지 않았지만, 그동안 까맣게 잊고 있던 『성공회 기도서』의 이 요구를 듣는 순간 그녀는 불현듯 그렇게 해야 한다는 마음에 사로잡혔다. 그러면 안 될 이유가 있나? 지금이야말로 사람들 앞에서 그동안 자신이 겪은 고통과 번민을 솔직히 털어놓음으로써 자신이 저지른 죄를 깨끗이 씻을 수 있는 절호의 기회였다.

그러나 긁힌 상처와 멍은 이미 오래전에 치유되었고, 그때의 브라이어니는 지금과는 정반대의 증언을 했었다. 제단 앞에 서 있는 신부는 성폭행 피해자처럼 보이지 않았을뿐더러, 이미 부모로부터 결혼 승낙도 받았다. 게다가 상대는 아모 초콜릿바를 만들어낸 초콜릿 업계의 거물이었다. 허마이어니 이모는 더할 나위 없이 만족하고 있을 것이다. 폴 마셜과 롤라 퀸시, 그리고 브라이어니 탤리스가 침묵과 거짓말로 작당을 하여 아무 죄도 없는 사람을 감옥으로 보낸 것인가? 그러나 그를 유죄로 만든 증언은 바로 브라이어니 자신이 했다. 지방법원에서 브라이어니를 대신해 다른 사람이 큰 소리로 진술서를 읽었다. 형 집행도 이미 끝났다. 대가를 치른 것이다. 평결은 여전히 유효했다.

브라이어니는 자리에 앉은 채 심장고동이 빨라지고 손바닥에 땀이 배는 것을 느끼며 천천히 고개를 숙였다.

"하느님 앞에서 신랑 신부에게 요청합니다. 모든 이의 마음속 비밀이 밝혀지는 두려운 심판의 날에는 하느님 앞에서 모든 진실이 밝혀질 것임을 기억하시고, 두 사람 중 어느 쪽이든지 국법이나 하느님의 말씀에 따라 혼인하지 못할 사유가 있으면 지금 고백하십시오."

아무리 생각해봐도 심판의 날까지는 아주 오래 남아 있었고, 그때까지는 마셜과 그의 신부만이 알고 있는 진실은 부부관계라는 컴컴한 방안에 갇혀 있을 것이며, 그것을 둘러싼 벽은 점점 더 높아만 갈 것이다. 그날 밤의 사건에 관계된 사람들이 모두 죽고 나서도 진실은 영원히 어둠 속에 안전하게 묻혀 있을 것이다. 이 혼인예식에서 나오는 모든 말이 진실을 가둘 벽돌을 하나씩 쌓고 있는 것이다.

"신부를 신랑에게 인도할 분은 앞으로 나와주십시오."

세실 이모부가 재빨리 일어나 제단 앞으로 걸어갔다. 빨리 해야 할 도리를 다하고 옥스퍼드에 있는 올 소울스의 피신처로 돌아가고 싶은 게 분명했다. 마셜과 롤라가 사제를 따라 결혼 서약을 낭독할 때 브라이어니는 행여라도 망설이는 기색이 있는지 알아보려고 열심히 귀를 기울였다. 마셜은 무덤덤한 목소리로 크게 따라 했고, 롤라는 달콤하고도 확신에 찬 목소리였다. "내 몸을 다하여 당신을 섬기겠습니다"라는 그녀의 말, 교회 안에 울려퍼진 그 말은 대단히 관능적이고 불경스럽게 들렸다.

"기도합시다."

앞줄에 앉은 일곱 명이 머리를 숙였고, 사제는 안경을 벗더니 턱을 치켜들고 눈을 감은 채 작고 슬픈 목소리로 천상의 권능을 노래하기 시작했다.

"오, 영원하신 하느님, 모든 인간의 창조주이자 보호자이시고, 모든 영적 은총을 주시는 분이며, 영원한 삶을 창조하신 주여, 당신의 종인 이 남녀에게 은총을 베푸소서……"

다시 안경을 낀 사제가 두 사람이 부부가 되었음을 선포하고 교회의 주보이신 성 삼위일체께 기도를 드리는 순간, 마지막 벽돌이 얹혔다. 몇 차례의 기도와 찬송, 주기도문이 이어졌고, 마지막으로 식을 마무리하는 긴 축복의 기도가 있었다.

"……당신의 풍성한 은총을 이들에게 주시고, 이들의 죄를 사하시고, 이들에게 축복을 내려주시어, 이들이 몸과 마음을 다하여 당신을 기쁘게 해드릴 수 있게 하시고, 죽을 때까지 성스러운 사랑 안에 함께 살게 하소서."

기도가 끝나자 오르간에서 경쾌한 셋잇단음표의 축가가 폭포처럼 쏟아져내리는 가운데 사제가 제단에서 내려와 신랑 신부를 이끌고 중앙 복도를 걸어왔고, 양가 가족 일곱 명이 그 뒤를 따랐다. 기도하는 것처럼 무릎을 꿇고 있던 브라이어니는 자리에서 일어나 다가오는 행렬 쪽을 향해 돌아섰다. 시간에 쫓기는 듯 다른 사람들보다 훨씬 앞서서 걷던 사제는 왼쪽에 서 있는 젊은 간호사를 보고 환영하는 마음과 호기심을 담은 미소를 지어 보이며 고개를 약간 숙여 인사했다. 그러고는 성큼성큼 걸어가 육중한 문 하나를 끌어당겨 활짝 열었다. 열린 문으로 밝은 햇빛이 비스듬히 들어와 브라이어니가 서 있는 곳까지 이르렀고, 그녀의 얼굴과 캡을 환히 비춰주었다. 다른 사람들 눈에 띄기를 바란 그녀였지만 이렇게 밝은 조명 아래 드러나니 조금 당혹스러웠다. 이제 아무도 그녀의 모습을 못 보고 지나칠 수는 없을 것이다. 브라이어니 쪽으로 걸어오던 롤라는 가까이에 이르렀을 때 눈을 들어 그녀를 똑바로 쳐다보았다. 앞으로 드리워졌던 면사포는 이미 걷혀 있었다. 주근깨가 사라진 것을 빼고는 별로 달라지지 않은 모습이었다. 키가 약간 더 컸고, 얼굴에 살이 붙어 인상이 더 부드러워지고 예뻐졌으며, 눈썹을 많이 뽑아 정돈한 것이 달라졌다면 달라진 점이었다. 브라이어니도 아무 말 없이 롤라를 쳐다보았다. 그녀가 바라는 것은 자신이 와 있다는 것을 알려 롤라로 하여금 궁금증과 불안함을 느끼게 하는 것뿐이었다. 햇빛 때문에 눈이 부셔서 제대로 볼 수는 없었지만, 한순간 롤라가 불쾌하다는 듯 얼굴을 약간 찡그린 것 같았다. 그러고는 새침하게 입술을 꽉 다물고 고개를 빳빳이 든 채 사라져버렸다. 폴 마셜도 브라이어니를 보긴 했지만 누구인지 알아보지 못했고, 여러 해 동안 그녀를 보지 못한 허마이어니 이모와 세실 이모부도 마찬가지였다. 그러나 짧은 교복 바지 아래로 복사뼈를 드러낸 채 부모 뒤를 따라오던 쌍둥이 형제는 그녀를 보고는 반가워했고, 간호사 복장에 충격받은 표정을 장난스럽게 지어 보이더니, 광대처럼 눈을 크게 굴리고 하품을 하며 손바닥을 입에 대고 탁탁 쳤다.

교회 안에는 이제 자기 흥에 겨워 연주를 계속하는 보이지 않는 오르간 연주자와 브라이어니만 남았다. 결혼식은 너무 빨리 끝나버렸고, 얻은 것은 아무것도 없었다. 그녀는 밖으로 나가기를 주저하면서, 그리고 자신이 바보 같다는 생각을 하면서 그 자리에 그대로 서 있었다. 지금 밖으로 나가 밝은 햇빛 아래서 사람들과 그저 그런 안부인사를 주고받으면 그나마 그녀가 불러일으킨 홀연히 나타난 유령 같은 효과는 사라져버릴 터였다. 더욱이 그 사람들과 마주하고 이야기를 나눌 용기도 없었다. 초대받지도 않고 결혼식에 온 이유를 어떻게 설명해야 할까? 그들이 기분 나빠할지도 몰랐다. 아니면 전혀 기분 나빠하지 않아 오히려 상황을 더 나쁜 쪽으로 몰고 갈 수도 있었다. 마셜 부부가 증오로 타오르는 마음을 애써 진정시키며 호텔에서 있을 축하연에 그녀를 데리고 가 상냥하고 예의바르게 환대하는 모습이나 허마이어니 이모가 드러내놓고 세실 이모부를 경멸하는 모습을 보게 될지도 몰랐다. 음악에 심취한 듯 일이 분을 더 망설이며 서 있던 브라이어니는 자신의 비겁함에 울컥 화가 치밀어 서둘러 문밖으로 걸어나갔다. 사제는 벌써 교회에서 100야드쯤 벗어나 팔을 한가로이 흔들면서 빠른 걸음으로 공원을 가로지르고 있었다. 신혼부부는 롤스로이스 안에 있었으며, 마셜은 운전석에 앉아 차를 돌리기 위해 후진을 하고 있었다. 그들은 그녀를 본 게 분명했다. 그가 기어를 바꾸자 날카로운 금속성이 났다. 좋은 징조일지도 몰랐다. 천천히 움직이는 자동차의 차창을 통해 그녀는 롤라가 마셜에게 몸을 기대고 보란듯이 그의 팔짱을 끼는 것을 보았다. 가족들은 이미 숲속으로 사라지고 없었다.

*

지도를 보니 밸럼은 아까 사제가 걸어간 방향에, 공원의 저편 끝에 있었다. 그래도 그리 멀지 않아서 그녀는 주저했다. 지금 나서면 너무 일찍 도착할 것 같았다. 그녀는 아침부터 아무것도 먹지 못했고, 목도 말랐으며, 구두에 달라붙은 듯한 뒤꿈치는 참을 수 없이 욱신거리고 아팠다. 벌써 날이 더워지기 시작했으므로, 그늘 하나 없는 넓은 잔디밭과 곧은 아스팔트길을 가로지르고 시민 대피소를 걸어갈 일이 암담하게 느껴졌다. 저멀리 야외무대 근처에는 남색 제복을 입은 악대 연주자들이 돌아다니고 있었다. 그 모습을 보자 기꺼이 휴가 날짜를 바꿔준 피오나가 생각났고, 피오나와 함께 세인트 제임스 공원에 갔던 그날 오후가 떠올랐다. 모든 것이 평화로웠던 아주 오래전의 일처럼 느껴졌지만, 불과 열흘 전이었다. 지금쯤 피오나는 오늘 두번째로 환자용 변기를 세척하고 갈아주는 일을 하고 있을 것이다. 브라이어니는 교회 현관의 그늘 아래 서서 친구에게 뭘 사다주면 좋을지 궁리해보았다. 바나나나 오렌지, 스위스 초콜릿처럼 맛있는 음식이 좋을 것 같았다. 병원 포터들은 이런 것을 구하는 방법을 알고 있었다. 돈만 있다면 무엇이든 구할 수 있다고 말하는 것도 들었다. 브라이어니는 공원 주위를 오가는 차들을 바라보면서 먹고 싶은 것들을 떠올려보았다. 얇게 저민 햄과 수란, 로스트치킨, 걸쭉한 아이리시스튜, 레몬 머랭. 그리고 홍차 한 잔. 그녀는 교회 안에서 들려오던, 사람을 불안하게 만드는 신경질적인 음악이 멎었다는 걸 깨달았고 갑자기 찾아온 자유와도 같은 고요 속에서 아무래도 아침식사부터 해야겠다는 생각이 들었다. 그녀가 가려는 쪽으로는 밝은 오렌지색 벽돌로 지은 플랫들만 끝없이 늘어서 있고 상점은 보이지 않았다.

몇 분이 지나자 오르간 연주자가 한 손에는 모자를, 다른 한 손에는 육중한 열쇠 꾸러미를 들고 밖으로 나왔다. 웬만하면 그에게 이 근처에서 가장 가까운 카페가 어디 있는지 물어보았겠지만, 그가 자신이 연주한 음악만큼이나 신경질적인 모습인데다 교회 문을 쾅 닫고 몸을 굽혀 열쇠로 잠그는 것이 아무래도 그녀를 완전히 모르는 체하기로 작정한 것 같아서 포기했다. 이윽고 그는 모자를 꾹 눌러쓰더니 그녀에게 눈길 한 번 주지 않고 서둘러 그곳을 떠났다.

어쩌면 이것이 나머지 계획을 취소하게 되는 첫 단계인지 몰랐지만, 그녀는 클래펌 하이 스트리트를 향해 왔던 길을 되돌아갔다. 뭘 좀 먹으면서 어떻게 할지 다시 궁리해볼 작정이었다. 지하철역 근처에서 물이 담긴 돌구유 옆을 지날 때는 거기 얼굴을 담가도 좋겠다는 생각이 들었다. 잠시 후 우중충한 작은 카페를 발견하고 안으로 들어갔다. 창문은 기름때로 더러웠고 바닥에는 담배꽁초가 즐비했지만, 음식은 이미 익숙해진 병원 음식만큼 형편없지는 않았다. 브라이어니는 홍차 한

잔과 토스트 세 조각, 마가린, 그리고 옅은 분홍색의 딸기잼을 주문했다. 그녀는 저혈당증 환자라도 되는 양 홍차에 설탕을 가득 부었다. 그러나 단맛도 소독약맛을 완전히 가려주지는 못했다.

브라이어니는 홍차가 미지근해서 벌컥벌컥 들이켤 수 있는 것을 기뻐하며 두 잔이나 마시고 자갈이 깔린 카페 안마당을 지나 좌변기가 없는 화장실로 갔다. 악취가 코를 찔렀지만 그 어떤 악취도 수습 간호사를 찡그리게 할 만큼 고약하진 않았다. 그녀는 화장지를 뜯어내 구두 뒤축에 끼워넣었다. 앞으로 얼마를 더 걸어야 할지 알 수 없으니 이렇게라도 해야 할 것 같았다. 벽돌로 된 벽에는 수도꼭지가 하나 달린 세면대가 붙어 있었다. 세면대에는 회색 줄이 여러 개 생긴 마름모꼴의 더러운 비누 하나가 놓여 있었는데, 만지지 않는 편이 오히려 좋을 것 같았다. 세면대가 새는지 수도를 틀자 물이 바로 정강이로 떨어졌다. 그녀는 젖은 곳을 소매로 대강 닦고는 거울이 있다고 상상하면서 벽을 바라보며 머리를 빗었다. 그러나 거울 없이 립스틱을 바를 수는 없었다. 그녀는 물에 적신 손수건으로 얼굴을 닦아내고, 홍조를 띠도록 볼을 톡톡 두드렸다. 이미 결정은 내려졌다. 자신의 의견과는 상관없이 자연스레 그렇게 된 것 같은 느낌이 들었다. 지금 그녀는 사랑스러운 동생이라는 자리를 얻기 위한 면접을 준비하고 있었다.

브라이어니가 카페를 나와 공원을 따라 걷고 있는데, 자신이 밸럼을 향해 걷는 자아와 병원으로 돌아가는 또다른 자아로 나뉘면서 둘 사이의 거리가 점점 멀어지는 듯한 느낌이 들었다. 어쩌면 밸럼을 향하는 자신은 상상 속의 자신이거나, 유령과 같은 존재인지도 몰랐다. 이런 비현실적인 느낌은 삼십 분 후 이미 지나온 곳과 똑같아 보이는 거리에 들어서자 한층 더 강해졌다. 런던은 시내 한복판을 제외하고는 이렇게 특징 없고 우중충한 작은 마을이 모여서 이루어진 도시였다. 그녀는 이런 마을에서는 절대로 살지 않겠다고 결심했다.

그녀가 찾는 거리는 지하철역을 지나 길을 세 번이나 돌아가서야 나왔는데, 그 거리도 다른 거리들과 별반 다르지 않은 모습이었다. 한결같이 그물 커튼이 달려 있고 초라해 보이는 에드워드 양식의 테라스들이 거리 양쪽으로 반 마일 가까이 늘어서 있었다. 더들리 빌라 43호는 그 거리 중간쯤에 있었는데 마당을 가득 채운 벽돌더미 앞에 덩그러니 놓인, 바퀴가 다 달아난 낡은 포드 8 자동차를 제외하고는 다른 집들과 구별되는 특색이 하나도 없었다. 그녀는 안에 아무도 없다면 그래도 시도는 해보았다고 자위하며 돌아갈 수 있겠다고 생각했다. 초인종은 고장난 모양이었다. 그녀는 현관문 손잡이의 고리쇠를 두 번 두드리고 뒤로 물러섰다. 여자의 화난 목소리가 들리더니 곧이어 문을 쾅 닫는 소리와 쿵쿵거리며 걸어오는 소리가 들렸다. 브라이어니는 한 걸음 더 물러섰다. 지금 발길을 돌려 거리로 나서도 너무 늦지는 않을 터였다. 문손잡이를 더듬는 소리와 신경질 섞인 한숨소리가 나더니 곧 현관문이 열리고 뾰족한 얼굴에 키가 큰 삼십대 여자가 나타났다. 뭔가 힘든 일을 하다 왔는지 숨을 헐떡이고 있었고, 굉장히 화가 난 듯했다. 계속 방해를 받아서 표정 관리도 할 수가 없는지 입을 벌린 채 입술을 약간 씰룩였다. 여자는 브라이어니를 노려보면서 퉁명스럽게 물었다.

"무슨 일이죠?"

"세실리아 탤리스 양을 찾는데요."

여자는 어깨를 축 늘어뜨리더니 모욕이라도 당해 움찔하는 듯 고개를 뒤로 돌렸다. 그러고는 브라이어니를 위아래로 훑어보았다.

"많이 닮았네."

당황한 브라이어니는 여자를 그저 물끄러미 쳐다보았다.

여자는 거의 침을 뱉는 듯한 소리를 내며 다시 한번 한숨을 쉬더니 복도를 걸어가 계단 밑에 가서 섰다.

"탤리스!" 여자가 소리쳤다. "누가 왔어!"

그러고는 복도 중앙에 있는 거실 앞까지 걸어가 잠깐 멈춰 서서 경멸하는 표정으로 브라이어니를 돌아보더니 곧 거실로 들어가 문을 쾅 닫아버렸다.

집안이 조용해졌다. 열린 현관문을 통해 들여다보니 바닥은 현관 앞에서부터 꽃무늬 리놀륨이 깔려 있었고, 아래쪽 계단 예닐곱 단에는 진홍색 카펫이 덮여 있었다. 세번째 단은 난간의 세로대가 빠지고 없었다. 현관 구석 벽에는 반원형 탁자가 놓였고, 그 위에는 토스트 랙 같은 나무 편지꽂이가 놓여 있었다. 편지꽂이는 텅 비어 있었다. 리놀륨은 계단을 지나 복도 끝까지 이어졌고, 그 끝에는 우윳빛 유리창이 달린 문이 하나 있었는데 아마도 부엌문인 것 같았다. 바닥뿐만 아니라 벽지도 꽃무늬로, 눈송이와 세 송이의 장미 다발이 엇갈려 그려져 있었다. 문간에서부터 계단이 시작되는 곳까지 세어보니 장미꽃은 열다섯 송이, 눈송이는 열여섯 개였다. 불길한 느낌이 들었다.

마침내 위층에서 문이 열리는 소리가 났다. 아까 브라이어니가 현관문을 두드릴 때 큰 소리를 내며 닫혔던 그 문인 듯했다. 곧이어 계단이 삐걱거리는 소리가 나더니 두꺼운 양말을 신은 발이 먼저 눈에 들어왔고 그 위에 맨살의 발목이, 이어서 그 위로 눈에 익은 푸른색 실크

가운이 보였다. 마침내 비스듬히 기울어진 세실리아의 얼굴이 보였다. 제대로 옷을 갖춰 입지 않아 아래로 내려오지 않고 난간 사이로 몸을 숙여 누가 왔는지 보려는 모양이었다. 그녀가 동생을 알아보기까지는 시간이 좀 걸렸다. 그녀는 계단 세 단을 천천히 내려왔다.

"어머나, 세상에."

세실리아는 계단에 주저앉아 가슴에 팔짱을 꼈다.

브라이어니는 여전히 한 발은 마당 통로에, 한 발은 현관 앞 계단에 두고 서 있었다. 주인 여자의 거실에서 무선라디오 켜는 소리가 났고, 얼마 후 진공관이 달아오르자 갑자기 청중의 웃음소리가 터져나왔다. 코미디언이 달콤한 목소리로 무어라 말하는 소리가 들리더니 이윽고 우레와 같은 박수 소리가 터져나왔고, 곧이어 악단의 경쾌한 음악이 시작되었다. 브라이어니는 현관 안으로 들어갔다.

브라이어니가 중얼거렸다. "언니한테 할말이 있어서……"

세실리아는 일어서려다 말고 물었다. "온다고 왜 미리 얘기 안 했어?"

"내 편지에 답장이 없어서, 그래서 왔어."

세실리아는 가운을 여미며 한 손으로 주머니를 툭툭 쳤다. 아마도 담배를 찾는 듯했다. 그녀는 얼굴이 가무잡잡해졌고 손도 갈색이었다. 원하는 것을 찾지 못했지만 한동안 일어설 기색은 보이지 않았다.

화제를 바꾸려 한다기보다 시간을 벌기 위해서인 듯 세실리아가 말했다. "수습 간호사가 됐구나."

"응."

"누구 병동이야?"

"드러먼드 수간호사."

세실리아가 드러먼드 수간호사를 아는지, 자기가 있던 병원에서 동생이 수습 간호사 생활을 하는 것에 기분 나빠하는지 알 수가 없었다. 예전과는 분명히 달라진 것이 있었다. 예전에 세실리아는 항상 엄마 같은 투나 잘난 체하는 투로 말하곤 했다. "우리 동생!" 하고 부르면서. 그러나 이제는 그런 것을 기대할 여지가 느껴지지 않았다. 언니의 말투가 엄격하고 딱딱해서 브라이어니는 지금은 로비에 대해 물어보지 않는 것이 좋겠다고 생각했다. 그녀는 뒤에 현관문이 열려 있다는 걸 의식하며 한 걸음 더 안으로 들어갔다.

"언니는 어디서 일해?"

"모덴 근처. 응급의료 전담 군병원이야."

응급의료 전담 군병원. 철수작전중 가장 위중한 부상을 당한 군인들을 치료하는 병원이었다. 말할 수 없는 것, 물어볼 수 없는 것이 너무도 많아 자매는 한동안 서로 바라보고만 있었다. 세실리아는 방금 잠에서 깬 사람처럼 헝클어진 모습이었지만 브라이어니가 기억하는 그 어떤 모습보다 아름다웠다. 사람들이 이상하게 생겼다고, 약해 보인다고, 말상이라고 했던 그 긴 얼굴은 지금은 짙은 자줏빛 입술이 매혹적으로 도드라져 보이고 관능미가 넘쳤다. 피로 때문인지 눈은 검고 더 커져 있었다. 슬픔 때문인지도 몰랐다. 그 길고 아름다운 코, 당황했을 때 콧구멍을 벌름거리는 습관은 여전했다. 어딘지 모르게 가면 같은 느낌도 들었고, 단아한 조각상 같기도 한 얼굴이었다. 표정을 읽기도 힘들었다. 언니의 모습을 보자 브라이어니는 더 불안해졌고 자신이 더 어리석게 느껴졌다. 지난 오 년 동안 만나지 못한 이 여자에 대해 아는 게 별로 없다는 생각이 들었다. 브라이어니는 어떤 것도 편안하게 받아들일 수 없었다. 평범한 화제를 찾아보려 했지만 결국에는 맞닥뜨려야 할 그 민감한 주제로 연결되지 않는 것이 하나도 없었다. 그러나 어색한 침묵과 언니의 노려보는 눈길을 견딜 수 없어서 다시 입을 열었다.

"아버지한테 소식 들었어?"

"아니."

그 단호한 말투는 소식을 바라지도 않고, 듣는다고 해도 신경을 쓰거나 답장을 하는 일은 없을 거라는 뜻을 분명히 했다.

세실리아가 말했다. "너는?"

"이 주 전에 짧은 편지를 받았어."

"좋겠네."

이 주제에 대해서는 더이상 할말이 없었다. 그러곤 또다시 침묵. 잠시 후 브라이어니가 다시 얘기를 꺼냈다.

"집에선 편지 왔었어?"

"아니. 난 연락 안 해. 너는?"

"엄마가 가끔 편지를 보내."

"무슨 얘기를 하디, 브라이어니?"

질문도 이름을 부르는 말투도 냉소적이었다. 브라이어니는 편지에 대한 기억을 짜내면서 언니가 자신에게 엄청난 적대감을 품고 있다는 걸 느꼈다.

"피난민들을 받아들였는데, 베티가 그 사람들을 무지 싫어한대. 공원은 갈아엎어서 옥수수밭으로 만들었다나봐……" 브라이어니는 말끝을 흐렸다. 현관 앞에 이렇게 서서 시시콜콜 집 이야기를 하는 게 우스팡스럽게 느껴졌다.

그러나 세실리아는 차갑게 말했다. "계속해봐. 또 뭐랬는데?"

"마을 남자애들이 거의 다 이스트 서리 연대에 입대했는데……"

"대니 하드먼은 딴 데로 갔다고? 그건 나도 들었어." 세실리아는 억지로 밝은 미소를 지어 보이며 브라이어니가 말을 잇기를 기다렸다.

"군인들이 우체국 옆에 초소를 세우고, 오래된 철책을 몽땅 걷어갔대. 음, 그리고, 허마이어니 이모는 지금 니스에 살고 있고. 아, 맞다, 베티가 클렘 삼촌의 꽃병을 깨뜨렸대."

순간 세실리아의 냉정한 태도가 흔들렸다. 팔짱을 풀더니 손으로 뺨을 꾹 눌렀다.

"깼다고?"

"계단에서 떨어뜨렸대."

"완전히 깨졌단 말야? 산산조각이 났다고?"

"응."

세실리아는 잠시 이 사실을 곰곰이 생각해보는 것 같았다. 마침내 그녀가 말했다. "안타깝네."

"그러니까. 클렘 삼촌한테 미안한 일이지." 브라이어니가 말했다. 이제 조롱하는 말투는 아니었지만 언니의 심문은 계속되었다.

"깨진 조각은 다 모아뒀대?"

"모르겠어. 엄마는 아버지가 베티한테 소리를 질렀다는 말만 했어."

이때 문이 활짝 열리더니 주인 여자가 브라이어니 앞에 와서 섰다. 너무 바짝 다가와서 여자의 입에서 나는 박하향을 맡을 수 있을 정도였다. 여자는 손가락으로 현관문을 가리켰다.

"여긴 기차역이 아니야. 들어오든가, 아니면 나가줘, 젊은 아가씨."

세실리아는 특별히 서두르지 않고 천천히 일어서면서 가운 끈을 고쳐 맸다. 그러고는 침착한 목소리로 말했다. "이 아가씬 내 동생 브라이어니예요, 자비스 부인. 함부로 말하지 말아요."

"내 집에서 내 맘대로 한다는데, 뭐가 문제야?" 자비스 부인이 말했다. 그러곤 다시 브라이어니를 돌아보았다. "들어올 거면 들어오고, 아니면 나가줘. 문은 닫고."

브라이어니는 지금 자기를 돌려보내지는 않을 거라고 생각하면서 언니를 바라보았다. 자비스 부인이 뜻하지 않게 브라이어니를 도와준 것이다.

세실리아가 그들 둘뿐인 것처럼 말했다. "주인 여자는 신경쓰지 마. 난 이번 주말에 이사가니까. 문 닫고 올라와."

자비스 부인이 지켜보는 가운데, 브라이어니는 언니를 따라 계단을 오르기 시작했다.

"그리고 당신, 헤픈 아가씨." 주인 여자가 계단 위를 올려다보며 말했다.

그러나 세실리아는 고개를 홱 돌리더니 날카로운 소리로 여자의 말을 잘랐다. "적당히 해요, 자비스 부인. 적당히 하라고요."

브라이어니는 언니의 말투가 익숙하게 느껴졌다. 그것은 다루기 힘든 환자나 눈물이 그렁그렁해진 수습 간호사를 대하는 위엄 있는 수간호사의 말투였다. 이런 말투가 서슴없이 나오기까지 오랜 시간이 걸렸을 것이다. 브라이어니는 세실리아 언니가 병동 수간호사로 승진했을 거라고 확신했다.

2층 층계 앞에서 세실리아는 문을 열려다 말고 브라이어니를 흘끗 쳐다보았다. 그녀를 집안으로 들인다고 해서 바뀌는 것은 아무것도 없고, 마음이 누그러진 것도 아니라는 걸 알려주려는 듯 냉랭한 표정이었다. 문 맞은편에는 욕실이 있었는데 반쯤 열린 문을 통해 따뜻한 수증기가 흘러나왔고, 물이 똑똑 떨어지는 소리도 들렸다. 세실리아는 목욕을 하려던 참이었던 것 같았다. 그녀는 브라이어니를 안으로 들어가게 했다. 병실에서는 깔끔하기 그지없으면서도 자기 방은 엉망으로 해놓는 간호사들이 있다는 것을 브라이어니도 알고 있었기 때문에 세실리아의 집이 예전과 마찬가지로 난장판이었다고 해도 별로 놀라지 않았을 것이다. 그러나 안으로 들어서는 순간 언니가 검소하고 외로운 생활을 하고 있다는 느낌을 받았다. 별로 크지 않은 집은 좁고 긴 부엌과 침실로 나뉘어 있었다. 벽에는 사내아이의 파자마 같은 엷은 색깔의 세로줄무늬 벽지가 발라져 있어서 감옥 같은 느낌이 강하게 풍겼다. 바닥의 리놀륨은 곳곳이 뜯겨나가 회색 마루청이 드러나 보였다. 하나밖에 없는 내리닫이창 아래에는 수도꼭지 한 개가 달린 싱크대가 있었고, 그 옆에는 불판이 한 개인 가스레인지가 덩그러니 놓여 있었다. 가스레인지로 가는 통로에는 노란 바둑판무늬 식탁보가 덮인 식탁이 딱 버티고 있어서 지나다닐 공간이 없었다. 식탁 위에는 초롱꽃인 듯싶은 푸른색 꽃다발이 꽂힌 잼 병과 담배꽁초가 수북한 재떨이, 그리고 한 더미의 책이 놓여 있었다. 맨 밑에는 『그레이 해부학』, 그 위에는 셰익스피어 선집이 있었고, 그 위에 조금 얇은 책 두 권이 보였는데, 희미해진 금색과 은색의 제목을 보니 하우스먼과 크래브의 시집이었다. 책더미 옆에는 흑맥주 두 병이 놓여 있었다. 창문 정반대쪽 모퉁이에 침실 문이 있었고, 그 위에는 북유럽 지도가 압정으로 고정된 채 걸려 있었다.

세실리아는 가스레인지 옆에 놓여 있던 담뱃갑에서 담배 한 개비를 꺼내다가, 동생도 이젠 어린애가 아니라는 사실을 기억하고는 한 개비를 더 꺼내 브라이어니에게 권했다. 식탁 옆에 의자 두 개가 있었지만 세실리아는 싱크대에 등을 기대고 서서 브라이어니에게 앉으라고 권하지 않았다. 둘은 담배를 피우면서 주인 여자에 대한 불쾌한 기억이 사라지기를 기다렸다. 적어도 브라이어니에게는 그렇게 느껴졌다.

마침내 세실리아가 조용하고 침착한 어조로 말했다. "네 편지 받고 변호사를 찾아갔었어. 새로운 확실한 증거가 있는 게 아니라면 일이 간단하지 않대. 네가 마음을 바꾸는 것만으로는 충분하지 않단 얘기야. 롤라는 계속 모른다고 할 테고. 유일한 희망은 하드먼 씨였는데, 세상을 떠났잖아."

"하드먼 씨?" 그의 죽음이, 그리고 그와 이 사건의 관계가 브라이어니를 혼란 속으로 밀어넣었다. 브라이어니는 기억을 되살려보려고 노력했다. 그날 밤 하드먼 씨도 쌍둥이를 찾으러 나갔나? 그가 무슨 말을 했지? 법정에서 그녀가 모르는 어떤 증언이 나왔던가?

"그렇게 된 것 몰랐니?"

"몰랐어. 그런데……"

"믿을 수가 없네."

감정을 드러내지 않고 사무적으로 말하려던 세실리아의 노력이 무너지고 있었다. 흥분한 그녀는 싱크대에서 몸을 일으켜세우더니 통로를 가로막고 있는 식탁을 거칠게 밀고 맞은편으로 건너가 침실 문 옆에 섰다. 분노를 억누르려 애쓰는 그녀의 입에서 거친 숨이 터져나왔다.

"옥수수밭이나 피난민 얘기는 쓰면서 그 소식을 빠뜨렸다고? 이상하지 않니? 그는 암이었어. 하느님이 두려워서라도 죽기 전에 진실을 얘기했을 텐데, 지금 와선 모든 사람을 불편하게 할 뿐이었겠지. 그래서 다들 입다물고 있는 거고."

"그런데, 시……"

세실리아가 버럭 소리를 질렀다. "그렇게 부르지 마!" 그러고는 좀 더 부드러운 어조로 다시 한번 말했다. "그렇게 부르지 말아줘." 그녀의 손은 침실 문손잡이에 가 있었고, 면접도 이제 끝나가는 것 같았다. 언니는 사라지려 하고 있었다.

세실리아는 놀라울 정도로 침착한 목소리로 브라이어니에게 상황을 정리했다.

"내가 2기니나 지불하고 알아낸 건 이거야. 오 년 만에 네가 진실을 이야기하기로 결심했다고 해서 항소가 가능하지는 않다는 거."

"언니 말에서 이해가 안 가는 건……" 브라이어니는 하드먼 씨 문제로 돌아가고 싶었지만, 세실리아는 요즘 머릿속을 계속 맴돌고 있는 것을 말해버리고 싶은 모양이었다.

"쉬운 얘기야. 그때 네가 거짓말을 했다면, 지금 네가 하는 말은 판사가 어떻게 믿겠니? 새로운 확증이 있는 것도 아니고, 게다가 너는 신뢰하지 못할 증인이잖아."

브라이어니는 반쯤 피운 담배를 싱크대로 가지고 갔다. 토할 것 같았다. 그녀는 접시를 꽂아둔 선반에서 찻잔 받침 하나를 꺼내 재떨이로 삼았다. 그녀의 범죄를 단정하는 언니의 말을 듣고 있기가 괴로웠다. 그뿐만 아니라 그것을 바라보는 언니의 시각이 자신과 너무 다르다는 사실이 충격이었다. 브라이어니는 자신이 나약하고 어리석고 혼란스럽고 비겁했다고 생각하며 자신을 증오해왔다. 그러나 자신이 거짓말쟁이라고 생각한 적은 한 번도 없었다. 그러나 언니는 브라이어니가 거짓말쟁이라고 굳게 믿고 있었다. 그것은 너무나 분명하고 반박할 수 없는 사실이었다. 한순간 자신을 방어하고 싶은 본능이 일었다. 사람들을 속이려던 게 아니었다. 악의를 품고 그렇게 행동한 것도 아니었다. 그러나 누가 그 말을 믿어주겠는가?

이제 브라이어니는 조금 전 세실리아가 섰던 그 자리에 기대서서 언니와 눈을 맞추지 못한 채 중얼거렸다. "내가 얼마나 끔찍한 일을 저질렀는지 알아. 그리고 언니가 날 용서해줄 거라고는 기대도 안 해."

"그건 걱정하지 마." 세실리아가 타이르듯 말했다. 그녀가 담배를 깊이 빨아들이는 일이 초 동안 브라이어니는 갑자기 솟구치는 희망에 몸을 움찔했다. 세실리아가 다시 말했다. "걱정하지 마. 널 영원히 용서하지 않을 테니까."

"법정에 갈 수는 없어도, 사람들에게 내가 한 일을 고백할 수는 있어."

세실리아가 날카로운 웃음을 터뜨리자 브라이어니는 자신이 얼마나 언니를 두려워하는지 새삼 깨달았다. 언니의 조소는 분노보다 더 견디기 어려웠다. 줄무늬 벽지로 감옥의 창살 같은 효과를 의도한 것이 분명한 이 좁은 방은 감히 누구도 상상할 수 없는 세실리아의 감정의 역사를 담고 있었다. 브라이어니는 자기 뜻을 계속 밀고 나갔다. 어쨌든 지금까지 몇 번이고 연습했던 대화가 조금이나마 진행되고 있었다.

"서리로 가서 엄마하고 아버지한테 진실을 말할게. 다 고백할게."

"그래, 편지에도 그렇게 썼더라. 그런데 왜 아직도 이러고 있니? 오 년이라는 시간이 있었어. 근데 왜 아직도 못하고 있는 건데?"

"먼저 언니부터 만나고 싶었어."

세실리아가 침실 문가에서 다가와 식탁 옆에 섰다. 그녀가 담배꽁초를 맥주병 안에 떨어뜨리자 담뱃불 꺼지는 소리가 치익 나더니 이윽고 검은 병 위로 하얀 연기가 피어올랐다. 언니의 이런 행동을 보니 브라이어니는 다시 욕지기가 치밀었다. 병에 맥주가 들어 있다고 생각했었다. 아침에 상한 음식이라도 먹었나 하는 생각도 들었다.

세실리아가 말했다. "그동안 네가 왜 잠자코 있었는지 난 알아. 나랑 같은 생각이었겠지. 부모님이 그 일에 대해 더이상 듣고 싶어하지 않을 거라는 생각. 이미 다 지나간 일이야, 그만하면 됐어, 지금 와서 왜 다시 들쑤시는 거야? 뭐 이렇게 생각할 테니까. 게다가 부모님이 하드먼 씨의 말을 굳게 믿었다는 건 너도 잘 알고 있고."

브라이어니는 싱크대에서 몸을 일으켜 식탁으로 걸어와 언니 앞에 섰다. 그 아름다운 얼굴을 똑바로 쳐다보기가 쉽지 않았다.

그녀는 매우 신중하게 말했다. "언니가 무슨 얘기 하고 있는 건지 잘 모르겠어. 하드먼 씨가 이 일이랑 무슨 상관이 있는데? 돌아가셨다니 안됐어. 알지 못했던 것도 미안하고……"

그 순간 느닷없이 인기척이 들려 브라이어니는 소스라치게 놀랐다. 침실 문이 열리더니 로비가 걸어나왔다. 그는 군복 바지와 셔츠를 입고 반짝반짝 윤을 낸 군화를 신었으며, 멜빵은 풀어져 허리에 매달려 흔들리고 있었다. 면도를 하지 않은 얼굴에 머리는 헝클어져 있었고, 눈은 오직 세실리아만을 바라보고 있었다. 세실리아는 그를 향해 돌아섰지만 가까이 다가가지는 않았다. 두 사람이 말없이 서로를 바라보는 그 몇 초 동안, 언니 뒤에 가려져 있던 브라이어니는 간호사복 속으로 몸을 움츠렸다.

로비는 그곳에 자기들 둘만 있는 것처럼 브라이어니를 무시한 채 세실리아에게 조용히 말했다. "말소리가 들려서 병원 일인가 했어."

"괜찮아."

그는 손목시계를 내려다봤다. "슬슬 나가봐야 할 것 같아."

그리고 그는 방을 가로질러 문을 열고 밖으로 나가려다 말고 브라이어니가 있는 쪽을 향해 가볍게 고개를 끄덕이며 말했다. "실례."

곧이어 욕실 문이 닫히는 소리가 들렸다. 세실리아는 브라이어니와 아무 일도 없는 것처럼 조용히 말했다. "한번 자면 너무 깊이 잠들어서 깨우고 싶지 않았어." 그러곤 이렇게 덧붙였다. "네가 그를 만나지 않는 게 좋겠다는 생각도 들었고."

브라이어니의 무릎이 떨리기 시작했다. 그녀는 한 손으로 식탁을 짚어 몸을 의지한 채 세실리아가 부엌으로 들어와 주전자에 물을 채우도록 비켜주었다. 자리에 앉고 싶은 마음이 간절했지만, 앉으라는 말을 듣기 전에는 앉지 않을 것이고 앉아도 되는지 묻지도 않을 작정이었다. 그래서 앉고 싶은 마음을 내비치지 않으려고 노력하면서 살며시 벽에 등을 기댄 채 언니를 바라보았다. 로비가 살아 있다는 안도감이 그와 마주하는 것에 대한 두려움으로 이렇게도 빨리 바뀔 수 있다는 것이 놀라웠다. 방을 가로지르는 그의 모습을 직접 눈으로 확인하자, 그가 전사했을지도 모른다고 생각했던 것이 엉뚱한 상상처럼 느껴졌다. 그녀는 언니가 좁은 부엌 안을 분주히 오가는 모습을 말없이 지켜보았다. 로비가 무사히 돌아와서 정말 다행이라고 언니에게 말하고 싶었다. 그리고 자기 마음이 얼마나 가벼워졌는지 모른다고도 말하고 싶었다. 그러나 세실리아에게는 얼마나 가증스럽게 들릴까. 그녀는 그런 말을 할 자격이 없었다. 게다가 그녀는 언니가, 그리고 언니의 냉소가 두려웠다.

아직도 메슥거림이 가라앉지 않은데다가 얼굴까지 화끈 달아오르는 것 같아 브라이어니는 벽에 뺨을 대보았다. 조금도 시원하지 않았다. 물 한 잔 마셨으면 하는 생각이 간절했지만, 아무것도 요구하고 싶지 않아 꾹 참았다. 세실리아는 계란 가루에 우유와 물을 섞고, 잼 병과 접시 세 개, 컵 세 개를 식탁에 올려놓으면서 바쁘게 움직였다. 브라이어니는 자기 몫의 음식도 있다는 것을 알아차렸지만 전혀 위안이 되지 않았다. 곧 있을 세 사람의 만남에 대한 불안만 커졌을 뿐이었다. 세실리아는 이런 상황에서 함께 앉아 스크램블드에그를 먹을 수 있다고 생각하는 걸까? 아니면 바쁘게 움직이면서 자기 마음을 달래보려는 것일까? 계단 쪽에서 발소리가 들리는지 저도 모르게 귀를 기울이게 되자 브라이어니는 정신을 다른 데로 돌리기 위해 언니에게 말을 걸었다. 문 뒤에 걸려 있던 간호사 망토를 본 기억이 났다.

"언니, 지금 수간호사야?"

"응."

세실리아는 퉁명스럽게 대답하고 입을 다물었다. 직업이 같다는 사실도 자매에게 유대감을 선사하지 못했다. 그 어떤 것도 유대감을 만들어주지 못할 것이고, 로비가 돌아오기 전에는 이야기할 거리도 없었다.

마침내 욕실 문이 열렸다 닫히는 소리가 났다. 로비는 계단 앞 공간을 가로질러 오면서 휘파람을 불었다. 브라이어니는 좀더 어두운 곳으로 피하려고 문에서 멀어졌지만, 그가 들어왔을 때 마침 그의 시야가 닿는 곳에 있었다. 그는 문을 닫기 위해 왼손을 뒤로 가져가면서 오른손은 악수라도 하려는 것처럼 조금 들어올린 참이었다. 로비의 행동이 뒤늦게 깜짝 놀란 체하려는 연기였다면, 별로 성공적이지 못했다. 브라이어니와 눈이 마주치자 그는 두 손을 내리고 작은 소리로 길게 한숨을 내쉬면서 그녀를 똑바로 바라보았다. 그녀는 떨리고 두려웠지만 눈을 돌릴 수 없었다. 그에게서 면도용 비누 냄새가 희미하게 났다. 그는 놀라울 정도로 나이가 들어 보였다. 특히 눈 주위가 그랬다. 모든 게 그녀의 잘못일까? 전쟁 탓도 있지 않을까? 그녀는 바보같이 이런 생각을 하고 있었다.

"너였구나." 마침내 그가 말했다. 그는 뒤에 있는 문을 발로 밀어 닫았다. 세실리아가 어느새 그의 옆에 다가와 서 있었고, 그는 세실리아를 바라보았다.

세실리아는 브라이어니와 나눈 대화 내용을 정확히 요약했지만, 의도하지는 않았다 해도 빈정거림은 참을 수가 없는 듯했다.

"브라이어니가 모두에게 진실을 밝힐 거래. 그런데 먼저 나를 만나보고 싶었대."

로비가 브라이어니를 돌아보면서 물었다. "내가 여기 있을지도 모른다고 생각했니?"

지금 브라이어니에게 가장 시급한 일은 울음을 참는 것이었다. 이 순간에 울음을 터뜨리는 것보다 더 수치스러운 일은 없을 것이다. 안도감인지 수치심인지 아니면 자기연민인지, 도대체 무엇 때문인지는 알 수 없지만 눈물이 나올 것만 같았다. 부드러운 물결이 가슴에서부터 서서히 올라오더니 목구멍을 꽉 메워 말을 할 수 없게 만들었다. 그러나 입술을 꽉 깨물고 한참을 가만히 있으니 물결이 가라앉으면서 고요해졌다. 눈물은 나오지 않았다. 그러나 그녀의 목소리는 애처로울 정도로 작았다.

"살아 있는지 몰랐어."

세실리아가 말했다. "앉아서 이야기하는 게 어때?"

"그럴 수 있을 것 같지가 않아." 로비는 7피트쯤 떨어진 벽을 향해 성큼성큼 걸어가 벽에 기대서서 가슴에 팔짱을 끼고 브라이어니를 쳐다보다가 다시 세실리아에게로 고개를 돌렸다. 잠시 후엔 방을 가로질러 침실 문 쪽으로 걸어가더니 돌아서서 그들 쪽으로 오려다가 마음을 바꿔 주머니에 두 손을 넣은 채 그대로 서 있었다. 체격이 큰 그가 있으니 방은 더 작아 보였다. 밀폐된 작은 공간이어서 질식할 것 같은지, 그의 움직임에는 필사적인 느낌이 배어 있었다. 그는 주머니에서 손을 빼더니 목뒤로 가져가 머리를 매만졌다. 그러고는 두 손을 엉덩이 위에 내려놓더니 다시 옆으로 늘어뜨렸다. 이만큼의 시간이 흐르고 나서야, 그리고 그의 행동을 모두 지켜보고 나서야 브라이어니는 그가 화가 났다는 것을, 엄청난 분노에 휩싸여 있다는 것을 깨달았다. 그때 그가 포문을 열었다.

"여기서 뭐하는 거야? 서리 이야기는 하지도 마. 못 가게 널 붙잡는 사람이라도 있니? 도대체 여긴 왜 온 거야?"

브라이어니가 대답했다. "먼저 언니와 이야기를 하고 싶었어."

"어, 그래? 무슨 얘기?"

"내가 저지른 끔찍한 짓에 대해서."

세실리아가 그에게 다가가 속삭였다. "로비, 자기야." 그녀가 팔을 잡았지만 그는 그 손을 뿌리쳤다.

"왜 저애를 집에 들였는지 모르겠어." 그리고 브라이어니를 향해 말했다. "아주 솔직하게 말할게. 난 지금 이 자리에서 너의 그 바보 같은 목을 비틀어줄까 아니면 밖으로 끌고 나가 계단 아래로 던져버릴까 고민중이야."

최근의 경험이 없었더라면 브라이어니는 이 말에 경악했을 것이다. 병실의 군인들은 가끔 자신의 무력한 상태에 대해 분노를 터뜨리곤 했다. 분노가 최고조에 달했을 때 논리적으로 설득하려 하거나 위로의 말을 건네는 건 어리석은 일이었다. 분노는 어떻게든 밖으로 표출되어야 하므로, 그냥 서서 듣고 있는 것이 최선이었다. 그럼 지금 나가주겠다고 말하는 것도 분노를 폭발시킬 수 있었다. 그래서 그녀는 로비를 똑바로 쳐다보며 자신이 감당해야 할 몫을 기다렸다. 그가 두렵지는 않았다. 적어도 신체적인 위협은 느끼지 않았다.

그는 목소리를 높이진 않았지만 경멸하는 투로 물었다. "그 안이 어떤지 알기나 하니?"

브라이어니는 절벽같이 높은 벽돌담으로 둘러싸인 좁은 방에 높이 나 있는 작은 창문들을 상상했고, 지옥에 대한 상상이 사람마다 다르듯 자신의 상상도 실제와는 다를 것이라 생각했다. 그녀는 힘없이 고개를 저었다. 그러고는 침착을 유지하기 위해 그의 변한 모습에 주목했다. 키가 더 커 보이는 것은 그가 연병장에 서 있는 군인처럼 서 있기 때문이었다. 케임브리지 대학생은 누구도 저렇게 똑바로 서 있지 않았다. 분노에 사로잡힌 와중에도 그의 어깨는 떡 벌어져 있었고, 턱은 권투선수처럼 치켜들고 있었다.

"모르겠지, 물론 모르겠지. 그래, 내가 감옥에 들어가니까 기분이 좋았어?"

"아니."

"하지만 넌 아무 일도 하지 않았지."

브라이어니는 매맞을 차례를 기다리는 아이처럼 초조하고 불안한 마음으로 이런 대화를 여러 번 상상해보았었다. 그리고 이제 그 일이 실제로 벌어지고 있는데도 마치 자신이 여기에 있지 않은 것처럼 느껴졌다. 아주 멀리서 지켜보고 있었고 마비된 듯 무감각했다. 하지만 시간이 흐른 후에 그의 말이 상처가 될 것임을 그녀는 알고 있었다.

로비 옆에 서서 대화를 듣고 있던 세실리아가 다시 그의 팔을 잡았다. 그는 살은 빠졌지만 몸은 단단한 근육질로 변하여 더 강해 보였다. 그가 세실리아를 향해 약간 돌아섰다.

"잊지 마." 세실리아가 그렇게 말을 시작하는데, 그가 브라이어니에게 물었다.

"내가 네 사촌을 강간했다고 생각해?"

"아니."

"그때는 그렇게 생각했니?"

브라이어니는 망설이다가 대답했다. "반반이었어. 확신은 못했어."

"그런데 지금은 어떻게 아니라고 확신할 수 있지?"

그녀는 다시 망설였다. 어떤 대답도 자기변명이나 자기방어로 들릴 것이고, 그렇게 되면 그를 더 자극할 수 있다는 생각이 들었다.

"어른이 되고 있으니까."

로비는 놀랍다는 듯 입을 약간 벌린 채 브라이어니를 노려보았다. 지난 오 년 동안 그는 많이 변해 있었다. 작아진 눈을 가늘게 뜨고 냉정하게 노려보는 모습은 브라이어니가 처음 보는 것이었고, 눈가에 잔주름이 깊게 팬 것도 변화 중 하나였다. 얼굴은 그녀가 기억하는 것보다 더 야위었고, 뺨은 마치 인디언 전사처럼 움푹 패어 있었다. 군인들 사이에 유행하는 칫솔 모양의 콧수염도 기르고 있었다. 브라이어니는 놀랄 정도로 잘생기고 매력적인 그의 얼굴을 보면서 오래전에 그에게 첫사랑의 감정을 느꼈던 사실을 떠올렸다. 열 살인가 열한 살 때였는데, 갑자기 그에게 푹 빠져서 며칠간 사랑의 열병을 앓았었다. 그러던 어느 날 아침 정원에서 그에게 고백을 했고, 그러곤 금방 그 일을 잊어버렸다.

신중해야 한다고 생각한 브라이어니의 판단이 맞았다. 그는 엄청난 분노에 사로잡혀 있었지만, 표정만 보면 놀라움이라고 착각할 수도 있을 것 같았다.

"어른이 되고 있으니까." 그가 브라이어니의 말을 따라 했다. 그러더니 놀라 펄쩍 뛸 만큼 벼락같은 고함을 쳤다. "헛소리하지 마! 넌 열여덟 살이야. 얼마나 더 나이를 먹어야 하는데? 전쟁터에서 죽어가는 열여덟 살짜리 군인들이 얼마나 많은 줄 알아? 도로에 홀로 버려져 죽어갈 만큼 다 큰 나이야. 이런 사실을 알기나 해?"

"응."

그녀는 자신이 보고 경험한 것을 그가 모른다는 생각에 비참한 동시에 위안을 받았다. 죄책감을 느끼면서도 그에게 저항하고 싶은 것이 이상했지만, 그러지 않으면 쓰러지고 말 거라고 생각하며 버텼다.

브라이어니는 고개를 약간 끄덕였다. 무어라 말할 용기는 없었다. 죽어가는 군인에 대해 말하는 동안 거대한 감정의 파도가 그를 덮쳐 분노를 넘어서는 엄청난 공포와 혐오의 물결 속으로 끌고 들어간 것 같았다. 그는 거칠게 숨을 몰아쉬면서 오른쪽 주먹을 쥐었다 폈다 했다. 그러면서도 여전히 냉혹하고 잔인한 눈으로 그녀를 노려보았다. 마치 마음속까지 꿰뚫어보는 것 같은 눈빛이었다. 눈은 반짝였고, 감정을 억제하려는 듯 몇 번이나 힘들게 침을 삼켰다. 목의 힘줄은 툭 불거져 있었다. 그도 브라이어니와 마찬가지로 들키고 싶지 않은 감정과 싸우고 있었다. 그녀가 알고 있는 제한된 지식은 병실이라는 안전한 곳에서 수습 간호사로 일하며 자연스럽게 알게 된 보잘것없는 것이었다. 그러나 지금 로비에게는 끔찍했던 과거의 기억이 갑자기 몰아닥쳤으며, 그 자신도 속수무책이라는 것을 브라이어니도 알 정도는 되었다. 억지로 말을 시키지 않는 편이 좋았다. 그가 도대체 어떤 경험을 했기에 이렇듯 엄청난 소용돌이 속으로 빠져드는지 알 수 없었고, 앞으로도 알지 못할 것이다. 그가 한 걸음 다가서자 그녀는 반사적으로 뒤로 물러섰다. 이젠 그가 위험하지 않다고 확신할 수 없었다. 말을 할 수 없다면 행동으로 표현할 수도 있었다. 한 걸음만 더 다가서면 그는 근육으로 다져진 힘센 팔로 그녀의 멱살을 잡아챌 수도 있을 터였다. 그러나 그때 세실리아가 끼어들었다. 그녀는 브라이어니에게 등을 보인 채 로비를 바라보며 그의 양어깨에 손을 얹었다. 그는 세실리아에게서 고개를 돌렸다.

"나를 봐." 세실리아가 속삭였다. "로비, 나를 봐."

브라이어니는 그가 무어라 대답했는지 듣지 못했다. 반대하거나 부인하는 말을 한 것 같았다. 어쩌면 욕을 했는지도 모른다. 세실리아가 좀더 세게 어깨를 붙잡자 그는 몸을 돌려 벗어나려 했고, 그녀가 손을 들어 그의 머리를 자신에게로 돌리려는 모습은 마치 레슬링을 하는 것 같았다. 그는 얼굴을 옆으로 돌린 채 일그러진 입술 사이로 이를 드러내 보이며 섬뜩한 억지 미소를 짓고 있었다. 세실리아는 두 손으로 그의 뺨을 꽉 붙잡고 얼굴을 돌려 자신을 바라보게 했다. 마침내 그가 그녀의 눈을 바라보았지만 그녀는 손에서 힘을 빼지 않았다. 그녀는 그를 좀더 끌어당겨 그의 눈을 마주보더니 그의 입술에 가볍게, 그러나 오래도록 입을 맞추었다. 그러고는 브라이어니가 오래전 밤중에 악몽에서 깨어나면 듣곤 했던 그 부드러운 목소리로 로비에게 속삭였다.

"돌아와…… 로비, 돌아와."

그는 힘없이 고개를 끄덕였고, 숨을 깊이 들이마셨다가 세실리아가 얼굴에서 손을 떼는 동안 천천히 내쉬었다. 조용해진 실내는 아까보다 더 작아져버린 것 같았다. 그는 두 팔로 세실리아를 꼭 끌어안고 고개를 숙여 그녀에게 키스했다. 오랫동안 이어지는, 연인들의 진한 키스였다. 브라이어니는 조용히 창가로 걸어갔다. 수도꼭지를 틀어 물 한 잔을 다 마시는 동안에도 키스는 계속되었다. 이제 그들은 세상에 단둘이 남겨진 것처럼 보였다. 브라이어니는 이곳에서 자신의 존재가 완전히 지워져버린 것만 같다고 생각하면서 안도감을 느꼈다.

그녀는 그들에게 등을 돌리고 창가에 서서 햇빛 아래 조용히 서 있는 테라스가 딸린 집들과 자신이 대로에서부터 꺾어져 올라왔던 길을 내려다보았다. 두 사람이 오래도록 키스를 하고 있는 것이 민망하고 앞으로 어떤 일이 더 벌어질지 두려우면서도, 자신이 아직은 떠나고 싶어하지 않는다는 걸 깨닫고 놀랐다. 그녀는 더운 날씨인데도 두꺼운 외투를 입은 노부인을 바라보았다. 그 부인은 저멀리 포장된 보도에서 어디가 아픈 듯하고 배가 축 늘어진 닥스훈트를 산책시키고 있었다. 이제 세실리아와 로비는 낮은 목소리로 이야기를 나누고 있었고, 브라이어니는 그들을 위해서 자신의 이름이 불릴 때까지는 고개를 돌리지 않기로 마음먹었다. 노부인이 낮은 울타리 대문을 열고 들어가 조심스럽게 문을 닫고 현관 쪽으로 걸어가다가, 힘들게 몸을 굽혀 마당 통로를 따라 길게 이어진 좁은 화단에서 잡초를 뽑는 모습을 보고 있으니 마음이 다소 차분해졌다. 노부인이 잡초를 뽑는 동안 개는 비틀거리며 걸어와 그녀의 팔목을 핥았다. 이윽고 부인과 개는 안으로 들어갔고, 거리는 다시 텅 비었다. 지빠귀 한 마리가 쥐똥나무 울타리로 내려오더니 마땅히 앉을 만한 자리가 없는지 다시 날아가버렸다. 어디선가 구름이 나타나 해를 가리더니 금방 흘러가고 다시 햇빛이 쨍쨍 내리쬐었다. 여느 토요일 오후와 마찬가지로 평화로운 풍경이었다. 이 교외의 주택가에는 전쟁의 그림자가 거의 드리워지지 않았다. 길 건너 어느 집 창가에 쳐진 등화관제용 블라인드와 이 집 마당 앞에 세워진 바퀴 빠진 포드 8 자동차 정도가 희미하게나마 전쟁을 연상시킬 뿐이었다.

브라이어니는 언니가 자신의 이름을 부르는 소리를 듣고 뒤돌아섰다.

"시간이 별로 없어. 로비는 오늘 저녁 여섯시까지 귀대해야 되고 기차도 타야 해. 여기 좀 앉아봐. 네가 우릴 위해 해줄 일이 몇 가지 있어."

수간호사의 말투였다. 그러나 잘난 체하며 으스대는 느낌은 없었다. 단지 불가피한 일을 설명하고 있을 뿐이었다. 브라이어니는 가까이 있는 식탁 의자에 가서 앉았고, 로비는 스툴을 가져다가 브라이어니의 맞은편에 앉았으며, 그 사이에 세실리아가 앉았다. 세실리아가 준비해 놓은 아침식사는 아무도 신경쓰지 않았다. 빈 찻잔 세 개가 식탁 한가운데에 놓여 있었다. 로비는 책더미를 들어 마룻바닥에 내려놓았다. 세실리아가 초롱꽃 다발이 꽂혀 있는 잼 병을 떨어지지 않게 벽 쪽으로 밀어놓는 동안 세실리아와 로비는 서로 눈길을 주고받았다.

로비는 헛기침을 하고 꽃을 바라보았다. 말을 시작했을 때 그의 목소리에는 감정이 완전히 사라지고 없었다. 마치 군대의 복무규정을 읽어내려가는 것 같았다. 이제 브라이어니를 바라보고 있는 그의 눈은 분노로 이글거리지도, 불안하게 움직이지도 않았고, 자제력을 완전히 되찾은 듯했다. 그러나 눈썹 위 이마에는 작은 땀방울이 송골송골 맺혀 있었다.

"제일 중요한 일에 대해서는 너도 이미 동의했지? 가능한 한 빨리 부모님을 찾아가 부모님이 알아야 할 진실을 모두 얘기해. 네 증언이 거짓이었다는 것을 믿을 수 있게. 언제 비번이지?"

"다음주 일요일."

"그럼 그때 가. 우리 주소를 가지고 가고, 세실리아가 소식을 기다린다고 전해. 두번째 일은 내일 해야 돼. 세실리아 말로는 하루에 한 시간 정도는 시간이 난다고 하던데, 그때 변호사를 찾아가서 진술서를 작성해. 네가 무엇을 잘못했는지, 그리고 네 증언을 어떻게 바꾸는 것인지 상세히 적어야 해. 그 진술서에 서명하고 증인으로 변호사의 서명도 받아. 그리고 그 사본을 우리 둘에게 보내는 거야. 알아듣겠어?"

"응."

"그다음엔 나한테 편지를 쓰는데, 아주 자세하게 써야 돼. 이 일과 관계있다고 생각하는 건 모두 다 털어놔. 호숫가에서 나를 봤다고 말하게 만든 모든 것을 다 쓰란 말야. 확신하지 못하면서도 재판이 있을 때까지 몇 개월 동안 처음의 증언을 끝까지 고집했던 이유도 써. 경찰로부터든 부모님으로부터든 너한테 무슨 압력이 있었는지 나도 알아야겠으니. 알아듣겠어? 아주 길게 써야 해."

"응."

그는 세실리아를 한 번 쳐다보더니 고개를 끄덕이고는, 다시 브라이어니를 바라보며 말했다. "그리고 대니 하드먼에 대해서 기억나는 게 있으면 뭐든 써. 그때 그가 어디 있었는지, 뭘 하고 있었는지, 그때가 몇시였는지, 그리고 그를 본 다른 사람이 있었는지 등등 그의 알리바이를 의심할 만한 사실이면 어떤 거라도."

세실리아는 주소를 적고 있었다. 브라이어니는 고개를 가로저으며 무언가를 말하려고 했지만 로비는 그녀를 무시하고 마저 말했다. 그는 벌써 일어서서 시계를 보고 있었다.

"시간이 별로 없어. 우리 둘이 널 지하철역까지 데려다줄게. 떠나기 전에 세실리아와 단둘이서만 시간을 보내고 싶어. 너는 오늘 진술서를 쓰고 부모님한테 네가 간다는 편지도 써. 그리고 나한테 보낼 편지에 대해서도 생각해보고."

그는 브라이어니가 해야 할 일을 다시 한번 간단하게 요약한 후, 식탁을 떠나 침실 쪽으로 걸어갔다.

브라이어니도 따라 일어서며 말했다. "하드먼 씨가 말한 건 사실이었어. 대니는 그날 밤 내내 자기 아버지와 함께 있었어."

세실리아는 주소를 적은 종이를 브라이어니에게 건네려던 중이었고 로비는 침실로 들어가려던 참이었다.

세실리아가 물었다. "무슨 말이야? 무슨 말을 하고 있는 거야?"

"폴 마셜이었어."

갑자기 찾아든 침묵 속에서 브라이어니는 세실리아와 로비의 마음 속에서 어떤 일이 일어나고 있을지 상상해보았다. 오 년 동안 지켜왔던 믿음이 흔들리고 있을 것이다. 그러나 아무리 놀라운 사실이라 해도 주변적인 것에 지나지 않았다. 핵심은 무엇 하나 그로 인해 바뀌지 않을 것이다. 브라이어니의 잘못도 그대로였다.

로비가 식탁으로 돌아왔다. "마셜?"

"응."

"네가 그를 봤어?"

"그 사람 키의 남자를 봤어."

"내 키도 그 정도지."

"맞아."

세실리아가 일어서서 주위를 두리번거렸다. 담배를 찾는 모양이었다. 로비가 담뱃갑을 찾아 그녀에게 던져주었다. 세실리아는 담배에 불을 붙이고 한 모금 빨아들인 후 길게 내뱉으며 말했다. "믿을 수가 없어. 그는 멍청이야. 그건 나도 알아……"

"탐욕스러운 멍청이지." 로비가 말했다. "그렇더라도 마셜과 롤라 퀸시라니 상상이 안 가. 단 오 분 동안이라도 그 두 사람이……"

이제까지 일어난 모든 일과 그 끔찍한 결과에 비하면 아주 사소한 것이긴 했지만, 브라이어니는 마지막 결정적인 뉴스를 전하면서 차분한 기쁨을 느꼈다.

"오늘 여기 오기 전에 두 사람의 결혼식에 다녀왔어."

믿을 수 없다는 반응과 함께 새로운 충격이 세실리아와 로비를 사로잡았다. 결혼을 했다고? 오늘 아침에? 클래펌에서? 두 사람 다 생각에 잠긴 듯 조용해졌고, 간간이 짧은 대화가 긴장된 침묵을 깨뜨리곤 했다.

"그 새끼를 찾아야겠어."

"안 돼. 그러지 마."

"죽여버릴 거야."

"이제 나가봐야 할 시간이야."

브라이어니는 더 해줄 말이 많았지만 그들은 그녀의 존재에, 혹은 그녀가 들려준 이야기에 지칠 대로 지친 듯 보였다. 둘만의 시간을 간절히 바라고 있는지도 몰랐다. 어쨌든 그들은 브라이어니가 그만 가주기를 바라고 있는 게 분명했다. 커다란 궁금증은 대부분 풀렸고, 자세한 사항은 브라이어니가 편지를 보낼 때까지 기다리면 되었으므로. 로비는 침실에서 군복 윗도리와 군모를 가져왔다. 상병 계급장이 달려 있었다.

세실리아가 그에게 말했다. "그를 어쩌진 못할 거야. 롤라가 감싸고 돌 테니까."

세실리아가 배급표를 찾느라 몇 분의 시간이 흘렀다. 마침내 그녀는 포기하고 로비에게 말했다. "아무래도 윌트셔 별장에 두고 온 것 같아."

집을 나서는 자매를 위해 문을 잡아주면서 로비가 말했다. "대니 하드먼 이등병에게 미안해서 어쩌지."

그들이 아래층으로 내려가 현관을 향해 걸어가는데도 자비스 부인은 거실에서 나와보지 않았다. 무선라디오에서는 클라리넷 연주곡이 흘러나오고 있었다. 현관문을 나서자 브라이어니는 아까와는 다른 하루로 발을 들여놓은 듯한 느낌을 받았다. 강한 모래바람이 불었고, 햇빛은 더욱 강렬해졌으며 그늘이 거의 사라져서 거리는 더욱 선명해 보였다. 보도는 셋이서 나란히 걷기에는 너무 좁았으므로 브라이어니가 혼자 앞서 걷고 로비와 세실리아는 손을 잡고 뒤따라 걸었다. 브라이어니는 물집이 생긴 뒤꿈치가 구두 뒤축과 닿아 쓰리고 아팠지만, 언니와 로비에게 비틀거리는 모습을 보여주기 싫어서 똑바로 걸으려고 애썼다. 그들은 선을 그어놓고 그녀가 그 안으로 넘어오는 것을 허락하지 않는 듯했다. 어느 정도 걸어가다가 브라이어니가 뒤를 돌아보면서 혼자 가도 된다고 했다. 그러나 그들은 굳이 같이 가겠다고 우겼다. 로비가 귀대할 때 필요한 것을 사야 한다고 했다. 그들은 다시 말없이 걸었다. 아무 일 없는 듯 수다를 떨 분위기는 아니었다. 언니에게 새 주소를 묻거나 로비에게 기차를 타고 어디로 가는지, 윌트셔 별장 이야기는 뭔지 물어볼 권리가 없다는 것을 브라이어니는 잘 알고 있었다. 식탁 위에 있던 초롱꽃은 거기서 따온 것일까? 둘이 별장에서 행복한 시간을 보낸 것이 틀림없다. 둘이 언제 다시 만나게 될지도 물어볼 수 없기는 마찬가지였다. 그녀와 언니, 그리고 로비가 공유할 수 있는 화제는 하나뿐이었고, 그것은 절대로 바뀔 수 없는 과거에 고정되어 있었다.

그들은 밸럼 지하철역 앞에 멈춰 섰다. 석 달 후 런던 대공습을 맞아 끔찍하게 파괴되어 역사에 이름을 남기게 될 바로 그곳이었다. 토요일 오후라서 그런지 많은 쇼핑객들이 주위를 오가고 있어서, 그들은 어쩔 수 없이 서로 다가서게 되었다. 작별은 어색했다. 로비는 변호사를 찾아갈 때 돈을 가지고 가는 걸 잊지 말라고 했다. 세실리아는 서리로 갈 때 주소 적은 쪽지를 꼭 챙기라고 당부했다. 그러고는 끝이었다. 그들은 그녀를 빤히 보면서 그녀가 떠나기를 기다렸다. 그러나 그녀는 아직 하지 못한 말이 있었다.

브라이어니가 천천히 입을 열었다. "정말, 정말 미안해. 두 사람이 그런 불행을 겪게 해서." 그들은 그저 그녀를 바라볼 뿐이었다. 그녀는 다시 한번 말했다. "정말 미안해."

너무 바보 같고 부적절한 말이었다. 화분을 깨거나 생일을 잊었을 때나 할 법한 말같이 들렸다.

로비가 부드럽게 말했다. "우리가 말한 대로 해주기나 해."

"해주기나 해"라니, 용서에 가까운 뜻을 품은 말이었다. 그러나 완전한 용서는 아니었으며 아직은 완전히 용서할 수 없다는 뜻이기도 했다.

브라이어니가 말했다. "그럴게." 그러고는 돌아서서 걷기 시작했다. 건물 안으로 들어가 매표소로 향하는 동안 등뒤에서 그들의 시선이 느껴졌다. 워털루역까지 가는 표를 사고 플랫폼으로 향하려다 말고 뒤를 돌아보니 그들은 이미 사라지고 없었다.

브라이어니는 표를 보여주고 더러운 노란색 전등불을 따라서 덜커덩거리고 삐걱대는 에스컬레이터가 있는 곳으로 걸어갔다. 에스컬레이터는 그녀를 싣고 아래로, 어두운 공간에서 밀려올라오는 인공적인 바람 속으로, 그녀의 얼굴에 시원하게 부딪히고 외투를 잡아당기는 백만 런던 시민들의 숨결 속으로 내려가기 시작했다. 그녀는 발꿈치가 더 까지지 않고 돌아갈 수 있다는 사실에 감사하며 에스컬레이터에 몸을 맡기고 서 있었다. 놀랍게도 참으로 평온했다. 약간 슬프긴 했다. 실망해서일까? 용서받을 수 있으리라고는 기대도 하지 않았다. 지금의 느낌은 향수에 가까웠다. 그리워할 집도 없는데 그리움이 일었다. 언니를 떠나는 것이 슬펐다. 그녀가 그리워하는 것은 집이 아니라 언니였다. 더 정확히 말하자면 로비와 함께 있는 언니였다. 그들의 사랑이었다. 브라이어니도 전쟁도 그들의 사랑을 파괴하지는 못했다. 이 사실이 도시 아래로 더 깊숙이 가라앉고 있는 그녀에게 위로가 되었다. 눈길로 로비를 끌어당기던 세실리아. 과거의 기억에서, 됭케르크에서, 됭케르크로 가는 도로 위에서 이제 그만 돌아오라고 그를 부르던 세실리아의 부드러운 목소리. 세실리아는 브라이어니에게도 몇 번인가 그런 말을 해준 적이 있었다. 세실리아가 열여섯 살이고 그녀가 여섯 살 때였을 것이다. 브라이어니가 엄청나게 화를 낼 때였던 것 같다. 어쩌면 악몽을 꾸며 소리지르는 브라이어니를 구하러 와서는 자기 방으로 데리고 가준 그날 밤에도 그랬던 것 같다. 돌아와. 그냥 악몽일 뿐이야. 브라이어니, 돌아와. 이런 자연스러운 가족 간의 사랑을 얼마나 쉽게 잊고 살았나. 그녀는 흐린 갈색의 전등불 속으로, 저 아래 바닥으로 미끄러져 내려가고 있었다. 다른 승객은 보이지 않았고, 이젠 바람도 불지 않았다. 그녀는 침착하게 자신이 해야 할 일을 생각해보았다. 부모님께 편지를 쓰고 진술서를 작성하는 일은 금방 끝낼 수 있을 것이다. 그러고 나선 나머지 시간을 자유롭게 쓸 수 있을 것이다. 그녀는 자신에게 주어진 의무를 알고 있었다. 단순한 편지가 아니라 새로운 원고, 속죄를 써야 했다. 그리고 이미 그녀는 시작할 준비가 되어 있었다.

브라이어니 탤리스

1999년 런던

1999년 런던

참으로 신기한 일이 이어지는 시간이었다. 일흔일곱번째 생일을 맞은 오늘 아침, 나는 램버스에 있는 제국 전쟁박물관을 마지막으로 방문하기로 결심했다. 그곳은 내 이상한 마음 상태에 딱 어울리는 곳이었다. 돔 양식의 천장 아래 위치한 열람실은 '베들럼'이라는 별명으로도 불린 베들레헴 왕립 병원의 예배당이었다.* 정신이 혼란스러운 사람들이 기도를 하러 왔던 그곳으로 이제는 학자들이 전쟁에 나타난 집단적인 광기를 연구하러 모여들고 있다. 가족들이 보내주는 자동차는 점심시간 후에야 도착할 테니 그전에 박물관에 가서 세부사항을 마지막으로 점검하고, 문서관리소장과 날씨가 호되게 추웠던 지난 몇 주 동

* 베들레헴 왕립 병원은 영국 최초의 정신병원으로, '베들럼(bedlam)'은 '난리' '법석'을 의미한다.

안 엘리베이터를 타고 오르내릴 때 에스코트해주었던 친절한 포터들에게 작별인사를 하기로 결심했다. 그리고 네틀 씨에게서 받은 장문의 편지 십여 통을 문서관리소에 기증할 생각이었다. 마지막으로 자질구레한 것들을 정리하며 부산스럽게 한두 시간을 보내는 것은 일을 끝내는 아쉬움을 달래는 과정인 동시에 나 자신에게 주는 생일선물이기도 했다. 어제 오후에도 이런 기분으로 서재를 정리했다. 이제 원고는 모두 연대별로 정리가 되었고, 복사한 자료에는 분류표를 달아놓았으며, 빌려온 책들은 모두 모아 반납할 준비를 마쳤고, 모든 것이 제자리에 놓여 있었다. 나는 언제나 끝마무리를 깔끔하게 하는 것을 좋아했다.

밖은 너무 춥고 비까지 내리고 있어서 대중교통을 이용하는 것이 번거롭게 느껴졌다. 그래서 리젠트파크에서 택시를 탔고, 택시가 런던 시내를 엉금엉금 기어가는 동안 한때는 모두의 즐거운 농담거리였던 그 불쌍한 베들럼 환자들을 떠올리고는 나도 곧 그들처럼 될 거라는 생각을 하며 자기연민에 빠져들었다. 검사 결과가 나왔다고 해서 어제 오전에 보러 갔었다. "좋은 소식이 아니네요." 의사는 내가 자리에 앉자마자 이렇게 말문을 열었다. 두통을 자주 겪는 것과 관자놀이 주변이 꽉 죄어오는 느낌을 받는 것은 특별하고 불길한 이유가 있기 때문이라고 했다. 그는 스캔 사진의 한 부분에 퍼져 있는 작은 알갱이 같은 얼룩 몇 개를 가리켜 보였다. 나는 의사가 쥐고 있는 연필 끝이 떨리는 것을 보면서 그도 신경계 질환을 앓고 있는 것은 아닐까 하는 생각을 했다. 같이 망하자는 심정이 되어 그에게도 이상이 있기를 바랐다. 의사의 설명에 따르면, 나는 거의 느낄 수 없을 정도로 미미한 뇌졸중을 계속 겪고 있었다. 아주 느리게 진행되고 있지만, 내 뇌가, 내 마음이 아주 천천히 문을 닫고 있다는 것이었다. 언젠가부터 나를 괴롭혀온 사소한 건망증이 앞으로는 더 자주 일어날 것이고 정도가 더 심해지다가, 마침내 인식 능력을 완전히 상실해서 건망증이나 기억상실증을 앓고 있다는 사실조차 알아차리지 못할 때가 올 것이다. 오늘이 무슨 요일인지, 아침에 무슨 일이 있었는지, 혹은 바로 십 분 전에 일어난 일조차도 기억나지 않는 때가 올 것이다. 집 전화번호와 주소, 내가 살아온 삶에 대한 기억도 사라질 것이다. 그리고 이삼 년 혹은 사 년쯤 후에는 남아 있는 오랜 친구들을 알아보지 못할 것이고, 어느 날 아침 잠에서 깨어나면 내가 내 방에 있다는 사실조차 알지 못하게 될 것이다. 그렇게 되면 이십사 시간 간호가 필요하기 때문에 더이상 내 방에 머물 수도 없겠지만.

의사는 내가 혈관성 치매를 앓고 있지만 그래도 다행으로 생각해야 한다고 했다. 신경의 퇴화과정이 아주 느리게 진행되기 때문이라는 것이다. 그 말을 열두 번도 더 한 것 같다. 그리고 엄청난 감정의 기복과 공격 성향이 나타나는 알츠하이머병만큼 나쁘지는 않다는 말도 했다. 운만 좋으면 큰 문제 없이 여생을 보낼 수 있다고도 했다. 아무것도 모르고 아무것도 기대하지 않은 채 의자에 앉아 희미한 정신으로 살아가는 노파가 될 테니 불행도 느끼지 않을 거라는 말도 했다. 의사에게 솔직하게 말해달라고 했던 터라, 이런 말을 들으면서도 무어라 불평할 수 없었다. 설명을 끝낸 의사는 나를 서둘러 내보내려 했다. 대기실에는 열두 명의 환자가 자기 차례를 기다리고 있었다. 그는 내가 외투를 입는 것을 도와주면서 내게 다가올 증상들을 순서대로 정리해주었다. 단기적 기억상실, 장기적 기억상실. 단어가 사라질 것인데, 명사부터 사라질 것이다. 그다음에는 언어 전체와 균형감각이, 이어서 모든 운동신경이, 그리고 마지막으로는 자율신경계가 완전히 사라진단다. 즐거운 여행 되세요!

처음에는 전혀 비통하지 않았다. 오히려 기분이 들떠서 친한 친구들에게 빨리 이 사실을 알리고 싶었다. 집에 와서는 소식을 전하느라고 한 시간이나 전화통을 붙잡고 있었다. 어쩌면 벌써 정신의 통제력을 잃어가고 있는지도 몰랐다. 이 소식이 너무나 중대하고 의미심장한 것으로 느껴졌다. 오후에는 서재에서 자질구레한 정리를 했고, 정리를 끝내고 보니 책장에 파일 상자가 여섯 개나 늘어 있었다. 저녁에는 스텔라와 존이 와서 함께 중국음식을 시켜 먹었다. 그들이 모르공* 두 병을 비우는 동안 나는 녹차를 마셨다. 이 매력적인 친구들은 내가 앞으로 어떻게 될지 설명해주자 망연자실했다. 둘 다 육십대였고, 일흔일곱은 아직 젊다고 슬슬 자신을 속이기 시작할 시기였다. 싸늘한 날씨에 비까지 내린 오늘, 기어가다시피 하는 택시 안에 앉아 있는 동안 별다른 생각은 떠오르지 않았다. 난 미쳐가고 있는 거야, 나는 마음속으로 혼잣말을 했다. 제발 미치지 않게 해주세요. 그러나 아직도 믿을 수가 없었다. 어쩌면 나는 현대의학의 진단의 희생양에 불과한지도 모른다. 다른 시대에 살았다면 이렇게 늙었으니 기억이 희미해지는 건 당연하다는 말을 듣고 아무 걱정 없이 살다 죽었을 것이다. 달리 무엇을 기대할 수 있겠는가? 나는 단지 죽어가고 있을 뿐이다. 알지 못하는 세계로 들어가고 있을 뿐이다.

---

* 프랑스 와인의 일종.

내가 탄 택시는 블룸즈버리의 뒷골목들을 통과해 아버지가 재혼하신 후에 살았던 집을 지나갔고, 곧이어 1950년대에 내가 살면서 일했던 지하방이 있는 주택을 지나갔다. 언제부턴가 도시를 돌아다니다보면 불편할 정도로 옛 기억에 사로잡히는 일이 많아졌다. 죽은 사람들의 주소가 쌓이는 것이다. 이제 택시는 리언이 감동적으로 아내를 간호했던, 그리고 아내가 죽고 나자 이번에는 모두 놀랄 만큼 헌신적으로 그 사나운 아이들을 돌보았던 집이 있는 광장을 가로질렀다. 언젠가는 나도 지나가는 택시에 탄 승객의 마음속에서 한순간의 기억으로 떠오르겠지. 이 길은 리젠트파크를 잘 아는 사람들이 애용하는 지름길이었다.

택시가 워털루 다리를 건너는 동안 나는 좌석 끝에 살짝 걸터앉아 앞으로 몸을 기울이고 차창 밖을 스치는, 내가 좋아하는 런던 시내 풍경을 바라보았다. 강 하류의 세인트폴성당에서부터 서서히 고개를 돌려 상류의 빅벤에 이르기까지 파노라마처럼 펼쳐지는 런던의 아름다운 관광명소들을 바라보면서 앞으로 두통과 피로는 계속되겠지만 육체적으로나 정신적으로 건강을 유지할 수 있을 거라 생각했다. 겉으로는 쇠약해 보일지 몰라도 과거와 달라진 것은 아무것도 없었다. 이것을 젊은이들에게 설명하기란 쉽지 않다. 우리 같은 노인들이 겉모습은 파충류처럼 보일지 모르지만, 그렇다고 동물이나 외계인은 아니다. 그러나 앞으로 일이 년 후에는 이런 익숙한 주장조차 못하게 될지 모른다. 중병에 걸린 사람들, 정신을 잃어가는 치매 환자들은 다른 종족, 더 열등한 종족이다. 남들이 나를 위로한답시고 그렇지 않다고 설득하려 든다면 참을 수 없을 것 같다.

택시 운전사가 욕을 했다. 도로공사 때문에 다리 끝에서 옛 구청 건물 쪽으로 우회할 수밖에 없었기 때문이다. 거기서 램버스를 향해 로터리를 도는 동안 나는 성 토머스 병원을 바라보았다. 원래의 건물은 런던 대공습 때 집중 폭격을 받아 완전히 부서졌고—다행히도 그때 나는 거기에 없었다—그후 다시 세운 건물과 고층빌딩들은 국가적인 수치라 해도 좋을 정도였다. 전쟁기간에 나는 성 토머스 병원뿐 아니라 올더 헤이, 로열 이스트 서식스, 이렇게 세 군데 병원에서 근무했지만 글에서는 모든 경험을 집중시키기 위해 하나로 통합했다. 편리한 왜곡이었고, 진실에 대해 내가 범한 죄 중 가장 가벼운 죄이기도 했다.

운전사가 박물관 정문 앞에 차를 세우기 위해 도로 중앙에서 솜씨 좋게 유턴을 할 때쯤에는 빗줄기가 많이 가늘어져 있었다. 가방을 챙기고 20파운드짜리 지폐를 찾고 우산을 펴느라 부산을 떨던 나는 택시가 사라지기 전까지는 내가 내려선 바로 그 정문 앞에 그 자동차가 주차되어 있는 것을 보지 못했다. 검은색 롤스로이스였다. 처음에는 차에 아무도 없는 줄 알았다. 운전사가 앉아 있었지만 아주 작아서 뒤에선 안 보였다. 지금부터 내가 이야기하려는 것이 놀라운 우연으로 보일지 어떨지에 대해서는 자신이 없다. 나는 운전사 없이 주차되어 있는 롤스로이스를 볼 때마다 마셜 부부를 떠올린다. 오랜 습관이다. 그들은 자주 내 마음속에 떠올랐다 사라졌지만, 별다른 감정을 불러일으키지는 않았다. 직접 연락을 하는 건 아니지만 소식을 자주 들었으므로 그들을 떠올리는 것이 그리 특별한 일도 아니었다. 그들은 여전히 신문지상에 종종 오르내렸다. 그들의 재단과 관련된 소식이나, 재단이 의학 연구에 미친 공헌, 소장품을 테이트미술관에 기증했다는 소식,

사하라 이남 아프리카의 농업개발을 위해 막대한 금액을 기부했다는 기사들이었다. 마셜 부인이 주최하는 파티 소식과 신문사를 상대로 벌이는 줄기찬 명예훼손 소송에 관한 소식도 신문을 통해 접했다. 그러므로 주차된 롤스로이스를 보고 박물관 안으로 들어가 현관 앞에 있는 거대한 쌍둥이 대포 쪽으로 걸어가면서 마셜 경卿 부부에 대해 생각했다고 해도 별로 놀라울 것은 없었다. 그러나 그들 생각을 하는 중에 마침 내가 있는 쪽을 향해 계단을 내려오고 있는 그들의 모습을 본 것은 정말 충격이었다.

여러 명의 관리와 박물관장, 그리고 사진사 한 명이 그들을 배웅하고 있었다. 마셜 부부가 기둥 옆에 있는 계단을 내려오는 동안 청년 두 명이 그들을 위해 우산을 받쳐들었다. 나는 걸음을 멈추어 이목을 집중시키는 대신 걷는 속도만 늦추었다. 그들은 서로 돌아가면서 악수를 하더니 마셜 경이 무슨 말을 하자 모두 쾌활하게 웃음을 터뜨렸다. 그는 자신의 트레이드마크가 되어버린 래커 칠을 한 지팡이에 몸을 의지하고 있었다. 그와 그의 아내는 박물관장과 함께 카메라를 향해 포즈를 취해 보이고 나서 정장 차림에 우산을 든 청년들의 수행을 받으며 계단을 내려왔다. 박물관 관리들은 그대로 계단에 서 있었다. 나는 마셜 부부와 정면으로 마주치는 것을 피하기 위해 그들이 어느 쪽으로 내려오는지 유심히 살펴보았다. 그들은 왼쪽에 있는 대포 쪽으로 내려오기 시작했고, 나는 내 왼쪽에 있는 대포 쪽으로 올라가기 시작했다.

하늘로 치켜올려진 포신과 콘크리트 포좌, 그리고 우산을 옆으로 기울인 덕분에 몸을 숨긴 채 몰래 그들의 모습을 지켜볼 수 있었다. 그들은 계단을 말없이 걸어내려갔다. 마셜 경의 모습은 신문에 난 사진을 통해 자주 보아서 그런지 낯설지 않았다. 기미와 눈가에 팬 깊은 자줏빛 주름과 다소 왜소해 보이는 체구에도 불구하고 그는 훤하게 잘생긴 노老부호의 인상을 풍겼다. 나이가 들면서 얼굴이 작아진 덕분에 늘 약점으로 여겨지던 부분이 채워져 드디어 잘생겨 보이는 것도 같았다. 작아진 부분은 턱이었다. 늙어서 뼈가 줄어들고 얼굴 살이 빠진 것이 그에게는 좋은 결과를 가져온 것이다. 평발인데다 약간씩 비틀거리기는 했지만, 여든여덟의 노인치고는 상당히 잘 걸었다. 사람이 나이를 먹으면 이렇게 평범한 것도 깐깐히 보게 마련이다. 그러나 그의 손은 아내의 팔을 꽉 붙잡고 있었고, 지팡이도 전시용이 아닌 게 분명했다. 사람들은 그가 사회에 좋은 일을 얼마나 많이 했느냐며 그의 공적을 칭찬해왔다. 그러나 어쩌면 그는 평생을 속죄하는 마음으로 살아왔을지도 모른다. 별다른 생각 없이 그저 마음 내키는 대로 살아왔을 수도 있지만.

그리고 그 옆에는 호사스러운 생활을 하며 줄담배를 피우는 내 사촌 롤라가, 여전히 말랐지만 경주용 개처럼 건강해 보이며 정숙한 모습인 롤라가 걸어내려왔다. 그녀가 이렇게 살게 될 거라고 누가 상상이나 했겠는가? 사람들 말마따나, 노른자위를 영리하게 차지한 삶이었다. 너무 심술궂게 들릴지도 모르지만, 어쨌든 조금 떨어진 곳에서 지나쳐가는 그녀를 흘끔거리면서 나는 그렇게 생각했다. 그녀는 검은담비 코트에 테가 넓은 진홍색 페도라를 쓰고 있었다. 천박하다기보다는 과감한 옷차림이었다. 여든이 가까운 나이에도 여전히 하이힐을 신고 있었다. 계단을 내려가는 그녀의 발에서는 젊은 여성처럼 활기찬 또각또각 소리가 났다. 담배는 보이지 않았다. 인공선탠을 한 듯했고, 헬스클럽에 다니는 듯한 인상도 풍겼다. 그녀는 이제 남편보다 키가 컸고, 두말할 필요 없이 남편보다 더 원기왕성할 것이다. 그러나 어딘지 모르게 우스꽝스러워 보였다. 아니면 내가 지푸라기라도 잡고 싶은 걸까? 그녀는 화장을 아주 진하게 했다. 지나치게 화려한 립스틱을 발랐고, 주름살 제거 크림과 화장분도 엄청나게 바른 것 같았다. 나는 화장에 대해서는 상당히 엄격한 편이므로 나의 시각이 보편적이라고는 생각하지 않는다. 한편으로 그녀의 모습은 악역 배우 같은 느낌도 주었다. 마른 체구에 검은 코트, 번쩍거리는 입술 때문에 그런 생각이 들었다. 궐련용 파이프를 들고 작은 애완용 강아지라도 한 마리 안고 있다면 영락없는 크루엘라 드빌*이었을 것이다.

우리는 몇 초 사이에 서로를 지나쳤다. 계단을 끝까지 올라가 벽 앞에 이르렀을 때 돌아서서 그들이 차에 오르는 모습을 지켜보았다. 마셜 경이 먼저 부축을 받아 차에 올랐는데, 이제 보니 굉장히 노쇠한 모습이었다. 허리를 구부릴 수도, 몸무게를 한 발에 실을 수도 없는 모양이었다. 그래서 청년들이 그를 들어서 좌석에 앉혀주어야 했다. 반대편 문은 마셜 부인을 위해 열려 있었는데, 그녀는 놀랄 정도로 민첩하게 몸을 숙여 차 안으로 들어가 앉았다. 롤스로이스가 다른 차들 사이로 사라지는 것을 보고 나서야 나는 안으로 들어갔다. 그들을 보고 나자 뭔가 무거운 것이 마음을 짓누르는 것 같았으므로 지금은 그 생각을 하지 않고 그런 느낌도 갖지 않으려고 애썼다. 오늘은 이만하면 충분했다. 그러나 가방을 휴대품 보관소에 맡기고 포터들과 명랑하게 인

* 디즈니 애니메이션 〈101마리의 달마시안 개〉에 나오는 악역.

사를 나누는 동안에도 건강해 보이는 롤라의 모습이 머릿속에서 떠나지 않았다. 열람실을 이용할 사람은 누구나 포터의 에스코트를 받아 엘리베이터를 함께 타고 올라가는 것이 이곳의 규칙인데, 엘리베이터 안이 너무 비좁아서 항상 포터와 뭔가 가볍게 대화를 나누어야 할 것만 같았다. 오늘은 참 궂은 날씨라는 둥, 하지만 주말까지는 좀 나아질 거라는 둥 포터와 잡담을 나누는데도 아까 밖에서 보았던 마셜 부부에 대한 생각이 자꾸만 고개를 들었다. 폴 마셜보다는 내가 더 오래 살 것 같지만, 롤라보다는 분명히 먼저 죽을 것이다. 그렇게 되면 결과는 뻔하다. 벌써 몇 해째 고민해오던 문제였다. 편집장의 말처럼 출판은 곧 소송으로 이어질 것이다. 그러나 지금은 그런 문제를 고민할 여력이 없었다. 생각하고 싶지 않은 것들을 이만큼 생각했으면 오늘은 이것으로 충분했다. 내가 여기 온 것은 바쁘게 시간을 보내기 위해서였다.

나는 문서관리소장과 잠시 한담을 나누었다. 그리고 네틀 씨가 됭케르크에 대해 써 보내준 편지 뭉치를 건넸고, 그는 아주 감사하게 받았다. 이 편지들은 지금까지 내가 기증한 다른 문서들과 함께 보관될 것이다. 전에 소장은 버프 부대 소속 대령으로 복무하다 전역한 사람을 소개해주었는데, 아마추어 역사학자라는 그가 내 원고에서 관련 있는 부분을 읽고 제안할 것이 있으면 팩스로 보내주기로 했었다. 지금 소장이 그의 편지를 내게 전해주었는데, 곳곳에서 화를 내고 있지만 상당히 도움이 되는 내용이었다. 나는 그 편지에 완전히 빠져들었다.

"영국 군인들은 어느 누구도(밑줄이 두 개나 쳐져 있었다) '빠르게'라고는 하지 않을 겁니다. 미국군이라면 모르지만요. 정확한 표현은 '신속하게'입니다."

나는 사실에 최대한 근접하기 위해 이런 점묘화 같은 교정을 선호한다. 이렇게 사소하고 세밀한 부분에 대한 교정이 쌓여가는 것을 보면서 얼마나 큰 만족을 느끼는지 모른다.

"누구도 '25파운드 기관포'라고 안 할 겁니다. 정확한 표현은 '25파운드짜리'나 '25파운드짜리 기관포'입니다. 원고에 쓰신 표현은 포병대에서 근무하지 않은 사람에게조차 아주 이상하게 들리는군요."

탐색작업에 나선 경찰들처럼 우리는 땅에 손과 무릎을 대고 기어서 진실을 향해 조금씩 나아가고 있다.

"영국 공군이 베레모를 쓰고 있는 걸로 묘사하셨더군요. 저는 그랬을 것이라고 생각하지 않습니다. 1940년엔 탱크 부대를 제외하고는 어느 부대에서도 베레모를 쓰지 않았습니다. 차라리 약식 작업모를 씌워주는 것이 낫다고 생각합니다만."

나를 '탤리스 양'이라고 부르면서 편지를 시작했던 대령은 마침내 나의 성별을 향한 불만을 표출했다. 도대체 여자들이 뭐하러 이런 문제에 끼어들고 있는 것인가?

"부인(이 단어에는 밑줄이 세 개나 쳐져 있었다), 슈투카는 '1천 톤짜리 폭탄 하나'를 탑재하지 못합니다. 해상 호위함도 무게가 그만큼은 나가지 않는다는 사실을 알고 계십니까? 이 문제에 대해서 좀더 공부를 하셔야 할 것 같습니다."

오타였다. '파운드'를 '톤'으로 잘못 쳤을 뿐이다. 나는 대령이 수정해준 내용을 메모한 후, 그에게 감사의 편지를 썼다. 그러고는 부탁한 서류 사본의 복사비를 치르고, 개인적으로 소장할 파일에 정리해 넣었다. 그동안 참고했던 책들을 반납하고, 이제 필요 없는 메모들을 버렸다. 그러고 나니 그동안 정들었던 작업공간에서 나의 흔적이 완전히 사라졌다. 문서관리소장에게 작별인사를 하는데, 그는 마셜 재단이 박물관에 재정 지원을 하기로 했다는 소식을 전해주었다. 다른 사서들과도 악수를 나누고 이 부서의 도움에 감사한다는 말을 책에 꼭 써넣겠다고 약속한 후 포터의 에스코트를 받아 아래층으로 내려갔다. 고맙게도 휴대품 보관소에 있는 아가씨가 택시를 불러주었고, 포터들 중 젊은 친구는 정문 밖 인도까지 가방을 들어다주었다.

택시를 타고 다시 북쪽으로 올라가면서 나는 대령의 편지에 대해서, 아니 더 정확히 말하자면 이런 사소한 것들을 고치는 즐거움에 대해서 생각했다. 역사적 사실을 진심으로 신경쓴다면 다른 종류의 책을 썼어야 했다. 그러나 내 일은 이미 끝났다. 사소한 실수를 교정하는 것을 제외한다면, 원고를 고쳐쓰는 일은 없을 것이다. 올드위치 못 미쳐서 예전에 전차가 다니던 터널로 들어갈 때쯤 이런 생각을 하다 잠이 들었다. 운전사가 깨워서 눈을 뜨니 택시는 리젠트파크에 있는 내 집 앞에 도착해 있었다.

나는 박물관 열람실에서 가져온 서류들을 정리하고 샌드위치를 만들고 나서 하룻밤 자고 올 여행가방을 꾸렸다. 그러느라 너무나도 익숙한 집안을 이리저리 돌아다녔는데, 이제 얼마 안 있어 이런 독립적인 생활도 끝나리라는 생각이 들었다. 책상 위에는 남편 티에리의 사진 액자가 놓여 있었다. 죽기 이 년 전 마르세유에서 찍은 사진이었다. 언젠가는 이 사진을 보며 누구냐고 묻게 되겠지. 이런 생각으로 우울해진 마음을 위로하기 위해 저녁에 있을 내 생일파티에서 입을 옷을 골랐다. 그러는 동안 다시 기운이 났다. 나는 일 년 전보다 살이 빠져 있었다. 벽장 안에 걸린 옷들을 손으로 쭉 훑어가는 그 몇 분 동안 병에 대해서는 까맣게 잊어버렸다. 앞트임이 있는, 자줏빛이 도는 회색 캐시미어 원피스를 입기로 결정했다. 옷을 선택하고 나자 다른 것은 쉽게 따라왔다. 흰색 새틴 스카프에 엄마가 쓰던 카메오 브로치를 하고, 에나멜가죽의 정장 구두—물론 낮은 굽으로—를 신고, 검은색 데보레 숄을 두르면 잘 어울릴 것이다. 여행가방을 닫고 현관 복도 쪽으로 들고 가는데 놀랍게도 아주 가볍게 느껴졌다.

내일 내가 돌아오기 전에 비서가 먼저 와 있을 것이다. 나는 그녀가 해줄 일을 메모해놓은 후, 책 한 권과 홍차 한 잔을 들고 공원이 잘 내려다보이는 창가의 안락의자로 가서 앉았다. 나는 괴롭거나 심각한 일에 대한 생각을 피하는 데 탁월한 능력이 있다. 그러나 오늘은 책을 읽을 수가 없었다. 시골로 여행 갈 것을 생각하고, 나를 위한 파티가 마련되어 있으며 오랜만에 가족 친지들이 함께 모여 단란한 한때를 보낼 것을 생각하니 흥분이 되어 책에 집중할 수 없었다. 이상하다. 바로 어제 의사를 만나 청천벽력 같은 소식을 듣지 않았는가? 놀라고 비탄에 잠겨 있어야 하는 게 아닐까? 요즘 말로, 지금 내가 충격을 부인하는 단계에 있는 것일까? 그렇다고 해도 바뀔 것은 아무것도 없다. 자동차가 나를 데리러 오려면 아직 삼십 분은 더 남았는데, 가만히 앉아 있을 수가 없었다. 나는 의자에서 일어나 방안을 서성이다가 다시 앉기를 반복하고 있었다. 너무 오래 앉아 있으면 무릎이 아프기 때문이다. 게다가 아까 보았던 롤라의 모습이, 홀쭉하고 늙은 얼굴에 지나치게 화장을 한 그 강렬한 모습, 그 나이에도 위험을 무릅쓰고 하이힐을 신고 성큼성큼 걸어가는 용감한 모습, 민첩하게 롤스로이스로 들어가 앉는 그 모습이 나를 따라다니며 괴롭혔다. 지금 벽난로와 소파 사이를 거니는 나는 롤라와 경쟁을 하고 있는 것인가? 나는 롤라가 호사스러운 생활과 줄담배 때문에 일찍 죽을 거라고 생각했었다. 우리가 오십대일 때까지도 그렇게 생각했었다. 그러나 여든을 바라보는 롤라는 여전히 활력이 넘치는 모습이었다. 나보다 몇 살 위인 그녀는 모든 면에서 항상 나보다 한 걸음 앞서갔다. 그러나 인생 마지막의 가장 중요한 단계에서는 내가 그녀를 앞설 것이고, 그녀는 백 살까지 살 것이다. 그리고 내가 살아 있는 동안에는 그 책을 출판할 수 없을 것이다.

롤스로이스가 마음에 남아 있어서 그런지, 예정보다 십오 분쯤 늦게 도착한 자동차는 너무 실망스러웠다. 평소 같으면 자동차 따위로 남과 비교하는 유치한 짓은 하지 않았을 텐데. 도착한 차는 먼지가 소복이 덮여 있는 소형 콜택시였고, 뒷좌석에는 얼룩무늬 나일론 가죽이 덮여 있었다. 그러나 운전사 마이클은 서인도제도 출신의 쾌활한 젊은이로, 계속 무어라 떠들어대며 가방을 들어다 옮기고 내가 뒷좌석으로 편안히 들어가 앉을 수 있도록 조수석을 앞으로 당겨주는 등 부산을 떨었다. 내 머리 뒤 선반에 있는 스피커에서 들려오는 쿵쾅거리는 소리를 아무리 작게 줄여도 내가 참을 수 없어한다는 사실을 알고 음악을 꺼버린 후 뾰로통해졌지만 마음이 어느 정도 가라앉자 쾌활해졌고, 그때부터 우리는 다시 화기애애하게 이야기를 나누며 갔다. 그는 아버지가 누군지 모르고, 어머니는 의사로 미들섹스병원에서 근무한다고 했다. 자기는 레스터대학에서 법학을 전공했으며, 곧 런던대학 사회과학대학원 박사과정에 들어가 제삼세계의 법과 빈곤 문제에 대한 박사논문을 쓸 거라고 했다. 황량한 서부도로를 타고 런던을 빠져나오면서, 그는 자신의 논리를 압축해서 설명해주었다. 사유재산법을 없애면 자본도 없어지고 그러면 빈부격차도 사라질 거라는 것이었다.

"말하는 게 변호사 같네." 내가 말했다. "변호사 해봐요, 자기홍보를 아주 잘하는데."

그는 예의바르게 웃었지만 속으로는 내가 아주 무식하다고 생각했을 것이다. 요즘에는 말하는 방식이나 옷 입는 스타일, 혹은 음악 취향을 가지고 그 사람의 교육 수준을 가늠하기가 거의 불가능하다. 그러므로 누구를 만나든 훌륭한 지성인으로 대하는 것이 가장 안전하다.

이십 분이 지나자 할말이 다 떨어졌고, 차가 고속도로로 진입해 엔진이 단조로운 소리를 내며 굴러가자 졸음이 쏟아졌다. 그러다 눈을 떠보니 우리는 시골 도로를 달리고 있었고, 이마의 신경이 꽉 죄는 듯하면서 머리가 아팠다. 나는 핸드백에서 아스피린 세 알을 꺼내 씹다가 억지로 삼켰다. 잠깐 졸고 있는 동안 일어난 이 작은 뇌졸중으로 마음의 어느 부분이, 기억의 어느 부분이 사라진 것일까? 절대로 알 수 없겠지. 바로 그 순간, 작은 콜택시 뒷좌석에 앉아 있던 바로 그 순간 나는 처음으로 절망 비슷한 감정을 느꼈다. 패닉은 지금 이 감정을 표현하기에는 너무 강한 단어일 것이다. 폐소공포증이 적당할 것 같다. 신경의 퇴화과정과 점점 더 왜소해져가는 느낌 속에 무력하게 갇혀 있으니 말이다. 나는 마이클의 어깨를 가볍게 치면서 아까 그 음악을 틀어달라고 부탁했다. 그는 목적지가 다가오니 내가 자기 기분을 맞춰주려고 그러는 줄 알고 거절했다. 그러나 내가 재차 부탁하자 마지못해 음악을 틀었고, 곧 차 안은 베이스 기타의 육중한 반주와 바리톤 음성의 가수가 카리브 방언으로 부르는 노래로 가득찼다. 그 가수는 자장가의 리듬, 혹은 아이들이 줄넘기를 하며 부를 것 같은 동요의 리듬에 맞춰 알아들을 수 없는 소리로 경쾌하게 노래를 불렀다. 노래를 들으니 기분이 훨씬 나아졌다. 아주 유치하고 단순하게 들렸지만 실제 가사는 굉장히 슬픈 내용이 아닐까 싶기도 했다. 하지만 마이클에게 무슨 내용이냐고 묻지는 않았다.

우리가 틸니스호텔 진입로로 들어가는 동안에도 음악은 계속되었다. 엄마의 장례식 때 마지막으로 왔다 갔으니 이십오 년여 만이었다. 우선 공원에 있던 나무들이 사라진 것이 눈에 띄었다. 거대한 느릅나무들은 병충해로 잘려나갔을 테고, 남아 있던 참나무들은 골프 코스를 만들기 위해 베어낸 것이 분명했다. 차는 이제 몇 명의 골퍼와 캐디가 길을 건널 수 있도록 속도를 줄였다. 내게는 그들이 무단침입자처럼 느껴졌다. 그레이스 터너의 방갈로를 에워싸고 있던 나무들은 아직 그대로였다. 차가 너도밤나무 숲길을 지나자 저택이 눈에 들어왔다. 원래도 보기 흉한 건물이었기 때문에 와락 반가운 마음이 들지는 않을 거라고 예상은 했지만, 멀리서 보이는 건물은 전보다도 더 황량하고 애처로웠다. 밝은 오렌지색 벽돌로 된 흉측한 외관을 조금이나마 가려주던 담쟁이덩굴은 완전히 뜯겨나가고 없었다. 아마도 벽돌이 상하는 것을 막으려고 그렇게 한 듯했다. 이윽고 차는 첫번째 다리로 접근하고 있었는데, 호수가 사라진 것이 눈에 들어왔다. 다리 아래로는 해자가 있던 자리에서 볼 수 있음직한 완벽한 잔디가 덮여 있었다. 이전에 그곳에 무엇이 있었는지 모른다면, 사초꽃과 오리, 커다란 잉어들이 있었다는 것을 모른다면, 그래서 언젠가 지나가던 부랑자 두 명이 잉어를 잡아 섬에 있던 예배당 옆에서 구워먹은 적도 있었다는 사실을 알지 못한다면 지금의 풍경이 그다지 나빠 보이지는 않을 것이다. 그러고 보니 예배당도 사라지고 그 자리엔 나무벤치와 쓰레기통이 있었다. 섬은—이젠 더이상 섬이 아니지만—거대한 고분 같은 풀밭 언덕으로 변했고 철쭉과 관목이 자라고 있었다. 그 언덕을 빙 둘러서 자갈길이 나 있었고, 그 길을 따라 벤치와 가로등이 군데군데 눈에 띄었다. 차는 벌써 두번째 다리를 건너는 중이었고 곧이어 저택 앞의 아스팔트 깔린 주차장을 향해 방향을 틀었기 때문에 예전에 내가 롤라 옆에 앉아 그녀를 위로하던 장소를 찾아볼 시간은 없었다.

마이클이 예전 현관홀 자리에 있는 프런트 데스크까지 가방을 들어다주었다. 엇갈려 깔린 검은색과 흰색 타일 위에 굳이 골이 가는 코르덴 카펫을 깔아놓은 것이 특이했다. 나는 한 번도 거슬린 적이 없지만 이 집에선 음향이 항상 문제더니 지금도 그런가보았다. 겉으로 드러나지 않게 설치된 스피커에서 비발디의 〈사계〉가 웅얼거리듯 흘러나왔다. 자단으로 된 우아한 프런트 데스크 위에는 컴퓨터와 꽃병이 놓여 있고 양쪽 옆에는 갑옷이 한 벌씩 마치 보초를 서듯 세워져 있었다. 데스크 뒤쪽 벽에는 미늘창 두 개가 십자 모양으로 붙어 있었고 문장紋章이 박힌 갑옷도 한 벌 걸려 있었다. 그 위로는 내 할아버지가 가족 간의 유대감을 공고히 하기 위해 구해다 걸었다는, 내가 살 때는 식당에 걸려 있던 그 거대한 초상화가 걸려 있었다. 나는 마이클에게 팁을 주면서 재산권과 빈곤 문제에 대해 좋은 논문을 쓰기를 진심으로 바란다고 말해주었다. 그러면서 변호사가 되라고 했던 바보 같은 말을 만회할 수 있기를 바랐다. 마이클도 내게 생신 축하한다는 말과 함께 악수를 청하더니 총총걸음으로 나가버렸다. 어쩜 그렇게 건성으로 손을 잡았다 놓는지 섭섭한 마음이 들 지경이었다. 데스크 뒤에 서 있던 유니폼을 입은 근엄한 표정의 아가씨가 내게 열쇠를 주면서, 옛 서재가 우리의 파티를 위해 예약돼 있다고 알려주었다. 먼저 도착한 사람들은 산책하러 나가고 없지만 여섯시에 음료를 마시기 위해 다들 모일 예정이라는 말도 했다. 포터가 짐을 위층으로 올려줄 테니 나는 엘리베이터를 이용하라고 했다.

그렇다면 지금 나를 맞아줄 사람은 아무도 없다는 뜻이었지만, 오히려 안도감이 들었다. 파티의 주빈 역할을 하기 전에 혼자서 이 많은 변화를 받아들이고 싶었다. 엘리베이터를 타고 3층으로 올라가서, 유리로 만든 방화문을 통과해 반짝반짝 윤을 낸 마룻바닥이 삐걱거리는 익숙한 소리를 들으며 복도를 걸어갔다. 침실 문마다 번호가 붙어 있고 잠겨 있는 것이 낯설게 느껴졌다. 물론 7번이라는 번호가 어떠한 단서도 되지 않았지만, 여기 오기 전부터 내가 어느 방에 묵을지 이미 예상하고 있었던 것 같다. 적어도 7번 방 앞에 서서 놀라지는 않았으니. 그곳은 예전에 내가 쓰던 방이 아니라 비너스 고모의 방이었다. 호수와 차도, 숲과 그 너머의 언덕이 다 내려다보이는 가장 전망이 좋은 방. 피에로의 손자이자 이 파티를 계획한 찰스가 특별히 나를 위해 이 방을 예약해둔 것이다.

방안으로 들어서던 나는 놀라서 탄성을 지를 뻔했다. 인접한 양쪽 방의 벽을 터서 커다란 스위트룸으로 바꾸어놓았다. 낮은 유리탁자 위에 놓인 꽃병에는 온실에서 기른 꽃들이 화려한 자태를 뽐내고 있었다. 비너스 고모가 아주 오랫동안 앓는 소리 하나 없이 누워 있었다던 그 거대한 침대는 사라졌고, 조각 장식이 달린 혼수함과 녹색 실크 소파도 사라졌다. 지금은 그 모든 것이 리언이 재혼해서 낳은 맏아들의 재산이 되어 스코틀랜드 어딘가의 성에 보관되어 있었다. 그러나 새로 들여놓은 가구도 멋있어서 방이 마음에 들었다. 가방을 날라다준 포터에게 차 한 주전자를 주문하고 저녁에 입을 원피스를 꺼내 벽장에 걸었다. 그러고는 거실을 둘러보았는데, 책상과 우아한 램프가 마음에 들었다. 욕실은 아주 넓고 포푸리가 곳곳에 놓여 화사한 꽃향기를 풍기고 있었으며, 히터가 나오는 선반 위에 깔끔하게 쌓여 있는 수건이 인상적이었다. 무엇을 보든지 예전만 못하고 저속하다고 헐뜯으려는 태도—나이든 사람들의 공통된 습관이 아닌가!—가 아직은 내게 생기지 않은 것이 다행스럽게 느껴졌다. 창가에 서서 햇살이 비스듬히 비치는 골프 코스와 따사로운 햇살 아래 몸을 녹이는 듯한 언덕 너머의 황량한 나무들을 바라보며 미소를 지었다. 호수가 사라진 것이 아쉬웠지만, 하려고만 한다면 하루 만에도 복원할 수 있을 거라 생각하며 위안을 얻었다. 게다가 호텔이 되어버린 이 건물이 내가 살았던 그 때보다 더 많은 인간적 행복을 품고 있다는 사실이 나를 기쁘게 했다.

한 시간 뒤 이제 슬슬 옷을 갈아입을까 생각하고 있는데, 찰스한테서 전화가 왔다. 그는 모두 모인 다음 여섯시 십오분쯤 나를 데리러 와 주빈으로 멋지게 입장할 수 있도록 모셔가겠다고 했다. 그러자고 했다. 캐시미어로 된 제일 좋은 원피스를 입은 내가 그의 팔을 잡고 L자 모양의 커다란 방으로 들어서자 우레와 같은 박수 소리가 들리더니 오십 명이 넘는 친척이 모두 잔을 높이 들며 나를 맞았다. 방안으로 들어서면서 제일 먼저 느낀 것은 아무도 못 알아보겠다는 것이었다. 낯익은 얼굴이 한 명도 보이질 않았다! 인식 능력이 사라진다더니 벌써 증상이 나타나기 시작한 걸까. 그러나 조금 시간이 흐르자 사람들의 모습이 눈에 들어왔다. 너무 오랜만에 만났다는 것, 그리고 부모의 품에 안겨 있던 아기가 이제 정신없이 뛰어다니는 열 살짜리 꼬마가 되었다는 것을 염두에 두었어야 했다. 리언을 못 알아볼 수는 없었다. 오빠는 몸의 반쪽이 비틀린 모습으로 휠체어 한쪽으로 몸을 기울인 채 앉아 있었다. 목에는 냅킨이 둘러져 있었는데, 그의 입에 잔을 대고 마시게 해주는 샴페인을 흘릴까봐 준비해둔 것이었다. 뺨에 입을 맞추기 위해 몸을 숙이자 그는 아직 온전한 얼굴 반쪽에 가까스로 미소를 지어 보였다. 키가 큰 피에로의 주름진 얼굴과 한번 만져보고 싶은 그 반짝이는 대머리를 못 알아볼 수도 없었다. 여전히 장난기 가득한 눈을 반짝이고 있는 그는 이 모임에서 제일 높은 어른으로 보였다. 그의 누나에 대해서는 언급하지 않는 것이 보이지 않는 규칙이 되어 있었다.

나는 옆에서 사람들의 이름을 살짝 귀띔해주는 찰스와 함께 방안을 돌아다니며 인사를 나누었다. 이렇게 화목한 친척 모임의 중심에서 주목을 받는다는 것이 얼마나 기뻤는지 모른다. 십오 년 전에 죽은 잭슨의 자식과 손자 손녀, 그리고 증손주들과도 인사를 나누었다. 이 방안에 모여 있는 사람들을 보면 우리 중에서 쌍둥이 형제가 자손을 가장 많이 둔 것이 분명했다. 네 번 결혼하여 헌신적으로 아버지 노릇을 했던 리언의 성적도 나쁘진 않았다. 방안에는 세상에 나온 지 석 달이 갓 지난 아기에서부터 여든아홉이 되는 리언에 이르기까지 모든 연령대의 사람들이 뒤섞여 있었다. 그리고 시끄럽기는 또 얼마나 시끄러운지. 웨이터들이 방안을 돌아다니며 샴페인과 레모네이드를 서빙하는 동안 무뚝뚝한 남자 어른의 목소리에서부터 날카롭고 경쾌한 아이들의 떠드는 소리까지 다양한 목소리들이 한꺼번에 쏟아지는 통에 귀가 따가울 지경이었다. 이제는 거의 같이 늙어가는 먼 친척의 자식들은 잃었던 친구를 다시 만난 듯 나를 반갑게 맞아주었다. 거의 한 사람 건너 한 명씩은 내 책에 대해 칭찬을 해준 것 같다. 유명한 친척 할머니를 만나서 신이 난 아이들은 학교에서 내 작품들을 공부하고 있다며 황홀한 눈길을 보냈다. 나는 이 자리에 오지 않은 누군가의 아들이 썼다는 소설을 읽어보마고 약속했다. 인사를 하러 돌아다니는 동안 내 손에는 편지와 카드가 제법 묵직해져갔다. 방 한구석에 있는 탁자에도 선물이 쌓여 있었는데, 아이들은 자기들이 자러 가기 전에 열어보아야 한다고 우겼다. 나는 그렇게 하겠다고 약속했고, 악수를 하고 뺨과 입에 키스를 하기도 했으며, 아기들을 어르고 간질이기도 했다. 그러다 좀 앉고 싶다는 생각이 들어 둘러보니 의자들이 모두 한 방향을 향해 놓이고 있는 것이 눈에 띄었다. 그때 찰스가 손뼉을 치고 조용히 해달라고 소리쳐서 소음을 가라앉히더니, 저녁식사 전에 나를 위한 환영 프로그램이 마련되어 있으니 모두 자리에 앉아달라고 했다.

나는 맨 앞줄에 놓인 안락의자로 안내되었다. 내 옆에는 피에로가 앉아서 자기 왼쪽에 앉은 사촌과 이야기를 나누고 있었다. 곧 기대와 초조가 섞인 고요가 방을 채웠다. 한구석에서는 아이들이 모여서 상기된 표정으로 무어라 속삭이고 있었고, 나는 그것을 모르는 체하는 게 좋겠다고 생각했다. 기다리는 동안, 말하자면 혼자 있을 수 있는 그 몇 초 동안 나는 예전에 서재였던 방을 둘러보며 책과 책장이 모두 사라져버렸다는 사실을 알게 되었다. 그래서 기억하는 것보다 더 넓어 보였던 것이다. 읽을거리라고는 벽난로 옆 잡지꽂이에 꽂힌 지역 잡지들

뿐이었다. "쉿" 하는 소리와 의자가 삐걱거리는 소리가 나더니, 어깨에 까만 망토를 두른 사내아이가 모두의 앞에 와서 섰다. 창백한 얼굴에 주근깨가 있고 머리칼이 적갈색인 걸 보니 퀸시 가문의 아이가 틀림없었다. 아홉 살이나 열 살쯤 되어 보였다. 몸이 마르고 약해 보여서 훅 불면 날아갈 것 같았고, 머리는 상대적으로 커 보였다. 그러나 방안을 둘러보며 관객들이 자신에게 주목하기를 기다리는 아이의 표정은 자신만만했다. 마침내 아이는 꼬마 요정 같은 턱을 쳐들고 숨을 깊이 들이마신 후 낭랑한 목소리로 말을 하기 시작했다. 마술쇼를 하겠거니 예상했던 내 귀에 너무나도 놀랍고 충격적인 말이 들려왔다.

이것은 아라벨라라는 충동적인 아가씨의 이야기입니다.
그녀는 외국에서 온 남자와 사랑에 빠져 애정의 도피행각을 벌였죠.
사랑하는 맏딸이 허락도 받지 않고 집을 나가
이스트본으로 향하는 모습을 지켜보는 부모님은
깊은 슬픔에 빠졌습니다.
그녀는 타향에서 병이 들었고 돈 한 푼 남지 않게 되었습니다.

갑자기 그애가, 늘 분주하고 새침을 떨며 자부심이 강했던 그 어린 여자애가 내 앞에 나타났다. 사람들이 '애정의 도피행각'이라는 말에 재밌다는 듯이 킥킥 웃음을 터뜨리자 내 마음이 들뜨고 뿌듯해지는 걸 보니—이 얼마나 웃기는 허영심인가!—그애는 죽은 것이 아니었다. 소년은 우리 세대 사람들이 코크니라고 여기는 성문 폐쇄음이 들어간 말투로 놀랄 정도로 분명하게 대사를 읊었다. 내가 쓴 대사가 분명했지만 기억이 가물가물했고, 무엇보다도 한꺼번에 밀려오는 호기심과 이런저런 감정들 때문에 집중하기가 어려웠다. 어디서 그 대본을 찾았을까? 저애가 보이는 저 놀라운 자신감은 우리와는 다른 세대라는 증거일까? 옆에 앉은 피에로를 흘끗 쳐다보았다. 그는 손수건을 꺼내 눈가를 닦고 있었다. 증조할아버지로서의 자부심 때문만은 아닌 것 같았다. 그리고 이 모든 것이 피에로의 생각에서 나온 것이 분명했다. 서막은 이제 클라이맥스에 다다라 있었다.

이 운좋은 아가씨에게 드디어 행복의 날이 밝았습니다.
멋진 왕자님과 결혼할 그날이.
하지만 기억하세요. 아라벨라가 너무 늦게 깨달았던 그 진리를.
사랑하기 전에 먼저 깊이 생각해야 한다는 그 진리를.

방안이 떠나갈 듯한 박수갈채가 터져나왔다. 휘파람을 부는 사람도 있었다. 그 사전, 그 『옥스퍼드 콘사이스』는 지금 어디 있을까? 그것도 노스웨스트 스코틀랜드의 그 성에 있나? 다시 찾고 싶었다. 소년은 꾸벅 인사를 하고 2, 3야드 옆으로 물러가 내가 모르는 사이에 나와서 준비하고 있던 다른 네 명의 아이들 사이에 섰다.

그러고 나서 아라벨라가 근심과 슬픔에 잠긴 부모 곁을 떠나는 장면을 시작으로 〈아라벨라의 시련〉의 막이 올랐다. 주인공 아라벨라 역은 리언의 증손녀 클로이가 맡았다. 엄마 쪽으로 스페인 사람의 피를 물려받았고 풍부한 저음을 가진 그애는 참으로 침착하고 사랑스러운 꼬마였다. 첫 생일파티에 참석한 게 엊그제 같은데 벌써 저렇게 당찬 여자아이로 자랐다는 것이 믿어지지 않았다. 나는 그애가 사악한 백작—까만 망토를 두르고 서막의 대사를 했던 그 사내애—에게 버림받고 가난과 절망에 빠지는 연기를 실감나게 하는 것을 지켜보았다. 그리고 십 분이 채 안 돼 연극이 끝났다. 그때는 어려서 시간관념이 지금과는 달라서 그랬는지 몰라도 셰익스피어 희곡 정도의 길이는 되는 것 같았는데, 놀랄 만큼 금방 끝나버렸다. 아라벨라와 의사 왕자가 결혼식을 올리고 나서 팔짱을 끼고 무대 앞으로 걸어나와 관객들을 향해 마지막 대사를 하는 대목은 까맣게 잊고 있었다.

이제 시련은 끝나고 사랑이 우리를 기다리고 있답니다.
우리는 저 석양 속으로 노 저어갑니다.
사랑하는 친구들이여, 안녕.

내 최고의 작품은 아니었다. 그러나 리언과 피에로와 나를 제외하고 방안에 있던 사람들이 모두 일어나 박수갈채를 보냈다. 이 아이들은 도대체 얼마나 연습을 많이 한 것일까? 커튼콜까지 천연덕스럽게 해내다니. 아이들은 손을 잡고 나란히 서 있다가 클로이가 신호를 하자 두 걸음 뒤로 물러났다 다시 앞으로 걸어나와 허리를 숙여 인사했다. 모두 아이들을 향해 환호성과 박수갈채를 보내느라 가엾은 피에로가 감정이 북받쳐올라 두 손에 얼굴을 묻고 흐느끼는 것은 아무도 알아차리지 못했다. 부모가 이혼한 뒤 이곳에서 맞았던 그 외롭고 무서웠던 시간이 생생하게 떠오른 것일까? 쌍둥이가 그날 저녁 서재에서 그토록 공연하고 싶어했던 그 연극이 육십사 년이 지난 지금에 와서야, 그의 형제는 오래전에 죽고 없는 지금에 와서야 무대에 오른 것이다.

나는 부축을 받아 안락의자에서 일어나서 짧은 감사연설을 했다. 방 뒤쪽에서 시끄럽게 울고 있는 아기와 경쟁이라도 하듯 목소리를 높여 북쪽 지방에서 사촌들이 찾아왔던 1935년의 그 뜨거웠던 여름날 이야기를 들려주었다. 꼬마 배우들을 향해 돌아서서는 우리가 연극을 무대에 올렸더라도 이만큼은 못했을 거라고 말해주었다. 피에로는 지당하다는 듯 열심히 고개를 끄덕였다. 그러고 나서 연극 연습과 공연이 무산된 것은 순전히 내 잘못이었다고, 연습을 하는 도중에 소설가가 되기로 결심했기 때문에 그렇게 된 거라고 설명하자 여기저기서 넉넉한 웃음소리와 함께 다시 한번 박수가 터져나왔다. 찰스가 저녁식사가 마련되어 있음을 알렸다. 그후의 저녁시간은 유쾌하게 흘러갔다. 시끌벅적한 가운데 식사를 하면서 나는 와인까지 약간 마셨다. 그후엔 선물 개봉이 있었고, 어린 꼬마애들은 잠자리에 들었으며, 좀더 큰 아이들은 텔레비전을 보러 갔다. 어른들은 커피를 마시며 이야기를 나누고 웃음꽃을 피웠다. 열시가 되자 슬슬 3층에 있는 내 멋진 스위트룸 생각이 나기 시작했다. 피곤해서가 아니라, 사람들과 함께 있으면서 모든 이들의 관심의 대상이 되는 것이 고맙고 행복한 일이기는 해도 조금씩 지겨워졌기 때문이다. 잘 자라는 인사를 나누면서 또 삼십 분이 흘렀고, 마침내 찰스와 그의 아내 애니가 나를 방까지 데려다주었다.

지금은 새벽 다섯시. 나는 아직도 책상 앞에 앉아 특별했던 지난 이틀에 대해 생각하고 있다. 노인에겐 잠이 필요 없다는 말은 사실이다. 적어도 밤잠이 없다는 말은 맞다. 내게는 아직도 생각할 것이 너무나 많은데, 어쩌면 일 년도 지나지 않아 생각할 수 있는 마음이 거의 다 사라지고 말 거라니. 나는 내 마지막 소설, 내 첫 소설이 되어야 했던 마지막 소설에 대해 생각하고 있다. 1940년 1월, 첫 원고가 나왔고, 1999년 3월에 마지막 원고가 완성되었다. 그사이에 적어도 여섯 개의 다른 원고가 있었다. 두번째 원고는 1947년 6월, 세번째는…… 이런 것이 다 무슨 소용인가? 누가 알려고 들기나 할까…… 지난 오십구 년간 나를 괴롭혀왔던 숙제가 이제 다 끝났다. 우리가, 롤라와 마셜과 내가 범죄를 저질렀다. 그 범죄를 묘사하기 시작한 것은 두번째 원고에서부터였다. 나는 아무것도 숨기지 않는 것이, 이름과 장소와 정확한 정황에 이르기까지 그 어떤 것도 숨기지 않는 것이 내 의무라고 생각했고, 그래서 사료를 편찬하듯 그 모든 것을 원고에 집어넣었다. 그러나 현실의 법 제도를 고려해볼 때, 그동안 여러 편집자가 수차례 강조했듯이 이 실화소설은 나의 공범들이 죽기 전에는 결코 출판될 수 없을 것이다. 작가님과 돌아가신 분들의 명예만 훼손시키게 될 겁니다. 편집자들은 한결같이 그렇게 말하며 출판을 말리거나 거부했다. 마셜 부부는 1940년대 말부터 자기들의 명예를 지키기 위해서라면 어떤 대가를 치르더라도 활발하게 법정투쟁을 감행해왔다. 현재 그들 정도의 재력이라면 출판사 하나쯤 문 닫게 하는 것은 식은 죽 먹기였다. 그들에게 구린 구석이 있나보다고 생각하는 사람은 있을 수 있다. 그러나 그들은 생각만 하지 글을 쓰지는 않을 것이다. 편집자들은 책을 출판하고 싶으면 이름을 바꾸거나, 내용을 바꾸거나, 아니면 숨길 것은 숨기라고 했다. 상상이라는 연막을 치라는 것이다! 소설가가 무엇 때문에 소설가이겠는가? 필요하다고 생각하는 만큼 써라, 좋다, 그리고 법의 손길을 벗어난 곳에 자리를 잡아라. 그러나 판결이 내려지기 전에는 자신이 과연 법의 손길에서 얼마만큼 벗어나 있는지, 안전한지 어떤지 어느 누구도 알 수가 없다. 안전하려면 모호하게, 당사자를 자극하지 않게 글을 써야 한다. 나는 그들이 죽기 전에는 이 원고를 출판할 수 없으리라는 것을 안다. 그리고 오늘 새벽 현재, 내가 죽기 전에는 원고를 출판하는 일이 없으리라는 사실도 알고 있다. 그들 중 한 명이 죽는다고 해서 달라질 일은 없다. 노쇠한 마셜 경의 사진이 마침내 신문 부고란에 실리게 된다 해도, 북쪽 지방에서 온 내 사촌은 범죄를 공모한 의혹이 있다는 주장을 가만히 듣고만 있지는 않을 것이다.

범죄가 있었다. 그러나 그 곁에는 사랑하는 두 사람도 있었다. 연인들과 그들을 위한 행복한 결말, 이것이 밤새도록 나를 잡고 놓아주지 않고 있다. 우리는 저 석양 속으로 노 저어갑니다. 불행한 반전. 「아라벨라의 시련」을 쓴 이후로 내가 그렇게 먼길을 온 것은 아니라는 생각이 든다. 아니, 멀리 길을 둘러가다가 서둘러 시작 지점으로 되돌아온 듯한 느낌이다. 내 연인들이 내가 그들 곁에서 멀어져가는 동안 런던 남부의 지하철역 바깥의 인도에 나란히 서 있는 것으로 행복한 결말을 맞는 것은 이 마지막 원고뿐이다. 그전의 원고들은 모두 냉혹하기 짝이 없었다. 그러나 이제 나는 독자들에게 직접적으로든 간접적으로든, 로비 터너가 1940년 6월 1일 브레뒨에서 패혈증으로 죽었다는 사실을, 혹은 세실리아가 같은 해 9월 밸럼 지하철역 폭격으로 죽었다는 사실을 알려야 할 이유를 알지 못한다. 그해에 내가 그들을 만난 적이 없다는 사실을, 런던을 가로지르는 나의 도보여행은 클래펌 커먼의 그

교회에서 끝이 났다는 사실을, 겁쟁이 브라이어니는 살아갈 희망을 잃어버린 언니를 마주할 용기가 없어서 어깨를 축 늘어뜨린 채 병원으로 돌아왔다는 사실을, 연인들이 주고받은 편지는 모두 전쟁박물관 문서보관소에 있다는 사실을 알려야 할 이유를 알지 못한다. 그런 일들이 어떻게 결말이 될 수 있겠는가? 그런 것에서 독자가 희망이나 만족감을 얻을 수 있겠는가? 연인들이 두 번 다시 만나지 못했고, 사랑을 이루지 못했다는 것을 누가 믿고 싶어할까? 냉혹한 사실주의를 구현한다는 것을 빼면 그런 결말의 장점이란 과연 무엇인가? 나는 그들에게 그런 짓까지 할 수는 없었다. 나는 너무 늙었고, 너무 겁을 먹었고, 내 앞에 남은 삶의 단편들을 너무나도 사랑한다. 게다가 내게는 망각이라는 파도가 다가오고 있다. 비관론을 끝까지 지켜나갈 용기가 이젠 없다. 내가 죽고, 마셜 부부가 죽고, 마침내 소설이 출판되면, 우리는 모두 내 창작품 안에서만 존재할 것이다. 브라이어니는 밸럼에서 한 침대를 쓰면서 주인 여자를 분노하게 했던 연인들과 마찬가지로 공상 속 인물로 존재하게 될 것이다. 내 글이 소설이 되기 위해 어떤 사건들과 어떤 사람들을 왜곡했는지 신경쓰는 사람은 아무도 없을 것이다. 물론 "그런데, 실제로는 무슨 일이 있었습니까?" 하고 묻는 독자들이 언제나 있다는 것은 나도 잘 알고 있다. 대답은 간단하다. 연인들은 살아남아 행복하게 산다. 내 마지막 원고가 세상에 존재하는 유일한 원고가 된다면, 그렇게 된다면, 나의 충동적이고 운좋은 언니와 그녀의 의사 왕자님은 살아남아 행복하게 살게 되는 것이다.

지난 오십구 년간 나를 괴롭혀왔던 물음은 이것이다. 소설가가 결과를 결정하는 절대적인 힘을 가진 신과 같은 존재라면 그는 과연 어떻게 속죄를 할 수 있을까? 소설가가 의지하거나 화해할 수 있는, 혹은 그 소설가를 용서할 수 있는 존재는 없다. 소설가 바깥에는 아무도 없다. 소설가는 자신의 상상 속에서 한계와 조건을 정한다. 신에게도 소설가에게도 속죄란 있을 수 없다. 비록 그가 무신론자라고 해도. 소설가에게 속죄란 언제나 불가능한 일이며, 중요한 사실은 그것이다. 오직 속죄를 위한 노력만이 존재할 뿐이다.

나는 이제 창가에 서서 피곤의 파도가 내 몸에 부딪히며 남아 있는 힘을 모두 빼앗아가는 것을 느낀다. 발아래 바닥이 물결치는 것만 같다. 밝아오는 새벽의 회색빛 속에 사라진 호수 너머로 공원과 다리들이 서서히 모습을 드러내는 것이 보인다. 그리고 로비가 경찰차에 실려갔던 그 길고 좁은 차도가 하얗게 드러나는 것도 보인다. 연인들을 살려두고 마지막에 다시 만나게 한 것은 나약함이나 회피가 아니라 마지막으로 베푼 친절이었고, 망각과 절망에 맞서는 투쟁이었다고 생각하고 싶다. 나는 그들에게 행복을 주었지만, 그들이 나를 용서하게 할 만큼 이기적이지는 않았다. 아직 그 정도는 아니다. 내 생일 축하파티에 그들이 모습을 드러내는 것으로 그려낼 힘이 있다면…… 아직까지 살아 있는 로비와 세실리아가 서재에 나란히 앉아 〈아라벨라의 시련〉을 보며 미소 짓는 것으로 결말을 바꿀 수 있다면…… 불가능하지는 않다.

그러나 우선 잠부터 좀 자야겠다.

감사의 말

1940년 당시 활동했던 군인들과 간호사들의 미출간 서신과 일기, 회고록 등을 열람할 수 있도록 배려해준 제국 전쟁박물관 문서관리소 직원들에게 깊은 감사를 드립니다. 이 책을 쓰면서 그레고리 블랙슬랜드의 『됭케르크를 향하여』, 월터 로드의 『됭케르크의 기적』, 루실라 앤드루스의 『사랑 없는 시대』를 많이 참조하였습니다. 위의 저자들께 깊은 감사의 말씀을 드립니다. 더불어 날카롭고 유용한 조언을 아끼지 않은 클레어 토멀린과 크레이그 레인, 팀 가튼애시에게도 감사의 말을 전합니다. 무엇보다도 곁에서 격려를 아끼지 않았으며, 원고를 세심하게 읽고 감상을 말해주었던 아내 애널레나 매커피에게 사랑과 감사의 마음을 전합니다.

이언 매큐언

세상을 파괴하는 상상력과 아름다운 곳으로 만드는 상상력

『속죄』가 영국에서 2001년 9월에 출간됐으니 벌써 이십 년이 훌쩍 지났다. 그 긴 세월 동안 현지에서만 백오십만 부 이상 팔렸고, 2007년에는 이 작품을 원작으로 키라 나이틀리와 제임스 매커보이가 주연한 영화 〈어톤먼트〉가 나왔으며, 〈타임〉지는 1923년 이후 출간된 영어로 된 명작소설 100권의 목록에 『속죄』를 포함시켰다. 수많은 문학비평가와 문예지와 신문이 이 작품을 이언 매큐언의 최고작이며 이 시대를 살아가는 우리가 꼭 읽어야 할 명작으로 꼽았고, 수많은 독자가 지금도 인터넷에 서평을 올리고 있으며, 한국에서도 국내 출간 20주년에 맞춰 개정판이 나온다. 홍수처럼 쏟아져나오는 책들, 막강한 흡인력을 자랑하는 휴대전화와의 경쟁에서 승리하여 독자들의 선택을 받은 작품도 몇 년을 못 넘기고 절판되는 경우가 허다한데 『속죄』는 이십 년이라는 세월을 어떻게 견뎌내고 아직도 사랑받고 있을까? 이런 아찔할 정도로 멋진 소설을 지은 이언 매큐언이라는 작가는 어떤 사람이고, 『속죄』를 어떻게 쓰게 되었으며, 스스로는 이것을 어떤 작품이라고 생각할까?

소설가이자 시나리오 작가이며 동화작가이기도 한 이언 매큐언은 인간의 폭력성과 잔혹성, 이상심리, 기후 문제, 인공지능, 안락사 등 다양한 분야에 관심을 가지고 방대하고 치밀한 조사를 통해 독자들에게 충격과 울림을 주는 작품들을 꾸준히 발표해왔다. 1975년 소설집 『첫 사랑, 마지막 의식』으로 등단하자마자 서머싯 몸 상을 받았고, 『시멘트 가든』 『위험한 이방인』 『차일드 인 타임』을 발표하는 1980년대 중반까지는 강간과 신체 절단 등 엽기적이고 잔혹한 이야기를 불온할 정도로 서늘하게 풀어내 '엽기 이언Ian Macabre'이라는 별명을 얻기도 했다. 그가 폭넓은 독자층을 확보하고 평단의 주목과 인정을 받기 시작한 것은 1990년 냉전시대의 스파이활동을 담은 『이노센트』를 발표하면서부터였다. 이후 1997년에는 과학 칼럼니스트와 스토커의 사랑과 집착의 정신병적 관계를 그린 『견딜 수 없는 사랑』을 출간했으며 이 책은 우리나라의 수학능력시험, 미국의 SAT에 해당하는 A-레벨 에세이 출제작 목록에 포함되어 대학입시를 준비하는 영국의 고등학생들이 읽고 에세이를 써야 했다. 이후 부커상 수상작인 『암스테르담』(1998)과 전 세계 평단과 독자들의 폭발적인 반응을 이끌어낸 『속죄』(2001)에 이어 신경외과 의사의 끔찍한 하루를 통해 전 지구적인 전쟁과 테러에 도발적인 의문을 제기한 『토요일』(2005)을 발표했으며, 『솔라』(2010)와 『칠드런 액트』(2014), 『넛셸』(2016) 등의 작품을 거쳐 『나 같은 기계들』과 『바퀴벌레』(2019), 『레슨』(2022)에 이르기까지 현재까지도 인간의 내면과 본성을 깊이 성찰하는 문제작을 꾸준히 발표하고 있다. 그 업적을 인정받아 2008년에는 〈타임스〉가 선정한 '1945년 이후 가장 위대한 50인의 영국 작가'에 이름을 올렸고, 세계 유수의 대학에서 명예학위와 공로상을 수상했다.

이언 매큐언은 종교와 정치, 사회, 경제, 문화에 대해서 목소리를 내는 것을 꺼리거나 두려워하지 않는 작가이기도 하다. 작품 속에서 다양한 주제를 정면으로 다루고 문제제기를 하는 것은 물론이고, 칼럼과 인터뷰 등을 통해서도 소신을 꾸준히 피력해왔다. 2011년에는 이스라엘에서 주는 예루살렘상을 기꺼이 받으면서도 이슬람의 여성 탄압과 종교적 박해, 테러와 폭력은 물론이고 이스라엘 정부의 폭력적인 행보와 팔레스타인 정착지에 대한 공격을 공개적으로 강하게 비판했다. 영국의 유럽연합 탈퇴에 반대하고 노동당에 대한 공개 지지를 선언하는 등 민감한 정치 문제에도 거리낌없이 목소리를 냈다. 2018년 프랑스의 영문학자 바네사 기네리와의 대담에서는 '모든 작가가 현실 문제에 참여해야 한다고 생각하지는 않고 문학적 다양성을 인정해야 하지만, 자기처럼 다양한 사회 문제에 의견을 피력하고 싶은 사람은 누구나 그렇게 할 수 있는 분위기가 조성되어야 한다'고 주장했다. 이언 매큐언은 인간의 내면과 본성, 타인과의 관계, 그 관계가 확대되어 이루어진 사회에서 일어나는 오해와 갈등에 깊은 관심을 갖고 치열하게 고민하고 글을 쓰고 의견을 피력함으로써 인간과 사회를 더 나은 방향으로 바꾸어가고자 하는 작가인 것이다.

펭귄랜덤하우스 출판사가 마련한 『속죄』 출간 20주년 기념 대담에서 이언 매큐언은 1997년에 작성한 간단한 메모가 이 소설의 발단이 되었다고 소개했다. 새천년을 앞두고 지나온 세기를 돌아보다가 인류는 두 차례에 걸친 세계대전과 유대인 대학살 등 결코 바로잡을 수 없는 엄청난 실수를 저질렀으며, 그 과오를 바로잡으려는 노력은 할 수 있겠지만 아주 오랜 세월이 걸리거나 불가능한 시도일 수 있다는 것을 깨달았다는 것이다. 그로부터 얼마 후 휴가를 보내던 중 젊은 여자가 들꽃을 꺾어 들고 꽃병을 찾아 고풍스러운 저택의 거실로 들어가는 장면을 상상하고 한두 문단으로 묘사해보았다. 밖에는 정원사 청년이 있고, 그 여자는 청년에게 자꾸만 끌리고 그와 사귀고 싶으면서도 한편으로는 그를 무시하고 싶어한다. 그리고 자신이 그를 무시한다는 것을 그가 눈치채기를 바란다. 결국 이 장면은 『속죄』의 직접적인 시작이 되었고, 몇 차례에 걸쳐 다듬어져 제1부 2장의 첫머리가 된다. (재밌는 것은, 매큐언은 이야기의 배경을 2, 3세기 후로 잡아 SF소설을 쓰려고 했다가 곧 포기했다는 것이다.) 그후 그보다 먼저 나올, 젊은 여자의 동생에 대한 이야기를 썼다. 그러나 오랜만에 집에 돌아오는 오빠를 위해 희곡 창작에 몰두하는 작가 지망생 브라이어니를 묘사하는 첫 문장을 쓸 때까지만 해도 그 소녀에 대해서는 아무것도 알지 못했다. 이후 벌어지는 여러 일과 브라이어니의 반응을 써내려가는 과정에서 비로소 질서 있는 세상을 꿈꾸고 글쓰기를 좋아하며 자만심과 자기애가 넘치는 열세 살 소녀 브라이어니가, 자신이 상상한 것을 진실이라고 믿고 행동함으로써 언니와 언니의 연인을 파멸로 이끄는 오만한 소녀가 자연스럽게 탄생하게 되었다.

『속죄』의 제1부에는 2차세계대전 이전인 1935년 어린 브라이어니가 평생 지울 수 없는 죄를 짓는 과정이 담겨 있고, 제2부에는 1940년 브라이어니의 행동으로 파멸을 맞은 로비 터너가 전쟁터에 나가 고통받는 과정이, 제3부에는 1940년 간호사가 된 브라이어니가 속죄를 위해 애쓰는 과정이 그려지며, 제3부 말미의 장치와 에필로그에서 펼쳐지는 브라이어니의 충격적인 고백을 통해 독자들은 이제까지 읽은 것이 주인공이 몇십 년의 세월에 걸쳐 고쳐 쓴 소설이었다는 것을 깨닫게 된다. 제3부까지 집필을 마친 후 매큐언은 편집자에게 원고를 보여주면서 이 작품은 작가들이나 읽을 만한 책, 상상력의 위력에 관한 소설이라고 소개하며 큰 성공은 기대하기 어려울 것이고 만오천 부만 팔려도 바랄 게 없겠다고 말했다. 그러나 원고를 다 읽은 편집자는, 에필로그를 아직 보지도 못한 상태에서도, 이 소설은 문학적인 요소가 충분할 뿐 아니라 대중독자를 사로잡는 3대 요소, 즉 2차세계대전과 시골 저택과 러브스토리가 다 녹아 있는 작품이니 엄청난 흥행작이 될 것임을 알아보고 일사천리로 출간을 준비했다. 결국 『속죄』는 출간되자마자 부커상 후보에 오르는 등 평단의 폭발적인 찬사를 받은 것과 동시에 전 세계적인 상업적인 성공도 거두었다.

예의 편집자는 『속죄』를 온갖 맛있는 것을 다 모아놓은 종합선물세트로 생각했는지 모르지만, 이언 매큐언은 여러 인터뷰에서 자신이 생각하는 『속죄』는 상상력에 관한 소설이라고 말했다. 상상력이란 무엇이고 어떤 위력을 가질 수 있으며, 어떤 도덕적 책임이 따르는지 이야기하는 소설이라는 것이다. 작가를 꿈꾸는 열세 살의 소녀 브라이어니는 분수대 앞에서 벌어지는 언니 세실리아와 로비의 승강이를 멀리서 우연히 지켜보고 언니가 위협을 받고 있다고 상상한다. 자신의 생각을 진실이라 믿으며 세계를 재구성하려는 브라이어니의 상상력은 두 연인의 인생을 파멸로 이끈다. 그로부터 육십여 년이 흐른 후 저명한 작가가 된 브라이어니는 독자들이 이제까지 읽어온 이야기가 자신의 창작물이었음을, 두 연인이 온갖 고난과 역경을 헤치고 살아남아 함께 행복하게 사는 해피엔딩은 자신이 그들에게 주는 상상력의 선물이자 속죄를 위한 노력이었음을 고백한다. 두 연인을 파멸로 이끈 상상력과 두 연인을 행복으로 이끄는 상상력. 이언 매큐언은 상상력이 세상을 좀더 나은 곳으로 만들 수도 있고, 끔찍한 곳으로 만들 수도 있다고 말하려는 것이 아닐까.

그는 9·11 뉴욕 세계무역센터 테러 사건이 발생한 직후 〈가디언〉에 다음과 같은 논평을 실었다. "비행기 납치범들이 상상력을 발휘하여 승객들의 생각과 느낌 속으로 들어갈 수 있었다면, 이런 일을 계획했더라도 끝까지 진행시키지는 못했을 것이다. (……) 다른 사람은 어떤 생각을 할까, 어떻게 느낄까 상상하는 것이야말로 인간성의 본질이며, 동정과 연민의 핵심이고, 도덕성의 시작이다." 세상을 파괴하는 상상력과 세상을 아름다운 곳으로 만드는 상상력…… 이언 매큐언은 참으로 생각할 거리를 많이 제시하는 작가이다.

대학원 졸업 후 본격적으로 처음 번역한 작품이 『속죄』였다. 번역을 시작하기 전에 먼저 읽어보는데 숨이 확 막혔었다. 처음 맡은 작품이 이렇게 감동적인 작품이라니. 기쁨보다는 제대로 번역해낼 수 있을까 하는 두려움이 더 컸었다. 오 개월 동안 열심히 번역했고, 궁금한 것들에 대해 여러 분의 도움을 받았고, 어딜 가든, 심지어 술을 마시러 나갈 때도 작업하던 원고를 들고 다녔던 기억이 생생하다. 그후 이십 년이 흐르는 동안 사십여 권의 작품을 번역하고 최선을 다해 열심히 살려고 노력했다. 그동안 『속죄』가 독자들로부터 좋은 평을 받고 꾸준히 사랑받는다는 소식을 흐뭇하게 듣고 있었고 영화 〈어톤먼트〉를 보면서 괜한 자부심도 느꼈지만 『속죄』를 다시 읽어보진 않았다. 시간도 없었지만, 혹여 어색한 표현과 오역으로 짐작되는 구절과 오타라도 눈에 띌까봐, 그래서 얼굴이 화끈거리고 심장이 두근거릴까봐 괜찮을 거라고, 별거 없을 거라고 생각하며 눈감고 살았었다. 그러다 출판사로부터 개정판 출간 소식과 함께 개고 요청을 받았다. 그래서 다시 읽기 시작한 원고에는 다시 손볼 필요가 있는 표현이 적지 않았고, 이러저런 실수와 아쉬운 부분을 편집자의 도움을 받아 최선을 다해 정성껏 고치고 다듬었다. 그래도 완벽하진 않겠지만, 그 경지에 조금이라도 가까이 가려고 최대한 노력했다. 함께 읽으며 번역자인 나보다도 더 고민하고 심혈을 기울여주신 문학동네 편집부의 박아름, 윤정민 선생님께 진심으로 감사드린다. 아쉬운 부분이 남아 있다면 그것은 오로지 번역자인 나의 부족함 때문임을 미리 말씀드리고, 『속죄』가 계속해서 사랑을 받아 30주년, 40주년 개정판이 나올 수 있기를 희망해본다.

한정아

1948년	영국 올더숏에서 출생.
1970년	서식스대학교 영문학부 졸업.
1971년	이스트앵글리아대학교에서 소설가 맬컴 브래드버리의 지도하에 소설 창작을 공부하고 문학석사학위를 받음.
1975년	소설집 『첫 사랑, 마지막 의식*First Love, Last Rites*』으로 데뷔.
1976년	『첫 사랑, 마지막 의식』으로 서머싯 몸 상 수상.
1978년	소설집 『이불 속에서*In Between the Sheets*』, 첫 장편소설 『시멘트 가든*The Cement Garden*』 출간.
1981년	『위험한 이방인*The Comfort of Strangers*』 출간, 부커상 최종후보에 오름. 페니 앨런과 결혼.
1983년	영국 왕립 문학회 회원으로 선출. 마이클 버클리의 오라토리오 〈우리도 죽어야 하는가Or Shall We Die?〉의 대본집 출간.
1985년	시나리오를 집필한 영화 〈농부의 점심The Ploughman's Lunch〉 개봉.
1987년	『차일드 인 타임*The Child in Time*』 출간, 휫브레드 소설상 수상.
1988년	티모시 모의 소설 『달콤 쌉쌀*Sour Sweet*』을 동명의 영화 시나리오로 각색.
1990년	『이노센트*The Innocent*』 출간. 『위험한 이방인』이 영화화됨(한국에서는 '베니스의 열정'으로 소개).
1992년	『검은 개*Black Dogs*』 출간, 부커상 최종후보에 오름.
1993년	『이노센트』를 직접 각색한 동명의 영화 개봉. 『시멘트 가든』

이 영화화됨. 『차일드 인 타임』으로 프랑스 페미나 외국문학상 수상.

1994년 어린이책 『피터의 기묘한 몽상*Daydreamer*』 출간, 페니 앨런과 이혼.

1997년 『견딜 수 없는 사랑*Enduring Love*』 출간. 「첫 사랑, 마지막 의식」이 영화화됨. 애널레나 매커피와 결혼.

1998년 『암스테르담*Amsterdam*』 출간, 부커상 수상.

1999년 독일 셰익스피어상 수상.

2000년 영국 왕실로부터 커맨더 작위 받음.

2001년 『속죄*Atonement*』 출간, 부커상 최종후보, 휫브레드 소설상 후보에 오름.

2002년 『속죄』로 LA 타임스 도서상, 전미도서비평가협회상, WH 스미스 문학상 수상.

2005년 『토요일*Saturday*』 출간. 부커상 후보에 오름. 제임스 테이트 블랙 기념상 소설 부문 수상.

2007년 『체실 비치에서*On Chesil Beach*』 출간, 부커상 최종후보에 오름. 『속죄』를 원작으로 한 영화 〈어톤먼트〉가 개봉되어 골든글로브 작품상 등 수상.

2008년 『체실 비치에서』로 브리티시 북 어워드 올해의 도서상, 작가상 수상. 대본을 쓴 마이클 버클리의 오페라 〈너에게For You〉 초연. 유니버시티 칼리지 런던에서 명예 문학박사학위 받음. 〈타임스〉 선정 '1945년 이후 가장 위대한 50인의 영국 작가'에 이름을 올림.

2010년 『솔라*Solar*』 출간.

2011년 예루살렘상 수상.

2012년 『스위트 투스*Sweet Tooth*』 출간.

2014년 『칠드런 액트*The Children Act*』 출간.

2016년 『넛셸*Nutshell*』 출간.

2017년 『체실 비치에서』 『칠드런 액트』를 직접 각색한 동명의 영화 각각 개봉.

2019년 『나 같은 기계들*Machines Like Me*』 『바퀴벌레*The Cockroach*』 출간.

2020년 괴테 메달 수여.

2022년 『레슨*Lessons*』 출간.

문학동네 세계문학전집 발간에 부쳐

세계문학은 국민문학 혹은 지역문학을 떠나 존재하는 문학이 아니지만 그것들의 총합도 아니다. 세계문학이라는 용어에는 그 나름의 언어와 전통을 갖고 있는 국민문학이나 지역문학의 존재를 인정하면서 그것을 넘어서는 문학의 보편적 질서에 대한 관념이 새겨져 있다. 그 용어를 처음 고안한 19세기 유럽인들은 유럽문학을 중심으로 그 질서를 구축했지만 풍부한 국민문학의 전통을 가지고 있는 현대의 문학 강국들은 나름의 방식으로 세계문학을 이해하면서 정전(正典)의 목록을 작성하고 또 수정한다.

한국에서도 세계문학 관념은 우리 사회와 문화의 변화 속에서 거듭 수정돼왔다. 어느 시기에는 제국 일본의 교양주의를 반영한 세계문학 관념이, 어느 시기에는 제3세계 민족주의에 동조한 세계문학 관념이 출현했고, 그러한 관념을 실천한 전집물이 출판됐다. 21세기 한국에 새로운 세계문학전집이 필요하다는 것은 명백하다. 우리의 지성과 감성의 기준에 부합하는 세계문학을 다시 구상할 때가 되었다.

문학동네 세계문학전집은 범세계적으로 통용되는 고전에 대한 상식을 존중하면서도 지난 반세기 동안 해외 주요 언어권에서 창작과 연구의 진전에 따라 일어난 정전의 변동을 고려하여 편성되었다. 그래서 불멸의 명작은 물론 동시대 세계의 중요한 정치·문화적 실천에 영감을 준 새로운 작품들을 두루 포함시켰다.

창립 이후 지금까지 한국문학 및 번역문학 출판에서 가장 전문적이고 생산적인 그룹을 대표해온 문학동네가 그간 축적한 문학 출판 경험을 바탕으로 새로운 세계문학전집을 펴낸다. 인류가 무지와 몽매의 어둠 속을 방황하면서도 끝내 길을 잃지 않은 것은 세계문학사의 하늘에 떠 있는 빛나는 별들이 길잡이가 되어주었기 때문이다. 우리가 자부심과 사명감 속에서 그리게 될 이 새로운 별자리가 독자들의 관심과 애정에 힘입어 우리 모두의 뿌듯한 자산이 되기를 소망한다.

문학동네 세계문학전집 편집위원
민은경, 박유하, 변현태, 송병선, 이재룡, 홍길표, 남진우, 황종연

세계문학전집 223
속죄

1판 1쇄 2003년 9월 5일 | 1판 36쇄 2021년 10월 28일
2판 1쇄 2023년 2월 28일 | 2판 6쇄 2024년 10월 15일

지은이 이언 매큐언 | 옮긴이 한정아

책임편집 박아름 | 편집 윤정민 이희연
디자인 최윤미 이원경 | 저작권 박지영 형소진 최은진 오서영
마케팅 정민호 서지화 한민아 이민경 왕지경 정경주 김수인 김혜원 김하연 김예진
브랜딩 함유지 함근아 박민재 김희숙 이송이 박다솔 조다현 정승민 배진성
제작 강신은 김동욱 이순호 | 제작처 영신사

펴낸곳 (주)문학동네 | 펴낸이 김소영
출판등록 1993년 10월 22일 제2003-000045호
주소 10881 경기도 파주시 회동길 210
전자우편 editor@munhak.com | 대표전화 031) 955-8888 | 팩스 031) 955-8855
문의전화 031) 955-1927(마케팅) 031) 955-2646(편집)
문학동네카페 http://cafe.naver.com/mhdn
인스타그램 @munhakdongne | 트위터 @munhakdongne
북클럽문학동네 http://bookclubmunhak.com

ISBN 978-89-546-9079-9 04840
978-89-546-0901-2 (세트)

잘못된 책은 구입하신 서점에서 교환해드립니다.
기타 교환 문의 031) 955-2661, 3580

www.munhak.com

1, 2, 3 안나 카레니나 레프 톨스토이 | 박형규 옮김
4 판탈레온과 특별봉사대 마리오 바르가스 요사 | 송병선 옮김
5 황금 물고기 르 클레지오 | 최수철 옮김
6 템페스트 윌리엄 셰익스피어 | 이경식 옮김
7 위대한 개츠비 F. 스콧 피츠제럴드 | 김영하 옮김
8 아름다운 애너벨 리 싸늘하게 죽다 오에 겐자부로 | 박유하 옮김
9, 10 파우스트 요한 볼프강 폰 괴테 | 이인웅 옮김
11 가면의 고백 미시마 유키오 | 양윤옥 옮김
12 킴 러디어드 키플링 | 하창수 옮김
13 나귀 가죽 오노레 드 발자크 | 이철의 옮김
14 피아노 치는 여자 엘프리데 옐리네크 | 이병애 옮김
15 1984 조지 오웰 | 김기혁 옮김
16 벤야멘타 하인학교-야콥 폰 군텐 이야기 로베르트 발저 | 홍길표 옮김
17, 18 적과 흑 스탕달 | 이규식 옮김
19, 20 휴먼 스테인 필립 로스 | 박범수 옮김
21 체스 이야기·낯선 여인의 편지 슈테판 츠바이크 | 김연수 옮김
22 왼손잡이 니콜라이 레스코프 | 이상훈 옮김
23 소송 프란츠 카프카 | 권혁준 옮김
24 마크롤 가비에로의 모험 알바로 무티스 | 송병선 옮김
25 파계 시마자키 도손 | 노영희 옮김
26 내 생명 앗아가주오 앙헬레스 마스트레타 | 강성식 옮김
27 여명 시도니가브리엘 콜레트 | 송기정 옮김
28 한때 흑인이었던 남자의 자서전 제임스 웰든 존슨 | 천승걸 옮김
29 슬픈 짐승 모니카 마론 | 김미선 옮김
30 피로 물든 방 앤절라 카터 | 이귀우 옮김
31 숨그네 헤르타 뮐러 | 박경희 옮김
32 우리 시대의 영웅 미하일 레르몬토프 | 김연경 옮김
33, 34 실낙원 존 밀턴 | 조신권 옮김
35 복낙원 존 밀턴 | 조신권 옮김
36 포로기 오오카 쇼헤이 | 허호 옮김
37 동물농장·파리와 런던의 따라지 인생 조지 오웰 | 김기혁 옮김
38 루이 랑베르 오노레 드 발자크 | 송기정 옮김
39 코틀로반 안드레이 플라토노프 | 김철균 옮김
40 어두운 상점들의 거리 파트릭 모디아노 | 김화영 옮김
41 순교자 김은국 | 도정일 옮김
42 젊은 베르테르의 슬픔 요한 볼프강 폰 괴테 | 안장혁 옮김
43 더블린 사람들 제임스 조이스 | 진선주 옮김
44 설득 제인 오스틴 | 원영선, 전신화 옮김
45 인공호흡 리카르도 피글리아 | 엄지영 옮김
46 정글북 러디어드 키플링 | 손향숙 옮김
47 외로운 남자 외젠 이오네스코 | 이재룡 옮김
48 에피 브리스트 테오도어 폰타네 | 한미희 옮김

49 둔황 이노우에 야스시 | 임용택 옮김
50 미크로메가스·캉디드 혹은 낙관주의 볼테르 | 이병애 옮김
51, 52 염소의 축제 마리오 바르가스 요사 | 송병선 옮김
53 고야산 스님·초롱불 노래 이즈미 교카 | 임태균 옮김
54 다니엘서 E. L. 닥터로 | 정상준 옮김
55 이날을 위한 우산 빌헬름 게나치노 | 박교진 옮김
56 톰 소여의 모험 마크 트웨인 | 강미경 옮김
57 카사노바의 귀향·꿈의 노벨레 아르투어 슈니츨러 | 모명숙 옮김
58 바보들을 위한 학교 사샤 소콜로프 | 권정임 옮김
59 어느 어릿광대의 견해 하인리히 뵐 | 신동도 옮김
60 웃는 늑대 쓰시마 유코 | 김훈아 옮김
61 팔코너 존 치버 | 박영원 옮김
62 한눈팔기 나쓰메 소세키 | 조영석 옮김
63, 64 톰 아저씨의 오두막 해리엇 비처 스토 | 이종인 옮김
65 아버지와 아들 이반 투르게네프 | 이항재 옮김
66 베니스의 상인 윌리엄 셰익스피어 | 이경식 옮김
67 해부학자 페데리코 안다아시 | 조구호 옮김
68 긴 이별을 위한 짧은 편지 페터 한트케 | 안장혁 옮김
69 호텔 뒤락 애니타 브루크너 | 김정 옮김
70 잔해 쥘리앵 그린 | 김종우 옮김
71 절망 블라디미르 나보코프 | 최종술 옮김
72 더버빌가의 테스 토머스 하디 | 유명숙 옮김
73 감상소설 미하일 조셴코 | 백용식 옮김
74 빙하와 어둠의 공포 크리스토프 란스마이어 | 진일상 옮김
75 쓰가루·석별·옛날이야기 다자이 오사무 | 서재곤 옮김
76 이인 알베르 카뮈 | 이기언 옮김
77 달려라, 토끼 존 업다이크 | 정영목 옮김
78 몰락하는 자 토마스 베른하르트 | 박인원 옮김
79, 80 한밤의 아이들 살만 루슈디 | 김진준 옮김
81 죽은 군대의 장군 이스마일 카다레 | 이창실 옮김
82 페레이라가 주장하다 안토니오 타부키 | 이승수 옮김
83, 84 목로주점 에밀 졸라 | 박명숙 옮김
85 아베 일족 모리 오가이 | 권태민 옮김
86 폭풍의 언덕 에밀리 브론테 | 김정아 옮김
87, 88 늦여름 아달베르트 슈티프터 | 박종대 옮김
89 클레브 공작부인 라파예트 부인 | 류재화 옮김
90 P세대 빅토르 펠레빈 | 박혜경 옮김
91 노인과 바다 어니스트 헤밍웨이 | 이인규 옮김
92 물방울 메도루마 슌 | 유은경 옮김
93 도깨비불 피에르 드리외라로셸 | 이재룡 옮김
94 프랑켄슈타인 메리 셸리 | 김선형 옮김
95 래그타임 E. L. 닥터로 | 최용준 옮김

96 캔터빌의 유령 오스카 와일드 | 김미나 옮김
97 만(卍) · 시게모토 소장의 어머니 다니자키 준이치로 | 김춘미, 이호철 옮김
98 맨해튼 트랜스퍼 존 더스패서스 | 박경희 옮김
99 단순한 열정 아니 에르노 | 최정수 옮김
100 열세 걸음 모옌 | 임홍빈 옮김
101 데미안 헤르만 헤세 | 안인희 옮김
102 수레바퀴 아래서 헤르만 헤세 | 한미희 옮김
103 소리와 분노 윌리엄 포크너 | 공진호 옮김
104 곰 윌리엄 포크너 | 민은영 옮김
105 롤리타 블라디미르 나보코프 | 김진준 옮김
106, 107 부활 레프 톨스토이 | 박형규 옮김
108, 109 모래그릇 마쓰모토 세이초 | 이병진 옮김
110 은둔자 막심 고리키 | 이강은 옮김
111 불타버린 지도 아베 고보 | 이영미 옮김
112 말라볼리아가의 사람들 조반니 베르가 | 김운찬 옮김
113 디어 라이프 앨리스 먼로 | 정연희 옮김
114 돈 카를로스 프리드리히 실러 | 안인희 옮김
115 인간 짐승 에밀 졸라 | 이철의 옮김
116 빌러비드 토니 모리슨 | 최인자 옮김
117, 118 미국의 목가 필립 로스 | 정영목 옮김
119 대성당 레이먼드 카버 | 김연수 옮김
120 나나 에밀 졸라 | 김치수 옮김
121, 122 제르미날 에밀 졸라 | 박명숙 옮김
123 현기증. 감정들 W. G. 제발트 | 배수아 옮김
124 강 동쪽의 기담 나가이 가후 | 정병호 옮김
125 붉은 밤의 도시들 윌리엄 버로스 | 박인찬 옮김
126 수고양이 무어의 인생관 E. T. A. 호프만 | 박은경 옮김
127 맘브루 R. H. 모레노 두란 | 송병선 옮김
128 익사 오에 겐자부로 | 박유하 옮김
129 땅의 혜택 크누트 함순 | 안미란 옮김
130 불안의 책 페르난두 페소아 | 오진영 옮김
131, 132 사랑과 어둠의 이야기 아모스 오즈 | 최창모 옮김
133 페스트 알베르 카뮈 | 유호식 옮김
134 다마세누 몬테이루의 잃어버린 머리 안토니오 타부키 | 이현경 옮김
135 작은 것들의 신 아룬다티 로이 | 박찬원 옮김
136 시스터 캐리 시어도어 드라이저 | 송은주 옮김
137 고독한 산책자의 몽상 장자크 루소 | 문경자 옮김
138 용의자의 야간열차 다와다 요코 | 이영미 옮김
139 세기아의 고백 알프레드 드 뮈세 | 김미성 옮김
140 햄릿 윌리엄 셰익스피어 | 이경식 옮김
141 카산드라 크리스타 볼프 | 한미희 옮김
142 이 글을 읽는 사람에게 영원한 저주를 마누엘 푸익 | 송병선 옮김

143 마음 나쓰메 소세키 | 유은경 옮김
144 바다 존 밴빌 | 정영목 옮김
145, 146, 147, 148 전쟁과 평화 레프 톨스토이 | 박형규 옮김
149 세 가지 이야기 귀스타브 플로베르 | 고봉만 옮김
150 제5도살장 커트 보니것 | 정영목 옮김
151 알렉시·은총의 일격 마르그리트 유르스나르 | 윤진 옮김
152 말라 온다 알베르토 푸겟 | 엄지영 옮김
153 아르세니예프의 인생 이반 부닌 | 이항재 옮김
154 오만과 편견 제인 오스틴 | 류경희 옮김
155 돈 에밀 졸라 | 유기환 옮김
156 젊은 예술가의 초상 제임스 조이스 | 진선주 옮김
157, 158, 159 카라마조프가의 형제들 표도르 도스토옙스키 | 김희숙 옮김
160 진 브로디 선생의 전성기 뮤리얼 스파크 | 서정은 옮김
161 13인당 이야기 오노레 드 발자크 | 송기정 옮김
162 하지 무라트 레프 톨스토이 | 박형규 옮김
163 희망 앙드레 말로 | 김웅권 옮김
164 임멘 호수·백마의 기사·프시케 테오도어 슈토름 | 배정희 옮김
165 밤은 부드러워라 F. 스콧 피츠제럴드 | 정영목 옮김
166 야간비행 앙투안 드 생텍쥐페리 | 용경식 옮김
167 나이트우드 주나 반스 | 이예원 옮김
168 소년들 앙리 드 몽테를랑 | 유정애 옮김
169, 170 독립기념일 리처드 포드 | 박영원 옮김
171, 172 닥터 지바고 보리스 파스테르나크 | 박형규 옮김
173 싯다르타 헤르만 헤세 | 권혁준 옮김
174 야만인을 기다리며 J. M. 쿳시 | 왕은철 옮김
175 철학편지 볼테르 | 이봉지 옮김
176 거지 소녀 앨리스 먼로 | 민은영 옮김
177 창백한 불꽃 블라디미르 나보코프 | 김윤아 옮김
178 슈틸러 막스 프리슈 | 김인순 옮김
179 시핑 뉴스 애니 프루 | 민승남 옮김
180 이 세상의 왕국 알레호 카르펜티에르 | 조구호 옮김
181 철의 시대 J. M. 쿳시 | 왕은철 옮김
182 카시지 조이스 캐럴 오츠 | 공경희 옮김
183, 184 모비 딕 허먼 멜빌 | 황유원 옮김
185 솔로몬의 노래 토니 모리슨 | 김선형 옮김
186 무기여 잘 있거라 어니스트 헤밍웨이 | 권진아 옮김
187 컬러 퍼플 앨리스 워커 | 고정아 옮김
188, 189 죄와 벌 표도르 도스토옙스키 | 이문영 옮김
190 사랑 광기 그리고 죽음의 이야기 오라시오 키로가 | 엄지영 옮김
191 빅 슬립 레이먼드 챈들러 | 김진준 옮김
192 시간은 밤 류드밀라 페트루셉스카야 | 김혜란 옮김
193 타타르인의 사막 디노 부차티 | 한리나 옮김

194 고양이와 쥐 귄터 그라스 | 박경희 옮김
195 펠리시아의 여정 윌리엄 트레버 | 박찬원 옮김
196 마이클 K의 삶과 시대 J. M. 쿳시 | 왕은철 옮김
197, 198 오스카와 루신다 피터 케리 | 김시현 옮김
199 패싱 넬라 라슨 | 박경희 옮김
200 마담 보바리 귀스타브 플로베르 | 김남주 옮김
201 패주 에밀 졸라 | 유기환 옮김
202 도시와 개들 마리오 바르가스 요사 | 송병선 옮김
203 루시 저메이카 킨케이드 | 정소영 옮김
204 대지 에밀 졸라 | 조성애 옮김
205, 206 백치 표도르 도스토옙스키 | 김희숙 옮김
207 백야 표도르 도스토옙스키 | 박은정 옮김
208 순수의 시대 이디스 워턴 | 손영미 옮김
209 단순한 이야기 엘리자베스 인치볼드 | 이혜수 옮김
210 바닷가에서 압둘라자크 구르나 | 황유원 옮김
211 낙원 압둘라자크 구르나 | 왕은철 옮김
212 피라미드 이스마일 카다레 | 이창실 옮김
213 애니 존 저메이카 킨케이드 | 정소영 옮김
214 지고 말 것을 가와바타 야스나리 | 박혜성 옮김
215 부서진 사월 이스마일 카다레 | 유정희 옮김
216 사람은 무엇으로 사는가 레프 톨스토이 | 이항재 옮김
217, 218 악마의 시 살만 루슈디 | 김진준 옮김
219 오늘을 잡아라 솔 벨로 | 김진준 옮김
220 배반 압둘라자크 구르나 | 황가한 옮김
221 어두운 밤 나는 적막한 집을 나섰다 페터 한트케 | 윤시향 옮김
222 무어의 마지막 한숨 살만 루슈디 | 김진준 옮김
223 속죄 이언 매큐언 | 한정아 옮김
224 암스테르담 이언 매큐언 | 박경희 옮김
225, 226, 227 특성 없는 남자 로베르트 무질 | 박종대 옮김
228 앨프리드와 에밀리 도리스 레싱 | 민은영 옮김
229 북과 남 엘리자베스 개스켈 | 민승남 옮김
230 마지막 이야기들 윌리엄 트레버 | 민승남 옮김
231 벤저민 프랭클린 자서전 벤저민 프랭클린 | 이종인 옮김
232 만년양식집 오에 겐자부로 | 박유하 옮김
233 이상한 나라의 앨리스 루이스 캐럴 | 존 테니얼 그림 | 김희진 옮김
234 소네치카·스페이드의 여왕 류드밀라 울리츠카야 | 박종소 옮김
235 메데야와 그녀의 아이들 류드밀라 울리츠카야 | 최종술 옮김
236 실종자 프란츠 카프카 | 이재황 옮김
237 진 알랭 로브그리예 | 성귀수 옮김
238 말테의 수기 라이너 마리아 릴케 | 홍사현 옮김
239, 240 율리시스 제임스 조이스 | 이종일 옮김
241 지도와 영토 미셸 우엘벡 | 장소미 옮김

242 사막 르 클레지오 | 홍상희 옮김
243 사냥꾼의 수기 이반 투르게네프 | 이종현 옮김
244 험볼트의 선물 솔 벨로 | 전수용 옮김
245 바베트의 만찬 이자크 디네센 | 추미옥 옮김
246 나르치스와 골드문트 헤르만 헤세 | 안인희 옮김
247 변신·단식 광대 프란츠 카프카 | 이재황 옮김
248 상자 속의 사나이 안톤 체호프 | 박현섭 옮김
249 가장 파란 눈 토니 모리슨 | 정소영 옮김
250 꽃피는 노트르담 장 주네 | 성귀수 옮김

● 문학동네 세계문학전집은 계속 출간됩니다